Marie Sexton

CODA :
INTÉGRALE, TOME 1

Marie Sexton

CODA :
INTÉGRALE, TOME 1

Publié par
DREAMSPINNER PRESS

5032 Capital Circle SW, Suite 2, PMB# 279, Tallahassee, FL 32305-7886 USA
www.dreamspinnerpress.com

Ceci est une œuvre de fiction. Les noms, les personnages, les lieux et les faits décrits ne sont que le produit de l'imagination de l'auteur, ou utilisés de façon fictive. Toute ressemblance avec des personnes ayant réellement existé, vivantes ou décédées, des établissements commerciaux ou des événements ou des lieux ne serait que le fruit d'une coïncidence.

Édition e-book en français : 978-1-64108-332-4
Édition imprimée en français : 978-1-64108-333-1
Première édition française : février 2022
v 1.0
Je te le jure publié mai 2014
De A à Z publié octobre 2014
La lettre Z publié juillet 2015
Paris A à Z publié novembre 2017

Édité aux États-Unis d'Amérique.

Table des matières

Je te le jure   1

De A à Z   191

La lettre Z   379

Paris de A à Z   475

JE TE LE JURE

Mes remerciements à :

Mon mari Sean,
Pour son amour et son soutien inconditionnel,
même quand j'étais complètement obnubilée
et monopolisais l'ordinateur.

Carol Ibanez, pour ses conseils,
qui m'ont aidée à transformer
une nouvelle en roman.

Amy Caroline, ma plus grande supportrice
et critique, pour avoir lu chaque version de cette histoire,
chaque scène coupée,
et même les idées bancales qui me sont passées par la tête.

Ce livre est pour vous trois,
sans qui il n'aurait jamais existé.

I

TOUT A commencé à cause de la Jeep de Lizzy. Sans elle, je n'aurais pas rencontré Matt. Et peut-être qu'il n'aurait pas ressenti le besoin de faire ses preuves. Et peut-être que personne n'aurait été blessé.

Mais je vais trop vite. Comme je l'ai dit, tout a commencé avec la jeep de Lizzy. Lizzy est la femme de mon frère Brian. Ils attendaient alors leur premier enfant pour l'automne. Elle avait décidé que sa vieille Wrangler, qu'elle avait depuis l'université, ne ferait pas l'affaire comme voiture familiale. Aussi l'avait-elle garée devant notre magasin avec un écriteau 'À Vendre' sur le pare-brise.

C'est mon grand-père qui l'a fondé. À l'époque, c'était un magasin de bricolage, mais petit à petit on y a vendu aussi des pièces de voitures. Quand mon grand-père est mort, papa l'a repris et quand il est mort à son tour, il l'a légué à Brian, Lizzy et moi.

C'était une agréable journée printanière du Colorado et j'étais assis, les pieds sur le comptoir, regrettant de ne pas être dehors à profiter du soleil, quand il entra. Il attira tout de suite mon attention, tout simplement parce qu'il n'était pas d'ici. Sans compter les cinq années que j'ai passées à l'université de Fort Collins, j'ai toujours habité à Coda, alors je connais tout le monde en ville. Donc, soit il venait rendre visite à quelqu'un du coin, soit il était juste de passage. Notre ville n'était pas touristique, mais des gens tombaient sur nous de temps à autre, en cherchant des pistes où tester leur 4x4 ou sur le chemin de ces ranchs éducatifs plus loin sur la route.

En tout cas, il n'avait rien des pigeons quinquagénaires qui fréquentaient ce type de ranch. Il avait sûrement la trentaine. Il me dépassait d'une bonne demi-tête. Il devait donc faire un peu plus d'un mètre quatre-vingt, avec des cheveux noirs et courts comme ceux des militaires et sur les joues l'ombre d'une barbe de quelques jours. Il portait un jean, un tee-shirt noir et des bottes de cowboy. Ses larges épaules, ses bras musclés montraient qu'il faisait de la musculation. Il était superbe.

— Elle roule, la Jeep dehors ?

3

Il avait la voix grave avec un léger accent traînant. Pas un accent du sud profond, mais les voyelles étaient un peu plus longues que pour un gars du Colorado.

— Et comment ! Elle roule à merveille.

— Hmm.

Il l'observait à travers la vitre.

— Pourquoi vous la vendez ?

— Pas moi. Ma belle-sœur. Ce serait trop dur de caser un siège bébé à l'arrière. Elle a acheté une Cherokee à la place.

Ma réponse eut l'air de le perdre un peu, ce qui me révéla qu'il n'avait pas d'enfant lui-même.

— Donc… elle marche bien ?

— À merveille. Vous voulez l'essayer ? J'ai les clés juste ici.

Il haussa un sourcil.

— Bien sûr ! Vous avez besoin d'une garantie ou quelque chose comme ça ? Je peux laisser mon permis.

Je pense qu'à ce moment-là, il aurait pu me convaincre de n'importe quoi. J'avais les jambes qui flageolaient un peu. J'essayai de déterminer si je voyais vraiment cette touche de vert dans ses yeux d'un gris métallique. J'espérais aussi avoir l'air décontracté lorsque je répondis :

— Je vais venir avec vous. Je connais les routes. On peut emprunter une des pistes les plus faciles pour que vous vous fassiez une idée de son maniement.

— Mais et le magasin ? Je m'en voudrais si vous manquiez de personnel durant les heures d'affluences.

Il montra du menton le magasin vide, réprimant visiblement un sourire.

— Votre patron va pas mal le prendre si vous vous absentez ?

J'éclatai de rire.

— Je suis un des propriétaires donc je peux me le permettre si je veux.

Je me tournai et lançai vers la réserve un : ' Ringo ! '

Un de nos employés sortit de l'arrière-boutique avec méfiance. Je l'ai toujours rendu nerveux. Si Lizzy n'était pas là, il mettait un point d'honneur à garder ses distances. Comme s'il s'attendait à ce que je lui fasse des avances. Il avait dix-sept ans, les cheveux noirs et filasses, la peau couverte d'acné et il était aussi épais qu'un fil de fer. Je n'avais pas le cœur de lui dire qu'il n'était pas mon genre.

— Ouais ?

— Garde la boutique. Je m'absente une heure environ.

Je me retournai vers mon grand et ténébreux étranger.

— Allons-y !

Une fois à l'intérieur de la Jeep, il me tendit la main.

— Je suis Matt Richards.

— Jared Thomas.

Sa poigne était ferme, mais il n'était pas de ces types qui avaient besoin de vous briser la main pour prouver leur virilité.

— Tournez à gauche. On va aller jusqu'au Rocher.

— Qu'est-ce que c'est ?

— Exactement ça : un gros rocher tout con. Rien de spectaculaire. Les gens vont là-haut pour pique-niquer. Et bien sûr, les ados y vont parfois pour être tranquilles ou triper.

À cette réponse, il fronça légèrement les sourcils. Je commençais à penser qu'il ne souriait pas beaucoup. Moi, au contraire, j'arborais un grand sourire. M'échapper du magasin, même quelques minutes, surtout pour aller du côté des montagnes, suffisait à illuminer ma journée. Le faire en compagnie du plus beau mec que j'avais vu depuis je ne sais même plus combien de temps, c'était la cerise sur le gâteau.

— Alors, qu'est-ce qui vous amène dans notre chère ville ? lui demandai-je.

— Je viens d'emménager.

— Vraiment ? Qu'est-ce qui vous a pris de vouloir faire ça ?

— Pourquoi pas ?

Son ton était léger, mais son expression restait sérieuse.

— Vous vivez bien ici, non ? C'est si terrible ?

— Eh bien, non. J'aime habiter ici. C'est pour ça que je ne suis jamais parti. Mais, bon… Vous savez, la ville se meurt. Il y a plus de gens qui partent que de gens qui s'installent. Les villes côtières sont en plein essor, personne ne veut vivre ici et faire le trajet jusque là-bas.

— Je viens d'être embauché par la police de Coda.

— … Vous êtes flic ?

Il arqua un sourcil et fit d'un ton amusé :

— Est-ce que cela pose un problème ?

— Euh, non, mais j'aurais aimé ne pas vous avoir parlé des gosses qui grimpent là-haut pour planer.

Il haussa à nouveau un sourcil et répondit avec légèreté :

5

— Ne vous inquiétez pas. Je ne leur dirais pas que c'est vous la balance.

Notre policier n'était pas sans humour.

— Donc, vous avez toujours habité ici ?

Il avait plus l'air de faire la conversation que d'être réellement curieux.

– Ouais. Sauf pendant mes années d'université.

— Et vous possédez le magasin ?

— Moi, mon frère et sa femme, ouais. Ça nous fait pas rouler sur l'or ou quoi que ce soit, mais on se débrouille. Brian est comptable et il a d'autres clients, donc il s'occupe surtout des comptes. Lizzy et moi, on gère la boutique.

— Mais vous êtes allé à l'université ?

Cette fois, il avait l'air sincèrement intrigué.

— Ouais, je suis allé à l'université du Colorado. J'ai un diplôme en physique et un certificat d'enseignant.

— Pourquoi n'enseignez-vous pas ?

— Je ne voulais pas laisser tomber Brian et Lizzy.

Ce n'était pas exactement ça, mais je ne voulais pas lui confier la vraie raison : que je n'avais pas envie d'affronter les conséquences d'être un professeur gay dans le lycée d'une petite ville.

— Qui d'autre s'occuperait du magasin ? On ne peut pas se permettre d'engager quelqu'un à plein temps. Enfin, on pourrait s'ils ne voulaient pas d'avantages sociaux mais c'est ça qu'ils veulent. Alors à la place, on a Ringo à temps partiel. De plus, on récupère la moitié de son salaire parce qu'il le dépense en pièces pour sa voiture, donc tout ça se combine bien.

Je me mis à rire.

— Ringo ! Ça ne peut pas être son vrai nom !

Mais je m'égarais.

— Désolé, je parle trop. Je dois vous ennuyer.

Il me regarda et répondit d'un ton sérieux :

— Non, pas du tout.

On était arrivés à la fin de la piste.

— Il va falloir que vous fassiez demi-tour ici.

Il arrêta la Jeep et regarda autour de nous, suspicieux. Il n'y avait aucune autre voiture.

— Je ne vois pas de rocher.

— C'est juste un peu plus haut. Vous voulez y aller ?

6

Son visage s'éclaira un peu.

— Et comment !

Nous avons remonté le sentier à travers les pins à bois dur, les sapins de Douglas et les peupliers Tremble qui bourgeonnaient à peine sur un des piliers montagneux ayant donné leur nom aux Rocheuses. Les montagnes du Colorado étaient pleines de ces immenses piles de pierres immobiles, rondes et recouvertes de sauge sèche et de lichen couleur rouille. Celle-là faisait à peu près six mètres de hauteur. Et en passant par la colline, on arrivait quasiment à son sommet à pied. Mais où serait le fun ? Ces rochers ne demandaient qu'à être escaladés.

Une fois en haut, nous nous sommes assis. La vue n'était pas si différente. On voyait le sentier jusqu'à la Jeep, mais à part ça, il y avait seulement plus d'arbres, plus de rochers et encore plus de montagnes. J'adore le Colorado, mais on trouve ce type de paysage dans des centaines d'endroits. Je fus surpris d'entendre Matt émettre un soupir satisfait. Lorsque je le regardai, je vis qu'il semblait impressionné.

— Qu'est-ce que j'aime le Colorado ! Je suis de l'Oklahoma. Ici, c'est cent fois mieux, croyez-moi.

Il se tourna vers moi et j'arrêtai un instant de respirer. Il plissait un peu les yeux à cause du soleil. Il avait le teint bronzé, les yeux pétillants. Il y avait bien une pointe de vert.

— Merci de m'avoir amené ici.

— C'est quand vous voulez.

J'étais sincère.

II

MATT PASSA au magasin le lendemain pour acheter la Jeep. C'était un samedi, en général un de nos jours les plus chargés, raison pour laquelle Lizzy et moi étions tous les deux au magasin.

— Ça vous dit de venir boire une bière avec moi ?

Il était rasé du matin et ça le rajeunissait. Bon sang, qu'il était attirant…

— J'adorerais, mais ce sera pour une autre fois. J'ai un dîner familial de prévu.

— Oh.

Il avait vraiment l'air déçu.

— Eh bien, peut-être une autre fois…

— Hé ! nous interrompit Lizzy souriant d'une oreille à l'autre. Pourquoi vous ne vous joindriez pas à nous ? C'est juste un dîner à la maison. On serait ravis de vous recevoir.

Il accepta et on se mit d'accord pour qu'il revienne au magasin peu après sa fermeture à 5 heures.

Après son départ, je fis soigneusement attention à ne pas regarder Lizzy qui se tenait à côté de moi avec le sourire le plus ridicule que j'avais vu depuis longtemps. Ses cheveux blonds volaient dans tous les sens quand elle bougeait et ses yeux bleus à cet instant brillaient d'excitation. Je suppose qu'elle est quelque part entre 'belle' et 'jolie comme un cœur'. Elle pourrait convaincre n'importe qui de lui décrocher la lune.

— Alors ? demanda-t-elle enfin.

— Alors quoi ?

Je savais que je rougissais et je me détestais pour ça.

— Tu sais quoi !

Elle me donna une tape sur le bras.

— Il est sexy ! Et il t'a invité à sortir. Tu n'es pas excité ?

Le fait était que je n'avais pas beaucoup d'amis. La plupart de mes copains de lycée étaient mariés avec des enfants. Ceux qui n'étaient pas mariés n'étaient tous que des fauteurs de troubles qui passaient leur nuit à boire au bar. Lizzy était probablement la meilleure amie que j'avais au monde et elle espérait toujours que je rencontre enfin quelqu'un.

— Je ne crois pas qu'il parlait d'un rendez-vous amoureux.

Son sourire faiblit un peu.

— Ah bon ?

— Tu trouves qu'il a l'air gay, toi ?

— Pas vraiment. Mais toi non plus, ça ne veut rien dire et tu le sais. Il voulait t'inviter à sortir et était déçu quand il n'a pas pu t'avoir à lui tout seul. À mon avis il est intéressé.

Son sourire était à nouveau rayonnant.

Je me sentis sourire à mon tour, et ce malgré moi.

— Je ne veux pas me faire trop d'illusions, mais je ne me plaindrais sûrement pas si tu avais raison.

LES GENS me demandent toujours à quel moment j'ai su que j'étais gay. Ils doivent se dire que j'ai eu une sorte de révélation, avec des lumières et une sirène hurlante, mais ça ne s'est pas passé comme ça pour moi. Ce fut plus une accumulation d'événements.

Je suppose que j'ai eu mes premiers indices à la puberté quand je me comparais à mon frère Brian, de deux ans mon ainé. Tandis qu'il accrochait aux murs des posters de Cindy Crawford et de Samantha Fox, j'en accrochais seulement de voitures et de l'équipe de foot américain de Denver, les Broncos. Je savais qu'il trouvait les filles attirantes et fascinantes d'une façon qui m'était inconnue, mais je n'y prêtais pas trop attention.

Un weekend, j'avais alors quinze ans, mon père est allé à un match des Broncos et m'a rapporté un poster qui montrait l'équipe entière avec les pom-pom girls arrangées autour des joueurs dans des positions provocantes. Brian m'a aidé à l'accrocher, et nous sommes restés quelques minutes à le détailler.

— Qui a l'air le plus sexy d'après toi ? m'a demandé Brian.

— Steve Atwater, ai-je répondu sans même réfléchir.

Il a ri, mais c'était un rire nerveux, comme s'il ne savait pas si je plaisantais ou pas. Quand je me suis tourné vers lui, il m'a fixé, d'un air qui allait me devenir familier, où humour, confusion et inquiétude se mélangeaient. J'étais embarrassé. J'ai compris que je n'avais pas donné la bonne réponse. Mais je ne savais pas vraiment pourquoi.

— Non, a-t-il corrigé, je veux dire, laquelle des pom-pom girls ?

À dire vrai, je les avais à peine remarquées.

Bientôt, mes amis se sont mis à échanger des revues érotiques, en ricanant et les mains tremblantes. Je ne savais pas exactement ce qu'ils ressentaient quand ils les regardaient, mais de toute évidence c'était autre chose qu'un léger embarras, contrairement à moi.

Il a fallu que je rencontre Tom pour comprendre à quel point j'étais différent. Tom jouait au football avec mon frère Brian. Ils étaient meilleurs amis. J'avais seize ans, eux dix-huit. À partir du moment où il est entré dans la maison à la suite de mon frère, je suis tombé sous son charme. Je pouvais à peine lui parler et n'arrivais pas à détacher les yeux de lui. Son rire suffisait à provoquer chez moi des réactions physiques qui me forçaient à toujours garder un livre à portée de main pour me couvrir rapidement. Je marchais sur une corde fragile qui oscillait entre désirer le voir le plus possible et vouloir être invisible. Brian me regardait, une fois de plus avec ce même air, celui qu'il avait eu le jour où le nom de Steve Atwater m'avait échappé : inquiétude, confusion, gêne. Je les ai vus partir pour l'université après l'obtention de leur diplôme de fin de lycée avec un certain soulagement.

Après ça, j'en ai été sûr, même si je ne l'ai dit à personne. J'ai feint de ne rien savoir durant le lycée et prétendu être normal. Je n'ai jamais essayé le football américain parce que les complications que cela pourrait entraîner dans les vestiaires m'effrayaient, rien que mon imagination m'effrayait. Je suis sorti avec quelques filles, mais c'était surtout en groupe ; on se tenait la main quelques fois, on s'embrassait même. Ces baisers étaient, pour moi du moins, complètement dénués de magie ou de frissons, limite perturbants, et ce n'est jamais allé plus loin.

Une fois arrivé à l'université, loin de chez moi, je me suis finalement permis d'expérimenter. J'ai rencontré des mecs en boîte ou à la salle de sport et j'ai eu quelques aventures sans lendemain. Je n'ai jamais éprouvé ce qu'on pourrait appeler l'amour, mais je savais après tout cela, sans l'ombre d'un doute, que j'étais gay.

Il va sans dire, que jamais je n'avais prévu d'atteindre la trentaine et d'être toujours célibataire. Être gay dans une ville aussi petite n'est pas facile. Le Colorado n'est pas exactement le rendez-vous des homos. Ce n'est pas impossible d'en trouver, mais ce n'est pas San Francisco non plus. Ici, la plupart des gens me connaissent, et si une majorité m'accepte, certains détournent encore le regard quand je passe à côté d'eux à l'épicerie ou refusent que je les serve quand ils viennent au magasin. Les chances de trouver un partenaire à Coda étaient presque nulles, alors que les chances de finir seul me semblaient terriblement élevées.

III

CE SOIR-LÀ, Matt rencontra ma famille. Lizzy rentra du travail plus tôt, sous prétexte de préparer le dîner à l'avance, mais je pense qu'en réalité elle voulait mettre Brian et Maman au courant avant qu'on arrive. Brian, bien sûr, fut courtois. Maman le jaugea du regard mais sembla aimer ce qu'elle voyait.

— Est-ce que vous faites du VTT en montagne ? lui demanda-t-elle à un moment de la soirée.

— J'ai vendu mon vélo avant de venir ici. J'aime faire du VTT, mais dans l'Oklahoma il n'y a pas vraiment de montagnes. Pourquoi ?

— Jared est là-haut avec son vélo dès qu'il a un jour de congé. Tout seul. Je n'arrête pas de lui dire que ce n'est pas prudent. Et s'il lui arrivait quelque chose ?

— Arrête, Maman, calme-toi. Est-ce que je me suis déjà fait mal ?

— À chaque fois !

Et voilà, on était reparti pour un tour. Je résistai à l'envie de lever les yeux au ciel.

— Maman, quelques bosses et bleus ne comptent pas.

— Mais tu ne portes même pas de casque !

Elle commença à se lamenter. Je détestais qu'elle tente de me culpabiliser, mais je haïssais encore plus les casques.

— J'en porte sur les pistes les plus difficiles. J'aimerais que tu arrêtes de t'inquiéter autant.

— Mais il n'y a personne avec toi si jamais il t'arrive quelque chose.

— Parles-en à ton autre fils, Maman, la taquinais-je. C'est lui qui refuse d'en faire avec moi.

— Je n'arrive pas à suivre ! répliqua Brian, les mains levées comme pour se rendre.

— De toute façon, interrompit Lizzy, ce ne sont pas ces pistes qui m'inquiètent. Cette ville me fait bien plus peur avec ces cinglés d'automobilistes qui téléphonent au volant et ne regardent pas où ils vont.

Elle agitait son index dans ma direction. Ce n'était pas la première fois que j'entendais cette tirade.

— Tu vas au travail à vélo tous les jours et tu ne portes jamais ton casque. Ce n'est pas prudent. Je parie que Matt pourrait te raconter toutes sortes d'horribles accidents impliquant des cyclistes sans casque. Pas vrai, Matt ?

Ce dernier avait l'air amusé.

— J'en sais suffisamment pour ne pas interférer avec ce type de disputes familiales.

— Brian, suppliai-je, sauve moi de ta femme !

Brian éclata de rire mais eut pitié de moi et changea le sujet.

— Dîtes-moi, Matt, vous êtes fan de football ?

— Quelle question !

— Vous êtes de l'Oklahoma ? Supporter des Cowboys ?

Il sourit légèrement et je sentis qu'il s'apprêtait à nous surprendre.

— Je soutiens les Chiefs.

— Oh non !

Des cris fusèrent de toute la table. Lizzy se mit à le mitrailler de morceaux de pains. On est des purs supporters des Broncos dans la famille, alors annoncer son soutien à nos rivaux, les Chiefs, c'était l'équivalent d'une hérésie.

— Jared, tu devrais avoir honte d'amener un fan des Chiefs dans ma maison ! Je devrais vous jeter tous les deux dehors ! hurla joyeusement Brian.

— Et il avait l'air d'un si gentil garçon … ajouta maman d'un air triste, mais une lueur malicieuse dans le regard.

— Hé, je ne savais pas ! Je pensais que quiconque d'assez intelligent pour venir vivre dans le Colorado saurait reconnaître la meilleure équipe !

— Allez, dit Matt, tout le monde se calme, maintenant. Vous, les fans des Broncos, vous êtes si coincés !

Cela lui valut une deuxième tournée de huées et Lizzy lui lança un autre bout de pain. Il l'attrapa au vol et me la lança dessus.

— Vous savez, ça pourrait être pire. Au moins je ne soutiens pas les Raiders.

Bien sûr, tout le monde ne put qu'agréer.

Juste après le dîner, maman rentra chez elle. J'envoyai Matt sur la terrasse tandis que j'allais chercher des bières dans la cuisine. Lizzy m'accueillit avec un énorme sourire.

Je tentai de l'ignorer et demandai :

— Vous nous rejoignez dehors ?

— Bien sûr, commença à répondre Brian, dès que…

— Non ! l'interrompit Lizzy avec une tape légère sur l'épaule. Non. Nous, on va donner aux garçons un peu de temps seuls tous les deux.

— Ah.

Brian eut l'air un peu troublé par cette perspective. Je me remémorai soudain l'incident Steve Atwater. Apparemment, savoir que j'étais gay était une chose, mais c'était la première fois qu'il avait vraiment à m'imaginer avec un partenaire potentiel. Je n'avais jamais eu de copain suffisamment sérieux pour le présenter à ma famille.

— Lizzy, je ne pense pas que ce soit nécessaire. Je suis presque certain que ce n'est pas ce qu'il a en tête, tu sais.

— Je n'en serais pas aussi certaine. Vous ne vous êtes pas quittés des yeux de toute la soirée. Je vais monter et Brian va débarrasser.

— Et qu'est-ce que je suis censé lui dire ?

— Tu plaisantes ? Dis-lui que la femme enceinte s'est sentie fatiguée et a eu besoin d'aller s'allonger. Ce n'est même pas un mensonge. Je suis épuisée. Mais…

Elle me menaça du doigt.

— Je veux un rapport complet demain matin.

Deux bières plus tard, j'étais totalement détendu. Nous étions affalés dans les chaises du patio, profitant d'une nuit assez clémente pour la saison.

— Donc… Tu es marié ? lui demandai-je

— Oh que non.

— Divorcé ?

— Non plus.

— As failli te marier ?

— Non.

Voilà qui semblait un peu étrange. À notre âge, je me serais presque attendu à une occasion ratée. À moins que…

— Pourquoi pas ?

Il commençait à avoir l'air mal à l'aise et se mit à gratter l'étiquette de sa bouteille de bière.

— Je suppose que je n'ai pas trouvé une fille qui m'en a donné envie.

— Et tu l'as éprouvé pour un homme ?

Ces mots m'échappèrent avant que je puisse les stopper. Et bien sûr, j'avais vraiment envie de savoir.

— Quoi ? Non !

Il avait l'air inquiet et un peu énervé.

— Bien sûr que non. Comment peux-tu me demander ça ?

13

L'étincelle d'espoir que Lizzy avait éveillée en moi s'éteignit.

— C'était juste une question, pas de quoi t'inquiéter. Désolé d'avoir abordé le sujet.

— Je ne suis pas gay !

— D'accord.

— Pourquoi ?

On aurait dit un défi.

— Tu l'es ?

— Oui.

Il l'aurait appris tôt ou tard de toute façon.

Il eut l'air pris de court. Il fronça les sourcils, me dévisagea.

— Tu l'es ? Je veux dire, je plaisantais. Je ne pensais pas vraiment que tu dirais oui.

Je laissai échapper un rire un peu mal à l'aise.

— Eh bah, c'est le cas.

Je le regardai droit dans les yeux.

— Ça te pose un problème ?

— Eh bien…

Au moins, il eut le bon sens de s'interrompre et de réfléchir avant de parler. Il jouait à nouveau avec l'étiquette de sa bouteille.

— Je ne sais pas. Je n'ai jamais…

L'étiquette se décolla et il sembla perdu, comme s'il ne savait pas quoi faire avec maintenant qu'il l'avait détachée.

— Tu sais, ce n'est pas contagieux, le taquinai-je à présent, en espérant qu'il le comprendrait.

Mais j'étais presque sûr qu'il ne me demanderait plus jamais d'aller dîner ou boire un verre avec lui.

— Je sais. Bien sûr que je le sais.

Il soupira et la tension dans ses épaules disparut un peu. Il secoua la tête.

— Je me conduis comme un imbécile. Ça ne me regarde pas, avec qui tu couches.

Une pause et puis :

— Juste, je voudrais que tu saches…

Nos regards se croisèrent à nouveau.

— Moi, je ne le suis pas.

Je souris.

— Hé, ce n'est pas comme si j'allais t'embrasser.

Bien que justement, cette idée fut suffisante pour que mon sang s'accélère dans mes veines. Mais apparemment, c'était tout ce qu'il avait besoin d'entendre pour que le reste de la tension qui l'habitait le quitte dans un soupir.

— Bref, de toute façon, aucun gars du Colorado qui se respecte ne sortirait avec un supporter des Chiefs.

Cela le fit rire et après ça, nous étions de retour sur un terrain moins dangereux. Cette conversation semblait avoir été oubliée.

LIZZY M'APPELA à la première heure le lendemain matin.

— Alors ? Que s'est-il passé ?

— Il est hétéro.

— Oh.

Elle avait l'air aussi déçu que moi.

— Tu es sûr ?

— Il était assez catégorique, oui.

— Oh Jared, dit-elle avec sincérité. Je suis tellement navrée !

— C'est bon, Lizzy. Vraiment. Je le connais à peine. Ce n'est pas comme si j'étais amoureux.

— Je sais, mais tu avais l'air si bien, hier soir. Je voulais juste que tu sois heureux.

— Je sais, Lizzy. Je ne vais pas prétendre que je n'espérais pas qu'il soit gay. Mais il est hétéro, et c'est tout, il n'y a plus rien à dire. Je survivrai.

IV

— Va te faire couper les cheveux, espèce de clodo !

Lizzy me harcelait à nouveau à propos de mes cheveux. C'était un de ses sujets favoris.

— Sérieusement, Jarhead, je ne sais pas quel style c'est censé être, mais c'est passé de mode.

Je ne suis pas un Marine. Mais Lizzy trouve amusant de m'appeler 'Jarhead', le surnom donné aux membres des Marines, quand elle trouve que je suis particulière buté. Ce qui arrive souvent.

Elle adore me houspiller au sujet de la longueur de mes cheveux. La vérité, c'est que me couper les cheveux est assez problématique. Il y a seulement deux endroits à Coda où l'on peut aller chez le coiffeur. Il y a Gerri, le barbier, où vont la plupart des hommes en ville. Mais Gerri est de l'ancienne école et un de ceux qui me traite comme un paria, alors je ne peux pas m'y rendre. Ensuite, il y a le salon de beauté de Sally, où vont la plupart des femmes. J'y suis allé plusieurs fois, mais ça a été une expérience horrible. Les filles semblaient toutes penser que sous prétexte que je suis gay, je voulais échanger des potins avec elles, discuter de qui couchait avec qui ou débattre des qualités de Brad Pitt contre celles de Johnny Depp – aucun des deux n'étant mon genre. Une fois, j'ai laissé Lizzy me couper les cheveux, mais ça avait été un désastre complet, que ni Lizzy, ni moi ne voulions réitérer.

Mes cheveux blonds sont épais et naturellement bouclés. S'ils sont trop courts, je frise comme un mouton. Si je les laisse pousser, mes boucles pendent. J'aurais pu les raser, mais ça me semblait demander trop d'entretien. C'est comme ça que j'ai fini avec une crinière de boucles. Même si je dois admettre que ça ressemble plus à une vieille serpillère. Au magasin, j'essaie de les attacher. Si je tire mes cheveux en arrière, ils sont juste assez longs pour que l'élastique tienne. Mais à la fin de la journée, la moitié s'en sera échappée.

— Lizzy, j'aime mon style hirsute. Comme ça, toi et moi on est assortis, tu vois ?

Ses cheveux sont à peu près de la même couleur que les miens, mais plus longs, et ses boucles font de légères vagues. Elle les rejeta par-dessus son épaule et me fit un doigt d'honneur avant de se tourner vers Ringo.

— Ringo, dit à Jared qu'il doit se couper les cheveux !

Ringo, assis au comptoir, leva les yeux de ses devoirs avec un petit air paniqué. Lizzy le laissait étudier du moment qu'il n'y avait pas de clients.

— Hein ? C'est à moi que tu parles ?

Elle leva les yeux au ciel, amusée.

— Franchement ! Personne ne m'écoute. Qu'est-ce qui te perturbe comme ça ?

— Algèbre niveau confirmé.

Il laissa tomber son crayon sur son livre et repoussa ses cheveux en arrières à l'aide de ses deux mains.

— Comment on peut arriver à faire ce truc ?

— Tu vas y parvenir, le rassura Lizzy.

— Comment ? Je n'y comprends rien. Et mon professeur se contente de suivre le livre. Mes parents ne peuvent pas m'aider. Personne ne peut me l'expliquer de façon à ce que j'y comprenne quelque chose.

Il ramassa son crayon et appuya la tête sur sa main alors qu'il s'y remettait.

— Je déteste l'algèbre.

— Jared peut t'aider.

— Quoi ?

Ringo et moi crièrent d'une même voix. J'étais horrifié qu'elle ose même le suggérer et il était évident que lui aussi, à en juger par son expression.

— Jared est vraiment bon en maths. Il est censé être prof de physique, non ?

Elle me lança un regard perçant dont je me détournai.

— Peut-être qu'il peut te donner des cours particuliers.

— Peut-être…

Ringo avait l'air assez sceptique. Je restai silencieux.

Lizzy partit peu après puisque c'était elle qui avait ouvert la boutique ce jour-là. Nous n'eûmes pas beaucoup de clients cet après-midi-là alors Ringo passa la moitié de son temps à tenter de résoudre ses problèmes de maths. Il n'arrêtait pas d'effacer pour réécrire ses réponses et je devinais sa frustration. De temps en temps, il me jetait un coup d'œil et je savais qu'il hésitait à me demander de l'aide. Je fis semblant de ne rien voir.

Enfin, alors que je fermais la caisse, il dit d'une voix incertaine:

— Jared, tu sais vraiment tous ces trucs ?

— Oui, vraiment.

— Qu'est-ce qu'elle voulait dire par 'censé être professeur' ?

— C'est ce que j'avais prévu de faire quand je suis allé à l'université.

— Alors pourquoi tu ne l'as pas fait ?

J'aurais pu lui donner la même réponse que j'avais déjà donnée à Matt, mais je ne sais pourquoi, je lui dis la vérité.

— Pour la même raison que tu ne veux pas que je te donne de cours particuliers. Certaines personnes pensent que parce que je suis gay, je vais agresser chaque jeune garçon qui va croiser mon chemin.

Il resta silencieux pendant plusieurs secondes, et je compris que je l'avais embarrassé. Je me sentis un peu coupable, mais ce n'était pas comme si je pouvais effacer mes paroles.

— C'est ce que dit mon père.

Ses joues étaient écarlates et il refusait de me regarder.

— Il dit que je ne dois pas rester seul avec toi dans le magasin. Je lui ai dit que Lizzy est toujours là. Il ne sait pas qu'elle s'en va parfois.

Mes mains tremblèrent un peu, j'essayai de me retenir de frapper quelque chose.

— Je ferais bien attention à garder mes distances, alors.

— Le truc, c'est que tu n'as jamais essayé quoi que ce soit avec moi. Je ne t'ai jamais vu faire des avances à personne.

— Gamin, je suis gay. Je ne suis pas pervers et je ne suis pas pédophile.

— Je ne suis pas un gamin ! protesta-t-il, indigné.

Je pris une grande inspiration pour me calmer. Bien sûr, à dix-sept ans il croyait qu'il n'était plus un enfant, même s'il l'était pour moi.

— Je sais. Je dis juste que le fait que je sois gay ne veut pas dire que je suis incapable de me contrôler. Ou que je n'ai pas de critères. Est-ce que tu flirtes avec chacune des filles que tu croises ? Même celles qui ont quatorze ans ? Ou celles qui sortent avec d'autres mecs ?

D'accord, il venait juste d'avoir dix-sept ans. C'était peut-être un mauvais exemple.

— Et Lizzy ? Elle aime les hommes elle aussi, mais tu n'as pas l'air inquiet à l'idée qu'elle te fasse des avances.

Je voyais presque les rouages de son cerveau se mettre en route pendant qu'il y réfléchissait. Il finirait pas comprendre, ou pas, mais je n'avais pas envie de continuer à jouer les prêcheurs.

18

— Laisse tomber, Ringo. Je vais fermer les portes. Éteins les lumières quand tu partiras.

— Jared, attend !

Je me retournai. Il se mordait la lèvre et tapait nerveusement son crayon contre son livre, mais au moins il me regardait.

— Je ne vais jamais avoir la moyenne dans ce cours sans aide. Je ne peux pas te payer, mais je ferais des heures supplémentaires si tu me donnes des cours.

— Et ton père ?

Il haussa les épaules.

— Il veut que je réussisse. Je trouverai une solution.

Ce changement soudain d'attitude me surprit un peu. Peut-être que j'avais vraiment réussi à le toucher. Ou peut-être qu'il était à ce point désespéré à l'idée d'échouer dans cette matière. De toute façon, j'étais surpris de trouver que l'idée de lui donner des cours ne m'était pas aussi épouvantable que je l'avais tout d'abord pensé. J'étais même un peu impatient d'avoir quelque chose de différent à faire. Ce serait peut-être même amusant.

Amusant ?

Voilà qui était une preuve assez triste de l'état de ma vie sociale. Passer mon temps assis au comptoir d'une quincaillerie qui vendait aussi des pièces de voitures n'était pas exactement le travail le plus stimulant. Au moins, j'aurais l'occasion de dérouiller une partie de ma matière grise pour le moins négligée.

Ringo me regardait toujours, attendant ma réponse. Pourquoi pas ?

— D'accord, gamin. Voyons où tu en es.

V

RINGO S'AVÉRA être bon élève. Il avait la mauvaise habitude d'ajouter les nombres dans des équations au lieu de s'occuper des variables, mais une fois cette manie corrigée, il commença à faire des progrès. Il était aussi un peu handicapé par sa fierté. Il me disait souvent qu'il comprenait les choses avant de vraiment les comprendre, mais il n'abandonnait jamais. Je l'aidais depuis quelques semaines quand Matt vint au magasin.

— Bonjour Jared ! lança-t-il en entrant. J'espérais t'attraper avant que tu partes.

Je ne l'avais pas revu depuis cette soirée chez Lizzy, quand il avait découvert que j'étais gay. Je m'étais attendu à ne plus avoir de nouvelles de lui.

Aussitôt, Lizzy feignit un immense intérêt pour une étagère de filtres à huile. Je savais qu'elle essayait d'entendre chaque mot en prétendant le contraire.

— Je te dois toujours un dîner et une bière. Qu'est-ce que tu en dis ?

Il jeta un coup d'œil à Lizzy.

— Vous êtes la bienvenue si vous voulez vous joindre à nous, bien sûr.

— Qui ? Moi ?

Elle trouva le moyen d'avoir l'air à la fois embarrassée et nerveuse à l'idée de s'être fait surprendre à espionner notre conversation.

— Non. Brian m'attend et je n'ai pas le droit de boire jusqu'à la naissance du bébé. Amusez-vous sans moi.

Nous descendîmes la rue jusqu'au Mamacita, le seul et unique restaurant mexicain.

— Tu es sûr que ça ne te gêne pas ? lui demandai-je avant qu'on entre.

— Que quoi me gêne ?

— C'est une petite ville. Les gens vont te voir avec moi et ils vont en tirer des conclusions hâtives.

Il fronça légèrement les sourcils et je réalisai qu'il n'y avait pas pensé avant. Puis il haussa les épaules.

— On ne fait que dîner.

— D'accord. Mais ne dit pas que je ne t'ai pas prévenu.

Une fois installés, notre serveuse, Cherie, vint prendre notre commande.

— Jared, qui est ton ami ? demanda-t-elle.

Cherie et moi avons passé toute notre scolarité ensemble, jusqu'au lycée. À cette époque, elle était magnifique, blonde, les yeux marron, des formes juste là où il fallait. Elle l'est toujours, je suppose, mais la vie a laissé des traces. Un peu de son charme s'est envolé, mais elle ne l'a pas complètement perdu. Elle a été marié et a divorcé deux fois, les deux fois avec Dan, un des voyous du coin. D'après les rumeurs, Dan aimait la battre quand il buvait, donc la majorité du temps. Elle avait même fini à l'hôpital une fois. Elle a au moins été assez intelligente pour le quitter. Deux fois. Ils n'avaient pas d'enfants, ce qui était une bénédiction selon moi.

— Cherie, voici Matt. C'est un des nouveaux policiers de Coda.

Je songeai que Matt rencontrerait sans doute son ex-mari d'ici peu. Il s'attirait toujours des ennuis pour une raison ou pour une autre.

— Matt, voici Cherie. Elle est…

Pleine de problèmes ? Désespérée ? Seule ?

— Une vieille amie, terminai-je assez pitoyablement.

— Je suis si contente de vous rencontrer !

Elle papillonnait quasiment des yeux. Quelque chose me disait qu'on serait servis comme des rois, ici.

Il la reluqua clairement lorsqu'elle s'éloigna.

— Alors… reprit-il après son départ. Est-ce que vous êtes sortis ensemble tous les deux ?

Je ris.

— Non.

— Tu n'es jamais sorti avec une seule fille ?

Oh non. Pas cette conversation. Pourquoi est-ce qu'on en revenait toujours à ça ?

— Non, je ne suis jamais sorti sérieusement avec une fille.

— Donc, tu n'as jamais…

Il ne termina pas sa phrase, mais ce qu'il voulait dire était évident.

— Non. Jamais avec une fille.

— Mais alors, comment est-ce que tu sais… ?

Je ne pus m'empêcher de lever les yeux au ciel.

— Je le sais, c'est tout. Le fait que je n'en ai jamais eu envie est un assez gros indice.

Cherie revint avec nos verres, adressant un sourire rayonnant à Matt. Il ne sembla rien remarquer. Quand elle s'en alla à nouveau, il dit :

— Je suis désolé. Ce ne sont pas mes affaires.

— T'inquiète. Les gens pensent souvent que si on voulait bien essayer, peut-être qu'on aimerait. Mais pour moi du moins, ça ne marche pas comme ça.

— Pour d'autre, oui ?

— Je ne sais pas. De toute évidence, il y a des gars qui aiment les hommes mais qui sont capables de se marier et d'avoir des enfants. Ce doit être différent pour eux. Je ne peux pas vraiment dire. Je sais juste que je n'ai jamais voulu essayer. Les femmes ne m'attirent pas.

— Intéressant.

Il rougissait un petit peu.

— Et que fais-tu, tu sais, des conséquences religieuses ?

— Tu me demandes si je pense que c'est un péché ?

— Je suppose, oui.

— Je ne crois pas en Dieu, donc non. Une fois que tu le retires de l'équation, c'est juste une affaire entre deux adultes consentants.

Tout de suite, je vis que ça l'avait mis mal à l'aise.

— Mais tu ne crois pas en Dieu du tout ?

Il n'avait pas l'air offensé par cette idée, juste surpris.

— Pas vraiment. Je n'ai pas été élevé comme ça. Mon père était athée. Ma mère, eh bien, on pourrait dire qu'elle est agnostique avec des penchants bouddhistes, si tu vois ce que je veux dire.

Son expression me dit qu'il ne voyait pas.

—J'imagine qu'il est possible qu'il y ait quelque part, quelque chose de semblable à une divinité. Quelque chose qu'on ne peut même pas commencer à expliquer. Mais je ne peux imaginer qu'il, ou cette divinité, se préoccupe tant que ça de qui occupe mon lit.

Il semblait plutôt perplexe qu'opposé à mon raisonnement.

— Peut-être. Je ne sais pas. Je ne suis pas une grenouille de bénitier ni rien, mais j'ai toujours cru que ça devait être vrai. Ma famille est baptiste. On ne va pas à l'église souvent mais on dit toujours les bénédicités. Ce genre de choses. Je n'y ai jamais vraiment réfléchi. Comment autant de gens peuvent se tromper ?

— Le nombre de personnes qui croient en une chose n'a aucun impact sur sa réalité.

Il était toujours en train d'y réfléchir quand Cherie apporta nos plats.

22

— Besoin d'autre chose, mon chou ?

Elle ne me lança même pas un regard. Il commanda deux bières.

Je décidai que c'était à mon tour de poser les questions.

— Et toi ? Tu n'as jamais été attiré par un autre mec ?

Ses joues s'embrasèrent, le résultat était magnifique.

— Non. Jamais.

Mais pour moi, ça avait l'air d'un mensonge. Il avait répondu un peu trop vite et brutalement. Selon mon expérience, les hommes qui sont vraiment hétéros n'ont pas à se défendre avec autant de ferveur.

— C'est rien, tu sais ? Tu peux reconnaître que tu es parfois attiré par des hommes. Ça ne diminue pas pour autant ta virilité.

— Non !

Pas en colère mais un peu agacé.

— D'accord. Tu as fait du sport au lycée ?

On aurait pu croire que je le laissais s'en sortir facilement, mais je n'en avais pas encore fini.

— De la lutte.

Parfait ! Bien sûr, j'essayai alors de l'imaginer dans un de ces petits justaucorps moulants que portent les lutteurs.

— Et quand tu faisais de la lutte, que tu te roulais par terre avec un autre gars, tu n'as jamais été excité ?

— Ce n'est pas la même chose.

Pour être franc, il m'a pris de court. Je m'étais attendu à ce qu'il nie tout.

— Ah non ?

— Non. C'est arrivé à tout le monde un jour ou l'autre. Ça ne veut rien dire. On portait tous des protections, ce n'est pas comme si l'autre gars pouvait le savoir. J'ai juste, tu sais, pensé à du baseball ou autre chose jusqu'à ce que ça passe tout seul.

Il reprenait désormais son sang-froid, recommençait ses plaisanteries habituelles.

— Ça t'a aidé, de penser à des joueurs de baseball ?

Je souris alors, certain qu'il savait que je le taquinais.

— Peut-être pas, mais penser au reste de l'équipe me bottant le cul faisait généralement l'affaire.

— Oui, je suppose que oui !

Nous finîmes de dîner avant de retourner au magasin. Malgré ce sujet de conversation épineux, on était retombés plutôt facilement dans une conversation assez tranquille.

— Alors, pourquoi es-tu devenu flic ?

— Ça me semblait la chose à faire. Mon devoir. Protéger et servir. Dieu et ma patrie. Toutes ces conneries.

— Dieu et la patrie ? Tu fais partie des Marines ou quoi ?

Il fronça à nouveau les sourcils. J'aurais vraiment aimé qu'il soit du genre à sourire plus. J'aurais parié que son sourire était magnifique.

— Non, mon père en faisait partie, cela dit. J'étais censé en être un aussi. Je ne pense pas qu'il me pardonnera un jour de ne pas avoir rejoint l'armée. J'ai rejoint le corps d'entraînement des officiers de réserve, mais c'était loin d'être assez pour lui. Tous, mon père, mon oncle, mon grand-père, ils étaient tous dans l'armée. Ils ne comprendront jamais pourquoi je n'ai pas voulu de cette vie. En ce qui le concerne, c'était mon devoir et j'ai échoué.

Bon sang, ça expliquait beaucoup de choses ! Il eut l'air embarrassé, et j'avais la nette impression qu'il n'avait pas vraiment prévu de me confier tout ça. Je ne fus pas surpris quand il changea soudain de sujet.

— Tu as déjà fait du géocaching [1] ? me demanda-t-il.

— Non. J'en ai déjà entendu parler, mais je n'ai pas de GPS.

— Je pensais essayer le week-end prochain. Tu veux te joindre à moi ?

— Bien sûr.

J'essayais de me dire que ce n'était pas une sortie romantique. Juste une sortie entre amis. Et pour être franc, avoir un pote était sympa. Lizzy et Brian était supers, mais je me sentais toujours très seul. La seule idée d'avoir un ami avec qui passer du temps me plaisait. Il valait mieux en profiter avant qu'une des célibataires de la ville commence à monopoliser tout son temps libre.

— Ça a l'air marrant.

— Super ! Je passerai te prendre à 10 heures samedi.

Lizzy ne m'en voudrait sûrement pas si je prenais un jour de repos.

Je lui indiquai le chemin de ma maison et passai le reste de la semaine à compter les heures, sans jamais cesser de me maudire d'être aussi bête.

---

1 NDT : Chasse au trésor au niveau mondial utilisant le géopositionnement par satellite.

VI

Il ARRIVA chez moi à 9 heures et quart samedi. Je ne l'attendais pas si tôt. Je n'étais pas rasé et portais seulement un boxer. Il haussa un sourcil.

— Peu dormi ? plaisanta-t-il.

— Non, pas du tout. Je suis juste un bon à rien et tu es en avance. Entre.

— Je n'interromps rien n'est-ce pas ? demanda-t-il en jetant un coup d'œil vers la chambre.

Je me mis à rire.

— Mon Dieu, si seulement ! Pour moi, la seule possibilité dans cette ville est M. Stevens, le prof de la fanfare du lycée. Et il a au moins trente ans de plus que moi. Je n'ai jamais été désespéré à ce point.

— Heureux de l'entendre.

Il se dirigea vers la cuisine.

— Tu as du café ou un truc du genre ?

— Oui. Fais comme chez toi. Donne-moi juste une minute pour m'habiller.

De ma chambre, j'entendis le réfrigérateur s'ouvrir, et lui s'écrier :

— Mais tu n'as donc rien à manger ?

— Il y a de la nourriture dans le frigo !

— Je vois du lait, de la bière, un fromage, deux plats à emporter, trois... non, attends... quatre pots de moutarde !

— Tu vois, lait, bière et fromage : les trois aliments de base, répliquai-je en entrant dans la cuisine. Je n'ai pas dit que mon frigo était plein. Je ne sais pas vraiment cuisiner.

— Moi non plus. Mais j'ose dire que mon frigo se porte mieux que ça.

Il le referma puis se tourna vers moi, se frottant les mains à l'avance.

— Faisons un arrêt à l'épicerie pour acheter des sandwichs à emporter avec nous. Je meurs déjà de faim.

Je n'étais pas certain que notre vendeur de sandwichs – on ne pouvait pas vraiment parler d'épicerie – soit déjà ouvert, mais on pouvait au moins passer à la supérette.

— Tu es prêt ? s'enquit-il.

— Fin prêt.

— Génial. Allons chercher à manger alors, hum…

Pourquoi avait-il l'air si troublé ?

— Il faudra faire un arrêt pour prendre Cherie au moment de partir.

J'ai eu l'impression de recevoir un coup de poing.

— Cherie ?

Il eut au moins la décence de prendre un air misérable.

— Je sais. Le truc c'est qu'il y a quelques nuits, on a eu un appel pour violence conjugale. Il s'est avéré qu'il s'agissait de sa maison. Son abruti d'ex-mari, comment s'appelle-t-il déjà ?

— Dan Snyder.

— C'est ça. Il était là. Tellement saoul qu'il tenait à peine debout. Elle pleurait, et il criait, la traitait de tous les noms. J'aurais juré qu'il l'a frappé mais elle a prétendu que non. Sur ce genre d'appel, on doit prendre l'un des deux en garde à vue, on l'a arrêté lui. Et les choses ont empiré… Bref, elle a réussi à me retrouver le jour suivant. Elle est venue chez moi, bon sang… Elle a dit qu'elle voulait me *remercier*, alors si je voulais venir dîner chez elle ? Elle ne semblait pas prête à accepter non comme réponse. J'ai donc accepté qu'elle nous accompagne aujourd'hui à la place. Ça semblait beaucoup plus sûr que me retrouver seul chez elle.

Il soupira, puis me regarda, un sourcil haussé, le coin de sa bouche légèrement relevé. Je réalisai alors que pour lui c'était l'équivalent d'un sourire.

— Considère-toi comme notre chaperon.

— Tu as besoin de moi pour défendre ta vertu ?

J'essayais de ne pas sourire.

— Plus mon indépendance que ma vertu.

— Je suis le défenseur de ton indépendance ?

Il me fit un clin d'œil.

— Exactement.

Je ne pus que rire.

— Génial ! J'ai toujours voulu combattre pour la liberté. Mais tu me devras une bière en échange !

Il eut l'air immensément soulagé.

— Promis.

Je me sentis un peu mieux en sachant que la voir ne l'intéressait pas trop. Il fut évident, lorsque nous vînmes la chercher, que Matt n'avait pas vraiment précisé qu'ils ne seraient pas seuls. Elle n'était pas plus heureuse de me voir que je l'étais de la voir. Pourtant, elle sembla déterminée à faire que cela se passe au mieux. Je sortis de la Jeep et fit mine de monter à l'arrière.

— Jared, ne soit pas ridicule. Grand comme tu es, tu seras mal comme tout derrière. Ça ne me pose aucun problème de m'y mettre.

Je suppose que la chevalerie est vraiment morte parce que je ne protestai pas. De toute évidence elle ne me considérait pas comme un rival. Mais pourquoi le ferait-elle ? Je dus me rappeler que je n'en étais pas un. Elle se plaça au milieu de la banquette afin de s'appuyer facilement entre les sièges et nous parler, puis nous partîmes.

On avait les coordonnées GPS de la cachette. Ça plus notre GPS à la main, nous pensions qu'il serait facile de la trouver. Mais en vérité, y accéder s'avéra étonnement difficile. Nous dûmes sortir un énorme livre de cartes topographiques, qui auraient pu être très utiles si elles n'avaient pas daté d'une dizaine d'année. Nous passâmes plusieurs heures à errer sur les hauts plateaux, à essayer de trouver le chemin qui nous mènerait à la petite boîte au trésor.

— Alors Matt, d'où venez-vous ? demanda Cherie.

— J'ai vécu dans beaucoup d'endroits. L'Oklahoma dernièrement, mais j'ai aussi vécu au Texas, en Arkansas et à Kansas City.

Il me regarda avec insistance lorsqu'il prononça ce dernier nom.

J'éclatai de rire.

— Ça explique tout ! Je me demandais pourquoi un gars de l'Oklahoma serait un fan des Chiefs de Kansas City ! Maintenant que tu es dans le Colorado, où nous avons une équipe digne de ce nom, il faut que tu changes ton fusil d'épaule. Je t'emmènerai voir un match, comme ça tu seras converti par la magie de notre équipe !

— Vous, les gars du Colorado, vous vous bercez de douces illusions. Tu trouves que Denver est génial ? Tu as déjà été à Arrowhead ? Eux, ils savent comment faire la fête avant un match ! Il y a des barbecues allumés entre les voitures toute la journée et sur tout le parking. On le sent de loin. Non, les fans des Broncos ont beaucoup à apprendre !

— J'aime les barbecues comme tout le monde, mais tu crois que ça suffise à encourager une équipe aussi médiocre ?

Je riais toujours et même si son expression était toujours assez réservée, je voyais bien qu'il s'amusait.

27

— Médiocre ? On a fini à peine un match derrière vous la saison dernière, et c'est seulement parce que notre demi offensif n'a pas joué la moitié de la saison. Je parie...

— Alors... interrompit Cherie de la banquette arrière.

On sursauta tous les deux et je réalisai que je n'étais pas le seul à avoir oublié qu'elle était là.

— Vous avez des plaques temporaires. Votre Jeep est neuve ?

— Ouais, Jared me l'a vendue.

— Oh vraiment ? Je ne savais pas que tu avais une voiture, Jared.

J'étais soulagé qu'elle ne puisse pas me voir lever les yeux au ciel.

— Si, j'ai une voiture. Je préfère utiliser mon vélo, c'est tout.

Pourquoi tout le monde trouvait ça si étrange ?

— Et puis, techniquement, c'est Lizzy qui la lui a vendue.

— C'est parfait pour les pistes ici, non ?

— C'est en partie pour ça que je l'ai achetée. En parlant de piste, certains des gars au poste m'ont parlé de celle de Culver ?

— Jamais entendu parler, dit Cherie.

Mais c'est moi qu'il regardait.

— Culver n'est pas une piste pour un 4x4, lui répondis-je. C'est pour le VTT et la randonnée. C'est l'un des trajets les plus faciles du coin.

— Ah bon ? Ils ont dit qu'elle était assez dure.

Je souris.

— Ça doit être des mauviettes. Hé ! Tu as prévu d'acheter un VTT ?

Soudain, l'idée d'avoir quelqu'un avec qui faire du vélo m'enthousiasmait.

— Je devrais ?

— Absolument !

Nous atteignîmes enfin notre destination. Nous déterrâmes la boîte de métal et l'ouvrîmes. En plus du journal de bord, il y avait dedans un assortiment d'objets hétéroclites : un petit soldat en plastique vert, une carte à jouer, un dé à dix faces. On n'avait pas pensé à amener quoi que ce soit à mettre dedans, alors on se contenta d'ajouter nos noms dans le journal de bord avant de retourner à la Jeep.

— Prem's ! s'écria Cherie.

Elle eut l'air un peu embarrassé, mais je comprenais

— C'est normal, puisque tu t'es assise à l'arrière à l'aller.

Mais ça ne changea rien. Matt me parlait toujours plus qu'à elle. Une fois de retour en ville, elle fit une nouvelle tentative :

— Tu es sûr que tu ne veux pas rentrer boire un verre ?

— Merci, Cherie, mais la belle-sœur de Jared nous attend pour dîner.

Ce mensonge me prit de court, mais j'essayai de hocher la tête d'un air convainquant.

— Passe une bonne soirée.

Il eut l'air soulagé de son départ.

— Super ! dit-il joyeusement. Allons boire cette bière que je t'ai promise.

— Matt, tu te rends compte que c'est une petite ville ? Peu importe où on ira, il y aura toujours une chance qu'elle nous voie et découvre que tu as menti.

— Oh.

Tout son enthousiasme fondit comme neige au soleil.

— Je n'y avais pas pensé.

L'idée de passer une ou deux heures de plus ensemble était plus séduisante que de rentrer dans ma maison vide et j'étais assez surpris qu'il ressente la même chose.

— On pourrait vraiment aller chez Lizzy. C'est samedi, elle doit à moitié s'attendre à me voir.

Brian n'était pas là, mais Lizzy oui. Et, comme je l'avais prédit, elle ne fut pas surprise de mon arrivée. Toutefois, elle arqua un sourcil en voyant Matt. Il s'excusa le temps d'aller aux toilettes, et elle se tourna alors vers moi.

— Une sortie en amoureux ?

Elle plissa ses yeux bleus en me fixant.

— Mais non !

— Ça y ressemble.

— Ce n'en est pas un !

— Il a l'air de passer beaucoup de temps avec toi en tout cas.

— Il est nouveau en ville. Il ne connaît encore personne, c'est tout.

— Jarhead, dit-elle, exaspérée. Si tu crois que ce type n'a pas le choix, même dans cette ville, alors tu dois être aveugle. Il t'a choisi.

Elle avait raison, je le savais. Ne venais-je pas de mentir à Cherie pour qu'il puisse passer la soirée avec moi ? Et elle n'était pas la seule femme célibataire de la ville. Elle était la seule qui avait été jusqu'à frapper à sa porte, mais ça voulait seulement dire qu'elle était la plus agressive du lot. De plus, il soutenait catégoriquement qu'il était hétéro, alors où est-ce-que cela nous menait ? À cette pensée, je me mis à rougir.

29

— De quoi parlez-vous ? demanda Matt lorsqu'il revint dans la pièce. On dirait que tu embêtes Jared.

— De ses cheveux, répondit Lizzy sans se laisser démonter. Tu vois le désastre sur sa tête ? Je n'arrête pas de lui dire de se les faire couper !

Matt fronça les sourcils et inspecta la touffe au sommet de mon crâne. J'essayai de ne pas tressaillir sous son examen. J'éprouvai soudain beaucoup de compassion pour ces singes au zoo.

Puis il reporta son attention vers Lizzy, un sourcil arqué, le fantôme d'un sourire aux lèvres et dit :

— Moi j'aime bien.

À cet instant je sus que j'étais un parfait idiot car mon cœur gonfla à en exploser dans ma poitrine et j'étais aussi rouge qu'une tomate. Matt avait déjà disparu dans la cuisine.

— Je ne sais pas qui il pense tromper, siffla Lizzy, mais c'était clairement un rendez-vous amoureux !

VII

Il REPASSA plusieurs fois au magasin après ça, toujours à l'heure de la fermeture, puis on sortait dîner. J'étais surpris qu'il recherche ma compagnie, mais en même temps ravi. C'était facile de lui parler.

Lizzy l'invita au barbecue du jour du Souvenir, le dernier lundi de mai. L'invitation sembla lui faire plaisir, mais deux jours avant, il passa au magasin pour annuler.

— Lizzy, je vais devoir remettre à une autre fois. Mes parents ont décidé de passer à l'improviste cette semaine.

— Pas de problème, répondit-elle sans même lever les yeux de son inventaire. Ils n'ont qu'à venir.

Il eut l'air un peu surpris mais dit d'un ton assuré :

— Non, je ne pourrais pas te faire ça.

Elle leva alors les yeux.

— Pourquoi pas ?

— Je ne pourrais pas faire intrusion comme ça.

— Ne soit pas ridicule. Plus on est de fous, plus on rit !

— Hmm.

Soudain, il n'eut plus l'air très à l'aise.

— J'apprécie l'invitation, Lizzy, vraiment, mais c'est une très mauvaise idée. Tu le regretterais. Crois-moi.

— Mon Dieu, est-ce qu'ils sont si affreux ? demanda-t-elle en plaisantant, un sourcil haussé.

Mais lui n'avait pas l'air de plaisanter du tout quand il répondit :

— Ouais. Vraiment. Tu sais, dans les films, cet oncle horrible qui gâche les vacances de tout le monde ? C'est mon père. Je ne plaisante pas.

Elle l'observa un moment, se tapotant la lèvre inférieure, comme si elle tentait de déterminer à quel point il était sérieux. Puis, elle prit un air obstiné, et je voulus dire à Matt de ne pas insister, parce que Lizzy obtenait toujours ce qu'elle voulait.

— Matt, tu n'as jamais rencontré mes parents. Ils sont fous. Mais vraiment complètement barjos. Jared ?

Elle se tourna vers moi.

31

— Dis-lui. Mes parents sont complètements barrés.

— Eh bien…

Mais elle s'adressa à nouveau à Matt.

— Sérieusement. Tes parents ne peuvent pas être pires que les miens.

— Je ne sais pas…

— Super ! Alors on se retrouve à 5 heures et demie !

Elle retourna à son inventaire comme si le sujet était clos.

Matt avait l'air un peu déconcerté, comme s'il ne savait pas trop ce qui venait de se passer.

— Oh. D'accord. Merci, Lizzy.

Il la regarda, tête légèrement penchée même si, concentrée sur son inventaire elle ne pouvait le voir.

— Ne dis pas que je ne t'ai pas prévenue.

Puis il fit demi-tour et marcha jusqu'à la porte, s'arrêtant au dernier moment.

— Lizzy, mon père boit, beaucoup.

On aurait dit un avertissement.

— Pas de problème.

ILS ARRIVÈRENT pile à l'heure. La mère de Matt, Lucy, faisait environ un mètre cinquante, une femme maigre mais à la charpente solide, avec des cheveux châtains grisonnants. Ses yeux verts étaient tristes et nerveux, et ses mains toujours en mouvement. Elle tripotait constamment son collier, ses boucles d'oreilles et ses cheveux.

Le père de Matt, Joseph, était imposant. Il était aussi grand que son fils, avec les mêmes cheveux sombres et la même coupe militaire. Il était évident qu'il avait un jour eu la même carrure d'athlète, mais désormais il avait un peu de ce ventre de buveur de bière, et son nez, rouge, bulbeux, était celui d'un grand consommateur d'alcool.

Ils avaient apporté avec eux une bouteille de vin, dans un joli emballage en aluminium entouré d'un nœud. Dès que Lucy la tendit à Lizzy, Joseph dit :

— J'en prendrais bien un verre maintenant, si vous le voulez bien.

Matt et moi suivîmes Lizzy dans la cuisine. Matt n'était clairement pas lui-même. Je ne l'avais jamais vu agir de façon aussi nerveuse et incertaine. Ses parents étaient visiblement une bombe à retardement dont il redoutait l'explosion.

— Nous avons prévu largement assez pour tout le monde, assura joyeusement Lizzy alors qu'elle ouvrait la bouteille. J'ai acheté trois bouteilles de vin, deux rouges, une de blanc et une caisse de bière. Sans compter la liqueur dans le buffet s'il veut quelque chose de plus fort.

Elle montra le bar avant de prendre la bouteille de vin ouverte avec quelques verres et de retourner dans le salon.

Je commençai à lui emboîter le pas, mais Matt m'attrapa le bras. Quand je levai les yeux vers lui, je fus surpris de voir quelque chose comme de la terreur sur son visage.

— Pourquoi est-ce qu'elle a acheté tout cet alcool ?

— Tu as dit que ton père aimait boire.

— Oh non.

Il gémit avant d'enfouir le visage dans ses mains.

— Qu'est-ce qui ne va pas ?

— Je voulais dire qu'il ne fallait pas qu'il y ait d'alcool ! C'était censé être un avertissement. Oh mon Dieu, quel idiot je suis ! J'aurais dû être plus clair. Merde ! C'est affreux, Jared. Il est con quand il est sobre. Il est méchant, belliqueux et un connard contrariant quand il ne l'est pas.

— Tant que ça ?

J'aurais ris s'il n'avait pas eu l'air aussi terrifié.

— Oui !

Il se frotta le visage et retourna au bar, farfouillant avant d'y prendre une bouteille de Jack Daniels. Il sortit deux verres du petit meuble et versa deux grandes doses.

— Tiens.

Il m'en tendit un et avala le sien cul sec.

— Je hais ce truc.

— Crois-moi, dit-il alors qu'il s'en versait un autre. Ce sera moins pénible si toi aussi tu es à moitié saoul.

Il avait tort. Ce fut tout aussi pénible.

Le dîner prit place sur la terrasse. Le soleil n'était pas encore couché mais bas dans le ciel, projetant de grandes ombres sur la pelouse. C'était une soirée magnifique, qui contrastait étrangement avec la tension à la table où l'on s'embourbait dans des banalités. Bien sûr, avec ma famille, la conversation tournait autour du football.

— Êtes-vous aussi un supporter des Chiefs ? demanda Brian à Joseph.

— Ça jamais, non. Je suis fan des Cowboys. Matt a choisi une autre équipe juste pour se rebeller. Au moins il n'a pas choisi ces fichus Redskins !

33

— Je suis pratiquement sûr qu'ils m'auraient jeté dehors si j'avais osé, répondit Matt pince-sans-rire.

— Ça tu peux le dire.

J'étais incapable de dire s'il plaisantait ou non.

— Lucy, intervint maman, est-ce que vous travaillez ?

Lucy eut l'air surpris, comme si elle ne s'attendait pas à ce qu'on lui adresse la parole.

— Non, plus maintenant. J'ai été infirmière pendant vingt-cinq ans, mais je suis à la retraite désormais.

— Est-ce que vous travailliez à l'hôpital ou dans un cabinet ?

— À l'hôpital. J'ai travaillé dans différents services au fil des années mais celui que j'ai préféré était la maternité. J'y suis restée les dix dernières années. Tous ces bébés…

Pour la première fois, elle avait les mains immobiles, elle les tenait jointes devant elle comme pour une prière. Elle sourit d'un air nostalgique puis regarda Lizzy.

— Quand doit naître votre bébé ?

— Halloween.

Lucy se tourna vers maman. Elle souriait toujours mais son sourire était mêlé de tristesse.

— Je vous envie. J'ai toujours eu l'espoir d'avoir des petits-enfants.

Elle jeta un coup d'œil à Matt. Elle perdit soudain son sourire et s'agita à nouveau nerveusement. Elle semblait regretter ses paroles. Je compris pourquoi lorsque Joseph ouvrit la bouche.

— J'ai bien l'impression tu vas jamais en avoir alors tu peux arrêter d'espérer. De ce que je vois, Matt n'est pas prêt à faire son devoir de ce côté-là.

— Tu as dû remarquer que je suis physiquement incapable d'avoir un enfant tout seul.

Il n'y avait pas une seule trace d'humour dans sa voix. Matt fixait son assiette. J'avais le sentiment que ce n'était pas un nouveau sujet de discorde.

— Ne joue pas au plus malin avec moi. Il est grand temps que tu te maries et fondes une famille. Tu ne rajeunis pas.

— Nous avons prévu de partir en vacances, intervint soudain Lucy, dans une tentative désespérée pour changer de sujet.

Lizzy s'empressa de suivre son exemple.

— C'est génial, Lucy. Où allez-vous ?

— En Floride, je pense, quoique je ne sache pas si on devrait…

— Tu ne vois personne ?

Joseph ne semblait pas au courant que le sujet de conversation avait changé.

— Non, Papa. J'ai été plutôt occupé. Ce n'est pas si facile de rencontrer des gens.

Ce qui me déconcerta un peu, puisque je savais qu'il y avait plusieurs femmes célibataires qui auraient tué pour sortir avec lui.

— Conneries ! Qu'en est-il de Jared ?

Je sautais presque de ma chaise. L'espace d'une seconde, j'avais cru qu'il suggérait que Matt sorte avec moi. Puis il poursuivit :

— Je suis sûr qu'il peut te présenter quelqu'un. Jared, tu as une petite amie, n'est-ce pas ?

— Euh.

Je me sentais terriblement prit en traître, un comble considérant la simplicité de la question.

— Non, Monsieur.

— Pourquoi Diable ?

— Eh bien…

Matt se tourna vers moi avec une expression de pure horreur, essayant de me prévenir, mais c'était trop tard. Les mots m'avaient déjà échappé.

— Je suis gay.

D'un coup, Matt baissa la tête, posa les coudes sur la table, les doigts croisés sur sa nuque comme si quelqu'un venait de crier 'À couvert !'. La bouche de Lucy forma un 'O' surpris, et sa manie de remuer nerveusement les doigts fut démultipliée.

— Tu es gay ?

La voix de Joseph était terriblement forte et pourtant pâteuse.

— Tu veux dire que t'es un pédé ?

— Eh bien…

Je cherchai de l'aide autour de la table, mais personne ne semblait prêt à intervenir. Ils étaient tous figés dans différents états de tension, épouvantés. Notre dîner s'était transformé en une sorte de navet à sensation, et peu importait la pauvresse du scénario ou des acteurs, personne ne semblait décidé à changer de chaîne.

— Alors t'aimes enculer d'autres hommes ?

35

L'effet fut instantané. Tout le monde autour de la table sursauta, mais Lizzy fut la première à retrouver ses esprits. Elle se tourna à nouveau vers Lucy et s'écria d'une voix forte :

— Je suis désolée, Lucy. Je n'ai pas entendu ce que vous avez dit. Où exactement allez-vous en Floride ?

Lucy tremblait désormais de façon évidente et tripotait son collier.

— J'avais pensé à Fort Lauderdale, mais je ne sais pas si c'est seulement pour les enfants. Peut-être Orlando. Est-ce que vous y avez déjà été ?

— Moi non, mais mon frère...

Lizzy n'eut pas l'occasion de nous en dire plus sur lui.

Joseph se leva brusquement, renversant sa chaise. Matt leva les yeux, interloqué, tandis que son père me pointait du doigt puis lâchait :

— Tu baises mon fils ? C'est pour ça que je suis ici ?

— Non !

Matt et moi nous exclamèrent à l'unisson. Puis Matt poursuivit :

— Papa, ça suffit !

— Joseph !

La voix de Lucy était une prière quasi silencieuse.

— Nous sommes des invités ici, assieds-toi.

Il n'écouta pas.

— Je connaissais un homme comme toi dans les Marines, me dit-il, il était marié et tout, et un jour sa femme rentre à la maison et le trouve en train de baiser un autre homme dans son lit. Il a été réformé.

Les jointures des poings de Matt, qu'il serrait devant lui sur la table, blanchirent sous l'effort.

— T'as été ami avec James pendant six ans avant que ça arrive, papa. Tu t'en souviens ? C'était un type bien.

— Tu ne sais pas de quoi tu parles.

— C'était ton ami. Tu aurais dû le soutenir.

— Tu ne sais pas comment c'est dans les Marines. Toi, t'as préféré être une mauviette plutôt que d'assumer notre héritage. Ne me parle pas de ce que j'aurais ou n'aurais pas dû faire. Tu n'en sais fichtrement rien.

Il attrapa son verre de vin, le fixa d'un air un peu trouble quand il vit qu'il était à moitié vide. Puis il récupéra celui de Lucy et le vida. Ensuite, il attrapa la bouteille de vin ouverte sur la table et retourna dans la maison, nous laissant sur la terrasse dans un silence pesant.

Après une minute, Lucy se leva à son tour. Elle avait les mains qui tremblaient et je voyais bien qu'elle était au bord des larmes.

— Matt, tu devrais nous ramener au motel maintenant. Nous nous sommes assez imposés chez tes amis pour la soirée.

Elle arrangea sa chemise et sa jupe, lissa ses cheveux ; elle se recomposa avant de se tourner vers Lizzy.

— J'étais ravie de tous vous rencontrer. Merci pour cet agréable dîner.

Je pense qu'elle aurait voulu en dire plus mais sa lèvre commença à trembler alors elle battit rapidement en retraite dans la maison.

Personne ne bougea. Brian avait l'air stupéfait et Maman remontée à bloc. Lizzy semblait se rejouer la scène entière, essayant de comprendre à quel moment les choses avaient commencé à mal tourner. Matt resta assis là, à fixer son assiette. Finalement, il leva les yeux vers elle.

— Lizzy, je suis désolé.

Elle le regarda et lui sourit tristement. Elle lui tendit la main au-dessus de la table, paume retournée. Gentiment, il la recouvrit. Elle posa son autre main sur la sienne, plus large, et la tapota.

— Tu m'avais prévenue. La prochaine fois que tu me diras que quelque chose est une mauvaise idée, je t'écouterai.

Il se détendit un peu à ces mots et hocha la tête.

— Merci, Lizzy.

Il se tourna vers moi, ouvrit la bouche pour dire quelque chose, puis la referma, jeta un coup d'œil au reste de la famille toujours assise autour de la table et sembla changer d'avis. À la place, il se contenta de me donner une tape dans le dos et de dire :

— On se voit plus tard.

Après son départ, nous sommes tous restés assis en silence. Je me sentais malheureux. Si je n'avais pas été un tel idiot, rien ne serait arrivé. Pourquoi avait-il fallu que j'ouvre ma grande gueule ?

— Lizzy, je suis tellement désolé. Je n'aurais pas dû…

— Non !

Son expression se fit féroce.

— Ne t'excuse pas ! Je t'interdis de t'excuser à cause de cet enfoiré intolérant.

Elle se leva, contourna la table et vint derrière ma chaise pour m'étreindre par les épaules.

— C'est un crétin. Tu n'as pas à être désolé.

VIII

— JARED !

Ringo déboula dans le magasin à toute vitesse, renversant un présentoir de désodorisants pour voitures. Il ne s'arrêta pas pour autant et courut vers le fond où je me tenais.

— Jared, j'ai réussi ! J'ai eu quatre-vingt-dix-sept sur cent à mon exam !

Il se jeta sur moi, ses bras maigrelets autour de mon cou.

— C'est génial !

Je lui tapotai maladroitement le dos, mal à l'aise, et il sembla réaliser son geste car il s'écarta. Une expression de pure triomphe illuminait son visage, il souriait d'une oreille à l'autre.

— Tu es un génie !

Je ne pouvais que me laisser gagner par sa bonne humeur.

— C'est toi qui as fait tout le travail, pas moi. Allez ! Je t'emmène boire une bière pour fêter ça.

— Je n'ai pas l'âge légal.

— Je n'ai pas dit que la bière était pour toi ! Allons-y.

Je l'emmenai à notre pizzeria locale, Chez Tony. On commanda nos pizzas. La serveuse venait juste d'apporter ma bière et le soda de Ringo, quand Matt arriva.

— Hé, Jared !

Il avait l'air sincèrement content de me voir mais aussi sur ses gardes.

— Comment vas-tu ?

— Bien. Ringo vient de cartonner à son examen d'algèbre, alors on fêtait ça.

Ringo était encore en train de sourire, d'ailleurs.

— C'est génial, lui dit Matt, mais il se retourna vers moi : Ça te gêne si je m'assois avec vous une minute ?

— Bien sûr que non.

Il se glissa à côté de moi.

— Jared, je te dois des excuses pour ce qui s'est passé au dîner…

— N'y pense plus.

— Mon père…

— Je me fiche de ce que ton père pense de moi, Matt. Tu avais raison. Il est méchant, belliqueux et un connard contrariant.

— Tu finiras par apprendre que j'ai toujours raison.

Ses yeux pétillaient, comme si lui aussi était sur le point de rire, alors je compris qu'il plaisantait.

— Sans rancune, alors ?

— Sans rancune.

— Merci, Jared.

Il avait l'air immensément soulagé et me donna une tape dans le dos suffisamment forte pour manquer de m'assommer.

— Tu sais, nous sommes à une table là-bas avec les gars. Pourquoi ne pas vous joindre à nous ?

Je suivis du regard la direction qu'il m'indiqua. Deux flics et trois femmes. En d'autres mots, l'enfer complet. Un coup d'œil au visage de Ringo me dit que cette perspective ne l'enchantait pas plus que moi.

— Je ne pense pas que ce soit une bonne idée.

— Bien sûr que si ! Allez ! S'il te plaît, sauve-moi. Je ne sais pas comment je me suis laissé entraîner là-dedans. Je pensais que j'allais prendre un verre avec les gars et voilà que je découvre que c'est une sortie surprise pour me faire rencontrer une femme !

— Mon Dieu ! me moquai-je gentiment. Alors il ne faut vraiment pas que j'y aille !

— Est-ce que je peux rester ici alors ?

Il arborait cette expression que je commençais à voir comme un pseudo-sourire : un sourcil haussé avec le coin de la bouche relevé.

— Tu plaisantes, pas vrai ?

Il passa une main dans ses cheveux courts et noirs et dit, d'un ton las :

— Seulement en partie.

— Elle est si terrible que ça ?

Je jetai un coup d'œil à la table. Une des femmes gardait un œil sur lui. Elle était pas mal, avec des cheveux roux, une teinture de toute évidence.

— Je suis sûr qu'elle est très gentille, me dit-il doucement. Mais on n'a absolument rien à se dire. Je viens de passer les trois-quarts d'heure les plus longs de toute ma vie. Je m'amuse toujours plus quand tu es là. Tu n'as qu'à venir, on pourra parler de football jusqu'à ce qu'elles en aient assez et partent.

— Matt, ils ne vont jamais vouloir que je m'assoie avec eux.

— Bien sûr que si.

39

Mais il n'avait plus l'air si sûr.

— Non. Tu veux dire qu'ils ne t'ont pas déjà reproché de passer du temps avec moi ?

À la rougeur de ses joues, je sus que si, mais il n'abandonna pas aussi facilement.

— Raison de plus Jared. Peut-être que si tu passes du temps avec eux, ils réaliseront...

— Crois-moi, c'est une mauvaise idée. De toute façon, je dois à Ringo une pizza pour fêter ses résultats.

Il jeta un coup d'œil surpris à Ringo comme s'il avait déjà oublié sa présence, puis étouffa un soupir dramatique.

— D'accord. Renvoie-moi à ma ruine. Ils ne vont pas me laisser tranquille tant que je ne suis pas marié. Je t'enverrai une invitation.

— Je te proposerais bien de m'occuper de ton enterrement de vie de garçon, mais je doute que t'apprécies mon choix de strip-teaseurs.

Il laissa échapper un rire à ma plaisanterie. Je n'avais jamais entendu son rire jusqu'ici et je me surpris à penser bêtement que c'était le plus merveilleux du monde.

— Tu vois. Je te l'avais dit. Tu es plus drôle.

IX

UNE SEMAINE plus tard, Matt se présenta au magasin juste après dix-sept heures. Il était toujours en uniforme. J'étais ravi de le voir.

— Allons-y, dit-il à peine avais-je ouvert la porte. Je te paie à dîner.

Une fois dans sa Jeep, il ajouta:

— Je dois faire un saut chez moi pour me changer.

Je n'avais encore jamais été dans sa maison et j'étais curieux de voir comment il vivait.

En fait, il ne vivait pas du tout dans une maison. Il se gara devant un immeuble. Enfin, s'il avait été plus grand, on aurait pu appeler ça un immeuble. En fait, le bâtiment était plus un long rectangle étroit de briques blanches, contenant quatre appartements d'une chambre, interdit aux claustrophobes.

On franchit le seuil et je fus stupéfait par le vide stérile de son appart'. Le salon minuscule était encombré par un de ces équipements de gym géants qu'on voit à la télé. En plus de ça, il y avait une chaise dépliante miniature en métal, une vieille table en bois – utilisée comme table d'apéritif, en face de l'unique chaise – et une télévision posée sur une caisse. C'était la garçonnière la plus propre que j'avais eu l'occasion de voir.

— Waouh. Sympa. La thématique cellule de prison est très réussie. C'est très Feng Shui.

Il me gratifia d'un de ses pseudo-sourires : un sourcil arqué, coin de sa bouche légèrement relevé.

— Et moi qui commençais à penser que tu n'étais pas vraiment gay, et voilà que tu me sors des mots comme 'thématique' et 'Feng Shui'.

J'essayai de ne pas rire.

— Fais comme chez toi, me lança-t-il par-dessus son épaule alors qu'il allait se changer dans sa chambre.

Cette formule clichée était ridicule en contexte : rien n'était moins confortable, accueillant comme un chez soi, que cet appart.

À côté du salon et à côté de ce qui passait pour une cuisine, il y avait un coin qu'on ne pouvait pas vraiment qualifier de salle à manger. Elle comportait une table bancale et une autre chaise pliante métallique. Mais je fus surpris de voir que le mur du fond était entièrement occupé par une grande bibliothèque qui débordait de livres. Je m'en approchai, jetant un coup d'œil aux titres. Les livres étaient entassés dans tous les sens mais je ne tardai pas à réaliser qu'ils étaient rangés par genre et, grossièrement, par ordre alphabétique d'auteurs. Organisé et ordonné, ça, c'est sûr. Une des étagères comportait tout ce qui avait un rapport à la loi, les procédures de police et les manuels des polices criminelles. Puis encore d'autres livres de non-fiction sur le sujet de la guerre et l'armée, mais aussi quelques biographies, et un important assortiment de romans : mystères, horreur, science-fiction, western et même quelques comics.

Matt revint vêtu de son habituel jean et d'un tee-shirt. Il vint à mes côtés, grand et droit, les mains croisées dans le dos tandis qu'il regardait ses livres. C'était comme si j'avais trouvé une petite fenêtre donnant sur son cœur. Ou un autel mais je ne savais pas à quoi.

— Je ne t'aurais jamais pris pour un grand lecteur.

Il resta un long moment silencieux, puis dit doucement :

— Je suis souvent seul. Parfois, c'est difficile de passer le temps.

Ses paroles, le soupçon de fatigue et de résignation dans sa voix touchèrent un point sensible chez moi : elles firent totalement écho à ma propre solitude.

— Je sais exactement ce que tu veux dire.

À cet instant, quelque chose s'est passé entre nous. Nous n'avons rien dit, mais je sais qu'on l'a ressenti tous les deux. Ce n'était rien d'aussi banal ou romantique que l'impression d'avoir trouvé son âme sœur. C'était tout simplement comprendre qu'une personne nous est semblable. Nous avions tous deux longtemps été seuls et peut-être qu'à présent nous n'avions plus à l'être.

— DONC, ça ne dérange pas ta famille que tu sois gay.

C'était plus une observation qu'une question.

Nous étions chez Tony. Matt avait refusé d'aller chez Mamacita au risque de tomber sur Cherie. Ce n'était pas tellement mieux ici. J'étais sûr qu'on était la seule table à avoir deux serveuses aussi zélées. Il ne sembla pas le remarquer.

— Ça embêtait un peu mon père. Il pensait, comme toi, que c'était seulement que je n'avais pas assez essayé. Il me disait des trucs du genre : 'T'as besoin de faire un ou deux tours d'essai, fiston.' Ma mère l'a assez bien pris. Mais parfois ça la rend triste parce qu'elle sait que je n'aurai pas d'enfants et que ça va me manquer. Elle déteste me voir seul. Brian fait de son mieux pour être cool et l'accepter, mais ça le fait toujours un peu flipper, je pense. Quand je suis sorti du placard, il était celui qui me préoccupait le plus. Il a toujours été mon modèle et j'étais sûr qu'il allait me détester. J'avais décidé qu'il serait le premier à qui je le dirais et ça m'a pris une éternité pour en trouver le courage. Je l'ai finalement invité dans un bar, je venais juste d'avoir vingt-et-un ans et après quelques verres pour me donner assez de cran, j'ai finalement dit : 'Brian, je suis gay.' Et il a ri. Vraiment, il a éclaté de rire et a dit : 'Sans rire, gamin ? Tu t'en es enfin rendu compte ?'

Ce souvenir me faisait encore rire. Bien sûr, Brian qui avait toujours gardé un œil sur moi, l'avait compris quelque part entre l'incident avec Steve Atwater, mon béguin sur son meilleur ami et mon vingt-et-unième anniversaire.

— C'est assez décevant, mais ça me soulage de savoir que je n'ai pas baissé dans son estime. Je ne sais pas comment je l'aurais pris.

— Est-ce que tu as, tu sais, un… hum… *ami* ?

La manière dont il sembla buter sur le mot me fit rire.

— J'ai un *ami*, façon de parler. Il s'appelle Cole. On s'est rencontrés à l'université. En fait, il sortait avec mon colocataire. Mais après leur rupture, lui et moi on est sortis quelques fois. Il vit en Arizona mais sa famille possède un appartement à Vail, alors parfois, quand il vient skier, il me passe un coup de fil et on se voit. C'est très informel. Ce n'est pas vraiment mon type et inversement. Il est trop extravagant pour moi et je suis trop provincial pour lui. C'est un arrangement sans aucune attache et un accord mutuellement acceptable, ça nous va à tous les deux. Mais hormis ça, non. Il n'y a personne.

— Mais comment tu rencontres d'autres personnes ? Je veux dire, d'autres comme toi ?

— Je n'en rencontre pas. Plus maintenant. J'avais l'habitude d'aller dans les boîtes de nuit parfois. Il y en a une à Fort Collins, quelques-unes à Boulder, pas mal à Denver. Mais, c'est comme pour les hétéros. Tu peux trouver un coup d'un soir ; dans une boîte gay c'est presque une garantie que tu peux t'envoyer en l'air, en fonction de tes exigences, mais tu ne trouveras jamais plus que ça.

— C'est ce que tu veux ? Quelque chose de plus ?

— Ce n'est pas ce qu'on veut tous ?

Ça faisait bien trop affecté. Il était grand temps de changer de sujet.

— Alors, comment se passe le boulot ?

Je devinai de suite que c'était la mauvaise question à poser. Ses yeux gris s'obscurcirent – je ne pouvais plus en discerner le vert – et il se tendit un peu.

— Pas génial, répondit-il sombrement.

— Qu'est-ce qu'il y a ? Il y a une vague de crime à Coda dont je n'ai pas entendu parler ?

Il se décrispa un peu.

— J'ai dû traîner Dan Snyder hors de chez Cherie par deux fois. La première fois il était saoul et jetait des bouteilles sur sa maison. La seconde, il était à l'intérieur et elle était mal en point. Je ne comprends pas. Elle refuse de porter plainte alors que c'est évident qu'il la bat encore. C'est un sacré cas.

— Dan a toujours été un salaud raté. Même au lycée.

— Ouais.

Il resta silencieux une minute, puis commença à gratter l'étiquette de sa bouteille de bière.

— Les autres gars commencent à pas mal parler, dit-il doucement, sans me regarder.

Il me fallut une seconde pour comprendre.

— À cause de moi ?

Il hocha la tête à contrecœur.

— Mais alors qu'est-ce que tu fous ici ? lui demandai-je, incrédule.

Je dus me rappeler de parler à voix basse.

— Tu viens chez moi, tu m'invites à dîner, bien sûr qu'ils vont parler.

Il haussa les épaules.

— Ça me fout en rogne.

Il n'avait pas l'air énervé cela dit ; juste triste.

— Ils ne savent pas ce que c'est. Ils sont tous mariés. L'autre nuit quand je t'ai vu là, ce n'était pas la première fois. Ils sont toujours à essayer de me caser.

Je ne savais pas trop quoi dire.

— Je travaille avec eux, je veux qu'on s'entende, mais à la fin de la journée, ils rentrent tous à la maison, retrouvent leur famille.

Et quand lui rentrait, il était seul dans la cellule qui lui servait d'appartement. Il ne dit pas cette dernière partie, mais je l'entendis.

On mangea en silence, jusqu'à ce qu'une voix nous interrompe.

— Bonjour, Jared !

Je levai les yeux pour voir M. Stevens, le chef d'orchestre du lycée et, à ma connaissance, le seul autre homo de la ville. Il avait la soixantaine, il était bien habillé. Il semblait toujours porter un nœud papillon.

— Hé, M. Stevens. Comment ça va ?

— Cela fait bien longtemps que tu n'es plus mon élève. Tu sais que tu peux m'appeler Bill.

Il me disait toujours ça, mais c'était difficile d'appeler un de ses anciens professeurs par son prénom.

— Et j'imagine que voilà notre nouveau policier ? dit-il à Matt.

— Oui, Monsieur. Matt Richards.

Il serra la main légèrement molle de M. Stevens.

— M. Richards, c'est un plaisir de vous rencontrer. Je suis content de voir que vous avez rejoint notre petite communauté. J'espère que vous ne m'en voudrez pas de le demander, mais est-ce que votre commissariat est au courant ?

J'essayai de ne pas sourire. De toute évidence, M. Stevens pensait que Matt était gay. Mais il était tout aussi évident, pour moi du moins, que Matt n'avait aucune idée de ce que M. Stevens voulait dire. Je devinais par son expression qu'il pensait 'sait quoi ?'. Mais il hocha la tête et répondit :

— Oui, Monsieur, bien sûr.

Là, j'eus vraiment beaucoup de mal à ne pas éclater de rire.

— C'est fabuleux ! Je suis heureux d'entendre que votre brigade a l'esprit aussi ouvert.

L'expression de Matt changea à peine. M. Stevens n'aurait pu se rendre compte à quel point il était perdu, et je réalisai alors que j'étais devenu assez doué pour lire ses expressions.

— Eh bien, je vais vous laisser tranquille. Je veux que vous sachiez que je suis heureux de vous voir tous les deux.

Il me fit un clin d'œil.

— Ça donne de l'espoir à un vieil homme comme moi.

— Merci, M. Stevens. Vous savez que je vous souhaite bonne chance.

Quand il fut parti, Matt me dévisagea.

— Qu'est-ce qui s'est passé ? De quoi ce type parlait ? Qu'est-ce qui est si drôle, putain ?

— Je t'ai déjà parlé de M. Stevens, le responsable de la fanfare du lycée, tu ne t'en rappelles pas ?

45

Je l'observai pendant qu'il y réfléchissait et un éclair de compréhension le traversa. Il jeta un coup d'œil à gauche puis à droite tout en repensant à la conversation, puis il rougit lorsque les pièces du puzzle s'assemblèrent.

— T'as compris, finalement, hein ?

— Merde.

Il sembla plus agacé contre lui-même qu'en colère.

— Parfois je suis vraiment con.

— Hé, ne t'inquiète pas trop. M. Stevens sait être discret.

— Sans doute, oui.

— Est-ce que ça te gêne qu'il croie qu'on est ensemble ?

— Ça t'ennuie, toi ?

— Pas du tout.

— Lui et toi vous n'avez jamais... ?

Je remarquai qu'il avait évité ma question mais n'insistai pas.

— Jamais. Je ne pense pas qu'aucun de nous deux y ait pensé un jour. Il y a une sacrée différence d'âge, bien sûr. Et il a été mon professeur, alors ce serait plus que bizarre. Et je n'en suis pas certain, mais je crois que M. Stevens préfère ses hommes un peu plus efféminés, si tu vois ce que je veux dire.

— Et toi, comment tu préfères tes hommes ?

Ses joues s'empourprèrent mais il ne détourna pas les yeux.

Et mec, ça, c'était la question piège du mois. Parce que bien sûr, je les aimais juste comme lui : grands, bruns et musclés. La seule chose qui aurait pu manquer étaient des cheveux longs et un tatouage... ce qui me fit me demander s'il en avait sous son tee-shirt. Mais je ne pouvais pas lui dire ça.

Je me contentai de répondre :

— Ultra riches.

Il me gratifia de ce pseudo-sourire. J'eus le sentiment qu'il connaissait la vraie réponse.

X

IL RECOMMENÇA à passer au magasin à l'heure de la fermeture, on mangeait ensemble deux ou trois fois par semaine. Chaque fois je lui demandais si ça ne lui posait pas de problème à son travail. Au début, il haussait juste les épaules, mais au bout de la troisième semaine, à ma plus grande confusion, la question le fit rougir.

— Je ne comprends pas. Tu as des ennuis ou pas ?

— Eh bien, j'en ai eus au début, commença-t-il d'un ton hésitant. Mais ces dernières semaines, j'ai fait quelques changements qui ont aidé.

Il refusait de me regarder.

— Changements ? Comme quoi ?

— En fait, j'ai, euh…

Il gratta l'étiquette de sa bouteille de bière.

— J'ai commencé à voir Cherie.

— Quoi ?

Il releva les yeux vers moi et m'adressa son pseudo-sourire.

— Tu m'as très bien entendu.

— Tu sors avec Cherie ?

— Non, je ne *sors* pas avec elle.

— Mais tu viens de dire…

— J'ai dit que j'ai commencé à la voir. Ce n'est pas la même chose.

Il le dit comme si c'était la chose la plus évidente du monde. Mais j'étais toujours perdu et ça devait se voir sur mon visage, parce qu'il leva les yeux au ciel et reprit :

— Disons qu'on a un accord. Comme toi et ton ami Cole.

— Aaah. Je vois.

J'avais maintenant beaucoup de mal à garder mon sérieux.

— Un accord mutuellement acceptable ?

Il haussa les épaules.

— Eh bien, acceptable pour moi, du moins.

— Je pensais que tu tenais à ton indépendance ?

— J'y tiens. Mais je ne suis pas non plus fan du célibat.

— Qui l'est ?

Il me fit un clin d'œil.

— Exactement.

— Pourquoi elle ? Enfin, je ne veux pas être méchant, mais elle a, enfin...

— Une réputation ?

Il tripota à nouveau l'étiquette de sa bouteille.

— Voilà.

J'étais soulagé qu'il soit au courant.

Il haussa les épaules à nouveau.

— Je sors couvert.

Ce qui me fit rougir pour être honnête.

— Ah, c'est bien, mais ce n'est pas ce que je veux dire.

— Elle semblait parfaite pour une relation sans attaches. Je n'ai absolument aucune envie de quelque chose de plus sérieux.

— Et elle est vraiment d'accord ?

Ce n'était pas comme si j'étais un expert en femmes et leur comportement, mais j'avais toujours cru que 'sans attaches' était beaucoup plus difficile pour elles que pour les hommes.

— Écoute...

Je devinais qu'il commençait à être légèrement agacé d'avoir à s'expliquer.

— Je ne suis pas complètement salaud. J'ai été totalement franc avec elle. Elle sait qu'on n'est pas ensemble. Il n'y aura pas de promenades romantiques au clair de lune ou de dîner d'anniversaire. Je ne vais pas rencontrer ses parents ou lui acheter des fleurs ou emménager chez elle ou même rencontrer ses amis. On s'envoie en l'air. C'est tout.

— Et elle est vraiment d'accord avec ça ?

— Elle dit que oui.

Il haussa encore les épaules.

— Je suis sûr qu'elle pense que je vais changer d'avis avec le temps. Je ne changerai pas d'avis. Et je le lui ai dit. Ce n'est pas ma faute si elle choisit de ne pas me croire.

Je ne pouvais m'empêcher de penser que Cherie avait peut-être raison. Après quelques semaines, il ne s'opposerait plus autant à l'idée de la fréquenter sérieusement. J'ai cette certitude que le chemin le plus sûr vers le cœur d'un homme passe par un peu plus bas que son estomac.

— Elle a seulement demandé à ce que je lui sois 'fidèle' et que je ne fréquente ou ne sorte pas avec d'autres femmes tant qu'on se verrait.

— Et ça te paraît acceptable ?

— Absolument. Le but est de réduire au minimum les complications éventuelles, ajouter une autre femme ne serait qu'un 'problème' de plus.

— Oui, j'imagine.

— Et puis, cet accord a d'autres avantages.

Il arborait à nouveau son pseudo-sourire.

— Comme ?

Cette fois, il souriait presque pour de vrai.

— Premièrement, les gars au travail n'essayent plus de me caser. Et, surtout, je suis maintenant libre de passer autant de temps que je veux avec toi sans avoir à supporter d'accusations ridicules.

— Laisse-moi résumer : tu es prêt à coucher, juste pour le sexe, sans attaches, avec une Bimbo sexy, tout ça pour passer plus de temps avec moi ?

Ses yeux gris pailletés de vert étincelaient comme s'il était sur le point d'éclater de rire.

— C'est un énorme sacrifice de ma part. Je l'admets. N'ose pas dire que je n'aie jamais rien fait pour toi.

— Waouh.

Je ne pus m'empêcher de rire.

— Tu n'es qu'un sale manipulateur.

— Oui. Je ne peux pas le nier, répondit-il d'un ton léger, puis il redevint soudain sérieux.

— Ça te dégoûte complètement ?

— Quoi, l'image mentale de toi t'envoyant en l'air avec Cherie ? Un peu. Que tu sois un sale manipulateur ? Pas tellement. C'est une grande fille et si tu es vraiment sincère avec elle…

— Je le suis.

— Alors c'est juste une histoire entre deux adultes consentants.

— Exactement.

Il sembla soulagé d'avoir éclairci ce point.

— Et donc, ton ami Cole au fait ? Tu le vois souvent ?

— Il ne vient que durant la haute saison de ski, mais généralement je le vois deux ou trois fois entre décembre et le premier avril.

— Jamais entre avril et décembre ?

— Exact.

— Waouh.

Il compatissait.

— C'est une sacrée période de sècheresse.

49

— Ça tu peux le dire.

On nous apporta nos plats ce qui mit fin à ce sujet déprimant.

— Est-ce que tu travailles le week-end prochain ? me demanda-t-il alors que je commençais à manger.

— Ouais.

— Tu peux te libérer ?

Ce ne devait pas être difficile. Comme c'était les vacances d'été, Ringo pouvait travailler à plein temps. De plus, Lizzy voulait bien faire quelques heures de plus parce qu'on savait tous les deux qu'en automne, après la venue du bébé, les choses seraient inversées.

— Bien sûr. Qu'est-ce qui se passe ?

— Je vais faire des heures supplémentaires le trois et quatre juillet, mais j'ai un weekend de trois jours après à partir de vendredi. Je me suis dit qu'on pourrait aller camper. J'ai aussi acheté un VTT la semaine dernière, alors on pourrait se faire une randonnée.

J'étais aux anges. J'ai toujours adoré passer du temps dans la montagne, mais je devais généralement y aller seul. Parfois, Brian et Lizzy m'accompagnaient, mais entre le travail de Brian et le magasin, c'était assez difficile d'arriver à nous échapper tous les trois en même temps. L'idée d'avoir de la compagnie, particulièrement celle de Matt, était grisante.

— Ça me paraît super !

— Tu veux que je passe te chercher ?

— Oui. Passe tôt vendredi. On pourra d'abord aller petit-déjeuner, puis récupérer notre équipement avant de partir.

— Je serais là.

— Tu as prévu d'inviter Cherie ?

Il me lança un regard horrifié.

— Pourquoi voudrais-je gâcher ce weekend parfait ?

XI

Il FRAPPA à ma porte à 7h30 le vendredi matin. J'étais toujours au lit.

— Bon Dieu, grognai-je en le laissant entrer. Quand j'ai dit 'tôt', je ne voulais pas dire à l'aube.

J'ai du mal à être de bonne humeur avant 9 heures du matin.

Il ne rit pas mais n'en était pas loin. Ses yeux pétillaient et il me talocha avec humour l'arrière du crâne.

— De quoi tu parles ? Le soleil est levé depuis presque deux heures !

— Oh bordel, je hais les gens du matin.

J'allai dans la cuisine me faire du café.

— Pour la petite histoire, 'tôt' veut dire 'avant midi'.

Cette fois il rit. Je l'avais désormais entendu rire deux fois. Et oui, je comptais.

Nous sortîmes petit-déjeuner avant de préparer notre équipement.

— Assure-toi d'avoir pris assez de vêtements chauds, l'avertis-je.

— Pourquoi aurais-je besoin de vêtements chauds ? C'est l'été !

— On va camper à plus de trois milles mètres. Il fera froid quand la nuit va tomber, crois-moi.

— Où est ce camping exactement ? demanda Matt, suspicieux.

— Ce quoi ? ris-je.

— On ne va pas dans un camping ?

Son air perdu me fit rire encore plus.

— Oh mon Dieu, non ! Aucun terrain de camping ne serait aussi bien que là où on va !

Nous chargeâmes nos affaires pour prendre la route vers 11 heures.

Il suivit mes instructions jusqu'au plus profond de la forêt nationale, puis sur un chemin terreux, et de là sur une route pour 4x4 pleine de nids-de-poule.

Il regarda autour de nous d'un air dubitatif. Nous longions la montagne. À notre gauche, une paroi rocheuse aride s'élevait vers le ciel. À notre droite au contraire, il y avait une pente dangereuse.

— Tu es sûr de savoir où tu vas ?

Je lui souris.

— Fais-moi confiance.

Je lui indiquai où s'arrêter au bord de la route. Il y avait juste assez de place pour garer la Jeep. On commença à décharger. Il jetait toujours des regards sceptiques autour de lui.

— Bien, on va devoir faire deux voyages, dis-je alors que je lui passai la glacière.

— C'est loin ?

— Non. Le chemin est un peu raide cela dit, alors essaye de ne pas porter trop de choses à la fois. Le plus chiant va être de devoir tout rapporter dimanche.

Il me suivit en aval à travers les buissons et les arbres. Il n'y avait pas vraiment de sentier mais je n'en avais pas besoin. Nous marchâmes environ cent mètres, jusqu'à ce que le terrain devienne plus plat, puis vers la droite sur encore trois cent mètres jusqu'à atteindre une petite clairière.

Peu de gens connaissaient ce coin. Ma famille venait ici depuis que j'étais gamin et son emplacement était un secret que nous gardions jalousement. Nous avions taquiné Brian en lui disant qu'on avait su qu'il épouserait Lizzy lorsqu'il l'y avait enfin emmené pour la première fois.

Il y avait un foyer pour le feu délimité par des pierres que Brian et moi avions ramassées. Il y avait des bancs, taillés par mon grand-père et mon père à partir de vieilles souches. Certaines familles ont des résidences secondaires. C'était la nôtre.

Une fois arrivé, je déposai mon sac et restai immobile, debout, profitant du moment. Derrière nous, sur la droite, se trouvait un grand pilier rocheux semblable à celui que Matt et moi avions escaladé le jour de notre rencontre. En face de nous, il y avait une rivière. Enfin, dans le Colorado c'est une rivière. Pour le reste du pays ça s'appelle sûrement un ruisseau. C'était comme ça que mon grand-père l'appelait – quand il le disait, ça sonnait plutôt comme 'ru'sso'. Quatre mètres environs séparaient les deux rives, avec seulement un mètre, ou un peu moins, de profondeur, mais le courant rapide s'écrasait sur les pierres qui le tapissaient. Il était possible par endroit de traverser sans se mouiller grâce à ces énormes pierres, du moment que vous ne glissiez pas. Le soleil brillait à travers les arbres, et les éclaboussures provoquées par l'eau sur les rochers créaient des centaines de petits prismes lumineux. De notre côté du ruisseau, il y avait surtout des conifères, mais sur l'autre rive se trouvait un petit bosquet de peupliers dont les feuilles bruissaient dans la brise.

Alors que je me tenais là, je me laissai emplir par ce lieu et les sentiments qui y étaient attachés. Je me demandais souvent si c'était ce que ressentaient les gens croyants quand ils priaient. Un sentiment merveilleux de révérence, d'émerveillement, de sérénité et d'appartenance. La douce brise, l'odeur de la forêt, le son du courant, le bruissement des feuilles : ils semblaient me compléter, comme si mon âme s'ouvrait et était soudain épurée. C'était la seule chose dans ma vie que j'aurais pu qualifier de spirituel.

Derrière moi, j'entendis Matt me dire :

— Jared, c'est magnifique.

— C'est l'endroit que je préfère au monde.

Ça paraissait un peu puéril, mais c'était vrai.

— Tu avais raison. C'est beaucoup mieux que n'importe quel camping.

Nous avons installé notre campement, puis profité du reste de la journée pour faire de la randonnée et du vélo. Nous avons fait griller des hotdogs au-dessus du feu pour le dîner. Quand le soleil s'est couché, on a allumé un feu de camp avant d'ajouter des épaisseurs à nos vêtements pour nous tenir chaud. Nous n'étions jamais à court de sujets de conversations. Enfin, longtemps après le coucher du soleil, nous avons laissé le feu mourir, laissant place à des braises crépitantes, pour s'installer confortablement dans nos chaises, les yeux levés vers ces millions d'étoiles qu'on ne voyait pas en ville. La lune était à peine un éclat argenté et la voie lactée, un ruban scintillant au-dessus de nous.

La voix de Matt dans l'obscurité me dit :

— Merci de m'avoir amené ici.

— Merci d'être venu.

On se dirigea enfin vers la tente. On avait envisagé d'en prendre deux, mais c'étaient de très grandes tentes, et au final, la Jeep disposait d'une place limitée, il a fallu se résoudre à partager.

— C'est toujours la partie la plus difficile, dis-je alors que je me déshabillai, ne gardant que mon boxer.

— L'astuce, c'est de se déshabiller et de se faufiler dans ton sac de couchage le plus vite possible.

— Tu es fou ? demanda-t-il. Il fait trop froid.

— Tu auras plus chaud dans ton sac sans tes vêtements, lui répondis-je en grimpant dans le mien. De cette façon, Il n'y a que ton corps qui réchauffe le sac et le sac qui te réchauffe. Les couches de vêtements font

53

perdre de la chaleur. Bien sûr, c'est l'enfer quand tu as besoin d'aller pisser dans la nuit. Mais tu auras bien plus chaud, crois-moi.

J'avais tout zippé à présent et commençai à avoir agréablement chaud, et même déjà à m'assoupir.

— Tu peux garder ton Damart si tu veux.

Je bâillai.

— T'as jamais été scout ?

— Non, on n'est jamais restés nulle part assez longtemps.

Il commença à se dévêtir, puis me regarda, un sourcil arqué, et plaisanta.

— C'est une ruse pour me voir nu, avoue.

Je ris.

— T'as raison. En fait, il va faire si froid cette nuit que notre seule chance de survie sera de partager mon sac de couchage.

Il rit lui aussi à ma blague, puis retira son tee-shirt et je dus me concentrer pour ne pas le dévorer des yeux. Son corps était magnifique, juste comme je l'avais imaginé : fort, la silhouette allongée, aux muscles bien dessinés. Son torse était imberbe, mais une certaine pilosité autour de son nombril formait un chemin sombre qui s'épaississait en disparaissant sous l'élastique de son survêtement. Je n'imaginais que trop bien où menait cette piste d'épais poils sombres. Soudain, l'idée de partager mon sac de couchage avec lui, même si cela n'avait été qu'une blague, domina mes pensées. Je ne pus m'empêcher d'imaginer cette peau douce contre la mienne, suivre ce chemin des doigts. Mon corps réagissait d'une manière qui l'aurait horrifié, et je fus soulagé d'avoir réussi à me glisser dans mon sac de couchage avant qu'il commence à se dénuder.

Je fermai les yeux pendant qu'il terminait de se déshabiller. Inutile de me torturer encore plus. Je l'entendis se glisser dans son sac de couchage et le fermer, puis il éteignit la lanterne.

Le silence s'installa pendant un moment, puis il dit :

— Jared ?

— Hmm ?

— Bonne nuit.

Je passai la nuit à enchaîner des rêves érotiques au sujet de Matt et au matin me réveillai excité comme un fou. Il était déjà levé, alors je profitai d'être seul dans la tente pour essayer de me débarrasser de mon problème le plus rapidement et silencieusement possible. Une fois habillé, je le rejoignis dehors et fus heureux de constater qu'il avait déjà préparé le café. Il me gratifia de son pseudo-sourire tout en m'en tendant une tasse.

— Qu'y a-t-il de si drôle ? lui demandai-je.

— Tu parles dans ton sommeil.

Oh merde ! C'était vrai, parfois je parlais en rêvant ; je tentai d'avoir l'air décontracté lorsque je lui demandai :

— Qu'est-ce que j'ai dit ?

J'espérai ne pas avoir parlé de lui.

— Tu as dit 'laisse-moi la suivre', et j'ai demandé 'suivre quoi ?', alors tu as répondu 'sa piste'.

Je me détournai pour qu'il ne me voie pas rougir et répondit :

— Je rêvais que je faisais du vélo.

XII

On a passé les semaines suivantes à explorer les pistes les plus faciles à vélo, le temps qu'il apprenne à faire du VTT en montagne. Il était en bonne condition physique et ce qui lui manquait en pratique, il le compensait par son endurance. Enfin, début août, nous décidions d'essayer une des pistes les plus difficiles.

C'était une journée chaude, étouffante, sans un courant d'air frais pour nous rafraîchir. Le ruisseau s'était asséché au point de n'être plus qu'un mince filet. La terre était brûlée par le soleil. On aurait dit que rien ne bougeait dans la forêt, hormis nous.

On était à mi-parcours quand je l'entendis tomber derrière moi. Lorsque je me retournai, il était allongé sur le dos, sur la piste poussiéreuse, mais à ma grande surprise, il souriait. Pas son pseudo-sourire, mais un vrai, un authentique sourire allant jusqu'aux oreilles. C'était la première fois que je le voyais, et ce fut comme si le soleil émergeait finalement de derrière les nuages.

— Oh putain, ça fait mal !

— Est-ce que ça va ?

— Je survivrai.

Il s'assit en grognant.

— Je crois que je me fais vieux.

Il avait une énorme éraflure qui allait de son front à son menton.

— Hé, regarde-moi ça ! s'écria-t-il, stupéfait. Je saigne !

Son sourire ne fit que s'élargir.

— Ce n'est pas une vraie sortie si tu ne saignes pas.

— Oh vraiment ? Tu sors ça du manuel des membres du Club de VTT Masochistes ?

— Bien sûr. C'est la règle numéro trois.

Je profitai de cette pause pour essayer de rattacher à nouveau mes cheveux dans une queue de cheval. Des boucles s'échappaient de partout et me tombaient dans les yeux. Matt se leva et examina sa blessure à la jambe.

— Le sang coule jusqu'à ma chaussure.

— Mets un peu de terre dessus.

— Quoi ?

Il riait à présent, arborant toujours ce superbe sourire, et me regardait comme si j'étais fou.

— Frotte un peu de terre dessus pour aider à stopper le saignement.

— Ça aussi tu le sors de ton manuel du masochiste ?

— Je crois que c'est une astuce qui vient du baseball.

— D'accord, mais si je finis avec une infection monstre et qu'on m'ampute la jambe, je te tiendrai pour responsable.

— Je paierai ta prothèse.

Nous atteignîmes le sommet où l'on pouvait admirer la vallée qui s'étendait sous nos pieds. Il se tourna vers moi avec ce sourire lumineux – cela faisait deux fois que je le voyais et il me coupait le souffle – puis il me dit :

— Le vélo, c'était définitivement une bonne idée.

Nous avons passé le reste de l'été ensemble. Je ne me souvenais pas d'avoir été aussi heureux. C'était si agréable d'avoir un ami avec qui sortir. Parfois, je ne pouvais m'empêcher de souhaiter qu'on soit plus que des amis, mais ce n'était jamais assez pour diminuer mon enthousiasme à l'idée de passer du temps avec lui. Enfin, je n'étais plus seul. C'était la meilleure sensation au monde.

On a fait du camping, du VTT dans les montagnes, du géocaching. On sortait dîner au restaurant ou chez Brian et Lizzy, ou alors on se contentait de rester sur mon canapé à boire de la bière et à regarder des émissions stupides à la télé. Quelques fois, on cuisinait même chez moi et il m'aidait alors à faire la vaisselle après. Ça faisait étrangement vie conjugale.

Un après-midi, j'ai trouvé un vieux jeu de Touché-Coulé dans un placard et on a passé plusieurs jours à se défier jusqu'à ce qu'il me surprenne en train de tricher. Dans ma famille, tricher a toujours été une partie du plaisir, mais lui a été scandalisé par mon irrespect éhonté pour les règles et après ça il a refusé de jouer à nouveau avec moi.

La plupart de ses soirées et journées de repos, il les passait avec moi. Je savais que de temps en temps il allait ensuite chez Cherie, mais comme il l'avait dit, il ne semblait pas intéressé par l'idée d'une relation plus sérieuse avec elle. Il ne parlait jamais d'elle. Les quelques fois où je proposais, sans vraiment le penser, de l'inviter à se joindre à nous, il me regardait comme si j'avais suggéré l'impensable. Ça ne me dérangeait pas.

XIII

— J'AI ACHETÉ de quoi faire des nachos, dit Matt en entrant dans la cuisine et me tendant une bière.

— Tu fais des nachos ?

Il me livra son pseudo-sourire.

— Je croyais que ce serait toi qui les ferais.

Je lui jetai ma capsule dessus. Il l'ignora et jeta un coup d'œil à la télé.

— Football de pré-saison ? Quel l'intérêt ?

— C'est mieux que pas de football du tout.

— Tu sais…

Il me taquinait.

— Je croyais que les homos n'étaient pas censés aimer le football.

Je levai les yeux au ciel.

— Ouais, je l'ai déjà entendue, celle-là. Mais jusque-là, personne n'est venu révoquer ma carte de membre du club gay.

Il rit et reporta son attention sur le petit écran.

— Les Cowboys et les Broncos ? Mince, je vais devoir encourager tes Broncos pour une fois.

Un rire de surprise m'échappa.

— Vraiment ? Ça m'étonne !

— J'encourage toujours l'équipe qui joue contre les Cowboys, juste pour énerver mon père.

— J'avais oublié qu'il les soutenait. Moi aussi je vais devoir encourager les autres équipes à partir de maintenant, par principe.

— Plus qu'une semaine, me dit-il, et je savais exactement de quoi il parlait.

Il comptait les jours jusqu'à ce que la saison de football américain commence. Sans compter mon père et Brian, c'était la première personne de ma connaissance à se passionner autant pour ce sport que moi.

— Et la semaine d'après, on regardera mes Chiefs botter le cul de tes Broncos.

Comme elles étaient rivales en division, nos équipes s'affronteraient deux fois durant la saison.

— On verra ça !

— Le perdant paye à dîner toute une semaine.

— Tenu.

Il leva sa bière comme pour un toast mais tressaillit un peu.

— Tu as toujours mal à cause de cette chute de vélo de la semaine dernière ?

— Oui. Ce qui ne serait pas si terrible, sauf que maintenant je ne peux pas dormir correctement. Ce matin je me suis réveillé avec un énorme nœud dans l'épaule. C'est sûrement un signe de mon vieil âge.

Je ne réfléchis pas vraiment avant de proposer :

— Je peux arranger ça, si tu veux.

Il avait les yeux pétillants, ce qui voulait dire qu'il était sur le point de rire.

— Quoi ? Mon vieil âge ?

— Non, petit malin, ton épaule.

— Comment ?

Il était assis sur le bord du canapé, alors il fut facile pour moi de me lever et de m'assoir derrière lui.

— Enlève ton tee-shirt.

— Quoi ?

Il se tordit pour me regarder avec horreur, comme si j'avais suggéré qu'il me fasse un strip-tease.

— Calme-toi.

Je le talochai.

— Je suis doué. J'avais l'habitude de le faire pour ma mère. Elle avait les épaules toutes nouées à force de peindre des heures durant.

— Je ne préfèrerais pas.

— Écoute, t'as pas besoin de te sentir gêné, hein.

Il avait l'air sceptique.

— Je ne suis pas en train de te draguer, juré.

— D'accord.

Peut-être un peu moins sceptique maintenant.

— Ça fait mal, non ?

— Ouais.

— Alors arrête de baliser et retire ton tee-shirt, gros bébé. Ça te fera du bien, fais-moi confiance.

Il n'y a rien d'aussi jouissif que de traiter un grand gaillard de bébé, histoire de lui faire faire ce que vous voulez. Il y réfléchit une seconde, puis haussa légèrement les épaules.

— D'accord.

Il retira son tee-shirt puis se retourna vers la télé.

— Rien en-dessous de la ceinture.

Je savais que c'était au moins à moitié une plaisanterie alors je ris.

— Je te le jure.

Il était toujours assis, penché, sans s'appuyer contre moi, ce qui me rendait la tâche plus facile. Son dos était large et très musclé. Ça n'avait rien à voir avec masser les petites épaules fragiles de ma mère. Je me rendis rapidement compte à quel point on devait avoir les mains fortes pour faire ce métier.

Il était nerveux au début, mais plus j'y travaillais, plus il se détendait. Sa tête retomba en avant et il émit un grondement sourd, comme un ronronnement, pendant que je m'occupais avec soin de ce nœud, évitant le bleu énorme de l'autre côté, résultat de sa chute à vélo. Il y avait une vieille cicatrice au milieu de son dos, du côté gauche, tout près de sa colonne vertébrale. Je l'avais vu auparavant mais je n'avais jamais abordé la question. Je la caressai du doigt et le sentit frémir.

— Qu'est-ce qui t'es arrivé ?

— J'ai escaladé une clôture en barbelé au ranch de mon grand-père.

Il s'interrompit brusquement et je crus qu'il n'ajouterait rien, mais après une minute, il reprit :

— Je n'étais qu'un enfant. On était à Pâques et ma mère m'avait mis de beaux habits. Je n'étais pas censé aller dans le pré mais je voulais voir les chevaux. J'ai cru qu'elle ne le saurait jamais, mais j'ai trouvé le moyen de trébucher en traversant la clôture et me suis accroché aux barbelés. Ils ont fait un trou énorme dans ma nouvelle chemise et j'ai fichu du sang partout sur mon pantalon. J'étais sûr que mon père allait me donner la fessée du siècle.

— Il ne l'a pas fait ?

— Non. Ma mère était fâchée mais je ne sais pas pourquoi, mon père a juste ri.

— Vraiment ?

C'était surprenant.

— Ouais.

Il resta silencieux une seconde, puis ajouta doucement :

— C'était il y a longtemps.

Vue la manière dont il le dit, il ne voulait plus parler de son père.

— Une fois, Brian et moi avons réussi à renverser le rayon entier de clous au magasin. Des centaines de clous éparpillés, de tailles différentes, par terre. Peut-être des milliers, je ne sais pas. Beaucoup trop de ces putain de clous, ça je le sais.

— Tu as eu des ennuis ?

— Mon père était énervé comme pas possible, mais mes parents ont toujours pensé que la punition devait être en accord avec le crime.

— Alors, que s'est-il passé ?

— On a passé les cinq heures suivantes à tous les ramasser et les trier pour les remettre dans les bonnes boîtes. Des clients entraient dans le magasin, nous voyaient et commençaient à nous aider, mais alors mon père disait : 'C'est eux qui ont fait ce tapis de clous, ils peuvent le ranger aussi !'

Matt rit quelques instants, moi je continuais à le masser. Sa peau était plus foncée que la mienne et, à l'exception de quelques cicatrices, parfaite.

— Ton grand-père a un ranch ?

— Avait, au passé. Il appartenait aux parents de ma mère, mais ils nous ont quittés alors le ranch est allé à mon oncle qui l'a vendu. C'était beaucoup plus marrant quand j'étais gamin avec mes cousins. Mais nous n'y allions pas souvent. La famille de maman n'aimait pas beaucoup mon père.

Involontairement, le sujet de son père revenait sur le tapis.

— Pendant deux ans, on a habité à moins de cinquante kilomètres de chez eux et je pouvais les voir presque tous les weekends. Mais on a déménagé à nouveau. Le plus longtemps où nous sommes restés quelque part, c'est trois ans, de ma Troisième à ma Première. Je détestais ça.

— C'est pour ça que tu ne t'es pas engagé dans l'armée ?

Il hésita un instant avant de répondre.

— En partie.

Je devinais au son de sa voix qu'il n'allait pas développer.

— Ç'a dû être agréable de vivre au même endroit toute ta vie.

— En quelque sorte. Mais quand je suis revenu après l'université, j'ai un peu ressenti ça comme un échec. Comme si tous les autres s'en allaient et que j'étais le seul à retourner vivre près de mes parents. J'avais l'impression que seuls les ratés étaient toujours coincés ici. Comme Dan et Cherie.

Je m'interrompis, réalisant que je n'aurais peut-être pas dû dire ça, mais il ne sembla rien remarquer, alors je repris.

61

— Je suppose que je m'y suis habitué. J'aime vivre ici. J'aime le Colorado. Je ne crois pas que je pourrais vivre loin des montagnes. À chaque fois que je vais dans l'est, ça ne me semble pas naturel de ne plus les voir. Je ne peux pas l'expliquer. C'est comme si je perdais mon point de repère. Comme si j'avais un compas intérieur qui indiquait l'ouest au lieu du nord.

Je m'arrêtai, regrettant d'en avoir autant dit.

— Voilà. C'est mieux ?

Il se laissa un peu aller contre moi, la tête sur ma cuisse, et leva les yeux vers moi.

— Oui, ça va mieux. Tu avais raison.

— J'te l'avais dit.

— Merci.

Mais il ne bougea pas. Les yeux fermés, il semblait à moitié endormi.

Sa tête était pratiquement sur mes genoux. Ça n'avait pas l'air de le déranger mais ça me paraissait incroyablement intime. Soudain, mon cœur s'emballa et ma bouche devint sèche. Je ne pouvais détourner mes yeux de lui. À cet instant, rien d'autre n'existait. Je n'avais jamais vu une beauté aussi brute que la sienne. Sa mâchoire était solide et carrée et une barbe sombre d'au moins une journée couvrait ses joues. Ses lèvres étaient lisses et pleines. Il ne portait jamais de lunettes de soleil et il avait de fines rides autour des yeux, légèrement plus pâle que sa peau bronzée. Ses cils n'étaient pas longs, mais ils étaient bien noirs et épais.

J'aurais pu l'observer toute la nuit. J'étais conscient de cet étrange sentiment qui semblait envahir mon être tout entier. Il était écrasant, presque douloureux, mais cependant pas désagréable. Sans doute devais-je rayonner à cause de lui. Ce courant qui me traversait, rendait ma peau fiévreuse. Il le sentait sûrement, là où sa tête touchait ma cuisse. Comment pouvait-il être si près de moi, me toucher et ne pas réaliser ce que je ressentais pour lui ? J'avais toujours su qu'il m'attirait. J'avais toujours aimé passer du temps avec lui. Mais je réalisai en cet instant, qu'à un moment au cours de ces dernières semaines, c'était devenu quelque chose de plus.

Je l'aimais.

Ce fut une douloureuse prise de conscience, si douloureuse qu'elle m'en coupa le souffle, de découvrir que j'étais totalement amoureux d'un homme qui ne m'aimerait jamais en retour.

Tout ce que je voulais, c'était l'embrasser et j'étais à la fois ennuyé et soulagé de ne pouvoir le faire dans cette position. Je n'aurais pas été capable de m'arrêter sinon. Ma main bougea de sa propre volonté et vint se poser sur sa joue, le bout de mes doigts touchant sa mâchoire. Ses paupières s'ouvrirent lentement et il me contempla, ses prunelles vertes et grises plongées dans les miennes. Je sus alors qu'il le lisait dans mes yeux. C'était impossible qu'il me regarde à cet instant et ne voie pas ce que je ressentais.

Lentement, il leva la main, attrapa mes doigts et les éloigna de sa joue. Il ne me relâcha pas. Il avait la voix grave mais douce quand il demanda:

— Es-tu sûr de ne pas être en train de me faire des avances ?

Je fus tout d'abord incapable de répondre. Ça n'avait certainement pas été mon intention première, mais à ce moment-là, je me dis que je ne supporterais pas de ne pas l'avoir.

— Est-ce que j'aurais une chance ?

Ma voix était à peine plus forte qu'un murmure.

Il hésita une seconde, soit parce qu'il était incertain de la réponse, soit parce je n'allais pas l'aimer, je ne savais pas. Puis, tout aussi doucement, il secoua la tête.

— Non.

Je m'étais attendu à cette réponse, et pourtant, je n'arrivais pas à croire à quel point ça faisait mal. Je ne pouvais plus le regarder. Je dus fermer mes yeux et me rappeler de prendre une inspiration tremblante. J'arrivai à peine à parler à travers la soudaine boule dans ma gorge.

— Alors ça n'a pas d'importance, pas vrai ?

Je fis mine de m'écarter, mais il resserra brusquement la main me retenait.

— Jared ?

Quand je baissai les yeux vers lui, il demanda :

— Veux-tu que je parte ?

Sa question me surprit et je répondis sans mentir :

— Non, pas du tout.

Je me libérai et me levai, lui tournant le dos, une main sur les yeux.

— Matt, je…

Je ne savais pas trop ce que j'allais dire et ce qui sortit fut :

— Je suis désolé.

— Ne le sois pas.

Il répondit avec telle douceur et une telle sincérité que je me sentis un peu mieux. C'était un soulagement de savoir qu'au moins mon désir ne m'avait pas coûté son amitié. Mais je n'arrivais toujours pas à le regarder. Du coin de l'œil, je le vis se lever et remettre sa chemise. Il s'approcha de moi et posa la main sur mon épaule, attendant que je lève enfin les yeux vers lui. Il me gratifia alors d'un de ses pseudo-sourires.

— Allez. Allons faire ces nachos.

ON A passé le dernier dimanche d'août sur mon canapé à regarder le football. Nous étions aussi excités que des gamins le jour de Noël à l'idée que la saison commence. Le matin nous supportions la même équipe, mais au match de l'après-midi, nous étions l'un contre l'autre. Je n'avais jamais expérimenté un sentiment de camaraderie si parfait. On riait ensemble, on s'insultait, on se jetait parfois des choses dessus et on buvait trop de bières. Vers la fin, il a laissé échapper un soupir heureux, appuyé contre moi sur le canapé et dit :

— Je suis vraiment content de venir ici tous les dimanches.

— N'oublie pas qu'il y a match le lundi aussi.

XIV

J'ALLAIS AU travail à vélo depuis des années, ne me résolvant à utiliser ma voiture que s'il neigeait. Je n'en suis pas certain, mais j'ai toujours pensé que c'était la seule chose qui me permettait de rester aussi svelte. La plupart du temps, j'aimais ça, mais pas aujourd'hui. Il y avait un de ces orages de fin d'après-midi, typique d'un début de mois de septembre dans le Colorado. La pluie était glacée et ma visibilité limitée. Le pire était que j'avais prévu de faire un arrêt par l'épicerie sur le chemin du retour parce que je n'avais rien à manger chez moi. Mais avec cette pluie, la seule chose que je voulais, c'était rentrer chez moi et me sécher.

Peut-être que Matt viendrait ce soir. On commanderait une pizza.

J'avais la tête baissée et pédalait sur le trottoir aussi vite que je pouvais quand une voiture me percuta. Elle sortait d'un garage, lentement, ce qui me sauva probablement. Le conducteur parlait dans son portable, distrait, exactement comme Lizzy l'avait prédit. J'espérai qu'elle serait contente.

Il me percuta par la gauche. Je sentis l'avant du capot heurter ma tête, puis je m'envolai dans la rue. Je réaliserais plus tard à quel point j'avais été chanceux qu'il n'y ait aucune voiture à ce moment-là. Je glissai sur quelques mètres sur l'asphalte, avant de m'arrêter au milieu de la rue.

— Oh merde, je suis désolé ! Je n'ai pas regardé ! Vous êtes blessé ?

Le conducteur était déjà sorti de sa voiture, penché au-dessus de moi. Je le reconnus car je l'avais déjà aperçu en ville. Il s'appelait Jason. À part ça, je ne savais rien de lui.

— Je crois que ça va.

En fait, je n'en avais aucune idée. J'étais étourdi et j'essayais d'évaluer les dommages. Je n'avais pas mal pour l'instant, mais ça ne voulait pas dire que je n'avais rien.

— Il vaudrait mieux que je vous emmène à l'hôpital.

Quand je levai les yeux vers lui, je fus surpris de voir à quel point il avait l'air effrayé.

— Je crois que ça va.

En vérité, c'était surtout l'état de mon vélo qui m'inquiétait.

— Vous saignez.

Jason montra la zone de mon oreille gauche.

Je m'effleurai la tête et découvrit que ma main était couverte de sang rapidement lavé par la pluie.

— Oh merde...

Il y avait du sang sur ma chemise et dans les flaques à côté de nous. Jason se mit alors à paniquer.

— Laissez-moi vous emmener à l'hôpital !

Je commençais à avoir mal. J'avais le choix entre le laisser m'emmener ou attendre ici la police et une ambulance. Je le suivis dans sa voiture.

— VOTRE BLESSURE a l'air plus grave qu'elle ne l'est en réalité, me dit le docteur. Bien sûr, si vous aviez porté un casque, vous seriez déjà rentré chez vous avec quelques bosses et quelques bleus au lieu de saigner dans mes urgences.

Je savais bien qu'il avait raison. Pire que ça, je savais que Lizzy, Brian et ma mère allaient tous me répéter le même sermon au moins une centaine de fois dans les jours qui allaient suivre.

— Il n'y a aucun signe de commotion cérébrale, donc une fois que vos blessures seront nettoyées et bandées, vous serez libre de rentrer chez vous. Quelqu'un peut-il venir vous chercher ?

— Oui.

— Bien. Je vais vous donner de l'oxycodone...

— Je hais ce truc. Ça me donne des démangeaisons.

— C'est un effet secondaire assez courant. Voulez-vous du Vicodin à la place ?

— Oh que oui !

— Je vais vous en donner un peu maintenant, puis une plus forte dose à prendre chez vous avant de vous coucher. Mais juste pour ce soir. Vous serez assez endolori demain, mais essayez de vous contenter d'antidouleurs sans ordonnance.

— Compris.

Tout commençait à me faire mal, et je savais que ça n'allait qu'empirer.

Ils me donnèrent la première tournée de médicaments puis refermèrent la plaie sur ma tempe gauche avec quelque chose qui sentait bizarrement comme de la super glue. En plus d'être couverte de sang, ma chemise était fichue à cause de ma glissade sur l'asphalte. Ils la jetèrent, nettoyèrent la brûlure géante et douloureuse à mon côté droit, puis étalèrent une sorte de

66

pâte dessus avant de me faire un bandage. Ils me donnèrent ensuite une blouse bleue pour rentrer à la maison.

La police vint m'interroger. Apparemment, Matt n'était pas de service. Jason me donna ses papiers pour l'assurance et promit de me rapporter mon vélo chez moi. Tout ça sembla prendre une éternité. Il était presque 9 heures quand le docteur m'apporta enfin ma seconde dose de Vicodin.

— Vous pourrez en reprendre dans quelques heures, me dit-il en me le tendant.

Je hochai la tête, sachant que je n'attendrais pas si longtemps. Il me tendit un téléphone sans fil.

— Appelez pour qu'on vous ramène. Je veux parler à cette personne avant votre départ.

Je pris les pilules dès qu'il quitta la pièce et réfléchit à qui contacter. Lizzy serait dans tous ses états, elle pleurerait, essaierait de me couver. Brian me crierait dessus, me traiterait d'idiot. Maman pleurerait et me sermonnerait tout autant.

J'appelai Matt.

— Salut Jared, dit-il en décrochant. Où Diable es-tu ? Je suis passé chez toi.

— Je suis à l'hôpital. Est-ce que tu peux venir me chercher ?

— Est-ce que ça va ? Que s'est-il passé ? demanda-t-il, sincèrement inquiet.

— J'ai été heurté par une voiture, mais…

Bien sûr, il ne me laissa pas terminer.

— Quoi ? Bon Dieu, Jared, tu vas bien ?

— Je vais bien, oui. Mais ils ne me laisseront pas partir à moins qu'on me ramène chez moi.

— Je serai là dans cinq minutes.

Quand Matt arriva, le docteur le prit à part dans le couloir où ils discutèrent un moment. Le temps qu'on s'installe dans la voiture, je me sentais déjà mieux.

— S'il te plaît, ne me fais pas la leçon, dis-je en montant. Attends qu'il fasse jour.

— D'accord, me répondit-il comme si ça ne lui était même pas venu à l'esprit.

Je l'en aurais embrassé.

Le temps qu'on arrive chez moi, j'étais crevé, je ne tenais plus sur mes pieds.

67

Entre le Vicodin et le contrecoup de l'adrénaline, c'était à peine si je pouvais mettre un pied devant l'autre. Je m'assis sur le canapé, m'étendis et fermai les yeux. Je le sentis s'asseoir à côté de moi. Rien ne se passa dans la minute qui suivit. Ou peut-être était-ce l'heure.

Le monde entier était flou, pas vraiment réel. Je savais que je souffrais mais je flottais loin de ma douleur, grâce aux médicaments et au réconfort que m'apportait ma maison. Je me suis peut-être endormi un peu. Je n'en suis pas sûr. À un moment, je pris à nouveau conscience de sa présence à mes côtés et d'une caresse aussi délicate qu'une plume près de ma tempe, où se trouvait ma blessure. J'entrouvris les yeux. Il était à côté de moi, me faisant face, une jambe sous lui, observant ma plaie à la tête. Ses doigts repoussaient doucement mes cheveux en arrière pour mieux voir. Mes yeux se refermèrent et je dérivais un peu, avec la sensation de ses doigts dans mes cheveux. J'avais toujours mal à la tête mais ce léger contact était agréable.

— Bon Dieu, Jared, dit Matt, et ce n'était pas sa voix taquine habituelle.

C'était un murmure, vraiment tendu, qui me surprit. Je rouvris un peu les yeux. Il était penché tout près de moi, me regardant. Je n'avais jamais vu cette expression sur son visage auparavant. Ses sourcils étaient un peu froncés, ses yeux, pas très loin des miens, sombres et tourmentés. Ses doigts semblaient toujours se mouvoir dans mes cheveux, presque comme une caresse, mais mon cerveau embrumé ne pouvait en être sûr.

— Tu aurais pu mourir.

Même dans cet état second, je fus surpris par l'intensité de sa voix, l'émotion que je percevais dans ces quatre mots. Je n'avais aucune idée quoi répondre et ce qui sortit de ma bouche fut :

— Je vais bien.

Il ferma les yeux. Ses doigts s'immobilisèrent dans mes cheveux.

— Merci mon Dieu.

Je n'arrivais pas à réfléchir. Quelque chose clochait, quelque chose n'allait pas, mais je n'arrivais pas à trouver quoi. Il ouvrit enfin les yeux et je dus avoir l'air perdu parce que, soudain, il me sourit un peu et dit :

— Quelle dose de Vicodin t'ont-ils donné, déjà ?

— Tout ce qu'il faut.

J'aurais facilement pu passer le reste de la nuit ici et n'avais pas du tout envie de m'éloigner de ses doigts enfouis dans mes cheveux, me touchant à peine.

Il secoua la tête, souriant toujours un peu.

— Allez. Il est temps d'aller au lit.

Il se leva, me tira du canapé et me poussa vers ma chambre. Une fois arrivé là, il demanda :

— Est-ce que tu as un survêtement qui pourrait m'aller ?

Je ne compris pas mais lui indiquai un tiroir.

— D'accord.

Il se mit à le fouiller. Il me jeta un coup d'œil, un sourcil arqué, amusé.

— Jared, ce n'est pas moi qui vais te déshabiller.

Il plaisantait.

— Tu vas devoir te débrouiller tout seul.

Je n'avais pas réalisé que c'était ce que j'étais censé faire. Je retirai sagement mes chaussures et chaussettes puis mon pantalon et m'assis sur mon lit. Je n'étais pas certain de la suite.

Matt s'approcha et me regarda avec son pseudo-sourire.

— Ça ira.

Il fit passer la blouse bleue de l'hôpital par-dessus ma tête. Son expression s'assombrit à nouveau quand il vit mes bleus et les bandages sur mes côtes, et il afficha ce regard étrange que je ne reconnaissais pas. Puis il me poussa gentiment en arrière sur le lit. Je me tournai de l'autre côté et m'y pelotonnai avec soulagement. Il tira la couverture et m'en recouvrit. Quand quelqu'un m'avait-il bordé pour la dernière fois ? Mes yeux se fermaient déjà et je me sentais partir à nouveau. Quelques temps plus tard, le sommier grinça. J'entrouvris les yeux. La pièce était plongée dans la pénombre mais j'étais toujours capable de le discerner, s'installant de l'autre côté du lit, vêtu d'un de mes jogging.

— Tu dors ici ? réussis-je à marmonner.

— Je ne vais pas te laisser tout seul cette nuit. Le docteur m'a dit d'appeler si jamais tu commençais à vomir.

— Tu seras là à mon réveil ?

Je ne savais pas pourquoi ça m'importait, mais apparemment quelque chose en moi voulait le savoir.

Je sentis sa main s'enrouler étroitement autour de mon poignet.

— Promis.

JE ME réveillai le lendemain, une bonne odeur de bacon en train de cuire dans l'air. J'étais affamé, j'avais mal absolument partout, un goût affreux dans la bouche et une terrible douleur au crâne. Je me traînai dans la salle

69

de bain, vidai ma vessie, me brossai les dents et me nettoyai un peu. Entre la brûlure d'asphalte et la super glue, prendre une douche n'était même pas une possibilité. Le côté gauche de mon visage, de la tempe à la mâchoire, était un immense bleu. Ouais, ma mère allait péter un plomb. J'aurais préféré être heurté par une autre voiture que de l'affronter.

Mes souvenirs de la soirée après avoir quitté l'hôpital n'étaient que des images brouillées et floues : de la douleur, mais aussi une caresse légère sur mes tempes, une main sur mon poignet dans le noir. Avait-il vraiment dormi avec moi ?

Si ce n'est pas une opportunité manquée, ça, me dis-je en prenant deux doses de Tylenol et d'ibuprofène.

— Comment tu te sens ? me demanda-t-il alors que j'entrais dans la cuisine et m'asseyais au comptoir pour petit-déjeuner.

— Comme si un camion m'était passé dessus.

— Naaan.

Il déposa devant moi une assiette pleine d'œufs, de bacon et d'un toast.

— Seulement une Toyota Land Cruiser.

Un verre de lait et une tasse de café suivirent. Je réalisai qu'à l'exception du café, rien de toute cette nourriture n'avait été dans ma maison. Il avait dû se lever tôt pour aller la chercher.

— Oh bon sang, je suis affamé !

— Tu as eu du Vicodin en guise de dîner.

— Ça explique tout.

J'attaquai mon repas.

— J'ai appelé Lizzy pour la prévenir que tu allais être en retard.

Je gémis en songeant à ce qu'elle allait dire de tout ça.

— Tu lui as raconté ce qui est arrivé ?

— Non.

Il avait l'air amusé.

— Tu veux que j'affronte le pire de son pétage de plomb quand je vais lui annoncer, c'est ça ?

— Tout à fait.

Ses yeux pétillaient, comme s'il riait.

— De plus, elle mourait clairement d'envie de savoir pourquoi j'appelais de chez toi à 7h30 du matin. J'ai pensé que ce serait amusant de laisser son imagination délirante se déchaîner un peu.

En effet, ça allait sûrement l'exciter, je ne pus que rire.

70

— Tu m'en veux si j'emprunte ta douche ? demanda-t-il.

— Fais comme chez toi.

J'étais presque venu à bout de mon plat. Toutefois, il n'alla pas tout de suite vers la salle de bain. Il resta là, à me regarder, comme s'il était sur le point de dire quelque chose, mais ne savait pas comment. Ce qui me dérangea suffisamment pour que j'arrête de manger et lève les yeux vers lui.

— Quoi ?

Il s'approcha, se tint à côté de moi près du comptoir. Un instant, il ne bougea pas. Je patientai. Je m'attendais à ce qu'il commence un sermon. Mais il se pencha vers moi, posa une main sur ma nuque, à la base de mes cheveux, et m'attira à lui avant d'enfouir son visage dans mes cheveux. Il tremblait. Il prit une inspiration frémissante et ses lèvres effleurèrent mon oreille quand il murmura :

— Ne t'avise pas de me faire à nouveau peur comme ça.

J'en fus abasourdi. Je savais que j'étais son seul véritable ami en ville, mais j'étais réellement surpris de voir à quel point il était secoué. Soudain, je me rappelai l'expression qui l'avait traversé la veille ; cette étrange expression que je n'avais jamais vue. Je me rappelai l'émotion dans sa voix quand il avait dit que j'aurais pu mourir. Il tenait à moi et je me sentis presque submergé tellement j'en étais touché. J'avais dû mal à articuler mais j'arrivai à dire :

— Je ferai de mon mieux.

— Bien.

Il me relâcha, attrapa mon casque posé sur le comptoir et me le fourra dans les mains, d'une poussée assez forte pour me faire grimacer.

— À partir d'aujourd'hui.

Ça n'avait rien d'une suggestion.

Mon premier instinct fut de protester mais quand je levai les yeux, je vis une fois de plus cette expression. Celle de la nuit dernière. Pouvais-je vraiment lui refuser quoi que ce soit ? La réponse était simple : non. Je l'aimais trop.

— Je te le jure.

XV

COMME PRÉVU, ma famille a paniqué à mort à propos de l'accident, mais en apprenant que Matt m'avait fait promettre de porter un casque, ils se sont calmés. Maman a appelé ça un 'un mal pour un bien'. J'ai essayé de ne pas lever les yeux au ciel. J'ai aussi été soulagé de découvrir que mon vélo n'était pas aussi endommagé que je le pensais. Et puis, en quelques jours, l'incident a été, pour la majeure partie, oublié. Et même si je m'interrogeais un peu sur l'étrange réaction de Matt, j'ai gardé le silence.

— Tu as une tête de déterré !

Je venais juste d'ouvrir ma porte d'entrée pour découvrir Matt, appuyé contre l'encadrement. Je ne savais même pas pourquoi il s'entêtait à frapper. On aurait dit que si j'avais mis plus longtemps à répondre, il se serait endormi sur place.

— Je viens juste de terminer un double service. Je suis épuisé.

Il entra et se laissa tomber sur le canapé.

— T'as déjà acheté à manger ? Je meurs de faim.

— Tu sais bien que non. Mais j'ai faim moi aussi. Allez, allons manger dehors. Je t'invite.

Il grogna.

— On irait où ?

— Chez Mamacita ?

— Non. Cherie risque d'y être.

— Est-ce que c'est un problème ?

— Oui.

— Depuis quand ?

— Depuis que j'ai arrêté de la voir il y a trois semaines.

Ça me surprit mais je laissai tomber.

— D'accord, alors pourquoi pas chez Tony ?

— Non. On ne peut pas y aller non plus.

— Pourquoi pas ?

— La fille blonde… j'ai oublié son nom. Elle me donne tout le temps son numéro de téléphone.

— Peut-être que c'est son jour de repos ?

— Si ça l'est, alors l'autre risque d'être là. Celle qui porte trop de ce parfum hippie hyper fort. Elle s'est quasiment assise sur mes genoux la dernière fois.

Je commençai à sourire malgré moi.

— Est-ce qu'il y a un seul restaurant en ville où on peut aller ?

— Non ! grogna-t-il.

— Ce doit être dur d'être le célibataire le plus convoité de toute la ville.

J'avais beaucoup de mal à ne pas rire.

— Content que tu trouves ça si drôle.

— Et aucune d'entre elles ne t'intéresse ?

Il me regarda directement. Il était si fatigué ; toutes ses défenses à terre alors je savais qu'il le pensait quand il répondit :

— Non. Je préfère être ici.

Bon Dieu, c'était bon de l'entendre le dire, mais j'essayai de garder un ton détaché.

— Tu crois que si tu passes assez de temps avec un homo, elles vont enfin te laisser tranquille ?

— Ce serait un plus, en tout cas.

Il avait désormais les yeux fermés, la respiration de plus en plus lente.

— Jusqu'ici, je n'ai pas l'impression que ça fonctionne.

— Tais-toi, Jared, et commande une pizza.

Quand la pizza arriva, je nous sortis quelques bières et allumai la télé. Il était toujours silencieux et étrangement pensif. Je vérifiai le programme TV.

— Il va falloir attendre la fin des quarante dernières minutes de *The Breakfast Club*, après il y a *La Colère de Khan*.

— Peu importe.

Je ne savais pas trop comment gérer ce côté de lui. D'habitude, il était si solide, mais ce soir il semblait perdu. Comme s'il attendait que quelqu'un le ramène à bon port. Il avait à peine touché à la pizza alors qu'il en était à sa troisième bière.

— Est-ce que tu travailles demain ? demandai-je

— Jour de repos.

— Allons faire du vélo, alors. Ça fait quelques semaines qu'on n'en a pas fait.

Son visage s'illumina un peu.

— Ça marche. De l'exercice me ferait du bien.

73

Il se tenait avachi, ses grandes jambes étalées devant lui. Il avait la tête renversé et les bras étendus sur le dossier du canapé, de sorte à ce que l'un deux passe derrière moi. La moitié du temps il avait les yeux fermés, et je croyais qu'il somnolait. Le silence s'éternisa un moment, puis soudain il déclara :

— Je déteste ce film.

— Parce que c'est un navet à l'eau de rose ou parce que rien n'explose ?

C'était supposé être une blague mais je n'eus pas l'impression qu'il m'entendit.

— Aucun d'eux ne sait qui il est. Ils se contentent de suivre leur rôle. Ils sont comme leurs parents les ont élevés. Toujours à s'efforcer d'être ce qu'on attend d'eux. C'est épuisant.

J'eus la nette impression qu'il ne parlait pas seulement du film.

— Je crois que je t'envie, dit-il. Tu n'es jamais fatigué, n'est-ce pas ? Tu te fiches leurs attentes.

— Des attentes de qui, Matt ?

— Personne. Tout le monde. Putain, je ne sais même pas de quoi je parle. Je suis si fatigué.

Il ferma à nouveau les yeux.

— Ne m'écoute pas.

J'étais quasi sûr qu'il s'était endormi. Je restai assis là, les pieds sur ma table basse, fixant le film sans le voir, me demandant ce qui s'était passé pour le mettre dans un état pareil. Puis je sentis une légère pression au sommet de mon crâne, puis une autre. C'était sa main. Il me caressait les cheveux, jouant gentiment avec mes boucles.

— Est-ce qu'il s'est passé quelque chose aujourd'hui, Matt ?

Il fixait ses doigts qu'il les faisait jouer dans mes cheveux, mais je ne crois pas qu'il les voyait vraiment. Il ne réalisait probablement pas ce qu'il faisait. C'était agréable. Je restai parfaitement immobile. J'avais peur qu'il s'arrête si je bougeai d'un millimètre.

— Il s'est passé quelque chose au boulot ?

La légère caresse s'arrêta. Il avait la mâchoire crispée. J'avais mis le doigt sur quelque chose.

— Non.

— Je sais que tu mens.

Il ne répondit pas pendant une minute, puis la douce caresse dans mes cheveux reprit.

— Ils organisent un pique-nique. Tu sais, un truc où tout le monde amène sa famille.

Il s'interrompit, mais je savais qu'il n'avait pas fini.

— Et tu n'as pas de famille ?

— Ce n'est pas le problème.

Il soupira et prit une grande inspiration comme s'il allait me le dire. Puis il s'interrompit au dernier moment, secouant la tête.

— Oublie ça.

Il arrêta de jouer avec mes cheveux et reporta son attention sur la télé comme si le sujet était clos.

— Alors c'est quoi, le problème ?

Il lui fallut un moment avant qu'il se décide à répondre, puis enfin, il continua à voix basse:

— Ils m'ont demandé si j'allais amener quelqu'un. Et j'ai parlé de toi.

J'en fus secoué.

— Tu n'aurais jamais dû faire ça.

— Sans déconner.

— Qu'est-ce qu'ils ont dit ?

— Ils m'ont dit que les 'petits copains' n'étaient pas autorisés.

Il soupira à nouveau.

— Je sais que tu m'as averti. Je sais que j'aurais dû le voir venir. Mais on est amis, pas vrai ?

Il ne me laissa pas le temps de répondre.

— N'ai-je pas le droit d'avoir un ami ? Et puis, et si on était vraiment plus ?

Je m'étranglai sur ma bière à ces mots mais il ne sembla pas le remarquer.

— En quoi est-ce que ça les regarde ? Ils s'attendent à ce que j'aille à leur putain de pique-nique, tout seul, que je les regarde avec leur joyeuse petite famille, et que je fasse comme si la seule personne que j'apprécie dans cette fichue ville n'existait pas ?

— Euh….

Je fus incapable de trouver quoi que ce soit à répondre à ça. J'avais déjà du mal à croire qu'il ait sorti tout ça et j'étais certain qu'à un autre moment il n'aurait rien dit. Mais ça n'avait pas d'importance. Il continua de parler et reprit ses caresses.

— Ensuite, mes parents m'ont appelé. Comme par hasard. Ma mère est dans tous ses états parce que sa sœur a un million de petits-enfants et

75

qu'elle n'en a aucun. Mon père était saoul, pour changer, et il m'a encore parlé de devoir. Je ne sais pas s'il parlait d'être quelque chose de plus qu'un flic ou s'il voulait me dire de me marier et de fonder une famille. Les deux, je suppose. Et tout ce qui me vient en tête, c'est combien j'aurais aimé avoir un frère ou une sœur pour qu'ils reportent une partie de leurs attentes sur quelqu'un d'autre que moi.

La douce pression sur ma tête était toujours là.

— Tout le monde veut quelque chose et tout le monde attend quelque chose. Ils ne demandent jamais comment je vais ou si je suis heureux. Ils ne demandent pas ce que je veux.

— Et toi, qu'est-ce que tu veux ?

Il laissa sa main et sa tête retomber sur le dossier du canapé. Il leva les yeux vers le plafond.

— J'aimerais bien le savoir.

Je ne savais pas trop quoi répondre. Je me tournai donc vers la télé et après une minute, la caresse sur mes boucles recommença.

— Jared, qu'est-ce que tu veux, toi ?

Il avait parlé tout bas. Quand je le regardai, ses yeux gris plongèrent dans les miens.

— Dis-moi ce que toi, tu attends.

Mon cœur manqua un battement. Est-ce qu'il me demandait ce que je ressentais pour lui ? Je pouvais lui dire que je n'attendais rien, et c'était vrai. Mais en ce qui concernait ce que je voulais, c'était simple. Je le voulais lui. Mais j'étais certain qu'il le savait déjà, et le dire à voix haute n'allait pas aider. Alors à la place je répondis :

— Je m'attends à te botter les fesses sur la piste demain.

Il sourit à peine.

— Alors, je ferais mieux de dormir un peu.

— Es-tu assez en forme pour conduire ?

— Je ne vais même pas essayer.

Et deux minutes plus tard, il dormait.

LE TEMPS que je me lève, Matt s'était déjà douché, était sorti chercher des donuts et avait fait du café. Son étrange humeur semblait avoir disparu lorsqu'il me poussa dehors

L'excursion fut géniale. Je fis une chute spectaculaire durant la montée et écopai de deux genoux écorchés ainsi que d'une égratignure suintante qui courait de mon épaule à mon coude. Avant même de me relever, j'entendis ce qu'on ne pouvait décrire que comme un fou rire. La partie de mon cerveau qui ne se concentrait pas sur ma douleur se demanda qui cela pouvait bien être parce que je n'avais jamais entendu Matt rire comme ça. Et avant que je comprenne ce qui se passait, il me sauta dessus et me cloua au sol. Je mesure près d'un mètre quatre-vingt. Je ne suis pas un poids plume. Matt pèse quasiment quinze kilos de plus que moi et n'eut aucun mal à me maîtriser.

— Bordel, tu es lourd ! Qu'est-ce que tu fiches ?

Son corps était tout en muscles et couvert de sueur, ses yeux verts brillaient tandis qu'il se moquait de moi.

— Frotte de la terre dessus !

Et sur ce, il saisit une poignée de terre et commença à en étaler sur mon bras. Ça faisait un mal de chien mais c'était en même temps curieusement érotique de l'avoir au-dessus de moi comme ça. J'en fus étrangement excité et incroyablement déstabilisé.

Une fois le sommet de la piste atteint, on retira nos casques et on laissa tomber nos vélos pour admirer la vallée en dessous de nous. Le soleil était doré, le ciel d'un bleu brillant. Une brise légère chargée de l'odeur des conifères flottait autour de nous. Les peupliers changeaient de couleur, peignant tout ce vert de taches d'ambre, d'orange et de magenta. C'était un moment parfait ; je me tenais à côté de lui, couvert de sueur, de poussière, de sang, à contempler la magnificence des montagnes Rocheuses.

Je me tournai vers lui pour voir s'il le ressentait aussi et découvris qu'il ne regardait pas du tout la même chose. C'était moi qu'il regardait. La tête à moitié penchée, comme si quelque chose l'intriguait, en souriant un peu. Mais ce sont ses yeux qui me surprirent vraiment. Je ne l'aurais imaginé m'admirer comme ça que dans mes rêves les plus doux.

Il tendit la main pour toucher mes cheveux. Est-ce que tout arrivait au ralenti ? J'avais l'impression de pouvoir à peine respirer. Il y eut une petite secousse. Il venait d'enlever mon élastique. Puis il glissa les doigts dans mes cheveux. Ma respiration se bloqua. Je fermai les yeux. Je ne sais pas combien de temps on est restés ainsi. Une éternité. Le temps d'un battement de cœur.

— Lizzy a tort. Il ne faut vraiment pas que tu les coupes.

Sa main disparue et, quand j'ouvris les yeux, il repartait vers son vélo. Mais il me gratifia d'un sourire lumineux – m'y habituerai-je jamais ? – quand il se tourna vers moi.

— Le dernier arrivé en bas paie le dîner.

— ÇA SUFFIT, Jared ! Accouche !

Je me tournai pour voir Lizzy me sourire, ses yeux bleus brillant de malicieuse impatience.

— Je ne vois pas de quoi tu parles.

— Ne joue pas à ça avec moi. Tu ne peux pas errer toute la journée la tête dans les nuages avec un sourire collé aux lèvres et t'attendre à ce que je gobe qu'il n'y a rien ! Alors, accouche !

Elle avait raison. J'avais eu l'impression de flotter un mètre au-dessus du sol.

— J'ai juste eu une bonne journée.

— C'est Matt, pas vrai ?

— Oui. Enfin, non. Pas exactement.

— Qu'est-ce que c'est alors, exactement ?

Je ne savais pas quoi répondre mais mon sourire ridicule était plus large que jamais.

— S'il te plaît, dis-moi qu'il a enfin retrouvé la raison ?

— Eh bien, je ne veux pas que tu espères trop…

…ni moi…

— …mais je pense qu'il y a enfin l'ombre d'une chance.

Elle cria et se jeta à mon cou. Elle m'avait pris un peu de court. Un de mes bras était coincé par son ventre rond et j'avais ses cheveux dans la bouche.

— C'est trop génial, Jared !

La clochette au-dessus de la porte tinta, et Matt entra.

— Qu'est-ce qui vous rend si joyeux tous les deux ?

J'avais joues écarlates mais Lizzy géra les choses avec brio, comme d'habitude.

— Jared me disait juste qu'il prévoyait de jouer les baby-sitters pour nous une nuit par semaine après la naissance du bébé, pour que Brian et moi puissions sortir. N'est-ce pas gentil ?

Est-ce que j'ai dit brillante ? Je ne pense pas que ce soit suffisant. Elle avait réussi à lui répondre sans m'embarrasser et s'arranger une sortie hebdomadaire, le tout en un coup. On ne pouvait que l'admirer.

— Alors Matt, est-ce que Jared t'a parlé de son anniversaire ?

— Non.

Il me regarda, guettant visiblement une réponse.

— C'est encore dans deux semaines, lui dis-je.

— C'est le vingt et un septembre, déclara Lizzy. Je fais à dîner. Tu vas venir, pas vrai ?

Il me jeta un coup d'œil puis répondit

— Je ne voudrais pas le rater.

XVI

Durant les deux semaines précédant mon anniversaire, ma confusion ne fit que s'accroître. Matt passait toutes ses soirées chez moi. Il dormait sur mon canapé aussi souvent qu'il venait, même si au matin, le temps que je sorte ma paresseuse carcasse du lit, il était parti. Il avait même laissé une brosse à dents. J'essayai de me dire que c'était seulement parce qu'il ne voulait pas rentrer le soir dans son appartement vide. J'y croyais presque. Mais est-ce que je m'imaginais la façon dont il me regardait de plus en plus, me touchais quand il n'en n'avait pas besoin ? De nombreux soirs, on regardait la télé sur mon canapé et je le sentais me caresser les cheveux. C'était une forme de torture, mais une torture que j'attendais impatiemment chaque jour.

Matt travaillait le jour de mon anniversaire, mais il terminait à dix-sept heures. Il vint me chercher et on alla dîner chez Lizzy.

Ce fut une étrange soirée. Alors que les heures passait, il se rapprochait, une lueur chaude dans le regard que j'avais déjà vue, dans celui d'autres hommes, mais pas depuis un long moment. On aurait dit qu'il ne pouvait pas s'empêcher de me toucher. Pris à part, ce n'étaient que des contacts innocents sur mon bras ou mon épaule ou mon dos. Il touchait beaucoup mes cheveux aussi. Mais plus le temps passait, moins cela semblait anodin. Avec n'importe qui d'autre, j'aurais su exactement ce qu'il voulait. Avec lui, je n'en avais aucune idée.

Même ma famille le remarqua. Je vis le petit sourire entendu de maman et le malaise mêlé de confusion de Brian. Et comment aurais-je pu manquer l'immense sourire de Lizzy ou le ridicule pouce levé qu'elle me fit dans son dos ? Mais Matt ne semblait toujours pas se rendre compte de ce qu'il faisait. Je passai la soirée à moitié en érection à espérer que personne n'ait rien remarqué.

À la fin de la soirée, Lizzy déclara qu'on était tous deux incapables de prendre le volant pour rentrer et nous reconduisit en voiture. Le temps qu'on arrive devant chez moi, j'avais la tête qui tournait. J'avais déjà entendu ce terme avant mais je ne l'avais jamais vraiment compris jusqu'à maintenant.

Je ne savais pas trop à quoi m'attendre. Il allait sûrement boire une autre bière puis s'endormir sur mon canapé. Mais une partie de moi savait que nous étions au bord d'un précipice à contempler le fond. Nous pouvions soit faire demi-tour et nous éloigner, soit prendre une grande inspiration et sauter. Mes mains tremblaient tellement que je dus m'y reprendre à trois fois avant d'arriver à mettre la clé dans la serrure. Il fredonnait d'un ton satisfait derrière moi, se balançant d'avant en arrière, je ne pense pas qu'il le remarqua.

Enfin, je nous fis entrer et me précipitai vers la cuisine, criant par-dessus mon épaule :

— Je vais nous chercher quelque chose à boire !

Je sortis des verres du minibar, des bières du frigo, des glaçons du congélateur et restai planté là, à les fixer, ne sachant pas vraiment quoi faire ensuite. Normalement, j'aurai juste saisi les deux bouteilles de bière, mais j'étais troublé alors j'essayais désespérément de gagner assez de temps pour retrouver un peu de mon sang-froid. Je ne l'entendis pas venir. Soudain je le sentis derrière moi, lui et ses mains sur ma taille. Cela me fit perdre un peu mon souffle, de le sentir si imposant, si fort dans mon dos. Ne savait-il pas l'effet qu'il me faisait ?

Mais sa voix contre mon oreille n'était pas le murmure sexy d'un amant. C'était la voix décontractée dont il se servait toujours.

— Qu'est-ce tu fais ?

Il se pencha un peu plus vers moi et tendit la main pour attraper une des bouteilles.

— Qui a commandé des bières glacées ?

Je ne voyais pas son visage, mais je savais qu'il haussait un sourcil.

— Je, euh, je ne suis pas sûr.

Je balbutiais comme un idiot, essayant de penser au football ou au VTT, n'importe quoi pour me distraire de combien il était près de moi. Il reposa la bière et son poids dans mon dos disparut un peu, mais il remit une main sur ma taille. L'autre glissa sur mon ventre et mon souffle se bloqua.

— Hé.

Il avait l'air un peu inquiet maintenant.

— Ça ne va pas ? Tu trembles.

Je ris nerveusement.

— Sans rire ?

— Sans rire. Qu'est-ce qui ne va pas ?

Je pris une grande inspiration et dit.

81

— Matt, tu ne le réalises peut-être pas, mais tu m'envoies des signaux assez confus, là. Je ne suis pas sûr de savoir comment tu veux que je réagisse.

— Que veux-tu dire ?

Et, sans blague, il y avait une réelle incompréhension dans sa voix. Mais il ne bougea toujours pas.

— Je parle de ça, Matt. De ta façon de me toucher.

— Oh.

Je savais, sans avoir à le regarder, qu'il rougissait.

— Tu veux que j'arrête ?

— Non, je ne veux justement pas que tu arrêtes. Mais, je pense que tu devrais.

— Quoi ? Pourquoi ?

Perdu. Puis soudain, il comprit.

— Oh !

Mais il ne bougea pas. Une seconde s'écoula, puis il passa la main un peu plus haut sur mon torse. Sa présence dans mon dos se fit plus intense et quand il parla au creux de mon oreille, sa voix était basse, rauque :

— Est-ce que je t'excite ?

— Putain, oui, tu m'excites !

C'était un peu cru, mais je fus soulagé de l'avoir dit.

— C'est ça que tu veux ?

Il se figea une minute, son souffle un peu tremblant contre mon oreille.

— Je ne sais vraiment pas.

Une autre inspiration fragile et il détacha les mains de moi, je le sentis faire un pas en arrière.

— Je suis désolé. Je ne me rendais pas compte.

Mais quand je me retournai, je réalisai qu'il avait seulement reculé d'un demi-pas. Il n'était qu'à quelques centimètres de moi. Il avait les joues empourprées et il était visiblement aussi secoué que moi.

Pendant une minute, aucun de nous ne bougea. J'essayai de retrouver mon souffle et de convaincre ma verge qu'il n'y avait rien d'intéressant à voir. Elle ne m'écoutait pas. Mon corps tout entier tremblait et ma voix, quand je parlai, fut rauque.

— D'accord, eh bien...

Je m'interrompis brusquement quand il s'avança à nouveau. J'étais dos au comptoir. Mes mains cramponnées au rebord. Il était si près. Il me regarda, fronça les sourcils, la tête légèrement penchée, comme s'il essayait de comprendre quelque chose. Comme si j'étais une sorte de puzzle auquel il avait presque la réponse. Puis, lentement, il posa les mains sur le comptoir, de chaque côté de moi, m'encerclant.

— Matt ?

Ma voix n'était guère plus qu'un murmure.

Je vis clairement le vert dans ses yeux ce soir-là. Ils étaient pleins de surprise et de confusion, mais il y avait aussi quelque chose d'autre.

— Je crois que j'ai envie de te toucher.

Une de ses mains quitta le bar pour venir se poser sur ma hanche.

— Je crois, dit-il d'un air abasourdi, que j'ai vraiment envie de te toucher.

Il glissa alors la main le long de mon bras. Ses lèvres étaient à quelques centimètres des miennes. Mon corps tout entier était chargé d'électricité, comme si chacun de mes nerfs se tendait vers lui.

— Je peux ?

Je rendis les armes, fermai les yeux, me laissai aller contre son corps grand et fort et ne pensai à rien d'autre qu'à quel point sa main était agréable.

— Oui.

Il passa brièvement les doigts dans mes cheveux, jouant doucement avec mes boucles. Puis il en agrippa une poignée, tirant ma tête en arrière pour exposer ma gorge. Il se pencha vers moi, posa les lèvres dans mon cou. Des lèvres douces et un début de barbe piquante caressèrent ma peau et remontèrent vers mon oreille. Mon cœur battait si fort qu'il allait en jaillir de ma poitrine. Ou que ma verge allait en exploser contre les boutons de mon jean. Ses lèvres frôlèrent mon oreille et il murmura :

— Je veux juste te toucher un peu plus.

Je voulus lui dire qu'il ne fallait pas qu'il s'arrête, jamais, mais je n'arrivais pas à parler. J'avais peur de briser l'illusion si je le touchais moi aussi. Pourtant je tendis la main et la posai sur son ventre plat. Il répondit en enroulant son autre bras autour de ma taille. Sa langue toucha mon oreille. Sa joue était comme du papier de verre contre la mienne. Je tirai sur son tee-shirt et passai les mains dessous, les fit glisser dans son dos. Je sentis ses muscles fermes tressauter sous mes doigts et il émit un petit gémissement contre mon cou, qui alla directement à mon aine.

Je n'aurais pas cru qu'il y avait encore de l'espace entre nous, mais il réussit à se presser encore plus contre moi. Son corps entier contre le mien. Ses bras autour de moi, une main caressant mon dos, l'autre toujours mêlée à mes boucles. Je sentis ses lèvres sur ma gorge. Pas juste me frôlant la peau comme avant. Il m'embrassait vraiment à présent, mordillant mon cou, donnant un coup de langue sur mon pouls qui battait à un rythme effréné.

Puis ses deux mains furent sur mes hanches, pressant mon aine contre la sienne. Je sentis son érection se frotter contre la mienne.

Je m'entendis gémir, ou peut-être geindre. Peu importe, il était évident qu'il aimait, car ses gentilles morsures dans mon cou devinrent soudain beaucoup plus insistantes. Il posa les deux mains dans mes cheveux. Il était désormais complètement appuyé contre moi, me plaquant contre le comptoir. Il me tirait les cheveux, entrechoquait ses hanches contre les miennes, et ce qu'il faisait dans mon cou était à la limite entre douleur et plaisir mais je ne voulais pas qu'il s'arrête.

Je dus m'y reprendre à plusieurs fois, mais finalement je réussis à murmurer :

— Est-ce que tu veux aller dans la chambre ?

Moi et ma grande gueule.

Il se figea, une statue vivante aux mains toujours plongées dans ma chevelure et aux lèvres chaudes toujours dans mon cou.

— Matt ?

Il me relâcha. Avant que je comprenne, il était de l'autre côté de la pièce. Je chancelai. J'avais l'impression qu'on venait de m'arracher la moitié du corps.

— Matt ?

Il s'assit sur l'un des tabourets du bar, les coudes sur ses genoux et la tête dans ses mains.

— Oh mon Dieu, qu'est-ce qui vient de se passer ? Bordel, qu'est-ce qui vient d'arriver ?

Il émit un son qui aurait pu être un rire… ou un sanglot.

— Je ne sais pas ce qui m'arrive. Je crois que je perds la tête, putain !

Je fis un pas vers lui et tendis la main.

— Ne me touche pas ! gronda-t-il.

Il aurait tout aussi bien pu me frapper, ça ne m'aurait pas fait plus mal.

— Matt, tout va bien.

— Non, ça ne va pas bien du tout ! Oh mon Dieu, ce n'est *pas* bien. Je voulais… Comment est-ce que j'ai pu vouloir ça ? Comment est-ce que j'ai pu te vouloir comme ça ?

— Matt, je te veux aussi. Je te veux depuis longtemps. Il n'y a rien de mal là-dedans.

Sa seule réponse fut de secouer la tête entre ses mains.

— Matt, je sais ce que tu m'as dit. Mais sois honnête avec moi. Ça ne peut pas être la première fois que tu es attiré par un autre mec.

Il resta silencieux si longtemps que je commençai à penser que j'avais commis un sérieux faux-pas. Puis, d'une voix presque inaudible, il répondit :

— Tu as raison. J'ai été attiré par d'autres hommes avant. Pas beaucoup, mais quelques-uns. Mais pas comme ça. Jamais comme ça.

Il prit une grande inspiration tremblante.

— C'était toujours une réaction physique, uniquement, et j'étais capable de simplement l'ignorer. Juste me dire non. Me dire que c'était mal.

Il leva les yeux vers moi : la douleur et la confusion dans ses yeux furent suffisantes pour briser mon cœur.

— Peu importe ce que c'est, toi et moi, c'est tellement plus et je ne peux pas m'en débarrasser.

Comment ces mots pouvaient-ils me rendre à la fois si heureux et me faire si mal ?

— Matt, pourquoi est-ce que tu devrais l'ignorer ?

— Je suis paumé, Jared. Même maintenant, ma seule pensée, c'est que je veux te toucher. Et je ne sais pas du tout quoi faire.

Je m'approchai de lui. Assis sur ce tabouret, il était un peu plus petit que moi. Son regard était méfiant lorsque je m'approchai, mais il ne m'arrêta pas. Je m'immisçai entre ses genoux et pris son visage entre les mains pour le regarder droit dans les yeux.

— Je sais, Matt. Je sais exactement ce qu'il faut faire. Viens dans la chambre avec moi et laisse-moi te montrer.

Je me penchai et l'embrassai, à peine une caresse sur ses lèvres.

— S'il te plaît Matt ? Fais-moi confiance. S'il te plaît, ne fuis pas.

Il y avait des larmes sur ses joues.

— Mais c'est mal.

— Tu sais que je n'y crois pas. Je ne vois pas comment ça pourrait être mal.

Il avait les yeux fermés et quand j'embrassai le coin de sa bouche, je l'entendis retenir sa respiration.

— Est-ce que ça te semble mal ?

J'embrassai les larmes sur une de ces joues.

— Parce que ça ne me semble pas mal, à moi.

L'autre joue.

— Rien dans ma vie n'a jamais semblé aussi juste.

Je m'écartai et attendis qu'il rouvre les yeux pour plonger mon regard dans le sien.

— Je t'aime, Matt. Comment est-ce que ça pourrait être mal ? Comment l'amour peut-il être mauvais ?

Mais ce fut trop. À ces mots, les portes se refermèrent brutalement. Il attrapa doucement mes poignets et ôta mes mains de son visage, secouant la tête. Il se leva, me repoussant gentiment.

— Je dois y aller.

— Matt. S'il te plaît, non. S'il te plaît, ne fuis pas.

Mais il ne jeta même pas un regard en arrière.

J'ÉTAIS ASSIS dans le magasin, contemplant une fissure sur le comptoir. Pour être honnête, je l'observais depuis plus d'une heure. Plusieurs personnes étaient venues mais j'avais laissé Ringo s'occuper d'eux. Je m'étais assuré d'avoir bien gardé la main sur les marques dans mon cou pendant qu'ils étaient dans le magasin. Pas besoin de rajouter aux ragots du coin. Je ne me rappelais pas avoir jamais été si déprimé par des suçons avant.

Lizzy passa par la porte de derrière et s'approcha de moi. Puis elle rit.

— Oh mon Dieu, regarde ton cou ! On dirait bien que quelqu'un ici a eu un anniversaire d'enfer.

Mais quand je levai les yeux vers elle, elle dut voir tout de suite la peine dans laquelle je me trouvais. Son sourire disparut et elle s'installa sur le tabouret à côté de moi.

— Que s'est-il passé ?

— Je ne veux pas en parler.

— Oh Jared. Après hier, la manière dont il te regardait et te touchait, j'étais certaine…

— Je ne veux toujours pas en parler.

— Vous vous êtes disputés tous les deux ?

— Pas exactement.

— Vous vous êtes séparés ?

— Lizzy, il aurait fallu qu'on soit ensemble pour qu'on se sépare.

— Alors quoi ?

Alors je le lui avouai. Et le pire dans tout ça, c'était presque la sympathie dans ses yeux bleus.

Elle me serra dans ses bras malgré son gros ventre.

— Je suis sûre qu'il va changer d'avis. C'est évident qu'il est aussi dingue de toi que toi de lui. Laisse-lui un peu de temps.

Mais je n'arrivais pas à la croire.

XVII

JE L'AI appelé plusieurs fois les semaines qui suivirent, mais il n'a jamais répondu. J'ai laissé des messages.

La première fois, trois jours après mon anniversaire, j'ai essayé d'avoir l'air désinvolte.

— Matt, ce n'est pas grave. On avait pas mal bu tous les deux.

Je ne pensais pas que ce soit vraiment la raison de ce qui s'était passé, mais j'étais prêt à lui donner une excuse si ça pouvait l'aider.

— Ça n'a pas d'importance. Appelle-moi.

Trois jours après, j'ai commencé à être désespérément perdu.

— Matt, tu n'as pas à m'éviter. Il ne s'est rien passé. Oublie ça. On se voit dimanche, d'accord ?

Quand il n'est pas venu regarder le match de football, je l'ai encore appelé. J'avais soigneusement préparé ce que j'allais lui dire après le bip, quelque chose de désinvolte au sujet de ses Chiefs qui avaient perdu face aux Raiders. Pour une raison inconnue, ces mots sont morts sur mes lèvres. Tout ce que j'ai réussi à dire, c'est :

— Matt, tu me manques.

Je n'ai plus appelé après ça.

Les semaines qui suivirent furent horribles. Matt continuait de m'éviter. Et le pire de tout, c'était qu'il avait commencé à fréquenter Cherie. Pas juste à coucher avec elle, comme l'été précédent, mais vraiment à sortir avec elle.

Je savais ce qu'il faisait. Il essayait de se convaincre qu'il pouvait être heureux avec une femme. Il se disait que ses sentiments pour moi n'étaient rien de plus que la conséquence d'avoir passé trop de temps ensemble, et que s'il passait plus de temps avec Cherie, il transférerait tous ses sentiments sur elle. Je pensais que ça ne marcherait pas, et en même temps, j'étais terrifié par l'idée que ça réussisse.

Je n'arrivais pas à croire à quel point je me sentais seul. J'essayais de me réconforter en me disant que ma vie était exactement comme elle l'avait été pendant des années avant son arrivée. Mais avant, ce n'était pas comme ça. Désormais, je me sentais anéanti. Ma maison me faisait l'effet d'un cimetière. Chaque fois que la porte du magasin s'ouvrait, j'espérais que c'était lui, mais ce n'était jamais le cas. Chaque soir, j'espérais qu'il frapperait à la porte. Le football n'était plus aussi passionnant. Les quelques dimanches qu'on avait passés ensemble, notre parfaite amitié, me narguaient lorsque je m'asseyais tout seul pour regarder un match. Lizzy et Brian m'invitaient chez eux, bien sûr, et j'y allai une ou deux fois, mais au lieu de me réconforter, ça ne servit qu'à déprimer Lizzy, alors je cessai d'y aller.

— Il n'est même pas heureux, me dit-elle un jour. Brian et moi les avons vus quand on est sortis dîner en ville, et il avait l'air pitoyable.

Et le pire c'était qu'elle avait raison. Les fois où je l'avais vu, il avait en effet l'air malheureux. Il n'affichait même pas son pseudo-sourire.

— Pourquoi me dis-tu ça, Lizzy ?

— À mon avis, tu lui manques autant que lui te manque. Pourquoi ne l'appelles-tu pas ?

— Non.

— Jared…

— Non !

Je m'interrompis. Lizzy ne méritait pas que je sois si cassant avec elle. Elle voulait juste me voir heureux. Mais s'il y avait une chose que je savais, c'était que ce n'était pas à moi de faire le premier pas. C'était lui qui ne pouvait pas affronter ses sentiments ou ce qu'ils voulaient dire. La seule chose à faire pour moi était attendre et espérer.

— Dis, Jared ? Est-ce que tu peux me faire une faveur ? me demanda Ringo, un jour de début d'octobre pendant que nous déballions des caisses d'huile de moteur.

— Qu'est-ce qu'il y a ?

— Tu pourrais me donner à nouveau des cours ?

— De maths ?

— Oui. Je fais du calcul avancé maintenant et je prends une raclée.

— Bien sûr.

C'était déprimant de voir que maintenant il me tardait de passer du temps avec Ringo. Tu parles d'une vie sociale.

— Et tu connais la physique aussi ?

— C'est là-dessus que j'ai mon diplôme. T'as besoin d'aide en physique aussi ?

— Si ça ne t'embête pas. Je peux venir chez toi pour les cours ? Je me sens mal de te faire perdre du temps à te demander toujours au magasin.

— Qu'en est-il de ton père ?

— Il devrait être d'accord. Je veux dire, il était vraiment content que tu m'aies aidé au printemps dernier. Et je lui ai dit qu'il devait faire confiance aux gens. Et me faire confiance à moi. J'ai bientôt dix-huit ans. Je ne suis pas un enfant et je ne suis pas stupide.

Il s'interrompit et eut l'air embarrassé.

— Sauf quand il s'agit de maths et de physique, je suppose.

— Tu n'es pas stupide. Chez moi, ça ira.

On s'arrangea pour qu'il vienne les mardis et jeudis soirs.

La première semaine, il arriva tout seul. La deuxième semaine, il y avait une fille avec lui.

— C'est ma petite amie, Julie.

Elle était mignonne, un peu ronde avec des cheveux sombres et des taches de rousseurs qu'elle essayait de couvrir avec du maquillage.

— Est-ce que tu pourrais nous donner des cours à tous les deux ?

C'est ainsi que cette semaine-là je me retrouvai avec deux élèves. Je commandai une pizza et fut heureux d'avoir de la compagnie, même s'il s'agissait juste de deux adolescents qui avaient du mal en maths.

Je fus surpris de découvrir que Julie avait les mêmes mauvaises habitudes que Ringo au début.

— Pourquoi veux-tu déjà remplacer les variables par des nombres ?

— C'est comme ça que tu simplifies.

— Les variables, c'est faciles. Avec les chiffres, c'est plus compliqué. Attends la fin. Là.

Je montrai le problème de physique sur lequel elle travaillait.

— Regarde celui-ci. Que sais-tu à propos de F ?

— Force égale masse fois accélération.

— C'est ça. Donc, si l'on met 'M fois A' au lieu de F dans cette équation ?

— Mais on est supposé résoudre F !

— Oui, mais que vois-tu de l'autre côté de l'équation ?

Elle chercha et je vis la lumière commencer à se faire.

— M et A.

Elle réfléchit. Puis elle se mit à écrire furieusement avec son crayon en reprenant :

— Je peux éliminer M, et alors, j'ai 2A, mais alors...

Scribouille, scribouille, scribouille.

— Maintenant, j'ai A !

— Bien. Donc, tu avais déjà M…

— Alors j'ai juste à les multiplier, et j'obtiens F !

— Exactement.

— C'est comme un puzzle.

Ses yeux brillaient d'excitation.

— C'est une manière de le voir, oui.

Et l'air de compréhension et d'accomplissement sur son visage mettait un baume remarquable à mon cœur douloureux.

Ça ne s'arrêta pas là. La semaine suivante, ils amenèrent une autre fille. Puis elle invita son petit copain. À la fin du mois, j'avais dix élèves différents qui venaient le mardi et le jeudi pour que je les aide en maths ou physique. Ils ne venaient pas tous à chaque fois, mais il y en avait toujours au moins un et généralement quatre ou cinq. Ma maison se transformait en une sorte de lieu de réunion pour les cerveaux du lycée.

Ce n'était qu'une question de temps avant que ça ne cause des problèmes.

XVIII

N'IMPORTE QUI ayant grandi dans le Colorado pourra vous dire que s'il y a un jour où vous êtes sûr d'avoir du mauvais temps, c'est Halloween. À première vue, cette année ne serait pas une exception. Il faisait humide et la température venait de passer sous zéro quand Brian m'appela dans la soirée du 31 octobre.

— Jared !

Il avait l'air affolé.

— Lizzy a perdu les eaux. Ramène-toi à l'hôpital ! Tout de suite !

Après avoir trouvé le chemin de la section maternité, je restai quelques minutes devant la porte de sa chambre. Je ne savais pas si je devais frapper ou juste entrer. Je ne savais pas si ça commençait seulement ou si elle était déjà en train de pousser. Aurait-elle les pieds dans des étriers ? Y aurait-il du sang partout ? Je n'avais aucune expérience des accouchements et je ne savais pas du tout à quoi m'attendre.

Finalement, j'interceptai une infirmière qui entrait dans la chambre et lui demandai de dire à Brian que j'attendais dehors. À peine une demie seconde plus tard, il jaillit de la chambre en coup de vent.

— Qu'est-ce que tu fous là ? Dépêche-toi de rentrer !

Il était de toute évidence en train de paniquer. Je ne l'avais jamais vu aussi affolé. Il avait les cheveux hérissés dans tous les sens et les yeux exorbités.

— Est-ce qu'elle a eu le bébé ?

— Non ! Mais elle ne va pas tarder à pousser et elle te veut avec elle !

— Quoi ?

J'avais d'effrayantes images mentales de Lizzy avec les pieds dans des étriers, de parties de son corps que personne ne voulait que je voie et de beaucoup de sang.

— Non ! Je ne peux pas être là quand elle a son bébé !

Brian agrippa ma chemise et pressa son visage contre le mien comme il ne l'avait pas fait depuis qu'on était tous deux adolescents. Il était vraiment secoué.

91

— Lizzy te veut avec elle. Et si c'est ce qu'elle veut, alors c'est ce qu'elle aura, même si je dois te botter le cul et te traîner là-dedans par les cheveux ! Pigé ?

— D'accord ! Calme-toi, Brian. J'arrive.

Alors Brian se tint d'un côté, moi de l'autre, serrant la main de Lizzy tandis qu'elle poussait. Ça dura plus d'une heure et à la fin la pauvre Lizzy n'en pouvait plus. Je n'avais jamais été aussi heureux d'être un homme.

Enfin, le docteur colla à la tête du bébé quelque chose qui ressemblait curieusement à un entonnoir. Lizzy poussa une dernière fois, le docteur tira et le bébé fut libéré. Un garçon. Il était chauve, rose et tout ridé, sa tête avait la forme de l'entonnoir et il avait un triangle d'un rouge sang au-dessus de l'arête du nez. J'étais horrifié, mais Lizzy m'assura que tout ça allait s'arranger.

— On va l'appeler James Henry, annonça-t-elle fièrement.

James, mon second prénom, et Henry, le prénom de mon père. Je l'embrassai sur le front.

Brian rapprocha le bébé et fit mine de me le passer.

— Qu'est-ce que tu fais ? Je ne peux pas le porter ! Et si je lui fais mal ?

Il rit.

— Tu ferais mieux de t'y habituer, petit frère. Lizzy m'a parlé de cette soirée de babysitting hebdomadaire que tu nous as promise.

— Tu veux dire les soirées qu'elle m'a forcé à accepter ?

Mais une fois qu'il fut dans mes bras, je vis qu'il était en fait magnifique. Et précieux. Et l'horrible étau qui me serrait le cœur depuis le départ de Matt se desserra un peu.

Je me mis à rire.

— Je suis oncle !

LE PREMIER mardi de novembre, il y avait sept gamins différents autour de la table quand on frappa à la porte. Matt était la seule personne qui n'utilisait pas la sonnette. J'essayai de contenir un sentiment ridicule d'excitation à l'idée que ce soit lui.

Mais quand j'ouvris la porte, il fut tout de suite évident que ce n'était pas une visite de courtoisie. C'était Matt, en uniforme, et il y avait un autre flic avec lui. Matt avait l'air extrêmement embarrassé. Il avait sa casquette à la main et jouait nerveusement avec. Il regardait partout sauf vers moi. J'essayai désespérément de ne pas penser à la sensation de ses lèvres dans mon cou, de ses mains dans mes cheveux, de son corps se pressant contre le mien...

— Monsieur ?

Ce fut l'autre flic qui parla, interrompant mes pensées diaboliques, et je trouvai difficile de détacher les yeux de Matt.

— On a reçu un appel disant qu'il y a des enfants ici ?

Il me fallut quelques secondes pour assimiler ses mots.

— Oui.

Je m'écartai pour qu'ils voient les gosses à la table. Ce qui se passait me semblait évident : un groupe de lycéens, deux cartons de pizzas et au moins une douzaine de livres scolaires ouverts. Les mômes étaient tous figés, fixant la porte, stylos et parts de pizzas à la main. On aurait dit une sorte de parodie déjantée de *La Cène*. Le flic, son badge indiquant 'Agent Jameson', passa devant moi pour rejoindre la table.

— Qu'est-ce qui se passe ici ? Lequel d'entre vous est Aiden ?

Aiden devint rouge comme une tomate et leva la main.

— Est-ce qu'ils sont tous là ? demanda Jameson. Y a-t-il des gamins dans la chambre ?

— *Quoi* ?

Je me retins de crier ; au même moment, j'entendis Matt s'exclamer :

— Grant, non !

Grant se contenta de lui faire un sourire sournois.

Je commençai à comprendre ce qui se passait ici. Je pris une profonde inspiration et dit :

— Non, il n'y personne dans la chambre ! Comment pouvez-vous-même poser la question ? Je ne fais que leur donner des cours de soutien.

Jameson ouvrit la bouche pour dire quelque chose qui, je le devinais, serait sarcastique, quand Matt intervint :

— Jared.

À son expression, je ne pouvais douter qu'il détestait ce qu'il allait dire.

— On a reçu un appel de la part d'une des mères.

Aident lâcha un gémissement exaspéré.

— Elle s'inquiétait du temps que passait son enfant ici.

— Je ne fais rien de mal.

Ma mâchoire était si crispée que j'étais surpris qu'ils me comprennent. L'agent Grant Jameson laissa échapper un grognement de mépris.

Matt lui lança un regard mauvais mais me dit :

— Je sais.

Il fixa le sol, triturant un peu plus sa coiffe.

— Elle était assez inquiète et elle a appelé certains des autres parents. Je suis désolé.

Cette fois il était tourné vers moi et je haïssais la façon dont mon cœur rata un battement, juste à croiser son regard.

— Ce serait mieux si tu les faisais rentrer chez eux.

— C'est n'importe quoi ! s'écria soudain Ringo, se levant. Il n'y a que Jared qui a été capable de nous apprendre ces trucs. Vous ne pouvez pas nous faire partir.

Jameson se tourna vers lui.

— Écoute, gamin…

— Stop !

Étonnamment, il se tut et tout le monde me regarda. Je me tournai vers Jameson.

— Ici c'est chez moi, et vous n'avez pas le droit de débarquer comme ça. Je ne fais rien de mal et j'aimerais que vous partiez. De suite.

Je fixai Matt et ajoutai :

— Tous les deux !

Il tressaillit et détourna le regard.

Jameson ouvrit la bouche, mais je n'avais pas fini. Je me tournai vers mes élèves.

— Je ne veux certainement pas que quiconque croie que je corromps leurs enfants.

J'essayai de ne pas sembler trop sarcastique.

— Monsieur l'agent a raison. Vous devriez tous rentrer.

Ce qui fut accueilli par de fortes protestations, surtout formulées de manière obscène, de la part des gamins.

— Jared, tu ne peux pas arrêter ! On a besoin de ton aide, dit Ringo. Depuis que tu as commencé à nous donner des cours, on a tous la moyenne.

Un des autres garçons surenchérit.

— C'est vrai. C'est la première année où j'ai pu continuer à jouer au football. Les autres années, mes notes en math étaient trop basses pour que j'aie le droit.

— Écoutez. Je continuerai à vous donner des cours…

— Monsieur, je ne crois pas que…

Jameson tenta de m'interrompre, mais j'élevai ma voix :

94

— … mais pour revenir vous devez m'apporter un mot de vos parents, disant que c'est d'accord. Passez le message aux autres. Et je connais votre écriture, alors n'essayez pas de m'en donner un faux.

Tout le monde eut l'air soulagé, sauf Aiden. Je ne pouvais pas y faire grand-chose, cela dit.

Les gamins partirent enfin et Jameson se dirigea vers sa voiture, mais Matt resta en arrière.

Il m'observait avec précaution. Je rassemblais les assiettes en carton sales et les cannettes de sodas vides tout en faisant de mon mieux pour ne pas le regarder.

— Jared, je suis désolé. Je sais que tu ne ferais jamais rien d'inapproprié.

Je ne dis rien. Toute ma colère s'était envolée et je me sentais seulement embarrassé et plein de ressentiment.

— C'est pour ça, n'est-ce pas ? me demanda-t-il doucement. C'est pour ça que tu n'enseignes pas ? Ce n'est pas vraiment à cause du magasin et du reste.

— Oui.

Et je détestais à quel point je semblais abattu.

— Peut-être que tu pourrais…

Je ne voulais pas lui en parler. Pas maintenant, avec tout ce qu'il y avait entre nous d'encore inachevé. Je levai les yeux vers lui et dit, avec tout le venin qui me brûlait :

— Est-ce que ce sera tout, Agent Richards ?

Je vis que je l'avais blessé, mais je m'en fichais. Il détourna les yeux.

— Ce sera tout.

Je résistai à l'envie de claquer la porte derrière lui.

XIX

L E JEUDI suivant, la plupart de mes élèves revinrent avec le bout de papier donnant la permission de leurs parents. Quelques-uns des parents avaient même écrit des mots d'encouragements, déclarant qu'ils me faisaient confiance et qu'ils appréciaient ce que je faisais pour leurs enfants. Cela me réconforta un peu et après ça, les cours particuliers reprirent sans incidents.

Quelques jours plus tard, Cole appela.

— Hé, mon chou. Est-ce que tu te sens seul ce soir ?

Il parlait toujours d'une voix chantante, charmeuse, extravagante et il ne m'appelait jamais par mon prénom.

— On sera deux à se sentir seuls si tu m'appelles à nouveau comme ça. Je savais qu'il ne m'écouterait pas.

— Ne soit pas un tel rabat-joie.

— Tu es à Vail ? Les pistes ne sont pas encore ouvertes, si ?

— Je ne fais que passer, mon chou. Je me suis dit que je pourrais m'arrêter par ici pour la nuit. Si tu te sens d'humeur accommodante.

Mon premier instinct fut de lui dire non. Mais qui pensais-je tromper ? Matt n'était pas chaste dans sa relation avec Cherie et je ne lui devais rien du tout de ce côté-là. De plus, je n'avais pas tant d'opportunités. Impossible de savoir quand Cole appellerait à nouveau, peut-être dès le mois prochain, peut-être pas avant l'année prochaine. Peut-être jamais. Et la pensée de ces mois s'éternisant sans autre compagnie que celle de ma main me décida.

— Cole, tu n'aurais pas pu avoir un meilleur timing.

— Je serai là dans quatre heures, mon chou.

Le lendemain matin, quand je sortis de la chambre, il était déjà habillé. Cole était plus petit que moi, il avait les hanches fines, un charme malicieux d'enfant avec des cheveux noirs artistiquement coupés pour retomber devant ses yeux et il y avait juste l'ombre d'un déhanchement dans sa démarche. Il me regardait bizarrement du coin de l'œil.

— Quoi ?

— Je réfléchissais, mon chou, c'est tout. Qui est Matt, exactement ?

Je me sentis rougir jusqu'à la racine des cheveux et repensai à nos activités de la nuit passée, espérant que je n'avais pas prononcé le nom de

96

Matt à un moment importun. Cole dut apercevoir la légère panique sur mon visage parce qu'il éclata de rire.

— Pas ça. Je te l'ai déjà dit, tu parles dans ton sommeil.

Il me transperça du regard.

— Es-tu en couple ? Je sais qu'il n'y a rien de sérieux entre nous, mais je m'attends à mieux de ta part que de tromper un partenaire.

— Non. Ce n'est pas du tout ça.

J'essayai d'avoir l'air nonchalant, sans succès. À la place, j'eus l'air résigné et amer.

Il se détendit.

— Mais tu aimerais qu'il le soit ?

Il n'y avait aucune jalousie. Notre relation était suffisamment informelle pour éviter ce genre de désagrément. Il posait simplement la question.

— Oui.

— Alors quel est le problème ? Il n'est pas intéressé ?

— Disons juste que la porte de son placard est bien fermée. Et verrouillée à double tour.

— Ah. La puissance du déni. Bien, alors je ne me sens pas du tout coupable de la nuit dernière. Et toi ?

Je lui souris et me penchai pour l'embrasser sur la mâchoire.

— Pas du tout.

C'était presque vrai.

— Je devrais t'inviter à petit-déjeuner dehors.

— Tu devrais, mais tu ne le feras pas. Je te connais. Que Dieu nous préserve que quiconque en ville découvre que tu t'envoies en l'air de temps en temps.

C'était une vieille dispute, sur laquelle on ne s'étendait jamais.

— Cole…

— Ne t'inquiète pas. J'attendrai ici pendant que tu cours à la supérette. Et ne songe même pas à me rapporter un donuts. Je veux…

— Un bagel à la cannelle avec du fromage allégé et un latte à la vanille. Je sais.

Je l'embrassai encore.

— Laisse-moi juste cinq minutes pour me doucher d'abord.

Au moment où je sortis de la douche, j'entendis frapper à la porte et mon cœur se serra. C'était Matt, n'importe qui d'autre aurait utilisé la sonnette. Je me battis pour enfiler mon survêtement et y aller, même si je ne savais pas du tout comment j'allais ensuite gérer la situation.

J'entendis la porte s'ouvrir et Cole dire :

— Eh bien, *bonjour,* monsieur l'agent ! Si j'avais su qu'on attendait de la compagnie, je ne me serais pas dépêché de m'habiller.

Oh merde.

J'arrivai dans le salon avec mon pantalon, mais les cheveux toujours dégoulinants, juste à temps pour entendre Matt répondre :

— Ah. Vous devez être Cole.

— Eh bien...

Cole m'adressa un clin d'œil par-dessus son épaule.

— Je suis flatté. Et vous êtes .... ?

Matt resta là sans rien dire. Il était en uniforme et je ne l'avais jamais vu avec l'air si en colère. Il regardait Cole comme s'il s'agissait d'une sorte d'insecte et qu'il n'arrivait pas à décider s'il voulait le mettre dehors ou juste l'écraser. Mais Cole n'était pas du genre à se laisser intimider. Au contraire, il utilisait son extravagance comme une sorte de bouclier, une manière de faire un pied de nez aux gens qui le regardaient de haut. Il en jouait à cet instant. Il posa les mains sur ses hanches, se pencha un peu, regardant Matt d'un air charmeur par-dessous sa frange, il battit même un peu des cils.

— Y a-t-il un problème, monsieur l'agent ?

Les joues de Matt s'empourprèrent, mais je ne savais pas si c'était dû à de la colère ou de la gêne. Il était complètement immobile et silencieux. Quand il devint évident qu'il ne répondrait pas, je pris la parole.

— Cole, c'est Matt.

Cole écarquilla légèrement les yeux et se mit aussitôt en mouvement.

— D'accord mon chou, il est *apparemment* grand temps pour moi de partir. Laisse-moi une minute.

Matt et moi restâmes debout, bras croisés, à nous fixer d'un air circonspect pendant que Cole s'affairait, récupérant sa veste et ses clés. Puis il s'approcha de moi en passant un bras autour de ma taille. Il se pencha pour frotter son nez dans mon cou. Je penchai alors la tête pour lui faciliter l'accès. Matt se raidit. J'étais assez en colère au sujet de l'incident de mes cours particuliers pour me réjouir un peu à l'idée de le mettre mal à l'aise.

— Un véritable *plaisir*, comme toujours mon chou. Je t'appelle la prochaine fois que je suis dans le coin.

Il le dit délibérément assez fort pour que Matt l'entende, puis chuchota à mon oreille : 'Choppe-le, Jared', avant de m'embrasser sur la joue et de se diriger vers la porte.

Matt et moi n'avons pas bougé pendant quelques temps après son départ, attendant de voir qui des deux allait parler le premier. Ce fut lui.

— Je ne m'attendais pas à ce que tu aies de la compagnie.

— Manifestement non.

Toutes ces semaines où j'avais espéré le voir, espéré qu'il appelle, espéré qu'il frappe à ma porte comme ce matin-là, et pourtant maintenant qu'il était là, tout ce que je voyais c'était le jugement dans ses yeux. Je me détournai de lui, fis le tour du comptoir de la cuisine et commençai à préparer du café.

— Qu'y a-t-il, Matt ? Es-tu venu ici pour parler ou me dire à quel point tu es dégouté par mon style de vie ? Ou peut-être pour t'assurer que je ne donnais pas des cours à des gamins dans ma chambre ?

— Pas ça. Je voulais te voir. Mais, je ne m'attendais pas…

Il s'interrompit et sembla lutter pour trouver les mots justes, lutter pour garder sa colère sous contrôle.

— Je ne m'attendais pas à *lui*. Je ne m'attendais pas à te trouver avec quelqu'un d'autre !

— Pourquoi pas, Matt ? Pourquoi est-ce que je ne pourrais pas être avec quelqu'un d'autre ?

— Est-ce que tu l'aimes ?

Cela me surprit, mais je ne lui répondis pas. À la place, je demandai :

— Est-ce que tu aimes Cherie ?

— Non.

Une réponse monotone, franche. J'essayai de m'accrocher à ma colère parce que si je la laissais filer, je ne me sentirais plus que sale et déprimé.

— Non. Je n'aime pas Cole. Tu le sais.

Je le regardai.

— Si les choses se déroulaient comme je le voulais, c'aurait été toi dans mon lit la nuit dernière. Hier et toutes les autres nuits. Mais tu m'as très bien fait comprendre que tu ne voulais rien avoir à faire avec moi.

Il fixait le mur à peu près à trente centimètres au-dessus de ma tête et je savais qu'il luttait contre lui-même. Il était en colère, blessé, embarrassé et j'étais presque certain qu'il était aussi un peu jaloux.

99

— Je n'aime que toi. Mais si tu t'attends à ce que je m'excuse d'avoir continué à vivre après que toi, tu m'as laissé tomber sans même un regard en arrière, tu peux aller te faire voir.

Il resta là encore une minute, sans me regarder. Enfin, il dit :

— Je ferais mieux de partir.

— Effectivement, tu ferais mieux.

LA NUIT suivante, il était de retour. Je l'entendis frapper et quand j'ouvris la porte, il était là. Il était appuyé contre l'encadrement avec un pack de bières à la main. Il avait l'air hagard, embarrassé et terrorisé.

— Tu as une tête affreuse.

L'ombre d'un sourire flotta sur ses lèvres avant de disparaître.

— Tu es seul ?

Je fus heureux d'entendre qu'il n'y avait aucun reproche dans sa voix. Il me laissait seulement poser des limites si je le souhaitais.

— Oui.

Il soupira puis dit doucement :

— Est-ce qu'on peut recommencer à zéro, s'il te plaît ? La dernière fois, ça ne s'est pas vraiment déroulé comme je l'avais prévu.

Et toute la colère, toute la rancune issues de cette dernière et malheureuse visite disparurent. J'étais seulement heureux qu'il soit revenu.

— Bien sûr.

— J'ai entendu pour le bébé, me dit-il en entrant. Je suppose que tu es oncle Jarhead maintenant ?

Je ris, probablement plus fort que nécessaire.

Il alla poser les bières dans la cuisine et revint avec deux bouteilles ouvertes, m'en tendant une. Puis il y eut un moment où l'on resta juste tous les deux les bras ballants.

Pour ma part, je ne me lassais pas de le regarder et je peinais à ne pas jeter mes bras autour de lui et l'enlacer. Ce n'était pas un élan romantique. Bien sûr, j'étais fou de lui, mais nous n'avions pas été ensemble. Nous n'avions été que des amis. Et c'était perdre cette amitié qui m'avait blessé le plus. Le simple fait de le voir franchir ma porte, sans le front orageux de la dernière fois, me donnait l'impression que je respirais pour la première fois depuis des semaines.

Lui avait toujours l'air un peu effrayé et il regardait partout sauf vers moi. Il devait attendre que je dise quelque chose ou que je lui crie dessus, mais finalement il me jeta un coup d'œil, et j'étais toujours là à sourire comme un idiot. Il haussa les sourcils, surpris. Je réussis à dire :

— Ça fait vraiment plaisir de te voir.

Il eut l'air soulagé et me donna une tape dans le dos, si forte, que j'en vacillai un peu.

— Asseyons-nous.

Nous nous sommes retrouvés à nos places habituelles, côte à côte sur le canapé, comme des millions de fois auparavant. C'était si familier... Il se laissa aller en arrière avec un soupir et resta là, la tête renversée et les yeux fermés. On voyait qu'il était toujours extrêmement tendu, mais aussi qu'il était content d'être là.

— Alors, comment est-ce que tu as su pour le bébé ?

Il se redressa un peu en triturant l'étiquette de sa bouteille de bière, un autre geste douloureusement familier.

— C'est Cherie qui me l'a dit.

Je sentis naître une jalousie bouillonnante, écumant dans ma poitrine, et tentai de l'étouffer. Mais ma voix fut plus cassante que je ne le désirai quand je demandai :

— Comment va-t-elle ?

— Comment elle va ?

Il émit un rire colérique.

— Bon Dieu, Jared, elle est horrible. Elle est agaçante. Elle porte trop de parfum. Elle déteste sortir, déteste la montagne. Elle parle durant les matchs de football. Elle ne sait même pas ce qu'est un first down [2]. Et elle n'a que deux sujets à la bouche : à quel point elle déteste son job et à quel point elle déteste son vaurien d'ex-mari.

— Hum....

Je luttai pour ne pas sourire.

Il resta silencieux une minute puis reprit :

— Le pire, c'est que je savais déjà tout ça.

Il me regarda.

— Tu ne vas pas me dire que je suis un abruti fini ?

— Tu te sentirais mieux ?

Il rigola sans trop d'humour et recommença à triturer l'étiquette.

— Ces dernières semaines ont été épouvantables.

---

2 NDT : Ce terme est utilisé dans le football américain dans l'annonce du terrain restant à parcourir.

J'en fus touché. Je restai silencieux une minute, puis réussit à dire à voix basse :

— Elles ont été épouvantables pour moi aussi.

— Tu m'as manqué.

C'était à peine un murmure. Mais quand je tendis la main vers lui, il dit :

— Non.

Je me rétractai, blessé.

— Je ne voulais pas dire ça comme ça.

Il soupira et se laissa à nouveau aller contre le dossier.

— Je suis juste... Je ne suis pas encore prêt pour ça. J'ai juste besoin...

Il s'arrêta, mordit sa lèvre inférieure en fixant le plafond.

— Je sais que je n'ai aucun droit de te demander quoi que ce soit, mais est-ce que je peux rester un peu ici ? Juste...

Il prit une inspiration tremblante.

— Je veux juste être ici. S'il te plaît ?

— Tout ce que tu veux.

J'ai alors allumé la télé et nous avons lentement bu nos bières. Nous avons surtout parlé de football, nous sommes facilement retombés dans nos vieilles joutes verbales, un peu plus maladroites qu'auparavant, mais c'était toujours génial. Je l'observais se détendre lentement, les couches de tension et de tristesse s'effaçant peu à peu. Il a même souri une fois, même si cela n'a duré qu'une seconde. Finalement, il s'est penché en arrière et quelques minutes plus tard, il dormait.

À mon réveil le lendemain matin, il était parti.

LE JOUR suivant, Ringo vint me chercher à l'arrière du magasin.

—Jared, Mme Rochester est là pour te voir.

Je devinai à sa voix qu'il était inquiet.

Il me fallut une minute pour reconnaître ce nom.

— Tu veux dire, Alice Rochester ?

— Je ne connais pas son prénom.

— La proviseur du lycée ?

— Oui.

— Merde.

Après l'incident avec la police, tous mes élèves, à l'exception de deux, étaient revenus avec la permission écrite de leurs parents. Mais il semblait que ce n'était pas assez. Les autres parents avaient visiblement appelé l'école pour se plaindre.

— Dis-lui que j'arrive tout de suite.

Je passai les secondes suivantes à me calmer, me préparer à ce qui, j'en étais certain, allait être une horrible confrontation.

Mme Rochester avait la quarantaine. Elle était en bonne forme et portait une jupe bleue marine et une veste assortie.

— M. Thomas.

Elle me sourit quand elle me serra la main. Elle avait les dents si blanches et parfaites qu'elle aurait pu jouer dans une pub pour dentifrices.

— Je ne crois pas qu'on se soit déjà rencontré officiellement.

— Appelez-moi Jared.

— Jared. Vous pouvez m'appeler Alice.

Elle souriait toujours.

— Vous ne réalisez peut-être pas l'agitation que vous avez créée dans notre école.

Sa bonne humeur m'agaçait mais je répondis :

— À ce propos, je suis vraiment désolé. J'essayais juste d'aider.

Elle eut l'air un peu confus.

— Pourquoi êtes-vous désolé ?

— Vous me parlez de mes séances de soutien n'est-ce pas ?

— Bien sûr. Je sais que c'est inattendu, mais je voulais vous demander si vous accepteriez de me rencontrer ainsi que quelques professeurs, juste quelques minutes ?

— Merde.

Avais-je dit ça à voix haute ?

— Excusez-moi ?

— Rien.

Je pris une profonde inspiration et fis l'effort de sourire.

— Je suis désolé. Oui, je viendrai si vous pensez que c'est important.

— Oh, bien, dit-elle avec un soulagement évident.

Son sourire Colgate était de retour.

— Si près de Thanksgiving c'est la folie pour tout le monde. Que pensez-vous du premier lundi de décembre ? Pourriez-vous venir au lycée à 15h30 ?

— Bien sûr.

Après son départ, Ringo demanda :

— C'était quoi, ça ?

— Ça, c'était probablement la fin de nos cours de soutien.

XX

DEUX SOIRS plus tard, Matt tambourina à ma porte d'entrée avec suffisamment de force pour la secouer dans ses gonds.

— J'ai rompu avec Cherie, dit-il à peine entré.

— Oh.

J'espérais que ma joie à ces mots ne soit pas trop évidente.

— Pourquoi ?

Il me regarda, il y avait de la colère dans ses yeux.

— Non ! Ne joue pas à ça. Tu sais bien pourquoi.

— Matt…

— *Non* !

La gorge serrée, je gardai le silence. Il faisait les cents pas, l'air encore plus remonté à chaque fois. J'étais persuadé que tout ce que je pourrais dire ne ferait que l'énerver, alors j'attendis. Soudain, il se retourna et enfonça son poing dans le mur.

— Tu te sens mieux, maintenant ? demandai-je.

— Non.

Il s'appuya contre le mur, la tête dans les mains. Il y avait du sang sur la peinture. J'allais devoir réparer le placo.

Enfin, il prit la parole.

— J'ai l'impression de ne pas avoir dormi depuis des semaines.

On aurait dit qu'il allait fondre en larmes à tout moment.

— Putain, je suis tellement crevé. Et paumé. Une partie de moi veut t'embrasser et l'autre veut juste te casser la gueule.

Je dus admettre que je me sentis un peu alarmé.

— Est-ce que j'ai mon mot à dire ? Parce que je préfère l'une des deux options sans aucune hésitation.

Il ne rit pas.

— J'aimerais arrêter de penser à toi. J'aimerais que tu ne me manques pas autant.

— Tu me manques aussi, Matt, dis-je avec franchise. Je donnerais n'importe quoi pour qu'on soit à nouveau amis.

Il garda le silence un long moment, puis sans me regarder, il répondit :

104

— Tu pourrais te contenter d'être mon ami ?

— Ce ne serait pas mon premier choix, mais oui, si c'est ce que tu veux.

C'était vrai. C'était mieux que d'être à nouveau seul.

Un autre silence, puis doucement, il dit :

— Je ne sais pas si je peux, Jared. J'aimerais pouvoir. Mais je ne sais pas si je peux revenir à ça.

Il prit une grande inspiration tremblante et me regarda enfin.

— Tu me manques tellement, mais j'aimerais ne pas te désirer comme ça.

— Pourquoi lutter, Matt ? Pourquoi est-ce que tu ne peux pas juste accepter que je ne suis pas le seul à être attiré, que je t'attire aussi ?

Ce n'était pas la bonne chose à dire.

Il me saisit par les bras et me plaqua contre le mur.

— Tu crois que c'est si facile ! J'ai passé toute ma vie à enfouir ces sentiments ! Je ne sais pas si aujourd'hui je peux les accepter. Je ne sais pas si je veux les accepter !

Son visage était à quelques centimètres du mien. La lueur dans ses yeux était une vraie torture. Il y avait de la douleur, de la peur, du dégoût et du désir mêlés. Je ne pouvais pas le regarder. Je ne supportais pas de voir ça.

Mais lorsque je baissai les yeux, je me figeai. Mon regard se posa accidentellement sur son entrejambe. Et je fus surpris de voir qu'il était excité. Il y avait une bosse sous son jean. Sachant que je faisais sans doute une énorme erreur, tremblant de peur et d'anticipation, je tendis les mains vers lui. Il tenait toujours mes bras plaqués contre le mur, je pouvais à peine l'atteindre. Je commençai à déboutonner son pantalon.

Il s'immobilisa complètement. Je crois qu'il ne respirait même plus. Puis :

— Qu'est-ce que tu fais ?

J'étais incapable de le regarder. Il bloquait toujours mes bras. Il aurait facilement pu m'arrêter s'il l'avait voulu.

— Je tente ma chance.

Mes mains tremblaient moins maintenant, mais j'attendais toujours qu'il s'écarte, qu'il crie, peut-être même qu'il me frappe. Le dernier bouton se défit et son érection, couverte par le tissu lisse et noir de son boxer pointa par l'ouverture.

— Tu ne devrais pas faire ça.

Mais sa voix était basse et rauque.

— Tu as sûrement raison, répondis-je.

105

Je frôlai du bout des doigts le tissu qui le recouvrait toujours. Sa respiration se bloqua dans sa gorge mais il ne bougea pas. Je pressai ma main contre lui, sentis sa longueur et le serrai un peu. Il hoqueta légèrement, puis émit un petit soupir comme pour se rendre. Il esquissa un dernier petit pas vers moi, son front heurtant le mur au-dessus de mon épaule. Ses mains glissèrent le long de mes bras pour reposer sur mes hanches. Je le caressai avec plus de fermeté, immisçant mes doigts à l'intérieur de son jean. Je savais grâce à sa respiration qu'il était de plus en plus excité. Est-ce qu'il se pressait contre ma main ou était-ce mon imagination ? Je ne voulais pas aller trop loin et pourtant, peut-être...

Je m'arrêtai, me demandant exactement ce que j'attendais. Alors j'entendis contre mon oreille, à peine un murmure:

— Jared, s'il te plaît, ne t'arrête pas.

Je n'hésitai pas. D'une main, je repoussai l'élastique de son boxer. Quand je la refermai autour de lui, il émit un grognement sourd. Je commençai à le caresser, lentement pour commencer, puis avec plus d'ardeur à mesure que son souffle s'accélérait. Ses doigts m'agrippèrent si fort que j'étais sûr que j'aurai des marques. Sa tête était appuyée contre le mur à côté de moi, son visage enfoui dans mes cheveux. Ses lèvres douces, sa joue rugueuse couverte d'une légère barbe, caressèrent ma peau. Il ne m'embrassait pas. Il ne bougeait même pas, mais je sentais son souffle chaud contre mon cou. C'était merveilleux.

De ma main libre, je saisis sa chemise, me retournai et le poussai contre le mur. Je me laissai tomber à genoux devant lui et le pris dans ma bouche, autant que possible. Il en eut vraiment le souffle coupé, il retint sa respiration quelques secondes, et je crus qu'il allait m'arrêter. Mais alors un sourd gémissement lui échappa, et il se laissa aller contre le mur.

J'avais la main autour de son membre, j'entamai des mouvements de va-et-vient, ma langue traçant des cercles autour de son extrémité. Impossible de me rappeler la dernière fois que j'avais été aussi excité. Je mourrais d'envie de l'embrasser, de le débarrasser de ses vêtements et de le prendre ou que lui me prenne, peu m'importait. Mais il était loin d'être prêt. Alors je continuais à sucer, à lécher et à masser la base de son membre. Aucun doute, il était excité, il poussait contre ma paume et gémissait. Il n'arrêtait pas d'amorcer un mouvement pour me toucher mais se rétractait à chaque fois, et serrait, desserrait les poings à ses côtés. Enfin, il posa une main sur mon épaule et effleura mes cheveux. Je me rappelai de mon anniversaire, de la façon dont il m'avait plaqué contre le comptoir, les mains dans mes cheveux, et je sus ce qu'il voulait.

Je m'arrêtai juste assez longtemps pour dire :

— Tu peux me tenir. Ne pousse pas, c'est tout.

Puis je recommençai à m'occuper de lui.

Il laissa échapper une exclamation :

— Oh bon Dieu, merci !

Puis il enfouit les mains dans mes cheveux, s'y agrippa. Il ne tira pas. En fait, il n'en eut pas le temps. Dès qu'il m'attrapa ainsi, il grogna et il jouit. Même s'il m'avait pris de court, je réussis à avaler rapidement sans m'étouffer et continuai à sucer jusqu'à ce que le dernier de ses frémissements se calme.

Alors seulement, je réalisai que je ne savais pas du tout ce qui allait se passer après. Ma propre érection suppliait qu'on s'occupe d'elle, alors j'essayai de me calmer. Ce qui s'était passé ressemblait moins à du sexe qu'à un moyen de relâcher la pression, comme la vapeur d'une cocotte-minute. Je ne pouvais pas m'attendre à ce qu'il me rendre la pareille.

Ses mains quittèrent mes cheveux, mais avant que je me relève, il se laissa glisser le long du mur pour s'assoir en face de moi, le visage enfoui dans ses mains. Il s'appuya contre moi, me touchant à peine. Je commençai à passer les bras autour de lui, mais il se raidit aussitôt, alors je me résolus à n'en mettre qu'un autour de ses épaules, l'autre derrière sa nuque.

Je sentais que je devais dire quelque chose mais je ne savais pas quoi.

— Matt ?

Je l'entendis inspirer à nouveau. Pas comme avant. Une inspiration déchirée, tourmentée et je réalisai qu'il était en train de pleurer.

— Hé, tout va bien, murmurai-je.

De tout ce que j'avais imaginé, je ne m'étais pas attendu à ça.

— J'ai tellement honte.

Il parla si bas que je l'entendis à peine.

Mon cœur se brisa un peu. Mon intention n'avait sûrement pas été de lui faire honte.

— Écoute, je suis désolé…

— Non.

Il inspira profondément puis dit d'une traite :

— J'ai honte d'admettre à quel point j'ai aimé. À quel point c'était bon. À quel point j'en avais envie. À quel point j'aimerais déjà recommencer. Rien, pas même avec une fille, n'avait jamais été aussi bon. C'était…

107

Il glissa les bras autour de ma taille et m'étreignit.

— Mon Dieu, Jared...

Le désespoir dans sa voix suffit à me briser le cœur. Mais il y avait autre chose. Quelque chose qui ressemblait à de la révérence.

— On n'est pas obligés d'en parler maintenant. Tu es épuisé. Je n'aurais pas dû insister comme ça. Tu as vraiment besoin de te reposer un peu. Qu'en penses-tu ?

Je lui parlais comme je l'aurais fait avec un enfant effrayé, mais ça sembla fonctionner. Il prit une autre inspiration fragile, puis me relâcha et se leva, me tournant le dos tandis qu'il remettait son pantalon. Il refusait de me regarder mais il n'y avait plus aucune trace de colère sur son visage, uniquement de la tristesse et de la confusion... et peut-être un peu de soulagement.

— Ouais, je crois que je pourrai dormir maintenant.

Mais il ne bougea pas.

Je me levai à mon tour et le guidai gentiment vers ma chambre. Il se laissa faire, puis resta planté là à fixer le lit avec quelque chose comme de la terreur dans le regard.

— Prends le lit, lui dis-je tout doucement. Je dormirai sur le canapé cette nuit.

J'essayai de ne pas me sentir blessé par son air soulagé. Il se déshabilla, resta en boxer et grimpa sur le lit. Une fois de plus, j'eus l'impression que je devais dire quelque chose, mais je ne savais pas du tout ce qu'il avait besoin d'entendre, là, de suite. Que je l'aimais ? Que mon cœur se brisait de le voir souffrir ainsi ? Que j'étais désolé de l'avoir pressé, que je ne voulais rien de plus que grimper à côté de lui et lui faire l'amour tout la nuit ? Je me contentai de :

— Eh bien, bonne nuit.

J'arrivais à la porte pour aller sur le canapé quand je l'entendis m'appeler doucement :

— Jared ? Tu veux bien t'allonger à côté de moi ? Je ne veux pas que tu partes.

Il me tournait le dos, toujours incapable de me faire face et me regarder.

— Je veux bien faire tout ce dont tu as besoin. Mais...

J'hésitai.

— Es-tu sûr que c'est ce que tu veux ?

J'osais à peine espérer.

— J'en suis sûr. Allonge-toi juste à côté de moi. Rien de plus. Je veux seulement que tu restes près de moi. C'est tout.

— Bien sûr.

Je me retrouvai bien embêté à ne pas trop savoir quoi faire de mes vêtements. Me déshabiller en premier serait comme ajouter une autre pression dont, j'en étais certain, il n'avait pas besoin. D'un autre côté, je n'avais pas vraiment envie de dormir tout habillé. Je restai planté là une minute, me disant que j'étais idiot de m'inquiéter pour ça. Finalement, je retirai mes chaussures et mes chaussettes puis mon tee-shirt, mais décidai de conserver mon pantalon, et grimpai à ses côtés sur le lit. Je m'allongeai, face à son dos. On aurait pu être lovés l'un contre l'autre s'il n'y avait pas eu cet espace vide entre nous. Il soupira. Même de là où j'étais, une dizaine de centimètres de distance, je sentis la tension le quitter.

— Juste un peu plus près, d'accord ? Je veux… j'ai juste besoin de savoir que tu es là.

Je m'approchai un peu, de sorte à être presque plaqué contre son dos, notre peau se touchant à peine. Mon corps réagit à la proximité de ce dos musclé. Je m'assurai que cette partie-là de moi ne soit pas en contact avec lui. Il n'avait pas besoin de ça. Je passai un bras autour de lui.

— Dors maintenant, d'accord ? On s'inquiétera du reste plus tard.

Son souffle ralentissait et j'avais l'impression qu'il dormait peut-être déjà, mais il répondit à voix basse :

— Merci.

Je songeai alors : *J'espère que tu penseras toujours la même chose demain matin.* Mais au lieu de cela je dis :

— De rien.

Puis il s'endormit. Je restai éveillé un long moment après ça, me demandant ce qui allait se passer à son réveil. Puis, dans son sommeil, il se rapprocha, appuya le dos contre moi et émit un soupir satisfait qui me frappa en plein cœur une fois de plus. J'enroulai mon bras étroitement autour de lui et me dis de suivre mon propre conseil. On aurait le temps de s'inquiéter demain.

JE ME réveillai une fois durant la nuit et me levai le temps d'utiliser les toilettes, de me brosser les dents et de retirer ce fichu jean. Quand je retournai me coucher, il vint tout de suite dans mes bras, bien qu'il ne prononce pas un mot. Au matin, je fus surpris de découvrir qu'il était toujours là. Il était

109

normalement un tel lève-tôt que je m'étais attendu à ce qu'il soit parti à mon réveil. La légère tension dans ses épaules et le rythme de sa respiration m'indiquèrent qu'il était réveillé. Il devait sentir mon érection matinale pressée contre ses reins, mais il ne s'éloigna pas.

— Tu as parlé à nouveau.

Je ris.

— Qu'est-ce que j'ai dit cette fois ?

Il hésita une minute puis répondit doucement :

— Tu as dit mon nom.

Il n'avait toujours pas bougé. Je lui demandai :

— Comment te sens-tu ?

Un profond soupir, puis :

— Beaucoup mieux.

— Et comment te sens-tu au sujet de tout ça ?

Je resserrai un peu mon étreinte autour de lui pour qu'il sache de quoi je parlais.

Et je sus qu'il souriait même s'il répondit à voix très basse :

— Beaucoup mieux.

Mon cœur rata un battement.

— Vraiment ?

— Ça fait un moment que je suis réveillé et que j'y réfléchis. Et j'ai réalisé deux-trois choses.

Il s'arrêta un moment. Je pris mon mal en patience.

— J'ai fréquenté quelques filles au cours des années. Elles m'attiraient, j'ai même eu des sentiments pour quelques-unes d'entre elles. Mais je n'en ai jamais vraiment aimé aucune. Et ces relations n'ont jamais été vraiment satisfaisantes. Elles m'ont toujours semblé plus pénibles qu'autre chose. Alors j'ai abandonné. J'ai décidé que ce n'était pas mon truc, que j'étais fait pour être célibataire et que je n'allais plus fréquenter personne. Et en fait, ma vie a été beaucoup plus facile après ça… Il est arrivé que d'autres hommes m'attirent. Mais ce n'était jamais personne que je connaissais vraiment, alors je n'y faisais pas attention. Je ne voulais pas de ces sentiments alors je les enterrais au plus profond de moi jusqu'à ce qu'ils aient disparu… Et pendant un temps, ça a fonctionné. Mais tu sais comment c'est. Assez vite tous mes amis se sont mariés. Et je me suis toujours senti comme la cinquième roue du carrosse.

Oui, je connaissais cette impression.

— Le seul moment où je n'étais pas un intrus, c'était quand ils essayaient de me caser avec quelqu'un, ce qui était pire. Alors j'ai commencé à inventer des excuses, arrêté de traîner avec eux. Et puis un jour, je me suis réveillé et j'ai réalisé que je les avais perdus. Alors j'ai changé de boulot, et j'ai déménagé ici. Et je t'ai rencontré. J'étais si fatigué d'être seul et si content d'avoir enfin trouvé quelqu'un avec qui passer du temps...

À ces mots, je le serrai contre moi et murmurai :

— Moi aussi.

— Cet été, quand on a passé de si bons moments ensemble, j'étais si heureux de t'avoir trouvé. Et toute cette joie n'a fait que grandir. Elle a grandi encore et encore jusqu'à ce que je ne pense plus qu'à toi. Chaque jour à mon réveil, je n'avais qu'une hâte : te voir. C'était une sensation si agréable. Et je dois être stupide, parce que vraiment, je n'ai pas réalisé ce que ça voulait dire.

Il s'arrêta, mais je savais qu'il n'avait pas fini.

— Et c'aurait été parfait aussi, sauf que, sorties de nulle part, il y a eu ces putains de pulsions en plus de ces sentiments. De fortes pulsions. Et je ne m'attendais pas du tout à ça, honnêtement. Ça m'a pris par surprise. Et je ne pense pas avoir à préciser que ça m'a totalement fait flipper.

— Ouais, j'ai remarqué.

Mais je le taquinais.

— Et maintenant ? Est-ce que ça te fait toujours flipper ?

— Un peu. Pas autant. Ces dernières semaines, j'ai eu le temps d'y réfléchir. J'ai eu du mal à me faire à l'idée d'être avec un autre homme mais...

Il s'arrêta une seconde et je l'entendis sourire quand il continua.

— À mon avis la nuit dernière m'a beaucoup aidé.

Je souris à mon tour.

— Moi aussi. Je suis heureux d'avoir tenté ma chance alors.

— Moi aussi.

À son intonation, je devinai qu'il rougissait.

— Mais je ne parle pas que de ça. Quand je me suis réveillé il y a quelques heures, ma première réaction a été de partir avant que tu te réveilles. Mais j'ai réalisé que je n'en avais pas envie. J'ai réalisé...

Il s'interrompit une seconde, inspira profondément et dit :

— Que j'aime vraiment être ici.

— Tu es toujours le bienvenu chez moi. Tu le sais.

— Non. Je veux dire...

Et je sentis sa main sur mon bras, celui-là même qui était enveloppé autour de lui

— J'aime être *ici*.

— Oh.

Ici dans mon lit. Dans mes bras. C'était vraiment ce qu'il voulait dire ? Mon cœur battit soudain très fort. Une fois certain de pouvoir maîtriser ma voix, je demandai, aussi calmement que possible, tout en essayant de cacher l'espoir fou qui me traversait soudain :

— Es-tu en train de dire que tu veux être avec moi ?

Une pause, puis d'une voix pleine d'émerveillement, il dit :

— Je crois que je veux peut-être essayer.

Je resserrai mon étreinte, le front appuyé contre sa nuque et essayai de me concentrer l'espace d'une minute sur ma respiration. Je le sentais contre moi, si grand et fort et pourtant si vulnérable. Est-ce que c'était possible ? J'avais envie de pleurer. Je voulais lui dire que je l'aimais. Je voulais tellement l'embrasser, le toucher partout, le débarrasser du peu de vêtements qui nous séparaient, et passer la journée entière au lit avec lui. Mais je savais aussi que c'était un grand pas pour lui et je ne voulais pas le précipiter. Mon érection, qui avait commencé à se calmer durant notre discussion, était brusquement de retour, et je ne savais pas si je devais lui cacher ce fait ou non.

— Jared, dit quelque chose.

Ma voix trembla.

— Comme quoi ?

— Qu'est-ce que tu veux ?

— Matt.

Je le serrai un peu plus fort, l'embrassai dans le cou et glissai une main sur son ventre plat vers son torse.

— Tout ce que j'ai toujours voulu, c'est toi.

Il soupira et se détendit dans mes bras. J'embrassai encore sa nuque et laissai ma main explorer son torse puis son ventre. Mes doigts trouvèrent et suivirent cette merveilleuse piste de poils qui menait en dessous de son nombril. Il gémit un peu lorsque je glissai la main plus bas. Je posai celle-ci sur la bosse de son boxer, sentant son érection tressauter. Puis d'un coup, avant que je comprenne, il bondit hors du lit comme s'il était monté sur ressort et enfila son pantalon.

— Merde, Matt, je suis désolé…

— Ne soit pas désolé.

Ses joues étaient rouges d'embarras, mais il me regardait, alors je savais qu'il le pensait.

— Tu n'as pas besoin d'être désolé. Juste… pas encore, d'accord ?

Les mots 'pas encore' ressemblaient tellement à une promesse que mon cœur se gonfla de joie.

— D'accord.

— Je vais faire du café. Tu peux te doucher en premier.

Une tasse de café m'attendait sur le comptoir quand je sortis de la douche. Il regardait dans le frigo en fronçant les sourcils.

— Pourquoi est-ce que tu as autant de moutarde, au fait ?

— C'est la moutarde d'Eddy Mac.

— Quoi ?

— Tu sais, Ed McCaffrey. Il jouait pour les Broncos. Il fait des moutardes maintenant et l'argent va à une œuvre de charité. J'ai essayé de participer.

Il me gratifia de son pseudo-sourire.

— Quel philanthrope !

Il referma le frigo.

— Sérieusement, qu'est-ce que tu as à manger ? Je meurs de faim.

— Il y a des Pop-Tarts [3] dans le placard. Et des Fruit Loops [4]. Mais je te déconseille de boire du lait. J'ai du beurre de cacahouètes, mais je n'ai plus de pain.

Il s'appuya sur le comptoir, me regarda dans les yeux et dit :

— Il va vraiment falloir faire quelque chose pour cette cuisine. Est-ce que tu travailles aujourd'hui ?

— Oui. Je finis à 17 heures.

— Tu as un double des clés de chez toi ?

— Oui.

— Je peux l'avoir ?

— Bien sûr.

— Il faut que je rentre chez moi me changer, puis j'irai faire quelques courses et je te retrouve ici après ton travail.

Ça aussi, on aurait dit une promesse.

---

3 NDT : Pâtisserie à grille-pain plate et rectangulaire produite par la compagnie Kellogg's.

4 NDT : Marque de céréales américaine.

113

XXI

QUAND JE rentrai à la maison, il était dans la cuisine en train de mettre de l'eau à chauffer sur le gaz pour cuire des spaghettis.

— Tiens.

Il me lança un poivron jaune.

— Coupe ça pour la salade, tu veux ? J'ai aussi un avocat pour toi.

Il détestait ça.

— Et qu'est-ce que tu vas faire, toi ?

Il me fit un clin d'œil.

— Te superviser, bien sûr.

Il s'appuya contre le comptoir à côté de moi et je commençai à couper.

— Je voulais te demander comment ça se passait avec tes cours de soutien.

Je lui racontai pour Ringo et la visite d'Alice Rochester. Je ne savais pas cuisiner, alors je mis un long moment à couper ce poivron et cet avocat. J'avais remarqué qu'il se rapprochait alors que je parlais, mais je gardais les yeux sur la planche à découper.

Puis je sentis un léger tiraillement à l'arrière de mon crâne et ce fut comme si mon cœur s'était arrêté. C'était si anodin, si innocent, qu'il tire doucement sur une de mes boucles, mais je pris tout d'un coup conscience qu'il m'était vraiment revenu. J'avais cessé de parler, de bouger ; peut-être même de respirer. J'avais presque envie de pleurer mais je résistai. Je me forçai à prendre une grande inspiration et réalisai que je tremblais.

— Qu'est-ce qu'il y a ? souffla-t-il, presque dans mon oreille.

— Ça m'a manqué, dis-je tout bas.

— Tu m'as manqué.

Il se rapprocha encore.

— Jared, je veux essayer quelque chose. Comme un test. Est-ce que c'est d'accord ?

— La dernière fois que tu m'as posé ce genre de question, on ne s'est pas parlé pendant presque deux mois.

J'essayai de conserver un ton léger, mais je n'y arrivai pas vraiment.

Il passa les bras autour de moi et appuya le visage dans mon cou.

— Je sais. Je suis désolé.

J'y réfléchis un instant. Je croyais savoir ce qu'il avait en tête.

— Je ne veux plus être seul. Quoi que tu veuilles qu'il y ait entre nous. Je peux le gérer. Mais ne me laisse plus.

— Jamais. Je te le jure. J'ai retenu la leçon.

Je pris une grande inspiration, essayant de calmer les battements de mon cœur, et me retournai pour lui faire face.

— D'accord.

Il m'attira contre lui, puis prit mon visage entre ses mains, et plongea son regard dans le mien. Je fis mine de passer les bras autour de lui mais il se raidit et dit :

— Non. Ne fais pas ça.

— Je n'ai pas le droit de te toucher ?

— Pas encore.

— Que veux-tu que je fasse alors ?

— Arrête de parler.

Il était si sérieux que j'en aurais éclaté de rire si mon cœur ne battait pas si fort. Je fermai les yeux et essayai de me détendre.

Il passa les doigts dans mes cheveux, et je me rappelai de mon anniversaire : sa main dans mes cheveux, son corps contre le mien, ses lèvres contre ma nuque, puis lui s'enfuyant par la porte d'entrée.

— Détends-toi, Jared, murmura-t-il.

Je me détachai des souvenirs de cette nuit-là. Ça ne se terminerait pas comme ça. Peu importe ce qui se passerait, il avait promis de ne pas me quitter. Je le sentis se pencher sur moi. Sentis son souffle et la légère caresse contre ma bouche. De douces, chaudes lèvres contre les miennes. J'eus besoin de tout mon sang-froid pour garder les mains le long du corps. Puis il m'embrassa enfin, fermement mais gentiment, les lèvres à peine entrouvertes.

Il n'avait jamais dit que je n'avais pas le droit de lui rendre son baiser.

J'ouvris la bouche, me pressai contre lui et effleurai ses lèvres du bout de la langue.

Quel que soit le mur qu'il avait tenté d'établir entre nous, il s'effondra à cette légère caresse. Il gémit et soudain, il m'embrassa *réellement*, il m'étreignit, sa langue caressa la mienne, son corps se pressa contre le mien. Cette fois, il ne protesta pas lorsque je l'enlaçai.

Une éternité plus tard, il s'écarta un peu. Une main perdue dans mes cheveux, l'autre bras autour de ma taille, son front contre le mien.

115

— Est-ce que c'est le résultat que tu espérais ? demandai-je, essoufflé.

Il ferma les yeux mais ne me repoussa pas. Il inspira profondément et secoua faiblement la tête.

— Non.

— Tu ne pensais pas aimer.

Cette fois, un léger hochement de tête.

— Je croyais que ce serait au moins comme avec les quelques femmes que j'ai embrassées : plaisant mais sans surprise.

Ça me fit sourire.

— Et à la place … ?

— Mon Dieu.

Sa respiration se fit tremblante. Il me regarda dans les yeux et me sourit à son tour.

— Ça m'inspire beaucoup, beaucoup.

Je l'attirai vers moi et l'embrassai à nouveau, sa réponse fut féroce et passionnée. Comme une attaque que je ne pouvais pas vraiment repousser. Sa langue fut soudain dans ma bouche. Il avait saisi mes cheveux, les agrippait de telle sorte que je ne pouvais bouger la tête sans me faire mal. Le comptoir derrière moi me rentrait douloureusement dans le dos. Je passai les mains sous sa chemise, commençai à explorer les muscles fermes de son torse. Il arrêta de m'embrasser juste assez longtemps pour ôter sa chemise, et à ma grande surprise, la mienne aussi. Puis ses bras furent à nouveau autour de moi, une main dans mes cheveux, sa bouche chaude et insistante contre la mienne. Sa peau était douce et semblait presque fiévreuse tant elle était chaude. Il était stupéfiant. Son corps était si fort, si solide, si parfait sous mes mains. J'étais incapable de me rappeler la dernière fois où un baiser avait été si passionné et excitant.

Il lutta contre les boutons de mon jean. Il le dégrafa enfin et plongea une main dans mon pantalon. Son étreinte était ferme, rude, pas vraiment douloureuse, et j'en voulais toujours plus. J'haletais, m'arquais contre lui, espérant que je n'allais pas m'embarrasser en jouissant avant même qu'on se soit débarrassés de nos vêtements.

— Bon Dieu, Jared !

Sa voix à mon oreille semblait un peu frénétique.

— Je ne sais vraiment pas quoi faire !

Je ris un peu à sa remarque. J'aurais dû réaliser que j'aurais à le guider.

Je déboutonnai son pantalon et le fis glisser sur ses hanches, juste assez pour libérer son érection. Il suivit mon exemple. Il était plus grand que moi, alors je passai une main sur sa nuque, l'attirant vers moi, en me rehaussant un peu en même temps, jusqu'à ce que nos membres soient à la même hauteur, puis j'enroulai la main autour et commençai à nous caresser en même temps.

Dans d'autres circonstances, son expression m'aurait fait rire. Il regardait ma main s'occupant de nous d'un air tellement surpris ! Il releva les yeux vers moi et dit d'une voix essoufflée :

— Je n'y aurais jamais pensé.

Cette fois je ris pour de bon.

Mais il m'immobilisa.

— Je veux le faire.

Ce n'était pas comme si j'allais protester... Je passai mon autre bras autour de son cou, ce qui me permit de me maintenir à sa hauteur un peu plus facilement et de m'appuyer contre le comptoir. Je l'embrassai à nouveau et je sentis ses mains grandes et puissantes commencer à s'activer. J'aurais vraiment souhaité avoir enlevé nos pantalons, qu'on soit ailleurs que dans la cuisine avec le rebord du comptoir qui s'enfonçait dans mon dos, mais je n'allais sûrement pas l'arrêter maintenant. Il gémit dans ma bouche, accéléra le mouvement, et...

Son téléphone sonna.

Le monde s'arrêta.

— Merde, murmura-t-il sans ôter sa bouche de la mienne.

— Matt.

Sa main n'avait pas changé de place mais avait arrêté de bouger.

— S'il ne plaît, dis-moi que tu ne vas pas répondre.

Il sonna encore. Il l'avait laissé sur la table basse du salon. Techniquement, c'était la propriété du commissariat de police de Coda. Je ne l'avais vu l'utiliser que quelques fois.

— Je dois répondre.

Il avait la tête sur mon épaule et la respiration saccadée. On était tous les deux essoufflés.

— Tu es la seule personne hormis le commissariat qui a ce numéro. Et puisque ce n'est visiblement pas toi qui m'appelle...

Ça sonna encore.

— Merde.

Il inspira profondément et enfouit un instant son visage dans mes cheveux, puis il se força à s'écarter de moi.

Il était au téléphone dans le salon. Je n'écoutais pas. J'étais surtout occupé à retrouver mon souffle, remettre mon pantalon en espérant qu'il n'en aurait pas pour longtemps. Mais quand il revint une minute plus tard, je savais que quelque chose n'allait pas. Il était blanc comme un linge et ses mains tremblaient un peu tandis qu'il renfilait sa chemise et cherchait ses clés.

— Matt, que se passe-t-il ?

— Cherie est morte.

Sa voix était dénuée de toute émotion. On aurait dit qu'il parlait du temps qu'il faisait, sauf que je devinais par la tension de ses épaules et autour de ses yeux qu'il était bouleversé.

— *Quoi ?*

— Elle a été assassinée. Quelqu'un lui a tiré dessus hier soir. Je dois y aller.

J'en fus stupéfait. Personne n'était assassiné à Coda. Des gens mourraient bien sûr. On avait notre part d'adolescents sous l'emprise de l'alcool victimes d'accidents de la route et de quinquagénaires victimes d'accidents de chasse. Mais un meurtre ? Ça n'arrivait pas.

— Mais… comment ?

— Jared, je ne sais pas. Je n'en sais pas plus. Je dois y aller pour être interrogé.

— Pardon ?

Je n'arrivais pas à croire qu'il puisse être aussi calme.

— Pour eux je suis toujours son petit ami. Tu te souviens ? Même s'ils savaient que j'ai rompu, ce qui n'est pas le cas, je serais toujours un suspect.

— Putain de merde !

— Jared, écoute-moi. Je leur ai dit que j'étais ici avec toi cette nuit. L'un d'eux va venir te parler pour confirmer mon alibi.

Il s'arrêta, me regarda, et je sus ce qui allait suivre.

— Ne leur dit pas tout. J'ai eu assez de mal à les convaincre qu'on ne couchait pas l'été dernier, et maintenant ils savent tous que j'ai passé la nuit ici. Dis leur juste que je suis venu ici après la rupture, que j'ai bu un peu trop et que je ne voulais pas conduire alors j'ai squatté ton canapé.

Il avait l'air si effrayé, d'un côté je le comprenais, mais d'un autre je lui en voulais.

— S'il te plaît ?

Puis je réalisai : *Cherie est morte.* Cherie, qui évidement, n'était pas ma meilleure amie, mais quand même, je l'avais connue quasiment toute ma vie. Et soudain, ça me semblait terriblement ridicule de lui reprocher son envie de protéger sa vie privée.

— Je te le jure.

IL S'AVÉRA que le chef de la police vint me questionner en personne.

— Donc, c'est tout ? L'agent de police Richards est arrivé chez vous vers 9 heures, a bu quelques bières, n'a pas voulu prendre le risque de conduire et a dormi sur votre canapé le reste de la nuit ?

C'était amusant de l'entendre le dire.

— C'est tout ?

Il me questionnait depuis plus de deux heures.

— C'est à peu près tout, oui.

— Alors il a dormi sur le canapé, vraiment ?

Je haïs son sourire en coin stupide quand il posa cette question. Ce que je voulais réellement répondre était : *Est-ce que c'est important ? S'il était là, est-ce que c'est important s'il était sur mon canapé ou dans mon lit ?* Mais j'avais fait une promesse.

— Oui.

Il eut l'air un peu déçu par le ton monotone de ma réponse.

— D'accord, alors dans ce cas, je suppose que c'est tout. Merci de votre coopération, M. Thomas.

— Commissaire White, vous ne pensez pas vraiment que Matt ait quelque chose à voir avec la mort de Cherie, n'est pas ?

Il y réfléchit un instant, réfléchissant à ce qu'il voulait bien me dire, puis il soupira et dit :

— Non, pas vraiment. Une des voisines a entendu un coup de feu et quand elle a regardé dehors, elle a vu quelqu'un s'enfuir. Elle pense que c'est Dan Snyder, l'ex-mari de Cherie. Il faisait sombre et elle ne peut en être sûre. Mais la description qu'elle m'en a faite correspond beaucoup plus à Dan qu'à l'agent Richards.

Je songeai à Dan, qui était plus petit que moi et avait le ventre gonflé par la bière, puis au corps grand et musclé de Matt. Il était difficile de confondre les deux.

— Ça, plus ses antécédents de violence envers son ex-femme, en font un suspect beaucoup plus crédible.

119

— Alors pourquoi tout ce dérangement ?

— Le fait que Matt et Cherie se fréquentaient signifie que je devais l'interroger. Si on ne l'avait pas fait, on n'aurait pas suivi la procédure la plus raisonnable. Qu'il soit de plus un agent de police veut dire qu'on doit être d'autant plus prudents de ne pas faire preuve de favoritisme. On ne voudrait pas que quiconque prétende qu'un meurtrier n'est pas accusé juste parce qu'il est membre des forces de l'ordre.

— Et à propos de Dan ? Je suppose que vous êtes en train de l'interroger lui aussi ?

— On le fera, dès qu'on trouvera ce bon à rien.

Il se leva, mais s'arrêta devant la porte, la main sur la poignée.

— Fiston, je sais que ça ne me regarde pas...

Oh merde. Rien de bon ne suivait jamais une annonce pareille.

— Je ne sais pas ce qu'il y a entre Matt et toi. Je n'en sais rien et je m'en fiche. Mais, laisse-moi te dire, tout le monde le voit pas comme ça. Avant de venir ici, j'ai passé quinze ans dans les forces de police de Denver. J'ai vu d'autres flics homos. Ça n'a jamais été facile pour eux.

Il se tourna, me faisant face à présent.

— Je ne crois pas que tu réalises ce que ce garçon a traversé pour toi. Il a eu une assez mauvaise période, tout le monde le traitait de pédale, tout ça parce qu'il était vu en ville avec toi. Mais maintenant ça va être pire. Terriblement pire.

Je ne savais absolument pas quoi dire. Je pouvais toujours essayer de nier ce qu'il se passait, mais c'était inutile. Ils penseraient toujours la même chose, que ce soit vrai ou non.

— Pourquoi est-ce que vous me dites ça ?

— Je pensais que tu devais le savoir. Il arrivera peut-être un jour où Matt devra faire un choix. Si tu tiens à lui, et je pense que oui, tu ne feras rien pour rendre ce choix plus difficile pour lui qu'il ne l'est déjà.

XXII

L'ENTERREMENT DE Cherie eut lieu quelques jours plus tard. Matt insista pour qu'on y aille ensemble.

— Es-tu sûr que c'est une bonne idée ? lui demandai-je.

Je ne l'avais pas vu depuis qu'il était parti en trombe de chez moi à l'annonce de sa mort et je ne lui avais pas parlé de ma conversation avec le commissaire White. Il haussa juste les épaules.

Dans les films, il pleuvait toujours durant les enterrements, mais pour celui de Cherie, il faisait beau. En moyenne, il y a trois cents jours de soleil par an dans le Colorado et ç'en était un. La température dépassait les quinze degrés. Seuls les arbres nus et les feuilles mortes qui glissaient par terre témoignaient de la saison actuelle.

Matt se tint debout à côté de moi durant la cérémonie et nous prétendîmes ne pas voir ou remarquer les sourires en coin de certains de ses collègues policiers, dont l'agent Jameson. Quand la cérémonie prit fin, il dit :

— Allons dire bonjour.

— T'es cinglé ? demandai-je d'un ton cassant.

— Jared.

Sa voix était calme et raisonnable.

— Viens avec moi, laisse-moi te présenter. Tu as juste à serrer quelques mains et on s'en ira.

— Non. Vas-y, toi. Je serai dans la voiture.

Je voyais bien qu'il était agacé, mais je m'en fichais. Comment sourire alors qu'il me présentait à ceux qui venaient de se donner des coups de coudes en me repérant à ses côtés ?

Le trajet du retour jusque chez moi se fit en silence. Je le croyais fâché de mon refus de rencontrer ses collègues de travail, mais alors que j'allais en faire la remarque, il dit brusquement :

— C'est de ma faute si elle est morte, pas vrai ?

Il ne me regardait pas, il regardait droit devant lui un point sur le pare-brise.

— Bien sûr que non.

121

— Si. Je la fréquentais, il était jaloux, alors il l'a tuée. Et le pire c'est que je ne ressentais rien pour elle. Je l'utilisais, j'ai été un idiot, un imbécile égoïste, et à cause de ça elle est morte.

Nous savions tous deux que Dan avait été de plus en plus violent envers Cherie au fil des années, et à mon avis cela aurait très bien pu se finir de la même manière avec ou sans Matt. Mais voir en Matt un rival avait pu lui donner l'impression d'une menace.

— Qu'en est-il de Dan ? Savez-vous où il peut être ?

Il sembla s'extirper de son coup de blues et se tourna vers moi.

— Non. Ce connard n'a jamais eu l'air très intelligent, mais il a réussi à nous éviter jusque-là.

Il était toujours assis dans la Jeep, ce qui me surprit.

— Tu ne viens pas ?

— Pas ce soir. Je dois y aller. J'ai changé mes horaires pour avoir le matin libre et pouvoir venir à l'enterrement. Je commence à deux et fini à dix, mais je dois y retourner à 6 heures demain.

— Oh.

Je tentai d'avoir l'air désinvolte, mais j'avais l'impression qu'il évitait de rester seul avec moi.

— Je te verrai plus tard alors.

Il dut percevoir quelque chose dans ma voix, parce qu'il m'attrapa le bras et attendit que je lève les yeux vers lui.

— Je sais à quoi tu penses et tu te trompes.

— Vraiment ?

Il m'adressa un de ces magnifiques sourires et répondit :

— Je te le jure.

LE JOUR suivant était un jeudi, c'était notre dernier cours de soutien avant les vacances de Thanksgiving, et seuls quatre gamins étaient venus. Je commandai à nouveau des pizzas. À eux seuls, ils réussirent à réunir près de sept dollars qu'ils me tendirent fièrement.

À ce stade, je n'avais plus à les aider beaucoup. C'était plus devenu un groupe de révision surveillé, mais j'étais là si jamais ils calaient. J'étais sûr que certains ne venaient que pour avoir de la compagnie, mais ça ne me dérangeait pas.

On commençait juste quand Matt frappa à la porte.

— Tu n'as pas à frapper, tu sais, lui dis-je après l'avoir laissé entrer.

Il me répondit par un de ses pseudo-sourires.

— Je m'en souviendrai.

Il jeta un coup d'œil au salon, à tous ces gamins rassemblés autour de la table, puis il fronça les sourcils.

— J'avais oublié que c'était le jeudi.

— La pizza est en route.

— Combien de temps vont-ils rester ?

Son agacement me surpris.

— Ils seront tous partis vers 9 heures.

Il me regarda à nouveau puis m'entraîna dans le couloir, à l'abri des regards. Il passa un bras autour de ma taille, m'attira contre lui et murmura dans mes cheveux.

— Tu ne peux pas les renvoyer chez eux ?

Je réalisai soudain les sous-entendus de sa question et mon corps réagit aussitôt. Il me serrait suffisamment contre lui pour qu'il ne puisse ignorer l'effet qu'il avait sur moi. Il gémit un peu et me poussa contre le mur.

— Jared, s'il te plaît…

Mais juste à cet instant, la sonnette retentit et quatre adolescents s'écrièrent à l'unisson :

— Pizza !

— Ils ont interro demain.

Il m'embrassa dans le cou, juste en dessous de mon oreille, puis me relâcha.

— Ces deux heures vont être interminables, n'est-ce pas ?

Mais il souriait.

Il s'installa dans le salon pendant que j'aidais les gamins. Je me demandais s'ils réalisaient à quel point j'étais distrait. La moitié du temps, je pensais à ce que nous ferions une fois seuls. Mais je n'avais pas oublié l'avertissement du commissaire White, et je m'inquiétais car Matt n'avait pas réfléchi aux conséquences d'être avec moi… Puis je recommençais à me dire à quel point j'avais envie de lui, et je me sentis coupable parce que c'était moi qui ne pensais pas aux conséquences de ses actions.

Les gamins commencèrent à ramasser leurs livres, se préparèrent à partir. Matt le remarqua et se dirigea vers ma chambre, me lançant un clin d'œil en passant. Je rougis, je dus m'assurer que ma chemise dissimulait toute trace de mon état. Heureusement, les adolescents sont particulièrement égocentriques. Ils ne remarquent jamais rien. Je les accompagnai à la porte d'entrée puis rejoignis ma chambre. Je n'arrivais pas à croire à quel point j'étais nerveux. Mon cœur battait la chamade, mes mains étaient moites et mon estomac noué. Je passai d'abord par la salle de bain pour me brosser les dents. Je ne savais pas trop si je cherchais à gagner du temps ou si je me préparais. Quoi qu'il se passe, j'étais déterminé à lui laisser mener le jeu. Ce serait sa première fois avec un autre homme et il y aurait des choses pour lesquelles il ne serait pas prêt.

J'eus à peine le temps d'entrer dans la chambre qu'il fut sur moi. Il m'embrassa aussitôt avec fièvre, m'ôta ma chemise, puis commença à retirer mon pantalon.

— Matt, tu es sûr que c'est ce que tu veux ?

Je devais le demander au moins une fois, avant que d'autres parties de mon corps ne supplantent mon cerveau.

Il plongea son regard dans le mien.

— Tu me demandes ça, là, maintenant ?

— Je veux seulement que tu sois sûr.

Les yeux pétillants, il prit mon visage entre ses mains et dit doucement :

— Je suis sûr.

Il m'embrassa, rapidement mais avec douceur, puis me repoussa, joueur, sur le lit, et retira mon pantalon. Il ôta ensuite mon boxer et s'allongea sur moi, toujours complètement habillé. Je lui souris et tirai sur sa chemise.

— Ce n'est pas exactement comme ça que ça fonctionne.

Il me sourit à son tour.

— Chhhut.

Il glissa les mains sur ma taille et commença à m'embrasser dans le cou.

— Je n'arrive toujours pas à croire que c'est en train d'arriver.

Il n'avait pas l'air terriblement perdu ou troublé, juste surpris. Je posai la main derrière sa tête, là il où ses cheveux étaient plus courts.

— Jared.

Il prononça mon nom comme un doux murmure contre ma peau.

— Je ne m'habituerai jamais à ressentir ça. Je n'arrive pas à croire à quel point j'ai envie de toi.

Ses lèvres étaient douces et chaudes, son menton et ses joues rugueux à cause de sa barbe. Il descendit pour embrasser mon ventre, se déplaça lentement vers mes hanches, alternant baisers et petites morsures. Sa bouche ne toucha jamais mon érection. Le fait qu'il soit suffisamment proche pour que je la sente frôler sa joue quand il m'embrassait, c'était fabuleux. Il progressa suivant la ligne sensible où ma jambe et mon bassin se rencontraient, puis délimita le tapis de poils avec de tendres baisers. Sa langue déposa derrière elle une petite traînée humide qui me laissa haletant sous lui.

Il s'écarta et m'embrassa, un baiser profond, lent et doux, puis il se leva et commença à se déshabiller. Je m'assis sur le bord du lit et l'observai. Je me demandais si je m'habituerais jamais à la beauté de son corps : bien bâti, musclé, une peau lisse et bronzée. À côté de lui j'avais l'air pâle et rachitique.

Il dut remarquer mon expression, parce qu'il pencha la tête et me demanda, taquin :

— Qu'est-ce qu'il y a, cette fois ?

Je le détaillai de haut en bas et répondit :

— Je ne me sens tout d'un coup pas du tout à la hauteur.

Il me sourit.

— Tu plaisantes ? Ne sais-tu pas l'effet que tu me fais ?

Je souris à mon tour. Il n'y avait aucun doute, maintenant qu'il était nu, que c'était ce qu'il voulait.

— C'est ce que je vois, oui.

Je le saisis par les hanches et l'attirai vers moi. J'embrassai son ventre d'abord, comme il m'avait embrassé. Ce petit chemin sombre qui partait de son nombril était la chose la plus sexy que j'avais jamais vue. Je me souvins de cette nuit dans la tente, des mois auparavant : j'avais été si excité par ce seul aperçu. Ce soir, j'allais enfin pouvoir le suivre, d'abord du bout des doigts, puis avec mes lèvres et ma langue. Je me penchai sur ce tapis noir plus épais à la fin. Son odeur était enivrante : musquée et masculine.

Il émit à nouveau ce gémissement sourd et rauque, comme un grondement, qui me rendait fou, il avait les doigts enfouis dans mes cheveux. Je passai la langue à la base de son membre et lentement la laissai courir sur toute sa longueur jusqu'aux gouttes salées à son sommet. Je taquinai la petite fente qui s'y trouvait puis refermai les lèvres juste autour du sommet et aspirai. Ses mains tressautèrent dans mes cheveux et il gémit.

Je passai une fois de plus la langue sur la petite fente, puis empoignai ses fesses à deux mains et le tirai vers moi afin d'enfouir profondément son sexe dans ma bouche. Sa respiration se bloqua et il m'agrippa, me maintenant en place l'espace d'une seconde, son membre m'étouffant presque, mon nez contre son aine. J'étais sûr qu'il allait éclater. Mais soudain, il s'écarta, tout en me repoussant avec douceur en même temps.

Je le regardai, inquiet.

— Qu'y a-t-il ?

— Pas comme ça, me dit-il.

Il me décala sur le dos et s'allongea sur moi.

— Cette fois, je veux qu'on en profite tous les deux.

Il m'embrassa. Un baiser tendre au départ. Sa langue effleura la mienne, il mordilla ma lèvre inférieure. Puis ça devint rapidement plus fiévreux, affamé. Il enfouit une main dans mes cheveux, tira, m'incita à basculer la tête en arrière pour accéder à mon cou. Je fis courir mes mains sur son corps, d'abord sur sa douce mais piquante coupe militaire, puis sur ses épaules musclées et ses bras, puis le long de son dos et autour de son ventre, qui était parfait, dur et bien dessiné. Je retrouvai cette piste sombre qui partait de son nombril. Je fus incapable de m'en détourner.

Il s'occupait toujours de mon cou, le léchant, l'embrassant, le mordillant un peu. Son autre main errait sur mon ventre, ma cuisse et entre mes jambes. J'avais l'impression que ses doigts me touchaient partout, m'exploraient, au point que je crus qu'il suffirait d'une caresse de plus pour me faire exploser. Je sentais son érection frotter avec insistance contre ma jambe.

Je me penchai pour accéder au tiroir de ma table de nuit et attrapai le lubrifiant. Il arrêta de m'embrasser le cou et eut l'air inquiet lorsque j'en appliquai sur mon anneau de chair.

— Ce n'est pas ce que je voulais dire, souffla-t-il.

— Tu ne veux pas ?

Je parlai de façon aussi désinvolte que possible. Je ne voulais pas le forcer.

— Je ne dis pas que je ne veux pas. Mais est-ce qu'on en profitera tous les deux ?

Je réalisai enfin ce qu'il demandait. Est-ce que j'y prendrais du plaisir aussi ? Je l'embrassai.

— Oui. Fais-moi confiance.

Il se détendit à nouveau et retourna à mon cou. Je fus surpris de sentir ses mains descendre le long de mon corps, dépasser mon périnée, explorer doucement. Il déplaça les doigts en doux cercles autour de mon entrée, et j'enroulai les bras autour de lui, me cambrai contre lui en gémissant. Je l'entendis souffler un 'oh' surpris à mon oreille. Puis il murmura :

— Dis-moi quoi faire.

Je n'avais jamais été du genre à donner des ordres au lit, mais je réussis à dire :

— Plus fort.

La pression s'accentua et ce fut une sensation plus qu'agréable, mais j'en voulais encore plus. Je poussai contre sa main, je voulais sentir ses doigts à l'intérieur.

— Plus, Matt, s'il te plaît.

Je soupirai. Mais je le sentis se crisper un peu et il secoua la tête en retirant sa main. Apparemment, il avait atteint sa limite.

— Je ne veux pas te forcer, lui dis-je, dis-moi ce que tu veux.

— Je ne sais pas !

Je fus surpris de voir à quel point il avait l'air frustré mais il y avait aussi du rire dans sa voix.

— Je te veux ! Bon Dieu, Jared, je n'ai jamais été aussi excité de toute ma vie mais je ne sais pas quoi faire du tout. J'ai l'impression d'être de retour au lycée.

Il me sourit.

— Au moins, il n'y a pas de levier de vitesse qui gêne.

Je ne pus que rire.

Il m'embrassa, doucement, sa langue explorant ma bouche puis courant sur mes lèvres, et il murmura à mon oreille.

— Jared, dis-moi ce que je dois faire. Dis-moi ce que toi, tu veux.

Je savais exactement ce dont j'avais envie, mais je ne voulais pas le faire flipper.

— Tu peux dire non.

J'avais horreur de ce dialogue issu digne d'un mauvais film porno, mais il m'avait demandé pas vrai ?

— J'ai vraiment envie que tu me baises.

Il grogna un peu de désir. Il referma les mains sur moi et hocha la tête.

Je le repoussai, pris l'oreiller, le plaçai sous mes hanches et me mis en position, toujours sur le dos. Il m'observait, se caressant lentement. Il n'avait pas l'air perturbé. Il enfila le préservatif que je lui donnai sans un mot. Mais quand je me pressai contre lui, essayant d'initier la pénétration, il hésita.

— Je ne vais pas te faire mal ? me demanda-t-il, et je fus touché par le réel souci que je vis dans ses yeux.

— Non. Va juste doucement au début.

Ça semblait être la bonne chose à dire, mais je ne m'attendais pas à ce qu'il se retienne une fois lancé. J'avais raison.

Dès que mon corps se referma sur le sommet de son membre, il ferma les yeux et frissonna. Avec un grognement sourd, il termina de s'enfoncer en moi, pas assez brutalement pour faire vraiment mal, mais j'étais heureux que ce ne soit pas ma première fois. Puis il se figea et sembla retenir son souffle.

— Oh bon Dieu, je suis désolé.

— Ne le sois pas.

C'était magique, en fait. Je m'arquais déjà sous lui, émerveillé de voir nos corps se compléter. Je réalisai alors à quel point j'étais déjà proche de jouir.

— Oh mon Dieu, c'est incroyable ! s'exclama-t-il

Il tremblait sous ses efforts pour rester immobile.

— Pour moi aussi. Bon Dieu, Matt, il faut que tu bouges ! Je ne peux pas tenir plus longtemps !

— Si je bouge d'un centimètre je vais jouir.

— Je crois que c'est le but.

Il sourit un peu à ma répartie et ouvrit les yeux pour me regarder. Mais il ne bougeait toujours pas. Je lui pris une main, la déplaça sur mon membre et poussai contre elle. Ce grondement bas recommença et enfin, il se détendit et me caressa en commençant à bouger. Pas de profonds mouvements, il se déplaçait à peine, lentement, doucement contre moi. Cette friction grisante, ses mains fortes et rugueuses, c'était incroyable. J'attrapai le sommier à deux mains pour bouger avec lui, les yeux fermés, perdu dans les sensations. Il ne me fallut que quelques caresses. Dès que mes muscles se resserrèrent autour de lui, il m'attrapa, s'enfonça une dernière fois en moi avec un cri, plus de surprise que d'autre chose.

Un instant, il resta là, toujours à l'intérieur de moi, à sentir mon corps pulser autour de lui. Puis il se retira et se laissa retomber, les bras enroulés étroitement autour de moi, et devint un poids mort. Une fraction de seconde je crus qu'il s'était évanoui, puis je réalisai que je l'entendais murmurer.

— Bon Dieu. Jared. Waouh. Bon Dieu.

Une litanie sans fin de mots essoufflés, murmurés dans mes cheveux.

Je tournai la tête, embrassai son oreille et réussis à chuchoter :

— Tu es lourd. Je ne peux pas respirer.

— Désolé.

Je le repoussai, fort, et il glissa paresseusement sur le côté, étendu en étoile de mer sur le dos.

— Waouh.

Je me levai en riant et forçai mes jambes flageolantes à me conduire à la salle de bain. Je me nettoyai et lui ramenai une serviette. Il n'avait toujours pas bougé. Il avait l'air abasourdi, fixant le plafond en clignant des yeux. Je l'essuyai.

— On pourra recommencer ?

Il avait l'air si sincère qu'un rire m'échappa.

— Quoi, déjà ?

— Mon Dieu, non ! Je veux dire, une fois que je pourrai à nouveau bouger.

— Et quand penses-tu que ce seras possible ?

— Peut-être lundi.

Je ris et m'allongeai sur le dos près de lui, la tête posée sur son épaule.

— Je te laisse jusqu'à demain matin.

— Je n'avais pas réalisé que ce serait si différent.

— Ça l'est ? Je serais incapable de le dire.

— C'était…

De toute évidence, il eut dû mal à trouver ses mots, puis il se décida pour *Intense*.

— …Intense positivement ?

— *Très* positivement.

Je ris encore.

— Je suis content que tu approuves.

— Et c'est agréable… ? Je veux dire, quand, hm. Tu sais, l'autre… ?

— Tu me demandes si c'est vraiment bon d'être celui qui reçoit ?

— Oui.

Apparemment soulagé de ne pas avoir à plus développer.

— Ça peut l'être, oui. Ça l'était, là.

Je frissonnai à ce souvenir.

— Ça t'inquiète ?

— Un peu. Enfin…

Il rit nerveusement.

— Plus qu'un peu, pour être honnête. Mais je te fais confiance.

— Il n'y a aucune raison de se presser.

Mais mon côté pratique s'agitait à nouveau.

— Matt, es-tu sûr que c'est ce que tu veux ?

— Pourquoi me demandes-tu ça maintenant ? N'est-ce pas ce que toi, tu veux ?

Il semblait principalement amusé mais aussi un peu exaspéré.

— Tu sais que oui.

— Alors quel est le problème ?

Je lui confiai alors ma conversation avec le commissaire White. Mais quand j'eus fini, il haussa juste les épaules. Je ne le voyais pas mais je le sentis bouger sous moi.

— Tu n'es pas inquiet ? Quelques jours plus tôt tu ne voulais pas qu'ils sachent.

— Je sais. Mais j'ai compris quelque chose. Ils croient tous qu'on est amants de toute façon. Ça fait maintenant des mois qu'ils en sont persuadés. Tu n'as pas idée du nombre de fois depuis ton anniversaire où ils m'ont taquiné à propos de notre 'dispute de couple'. Que je sois ici l'autre soir n'a fait qu'empirer les choses. La seule façon de les faire changer d'avis serait de ne plus jamais te voir. Et c'est hors de question. Alors s'ils pensent déjà que c'est vrai, et que je veux que ce soit vrai, et que tu veux que ce soit vrai, alors il n'y plus aucune raison pour que ça ne le soit pas.

— J'adore ta logique.

— C'est bien ce que je pensais.

Je devinai qu'il souriait même sans voir son visage.

— Alors le commissaire a tort ? Tu n'as pas à faire un choix ?

Il se tourna vers moi, me poussa sur le flanc de façon à se presser contre mon dos et s'enroula autour de moi comme une couverture.

— Je l'ai déjà fait, Jared. Il croit que je n'ai qu'un choix, toi ou ma carrière, mais pas moi. Je choisis les deux.

Il déposa un baiser sur ma nuque.

— Je ne t'abandonnerai pour rien au monde. Mais je ne quitterai pas mon job non plus.

— C'est vraiment possible ?

— Fais-moi confiance.

XXIII

APRÈS ÇA, Matt ne fit plus aucun effort pour cacher notre relation. Il avait toujours son appartement, mais de plus en plus de ses affaires trouvèrent le chemin de ma maison et il passait toutes les nuits dans mon lit. Je ne me plaignais sûrement pas, mais je fus surpris de découvrir que c'était soudain moi qui voulait éviter d'être vu avec lui en public. Lorsque nous n'étions pas ensemble et que les gens risquaient de croire que nous l'étions, ça n'avait pas eu d'importance. Mais désormais que c'était vrai, j'étais soudain embarrassé. J'étais certain que tout le monde nous regardait ou parlait de nous. Je savais que c'était ridicule et complètement insensé, mais je ne pouvais m'en empêcher. Et les premiers jours ce ne fut pas si difficile de le convaincre de rester à la maison avec moi.

Notre plus gros motif de dispute, cependant, devint rapidement ses collègues. En particulier, mon manque d'enthousiasme à l'idée de les rencontrer ou de passer du temps avec eux.

— Jared, rencontre-les au moins, me dit-il plus d'une fois.

— Pourquoi les rencontrer ? Je sais ce qu'ils pensent de moi.

— Ce sera dur au début, mais ce sera utile à long terme.

— Non !

Je n'arrivais pas à croire qu'il voulait que je me soumette volontairement à leur dérision.

À force de la répéter, cette conversation prenait des allures de disque rayé.

Bien sûr, nous nous rendîmes chez Lizzy et Brian pour le dîner de Thanksgiving. À la seconde où Matt franchit la porte, Lizzy se jeta à son cou avec un cri excité.

— Oh Matt, je suis si heureuse de te voir !

— Oui, moi aussi, Lizzy.

— J'avais bien dit à Jared que t'allais cesser de jouer les autruches !

Il devint rouge comme une tomate mais répondit :

— Avec raison, comme d'habitude.

Elle rayonna.

131

Brian amena James et fit mine de le passer à Matt. Sa réaction fut la même que la mienne.

— Je ne peux pas le prendre ! Et si je le fais tomber ?

— Mais non !

James avait l'air si petit entre ses grandes mains. Matt s'assit sur le canapé, le tint pendant un moment. Il le découvrait, alors il compta tous ses doigts et ses orteils. Il effleura la joue de James du bout des doigts et sourit quand le bébé se tourna vers lui, ses petites lèvres faisant des bruits de succions.

— Il est si petit.

— Oui.

Lizzy ébouriffa les cheveux de Matt.

— Aideras-tu Jared à le garder quand on sortira ?

— Tu peux en être sûre !

— Alors je te promeus officiellement oncle honoraire. Oncle Matt.

Il la gratifia d'un sourire éblouissant.

— Ça me plaît.

LE JOUR de mon rendez-vous avec le comité du lycée arriva. Je fis un effort pour avoir l'air un peu plus présentable que d'ordinaire. Je passai un laps de temps ridicule à tenter de rassembler toutes ses boucles en une queue de cheval et enfilai le seul pantalon un peu habillé que je possédais, avec une chemise boutonnée jusqu'en haut et une cravate.

— Waouh, dit Matt quand j'émergeai de ma chambre. Tu sors vraiment le grand jeu. Es-tu nerveux ?

— Très.

— Ça va aller. Une bière fraîche t'attendra à ton retour.

J'avais l'impression de partir en guerre, armé pour le combat. J'y avais bien réfléchi et j'avais décidé de me battre. J'emportais avec moi une copie de mon certificat d'enseignement et les lettres de soutien que j'avais reçu des parents. S'ils voulaient que j'aide leurs enfants, pourquoi l'école devait-elle s'en mêler ?

Pénétrer dans le lycée fut étrange. Je n'y avais pas mis les pieds depuis que j'y avais été élève, quinze ans plus tôt, mais c'était comme si rien n'avait changé. Les décorations sur les murs étaient les mêmes, ainsi que cet étrange linoleum tacheté. Même cette indéfinissable odeur était identique. J'étais certain que si j'allais ouvrir mon ancien casier, mes livres y seraient toujours à m'attendre. Ça fit remonter en moi toutes les émotions de mes années de lycée, quand j'essayais de cacher ce que j'étais. Ça ne m'aida pas du tout à garder confiance.

Le 'comité' du lycée était composé de quatre personnes. M. Stevens, le directeur de l'orchestre, en faisait partie. Alice Rochester commença à faire les présentations. Je fus surpris qu'ils acceptent qu'on s'appelle tous par nos prénoms.

— Voici Ann, notre professeur de maths.

Alice me montra une petite blonde, plus jeune que moi, qui avait sûrement tous les lycéens dans sa poche.

— Et Roger, notre professeur de sciences.

D'à peu près mon âge mais petit et enveloppé.

— Et il me semble que vous connaissez Bill, notre professeur de musique.

Bien sûr, il portait un nœud papillon. Je leur serrai la main puis m'assis dans la chaise qu'ils m'avaient réservée.

— Jared, commença Alice. Nous avons beaucoup entendu parler de vous dernièrement. Plusieurs de nos étudiants se sont exprimés et nous avons également reçu des appels de certains parents.

— Écoutez, si c'est à propos des cours de soutien, j'ai des mots des parents et j'ai mon diplôme de professeur...

— Vous l'avez apporté avec vous ? Oh très bien ! Je souhaitais vous le demander. Donc je suppose que vous savez pourquoi vous êtes là ?

— Je présume que c'est parce que quelqu'un croit que je ne peux pas donner des cours à quelques gamins sans agir comme un pédophile et les peloter, mais je vous assure...

Soudain, tous s'agitèrent nerveusement, réarrangèrent leurs papiers et levèrent les yeux vers le plafond, apparemment très gênés. Tout le monde sauf M. Stevens.

— Jared, me dit-il gentiment. Je crains que vous n'ayez mal compris le but de cette rencontre.

— Vraiment ?

— Aurais-je été présent si notre ordre du jour avait tout simplement été de vous persécuter à cause de votre orientation sexuelle ?

— Euh...

Je me sentis bête. J'examinai les visages autour de moi. Alice et Roger étaient toujours en train de gigoter, regardant par-dessus mon épaule, mais Ann me souriait.

— Oh mon Dieu ! Je suis désolé.

Pourquoi ne pouvais-je jamais me taire ? Je n'aurais pas pu attendre ce qu'ils avaient à me dire avant de les accuser ? J'inspirai profondément puis les regardai à nouveau et fus soulagé de voir qu'ils osaient faire de même.

— Bon sang, c'est embarrassant. Écoutez, et si je me taisais et qu'on recommençait depuis le début ?

Alice me gratifia à nouveau de son sourire digne d'une pub pour dentifrice.

— Jared, je ne savais pas du tout que vous vous attendiez à être attaqué en venant ici, même si cela clarifie quelques détails de notre conversation l'autre jour.

Juste quand je croyais ne pouvoir être plus embarrassé.

— J'aurai dû être plus claire. La raison pour laquelle nous vous avons demandé de venir aujourd'hui est que nous aimerions vous offrir un poste au lycée.

Je n'aurais pas été plus surpris si elle m'avait annoncé qu'elle allait faire un strip-tease avant de sauter du bâtiment.

— Vous voulez dire, comme un travail ?

— Oui, 'comme un travail'.

Elle esquissa un sourire en coin et je crois même qu'elle me fit un clin d'œil.

— Pour être franche, Jared, la plupart de nos professeurs sont débordés. Ils enseignent plus de matières qu'ils en sont capables et beaucoup d'entre eux enseignent des matières dans lesquelles ils ne sont pas spécialistes. Les math avancées et les classes de sciences par exemple ont été, euh, un peu problématiques.

— Ce qu'Alice essaie de dire, intervint Ann, c'est que Roger et moi ne savons pas du tout ce que nous faisons.

Alice fit mine de protester, mais Ann l'interrompit.

— C'est vrai. Je n'ai jamais eu l'intention d'être professeur de maths. C'est juste ce qui est arrivé. Je peux enseigner aux classes les plus basses, mais la vérité c'est que l'algèbre avancé et le calcul infinitésimal sont bien au-dessus de mon niveau.

Elle se tourna vers Roger.

Il hocha la tête.

— C'est vrai. Je suis un biologiste. Et je peux me débrouiller en chimie. Mais la physique, ça me dépasse.

Alice reprit :

— Ann et Roger ont fait de leur mieux, mais le fait est que nous faisons une terrible défaveur aux élèves.

Ils hochèrent tous la tête.

Ann reprit la parole.

— Nous n'avons pas tant d'élèves que ça qui atteignent le niveau du calcul infinitésimal ou qui souhaitent faire de la physique, mais il y en a quelques-uns. Ils sont très nombreux à avoir du mal, et je n'ai jamais été vraiment capable de les aider.

Je me rappelai de Ringo disant que son professeur ne savait rien. Je n'avais pas réalisé qu'il avait raison.

— Mais d'un coup, cette année, les élèves ont commencé à obtenir des A. Ils ont commencé à me faire remarquer mes erreurs, à moi.

Elle rougit.

— Ce n'est pas agréable d'être dans un cours de lycéens, laissez-moi vous le dire. Et il n'a pas fallu longtemps avant que j'entende parler de vous.

— Donc vous voulez que j'enseigne ?

Je savais que c'était une question stupide mais je n'arrivais pas à me faire à cette idée. J'avais été si sûr d'arriver sur un champ de bataille. Je ne m'en étais toujours pas remis.

— Vous commenceriez en janvier, pour la mi-semestre. Je vous ai préparé toutes les informations sur le salaire et les avantages. On ne peut pas vous payer beaucoup. Vous pourriez gagner plus en enseignant à Boulder ou Fort Collins, mais puisque vous avez déjà une vie ici à Coda, nous avons pensé que l'on pourrait peut-être vous convaincre.

Elle me tendit une pochette remplie de documents.

— Prenez le temps d'y réfléchir et d'en parler avec votre famille. N'hésitez pas à m'appeler si vous avez la moindre question entre temps.

— Le fait que je sois gay n'est pas un problème ?

Ce fut M. Stevens qui répondit. Je réalisai alors qu'il avait été inclus dans réunion justement pour cette raison.

— Ce n'est pas un problème en ce qui concerne le lycée. Je ne vais pas mentir, il y aura des parents qui vont se plaindre. Pas beaucoup mais quelques-uns. Toutefois, le fait est que, comme la musique, la physique avancée, l'algèbre et le calcul infinitésimal sont des matières facultatives. Donc les parents peuvent décider. Si leurs préjugés sont plus importants que l'éducation de leurs enfants, eh bien, franchement, ce n'est pas notre problème. Je ne vais pas vous mentir, Jared. Ce n'est pas toujours facile.

135

Les enfants peuvent être méchants et leurs parents aussi. Mais cela peut aussi être très gratifiant.

— Je, euh…

Je ne fus pas très éloquent.

— Je suis vraiment désolé à propos de plus tôt. Je n'imaginais pas que c'était ça. Je ne sais vraiment pas quoi dire.

— Eh bien, nous espérons que vous allez dire 'oui'.

XXIV

LA PARTIE rationnelle de mon cerveau savait que j'aurais dû être enchanté à l'idée de ce travail. Mais le reste, qui semblait être plus bruyante, ne ressentait que de l'anxiété. Je n'arrivais pas à mettre le doigt sur la source de cette anxiété. C'était en partie le magasin, je savais que je mettrais Brian et Lizzy dans le pétrin. Il y avait aussi la certitude que certains parents n'apprécieraient pas. Et puis le souvenir de ce que certains de mes camarades disaient au sujet de M. Stevens quand j'étais encore au lycée. Y avait-il d'autres raisons ? Je n'en étais pas sûr. Tout ce que je savais, c'était que la seule pensée d'accepter ce job me donnait des sueurs froides.

Matt, lui était, aux anges. En fait, il me fit un énorme câlin qui me souleva du sol et me fit craquer les côtes.

— C'est merveilleux ! Et toi qui pensais qu'ils voulaient t'incendier. Tu vas appeler Lizzy ?

L'idée de le dire à Lizzy me rendit nauséeux.

— Pas tout de suite.

— Est-ce que je peux lui dire ?

Je n'arrivai même pas à le regarder dans les yeux quand je lui répondis.

— Non.

— Pourquoi pas ?

La confusion avait remplacé la joie dans sa voix.

— Parce que, je ne sais pas encore si je vais accepter ce job.

— *Quoi ?*

— Quelle partie de cette phrase tu n'as pas compris, Matt ?

J'avais voulu le dire comme une blague mais mon ton fut plus cassant que je ne le désirai.

— Très bien !

Et maintenant il avait l'air blessé et en colère.

— Préparons le dîner, d'accord ? On peut en parler plus tard ?

J'évitais toujours de sortir avec lui. Il tressaillait un peu à chaque fois que j'insistais pour manger à la maison et son regard s'assombrissait un peu plus mais il n'insistait jamais.

En revanche, on s'était encore disputés à propos de ses collègues et de mon refus continuel de passer du temps avec eux. Et ce soir-là, au cours du dîner, il laissa éclater la bombe qu'était Noël.

— Jared, le commissariat organise une fête pour Noël dans quelques semaines et j'aimerais vraiment que tu viennes avec moi.

Il ne s'attendait pas à ce que j'accepte. Je devinais qu'il se préparait à argumenter. Et avec raison.

Je ne quittai pas mon assiette des yeux.

— Pas question.

— C'est tout ? 'Pas question ?' Tu ne vas même pas y réfléchir ?

Il avait du mal à garder la voix calme. Il ne criait jamais – je pense qu'il essayait consciemment de ne pas ressembler à son père – mais son ton pouvait se faire grave et dangereux.

— Je n'ai pas besoin d'y réfléchir pour savoir que je passerai un mauvais moment.

— Moi aussi

Je levai les yeux vers lui et tentai un sourire.

— Exactement. Alors restons à la maison.

— Jared, ce n'est pas la solution. On doit rester ensemble. On doit leur faire face. Jusqu'à ce que ça ne soit plus si important pour eux.

— Est-ce que tu crois vraiment que le leur imposer résoudra les choses ?

— Personne ne 'leur impose' quoi que ce soit. Tu crois que je vais te baiser sur le buffet ou quoi ?

Sa voix était basse et tendue, comme s'il contrôlait soigneusement chaque sonorité, chaque syllabe, une lutte. Il était désormais très énervé contre moi.

— Je ne suis pas stupide. Tout ce que je dis, c'est qu'ils doivent s'habituer à nous voir ensemble.

— Donc on est supposés se tenir là, faire semblant de s'amuser, pendant qu'ils nous regardent et se moquent de nous ?

— Peut-être, oui.

— Non. Jamais de la vie.

Ce fut la première nuit où on alla se coucher toujours fâchés. Allongé de mon côté du lit, malheureux, je l'écoutais respirer. Je savais qu'il était toujours réveillé. Je voulais tellement le toucher, franchir cette distance. Mais il n'y avait rien que je puisse dire qui réglerait la situation, à moins de rendre les armes, ce à quoi je n'étais pas préparé.

138

Cela dura des jours. Je savais au fond de moi que ç'aurait dû être une période heureuse pour nous. Et par moment, c'était le cas. On regardait le football et on faisait beaucoup l'amour. Mais le reste de notre temps semblait englouti par nos disputes sur ces deux sujets : l'offre du lycée et ses collègues de la police. Nous nous sommes affrontés encore et encore, sans avoir l'air d'aller nulle part.

Tout explosa un soir chez Brian et Lizzy. Elle nous avait invités à dîner. On s'était disputés une heure durant pour savoir si je devais leur parler du job. Bien sûr, lui pensait que oui. Mais je ne voulais pas causer de problèmes avant d'avoir pris ma décision.

En arrivant à la porte, nous nous jetions toujours des remarques acerbes. Tout le monde faisait comme s'ils n'avaient rien remarqué, mais je savais que c'était faux. Le dîner fut silencieux et plein de malaise. On venait tout juste de finir lorsque Brian dit :

— Jared, il faut qu'on parle du magasin.

Il avait l'air nerveux et Lizzy fixait son assiette. Matt dressa l'oreille mais ne dit rien.

— Bien sûr. Qu'est-ce qu'il y a ?

— Ça fait plusieurs semaines maintenant que Lizzy est rentrée avec le bébé et elle n'a plus vraiment envie de reprendre le travail.

— Oh.

— Je sais combien ça a été dur pour vous sans elle. Tu fais des longues journées. Et Ringo ne peut pas t'aider beaucoup sauf le weekend.

— Ce n'est rien…

— Dis-leur, déclara Matt suffisamment doucement pour que je sois le seul à l'entendre.

Je fis la sourde oreille.

— Je peux gérer.

— Non, tu ne peux pas Jared, me dit maman gentiment. Tu ne peux pas y arriver tout seul.

— Tu auras besoin de jours de repos et de vacances, ajouta Lizzy.

— Ringo aura son diplôme au printemps prochain… commençai-je.

— Dis-leur, répéta Matt avec plus d'insistance.

Lizzy lui jeta un coup d'œil curieux, mais personne d'autre ne sembla le remarquer.

— Jared, interrompit Brian. Il ne va pas rester .Tu le sais bien. Il va partir à l'université. On pourrait engager un autre lycéen pour nous aider, mais ça ne règlcrait pas le problème.

— Alors qu'est-ce que vous suggérez ? lui demandai-je.

— Eh bien, on peut envisager de licencier Ringo pour engager un employé à plein temps.

— On ne peut pas se le permettre. Surtout qu'un employé à plein temps s'attendrait à des avantages sociaux.

— Peut-être qu'il est temps de penser à vendre.

— Non...

— Dis-leur !

Cette fois ce fut assez fort pour que tout le monde l'entende.

— Non !

— Nous dire quoi, Jared ? demanda Lizzy avec une lueur de défi dans ses yeux bleus.

— Ce n'est rien ! lui dis-je avant de me tourner vers Matt. Pas maintenant !

C'était incroyable ce que j'étais soudain fâché contre lui. On se disputait à ce sujet depuis des jours et qu'il veuille me forcer la main me rendit furieux.

Mais il me rendit mon regard en ayant l'air tout aussi énervé.

— Ce n'est pas 'rien' !

Sans me lâcher des yeux il ajouta :

— On a offert à Jared un travail de professeur à temps plein au lycée pour le semestre prochain.

— Quoi ? dit Brian.

— C'est génial ! s'exclama maman.

— Pourquoi ne nous l'as-tu pas dit ? s'indigna Lizzy.

Je les entendis à peine.

— Espèce d'enfoiré de mes deux ! Je n'arrive pas à croire que tu aies fait ça !

— Et pourquoi ? Ça fait une semaine que je te dis de leur dire...

— *Quoi ?*

Là, Lizzy avait l'air énervé.

— Tu savais que je ne voulais rien dire !

Je haussai le ton.

Au contraire, il baissa le sien, ses mots plus courts, durs, à mesures qu'il s'énervait.

— Et tu ne crois pas que ce job est important dans cette discussion ?

— Tu n'avais pas le droit !

— Je n'avais pas le droit ? Qu'est-ce que ça veut dire, putain ?

140

Cette fois je criai pour de bon :

—Tu n'avais pas le droit, parce que ce ne sont pas tes affaires !

Tout le monde se figea. Dans ses yeux gris d'acier, toutes les portes se refermèrent comme ce n'était pas arrivé depuis des mois. Son regard devint glacial, son expression réservée, sans émotion.

— Alors c'est comme ça. Je n'arrive pas à croire que je ne l'aie pas réalisé plus tôt.

Il se leva et fit mine de partir.

—Qu'est-ce que c'est censé vouloir dire ?

Je fis de mon mieux pour ne pas crier et garder une voix calme. J'y réussis presque. Brian avait l'air terriblement mal à l'aise, Lizzy plus que remontée, et j'avais le sentiment que c'était dirigé contre moi. Je ne pouvais discerner ce que maman pensait.

— Ça veut dire que j'aurais dû réaliser plus tôt ce qui se passait. Tu as tracé une limite n'est-ce pas ? Et je ne suis pas censé la franchir. Et apparemment cette limite s'arrête à la porte de ta chambre à coucher !

Brian bondit sur ses pieds et attrapa les couverts les plus proches de lui pour les emporter dans la cuisine. Maman et Lizzy ne bougèrent pas. Matt n'avait pas fini.

— Tu fais de beaux discours, mais la vérité, c'est que tu as toujours honte de qui tu es et tu as honte d'être avec moi !

— Ce n'est pas vrai !

— Si ! Ne fais pas semblant de pas comprendre. Tu crois que je n'ai pas remarqué que tout d'un coup on ne sort même plus manger ? Bien sûr, t'acceptes le fait d'être homo, mais seulement parce que tu vis dans une putain de bulle ! Dès qu'il s'agit d'affronter les gens, tu enfonces la tête dans le sable.

— Ce n'est pas juste !

— Juste ? As-tu la moindre idée de ce que j'endure au boulot pour toi ? Y as-tu jamais pensé ? Tu crois que ça c'est 'juste' ? Je te demande de faire un tout petit effort pour moi et tu refuses de même y penser. Et toi, tu as le culot de me dire à moi que je suis 'injuste' ? Tu dis que c'est ce que tu veux, mais là c'est toi qui n'assumes pas !

— Attends…

Je fis marche arrière.

Mais il m'ignora.

— Et maintenant ce job ! Je t'ai vu avec ces gosses. Je sais à quel point tu adores enseigner. Mais tu vas laisser filer la chance de le faire à

141

plein temps, tout ça pour éviter d'affronter quelques parents fanatiques ou quelques crétins d'ados. Tu vas continuer à bosser au magasin le restant de tes jours juste pour ne pas à avoir à affronter le reste du monde. Tu peux te dire que c'est parce que tu dois le faire si tu veux. Que c'est parce que ta famille a besoin de toi. Mais c'est des conneries, Jared ! La seule raison pour laquelle tu ne veux pas l'envisager, c'est parce que tu as peur.

— Tu as fini ? lui demandai-je, glacial.

— Ouais. J'en ai clairement fini avec toutes ces conneries.

Il fit demi-tour, j'entendis la porte d'entrée claquer.

Lizzy se leva précipitamment en me jetant un morceau de pain dessus. Sa visée fut impeccable.

— Connard !

Elle partit à la poursuite de Matt.

Il ne restait que maman et moi. J'appuyai la tête dans mes mains. Je tremblais, terrifié à l'idée que sa dernière phrase voulait dire qu'il me quittait pour de bon. Je voulais lui courir après, mais ensuite quoi ? J'étais incapable de faire ce qu'il voulait, mais je ne supportais pas l'idée de le perdre non plus. J'étais toujours en colère, pourtant je luttais pour ne pas fondre en larmes.

Maman resta silencieuse pendant un long moment, mais je savais qu'elle finirait par dire quelque chose. Si elle n'avait rien eu à dire, elle aurait déjà quitté la table. Finalement, elle prit une grande inspiration.

— Jared, laisse-moi te dire deux choses, puis je ne mentionnerai plus jamais cet affreux incident.

— Est-ce que j'ai le choix ?

— Non. La première chose, c'est que tu ne peux pas contrôler ce que pensent les autres. La seule chose que tu peux contrôler, c'est toi-même. Des gens vont te regarder de haut à cause des choix que tu as fait dans la vie, peu importe lesquels. Tu ne peux rien y faire. La seule chose que tu peux faire, c'est de décider comment vivre ta propre vie. Et envoyer balader les autres. La seconde chose est celle-ci : je sais qu'avoir une relation de couple est nouveau pour toi mais crois-moi, tu ne peux pas simplement choisir quels parties de toi tu veux partager et garder le reste pour toi-même. Ça ne marche pas comme ça. C'est tout ou rien. Troisièmement…

— Tu as dit qu'il y avait seulement deux choses.

— J'ai menti. La troisième chose est simplement ça…

Elle posa la main sur mon épaule et la tendresse de ce simple contact me fit perdre la bataille contre mes larmes. Je les laissai couler et fus puérilement soulagé que ma mère en soit le seul témoin. Sa voix fut douce quand elle continua.

— Ce garçon t'aime. Ne sois pas un idiot trop buté pour le voir.

Elle m'embrassa sur le sommet de la tête et partit.

Lizzy me reconduisit à la maison dans un silence de plomb. Je n'avais aucune idée de ce qui avait pu se passer entre elle et Matt quand elle l'avait suivi hors de la salle à manger. Tout ce que je savais, c'était qu'elle était revenue blessée et en colère et que lui n'était pas revenu du tout. Elle se gara devant chez moi, mais elle rompit le silence quand je fis mine de sortir.

— Pourquoi ne me l'as-tu pas dit ?

J'appuyai la tête contre la vitre froide de la fenêtre. Je n'arrivais pas à la regarder.

— Je ne sais pas.

— Je pensais qu'on était amis.

— On l'est, Lizzy.

— Vraiment ?

Elle renifla un peu, et quand je la regardai, il y avait des larmes sur ses joues. Je fus incapable de me rappeler la dernière fois que je m'étais senti aussi mal.

— Oui, Lizzy.

Je lui pris la main.

— Tu sais que je t'aime. Je ne sais pas pourquoi je ne te l'ai pas dit. Je sais que c'est une mauvaise excuse, mais c'est vrai. Je voulais juste que personne ne le sache. La seule idée d'accepter ce job me tord le ventre, et je ne peux pas expliquer pourquoi. Peut-être qu'il a raison. Peut-être que j'ai peur.

Maintenant que je l'avais dit, j'étais forcé d'y réfléchir et je n'aimais pas ce que je découvris.

Elle resta silencieuse une minute, puis déclara finalement :

— Jared, ne t'inquiète pas pour le magasin. On trouvera une solution. Accepte ce job.

— Je ne sais pas, Lizzy…

— Accepte ce job ! Et sors-toi la tête du sable. Tu dois des excuses à Matt.

Ce ne fut qu'une fois chez moi que je réalisai que Matt n'était pas là. J'essayai de l'appeler à son appartement mais raccrochai quand je tombai sur son répondeur. J'hésitais à m'y rendre mais décidai que ce serait simplement chercher des ennuis. J'étais certain qu'il était toujours en

143

colère. Moi aussi, mais juste un peu. J'étais surtout blessé et honteux. Si je lui parlais maintenant, il attaquerait et je serais sur la défensive, et ce serait tout, on finirait sûrement par dire des choses qu'on ne pensait pas.

Le lendemain matin, j'appelai encore et obtins son répondeur. Cette fois-ci je laissai un message.

— Matt, je suis désolé. S'il te plaît, reviens à la maison.

Je n'arrêtais pas de penser à la période qui avait suivi mon anniversaire, à lui laisser des messages sans jamais avoir de retour. Je passai la journée à tenter de me convaincre qu'il ne me referait pas ça. Je fus immensément soulagé quand, de retour chez moi, je le trouvai qui m'attendait. Il était assis sur un des tabourets au comptoir où l'on prenait le petit-déjeuner. Il avait l'air effrayé mais tout aussi déterminé. Je fus si heureux de le voir que je me précipitai vers lui, mais il m'arrêta d'une main levée.

— Reste là.

Il ne me regardait pas, mais sa voix était ferme.

— Pourquoi ?

— Il faut que je te dise quelque chose. Si tu es là où je peux te toucher…

Il inspira profondément et leva les yeux vers moi.

— Je vais perdre le contrôle.

J'étais sûr que mon cœur s'était arrêté de battre. Il n'y avait qu'une chose qui puisse lui donner un air si froid, si déterminé et en même temps si effrayé. Je m'appuyai contre la porte en tentant de maîtriser ma respiration et j'attendis qu'il me dise qu'il me quittait pour toujours, me laissant à jamais seul, encore. Je croisai les bras sur mon torse, me serrant moi-même, espérant pouvoir me contrôler et sachant que c'était futile. S'il me laissait, j'éclaterais en mille morceaux et je serais perdu pour toujours.

Il prit une autre profonde inspiration et commença à parler.

— Je ne fais pas les choses à moitié. Une fois que j'ai pris une décision, je ne perds généralement pas de temps à me remettre en question après coup. Et exception faite d'une très mauvaise décision il y a quelques mois…

Il rougit à ces mots, et je sus qu'il parlait de sa décision de me quitter pour fréquenter Cherie.

— …Ça a toujours été pour le mieux.

Il s'arrêta une minute, il n'avait pas fini, alors je patientai.

— Alors quand j'ai pris la décision d'être avec toi, je suis parti du principe que toi et moi, nous voulions la même chose. Mais je réalise maintenant que j'aurais dû te demander.

J'avais du mal à suivre, à voir où cette conversation allait. Peut-être avais-je tort, mais il n'avait pas l'air de rompre avec moi. J'osai à peine espérer.

— Tu savais ce que je voulais.

J'arrivai à peine à prononcer ces mots.

Il secoua la tête.

— C'est ce que je croyais. J'ai fait semblant de le savoir. Mais je n'ai jamais demandé. J'ai supposé que ça...

Il fit un geste nous englobant.

— ...allait être quelque chose de sérieux. J'ai pratiquement emménagé chez toi et je n'ai jamais pris le temps de demander si c'était ce que tu voulais.

— Bien sûr que ça l'était, Matt.

Je détestais avoir l'air aussi désespéré.

— Ça l'est !

— En es-tu sûr, Jared ?

Je commençai à répondre, mais il leva la main pour m'arrêter.

— Ne dis rien. Laisse-moi finir. Cette relation n'est pas facile pour moi. Ça va prendre du temps aux gars du commissariat pour s'habituer à l'idée que je sois gay. Enfin, je suis toujours en train de me faire à l'idée moi-même. J'ai passé ces derniers mois à nier qu'on était ensemble et maintenant d'un coup, je ne le nie plus, ils savent que je vis ici et je dois supporter beaucoup de conneries à cause de ça. La vérité, Jared, c'est que je suis prêt à supporter beaucoup de choses pour toi, à cause de mes sentiments pour toi. Parce que je ne suis pas heureux si je ne suis pas avec toi. Mais je ne suis pas sûr d'être prêt à affronter tout ça si la seule chose qui t'intéresse, c'est le sexe. Je sais qu'on dirait un ultimatum, et ce n'est pas mon intention, mais je dois être honnête. Je veux qu'on soit ensemble. Mais, comme je te l'ai dit, je ne veux pas faire les choses à moitié. Alors, si on est ensemble, il faut que ce soit pour de vrai, il faut que tu sois sûr de toi.

Il s'interrompit comme s'il n'avait pas fini mais n'était pas sûr de quoi dire ensuite. J'avais l'impression de manquer d'air, ses paroles m'avaient empli de soulagement. Une fois mon équilibre retrouvé, je levai les yeux vers lui. Il était toujours assis, l'air perdu, comme s'il voulait dire quelque chose d'autre, mais ne savait pas comment. Quand il devint évident qu'il n'ajouterait rien, je demandai :

— Est-ce que je peux parler maintenant ?

Il sourit presque.

145

— Oui.

Je le rejoignis, passai les bras autour de lui et l'embrassai doucement.

— Matt, c'est ça que je veux. Je veux vraiment que tu sois ici avec moi. Ce n'est pas juste une histoire de cul. Je suis dingue de toi, et je ne veux rien de plus qu'être ensemble.

Il eut l'air soulagé, mais ne tenta toujours pas de me toucher.

— Jared, je ne veux plus qu'on se dispute. On doit décider maintenant de ce qu'on va faire.

Je pris une grande inspiration. C'était la partie dont je n'étais pas si sûr.

— D'accord.

— Je sais que tu es embarrassé…

— Pas par toi.

Il ignora mon intervention.

— Et je comprends, jusqu'à un certain point. Mais tu t'y prends de la mauvaise façon, à chercher de le cacher. On peut passer toute notre vie terré ici, dans cette maison, à prétendre qu'on n'est pas ensemble, mais c'est une petite ville, les gens vont toujours savoir. Et ils vont parler. Alors te voir agir comme un criminel va seulement leur donner de quoi alimenter les rumeurs. Je ne dis pas non plus que c'est facile pour moi, Jared, mais je ne veux plus me cacher. Je ne veux pas passer le reste de ma vie à avoir honte de mon amour pour toi.

C'était la première fois qu'il utilisait ces mots. J'en restai silencieux, stupéfait. À peine quelques minutes plus tôt, j'étais certain qu'il allait me quitter, et voilà qu'il me disait qu'il m'aimait.

— Jared, dis quelque chose, s'il te plaît.

Ma voix trembla lorsque je demandai :

— Tu m'aimes vraiment ?

Il posa la main dans mes cheveux, m'attira contre lui, souriant et secouant la tête.

— Dois-tu vraiment le demander ?

Un poids dont j'ignorais l'existence me quitta. Il m'aimait, il était vraiment heureux avec moi et ce malgré tout ce qui lui en coûtait auprès de ses collègues. Était-ce vraiment trop de demander de vouloir faciliter les choses? J'étais la cause de toutes ces disputes, mais pourquoi ? Parce que j'étais trop fier pour affronter ses collègues ? J'aurais dû être fier qu'il me veuille à ses côtés. Je fermai les yeux et me concentrai pour ne pas me mettre à pleurer devant lui, mais je n'arrivai pas à empêcher mon souffle de trembler.

— Qu'est-ce qu'il y a Jared ?

Sa voix était si douce.

— Parle-moi.

— Tu avais raison… j'ai peur. Mais…

J'ouvris les yeux et le regardai.

— Je ne veux pas me disputer avec toi non plus. Je ferai tout ce que tu veux.

Il sourit à nouveau et m'embrassa tendrement.

— Viendras-tu faire du vélo avec moi demain ?

Cette simple requête me surprit.

— Bien sûr.

— Deux gars de la station seront là.

— Oh.

— Mais tu viendras ?

On y était. Je ne pouvais plus faire marche arrière maintenant.

— Si tu veux.

— Viendras-tu à la soirée avec moi samedi ?

Mon sang ne fit qu'un tour et j'avais des papillons dans le ventre rien qu'à cette idée.

— Je viendrai. Je vais détester, mais je viendrai si c'est ce que tu veux.

— Oui.

Son étreinte se resserra autour de moi et il m'embrassa à nouveau, la main dans mes cheveux tira un peu, comme je m'y attendais, penchant ma tête sur le côté pour qu'il puisse m'embrasser sur la joue, puis la mâchoire et enfin le cou. Sa voix était basse et pleine de promesses, rendant mes jambes flageolantes, tandis que ses lèvres effleuraient mon oreille.

— Tu viens dans la chambre avec moi ?

Je ris, soulagé.

— Oh mon Dieu, oui. Avec plaisir.

Il me conduisit jusqu'à la chambre et lentement, si lentement, me déshabilla, m'embrassant partout. Il ne prit rien pour lui-même, détourna gentiment tous mes efforts pour lui donner du plaisir et se servit de ses mains et de sa bouche pour m'attiser, m'entraîner vers le plus incroyable des orgasmes. Puis il m'embrassa tendrement, me tint étroitement contre lui et murmura à mon oreille :

— Je t'aime tu sais, Jared. Ça me fait peur parfois à quel point je t'aime.

147

Cette fois je ne pus retenir mes larmes et fut soulagé de la pénombre de la chambre car il ne pouvait les voir. Je passai les bras autour de lui.

— Matt...

Il me réduisit au silence d'un doigt sur mes lèvres.

— Chut.

Il s'enroula autour de moi, torse contre torse, jambes mêlées, une main caressant mes cheveux. Il déposa un baiser sur mon front.

— Ne dis plus rien, Jared. Laisse-moi juste t'enlacer.

Tous mes doutes éventuels s'étaient envolés. Il m'aimait. Rien d'autre n'avait d'importance.

XXV

LE LENDEMAIN, juste après le déjeuner, nous chargeâmes nos vélos à l'arrière de la jeep, en route pour les pistes. Je m'appuyai contre la vitre, regardant défiler les arbres, essayant de me détendre et de convaincre mon corps que je n'avais pas vraiment envie de vomir. J'avais horreur d'être aussi nerveux.

— Ça va ? me demanda Matt d'un ton léger.

— Non. J'essaye de me rappeler pourquoi j'ai accepté.

J'essayai de me souvenir de notre conversation du jour précédent, mais dans la lumière vive du jour, j'avais du mal. Je me forçai à réentendre ses murmures à mon oreille, ses bras qui m'enlaçaient tandis qu'il me disait qu'il m'aimait. C'était pour ça que j'étais là. C'était pour lui. Ça ne diminuait pas pour autant le nœud dans mon ventre.

— Tout va bien se passer.

— C'est facile à dire pour toi.

D'un point de vue rationnel, je savais qu'il avait raison. C'était juste du vélo, ce que j'aimais. Je n'aurais sûrement pas beaucoup à leur parler. Et quelques heures plus tard, on serait déjà de retour à la maison. J'inspirai profondément.

— Qui sont ces gars ? À quoi dois-je m'attendre ?

— Grant Jameson et Tyson McDaniels.

Il me fallut une seconde pour réaliser pourquoi ce nom me paraissait familier.

— Grant Jameson ? L'enfoiré qui est venu chez moi et m'a demandé si je cachais des gamins dans ma chambre ?

— Oui, Grant est un connard. Je ne vais même pas essayer de le nier. Mais Tyson est un mec correct. La plupart du temps il se contente de suivre l'exemple de Grant. S'il apprend à mieux te connaître, peut-être qu'il arrêtera de l'écouter autant. Grant continuera sûrement à me faire suer, mais ça commence à ressembler à des taquineries... amicales. La plupart du temps du moins. Et c'est important qu'ils réalisent que je n'ai pas honte d'être avec toi.

149

— Alors maintenant ils t'acceptent, mais pas moi, même s'ils savent qu'on est ensemble ?

— En gros oui. Une fois qu'ils auront réalisé que m'insulter ne va rien changer et que je serai toujours aussi compétent qu'eux, ils vont s'y faire.

Il haussa les épaules.

— Pour la plupart. Quelques-uns des flics les plus âgés ne m'accepteront jamais et je peux faire avec. Mais c'est avec Grant et Tyson que je vais le plus travailler, alors j'ai besoin qu'ils s'y habituent. Ils commencent à l'accepter, surtout Tyson. Ils me connaissent, et je ne corresponds pas à leurs stéréotypes. Toi non plus d'ailleurs, mais tu refuses de le leur prouver.

— C'est vraiment tout ce qu'il faut ?

J'étais toujours sceptique.

— En grande partie, je pense que oui.

Je secouai la tête.

— Moi je crois que tu te fais des illusions.

Il ne répondit pas et nous roulâmes un moment en silence. Quand il dépassa l'embranchement vers la piste qu'on empruntait d'ordinaire, je m'étonnai.

— On va où ?

— Johnson Rock.

Ça me surprit. Johnson Rock était la piste la plus difficile de la région. Matt arrivait à garder le même rythme que moi sur les pistes les plus faciles, mais la seule fois où nous avions essayé Johnson Rock, il avait eu plus de mal que d'habitude.

— Pourquoi ?

— Ça m'a semblé être une bonne idée.

— Ces gars sont si bons que ça ?

Il me sourit.

— Loin de là.

— Tu réalises que t'es pas logique, pas vrai ?

— Je leur ai dit l'autre jour que toi et moi faisions du VTT. Grant m'a demandé si je ne préférerais pas rouler avec quelqu'un qui tiendrait le rythme plutôt qu'une tapette. Alors je leur ai proposé de venir avec nous.

— C'est pour ça qu'on va faire la piste la plus difficile du coin ?

— Exactement.

— Je ne vois toujours pas comment ça va changer quoi que ce soit.

150

— Tout est une question de compétition. Ils ont du respect pour ceux capables de les battre.

Et la lumière fut.

— Ah. Je crois que je comprends maintenant.

— Ça va faire baisser l'ego de Grant d'un cran de manger de la poussière toute la journée. Et ça va leur prouver à tous les deux que tu n'es pas ce qu'ils attendent.

— T'es qu'un sale manipulateur.

— C'est vrai.

Son sourire valait bien tout ça.

Grant et Tyson nous attendaient au point de départ. Tyson hocha la tête et me serra la main quand Matt nous présenta, cependant il refusa de croiser mon regard. Grant refusa de reconnaître mon existence.

Nous enfourchâmes nos vélos et nous étions prêts à partir, quand Grant dit :

— Alors, mesdemoiselles et messieurs, vous êtes prêts ?

Tyson se détourna, visiblement embarrassé. Matt l'ignora complètement. Je me sentis rougir jusqu'à la racine des cheveux, entendis mon sang battre dans mes oreilles, mais je gardai les yeux rivés au sol sans rien dire.

— Très bien, donc, déclara Grant quand il devint évident que personne ne répondrait. Je vous attends au sommet.

Matt lui sourit.

— On verra qui va attendre qui, enfoiré, fit-il sur le ton de la plaisanterie.

Grant et Tyson rirent en chœur avant de s'élancer, me laissant avec Matt sur le point de départ.

— Tu es prêt ? me demanda-t-il.

Je ne pouvais même pas le regarder.

— J'essaye de ne pas te haïr, là tout de suite.

Il posa la main sur ma nuque et attendit que je relève les yeux.

— Je sais.

Puis il se pencha pour m'embrasser doucement.

— Merci de me faire confiance.

Je secouai la tête mais laissai tomber et demandai à la place :

— Veux-tu que je t'attende ? Et eux ?

— Seulement si tu en as envie

151

On s'élança enfin. Je laissai Matt derrière moi et dépassai Grant et Tyson en quelques minutes. Une fois seul, ma mauvaise humeur commença à disparaître. J'aimais trop les montagnes, rouler, le défi de finir la piste, tout ça. Le soleil brillait. La température avoisinait les dix degrés, mais la brise était un peu fraîche. Parmi les conifères nous surplombant se trouvaient quelques peupliers aux bras blancs et nus. Des parcelles protégées du sol qui n'avaient jamais vu le soleil et dont la neige ne fondrait qu'au printemps. Je n'arrivais pas à rester en colère.

Je fis demi-tour et redescendis jusqu'aux autres. Matt roulait avec eux.

— Hé ! lança-t-il joyeusement lorsque je les rejoignis. Tu fais une bonne promenade ? Est-ce que tu saignes déjà ?

Je ris.

— Non, pas encore. Et vous ?

— Seulement Tyson jusqu'à maintenant. On parlait justement d'un pari... Celui qui tombe le moins paye à dîner.

Je ne pus retenir un sourire.

— Ça marche.

Je roulai avec eux quelques minutes jusqu'à la section difficile suivante, où je terminai sans le vouloir devant eux. Tout le reste de la balade se déroula de la même manière. Je prenais de l'avance quelque temps, tout seul, puis faisais demi-tour et les rejoignais. Nous roulions ensuite un peu ensemble, mais je semblais toujours finir seul en tête au bout d'un moment, que je le veuille ou non.

— Bon Dieu, Jared, fit Tyson alors que je revenais vers eux. Tu as dû rouler deux fois plus que nous ! Tu n'es pas crevé ?

— Non, mais je commence à avoir les crocs, plaisantai-je. J'aimerai que vous vous dépêchiez un peu, les gars. !

Tyson rit. Grant secoua juste la tête. Matt souriait comme si je lui avais offert le soleil et la lune, ce qui m'agaça et me fit incroyablement plaisir à la fois.

Finalement, Matt les abandonna aussi pour rouler à mes côtés jusqu'au sommet. Nous nous accordâmes une courte pause avant de redescendre. Nous retrouvâmes Grant et Tyson qui se reposaient là où on les avait laissés.

— Vous ne montez pas ? demanda Matt.

— Hors de question, répondit Grant. On est morts.

Ce fut plus facile de rester ensemble sur le chemin du retour et je finis seulement quelques minutes avant eux.

— C'était une bonne balade, déclara Matt quand ils nous rejoignirent. La prochaine fois on choisira une piste plus facile pour que vous, les mauviettes, puissiez suivre.

Tyson rit.

— On dirait bien que le dîner est pour Jared.

— Je suis tombé aussi !

Puisque je n'avais été avec eux que la moitié du temps, je n'étais pas vraiment sûr de qui avait gagné le pari.

— Ne crois pas t'en sortir en jouant le modeste, répondit Grant, à ma surprise.

Non seulement c'était la première fois qu'il me parlait directement, mais il était même à moitié poli.

— Tu nous as ridiculisés toute la journée. Tu paies !

— Et comment ! répondit Matt pour moi. On se retrouve chez Tony.

Si son sourire avait continué de s'élargir, je l'aurais tapé.

— Tu vas arrêter d'avoir l'air si content de toi ? demandai-je au retour, même si en vérité je souriais un peu moi aussi.

— Peut-être. Admets-le, c'était une bonne idée.

— Je suppose.

— Tu peux admettre que j'ai raison maintenant, tu sais.

Il me fit un clin d'œil.

— Dis-le juste, 'tu avais raison, Matt' !

Je levai les yeux au ciel.

— T'es vraiment qu'un sale manipulateur. Et tu avais peut-être raison. C'est tout ce que tu auras.

Il rit.

Nous avons dîné avec Grant et Tyson. En majorité, ils parlaient boulot et je les écoutais. Ils cherchaient toujours Dan Snyder, mais après avoir fouillé chez tous les membres de sa famille, ils n'avaient plus aucune piste. On parla aussi un peu de football et de vélo. Tyson fut sympathique dès le début, mais à la fin, même Grant s'était détendu et quand on commença à partir, il m'arrêta. Il attendit que Matt et Tyson se soient un peu éloignés et dit nerveusement, sans me regarder :

— Écoute, sans rancune, d'accord ?

Il me tendit la main et je la serrai, espérant que je n'avais pas l'air aussi abasourdi que je me sentais.

Matt et moi conduisîmes en silence jusqu'à la maison. On avait à peine passé le seuil d'entrée quand il me plaqua au sol. Ça ne lui demanda

153

pas beaucoup d'efforts et je me demandai à quel point il avait été bon en lutte à l'école.

— Oh mon Dieu, t'es lourd !

— Dis-le encore ! Je veux juste te l'entendre dire une fois de plus !

— Tu es lourd !

— Pas ça. Allez.

— Tu es un sale manipulateur.

— Essaie encore.

— Tu avais raison ! C'est ça que tu voulais entendre, gros lourdaud ?

— Exactement !

Il me sourit, ce merveilleux sourire qui me faisait fondre.

— Tu devrais y être habitué maintenant.

— Combien de temps vas-tu encore jubiler ? le taquinai-je.

— Je n'ai pas encore décidé.

Il était toujours sur moi, mais ça ressemblait désormais plus à une étreinte. Je le sentis déboutonner mon pantalon. Il commença à m'embrasser dans le cou. Je glissai les mains sous sa chemise, dans son dos.

— Et au sujet de ce job ? me demanda-t-il tranquillement, ses lèvres douces contre ma peau. Est-ce que tu vas l'accepter ? J'ai raison là-dessus aussi, tu sais.

Je soupirai. Je savais que je devrais m'en occuper bientôt, mais pas encore. Pas maintenant. Tout ce que je voulais pour l'instant, c'était lui. Les tâtonnements plus bas avaient changé et je sus qu'il défaisait son propre pantalon.

— J'y penserai. Est-ce que ça suffit pour le moment ?

Il souriait quand il répondit.

— Pour le moment.

Je tirai son pantalon et son boxer sur ses hanches. Je ne pouvais pas les baisser plus loin mais au moins ils ne me gênaient plus. Il plongea la main dans mon boxer et sortit mon membre de sorte à l'aligner contre le sien, puis referma les doigts autour. Il commença à nous caresser, lentement.

Malgré son enthousiasme pour le sexe le premier jour, il ne m'avait pris qu'une seule autre fois, et même là, seulement parce que je le voulais. Au début, je croyais qu'il était embarrassé, mais j'avais ensuite réalisé que c'était l'acte lui-même qui le rendait mal à l'aise. Quand j'avais essayé de lui en parler, il avait simplement répondu :

— Ce n'est pas juste, pour toi.

154

J'essayai de le convaincre que ça ne me gênait pas d'être pris à chaque fois, du moins pour l'instant, mais ça n'avait pas aidé.

— Est-ce que tu me respectes moins quand je te laisse y aller ? lui avais-je demandé.

— Non. Pas du tout.

Je ne savais pas si c'était vrai, ou s'il voulait que ce soit vrai.

— Alors quoi ?

— Comment toi, ne peux-tu moins me respecter moi après ça ?

Ça n'avait aucun sens, mais je n'insistai pas. Après tout, ça faisait tout juste un mois qu'il avait eu sa première expérience sexuelle avec un autre homme. Je me disais que quel que soit son blocage, il le surmonterait avec le temps. Pour l'instant, il y avait d'autres moyens de trouver le plaisir. J'avais été quand même surpris de découvrir que ce qu'il aimait le plus, c'était serrer nos verges l'une contre l'autre et nous masturber en même temps. Il disait que c'était parce qu'il pouvait me regarder. J'essayais suite à ça de ne pas être trop embarrassé, mais à mon avis c'était aussi parce que c'était plus facile de m'embrasser. Quelles que soient ses raisons, je n'allais pas protester.

Je posai la main sur la sienne et l'encourageai à aller plus vite. Il avait développé une sorte de mouvement à la fin de chaque caresse, de sorte que la tête de nos membres se frottait l'une contre l'autre, juste un peu, et c'était fantastique. Il s'était occupé de moi la nuit précédente. Pour lui, ça faisait plusieurs jours alors il ne fallut qu'une minute ou deux avant que son poing ne soit humide de son excitation.

Il se déplaça alors plus bas. Quels que soient ses doutes à propos du sexe anal, il n'en avait aucun à propos du sperme dans sa bouche. Je posai les mains sur sa tête, faisant de mon mieux pour ne pas tirer, tandis qu'il me suçait. Mais à ma délivrance je ne pus m'empêcher de pousser les hanches vers lui, et il gémit, lui aussi, et pas de gêne, quand j'éclatai dans sa bouche.

J'étais toujours sous le choc de mon orgasme, quand il vint m'embrasser.

— J'espère que tu sais, murmura-t-il à mon oreille, se frottant contre mon cou, que ce n'était qu'un échauffement.

XXVI

La fête de Noël ne fut pas aussi horrible que ce à quoi je m'attendais. Une partie des flics les plus âgés nous ignoraient ostensiblement, mais Tyson et sa femme semblèrent faire l'effort de se tenir à mes côtés la plupart de la soirée, et si Grant n'était pas exactement amical, il ne se comporta pas en absolu crétin non plus.

La semaine suivante, je donnai une dernière séance de soutien aux gamins. La maison était pleine, car ils se préparaient tous à leurs examens. Plusieurs des parents avaient envoyé de l'argent pour couvrir les frais des pizzas. Je fus surpris quand la sonnette retentit et qu'au lieu de répondre, Matt entra dans le salon et me dit :

— Tu ferais mieux de t'en occuper.

Je l'entendis parler aux gamins mais n'y prêtai pas attention. Je payai la pizza et passai par la cuisine prendre des assiettes en papiers et des serviettes. Dès mon retour dans le salon, les gosses m'acclamèrent. Deux des filles me sautèrent au cou. L'une cria si fort dans mes oreilles que j'eus peur de devenir sourd. Matt baissa la tête et quitta la pièce. Les autres gamins me serrèrent la main, me firent un câlin ou me tapèrent dans le dos.

— Qu'est-ce qui se passe ? demandai-je en essayant de détacher l'une des filles accrochée à moi.

— On vient d'apprendre que tu vas être notre prof le semestre prochain ! s'exclama Ringo.

Ils commencèrent à tous parler en même temps.

— Ça va être si génial…

— Vous serez le meilleur…

— Attendez !

Bien sûr, l'attitude étrange de Matt prenait désormais tout son sens. Me jeter comme ça aux loups ! Je dus attendre une seconde que toute cette agitation se calme avant de pouvoir dire :

— En fait, je n'ai pas encore accepté l'offre.

— Mais vous allez le faire, pas vrai ?

— On verra.

Ils s'agitèrent à nouveau.

— Stop ! Que j'accepte ce travail ou non, vous devez toujours bosser pour vos exams, alors remettez-vous au boulot.

Je dénichai Matt dans la cuisine. Il fixait le sol, les joues rouges, l'air incroyablement coupable. Il garda la tête basse mais me jeta un coup d'œil.

— Tu es fâché ?

— Je devrais.

— Mais l'es-tu ?

J'y réfléchis et réalisai que je ne l'étais pas du tout. Ce que je ressentais était en fait plus proche du soulagement. Quelque part au cours de la semaine précédente, j'avais pris la décision de lui faire confiance et je me sentais bien. L'inquiétude obsédante qui m'avait hantée depuis cet entretien, au début du moins, s'était effacée pour ne devenir rien de plus que l'équivalent de quelques papillons frénétiques dans mon estomac. Maman me conseillant de décider comment vivre ma vie semblait magiquement avoir désormais un sens. Et la réaction des élèves, mes élèves, avait décidé pour moi.

— J'appellerais demain pour dire que j'accepte le job.

Ça le fit sourire.

— Tu n'es vraiment qu'un sale manipulateur. Je te l'ai déjà dit non ?

Il m'attrapa par la chemise et m'attira à lui.

— Dis-le encore.

— Tu es un sale manipulateur.

— Pas ça. Tu sais de quoi je parle.

— Tu avais raison.

Il rit.

— Je ne me fatiguerai jamais de l'entendre.

QUELQUES JOURS plus tard, Cole appela.

—Salut, mon chou ! lança-t-il de sa voix chantante et charmeuse. Je suis de retour à Vail. Tu as envie de compagnie ce soir ?

— Désolé, Cole. Je ne peux pas.

Matt lisait sur le canapé. Il redressa brusquement la tête quand je prononçai ce nom.

— Tu ne peux pas ce soir en particulier ou tu ne peux pas à cause d'un certain officier de police grand, ténébreux et très colérique ?

— Ce dernier.

— Son placard n'était pas fermé à double-tour, finalement ?

157

— Je suppose que j'en ai trouvé la clé.

Matt eut l'air intrigué. Je lui souris.

Cole garda le silence pendant une seconde puis dit :

— Je suis heureux, Jared.

Ce n'était pas sa voix exubérante habituelle mais sa voix réelle, douce et calme.

— Je suis très heureux pour toi.

XXVII

— J'AI LA bière ! s'exclama Matt en passant la porte.

— Ce n'est pas trop tôt ! Tu as manqué le coup d'envoi.

C'était dimanche, huit jours avant Noël. Ça faisait des semaines qu'on attendait ce jour, celui où nos équipes favorites s'affrontaient à nouveau.

— Ils ont déjà marqué ?

— Non, mais ce n'est qu'une question de temps avant que les Broncos fassent mordre la poussière à tes lavettes de Chiefs.

Il rit.

—On verra ça, Jared ! Le perdant paye à dîner.

Ce fut un jeu serré. On passa un super moment, se chamaillant dès qu'une équipe prenait de l'avance sur l'autre. Il ne restait plus que deux secondes et les Broncos menaient par un point. Les Chiefs se préparaient à un dernier essai. S'ils le manquaient, je gagnais. S'ils le réussissaient, il gagnait. C'était la folie ; comme tous les fans de sports qui pensent qu'ils peuvent influencer le destin du jeu, je criai dans mon salon.

— Rate-le ! Rate-le !

Matt agrippait la table basse si fort que ses mains en blanchirent.

Le coup fut bon. Je gémis. Matt laissa échapper un cri et se retourna, me plaquant sur le canapé. La facilité avec laquelle il me clouait au sol était embarrassante. Il saisit mon menton et m'embrassa. Ce ne fut pas un baiser romantique, mais un gros, insistant, triomphant, smack sur mes lèvres, puis il s'écarta pour me dévisager avec un énorme sourire.

— Alors, que vas-tu m'acheter pour dîner ?

— Un régime ! Tu es lourd !

Le téléphone sonna et je tendis la main par-dessus ma tête pour l'attraper sur la table à côté de moi.

— Allô ?

Il était toujours sur moi mais s'était décalé plus bas. Il avait repoussé ma chemise et essayait de me distraire en déposant une série de baisers sur mon ventre.

— Matt ? demanda une voix de femme.

— Non, c'est Jared.

— Jared ? Est-ce que je me suis trompée de numéro ? J'essaye de joindre Matt Richards. Il m'a dit que c'était son nouveau numéro.

Il poussa mon bas de jogging plus bas sur mes hanches, et ses lèvres en suivirent la limite. Sa tentative pour me distraire fut une réussite jusqu'à ce que je dise :

— Il est là, une seconde.

Il étouffa un rire contre mon ventre lorsque je lui tendis le combiné.

Mais son air heureux déserta assez rapidement son visage dès qu'il commença à parler. Je devinais que c'était sa mère et qu'elle était surprise qu'il lui ait donné mon numéro. Il ne vivait plus vraiment dans son appart. C'était logique.

Il s'était rassis.

— Non, maman, je préfère que non. On est vraiment occupés en ce moment. Ce n'est pas la bonne période.

Oh merde. Je savais par le regard qu'il me lançait que ses sentiments étaient partagés.

— Vous louez une voiture ou vous avez besoin que je vienne vous chercher ?

Il posa les coudes sur ses cuisses et appuya la tête dans ses mains. Le reste de la conversation de son côté ne fut que par monosyllabes.

— Oui. Oui. Bien. Ok. Bye.

Il lâcha le téléphone et affaissa la tête presque jusqu'à ses genoux.

— Putain, Jared. C'est l'horreur.

Malgré sa détresse apparente, je n'étais pas trop inquiet. Cela ne durerait que quelques jours, puis tout reviendrait à la normale. Et dernièrement, notre 'normal' était incroyablement bon. Maintenant qu'on ne se disputait plus, tout était parfait. Rien ne pouvait affecter ma bonne humeur. Aussi ma voix fut-elle légère quand je demandai:

— Ils viennent te rendre visite ?

— Oui.

— Pour Noël.

— Oui.

— Quand arrivent-ils ?

— Après-demain.

— Combien de temps vont-ils rester ?

— Une semaine.

Aucun de nous ne parla durant une minute, puis enfin, je dis aussi gentiment que possible :

— Tu ne veux pas qu'ils sachent, n'est-ce pas ?

— Je suis désolé.

Ce ne fut qu'un murmure.

— Après le cinéma que tu m'as fait à moi alors que je n'étais pas prêt à affronter les autres ?

Mais je le taquinais. Je connaissais son père. Je savais à quel point c'était dur pour lui. Je ne pouvais pas lui en vouloir de souhaiter éviter ça.

— Je sais, dit-il doucement.

— Ton père va totalement nous gâcher Noël.

Je le taquinais toujours, essayant de lui remonter le moral.

— Je sais !

Je fus soulagé de voir que ça semblait marcher.

— Et Lizzy va péter un plomb.

— JE SAIS !

Il y avait désormais l'ombre d'un rire dans sa voix.

Mais il ne me regardait toujours pas. Je me glissai à genoux devant lui et posai les mains sur ses épaules. J'attendis qu'il lève les yeux vers moi et lui souris.

— Ce n'est rien.

Il secoua la tête.

— Si. Je ne suis qu'un hypocrite. Pourquoi est-ce que tu n'es pas en colère contre moi ?

— Parce que ton père est méchant, belliqueux et un connard contrariant.

Il rit un peu.

— C'est la première fois que j'ai une raison de m'en réjouir.

Je lui ébouriffai les cheveux, joueur.

— Relax. Ce n'est pas si grave. Ça craint qu'on ne puisse pas passer Noël ensemble. Et je vais détester ne pas te voir pendant une semaine. Mais on va y arriver. Tout va bien se passer.

Enfin, il se détendit et me sourit même un peu.

— Tu es vraiment d'accord ?

— Je te le jure.

Il m'attira contre lui, me serra assez fort pour m'empêcher de respirer.

— Merci.

Je l'embrassai sur la joue puis m'écartai pour le regarder.

— Je suppose que tu vas rester à ton appartement pendant qu'ils seront là ?

Son bail n'avait pas encore pris fin et même si ce n'était pas l'idéal, il payait encore son loyer, ce qui allait clairement faciliter les choses.

— Je n'ai pas le choix. Le motel où ils descendent est juste en face. Je ne sais pas quoi faire pour le téléphone, cela dit. Je leur ai donné ce numéro. Mais s'ils essayent de m'appeler de l'hôtel...

— Je ferai dérouter ma ligne vers ton ancien numéro. Ce n'est pas comme si on m'appelait, de toute façon.

Je réalisai qu'on n'avait seulement deux nuits ensemble avant de devoir à nouveau dormir seul pendant une semaine.

— Attends ici.

Je retournai dans la chambre, récupérai le lubrifiant et revint m'agenouiller devant lui, entre ses jambes. Il me regarda, avec un sourcil arqué et la moitié d'un sourire.

— Qu'est-ce que tu manigances ?

Je le repoussai sur le canapé et commençai à défaire son pantalon.

—Je pensais te donner une raison de revenir plus vite à la maison.

— Tu ne crois pas que j'ai déjà une bonne raison ? demanda-t-il amusé.

Mais il souleva les hanches et me laissa lui retirer son pantalon.

Je me contentai de lui sourire.

— Maintenant tu en auras deux.

Je l'attirai à moi, de sorte que ses fesses soient à l'extrême rebord du canapé. Comme toujours, je commençai par ce fascinant, cet attirant chemin sombre partant de son nombril, l'embrassant, goûtant sa peau. Il emmêla aussitôt ses doigts dans mes cheveux.

— Est-ce que tu as toujours eu un faible pour les cheveux ? lui demandai-je sans le regarder.

— Non.

Il tira doucement, taquin.

— Seulement avec toi.

Ça me fit sourire, alors je fis courir ma langue le long du chemin sombre et entamai ma descente.

— Je pourrais te poser la même question, se moqua-t-il.

Seule la moitié de mon cerveau était capable de réfléchir à ses paroles. Je songeai à sa coupe courte.

— De quoi tu parles ? Tu n'en as quasiment pas.

162

Il rit, une sorte de doux grondement qui le fit vibrer sous moi. Puis il tira doucement sur mes mèches, m'écartant de lui, son autre main recouvrant sa peau du nombril à l'aine. Recouvrant ce délicieux chemin de poils.

— Hé !

Je levai les yeux, il m'adressa un sourire de prédateur.

— Et là, tu vois de quoi je parle ?

Cela me fit rire, puis je repoussai sa main et embrassai à nouveau son ventre.

— Depuis notre premier camping ensemble. Tu te rappelles quand j'ai parlé pendant mon sommeil ?

— De randonnée à VTT.

— Mais oui, dis-je d'un ton sarcastique.

— Tu as dit quelque chose comme 'suivre une piste'.

— Et oui, dis-je à nouveau avant de suivre la piste du doigt.

Il rit.

— Je me disais bien que tu agissais bizarrement, ce matin-là.

— À cause de toi, je me suis réveillé avec une telle érection que j'ai dû me masturber dans la tente avant de pouvoir te faire face.

À ses mots, il gémit et son érection, tout contre ma joue, tressauta. Quand je levai les yeux, il me gratifia d'un sourire malicieux et très sexy.

— Alors ça, c'est excitant, dit-il d'une voix rauque. J'ai la soudaine envie de planter une tente dans le jardin cette nuit.

Je ris et le léchai sur toute la longueur de son membre. Il ferma les yeux et je le sentis frissonner. Je recommençai, ses hanches se levèrent vers moi lorsque je m'écartai. Il rouvrit les yeux et me regarda tandis que je passais la langue sur le bout de son membre et le prenais dans la bouche. Il grogna. Ses doigts se crispèrent dans mes cheveux, mais il ne poussa pas. Il ne poussait jamais, pas avant de jouer. C'est à ce moment-là qu'il perdait un peu de son contrôle parfait, et j'adorais en être la cause.

Rapidement, j'ouvris le lubrifiant et en étalai un peu sur mes doigts.

— Tu peux me demander d'arrêter à tout moment, lui dis-je tout en recommençant à le sucer avant qu'il réponde.

Puis, tout doucement, je passai le doigt entre le creux de ses fesses. Une légère pression, sans le pénétrer, un simple massage allant de ses bourses à son intimité et inversement. Au début, il se crispa. Je continuai à bouger de haut en bas, de bas en haut, sans cesser de le sucer, laissant la répétition du mouvement l'apaiser. Après quelques passages, il se détendit à nouveau. Quelques passages de plus, et j'entendis son souffle se modifier, puis peu après, le rythme de mes doigts le fit gémir et bouger les hanches un peu pour prolonger le contact aux endroits les plus sensibles.

— Ça va ? lui demandai-je doucement.

— Ouiiiiiii.

Sa réponse ne fut qu'un long gémissement.

Je commençai à tracer les contours de son intimité, appliquai une très légère pression contre son anneau. Il réagit merveilleusement, gémissant, poussant contre ma main. Je glissai un doigt en lui et l'entendit siffler entre ses dents. Très doucement, j'entamai un mouvement de va-et-vient. Il émit de petits gémissements, se pressant contre moi, les doigts crispés dans mes cheveux. Je m'enfonçai un peu plus, frottai le doigt contre cette boule de nerfs que j'avais jusque-là soigneusement évitée.

Sa réaction fut presque suffisante à me faire jouir. Il s'arqua sous moi, malaxa mes cheveux, il hoqueta.

— Putain de merde !

Je m'écartai un peu à nouveau.

— Tu ne savais pas que ça existait ?

— Non.

Et ça aussi fut un gémissement. Je m'enfonçai et le caressai à nouveau, le frôlai, juste assez pour le voir tressauter à ce plaisir inattendu, juste assez pour entendre le grondement sourd dans sa voix. Puis je repris mes doux mouvements de va-et-vient.

— Est-ce que tu en veux plus ? lui demandai-je.

Je ne le regardai pas et à peine ma question formulée, je recommençai à le sucer.

— Non.

Ce fut une sorte de geignement. Je continuai de m'occuper de lui, de faire aller et venir mon doigt lentement, puis une seconde plus tard, il émit à peine une plainte.

— Oui.

Je glissai un second doigt en lui. Il gémit à nouveau, se pressant contre moi pour que j'accélère le rythme. Deux ou trois caresses, dedans et dehors, et je touchai sa prostate. Je le sentis sursauter, l'entendis haleter.

— Bon Dieu, c'est merveilleux !

Puis brusquement il me repoussa, jusqu'à ce que je sois par terre sur le dos, tirant sur mon bas de jogging, et je sentis ses mains entre mes jambes, ses doigts contre moi.

— Dis-moi comment. Je veux te le faire.

— Lubrifiant ! réussis-je à gémir, juste quand il commença à me pénétrer.

Il émit un rire fragile, se rassit, en étala sur ses doigts et se réinstalla sur moi, ses yeux brûlants dans les miens.

— Dis-moi.

— C'est comme une bosse dans la paroi. Tu sauras.

Ses doigts glissèrent en moi, et les mots me manquèrent. Mon bassin vint à sa rencontre. J'arquai le dos, fermai les yeux. Il bougeait les doigts avec une lenteur terrible. Après tout ce temps passé à le sucer et le torturer, j'étais prêt à exploser.

D'une main, je commençai à m'occuper de mon propre membre et du sien avec l'autre, mais il s'écarta.

— Je suis trop près de la fin, murmura-t-il.

Ses doigts trouvèrent ce qu'ils cherchaient. Une incroyable décharge de plaisir me traversa. Je grognai, m'arquai contre lui et l'entendit gémir en réponse. J'ouvris les yeux et le regardai. Ses prunelles étaient plus vertes que d'ordinaire, à moitié fermées, sensuelles et incroyablement sexy. Il avait un petit sourire.

— Putain, que j'aime te regarder !

Il la frôla à nouveau.

— C'est ça que tu ressens ? souffla-t-il alors qu'il la touchait une troisième fois. C'est ça que tu sens quand je suis en toi ?

J'étais incapable de formuler une réponse cohérente pour le moment. Tout ce que je réussis à produire fut un petit gémissement. Il ne sembla pas m'en vouloir.

— Jared.

Ses joues étaient cramoisies, mais il demanda quand même :

— J'ai vraiment envie de te prendre, là, maintenant.

Entendre ces mots fut presque suffisant à me faire jouir. Je réussis à répondre :

— Je croyais que tu ne le demanderais jamais.

Il sourit, se rassit et commença à fouiller dans le tiroir de la table basse à la recherche d'un préservatif. Amusant comme on semblait les avoir planqués dans toute la maison. Je fis mine de me retourner mais il m'arrêta.

— Je veux te voir.

Il passa mes genoux par-dessus ses épaules. Je le sentis presser son membre contre moi et lentement, très lentement, s'enfoncer, sans me quitter des yeux. L'intensité de son regard m'avait toujours troublé. Je

165

fermai les paupières et m'immergeai dans cette sensation de plénitude, lui m'emplissant. Cette douce friction, ces mouvements de va-et-vient... Il allait doucement, mais mon orgasme approchait rapidement. Une partie de moi aurait voulu que cela dure éternellement, mais une autre sentait que si je ne me libérais pas rapidement, j'allais devenir fou. Il poussa ma jambe sur son épaule et commença à me caresser pendant qu'il s'enfonçait en moi. Bon sang, quand était-il devenu si bon à ça ?

— Jared, dit-il doucement. Je veux être à ta place.

Il continua ses mouvements.

— Je veux savoir ce que tu ressens à cet instant. Je veux savoir ce que c'est de t'avoir en moi.

Ses paroles suffirent à me faire exploser. J'essayai de trouver quelque chose pour me rattraper, et mes mains trouvèrent les pieds de la table basse. Ses poussées, ses caresses, s'accélérèrent.

— Oh bon Dieu, Jared !

J'ouvris les yeux, les plongeant dans les siens et y vit de la surprise, de la confusion et du désir pur.

— Je crois que j'ai vraiment envie que tu me prennes.

Son image à quatre pattes devant moi me traversa l'esprit, et ce fut tout ce qu'il me fallut. Tout explosa. Je jouis et lui aussi. Avant que les tremblements se soient même calmés, il m'étreignit et m'embrassa.

— Bon, souffla-t-il, ses lèvres frôlant les miennes, peut-être la prochaine fois.

'LA PROCHAINE fois' s'avéra être la nuit suivante. Je somnolais sur le canapé quand il rentra du travail.

Il me sourit.

— Temps d'aller au lit, dit-il avant de me tirer du canapé et de me pousser vers la chambre.

J'étais toujours à moitié endormi. Je me déshabillai, me glissai dans les draps. Mais au lieu de m'enlacer par derrière comme il le faisait toujours, il passa de l'autre côté du lit et s'installa le dos contre mon ventre.

Somnolant, je plaçai un bras autour de lui et, glissant la main plus bas, découvris qu'il était complètement nu. Je me réveillai un peu mieux.

— J'espère que tu n'es pas trop fatigué, dit-il d'un ton léger, puis il me saisit la main et plaça dedans une petite fiole d'huile de massage parfumée.

166

J'étais soudain complètement réveillé et mon sexe était prêt à exploser rien qu'à la pensée de ce que cela voulait dire.

— Tu en es sûr ? Tu n'es pas obligé.

— Tais-toi, Jared.

Il roula sur le ventre.

— J'en suis sûr. Je suis toujours ultra nerveux, mais je suis sûr.

— Peut-être que tu devrais te mettre au-dessus de moi. Comme ça tu auras le contrôle.

Il y réfléchit une seconde puis secoua la tête.

— Très bien, dis-je.

Je me dégageai de mon boxer, puis m'assis sur ses reins. Il se tendit aussitôt.

— Détends-toi. Je ne vais rien faire pour l'instant.

Je versai un peu d'huile dans mes mains et me mis à le masser. Je commençai par ses épaules, si larges et tendues que j'avais un peu peur que mes doigts fatiguent avant même d'attaquer la suite. Mais je continuai à le masser. Malaxai ses épaules et frottai ses biceps, jusqu'à ce qu'il se détende. Lentement, la tension le quitta. Je le massai encore, sentis ses muscles se détendre sous mes doigts. Son corps était magnifique, parfait, fort, et j'avais toujours du mal à croire qu'il était vraiment à moi. Je ne sais pas combien de temps je l'ai massé. Mes mains me brûlaient, mais il était si détendu que je crus presque qu'il dormait.

Je reculai, m'accroupis entre ses jambes. Il se tendit un peu quand je touchai ses fesses, mais seulement l'espace d'une seconde, et fit un effort évident pour se détendre à nouveau. Je frottai un peu ses jambes, même si la sensation de ses poils et de l'huile sur ma peau était un peu étrange. J'en versai un peu plus sur mes mains, en étalai sur mon membre pour ne pas devoir m'interrompre plus tard.

Un instant, je stoppai pour simplement l'observer, ce corps fabuleux brillant d'huile. Allongé là, les muscles parfaits et la peau douce et dorée, les jambes écartées, il avait l'air incroyablement sexy, comme s'il attendait juste que je le prenne. Ça me donna un peu le vertige.

Il tourna la tête vers moi et haussa un sourcil.

— Bon Dieu, Matt, je pourrais jouir rien qu'à te regarder.

Il rit un peu et posa à nouveau la tête sur l'oreiller, il avait la voix un peu étouffée, mais j'entendis quand même son amusement.

— Tu n'as pas intérêt.

Je me penchai vers lui afin que mon poids soit contre son dos. Ma verge, clairement bien excitée, se demandait quand la fête allait vraiment commencer et, tout contre ses reins, pointait vers son anus. Il tressaillit à peine lorsque je passai les doigts contre son intimité et que je commençai à la masser doucement, comme je l'avais fait la nuit d'avant.

Il glissa une main sous ses hanches pour se masturber et se cambrer contre ma main. Je caressai son anneau de chair pendant qu'il se touchait, sa respiration de plus en plus chaotique. J'augmentai un peu la pression. Je le pénétrai à peine puis me retirai.

— Jared.

Il avait l'air désespéré.

— S'il te plaît, ne me taquine pas.

Je glissai deux doigts en lui, et je le jure, j'entendis ses gémissements baisser d'une octave.

— Bon Dieu, j''arrive pas à croire que ce soit aussi bon !

Je faisais plus vite que la nuit précédente, allant-et-venant, mordant un peu ses épaules. Il s'arquait contre moi, haletait, gémissait, me rendait fou. Je mourrais d'envie de le pénétrer enfin, en pensant que si je devais attendre encore un peu, j'exploserais juste après m'être enfoncé en lui. Et comme s'il lisait en moi, il dit soudain :

— Maintenant, Jared !

Je gardai les doigts en mouvement le temps de me positionner. Puis, aussi doucement que j'en étais capable dans mon état d'excitation avancée, je les retirai et glissai mon membre en lui sans rompre le rythme. Ça fonctionna bien. Je fus complètement en lui avant qu'il le réalise et se crispe. Cette fois, je ne pense pas que c'était une protestation, juste un réflexe. Je me figeai, attendant que ça passe.

— Tu as mal ?

Un battement de cœur puis :

— Non, pas mal.

— Bien.

De la main qui ne me servait pas d'appui, je massai encore un peu ses épaules.

— Je sais que c'est étrange pour l'instant. Je sais que c'est comme s'il n'y a plus de place pour moi, mais il y en a. Essaye juste de te détendre, comme tu l'étais il y a une minute.

Il respira profondément et je le sentis se relâcher autour de moi.

— Très bien.

Je ne bougeai toujours pas, même si c'était la chose la plus difficile que j'aie jamais faite.

— Dis-moi quand tu es prêt.

Je savais très bien comment, au bout de quelques instants, ce sentiment étrange d'inconfort et de légère douleur se transformerait en quelque chose de mieux.

J'embrassai sa nuque et le sentit remuer un peu sous moi, tenter de s'habituer. Puis son souffle se bloqua dans sa gorge. Il laissa échapper un gémissement. Son corps tout entier sembla se relaxer et il pressa le bassin contre moi.

Ça m'allait. Très lentement, je commençai à bouger. Une ou deux caresses suffirent pour qu'il se cambre en haletant sous moi. Je savais que je ne durerais pas plus longtemps. Je glissai la main sous lui. La sienne y était toujours, même si elle ne bougeait pas. Je la repoussai et encerclai son membre puis commençai à le caresser au même rythme que mes coups de butoir. Ses hanches décollèrent du lit, ce qui m'offrit plus de jeu et me permit de le pénétrer un peu plus.

— Oh mon Dieu, Jared.

Ce fut presque un sanglot.

— Oh mon Dieu, je ne peux pas…

— Peux pas quoi ?

Il ne répondit pas, secouant juste la tête.

— Qu'est-ce qui ne va pas ?

Pourtant rien ne semblait clocher. Il accompagnait mes mouvements, son souffle était saccadé, son érection glissante contre ma paume tandis que j'allais et venais en lui, et il devait être proche de sa limite.

— C'est trop, réussit-il à hoqueter.

— Tu veux que j'arrête ?

— Putain, non !

Dieu soit loué. Je ne sais pas vraiment si j'aurais pu m'arrêter s'il avait dit oui. J'accélérai à présent, mes coups de hanches comme mes caresses.

— Ne te retiens pas, Matt, soufflai-je. Laisse-toi aller.

Étonnement, il obéit. Il se crispa et émit un cri guttural étouffé dans son oreiller. Il se resserra autour de moi, son corps tout entier tremblant, alors j'éclatai aussi, m'accrochant à lui aussi fermement que possible, espérant que je ne laisserais pas de marque de dents sur son épaule.

Nous restâmes ainsi une minute, je m'étais retiré mais j'étais toujours sur lui, nous avions tous les deux le souffle saccadé, frissonnant encore

169

de la force de notre orgasme. Puis soudain, il se dégagea, se retourna et m'attrapa. Il nous fit rouler de sorte à se retrouver sur moi, m'écrasant. Il tremblait toujours.

Je fis courir mes mains dans son dos, sentant ses frissons s'atténuer. Nous restâmes comme ça un moment, à s'étreindre simplement, se caresser et à reprendre notre souffle. Il embrassa doucement ma gorge, mais ne dit rien et plus on restait sans parler, plus je m'inquiétais.

— Matt, est-ce que ça va ? demandai-je enfin.

Il émit un rire fragile.

— Tu es sérieux ?

— Oui.

Je m'écartai, éloignai sa tête de mon cou afin de le regarder dans les yeux.

— Je suis sérieux. Je veux savoir si tu te sens bien après ce qui vient d'arriver.

Il me sourit. Il n'y avait aucune honte ou regret dans son regard. Il avait l'air fatigué, repus et complètement à l'aise.

— Jared, je me sens plus que bien.

Il m'embrassa, tira doucement mes cheveux afin de m'embrasser dans le cou.

— C'était génial. Même si...

Je m'inquiétai à nouveau.

— Quoi ?

— C'est assez étrange, après.

Je me détendis entre ses bras et ris un peu.

— Je sais.

— Je me sens un peu... je ne sais pas... mou.

— Je vois ce que tu veux dire.

— C'est pareil pour toi ?

— J'ai toujours l'impression que mes jambes ne sont plus tout à fait attachées à mon corps. Comme si elles flottaient. Comme si j'étais une Barbie et que quelqu'un m'avait arraché une jambe...

— Non ! grogna-t-il, féroce, à mon oreille, tirant mes cheveux. Pas une Barbie !

— D'accord.

Je ris, surpris de sa véhémence.

— Ken, alors.

170

Il se détendit un peu mais ça semblait forcé. Quand il me regarda, il avait l'air troublé.

— Tu pourrais passer pour Ken. Version cheveux longs, hippie-Ken.

Il joua encore avec mes boucles.

Je voyais qu'il essayait de plaisanter, mais ça ne sonnait pas très juste et pas très drôle tout d'un coup.

— Qu'est-ce qu'il y a, Matt ? Tu crois que ça fait de moi une fille si tu me prends ?

Il soupira et se laissa retomber sur le dos à côté de moi, fixant le plafond.

— Non. Pas une fille.

— Mais moins qu'un homme ?

Il ne répondit pas, ce qui bien sûr fut une réponse en soi. J'essayai de ne pas en être blessé. Après tout, j'avais perdu ma virginité quinze ans plus tôt. Quinze ans et une demi-douzaine de relations, tout le temps d'explorer les dynamiques entre celui qui prend et celui qui est pris. Dans la plupart des cas, ça n'avait pas d'importance, mais parfois ça en avait. Je savais que ça pouvait devenir un problème de dominance et j'essayai d'être reconnaissant qu'il soit prudent. Mais...

— Jared ?

Il était sur le côté maintenant, me faisant face, la tête appuyée sur la main.

— Tu es fâché ?

— Je ne suis pas sûr encore, répondis-je avec franchise.

Il m'attira dans ses bras.

— S'il te plaît, ne le sois pas. Ce n'est pas que je pense ça de toi, c'est plutôt que je m'inquiète que tu penses que je pense ça de toi, et que tu m'en veuilles. Est-ce que ça veut au moins dire quelque chose ?

J'essayai de démêler tout ça, mais il ne me laissa pas le temps de répondre.

— De toute façon, maintenant je me sens mieux à propos de tout ça.

C'était vrai qu'il n'avait pas l'air troublé du tout. Sa voix était déterminée.

— Je me sens plus à l'aise par rapport à ce qui vient d'arriver que quand c'est le contraire.

Je n'étais pas certain que ça ait beaucoup de sens à mes yeux. Enfin, bon. On était ensemble depuis à peine plus d'un mois. Ce n'était pas long du tout pour un type qui se disait hétéro il n'y avait pas si longtemps. On

171

avait tout le temps du monde pour le mettre plus à l'aise. Et entre temps, s'il préférait être pris ? J'aurais été un idiot de protester.

— Jared, ça va ? me demanda-t-il.

Je lui souris et lui retournai ses propres paroles.

— Matt, je suis plus que bien

— Parfait.

Il m'embrassa alors et ce fut lent, profond et passionné, ses mains courant sur mon corps d'une façon plus que familière. Je fus surpris de sentir déjà la preuve grandissante de son excitation contre ma jambe.

Je ris.

— Déjà ? Je ne suis pas sûr d'en être capable.

— Parfois, murmura-t-il avec amusement à mon oreille. Tu ne sais tout simplement pas quand te taire.

Il roula sur moi, nos corps alignés comme il l'aimait, glissa la main entre nous pour l'enrouler autour de nos verges. Il était à nouveau complètement excité, et je commençai à l'être aussi. Il m'embrassa encore, ses caresses étaient lentes et précises. Je passai le bras autour de lui, posai mon autre main sur la sienne tandis qu'il nous caressait, et fermai les yeux, m'abandonnant aux sensations qu'il créait. Coucher avec lui avait été incroyable, mais ça, c'était autre chose. Peut-être moins sexuellement, mais émotionnellement, je savais que c'était beaucoup plus. Je savais qu'il me disait quelque chose. C'était dans la lenteur de ses mouvements, dans la façon dont il m'étreignait, dans la douceur de sa langue contre mes lèvres et la façon qu'il avait de soupirer mon nom.

J'étais toujours ébahi d'en être la cause.

Rien d'autre n'importait. Ni ses parents, ni devoir passer une semaine séparés, pas même Barbie et Ken.

XXVIII

DEUX JOURS avant Noël, Lizzy et moi travaillions au magasin. Brian s'occupait de le vendre, mais jusque-ici, il nous appartenait encore. Je n'avais pas vu Matt depuis quatre jours. Ma maison était terriblement vide, mais savoir que ce n'était que temporaire le rendait supportable. Je passais beaucoup de temps chez Brian et Lizzy et avais même gardé le petit James une soirée.

Lizzy comptait la caisse et parlait de son sujet de discussion favori, mes cheveux.

— Jarhead, tu ne peux pas faire cours comme ça ! Que vont penser les enfants ?

— Que je suis branché.

— Tu n'es pas branché. Tu es débraillé, ce n'est pas la même chose.

— Je croyais que les filles aimaient les mecs débraillés.

— Oh ?

Elle me sourit, taquine.

— Tu essaies de plaire aux filles maintenant ? Y-a-t-il quelque chose que tu ne me dis pas ?

Je tentai de lui lancer un crayon dessus mais la manquai.

Matt arriva au même moment, l'air épuisé.

— Coucou, Matt. J'essaye de convaincre Jared de se couper les cheveux.

Il ne fit même pas cas de sa présence, marcha jusqu'à moi et dit doucement.

— On peut aller derrière, un instant ?

Je fus surpris mais répondis :

— Bien sûr.

Nous entrâmes dans la réserve. Il s'assit sur le bord du bureau de Lizzy, fixant le sol sans rien dire. Comme ça, il était plus petit que moi et tout ce que je voyais, c'était le sommet de sa tête. Je pouvais dire rien qu'à le regarder qu'il était à bout. J'attendis qu'il parle, puis réalisai enfin qu'il n'allait pas le faire.

— Comment ça se passe avec tes parents ?

173

— À merveille.

Il avait la voix rauque et tendue, pleine de sarcasme et de colère. Il ne leva pas les yeux et ne semblait pas enclin à dire autre chose. Le silence s'éternisa. Comme s'il s'apprêtait à partager une mauvaise nouvelle avec moi. J'essayai d'empêcher mon cœur de s'affoler.

— Qu'est-ce qu'il y a ?

— Je voulais juste te voir.

Ça me détendit un peu, mais je savais qu'il y avait quelque chose d'autre.

— C'est tout ?

Il hocha la tête sans rien dire, fixant toujours le sol.

Je m'approchai, et il se tendit un peu, comme s'il allait décamper si je faisais un mouvement trop brusque.

— Matt, regarde-moi

Il lui fallut une seconde, comme pour rassembler son courage, mais quand il leva enfin les yeux vers moi, je le vis dans ses prunelles. Il était sur le point de s'effondrer. Venir me voir n'avait pas été un caprice mais un acte de désespoir. Il n'avait pas juste eu envie de me voir : à ce moment-là, il avait besoin de moi, même s'il ne pouvait pas le dire. Il avait l'air triste, terrifié et perdu. Et, je le devinais, embarrassé que je le voie ainsi, tout en attendant désespérément que je l'aide d'une manière ou d'une autre.

Je le rejoignis, passai les bras autour de lui ; il s'agrippa à moi comme s'il se noyait et enfouit son visage contre mon épaule. Il tremblait, sa respiration était hachée. Il essayait sûrement de ne pas pleurer. À cet instant, je détestai Joseph plus que jamais. Je haïssais qu'il puisse briser Matt, d'ordinaire si fort et confiant, en l'espace de quelques jours. Je ne sais pas combien de temps on est restés ainsi, quelques minutes au moins. Je le serrai juste, lui frottant le dos et les épaules, émettant des sons apaisants jusqu'à ce que sa respiration retrouve un rythme normal et qu'il se détende enfin.

— Je suis désolé, Jared, murmura-t-il.

— Chut. Ne sois pas stupide. Tu n'as pas à t'excuser.

Je déposai un baiser au sommet de sa tête.

— Que s'est-il passé ?

— Pas grand-chose. J'ai juste perdu la tête comme un con.

Il rit, mais d'un rire dur et sans joie.

— Je ne peux plus le supporter. Je ne peux vraiment plus le supporter.

Il inspira, puis ajouta sur un ton plus proche de la normale :

174

— Tu me manques. Je déteste qu'on doive être séparés.

— Moi aussi. Pourquoi ne viens-tu pas ce soir ? Ils n'ont pas à le savoir.

— Je suis de service de nuit cette semaine.

Alors il bossait la nuit et passait ses journées avec ses parents, dormant à peine entre temps. Ça expliquait en grande partie son état.

Il s'écarta, se redressa et se détourna. Même de dos, je pouvais le voir se recomposer, s'essuyer les yeux, se tenir plus droit, redresser les épaules, afficher cette expression soigneusement contrôlée et gardée.

— Il boit, Jared. Beaucoup. Et il ne sait jamais quand la fermer. C'est pire que ça n'a jamais été.

À ce moment, Lizzy passa la tête par la porte.

— Est-ce que je peux entrer ? demanda-t-elle doucement. Je suis désolée de vous interrompre mais il faut que j'accède au coffre.

Matt inspira profondément et se retourna. Il était toujours crispé, mais son assurance habituelle était en grande partie de retour. Pour n'importe qui d'autre, il aurait eu l'air aussi calme et contrôlé que jamais. Mais je voyais toujours la colère et la tristesse dans ses yeux.

— C'est bon, Lizzy.

Elle se dirigea vers le coffre tout en le regardant du coin de l'œil. Elle prit ce dont elle avait besoin dans le coffre et fit mine de sortir mais se tourna vers lui.

— Ça se passe mal à quel point, Matt ?

Il haussa les épaules.

— Assez mal.

Elle réfléchit pendant une minute puis dit :

— Pourquoi est-ce que vous ne viendriez pas tous dîner pour Noël ?

— Non.

Il secoua la tête.

— Je ne pourrais pas vous faire ça. Pas avec la façon dont il s'est comporté la dernière fois.

Elle s'approcha de lui et posa la main sur son bras, le regardant dans les yeux.

— Matt, tu fais partie de la famille maintenant. C'est avec nous que tu devrais être pour Noël. Et si ça veut dire qu'on doit supporter ton père, alors on le fera.

Il baissa les yeux vers le sol, puis me regarda, puis Lizzy.

— Il ne sait pas…

175

— C'est bien ce que je pensais. On fera attention.

— Vraiment ?

Il avait l'air plein d'espoir.

— Vraiment.

Il sourit et l'enlaça, plus gentiment qu'il ne m'avait jamais serré dans ses bras. Elle avait l'air si petite contre lui.

— Merci Lizzy.

Elle s'éloignait de lui quand il ajouta :

— Oh, Lizzy, encore une chose ?

— Oui.

— Il ne faut pas que Jared se coupe les cheveux. Je n'aurais plus rien à quoi me tenir sinon. Ça me donne une bonne prise.

Je n'avais jamais vu Lizzy rougir autant et aussi vite. Je rougissais aussi. Matt rit, se moquant de nous deux. Et rien que pour l'entendre rire, ce moment valait toute la gêne du monde.

J'ÉTAIS DANS la cuisine le jour de Noël avec maman et Lizzy quand Matt et ses parents arrivèrent. Matt s'approcha de suite et dit à voix basse :

— Il est saoul. J'espère que tu ne le regretteras pas, Lizzy.

Avant qu'elle puisse répondre quoi que ce soit, Lucy arriva. Elle était visiblement embarrassée après la débâcle de leur dernière visite, mais elle remercia Lizzy de les avoir invités, puis Brian amena James et les trois femmes se mirent à discuter aussi de cycles de sommeil et de sevrage. Matt, Brian et moi nous éclipsèrent rapidement.

Le dîner se déroula presque sans encombre avant que ça ne dégénère.

— Je suis étonnée qu'il ne neige pas, remarqua Lucy. Je croyais que dans le Colorado, nous aurions un Noël blanc.

Brian rit.

— Il neige rarement à Noël. Et tout ce qui tombe fond en quelques jours. Les plus grosses chutes de neige ont lieu en février ou mars.

Soudain, Joseph jeta un coup d'œil autour de la table et dit :

— Vous n'avez rien à boire ?

Le sourire de Lizzy fut complètement innocent.

— Qu'est-ce qui vous ferait plaisir ? J'ai du thé glacé, du Sprite, du Dr Pepper, du lait…

— Non, je parle d'un *verre*.

— Oh !

Elle eut l'air sincèrement contrit.

— Je voulais aller chercher du vin pour dîner, mais j'ai été si occupée hier que j'ai oublié de m'arrêter au magasin. Et bien sûr, ils sont fermés aujourd'hui.

Elle regarda autour d'elle avec une expression coupable et rit un peu avant de hausser les épaules, elle avait vraiment l'air de quelqu'un d'étourdi.

— Je suis une telle tête de linotte, parfois. Brian n'arrête pas de se moquer de moi à cause de ça.

Bien sûr, ce n'était pas vrai du tout. Personne ne pouvait accuser Lizzy d'être tête en l'air, encore moins Brian. Je savais aussi qu'il y avait pas mal d'alcool dans la maison.

— Vous voulez dire que vous n'avez même pas de bière ?

— On les a finies dimanche devant le match, lui dis-je, ce qui était aussi un mensonge.

— Eh bien, avec la façon dont les Cowboys jouent cette saison, je peux comprendre.

Bien sûr, le match des Cowboys n'avait pas été diffusé cette semaine dans le Colorado mais on se garda bien de le lui faire remarquer.

Je fus en fait assez soulagé qu'on discute football, un sujet facile et sans danger, alors j'ajoutai :

— Vous le croyez, vous, que Al Davis ait déjà viré son coach principal ?

Matt était trop tendu pour répondre, mais avec ce sujet je pouvais compter sur Brian.

— Hé ! répondit-il. Tant qu'il continue à faire l'imbécile, les Raiders continuent d'être nazes. C'est mon héros.

Mais Joseph nous ignora et embraya sur son sujet favori.

— Matt, je n'arrive pas à comprendre pourquoi tu ne sors plus. L'été dernier quand on était là, tu ne pouvais aller nulle part sans que des jeunes femmes te donnent leurs numéros. Tu devrais en profiter, jouer sur plusieurs terrains.

— Papa, est-ce qu'on pourrait ne pas en reparler ?

— Et pourquoi pas ? Tu ne vas jamais trouver la bonne fille si tu ne fréquentes personne.

— Joseph, je suis sûr que vous savez que la petite amie de Matt, Cherie, a été tuée il y a quelques semaines, intervint Lizzy, plus mielleuse que jamais.

Matt lui lança un coup d'œil reconnaissant.

177

— Ça a été très traumatisant. Je sais que sa mort a été très dure pour lui.

— Conneries ! Il ne nous a jamais parlé de cette fille.

Comme s'ils parlaient tous les jours. Comme si Matt en aurait parlé avec son père même s'il l'avait aimée.

— Pourquoi pas cette beauté qu'on a vu hier à la pizzeria ?

Matt grinça des dents, les poings serrés sur la table devant lui.

— Papa ! Ça suffit.

— Quoi ? C'est une simple question !

— C'est une simple question que tu m'as déjà posé des dizaines de fois. La réponse est toujours la même. Je ne suis pas intéressé.

Son ton était grave, mesuré, ce qui signifiait qu'il était furieux. Joseph ne sembla pas le remarquer ou s'en soucier. Je suspectais cette dernière possibilité.

— Comment peux-tu ne pas être intéressé ? Pas elle, d'accord, pourquoi pas la rousse alors ? Ta mère veut des petits-enfants, et tu ne rajeunis pas. Vas-tu jamais cesser d'être si égoïste, et faire ton devoir ?

— Lucy, intervint maman soudain. Ne m'aviez-vous pas parlé, la dernière fois que vous étiez ici, d'un voyage en Floride ?

— Euh.

Lucy avait l'air très troublé, tripotant l'écharpe autour de son cou. Elle devait sentir le désastre imminent dans l'air mais ne savait pas comment l'éviter.

— Oui, c'est vrai. On est allés à Orlando…

— Je veux savoir !

Joseph haussa la voix.

— Je veux savoir comment tu peux te promener avec cette, ce…

Il me désigna et apparemment n'arrivait pas à trouver un mot assez vil.

— Cette *tapette*, comme si ça n'avait pas d'importance ! Pas étonnant qu'aucune femme ne veuille sortir avec toi.

— Joseph, ça suffit, dit Lucy doucement, mais il n'écouta pas.

— Est-ce que tu y as pensé ? As-tu pensé à ce que les gens allaient dire de toi ?

Lizzy se leva.

— M. Richards, je dois vous demander de partir maintenant.

— Non ! Je ne vais nulle part ! Je veux savoir pourquoi mon fils traîne encore avec un sale pédé. Tu t'en fiches de ce que les gens vont dire ?

— Joseph.

Ma mère se leva, la voix tranchante comme l'acier.

— C'est de mon fils que vous parlez, et…

— Je m'en tape !

Ma mère quitta la pièce, forçant son chemin par la porte battante du salon, avec suffisamment de force pour secouer les portraits accrochés aux murs. Joseph était désormais debout, vacillant sur ses pieds. Matt n'avait pas bougé d'un pouce. Les mains crispées devant lui, le regard fixé quelque part au-dessus de la tête de sa mère. Lucy avait les mains sur son visage. Brian affichait son air habituel de cerf prit dans les phares d'une voiture. Lizzy se tenait toujours les mains sur ses hanches, fusillant Joseph d'un regard meurtrier.

Joseph n'avait pas fini.

— Tu devrais avoir honte qu'on te voie avec lui ! Tu ne sais pas comment ça pourrait affecter ta carrière ? Es-tu tellement demeuré que tu n'imagines pas ce que les gens vont dire ?

— Je sais ce que les gens vont dire, papa.

Sa voix était désormais calme. Il n'avait plus l'air énervé. Juste résigné.

— Alors tu sais qu'ils penseront que t'es aussi une pédale ?

— Oui, papa. Je le sais.

— Ils vont croire que t'es son petit copain.

— Je le sais aussi.

— Ils vont croire que vous couchez ensemble.

La voix de Matt se fit plus forte.

— Je m'en fiche.

— Comment tu peux t'en moquer ?

Je le vis se décider. Je le vis desserrer les poings, la tension quitter ses épaules. J'étais prêt à le rattraper, à lui dire d'arrêter, je commençai même à dire 'non', mais il me repoussa. Il se redressa, les épaules raides, regarda droit dans les yeux de son père et déclara :

— Parce que c'est vrai.

— Oh non.

La voix de Lucy n'était qu'un murmure derrière ses mains et elle laissa tomber sa tête sur la table.

Personne ne bougea. Personne ne parla. Le silence semblait s'éterniser.

Enfin, Joseph parla d'une voix rauque et menaçante.

— Es-tu en train de me dire que…

— Oui.

179

Matt se leva, le dos droit, la tête haute. Je n'arrivais pas à croire qu'il ait l'air aussi calme et sûr de lui, comme si désormais il était sur le bon chemin.

— Je dis que je suis gay. L'appartement ? La fois où je vous y ai conduit, c'était la première fois que j'y revenais depuis des semaines. Je vis avec Jared.

J'aurais aimé dire que je me tenais la tête droite, aussi fier qu'il semblait l'être, pour être franc je faisais de mon mieux pour fixer un point sur la table à manger, dans l'espoir d'y découvrir un trou où me cacher.

Un autre silence pesant et Joseph répliqua :

— Tu n'es plus mon fils !

Matt ne fit que sourire.

— Je ne me souviens pas de la dernière fois où j'ai été autant d'accord avec toi.

Lucy pleurait à présent. Personne ne vint la réconforter.

— Là.

Matt lui jeta un jeu de clés de voiture sur la table.

— Prends ta voiture de location et rentre chez toi. Moi, je vais rentrer à la maison, chez moi, avec Jared.

Joseph avait l'air sur le point de dire quelque chose mais il n'en eut jamais la chance.

Maman revint en coup de vent dans la pièce.

— Matt, il faut que tu viennes. Il se passe quelque chose !

Matt et Brian la suivirent en premier. Joseph et Lucy y allèrent ensuite. Lizzy était toujours dans la même position, mains sur les hanches, fixant l'endroit où Joseph s'était tenu. J'étais sous le choc. J'avais l'impression que mon univers s'était renversé. J'attendais que quelqu'un débarque et crie :

— Surprise, c'est une Caméra Cachée !

Mais à la place, Lizzy se tourna vers moi et dit :

— Eh bien, ça s'est mieux passé que je ne le pensais.

Et juste comme ça, j'éclatai de rire. Elle s'approcha, me tira de ma chaise.

— Allez, viens. Allons voir ce qui se passe.

À notre arrivée dans le salon, il n'y avait personne. La porte d'entrée était ouverte, il y avait des gens sur notre pelouse. Dans la rue, il y avait plusieurs voitures de police avec leurs gyrophares allumés. Il faisait nuit et la seule lumière venait des lumières rouges et bleues au sommet des voitures. Matt parlait à Grant, Tyson et un autre flic que je ne connaissais pas.

180

— Que se passe-t-il ? demandai-je à Matt.

— J'ai quelque chose à te dire.

— Tu as ton arme ? lui demanda Grant.

— Non.

— On doit avoir un extra dans l'un des coffres.

Grant s'éloigna vers l'une des voitures.

Matt me mena là où se trouvaient Brian, Lizzy et maman. Maman avait James dans les bras.

— Quelqu'un a pénétré dans mon appartement tout à l'heure. On a cassé toutes les fenêtres et tout saccagé. Mes voisins s'en sont rendu compte et ont appelé la police.

Il parlait rapidement et tout bas.

— Quand ils sont arrivés, ils ont réalisé que c'était chez moi et que je n'étais pas là, alors ils sont allés chez nous.

Il me regarda et ajouta :

— Ils y ont trouvé la même chose.

— *Quoi ?*

— Notre voisin a entendu un bruit sourd et vu par la fenêtre Dan Snyder qui s'enfuyait.

— Merde !

— Quand ils n'ont pas réussi à nous trouver, ils se sont inquiétés et ont appelé tout le monde.

— Pourquoi ne t'ont-ils pas appelé toi ?

Il prit soudain l'air penaud.

— La batterie de mon portable est morte et mon chargeur est à la maison.

Il voulait dire chez moi, où il n'avait pas été de toute la semaine. Je haussai les sourcils et il me gratifia de son pseudo-sourire.

— Je sais. Je suis un idiot. Je vais en entendre parler plus tard. Mais là, tout de suite, ils veulent que j'aide avec la recherche.

Il attrapa mon poignet.

— Jared, reste là. Ne va nulle part tant que tu n'as pas de mes nouvelles.

Puis aux autres :

— En fait, vous devriez tous rentrer et verrouiller toutes les portes. S'il a su aller chez Jared, il peut songer à venir ici après.

Lizzy porta la main à la bouche, maman serra James contre elle, comme si Dan allait jaillir des buissons et tenter de lui arracher.

— J'ai tenté de les convaincre de laisser un agent ici, mais ils ne sont pas d'accord avec moi.

À ce moment, Grant accourut vers Matt.

— Je t'ai trouvé une arme. Elle est dans la voiture. Tu es prêt à partir ?

Matt jeta un coup d'œil à ses parents. Joseph se tenait les bras croisés et regardait vers le ciel et Lucy lui parlait à voix basse. Ils ne semblaient pas remarquer le chaos autour d'eux.

— Donne-moi une minute, Grant.

— Dépêche-toi.

Grant fit demi-tour et retourna à sa voiture. Les autres flics l'imitèrent. Certains étaient déjà partis. Ceux qui restaient, l'attendaient.

Matt prit une grande inspiration puis rejoignit ses parents. Son père lui tourna le dos et s'éloigna, mais Lucy l'écouta tandis qu'il expliquait ce qui se passait. Lizzy, Brian et Maman remontèrent les marches menant à la maison. Je les suivis du regard jusqu'à ce qu'ils soient à l'intérieur, puis me tournai vers Matt qui parlait à sa mère. C'est là que je vis Dan.

Il sortait de l'ombre derrière le garage. Nous formions les angles d'un triangle, Dan une extrémité, moi la deuxième et Matt et sa mère la troisième. Je le vis lever la main. Je vis l'arme. Elle était pointée sur Matt.

Tout arriva au ralenti. Je courus vers Matt, criant son nom. Lucy et lui se retournèrent alors que j'arrivais vers eux, et c'est là que j'entendis un coup de feu. Quelque chose me percuta. Matt me dépassa, courant à toute vitesse, droit sur Dan. Dan tira une nouvelle fois mais il était apparemment pris de court par Matt qui arrivait sur lui, parce qu'il manqua complètement sa cible. Matt se jeta sur lui dans un placage digne d'un joueur professionnel. Il l'avait désarmé et plaqué au sol en un temps record.

Je commençais à me sentir un peu faible. Je me tournai vers Lucy qui s'accrochait à moi.

— Ça me fait plaisir de ne pas être le seul à qui il arrive à le faire, lui dis-je.

Bizarrement, elle ne rit pas. Elle avait l'air effrayé.

— Jared, il faut que tu t'assoies.

Brusquement, je réalisai qu'elle ne s'accrochait pas à moi, elle essayait de me soutenir.

Et soudain, je fus par terre.

— Matt ! cria-t-elle.

Tout cela n'avait duré que quelques secondes. Les flics sortaient à peine de leurs voitures et se précipitaient vers nous. Je vis Matt, qui maintenait toujours Dan au sol, me regarder et pâlir.

— Qu'on m'apporte des menottes, tout de suite !

J'essayais de me lever quand j'entendis Lucy dire :

— Jared, ne bouge pas.

Elle était toujours assise par terre à côté de moi.

— Jared, on t'a tiré dessus. Il faut que tu restes tranquille.

Elle ôta son écharpe de son cou et l'appuya contre mon ventre. Et soudain, j'eus mal.

Très, très mal !

J'entendis quelqu'un dire :

— L'ambulance arrive.

Puis Matt fut à mes côtés, me tenant la main, ses yeux plongés dans les miens.

— Accroche-toi, Jared.

— Il m'a tiré dessus ?

— Oui.

Son regard quitta le mien le temps de jeter un coup d'œil là où sa mère appuyait sur mon côté. Il leva les yeux vers moi.

— Il y a beaucoup de sang.

— Frotte de la terre dessus.

— Il délire, dit Lucy mais Matt secoua la tête, l'ombre d'un petit sourire dans ses yeux.

— Non, il ne délire pas. Il va s'en sortir. Pas vrai, Jared ?

— Ouais. Je me sens super bien. Qu'est-ce qu'il y a comme dessert ?

Il me serra la main.

Dan hurlait. Je ne comprenais pas quoi. Il y avait des flics partout et tellement de bruit. J'entendais Lizzy et maman pleurer. Et là, la douleur me vrilla, puis j'entendis Grant lancer :

— Reculez. Laissez-leur de la place.

— C'est exactement comme dans les films, déclarai-je à Matt.

Il commençait à avoir l'air inquiet. Il réévaluait manifestement son avis selon lequel je ne délirais pas.

— Bon Dieu, Matt, ça fait mal.

— Tiens bon.

Je me sentais léger, comme si je flottais au-dessus du sol. Ça semblait une bonne idée que Lucy s'occupe de ma blessure, même si j'aurais aimé

183

que ça fasse moins mal. On aurait dit que des lumières flottaient autour de moi mais je n'arrivais pas à me concentrer dessus. J'entendis Lucy dire :

— Il est en état de choc.

— Jared.

Cette fois, Matt avait l'air effrayé.

— Jared, je t'aime. Je t'interdis de mourir.

J'essayai de soulever sa main pour lui toucher le visage sans tout à fait y arriver. Ma vue s'obscurcit.

— Matt, je crois que je vais m'évanouir.

— Non, Jared ! Reste avec moi !

Je n'entendis plus rien après ça.

XXIX

LES PREMIÈRES fois où je repris conscience, j'étais bourré de médicaments. J'étais vaguement conscient d'un défilé de visages : un docteur au visage pâle et une armée d'infirmières, toutes interchangeables dans leurs blouses bleues. Lizzy, Brian, maman, Matt. Lucy ? Mon cerveau embrouillé a buté sur ce dernier visage, avec des vagues de confusion, avant de retourner dans l'oubli. J'étais confusément conscient qu'il y avait souvent des gens dans la pièce. Ils parlaient beaucoup, mais seuls des bouts de phrases me parvenaient comme 'remplacer la fenêtre' et 'comme une nounou', mais elles n'avaient aucun sens pour moi.

J'avais sans arrêt l'impression de sentir des choses grouiller sur moi, mais personne ne semblait le remarquer. J'ai enfin réussi à attraper une des infirmières et lui ai dit :

— Des insectes, sur ma peau.

Elle m'a tapoté la main et répondu :

— C'est l'oxycodone.

J'entendais les mots mais je ne savais pas du tout ce que ça voulait dire. J'ai tenté de décomposer la phrase. C'était bien de l'anglais.

Je me suis endormi avant de faire plus de progrès.

IL ARRIVA enfin un temps où je m'éveillai et où le monde avait à nouveau un sens. Le brouillard qui embrumait mes pensées n'était plus qu'un souvenir. J'étais soulagé, à cet instant, que la seule personne avec moi dans la pièce soit Matt. Il était appuyé contre le mur et regardait par la fenêtre.

— L'oxycodone me donne des démangeaisons.

Bon, j'étais peut-être encore un peu dans le brouillard. Je ne savais pas trop pourquoi ce fut la première chose qui sortit de ma bouche.

Il tourna vivement la tête vers moi.

— Quoi ?

— Les antidouleurs qu'ils m'ont donnés. Avec, ma peau me démange.

Il me sourit et vint s'assoir à côté de moi sur le lit.

— Ça explique pas mal de choses. Tu n'arrêtais pas de dire 'insectes'.

— La prochaine fois qu'on me tire dessus, dis-leur que je veux du Vicodin à la place.

— Promis.

Mais il redevint sérieux.

— Tu as l'air affreux. Comment te sens-tu ?

— J'ai besoin d'une douche.

Je regardai autour de moi et réalisai qu'il y avait des fleurs partout.

— De qui sont-elles ?

— Surtout de tes élèves et des agents de police du commissariat de Coda. L'école. M. Stevens. Beaucoup de gens que je ne connais pas. Tu es un héros, tu sais ?

— Est-ce que j'ai le droit à une cape ? Je la veux rouge.

— Selon l'histoire qui circule, tu as sauté courageusement devant maman et moi pour nous sauver la vie.

Ses yeux pétillaient et sa voix était légère.

— Tu as pris une balle pour moi.

— Je suis quoi, les services secrets ? J'essayais juste d'attirer ton attention. Je n'avais pas l'intention de me faire tirer dessus.

Il sourit.

— Ton secret est en sécurité avec moi.

Nous avons gardé le silence un instant et je songeai à la scène du dîner, avant l'incident devant la maison. Matt avait parlé de nous à son père.

— Pourquoi l'as-tu fait ?

Il devait y penser lui aussi, parce qu'il ne me demanda pas de quoi je parlais.

— Ce jour-là, je n'ai pas arrêté de penser aux choix que j'avais faits dans ma vie. Quelques décisions, les plus difficiles, étaient celles qu'il détesterait s'il savait. Mais elles se sont toutes avérées bonnes. Tout d'abord, j'ai décidé de ne pas m'engager dans l'armée. Et je pense que c'était le bon choix. Ensuite…

Il énuméra ses choix sur ses doigts.

— J'ai décidé il y a quelques années d'arrêter de sortir avec des filles. Je t'ai déjà dit que ma vie est devenue beaucoup plus facile après ça. Puis, j'ai décidé que notre amitié était beaucoup plus importante pour moi que ce que disaient mes collègues. Et il s'est avéré que c'était une autre bonne décision. Enfin, quand Cherie est morte, j'ai décidé d'accepter le fait que je voulais m'envoyer en l'air comme un fou avec toi.

— Alors ça, intervins-je, ce fut une *très* sage décision.

186

Il sourit et me fit un clin d'œil.

— Ça oui.

Son expression redevint sérieuse.

— Alors, on était tous là assis à la table et il criait. Et tout ce à quoi je pensais, c'était à ces décisions et où elles m'avaient menées dans la vie, là où j'étais vraiment, réellement, heureux pour la première fois. Et je me suis demandé, quel est le pire qu'il puisse me faire ? J'ai tout de suite su la réponse : il pouvait me renier. Et je n'étais plus si sûr que ce serait une mauvaise chose. C'était comme si la solution était juste devant moi et que j'étais trop stupide pour la voir.

Il baissa les yeux, regarda nos mains jointes sur le lit à mes côtés.

— En fait, ça a été un soulagement. Je n'ai plus à gaspiller une seconde de plus de ma vie à essayer de le rendre heureux.

— Et ta mère ?

Son visage s'illumina un peu.

— Une fois qu'elle s'est calmée, elle m'a dit qu'elle s'en était toujours doutée.

Bizarre, la vie, pensai-je en me rappelant ma conversation avec Brian des années plus tôt.

— Je ne peux pas vraiment dire qu'elle est ravie, mais elle sait que je suis heureux. Et c'est important pour elle, je crois.

— J'ai cru qu'elle était là.

— Elle l'était. Elle a reporté son vol et a passé quelques jours ici. Il s'est avéré qu'avec papa parti, Lizzy, ta mère et elle s'entendent comme larrons en foire.

— Elle est partie, là ?

— Oui, mais elle va revenir.

Il plissa un peu les yeux et fronça les sourcils.

— Elle le quitte. Elle est rentrée mettre de l'ordre dans ses affaires. Lizzy a proposé de la laisser vivre chez eux pendant un temps. Elle a dit qu'elle pouvait toujours donner un coup de main avec James.

— Comme une nounou, dis-je doucement pour moi-même, comme si tout se remettait en place.

— Oui.

Il souriait à nouveau.

— Elle est surexcitée d'avoir un petit-fils par procuration ; à mon avis elle pourrait quitter mon père uniquement pour James.

Un silence s'installa à nouveau tandis que je pensais à ce qu'il avait dit.

187

— Matt, je suis tellement désolé. Tu as perdu ta famille à cause de moi.

Il me regarda d'un air alarmé.

— Quoi ? Non ! Tu as tout faux.

Il se pencha vers moi sur le lit, posa la main sur ma joue.

— Je n'ai pas perdu ma famille à cause de toi. J'ai une famille grâce à toi.

Je m'appuyai contre lui.

— Je veux rentrer à la maison. Quand me laissent-ils partir ?

— Mardi après-midi. Je travaille de 2 à 10 heures, mais je prendrai un jour de congé.

— Non. Maman, Brian ou Lizzy pourront me ramener.

— Tu es sûr que ça ne te dérange pas ?

— Certain. J'attendrai ton retour à la maison.

— Tout nu ? me demanda-t-il avec un sourire malicieux.

Je ris et le poussai hors du lit.

— Tu verras bien.

XXX

Au FINAL, ce fut maman qui me ramena de l'hôpital. Je fus surpris de voir que la baie vitrée était recouverte par du contreplaqué. J'avais oublié qu'avant de venir chez Lizzy et Brian, Dan avait saccagé notre maison.

— Ils ont commandé des vitres, me dit maman. Matt m'a dit qu'elles seraient installées la semaine prochaine, je crois. On a nettoyé autant qu'on pouvait à l'intérieur, mais vous allez sûrement devoir remplacer la moquette du salon.

Une fois à l'intérieur, les dégâts n'étaient pas si impressionnants. Je découvris aussi que la bibliothèque de Matt était à présent dans la chambre et que ses appareils de muscu occupaient la majorité de la salle à manger. Il avait apparemment installé le reste de ses affaires dans ma maison pendant que j'étais à l'hôpital.

Je me couchai tôt, me glissant avec contentement entre des draps qui sentaient comme lui. Je dormais quand il rentra à la maison. Je me réveillai quand il me rejoignit. Il se blottit doucement contre moi, contre mon dos, faisant attention à ne pas toucher le bandage sur mon côté. Je m'appuyai contre lui avec un soupir.

— Je suis heureux que tu sois à la maison, lui dis-je.

— C'est moi qui suis heureux que tu sois à la maison. Ça m'a manqué. Cette semaine avec mes parents, où je dormais dans mon appartement. Et la semaine dernière où tu n'étais pas là. Ce lit a semblé terriblement vide et grand.

Il faisait errer ses mains sur mon corps, puis il commença à embrasser ma nuque.

— Est-ce que les docteurs ont dit si tu étais assez rétabli pour reprendre *tout* type d'activité ?

— Ils ont dit pas de sexe pendant six mois.

Il se figea jusqu'à ce que j'éclate de rire. Puis ses lèvres frôlèrent ma nuque à nouveau et il murmura :

— Ce n'est pas drôle.

Mais je savais qu'il souriait.

189

— Ils ont dit d'être prudent et de faire attention à ne pas tirer sur les points.

— Je serais très doux.

Il le fut. Il nous aligna comme il l'aimait, et nous masturba, avec douceur et passion, m'embrassant profondément jusqu'à la fin quand il s'écarta pour me regarder jouir. Et même si ça me surprenait toujours, c'était me regarder qui le faisait basculer. Il murmura à mon oreille :

— Mon Dieu, que j'aime te regarder.

Après, on resta allongé ensemble dans la pénombre.

— Jared ?

Il jouait doucement avec mes boucles.

— Oui ?

J'étais plus qu'à moitié endormi, parfaitement bien installé, content, de retour dans mon propre lit. Avec lui.

— Dis-le-moi.

— Tu es lourd.

— Non.

— Tu n'es qu'un sale manipulateur.

— Non.

Il rit.

— Tu as raison.

Il me tira les cheveux.

— Ce n'est pas ça non plus.

— Je t'aime ?

Il soupira, satisfait.

— C'est ça.

Je restai allongé là, à écouter les battements de son cœur contre mon oreille, à sentir ses doigts dans mes cheveux, sa peau douce sous mes doigts, ses jambes mêlées aux miennes et je n'imaginais rien de meilleur au monde. Je souris, même s'il ne pouvait pas le voir, resserrant mes bras autour de lui, et le répétai, sauf que cette fois je le pensais.

— Je t'aime.

Cela faisait moins d'un an qu'il avait pour la première fois passé le seuil de notre magasin. Il était difficile de croire que ma vie ait changé à ce point. Et en y repensant, une chose me fit rire : tout avait commencé à cause de la jeep de Lizzy.

DE A À Z

Ma plus profonde gratitude à :

Amy et Carol,
pour leurs conseils assidus.

Troy, qui m'a aidée
avec ces derniers 11 000 mots.

Mon époux Sean,
qui a fait tout son possible
pour me soutenir durant cette entreprise,
même lorsque j'accordais plus d'attention
à Angelo qu'à lui.

ZACH...

JE SUIS propriétaire d'un vidéo club alors que je déteste les films. Oui, je sais. C'est complètement ridicule.

C'est un peu arrivé par hasard. Ça a commencé après l'université. Je suis allé à l'Université du Colorado. Mes parents auraient préféré que je fréquente Colorado State, à Fort Collins, mais j'ai insisté. J'ai avancé l'argument que CU était meilleure, ce qui n'était pas la véritable raison. On allait à Fort Collins pour être vétérinaire, travailler dans l'agriculture ou les eaux et forêts ; on allait à CU pour faire la fête. Après réflexion, c'était un coup pendable à faire à mes parents. Les frais étaient beaucoup plus élevés qu'à Fort Collins et j'ai passé cinq ans bourré, défoncé ou les deux. J'ai à peine obtenu mon diplôme de gestion. Je crois que j'avais tout juste la moyenne. Pathétique.

Bien sûr, je n'ai pas fait que boire et fumer. J'ai aussi beaucoup couché. La dernière année, je suis sorti avec Jonathan et après notre diplôme, je l'ai suivi à Arvada, une ville dans la banlieue ouest de Denver. Il était comptable. J'étais un flemmard. J'ai trouvé un boulot au vidéo club du bout de la rue et j'ai continué à fumer, boire et coucher, pas seulement avec Jonathan parfois.

Puis le jour est arrivé où je suis rentré à la maison et où il s'était tiré. Le bon côté des choses, c'est que ça a été mon coup de pied aux fesses.

Après ça, je me suis repris en main, du moins en majorité. Mais je n'ai jamais changé d'appartement ou de boulot. Alors quand mon patron, M. Murray, a décidé de prendre sa retraite, j'ai demandé un prêt et j'ai racheté le vidéo club.

À l'époque, ça me paraissait une bonne idée.

Voilà où j'en étais : trente-quatre ans, célibataire et le très peu fier propriétaire du vidéo club De A à Z. J'ai dit que je détestais les films ?

Fin d'été dans le Colorado, le temps était parfait comme un cliché : ensoleillé, la température autour de 25°. J'avais craqué et allumé la clim.

De A à Z occupait l'un des quatre emplacements de l'immeuble. Il y en avait trois en bas, mon vidéo club était au milieu, flanqué par une librairie ésotérique d'une côté et un dispensaire à cannabis de l'autre.

193

Entre le premier et le second, ça sentait toujours le bois de santal chez moi. L'étage était entièrement pris par un centre d'arts martiaux appartenant à Nero Sensei. Je ne savais pas trop si Nero était son nom de famille ou son prénom, mais en général on l'appelait Sensei. Ce jour-là, le parking était plein de ses élèves, tous habillés de ces pyjamas blancs dont ils sont toujours affublés, à exécuter une sorte d'enchaînement synchronisé en suant comme des bœufs.

On était vendredi après-midi et j'avais un client. Il était déjà venu plusieurs fois ces derniers temps. Il était maigrichon, il avait la peau mate et d'épais cheveux noirs qui encadraient son visage. Il n'avait pas l'air d'avoir beaucoup besoin de se raser. Je ne sais pas reconnaître les origines ethniques. Latino, peut-être, ou pas. Il longeait les étagères, consultant les films. Il s'arrêtait de temps en temps, me regardait et secouait la tête. Je ne comprenais pas du tout quel était son problème.

Il venait de rendre *Blue Velvet*. Je contemplais la boîte, essayant de décider où je devais la ranger sur mes étagères bondées. D'un côté, Dennis Hopper était dedans, ce qui m'orientait vers Action. D'un autre côté, l'image donnait l'impression qu'il était en noir et blanc, ce qui signifiait Classique. J'abandonnai et le rangeai à la première place que je trouvai, sur une étagère étiquetée Autres. Cela me parut très bien.

C'est alors que l'homme de ma vie entra. Il faisait ma taille, un peu moins d'un mètre quatre-vingt, mais il était plus musclé. Il faisait clairement de l'exercice. Il était blond, avec des yeux bleus. Il portait un pantalon gris et une chemise blanche, ouverte en haut. Je jetai un coup d'œil rapide à ma chemise et fut soulagé qu'elle soit encore à peu près propre. Pour une fois, je n'avais pas fait de tache en déjeunant.

— Je suis Tom Sanderson, dit-il, la main tendue. Le nouveau propriétaire.

J'avais lu la description de gens à la riche voix de baryton. Il en avait une. Il avait une fossette au menton. Il était incroyablement beau ; encore mieux, il me regardait avec un intérêt affiché.

Mon travail devint soudain beaucoup plus intéressant.

— Enchanté, répondis-je en lui serrant la main. Zach Mitchell.

— Zach.

Il garda ma main un peu plus longtemps que nécessaire avant de la lâcher et de jeter un regard autour de lui.

— Sympa.

194

Il réussit à ne pas avoir l'air sarcastique. Cela faisait des années que rien n'avait changé ici. La couleur des posters aux murs était passée, ils étaient poussiéreux et annonçaient des nouveautés vieilles de plusieurs années.

— Ça marche bien ?

— Pas trop mal.

Mensonge. Ça marchait très mal. Pas catastrophique, mais vraiment pas terrible. En fait, le voyou grognon était presque à lui tout seul une heure de pointe. Je rendis son regard à Tom.

— Je survis.

Ça au moins, c'était vrai.

— C'est vous mon propriétaire maintenant ?

— Eh oui. Mais que ça ne vous trompe pas. Je ne suis pas méchant.

Il me fit un sourire ravageur.

— Je n'en doute pas, répondis-je.

Il me contempla un instant, comme s'il me jaugeait, puis sourit à nouveau.

— Laissez-moi vous inviter à dîner ce soir, je vous le prouverai.

Je n'arrivais pas à croire qu'un type aussi attirant que lui me demande de sortir avec lui. Je suis assez banal : je fais un mètre quatre-vingt à peine, je suis brun, j'ai les yeux bleus, une corpulence dans la moyenne. Banal, banal, complètement banal. Je ne suis pas moche, mais je n'ai jamais été de ce genre de type que l'on remarque, que l'on désire ou qui attirent immédiatement. Vous savez, ce genre de types-là. Des types comme lui.

— Avec plaisir ! répondis-je en espérant que je n'avais pas l'air trop enthousiaste.

— Je passerai vous chercher ici à dix-huit heures.

Je n'avais rencontré personne depuis des mois. Je comptais les heures.

Ruby passa plus tard dans l'après-midi. Elle possédait la librairie ésotérique d'à côté. Elle avait une soixantaine d'années au moins. Elle faisait à peine un mètre cinquante et devait peser moins de quarante-cinq kilos. Elle avait les cheveux gris, courts et bien coupés, et elle portait toujours des tailleurs chics. Ce jour-là, il était gris charbon, orné d'une écharpe bleue assortie à ses yeux. On aurait dit une riche grand-mère.

Toutefois cette illusion volait toujours en éclat dès qu'elle ouvrait la bouche. C'était là que vous vous rendiez compte qu'il lui manquait quelques fusibles.

— Salut, Ruby. Tu as rencontré le nouveau propriétaire ?

195

— Bien sûr, répondit-elle d'un ton écœuré. Quel homme épouvantable !

— Vraiment ?

Elle était si sérieuse que je retins mon rire.

— Pourquoi dis-tu ça ?

— Il n'a pas d'âme, répondit-elle comme si c'était la chose la plus évidente. N'as-tu pas vu ? Rien que du noir, partout.

Elle frissonna.

— Il va nous poser des problèmes, Zach.

Elle agita son index vers moi.

— Crois-moi !

— Très bien.

Que pouvais-je répondre d'autre ?

— Mais ce n'est pas de ça que je suis venue te parler. Je voulais que tu saches que j'ai eu une vision à ton sujet la nuit dernière.

Ruby prétendait être médium. Elle avait tout le temps des 'visions'. Je ne crois pas trop à ce genre de trucs, mais je n'avais jamais eu le cœur de le lui dire.

— Vraiment ? demandai-je tranquillement.

— Tout à fait. Je t'ai vu. Tu étais avec un ange. Vous étiez dans un magasin de pièces détachées pour voiture. Vous distribuiez des pâtes à la sauce Alfredo.

Elle me regarda d'un air attentif.

Je ne savais jamais quoi répondre après l'avoir entendu parler de ses 'visions'. Devais-je applaudir ? Avoir l'air stupéfait ? Ou effrayé ?

— Humm… balbutiai-je à la place. C'est très intéressant.

— C'est ce que j'ai pensé aussi.

Elle me regardait toujours, dans l'expectative, comme si j'allais soudain craquer et admettre que j'avais bien servi des pâtes au garage la nuit dernière, Gabriel en personne à mes côtés.

— Un ange ? demandai-je bêtement.

— Mais oui !

Elle me décocha un sourire lumineux.

— N'est-ce pas merveilleux ? J'ai toujours espéré que tu rencontrerais une gentille fille et désormais, j'en suis certaine !

Ce n'était pas que j'avais une quelconque envie de rencontrer une 'gentille fille'. J'avais dit au moins vingt fois à Ruby que j'étais gay, mais elle réagissait toujours comme si elle ne m'avait pas entendu. J'étais à peu près certain qu'elle croyait que ce n'était qu'une phase et que je finirais par passer à autre chose.

— Il fallait que je te le dise. Je me suis dit que tu voudrais le savoir.

— Bien sûr, Ruby. Merci.

Et en plus, je réussis à maintenir un visage grave.

— Je t'en suis reconnaissant.

Elle hocha la tête sagement, puis se dirigea vers la porte. Elle était en train de l'ouvrir lorsqu'une idée me frappa.

— Ruby, dus-je demander, est-ce que j'étais mort ?

Elle me regarda d'un air surpris.

— Bien sûr que non, mon garçon. Pourquoi donc serais-tu mort ?

— Eh bien...

Je me sentais idiot, mais maintenant que j'avais cette idée en tête, il fallait que je le sache.

— S'il y avait un ange, alors je devais être au paradis, non ?

Elle agita le doigt dans ma direction.

— Ne joue pas au plus malin avec moi, Zach. Il n'y a pas de voiture au paradis.

Après elle, arriva Jeremy. Son dispensaire était du côté opposé de la librairie de Ruby, mais ce n'était pas un hippy en sandales et aux cheveux longs. Il était père de trois adolescents, il portait une cravate tous les jours et il siégeait activement à l'assemblée des parents d'élèves ainsi qu'au conseil municipal. En plus de tout ça, il soutenait loyalement le parti libertarien. La plupart du temps, ce n'était pas un problème, mais nous étions dans une année d'élection, ce qui signifiait que Jeremy était entré en pleine campagne.

— Zach, il faut que je sache si tu as réfléchis à ton vote aux élections présidentielles.

Je manquais dramatiquement d'éducation en matière de politique.

— Est-ce qu'on sait déjà qui sont les candidats ? demandai-je.

N'y avait-il pas d'abord des primaires ou des caucus ou un truc du genre ?

Écœuré, il secoua la tête.

— Zach, peu importe quel pantin les Républicrates [5] nommeront candidat ! Dans tous les cas, c'est voter pour maintenir le statu quo. C'est ça que tu veux ?

---

5 NDT : Combinaison de Républicain et Démocrate, les partis américains principaux

— Euuuuh…

— Tu es pour le droit à l'avortement ?

— Euh, oui ?

On ne peut pas dire qu'un homo y réfléchisse beaucoup.

— Et tu dois être pour le mariage gay ?

— Bien sûr.

Mais pour ça il faudrait déjà que J'aie un petit ami, non ?

— Et tu défends la dépénalisation de la marijuana ?

— À priori.

Hors de question d'en débattre avec un homme dont le métier était de vendre des joints.

— Tu ne crois pas que tu devrais pouvoir voter contre notre sécurité sociale insensée sans voter contre ces droits basiques ? Des droits basiques qui devraient être protégés par notre constitution ?

— Euh…

— Est-ce que tu as seulement lu la constitution, Zach ?

Je dus prendre le temps d'y réfléchir. Je ne m'en souvenais pas. Comment avais-je pu passer douze ans à l'école publique et cinq ans dans une grande université sans l'avoir jamais lue ?

— Je ne crois pas, admis-je avec surprise.

Il secoua la tête.

— Le président non plus, Zach. Penses-y.

Il déposa une pile de prospectus sur le comptoir et se dirigea vers la librairie de Ruby. La campagne allait être longue…

Puisqu'on était vendredi, tous mes habitués passèrent au cours de l'après-midi. Il y avait d'abord eu le petit voyou qui était parti un peu après Tom, mais avant que Ruby dévoile sa vision sur l'ange et les pâtes. Puis Jimmy Buffett. Je ne me souvenais pas de son vrai nom, mais il ressemblait comme deux gouttes d'eau au chanteur de 'Margaritaville'. Il avait toujours l'air embarrassé quand il m'apportait ses films, je ne pouvais que croire que c'était à cause de ses horribles chemises hawaiiennes. Ensuite il y eut Eddie. Ce n'était pas non plus son vrai nom, mais il portait toujours un tee-shirt Iron Maiden où était imprimé le macabre Eddie, et sa coupe était la même que celle du chanteur. Il avait toujours l'air furieux contre moi. J'accusais la musique. Et enfin vint la Gothique. Cheveux noirs, épais crayon noir qui lui donnait toujours l'air d'avoir pleuré et trois piercings à la lèvre inférieure. Elle me défia furieusement du regard en payant pour son film, puis il fut temps de fermer.

Toute la dernière heure, je m'étais inquiété que Tom ne se montre pas, mais il débarqua à dix-huit heures piles. Il m'emmena dans un restaurant fabuleux. Nous bûmes une bouteille de Chianti et parlâmes de tout et de rien. Il n'y avait aucun doute sur le fait qu'il flirtait avec moi. Après quoi, il me raccompagna à De A à Z, puis à ma voiture.

— Le propriétaire précédent était à deux doigts de la banqueroute, alors j'ai racheté l'immeuble à un bon prix. Ce n'était pas un très bon gérant. Tu te rends compte que vous n'avez même pas de contrat de location ?

— Oui, M. McBride n'aimait pas trop les contrats. Je payais mon loyer et ça lui suffisait.

Je me rendais compte maintenant que du coup, on pouvait m'expulser du jour au lendemain.

— Je ne vais pas tarder à mettre en place de nouveaux contrats. La mauvaise nouvelle, c'est que je ne crois pas pouvoir maintenir le loyer. Il faut faire beaucoup de travaux dans l'immeuble et je reste quand même un homme d'affaires.

C'était clairement une mauvaise nouvelle pour moi. J'arrivais à peine à boucler le mois. S'il augmentait mon loyer, cela deviendrait problématique.

— À quelle hausse je dois m'attendre ?

— Je ne suis pas sûr. Je n'ai pas encore tout pris en compte.

Il se rapprocha de moi et mon cœur se mit à battre plus fort.

— Peux-tu te permettre un loyer plus élevé ?

Il réussit à rendre cette question incroyablement sexy.

— Pas vraiment, réussis-je à répondre.

Il frôla ma joue de la main.

— Je n'ai pas envie que tu perdes ta boutique, dit-il en se rapprochant.

Il était désormais presque tout contre moi.

— On est deux.

Il sourit. Je crus que mes genoux allaient me lâcher. Il se pressa plus près et frôla mes lèvres des siennes. Il sentait merveilleusement bon. Je me penchai vers lui et c'est alors qu'il m'embrassa pour de vrai. Il enfonça la langue dans ma bouche. Il m'empoigna les fesses des deux mains et m'attira brutalement contre lui. Même tout habillé, je sentais combien son corps était ferme et musclé. Le baiser s'acheva bien trop vite et me coupa le souffle.

— Peut-être, dit-il de sa voix grave et sexy lorsqu'il s'écarta, qu'on peut s'arranger. Est-ce que ça te plairait ?

— Absolument.

— Parfait.

Il sourit et recula.

— J'ai vraiment hâte de te revoir.

En rentrant à la maison dans ma vieille Mustang – la même voiture que j'avais à l'université – je ne pus que regretter de ne pas l'avoir invité. L'excitation persistante de ce baiser ne suffisait pas tout à fait à compenser le sentiment de solitude qui me prit lorsque je montai dans mon appartement. Au moins, je n'avais que quelques heures à tuer avant d'aller au lit.

Je me servis un verre de vin et allumai la musique. Un puzzle à demi terminé était étalé sur la table de la salle à manger. Je m'assis pour y travailler. Je passais beaucoup de mes soirées à faire des casse-têtes, mots croisés, Sudoku, tout ce qui m'aidait à passer le temps.

La chatte de Jonathan, Geisha, entra dans la pièce. Je la considérais toujours comme sa chatte, bien que cela fasse presque dix ans qu'il ne s'était pas occupé d'elle. Elle avait de longs poils argentés et des yeux verts. C'était lui qui l'avait abandonnée, mais elle ne m'avait jamais pardonné de ne pas être lui. Elle me dévisagea avec un mépris évident, comme savent le faire les chats, puis disparut par la chatière de la fenêtre.

Je me rappelai notre excitation à Jonathan et moi lorsque nous l'avions ramenée à la maison. Nous avions tant de projets.

Cela faisait si longtemps.

Comment en étais-je arrivé là, à vivre dans le même appartement, travailler au même vidéo club ? J'avais survécu à la révolution du DVD, mais pour quoi ? Je n'aimais pas mon boulot et pourtant je n'imaginais pas faire quoi que ce soit d'autre. Ce n'était qu'une question de temps avant que je sois forcé à fermer. J'aurais dû le faire des années plus tôt. Pourtant je ne savais pas quoi faire d'autre.

TOM M'APPELA le lendemain de notre dîner pour me dire qu'il avait passé un bon moment et me promettre qu'on se reverrait, sans pour autant préciser quand. Quelques jours s'écoulèrent. Je n'avais pas de nouvelles de lui, mais ça ne m'inquiétait pas. J'étais en fait trop occupé pour m'inquiéter. Je n'avais qu'une seule employée, une fille de vingt-deux ans qui s'appelait Tracy. Ou peut-être Tammy. J'avais du mal à m'en souvenir. Elle était tout le temps défoncée et se douchait presque au patchouli. Elle ne s'était pas montrée pour la quatrième fois d'affilée. Je décidai que je pouvais considérer ça comme une démission.

Le problème, c'était qu'il y avait eu du monde ce jour-là et j'aurais vraiment eu besoin d'aide. L'heure de pointe passa enfin. Le voyou tout maigre à sale caractère était de retour. Il avait rendu *Blade Runner*. Je ne l'avais jamais vu, mais au moins je savais que c'était de la science-fiction. Je surveillai le petit voyou. Il s'arrêta et prit un film. Il se tourna vers moi, secoua un peu la tête puis alla le mettre sur une autre étagère. Les changeait-il de place ? J'avais déjà du mal à trouver quoi que ce soit, je n'avais pas besoin qu'il empire les choses.

J'étais sur le point de faire une remarque lorsque Tom entra. Comme la fois d'avant, il portait un pantalon habillé et une chemise blanc vif, déboutonnée en haut. Il était magnifique.

Il se pencha sur le comptoir et me regarda droit dans les yeux. Je savais que mon sourire était le plus ridicule du monde.

— Salut, dit-il de sa voix fluide et sexy. J'ai beaucoup pensé à toi.

— Ça me fait plaisir.

Il fit le tour de la boutique du regard, vit le petit voyou, puis revint vers moi et murmura :

— Il va rester longtemps ?

Je haussai les épaules.

— Peut-être.

Mais à cet instant, le voyou attrapa un film et l'apporta au comptoir. *Mad Max*. Parfait. En plus je savais où celui-là se rangeait, ce qui me ferait gagner du temps lorsqu'il le rendrait le lendemain. Je pris son argent en y faisant à peine attention, puis il partit.

Tom le suivit jusqu'à la porte et la verrouilla derrière lui. Il se tourna vers moi avec un sourire.

— Enfin seuls !

Mon cœur battit soudain la chamade. J'avais les mains moites et une érection qui menaçait de faire sauter les boutons de mon jean. Sans cesser de sourire, Tom me rejoignit. Il indiqua la porte derrière moi.

— Ça va où ?

— Dans un bureau.

Son sourire s'élargit.

— Parfait !

Il me tira vers la porte et la ferma derrière nous. Puis il se retourna et me poussa doucement contre le mur. Il se pressa contre moi et frôla mon cou de ses lèvres.

— Je suis sérieux, Zach. Je n'ai pas arrêté de penser à toi depuis notre dîner.

Il passa les mains dans mon dos et m'empoigna les fesses.

— Je sais qu'on se connaît à peine, mais j'ai vraiment l'impression qu'il y a quelque chose entre nous.

Quelque chose d'autre que deux verges très érigées ? Je n'allais certainement pas dire le contraire. Il m'embrassa à nouveau dans le cou et pressa son aine contre la mienne.

— On devrait apprendre à mieux se connaître. Qu'est-ce que tu en dis ?

— Ça me plairait bien.

— Et si on dînait ensemble ce soir ?

— Ce serait super.

Il m'empoigna les fesses une dernière fois, puis s'écarta.

— Je viendrai te chercher à dix-huit heures.

Il m'emmena au même restaurant. Il commanda à nouveau une bouteille de vin. Il parla constamment d'actions, de portefeuilles et de retours d'investissements. Ç'aurait été terriblement ennuyeux si sa main n'avait pas lentement remonté le long de ma cuisse.

Après qu'il eut réglé l'addition, il frôla la bosse croissante dans mon pantalon. Il murmura à mon oreille :

— Je peux venir chez toi ?

— Bien sûr, répondis-je, soulagé qu'il ne m'ait pas laissé l'initiative de l'invitation.

Dès que nous atteignîmes la porte de mon appartement, Geisha sortit de la chambre. Elle feula après Tom, puis fila par la chatière.

— Qu'est-ce qu'il a comme problème, ton chat ? demanda Tom.

— Elle déteste les gens.

Mais je n'avais pas l'intention de perdre mon temps à parler de la chatte enragée de mon ex-petit ami. Je passai les bras autour de son cou et l'embrassai. Son corps était fort et dur contre moi, j'avais hâte d'en voir plus. Il me fit reculer contre le mur. Ses baisers étaient agressifs et insistants. Il passa la langue sur mon palais et m'empoigna à nouveau les fesses.

J'avais l'impression de brûler. Ça faisait plus de huit mois que je n'avais pas été avec un autre homme, et même ça n'avait rien été de plus qu'un coup tiré sous l'influence de l'alcool, vite oublié. Ça, c'était complètement différent. Je n'en pouvais plus de désir pour lui. Je glissai les mains sous sa chemise, touchant son torse couvert d'une épaisse toison noire. Je passai les pouces sur ses tétons et l'entendit gémir.

202

Je défis son pantalon, l'abaissant suffisamment pour qu'il ne me gêne pas et l'agrippai. Il gémit dans ma bouche et se pressa plus fort contre moi. Il me tenait toujours les fesses, passant les doigts contre la fente.

— C'est bon, Zach, bon sang ce que tu m'excites !

Je le caressai longtemps sans qu'il lâche jamais mes fesses. Je cessai de le toucher le temps de défaire mon pantalon et de m'en débarrasser. Mon érection cogna contre la sienne et je le serrai plus fort contre moi, l'embrassai encore, me frottant contre lui. J'adorais la sensation de nos verges entre nous. J'aurais pu continuer toute la nuit comme ça, rien qu'à me frotter contre lui et sentir ses mains sur moi. Je donnais des coups de hanches, en maintenant les siennes contre les miennes.

Il grogna, me prit la main et la ramena sur son sexe. Puis il m'enlaça à nouveau. J'enroulai les doigts autour de nous deux et commençai à nous caresser.

— Comme ça, Zach ! Un peu plus fort !

Il faisait aller et venir ses doigts entre mes fesses, touchant mon anneau.

— Plus fort, bébé ! Plus fort !

Je nous serrai plus fort et accélérai mes va et vient. Il ne m'embrassait plus. Il avait enfoui le visage dans mon cou. Il respirait bruyamment et parlait tout bas :

— Comme ça, Zach. Bon Dieu, c'est bon ! Continue. Continue.

Je sus qu'il était sur le point de jouir lorsque ses mains se refermèrent brutalement sur mes fesses. Le premier jet de sperme m'enduit la main et cela me suffit pour basculer à mon tour.

Il m'embrassa encore, puis alla se nettoyer dans la salle de bain pendant que j'enfilai un pantalon de jogging propre. Puis je le raccompagnai à la porte. Il m'étreignit et m'embrassa.

— À très vite.

TOM ET moi devions nous voir trois jours plus tard. Il devait venir me chercher à dix-huit heures, mais passa finalement au vidéo club à seize heures pour annuler.

— Bébé, je suis vraiment désolé. On a une réunion, ça vient d'être décidé, et je ne peux pas la rater.

Le voyou maigrichon à mauvais caractère était de retour et j'aurais préféré que Tom baisse la voix. Le voyou ne nous regardait pas, j'espérais qu'il n'écoutait pas.

— Tu as une réunion à dix-huit heures ? demandai-je tout bas, sans trop y croire.

— J'aurai fini à vingt heures, Zach, répondit-il, l'air vraiment navré. J'adorerais te voir après, si tu veux bien.

Ce serait toujours mieux que rien.

— Ça me va très bien, dis-je en essayant d'avoir l'air dégagé et pas aussi pathétique que je me sentais.

Il partit et je repris mes mots croisés. J'étais déçu mais j'essayais de me dire que ça pourrait être pire. Il voulait quand même me voir. Ça compensait le dîner raté. Plus ou moins. Tout de même, j'appréhendais dix-huit heures, lorsque je fermerais le vidéo club et rentrerais à mon appartement vide.

Mes pensées furent interrompues par une question soudaine posée d'un ton insolent :

— Vous pouvez m'aider à trouver un film ?

On aurait dit un défi.

Lorsque je levai les yeux, le voyou maigrichon me regardait d'un air attentif. Il était bien plus jeune que moi, probablement vingt-cinq ans ou moins. Il faisait environ un mètre soixante-quinze. Il portait des bottes militaires, un tee-shirt qui était passé tellement de fois à la machine que je voyais presque à travers et un jean baggy qui lui tombait sur les hanches. Au moins on ne voyait pas ses fesses.

— Peut-être, répondis-je.

J'aurais bien aimé pouvoir dire simplement oui, mais ça aurait été un mensonge.

— Je ne comprends vraiment pas votre système.

— Ils sont rangés dans l'ordre alphabétique.

Il me fit un sourire en coin qui aurait été mignon s'il n'avait pas été aussi agaçant.

— Vous utilisez quel genre d'alphabet ?

Là il me tenait. Ça faisait longtemps que j'avais abandonné le rangement alphabétique.

— Ils sont regroupés par genre.

J'indiquai les petites étiquettes au-dessus des étagères.

— En théorie, mec, mais en fait c'est vraiment le bordel !

L'agacement me gagnait. Qu'il n'ait sans doute pas tort n'en était pas la moindre des raisons. N'empêche, je n'avais pas vraiment envie que ce petit voyou me donne des leçons de gérance.

— Par exemple ?

— Par exemple ça.

Il indiqua l'étagère près de lui. Elle était étiquetée 'Classiques'.

— *Seize bougies pour Sam*, c'est vraiment pas un classique.

— C'en est un pour les gens de mon âge.

— Non, mec. Y'a pas moyen que ça se trouve à côté d'*Un Tramway nommé désir*. Je me fous que ça vous rappelle votre lointaine jeunesse. Et ça...

Il fit quelques pas et indiqua une autre étagère.

— *True Romance*, c'est pas une histoire d'amour.

— Comment ça ?

— Quentin Tarantino. C'est un film d'action. Vous ne l'avez jamais regardé ?

Je commençais à me sentir mal à l'aise.

— Non. Je n'aime pas les films d'amour.

Il leva les yeux au ciel.

— Ouais.

Il écarta les cheveux devant ses yeux, soupira et dit :

— Je cherche *Le Pont sur la rivière Kwai*. Vous l'avez ?

— Euuuuh... Je crois bien. C'est celui où la nonne fait sauter le pont à tréteaux, c'est ça ?

Il me fit à nouveau son sourire en coin.

— Non, mec. Ça c'est *Sierra Torride*. Shirley MacLaine et Clint Eastwood. Je parle d'Alec Guinness. Voyez, Obi-Wan Kenobi ?

Je hochai la tête, parce que lui au moins je savais qui c'était.

— Je ne me rappelle pas de grand-chose sauf de cette putain de chanson qu'ils sifflent, alors je me suis dit que j'allais le revoir.

— Mais il y a bien un pont, non ?

Ne me demandez pas en quoi ça allait m'aider à trouver le film. J'essayais juste de suivre.

Il secoua la tête.

— Oubliez ça.

Il se retourna et attrapa *Shining* sur l'étagère à côté de lui, se rapprocha et le jeta sur le comptoir devant moi. Il faisait quelques centimètres de moins que moi. Il me contempla au travers de ses mèches trop longues.

— Vous regardez jamais ces films ?

— Euh, je préfère les films à gros budgets.

J'essayai de ne pas avoir l'air trop sur la défense.

— Mais c'est pas vraiment ce qu'il vous faut, si ? Tous les vidéo clubs ont ce type de films. Il vous faut ceux pour lesquels ils n'ont pas de place. Des films cultes.

— Des films cultes ?

— Ouais.

— Comme *The Breakfast Club* ?

Il cligna des yeux. Une fois. Deux fois. Puis :

— Vous deviez être un bon petit bourge au lycée, non ? demanda-t-il méchamment.

— Qu'est-ce ça veut dire, ça ?

Il leva à nouveau les yeux au ciel.

— Laissez tomber.

The Breakfast Club n'était pas un film culte ? J'avais beau avoir déjà entendu le terme, je ne savais pas vraiment ce que cela signifiait.

— De quel genre de film parlez-vous ? demandai-je en faisant un effort pour avoir l'air sincère. Je voudrais vraiment le savoir.

Il me dévisagea un instant, je voyais bien qu'il essayait de juger s'il devait me prendre au sérieux. Enfin, il écarta à nouveau les mèches devant son visage et dit :

— *The Toxic Avenger.* Vous l'avez ?

— Je crois. Peut-être. Je ne sais pas.

— *Ed Wood* ?

— Ed qui ?

— *Ed Wood*, avec Johnny Depp.

— C'est celui où il coupe des cheveux ?

— Vous parlez d'*Edward aux Mains d'argent* ou de *Sweeney Todd* ?

— Je croyais qu'on parlait de Johnny Depp.

Il leva les yeux au ciel.

— Et *Le Cuisinier, le voleur, sa femme et son amant* ?

— C'est un seul film ou quatre ?

— Et *Re-Animator* ? Ou *Fatal Games* ? *Les Guerriers de la nuit* ?

— *Fatal Games* ! lançai-je d'un ton triomphant. Je crois que celui-là je l'ai quelque part.

— Dis donc, Ram, je croyais que c'était interdit aux pédés, la cantine !

— *Quoi* ?

— Il faut répondre : 'Possible, mais j'ai l'impression que c'est opération portes ouvertes pour les trous du cul, en tout cas'.

206

J'en restai stupéfait, essayant de déterminer s'il me traitait de pédé, de trou du cul ou des deux, et il leva à nouveau les yeux au ciel.

— C'est une réplique de *Fatal Games*, mec. Laissez tomber. J'aurais dû savoir que vous pigeriez pas.

J'avais l'impression qu'on ne parlait même pas la même langue. Mon trouble devait être évident car il soupira et chercha son portefeuille dans sa poche.

— Vous devriez regarder quelques-uns de vos films, vous savez. Comment vous arrivez à gérer un vidéo club, sinon ?

C'était exactement ce que je pensais. Et Tracy avait démissionné. Je tentai ma chance.

— Euh, vous cherchez un travail?

— J'en ai un.

— Oh.

Je ne savais pas pourquoi j'avais cru qu'il était au chômage.

— D'accord.

— Ouais.

— Ouais, quoi ?

— Je veux un boulot.

— Vous venez de dire que vous en avez déjà un.

— Ouais, j'en ai deux. Mais si vous engagez, je lâche l'un des deux. C'est pas comme s'ils étaient michto d'façon.

Je ne voyais pas ce qu'il voulait dire, mais je n'allais pas poser de question.

— Vous pourriez ranger tous ces films ?

— Facile.

— Quand pourriez-vous commencer ?

Il me sourit.

— Tout de suite.

— Comment vous appelez-vous ?

Son sourire disparut.

— Sérieux, ça fait presque trois semaines que je loue un film quasi tous les soirs, et vous savez toujours pas mon nom ?

Il avait raison. J'étais nul à ce genre de choses. Il secoua la tête avant que j'aie le temps de répondre.

— C'est Angelo. Angelo Green.

VINGT HEURES arriva sans un signe de Tom. En fait, vingt-et-une heures venaient de sonner lorsqu'il sonna à ma porte.

207

— Tu es en retard.

J'essayai de le dire avec nonchalance, sans avoir l'air de l'accuser. Peut-être y avais-je réussi.

— Je suis vraiment désolé, bébé.

Il m'appuya contre le mur et m'embrassa. Sa langue caressa mon palais et il pressa contre moi sa verge, déjà en érection.

J'avais envie d'être en colère, mais ça ne marchait pas. Il était trop beau, il m'empoignait les fesses, il se frottait contre moi et bon Dieu, j'avais tellement envie de lui !

— J'ai du vin, réussis-je à souffler.

— Plus tard ?

Sa bouche était rude contre la mienne, il gémit.

— Zach, s'il te plaît, laisse-moi te baiser ce soir. J'ai tellement envie de toi, je sais que tu en as envie aussi.

Il avait raison. L'entendre suffisait à me rendre tellement dur que c'en était presque douloureux.

— D'accord.

Sur le chemin de la chambre, nous échangeâmes des baisers, des caresses, semant nos vêtements.

Je sortis un préservatif et du lubrifiant du tiroir et les lui tendit. Il me retourna et me poussa sur le lit, puis attrapa mes hanches et me tira vers lui. Une seconde plus tard, je sentis ses doigts glissants s'enfoncer en moi. Je gémis et m'appuyai contre lui.

— Ça te plaît ? me demanda-t-il tandis que ses doigts allaient et venaient en moi, touchant ce point de désir qui déclenchait des vagues de plaisir dans tout mon corps.

— Oui !

— Tu es si étroit, bébé ! Ça fait combien de temps ?

Il continuait à bouger les doigts en moi, alors la réponse n'était pas facile à formuler.

— Trop longtemps, dis-je en me pressant plus fort contre lui.

— C'est ça, bébé ! Dis-moi combien tu aimes ça !

— J'aime ça, hoquetai-je.

— J'ai trop hâte de te baiser, Zach.

Ses doigts disparurent et je sentis alors son sexe me pénétrer.

— Je ne peux plus attendre !

Il s'enfonça brusquement et je me mordis la lèvre pour m'empêcher de crier.

— Bon Dieu, bébé, c'est encore meilleur que ce que j'espérais ! Si étroit, putain, ce que t'es bon !

J'étais un peu énervé parce que je sentais qu'il n'avait pas mis le préservatif. Pourquoi croyait-il que je le lui avais tendu ? Ça me semblait assez clair, comme requête. Mais bon, c'était trop tard maintenant. J'essayai de me détendre et me relâcher autour de lui. Il donnait déjà des coups de hanche, parlant constamment, un débit de paroles infini et sans aucun sens.

— Tellement bon, putain, tellement étroit ! C'est ça, bébé, c'est ça !

Je n'avais jamais été du genre à parler beaucoup pendant le sexe, mais je n'allais sûrement pas lui demander de se taire.

Il accélérait déjà et je sentais qu'il ne durerait plus longtemps. Je m'agrippai à la tête de lit d'une main et me masturbai de l'autre. Il me donnait de grands coups brutaux alors je savais que j'aurais mal au matin. Il me tenait fort les hanches.

— Si près, si près !

Puis il jouit d'un coup de rein brusque. Je n'avais pas fini. Il ne prit pas le relai pour moi. Il resta là, toujours en moi, étreignant mes hanches jusqu'à ce que je termine, puis il s'effondra à mes côtés sur le lit.

— Tu es fantastique, Zach.

Je regrettais vraiment de ne pas pouvoir en dire autant. Mais bon, n'importe quel type de relation sexuelle valait mieux que pas du tout.

— Pourquoi as-tu dû travailler si tard ? demandai-je.

— La réunion s'est prolongée. Tu sais comment c'est : tout le monde parle, personne n'écoute.

En fait je ne savais pas du tout mais je ne répondis pas.

— C'est ennuyeux.

— Je suis content que tu aies pu venir.

— Moi aussi. Tu m'as manqué.

Il se retourna pour m'embrasser, puis se leva et commença à s'habiller.

— Je prendrais bien ce verre de vin, maintenant.

J'enfilai un pantalon de jogging et un tee-shirt, puis versai le vin. Il me suivit dans le salon. J'allumai la musique et me retournai. Il me contemplait depuis l'autre côté de la pièce. Nous étions là, à nous regarder bêtement. C'était ridicule. Il venait de me baiser, et pourtant je ne savais pas quoi lui dire.

Il fit le tour de la salle à manger du regard et vit le puzzle sur la table. Il alla y jeter un coup d'œil. Je le suivis.

— Tu aimes les puzzles ? lui demandai-je.

Il me sourit.

— Tu parles.

Je m'assis sur l'une des chaises et il s'assit à côté de moi.

— Celui-ci est plus dur que prévu, dis-je en cherchant une pièce en particulier qui m'échappait. Il y a une telle diversité de gris.

Il émit un son désintéressé. Je continuai à chercher ma pièce. Il s'agita un peu, prenant des pièces au hasard et essayant de trouver leur place. Au bout de quelques minutes, il se leva et s'aventura dans le salon. Ma musique s'arrêta soudain, il alluma la radio et tourna les boutons. Il mit beaucoup de temps à trouver une fréquence et le bavardage constamment interrompu de la radio, ponctué de grésillements angoissés m'agaça plus que de raison. Qu'est-ce qui n'allait pas avec ma musique ? Si elle ne lui plaisait pas, il aurait dû dire quelque chose.

Il finit par trouver une station qui lui plaisait et revint dans la salle à manger. Il ne s'assit pas, pourtant. Il posa son verre de vin vide sur la table et dit :

— Il faut que j'y aille. Je dois être au bureau tôt.

— D'accord, répondis-je en essayant de cacher ma déception.

Je le raccompagnai à la porte et lui donnai un baiser d'au revoir.

Je bus mon vin seul.

ANGELO COMMENÇA à travailler à De A à Z le lendemain matin. Je m'attendais presque à ne pas le voir, mais il fut parfaitement à l'heure.

— Où t'es-tu garé ? lui demandai-je lorsqu'il passa la porte. Il ne vaut mieux pas se mettre sous le balcon de Sensei. Un de ses élèves vomit de là-haut au moins deux fois par an.

Il prit l'air amusé mais secoua la tête.

— J'ai pas de bagnole.

— Tu ne conduis pas ? demandai-je avec surprise.

— Si, mais j'ai pas de bagnole, répéta-t-il comme si la distinction était importante. J'en ai pas besoin. Je crèche à deux pâtés de maison. Mon autre job est quatre pâtés plus loin. Le supermarché est entre les deux.

Il haussa les épaules.

— C'est plus facile à pied.

— Mais, et en hiver ? demandai-je.

Il me décocha ce sourire en coin mignon mais agaçant.

— Comme j'ai dit, plus facile à pied.

La porte s'ouvrit et Ruby entra. Angelo n'était qu'à quelques pas d'elle et elle fonça sur lui, les bras écartés comme si elle allait l'étreindre. Sa réaction fut complètement inattendue. Il détala presque. Il recula si vite qu'il trébucha sur ses propres chaussures et se cogna contre l'étagère derrière lui. Je crus un instant que tout allait s'effondrer. Elle resta debout, mais au moins une douzaine de films tombèrent par terre. Coincé contre l'étagère sans possibilité de reculer plus, Angelo resta figé comme le lapin proverbial dans les phares d'une voiture tandis que Ruby lui agrippait les épaules. Il avait l'air terrifié. J'avais beaucoup de mal à ne pas rire.

— Tu es entouré d'énergie positive, lui dit-elle carrément. J'ai senti ta lumière à travers le mur. Tu apportes la vie.

Il la regarda avec une stupéfaction muette. Elle lui tapota la joue de sa main ridée puis tourna les talons.

Il me regarda avec des yeux écarquillés et me demanda, le souffle coupé :

— C'était qui celle-là ?

— La voisine. La librairie lui appartient.

— Elle est cinglée ?

Il n'y avait même pas une pointe d'humour dans sa voix.

— C'est une nette possibilité, répondis-je en souriant.

Il ne me rendit pas mon sourire.

Qui aurait cru que le voyou au sale caractère avait peur des petites vieilles dames ? C'était trop drôle ! Il lui fallut quelques minutes pour s'en remettre. Il se redressa, prit quelques inspirations puis secoua la tête en ramassant les films tombés de l'étagère.

— Des mômes qui vomissent, une médium et de la marie-jeanne. T'es entouré de bargeots, Zach.

Comme si je ne le savais pas déjà.

... ANGELO

JE NE sais pas trop comment je me suis retrouvé à bosser à ce vidéo club, mais je ne vais pas me plaindre. C'est marrant, quand même, que ça arrive maintenant, quand j'ai enfin lâché l'idée d'attirer l'attention de ce type.

Zach. C'est son nom, Zach.

Je le trouve intéressant pour plusieurs raisons. Déjà, il y a le vidéo club, De A à Z. Bizarrement, il n'a pas fait faillite alors que toutes les autres boutiques indépendantes ont coulé il y a des années. Je ne sais pas si c'est un génie de la finance ou s'il a juste le cul bordé de nouilles. Le plus surprenant c'est qu'il ait maintenu son truc à flot alors qu'il connaît que dalle aux films. Sérieusement, ce type ne sait pas faire la différence entre *La Légende de Billie Jean* et *Légendes d'automne*. C'est à hurler de rire.

Ensuite, il y a le simple fait qu'il est super mignon. Quand même, ce n'est pas le genre de mecs qui m'attire en général. Il peut être tellement bourge des fois que ça me surprend presque qu'il n'ait pas un polo sur les épaules. Il n'y a jamais de trou dans son jean. Il n'a pas un cheveu qui dépasse. Il y a toujours des petits chevaux brodés sur ses chemises. Et il porte des mocassins. Sérieux, je n'avais encore jamais croisé un type qui portait des mocassins. Ça lui va, faut dire.

Zach a les cheveux bruns et d'épais cils noirs, les yeux les plus bleus que j'aie jamais vus. S'il avait dix ans de moins, je l'aurais traité de twink. Je ne sais pas trop comment l'appeler du coup parce que je suis sûr que ce terme ne s'applique pas aux plus de trente ans. N'empêche, il est joli à regarder. Bien foutu, aussi, pour son âge. Pas une montagne, comme s'il perdait son temps à faire de la muscu, mais il doit faire quelque chose parce qu'il n'a pas la bouée au bide de beaucoup de types de son âge.

Mais plus que le fait qu'il soit mignon, c'est qu'il n'a pas l'air de s'en rendre compte. Il ne capte jamais quand on flirte avec lui. J'en ai vu plusieurs essayer. J'ai essayé aussi. Il n'a jamais pigé. D'abord, j'ai cru que je m'étais planté et qu'il était hétéro. Après, qu'il était peut-être maqué. Mais le jour où j'ai vu ce grand culturiste l'inviter à dîner, j'ai compris : Zach est juste complètement à l'ouest. Il est tellement sûr de pas être intéressant, l'idée qu'on pense le contraire ne lui passe même pas par la tête. C'est juste trop sexy, non ?

De toute façon, c'est trop tard maintenant. Ce connard à biceps, Tom, est arrivé le premier. Il a réussi là où on s'est tous pris un râteau parce qu'il ne s'est pas fait suer avec de la subtilité. Bien sûr, maintenant que je bosse avec Zach, il est de toute façon hors-jeu. Les relations, c'est pas pour moi. Maintenant, si on couchait ensemble, faudrait que je lâche ce job et que je trouve un autre vidéo club, ça me soûlerait.

Bosser pour Zach, c'est facile. Enfin quoi, j'ai vu faire cette bille de Tracy avant qu'elle arrête de se pointer. Elle passait son temps défoncée, le cul sur sa chaise, pourtant Zach la payait. Je ne vais pas profiter de lui comme ça. Je vais ranger le vidéo club, et pour être franc, c'est marrant. Zach a toutes sortes de trucs bizarres, des vieux films et des nanars que j'ai encore jamais vus. Et maintenant, il me laisse les louer gratos.

Je suis content qu'il n'ait jamais réalisé que je le draguais, sinon je ne bosserais pas pour lui aujourd'hui.

Zach...

J'AVAIS RENDEZ-VOUS avec Tom la semaine suivante. Il devait passer me chercher à dix-huit heures. Quand il ne se montra pas, je pensai à l'appeler, puis réalisai qu'il ne m'avait jamais donné son numéro. Ça semblait ridicule que je n'aie jamais pensé à le lui demander. Même s'il n'avait rien été d'autre que mon propriétaire, il aurait au moins dû me laisser une carte de visite. J'attendis dix-neuf heures avant de renoncer et de rentrer à la maison.

Deux jours plus tard, il débarqua au vidéo club au moment où Angelo et moi fermions.

— Salut, bébé, lança-t-il comme si rien ne s'était passé.

— Tu as deux jours de retard, l'accusai-je.

— Bébé, je suis tell...

— Je ne m'appelle pas 'bébé', cinglai-je. C'est Zach.

Angelo, qui venait de retourner le signe 'Fermé', eut un sourire à ces mots.

Celui de Tom vacilla un instant.

— Zach, je suis désolé. Vraiment.

Derrière lui, Angelo me fit au revoir de la main et partit. Tom passa un bras autour de ma taille et me rapprocha de lui.

— Vraiment, Zach, je suis désolé. Il y a eu une réunion, je n'ai pas pu m'en échapper et mon téléphone n'avait plus de batterie. Je sais que j'aurais dû t'appeler hier, mais j'ai été tellement occupé !

Il m'agrippa les fesses et pressa les lèvres contre ma gorge.

— Je vais me faire pardonner, Zach. Je t'emmène au restaurant ce soir.

Je sentais sa verge à demi-érigée contre ma hanche. Il me regarda droit dans les yeux.

— Je ne supporte pas que tu sois fâché contre moi, Zach. Dis-moi que tu me pardonnes.

Quelque part j'avais envie de rester fâché, mais ce côté de moi perdait clairement la bataille.

Il m'embrassa, lentement, profondément, et c'était fantastique. Il m'attirait tellement. Je ne pouvais pas m'empêcher de le désirer.

Il rompit notre baiser et me regarda à nouveau dans les yeux.

214

— Dis quelque chose, Zach.

— Je te pardonne, lui répondis-je avec un sourire. Cette fois.

Il me rendit mon sourire, avec son sourire à lui, incroyablement sexy, qui me coupait les jambes.

— Parfait.

Nous dînâmes puis rentrâmes à mon appartement. Nous ne perdîmes pas de temps à parler. Je déboutonnai sa chemise et la lui retirai. Son torse était couvert de poils épais et bruns. Juste sous sa clavicule droite se trouvait une marque ronde, de la taille d'une pièce. J'aurais pu croire qu'il s'agissait d'une tache de naissance, sauf que je ne l'avais encore jamais vue. C'était un suçon.

— Qui te l'a fait ? demandai-je malicieusement.

— Forcément toi, bébé, dit-il en défaisant mon pantalon.

Apparemment je m'appelais à nouveau 'bébé'.

— Je crois que je m'en souviendrais ! ris-je.

— Je n'ai couché avec personne d'autre.

Qu'il voie clairement quelqu'un d'autre ne me gênait pas tant que son mensonge. À ce stade de notre relation, on ne pouvait s'attendre à être monogames. Moi aussi j'aurai couché avec quelqu'un d'autre, si l'occasion s'était présentée. Du coup, je ne pouvais m'empêcher de me demander si c'était là la véritable raison du lapin qu'il m'avait posé deux jours plus tôt. Son manque de franchise me gênait.

Cette fois, j'insistai pour qu'il porte un préservatif.

— On l'a déjà fait sans, Zach. C'est trop tard, maintenant.

Je réprimai mon irritation.

— Je veux que tu l'utilises quand même.

— Allez, bébé, râla-t-il. Tu sais combien c'est meilleur sans !

— Ça me gêne pas d'en porter un, si tu veux passer en-dessous.

Quelque chose traversa son visage, de la peur ou de l'écœurement, c'était difficile à dire tellement ce fut rapide. Il secoua la tête et me prit le préservatif.

— Comme tu veux, bébé.

Ce fut un peu mieux que la première fois. Au moins il tint plus d'une minute. Mais enfin, je ne vis pas d'étincelles.

Nous restâmes ensuite côte à côte sur le lit, à regarder le plafond.

— On peut se voir cette semaine ? demandai-je.

— Je vais peut-être pouvoir passer demain soir.

Ce n'était pas du tout ce que je voulais dire.

215

— Je pensais plus à dîner ensemble.

— Ça m'étonnerait, Zach. On est très occupés en ce moment.

Il dût sentir ma déception, car il se tourna vers moi et m'embrassa.

— Tu as raison. On ne se voit pas assez. La première chose que je fais demain c'est regarder mon emploi du temps, et je t'appelle, d'accord ?

— Oui.

Je n'étais pas sûr de pouvoir le croire.

— ET *CASABLANCA* ?

C'était le début de la troisième semaine d'Angelo. Il m'interrogeait sur les films que j'avais vus. Jusqu'ici, j'en étais à un sur quatre-vingt.

— Non.

— Il est plutôt cool, celui-là. Il y a plein d'expressions populaires qui en sont tirées. 'Je sens, très cher, que c'est le début d'une belle amitié' ou 'De tous les bars de toutes les villes du monde'. Et 'Rejoue-la nous, Sam', sauf que personne dans le film dit ça très exactement.

Je consultais une liste qu'Angelo créait pour moi. À ma grande surprise, il s'était révélé le meilleur employé que j'avais jamais engagé. C'était un meilleur employé que moi ! Il travaillait toujours à réorganiser tous les films, faisant l'inventaire – son idée à lui – au passage. Et il le faisait avec enthousiasme. Il n'arrêtait pas de trouver des films qui l'excitaient comme un gamin à Noël. La plupart du temps, je n'en avais jamais entendu parler. Plus surprenant encore que son travail sérieux, c'était qu'il soit de très bonne compagnie. Nous nous entendions très bien. Nous n'avions pas l'air d'avoir grand-chose en commun, et pourtant cela marchait. Je ne lui avais pas encore dit que j'étais gay. C'était la seule chose qui m'inquiétait un peu.

— Et *Oliver !* ?

— Le Disney avec les chiens ?

Il éclata de rire.

— Non, mais les deux sont basés sur le même bouquin, c'est vrai. C'est une comédie musicale qui a gagné l'Oscar du meilleur film en 64.

— Ce n'est pas mon truc, les comédies musicales.

— Alors j'imagine que tu n'as jamais vu *La Mélodie du bonheur* ?

— Oh que non !

— Ouais, d'accord, il y a beaucoup de gens que ça ne branche pas. Et les westerns ? Tu aimes Clint Eastwood ? Tu regardes ses vieux films, non ? Je sais que tu as au moins vu un bout de *Sierra Torride*.

— C'est celui avec le pont à tréteaux ?

— Ouais.

— C'est tout ce dont je me souviens.

— Et *Le Bon, la brute et le truand* ?

— C'est celui où il demande : 'tu tentes ta chance ?'

— Non, ça c'est *L'Inspecteur Harry*.

— Je ne crois pas avoir vu ni l'un ni l'autre, en fait.

Il siffla.

— Tu rates un truc, mec. Clint était vachement bandant, à l'époque, tu sais ? Pas l'inspecteur Harry, pas trop. Mais Blondin, carrément. Je crois que c'était surtout dans l'attitude.

Je me figeai et le regardai. Il me tournait le dos, des boîtes de DVD pratiquement jusqu'aux genoux.

— Qu'est-ce que tu viens de dire ?

— J'ai dit que Blondin était bandant. Super bandant. Sérieusement baisable. Bien sûr, c'est lui qui baiserait. Blondin ne se laisserait jamais prendre par personne.

Stupéfait, je restai là et il finit par se retourner vers moi. Je devais le dévisager comme s'il lui était poussé une seconde tête car il lâcha le DVD qu'il tenait.

— Quoi ?

— Tu es gay ?

— Ouais, répondit-il avec un amusement évident. Tu ne le savais pas ?

— Comment j'aurais pu ?

Il secoua la tête.

— Putain, tu es incroyable, Zach !

Il reprit sa tâche, riant comme si j'avais dit quelque chose de très drôle.

— Tu m'éclates !

Je n'eus pas le courage de lui demander ce que j'avais fait qui était si drôle. Ceci dit, ça n'avait pas d'importance. Il recommença à parler de films.

— Et *Un Tramway nommé désir* ? Brando était sexy aussi, à l'époque. D'accord, c'est un connard de violeur. Son personnage, hein. Pas lui. Et

217

Blanche était vraiment une salope. Je parie que la seule chose dont tu te souviens, c'est de l'entendre crier : 'Stella !'

C'était presque l'heure de fermer et j'étais surpris de ma déception. J'aimais bien discuter avec lui. Rentrer dans mon appartement vide n'avait rien d'attirant.

— Que fais-tu ce soir ? lui demandai-je avant d'avoir eu le temps de réfléchir.

Surpris, il leva les yeux vers moi.

— Je bosse cette nuit, mais avant ça je n'ai rien de prévu.

Il travaillait à la station-service du bout de la rue, de vingt-trois heures à cinq heures du matin, en semaine. Puis chez moi de onze heures jusqu'à la fermeture, dix-huit heures en semaine et vingt heures le samedi. Je serais devenu cinglé si j'avais travaillé autant, mais ça n'avait pas l'air de le déranger.

— Ça te dit qu'on passe un peu de temps ensemble ?

— Tu essayes de me foutre dans ton lit maintenant que tu sais que je suis homo ? demanda-t-il d'un ton insolent.

— Non !

— Ouais.

— Ouais quoi ?

— Ouais, je veux bien qu'on passe du temps ensemble.

Il me sourit.

— Ton copain sera là ?

Je retins l'envie de dire que Tom n'était pas mon petit ami. Ça impliquait quelque part que je sache autre chose sur lui que son amour pour les obscénités au lit.

— Non.

— Pourquoi ?

— C'est important ?

J'avais l'air amer et contrarié, mais il ne fit que me sourire.

— Non. Qu'est-ce qu'on va faire ?

C'était une bonne question. Je n'en avais aucune idée. Je fis le tour de la pièce du regard.

— Regarder un film ?

Son sourire s'élargit encore plus.

— Seulement si c'est moi qui choisis.

— Ça marche.

218

C'est alors qu'un de mes habitués entra. Celui que j'appelais Eddie dans ma tête, parce qu'il portait toujours des tee-shirts Iron Maiden.

Angelo alla immédiatement au comptoir pour l'aider.

— Salut, Justin. Je l'ai là.

Il sortit un film de sous le comptoir.

— Je savais que tu viendrais ce soir.

Eddie, dont le vrai nom était apparemment Justin, sourit. Je n'avais jamais vu ses dents jusqu'ici.

— Merci, mec.

Après son départ, je me tournai vers Angelo.

— Comment tu savais ce qu'il allait louer ?

Il secoua la tête.

— Il prend le même film à chaque fois, Zach. *Heavy Metal*. Tu n'as jamais remarqué ?

Je secouai la tête.

— Faut que tu fasses plus attention à tes habitués, mec.

— S'il loue toujours le même film, pourquoi il passait autant de temps ici ? demandai-je en essayant de ne pas avoir l'air sur la défensive.

Angelo me fit un sourire narquois.

— Parce qu'il le retrouvait jamais. Il croyait que tu le déplaçais pour te foutre de sa gueule. Je lui ai dit que tu étais juste à côté de la plaque.

Ce qui expliquait pourquoi Justin avait toujours l'air furieux, mais je n'étais pas certain qu'être vu comme un abruti soit beaucoup mieux.

Je m'arrêtai en chemin prendre des sushi pour moi et du poulet teriyaki pour Angelo – le regard qu'il m'avait lancé quand j'avais parlé de poisson cru n'avait pas été très enthousiaste – ainsi qu'une bouteille de saké.

Nous nous sommes installés par terre autour de la table basse. Il lança le film. C'était *Seven*, avec Brad Pitt. Au moins c'était en couleur, et il y avait Brad Pitt.

— C'était sérieusement perturbant, dis-je à la fin.

Il rit.

— Kevin Spacey est grandiose en méchant, non ?

Je divisai ce qu'il restait de saké entre nos tasses, avant de me souvenir qu'il avait encore du travail après.

— Tu ne vas pas avoir d'ennui si tu as bu avant de commencer ?

Il haussa les épaules.

219

— Tant que je ne suis pas complètement bourré, personne ne le saura, de toute façon. Il n'y a personne d'autre que les clients et moi, et eux, ils ne se rendent compte de rien.

— Ça ne te dérange pas, de travailler autant ?

— Qu'est-ce que je ferais d'autre ? demanda-t-il d'un ton léger.

— Tu as de la famille dans le coin ?

Il hésita un instant, puis répondit :

— Non, pas de famille.

— Pas de famille dans les environs, tu veux dire.

— Non, dit-il avec une pointe d'agacement dans la voix. Je veux dire que je n'ai pas de famille du tout.

— Comment c'est possible ? Tu es un orphelin, ou un truc du genre ?

— Ou un truc du genre.

Il continuait à regarder l'écran alors que c'était le générique de fin, mais quand il se rendit compte que j'attendais toujours, il soupira.

— Ma mère était indienne. Pas, genre, d'Inde, indienne d'Amérique. Elle a épousé mon père au Nouveau Mexique. Elle m'a dit qu'il était italien.

— Et son nom de famille était Green ? demandai-je, sceptique.

Il me fit son sourire en coin.

— Apparemment. Pas que je l'aie jamais rencontré. Tout ce que je sais, c'est qu'ils ont déménagé à Denver avant ma naissance. Et puis un an après, mon père s'est tiré. Quand j'ai eu six ou sept ans, ma mère m'a laissé avec le voisin, et elle s'est tirée aussi. Après ça, ça a été les familles d'accueil, jusqu'à ce que j'aie seize ans et que je lâche l'école pour me débrouiller tout seul.

Il me jeta un coup d'œil, j'essayais de ne pas avoir l'air trop horrifié.

— Ce n'est pas grave, alors ne me fait pas la morale, d'accord ?

— Mais non.

Mais je dus détourner la tête au cas où mon expression me trahirait. Ma famille avait toujours été du genre famille parfaite. Mon homosexualité était la pire chose qui leur soit jamais arrivé, et même ça n'avait pas trop créé de vague. Je n'imaginais pas avoir grandi sans leur indéfectible soutien.

Il regarda la tasse de saké qu'il tenait.

— Faut que j'y aille.

— Hé, Angelo ? dis-je tandis qu'il se dirigeait vers la porte.

Il s'arrêta.

— Quoi ?

— Ça te dit qu'on remette ça, un de ces jours ?

— Tu crois que je n'ai rien d'autre faire ?

Il avait à nouveau un ton insolent. Je ne savais pas si je devais me sentir offensé ou non.

— C'était juste une suggestion, répondis-je, en essayant encore de ne pas être trop sur la défensive. Ce n'est pas grave.

— Ouais.

— Ouais quoi ?

— Ouais, je veux bien qu'on remette ça.

Je me demandai si je m'habituerais jamais à ces échanges alambiqués.

— À demain, Zach.

... ANGELO

JE N'ARRIVE pas à croire que Zach ignorait que je suis homo. Quand je pense à toutes les fois où je l'ai dragué pour attirer son attention ! Il a dû croire que j'étais super amical. Tu parles d'être à l'ouest. Ça me fait marrer.

Ça m'a surpris qu'il m'invite chez lui. Mais c'est cool. Il veut vraiment passer du temps avec moi, pas juste tirer un coup. Je ne me rappelle même pas la dernière fois que c'est arrivé. Quand même, je ne sais pas pourquoi je lui ai parlé de mes parents. Ce n'est pas quelque chose que je raconte en général. Je déteste l'expression des gens, comme celle qu'a eue Zach, moitié horreur, moitié pitié. C'est très vite gonflant. Au moins Zach a fait de son mieux pour ne pas me le montrer.

Deux jours plus après, il m'a encore invité, et on a encore passé la soirée assis par terre dans son salon à regarder un film en mangeant thaïlandais. Quand je suis parti, je n'ai pas pu m'empêcher d'espérer qu'il me réinviterait. C'est grave plus sympa que d'être tout seul chez moi.

Bosser à De A à Z, c'est bizarre. Déjà, il y a les voisins, Ruby la folle d'un côté et Jeremy de l'autre. La première semaine, Ruby m'a dit qu'elle avait eu une vision où j'essayai d'étrangler un poulet. J'ai résisté à l'envie de faire une blague de cul. Me suis dit que ça ne l'aurait pas fait marrer. Jeremy veut que je m'inscrive au parti libertarien. Il dit que les Républicrates sont les larbins de l'empire corporatif. Va savoir ce que ça veut dire. Nero Sensei essaie toujours de me vendre des compléments alimentaires et ses élèves passent leur temps à faire le tour du parking en pyjama, à donner des coups de pied aux arbres en criant comme des malades. Et puis il y a les clients. Le type en tee-shirt hawaiien était avocat avant. Maintenant il est barman. En tout cas, il passe souvent chez Jeremy et il adore les films qui font pleurer. Au début ; il était embarrassé mais qu'est-ce que ça peut me faire à moi, si ce type aime les histoires fleurs bleues ? Justin ne loue que *Heavy Metal*. Il n'est pas terrible pourtant, ce film, je me demande vraiment pourquoi il ne se contente pas de simplement acheter une copie. Et puis il y a Carrie, la fille avec un piercing à la lèvre. On pourrait croire que c'est une dingue de vampires. En fait, elle joue du violoncelle et chante à la chorale de l'église. Elle adore les comédies musicales.

Je ne me suis jamais autant marré sans un travail qu'avec Zach. J'ai hâte de le voir tous les jours. Je suis surpris qu'on s'entende aussi bien. Mais je suis triste pour lui, de le voir attendre ce connard de Tom. C'est clair comme de l'eau de roche que Zach veut une vraie relation. C'est tout aussi évident que ça n'intéresse pas du tout Tom. Zach compte toujours les heures avant de le voir. Lui, il annule la moitié du temps et se pointe à la bourre l'autre moitié.

Mais enfin, je n'ai pas de pierre à jeter. Comme je disais, les relations ce n'est pas mon truc. N'empêche que ma technique n'est pas aussi méprisable. J'aurais fait passer un bon moment à Zach et puis on ne se serait jamais revus. Je n'aurais pas fait semblant de sortir avec lui pour le rouler dans la farine comme Tom. C'est sa malhonnêteté qui m'écœure. Mais je ne dois pas oublier que ce ne sont pas mes affaires.

Quelques semaines plus tard, Zach appelle et me demande d'ouvrir sans lui. Qu'il court mais qu'il sera à la bourre. Ce n'est pas juste une expression, il court vraiment tous les matins. Parfois deux kilomètres, parfois plus. Je ne pige pas. Courir, ça ne m'éclate pas vraiment. Mais ça explique pourquoi il est si bien foutu. Bref, il est à la bourre et veut quand même se doucher avant de venir. Je lui ai dit de prendre son temps. On est mercredi matin : pas de raison d'être deux.

C'est pour ça que je suis tout seul dans le vidéo club quand Tom se pointe.

Je dois être franc. Il me fait flipper. Je ne saurais pas l'expliquer. Peut-être parce que ce sont des grands costauds comme lui qu'ont pourri mon adolescence. Peut-être parce que c'est un mec comme lui qui a essayé de me violer il y a quatre ans. Il me mettait mal à l'aise comme Tom. J'étais content qu'il ne me remarque pas. Jusqu'à aujourd'hui.

Il fait le tour de la boutique du regard, cherchant clairement Zach, mais c'est moi qu'il voit. Là, son regard change. Je ne peux pas l'expliquer autrement. Ça m'a fait froid dans le dos.

— Salut, dit-il.

Il me rejoint dans le coin où je réorganise les films sur l'étagère.

— Zach est là ?

— Non.

Je ne le regarde pas. Je continue à faire mon boulot.

— Je lui dirai que vous êtes passé.

Bien sûr, j'espère que ça lui ira et qu'il va se casser. Mais je sais tout de suite que ça ne va pas marcher. Il reste là à me reluquer et quand je lui

223

jette un coup d'œil, il a un petit sourire en coin qui me fait battre le cœur à cent à l'heure. Pas de façon sympa. Le pire c'est qu'il m'a coincé.

— Zach doit être plus intelligent que je le croyais, dit-il soudain, s'il se garde un joli petit morceau comme toi.

Je ne sais pas ce qui m'énerve le plus dans sa remarque, qu'il m'appelle un joli petit morceau ou qu'il sous-entende que Zach est stupide.

— Dis-moi, il te laisse le baiser ou c'est toujours le contraire ?

— On n'est pas comme ça.

Je pèse le pour et le contre. Je n'ai pas peur de lui. Ça fait longtemps que j'ai appris à me battre contre des brutes de son genre. La question, c'est quel genre d'emmerdes ça va me causer après ? Faut juste que je patiente, que je la joue cool, que j'espère qu'il ne se passera rien avant l'arrivée de Zach.

— Tu veux me faire croire que Zach te garde pour tes extraordinaires dons d'organisation ? demande-t-il d'un ton sarcastique.

Je hausse les épaules.

— Faut lui demander.

Il se rapproche. Je ne recule pas. Je ne vais pas lui donner cette satisfaction.

— Allez, dit-il d'un air séducteur. Sois gentil. Je suis sûr que tu en vaux la peine. Pourquoi tu ne partages pas un peu ce que tu lui donnes ? Je te ferai même passer un bon moment.

— Je ne lui donne rien. Je ne te donnerai rien non plus.

— Pas besoin de continuer à le nier. Ça ne me gêne pas qu'il s'amuse un peu sans moi.

— Tu délires.

Il rigole, comme si c'est un jeu. Peut-être que c'en est un pour lui. Et puis il essaie d'écarter les cheveux devant mes yeux. Je bouge avant même d'y réfléchir, repousse sa main et me retourne vers lui.

— Ne me touche pas, connard !

Son regard se fait plus sombre, plus flippant, et il dit à voix basse :

— Fais attention, mon mignon.

C'est clairement un avertissement.

Je refuse de me laisser intimider par lui. Je le regarde dans les yeux, la voix calme et égale.

— Ou alors ?

— Peut-être que je dirai à Zach que son petit chien a proposé de me tailler une pipe contre un peu d'argent. Le partager ne me gêne pas, mais je ne sais pas, je doute qu'il voie les choses à ma façon.

Je suis tenté de le prendre au mot. De toute façon, Zach ne le croirait jamais. C'est là-dessus que Zach entre. Je déteste sa joie quand il voit Tom.

Bien sûr, Tom est un pro. Il s'écarte immédiatement de moi et il a un grand sourire aux lèvres avant de se retourner vers Zach.

— Salut, bébé. Je t'attendais.

Il tend les bras vers lui.

Je ne peux pas voir ça.

— Zach, je reviens dans vingt minutes.

Je ne le regarde même pas. Je baisse la tête et file vers la porte. Et puis, je sais que Zach dira pas non, et justement, je l'entends répondre : 'Pas de problème !' au moment où je passe le seuil.

Je ne sais même pas où je vais. Il fallait que je sorte de là. Je n'arrive pas à décider s'il faut que je dénonce Tom ou pas. D'abord, je me dis que oui. On est amis. C'est mon job, non ?

Mais plus j'y pense, plus je me dis que c'est con, comme idée. Zach est un grand garçon. Ce sont ses oignons. Qu'est-ce que je vais dire, de toute façon ? 'Ta grande brute de copain me fout les jetons ?' Ou peut-être que Tom m'a chauffé ? Non. Si je lui dis, il va juste se retrouver dans le mauvais rôle, devoir choisir entre Tom et moi. Je ne veux pas lui faire ça. Malgré ce que pense Tom, Zach n'est pas con. Naïf et à l'ouest, peut-être, mais ce n'est pas la même chose. Il va finir par se rendre compte que Tom est un connard. En attendant, pas besoin de pourrir notre amitié.

ZACH...

JE FUS heureusement surpris de voir Tom à mon arrivée au vidéo club.

—Salut, bébé. Je t'attendais.

Il y avait un bouton de plus de défait à sa chemise, je ne pouvais détacher les yeux de ce petit triangle de peau aux poils bouclés. Il me rejoignit et me tendit les bras.

— Zach, je reviens dans vingt minutes, lança soudain Angelo.

Je crus qu'il essayait simplement de nous laisser tranquille, mais il avait une voix bizarre. Toutefois, il ne me regardait pas et sortit avant que je puisse dire autre chose que 'pas de problème.'

— Tu devrais virer ce voyou avant qu'il te dévalise, déclara Tom tout de suite après son départ.

Je me hérissai. Je ne savais pas vraiment quand j'avais arrêté de prendre Angelo pour un voyou, mais quoi qu'il en soit, je n'aimais pas que Tom le traite ainsi.

— Angelo ne me volerait jamais, rétorquai-je. Je lui fais entièrement confiance.

Cette réponse lui déplut clairement, mais il haussa les épaules et sourit de cette façon incroyablement sexy.

— Je suis désolé de ne pas avoir été très présent. On a eu tellement à faire.

Il m'enlaça la taille et m'attira contre lui.

— Mais tu m'as manqué

Oh cette voix grave et séductrice... Je bandais rien qu'à l'entendre. Il m'embrassa dans le cou et je me détendis contre lui.

— Tu me pardonnes ?

— Bien sûr.

— Parfait.

Il m'embrassa, tendre mais insistant, me prit la main et me tira dans le bureau. Il ouvrit la porte et me poussa à l'intérieur, la referma derrière nuit, puis se jeta sur moi. Il me plaqua contre le mur et m'embrassa brutalement. Il m'empoigna les fesses.

— Je n'ai pas beaucoup de temps, murmura-t-il à mon oreille, le souffle court. Mais j'avais vraiment envie de te voir. Tu m'as tellement manqué !

Il m'embrassa à nouveau et pressa son aine contre la mienne, puis s'écarta pour me caresser les lèvres du pouce. Je le léchai. Il écarquilla un peu les yeux puis souffla :

— Bon Dieu, que j'aime ta bouche !

Je lui souris.

— Tu as combien de temps ?

— Quelques minutes ?

— Ça suffira.

J'échangeai nos positions pour le plaquer contre le mur. Je l'embrassai à nouveau tout en défaisant son pantalon puis m'agenouillai devant lui. Je descendis son slip et léchai le bout de son sexe.

— Ouais, ouais, bébé, c'est ça, murmura-t-il d'une voix rauque. J'en ai trop envie !

Je le pris aussi loin que possible. Je n'avais jamais maîtrisé l'art de la gorge profonde, alors je me servis de ma main à la base de sa verge.

— Bon Dieu que c'est bon !

J'accélérai. Je saisis ses bourses, les pressai doucement. Je passais la langue sur sa fente chaque fois que j'atteignais le haut de son sexe.

— Oh, bébé, c'est ça !

Il commença à donner des coups de rein, puis m'agrippa l'arrière de la tête.

— C'est si bon, ta bouche est si chaude, je suis déjà tout près ! Un petit peu plus…

Ma propre érection donnait l'impression de pulser au rythme de ses coups de hanche. J'y aurai mis la main, mais je n'avais pas envie de passer ma journée avec une énorme tache à l'avant du pantalon. J'accélérai en espérant qu'il me rendrait la pareille une fois fini.

— Bon Dieu, Zach ! Encore un peu ! Juste un petit peu !

Il crispa les doigts dans mes cheveux, cela fut suffisant.

Quand il eut fini, je me levai et l'embrassai.

— Bébé, c'était trop bon, dit-il lorsque je m'écartai.

Il m'empoigna à nouveau les fesses et me pressa contre lui tout en caressant ma verge. Je gémis et m'appuyai contre lui.

— Je suis désolé, je n'ai pas le temps de m'occuper de toi.

Il m'embrassa encore.

227

— Est-ce que je peux me faire pardonner plus tard ?

J'étais arrivé à un tel degré d'excitation qu'il ne lui aurait fallu qu'une minute ou deux pour me faire jouir. Mais je hochai la tête.

— D'accord.

— Je passe te chercher à dix-huit heures.

Il s'en alla. Contrairement à mon érection. Je serais tendu et de mauvaise humeur tout l'après-midi. Je finis par me masturber dans les toilettes. Ça faisait terriblement adolescent, mais au moins cela me soulagea un peu.

Angelo revint dix minutes plus tard, suivi de près par Nero Sensei avec une énorme boîte de bouts de planches cassées.

— Bonjour, Zach, je t'ai apporté du bois de chauffe.

Peu importe qu'on soit en juillet et que je lui aie dit des centaines de fois que je n'avais pas de cheminée. Ses élèves ne cessaient de casser des planches et il désespérait de trouver quoi faire des morceaux.

— Merci, Sensei. Tu peux les laisser près de la porte.

Après son départ, Angelo se tourna vers moi.

— Qu'est-ce que tu vas faire de tout ce bois ?

— Le jeter dans la benne demain matin, avant l'arrivée de Sensei.

Que pouvais-je faire d'autre ?

— Vois les choses du bon côté, répondit Angelo avec un sourire. Si jamais une armée de planche nous attaque, les élèves de Sensei seront là pour nous sauver.

J'éclatai de rire alors que Nero passait à nouveau, se dirigeant vers la porte de Jeremy avec une autre boîte. Jeremy lui ferait probablement un discours sur le fait que si la valeur des planches cassées chutait, c'était la faute du gouvernement qui se mêlait du marché libre.

Jimmy Buffett passa vers quatorze heures.

Angelo me surprit en le hélant.

— Bonjour, m'sieur D !

— Qu'est-ce que tu me proposes aujourd'hui, Angelo ?

Angelo sortit un DVD de sous le comptoir.

— *Elle et lui.*

Il le lui tendit.

— Vous l'avez vu ?

Jimmy Buffett, connu sous le nom de monsieur D, secoua la tête avec un sourire.

— Non. Tu crois qu'il me plaira ?

228

Angelo lui rendit son sourire.

— Je le garantis.

Jimmy loua le film, remercia Angelo et partit.

Angelo se tourna vers moi et mon expression lui fit demander sur le ton de la plaisanterie :

— Tu as un problème ?

— Monsieur D ?

Il haussa les épaules.

— Ouais, pourquoi pas ?

— C'est son nom ?

Angelo secoua la tête.

— Sérieusement, Zach. Il faut que tu connaisses tes clients fidèles. Il s'appelle Drew Davis. Il kiffe les films de fille.

Ce qui expliquait son air constamment embarrassé. Bien entendu, je n'avais jamais fait attention à ce qu'il louait.

— Et la Gothique ? demandai-je à Angelo.

— Carrie. Elle ne loue que des comédies musicales.

Il me fit son sourire en coin.

— Sérieusement, Zach, je ne sais pas comment tu as survécu sans moi.

Je ne savais pas trop non plus. J'avais l'impression que l'avoir engagé était une sorte d'intervention divine. Mais je pus éviter de répondre grâce à Ruby qui passa la porte et proclama dans la foulée :

— Zach, j'ai eu une autre vision !

— Vraiment ?

Un coup d'œil à Angelo dévoila son air intrigué et amusé.

— Oui. Une dame dans une grande robe verte t'a apporté un bol de glace. Elle a dit : 'Avant qu'elle fonde, Zach. Parce que je suis folle de toi.'

— Une dame dans une grande robe verte est folle de moi ?

Angelo avait un sourire jusqu'aux oreilles.

Ruby haussa les épaules.

— Je n'interprète pas mes visions, mon petit. Je ne fais que les recevoir.

Jeremy passa à seize heures voir si on avait besoin d'autres prospectus. Il était clairement déçu du nombre qui restait sur mon comptoir.

— Je ne comprends vraiment pas pourquoi les gens n'ont pas plus envie de provoquer un véritable changement à Washington, me déclara-t-il.

— Je ne sais pas vraiment non plus, Jeremy, répondis-je en essayant d'avoir l'air plein de compassion.

229

— Tu te rends compte que l'impôt fédéral sur le revenu n'est même pas légal ? Le seizième amendement n'a jamais été réellement ratifié par la législature d'état. Tout ça c'est qu'une supercherie, afin de nous voler notre argent durement gagné.

— Vraiment ?

— Oui ! L'armée fédérale a envahi ce pays, Zach. Il y aurait des émeutes dans les rues si les gens comprenaient.

— Des émeutes ?

Je ne pus cacher mon scepticisme.

— Je ne plaisante pas.

Et il avait effectivement l'air très sérieux.

— Il y a un film, dit-il, attirant soudain l'attention d'Angelo, qui s'appelle *Freedom to Fascism*. Tu l'as ici ? Tu l'as vu ?

Je dus consulter Angelo.

— Est-ce qu'on l'a ?

— Non, répondit-il.

Il griffonnait sur un bout de papier et ne leva même pas les yeux.

— Mais je peux le commander.

Je me retournai vers Jeremy.

— J'ai comme l'impression que je l'aurai vu avant la fin du mois.

Il secoua tristement la tête.

— Je l'espère, Zach. Les ignorants sont peut-être heureux, mais ce n'est pas une excuse.

À dix-sept heures, Tom appela pour annuler. Il prétendit avoir une autre réunion. Il y en avait toujours une.

— Alors finalement, je ne te verrai pas ce soir ?

Je ne pus retenir mon agacement.

— Je suis désolé, bébé. Je me ferai pardonner. C'est promis.

— C'est ça.

— Ne sois pas fâché, s'il te plaît. Écoute, il faut que j'y aille. Je t'appelle bientôt.

Je faillis lui dire que ce n'était pas la peine, mais il raccrocha avant. Je raccrochai à mon tour et me demandai quoi faire maintenant que je n'avais plus rien de prévu.

— Laisse-moi deviner.

Je me tournai vers Angelo qui me regardait depuis l'autre côté du comptoir.

— Ducon t'a encore lâché, c'est ça ?

230

— Va te faire foutre, Angelo.

Il garda un instant le silence, puis dit :

— Désolé, mec. Mais je ne comprends vraiment pas pourquoi tu le laisses te traiter comme ça.

Je commençais à me poser la même question. Et je me retrouvais désormais à devoir passer une autre soirée en solitaire. Toute une soirée durant laquelle penser à celle qui n'avait pas été.

— Tu veux venir ce soir ? demandai-je à Angelo.

— Ducon t'a lâché alors je suis ton plan B ?

Vu comme ça, j'avais l'impression d'être un vrai salaud.

— Ce n'est pas comme ça que je l'entendais.

— Ouais.

— Ouais quoi ?

— Ouais, je veux bien venir ce soir.

Je me mis à lui sourire.

— Je peux choisir le film ?

— Tu vas prendre un truc avec Molly Ringwald ?

— Peut-être…

Il me sourit.

— Pas question, Zach. Tu choisis le dîner, je choisis le film.

Nous rentrâmes chez moi. Angelo sortit une bière du frigo pendant que je commandais une pizza. Je le trouvai assis à la table de la salle à manger, à faire le puzzle. Je m'installai en face de lui. Nous jouâmes quelque temps dans un silence agréable. Je fus surpris de combien c'était plus amusant, avec lui à mes côtés.

— Qu'est-ce que tu as pris, comme film ? finis-je par lui demander.

— *Aliens*.

Il me regarda avec son sourire en coin.

— De la violence et des explosions dans tous les sens. Il n'y a rien de mieux.

Je ris et j'allais me remettre au puzzle lorsque je vis quelque chose du coin de l'œil au-dessus du rebord de la table, quelque chose de doux et gris qui dépassait de ses genoux, comme une hampe poilue. Ou une queue de chat.

— C'est Geisha ? demandai-je avec surprise.

— Si Geisha est un chat, alors oui, répondit-il sans lever les yeux du puzzle.

— Elle est sur tes genoux ?

Il me regarda comme si j'avais perdu la tête et dit lentement :

— Ouais. Pourquoi ?

J'étais sidéré. Geisha me fusillait du regard chaque fois qu'elle me voyait et miaulait de rage si son bol de croquettes était vide ou s'il faisait trop froid dehors. Et il lui arrivait de me donner des coups de pattes pour me réveiller à quatre heures du matin, ainsi que de faire pipi dans mon linge sale si je ne nettoyais pas sa litière. Mais jamais, jamais elle ne s'asseyait sur mes genoux.

— Comment tu as réussi à la faire venir ? lui demandai-je avec émerveillement.

Il haussa les épaules.

— J'étais juste assis là, elle a sauté sur mes genoux.

Je ne pouvais qu'afficher ma stupéfaction.

— Pourquoi ça t'étonne ?

— Tout ce temps, je croyais qu'elle détestait les gens. En fait c'est juste moi qu'elle déteste.

Ma propre chatte. C'est agréable.

La pizza arriva enfin.

— Veux-tu regarder le film en mangeant ou rester ici ? demandai-je. Je pourrais mettre de la musique, mais quelque chose me dit que tu ne l'aimeras pas.

Il regarda le puzzle, puis le salon, puis indiqua la table et dit :

— Emportons-la, on fera les deux à la fois.

Nous déplaçâmes alors la table dans le salon et nous nous assîmes à la perpendiculaire l'un de l'autre, mangeant de la pizza, avançant le puzzle et regardant de la violence et des explosions dans tous les sens. Angelo avait raison. Il n'y avait rien de mieux.

TOM NE me donna aucune nouvelle la semaine suivante. Je songeai à l'appeler, mais je ne voulais pas paraître désespéré. Je commençais à comprendre que notre relation n'en était pas une du tout.

J'essayais de ne pas trop y penser. C'est trop déprimant.

Cette semaine-là, Angelo passa presque toutes ses soirées avec moi. Parfois je l'avais invité. Parfois je ne savais pas trop comment c'était arrivé. Quoi qu'il en soit, j'étais heureux d'avoir de la compagnie. Nous finîmes le premier puzzle et en commençâmes un deuxième. Nous nous amusions bien. C'était bien mieux que de passer la soirée à contempler l'état de ma non-relation avec Tom.

Lundi passa à nouveau, mais cette semaine-là, j'avais au moins des projets. Le week-end suivant se déroulait le Folk Fest, un festival de deux jours qui se passait à Lyons. J'y allais tous les ans, même si je devais fermer le vidéo club. J'avais vraiment hâte de changer d'air pendant quelques jours. Je regrettais, toutefois, d'y aller seul.

À l'origine, j'avais prévu de donner à Angelo le choix de s'occuper du vidéo club ou de prendre son week-end, mais à son arrivée ce matin-là, j'avais une autre idée en tête.

— Angelo, qu'est-ce que tu fais ce week-end ? lui demandai-je lorsqu'il entra.

— Rien. Pourquoi ?

— Tu as déjà entendu parler du Folk Fest ?

— C'est comme le Bluegrass Fest, sauf que c'est avec de la musique folk ?

— Exactement.

— Non, jamais entendu parler.

Cela me fit sourire.

— La nourriture te plairait beaucoup. Ils ont ces raviolis chinois poulet basilic à tomber. Il y en a au curry aussi. Mais je ne les ai pas essayés. On m'a dit qu'ils étaient très piquants.

Il me fit un sourire moqueur.

— Mauviette.

Je ne pus que lui rendre son sourire.

— Je sais. Ça te dit, de venir avec moi ?

— De la musique folk ? demanda-t-il avec incrédulité.

— Oui, d'accord, mais il y a des types de musique très différents qui sont considéré comme du folk. Tu serais surpris. On profitera du soleil, on boira de la bière et on regardera les gens passer. Qu'est-ce que tu en dis ?

Il me regarda, il avait l'air d'y réfléchir. Je réalisai alors combien j'espérais qu'il accepterait.

— Le billet est un peu cher, mais on partagera.

Ça creuserait sacrément mon budget, mais soudain je m'en fichais.

— Ce sera marrant. Tu viendras ?

Il me fit son sourire en coin.

— Tu veux que je passe mon week-end avec toi à écouter de la musique de merde ?

— Oui !

— Pourquoi je ferais un truc pareil ?

Mais je reconnaissais ce ton insolent et ce regard pétillant, il allait dire oui.

— Juste comme ça ?

— Ne dis pas que je n'ai jamais rien fait pour toi, Zach !

J'étais encore en train de rire quand Jeremy entra.

— Zach, je viens vous faire signer cette pétition.

Il avait trois porte-blocs. Je ne lus même pas de quoi il s'agissait. Je les signai puis les passai ensuite à Ang'.

— Vous avez regardé le film dont on a parlé ?

— Non, répondit Angelo pour moi, mais on l'a commandé. Il devrait être là la semaine prochaine.

Jeremy eut l'air ravi.

Puis ce fut au tour de Ruby.

— Tu as eu une vision ? lui demanda Angelo.

Il avait l'air complètement sérieux, mais le pétillement dans ses yeux trahissait son amusement.

— Eh bien jeune homme, effectivement. Je t'ai vu debout près de deux portes de pierre. Puis ton frère est venu te l'ouvrir et tu as fait passer le seuil à un aveugle.

Elle hocha la tête, puis se tourna vers moi d'un air de conspiratrice.

— C'était cet homme noir qui chante.

— Stevie Wonder ou Ray Charles ? demandai-je en essayant de garder mon sérieux.

— Eh bien, dit-elle d'un air perturbé, celui qui est noir.

Angelo avait perdu son air amusé.

— Je n'ai pas de frère, dit-il brutalement.

— Oh.

Elle eut l'air encore plus perturbé.

— En es-tu certain, mon petit ?

Angelo la fusilla du regard, alors elle tourna les talons en marmonnant.

— Tu pourrais avoir un frère, dis-je doucement à Angelo. As-tu déjà songé à rechercher ta famille ?

Il détourna la tête sans un mot. Le sujet était clos. Avant que je puisse ajouter quoi que ce soit, la porte s'ouvrit et Tom entra. Je n'étais pas certain de ce que je ressentis. J'avais en partie envie de rompre, mais j'avais en partie toujours envie de lui.

234

— Salut, bébé.

Il m'embrassa sur la joue. Angelo nous tourna le dos, pas assez vite pour que je manque son expression haineuse.

— On va derrière ? demanda Tom.

Une autre fellation dans le bureau ? Pas aujourd'hui.

— Je suis occupé pour l'instant.

C'était clairement un mensonge, et alors ?

— D'accord.

Il eut l'air un peu amusé, mais ne protesta pas.

— On peut se voir ce week-end ?

— Je ne suis pas là.

J'éprouvais une satisfaction ridicule à le lui dire.

Il eut l'air surpris.

— Où vas-tu ?

— Au Folk Fest, à Lyons.

Son visage s'éclaira.

— Vraiment ? J'ai toujours pensé que ça avait l'air sympa. Tu veux de la compagnie ?

Je fus surpris que mon réflexe soit de répondre non. Mais quelque part j'étais flatté qu'il veuille passer le week-end avec moi. Tout un week-end ensemble… Je nous imaginais passant devant les stands, main dans la main, partageant une glace, faisant l'amour. J'en avais vraiment envie. J'avais envie qu'on soit un vrai couple.

— Je vais camper. Tu accepteras de dormir par terre ?

— Pour toi ? Bien sûr.

Il fit un pas vers moi et passa un bras autour de ma taille.

— Je peux te voir ce soir ? Je pourrais venir vers vingt-et-une heures.

— Si tu veux.

— Parfait. Tu m'as manqué.

Il partit quelques minutes plus tard. Dès que la porte se referma derrière lui, Angelo me tomba dessus.

— T'es con ou quoi ? demanda-t-il d'un ton furieux.

— Qu'est-ce que ça veut dire ?

Il secoua la tête et se détourna.

— Ce type se fout de toi. Il se sert juste de toi et tu le laisses faire.

— Ça, tu n'en sais rien.

— Oh que si, Zach, rétorqua-t-il. Ne vas pas au festival avec lui. Tu vas le regretter.

J'essayai de ne pas avoir l'air aussi sur la défensive que je l'étais.

— Peut-être qu'un week-end ailleurs nous fera du bien.

Il étrangla un ricanement.

— Du bien à lui, tu veux dire. Il va tirer sa crampe, et toi tu n'auras rien.

— Tu ne peux pas me faire un peu confiance, Angelo ? Je ne suis pas bête à ce point.

— C'est l'air que tu me donnes, pourtant.

Je ne répondis rien, mais ses paroles me blessèrent plus que je l'aurais cru. Je lui tournai le dos pour qu'il ne le voie pas, et une minute plus tard, il dit à contrecœur :

— Désolé.

— J'aimerais quand même que tu viennes, dis-je tout bas.

— Même pas en rêve. Pas s'il y va.

Il avait la voix moins agressive.

— Je m'occuperai du vidéo club pour que tu n'aies pas à fermer.

— Tu viens quand même ce soir ?

Je savais qu'il devrait partir avant que Tom arrive. S'il venait jamais.

— Bien sûr. J'ai trouvé le film parfait.

Ce 'film parfait' se révéla être *American Beauty*.

— Je n'ai rien compris, dis-je à la fin.

— Ça parle de désir. Des fois, ce que tu crois vouloir n'est pas vraiment ce que tu veux.

Il me jeta un coup d'œil, le rouge lui monta aux joues mais il continua :

— Tu vois, la pom-pom girl veut juste être désirée. Et la fille veut être aimée pour ce qu'elle est. Mais toi, c'est à Kevin Spacey qu'il faut que tu réfléchisses. Parce qu'il croit vouloir que sa femme le respecte, mais ce qu'il veut vraiment, c'est avoir du respect pour lui-même. Et il croit désirer la pom-pom girl, parce qu'il croit savoir qui elle est. Mais après il découvre qu'il s'est trompé, ce qui veut dire que ce qu'il voulait n'était pas réel non plus.

J'étais impressionné. Je ne m'étais pas rendu compte qu'il visait un thème spécifique.

— Tu essaie de me passer un message, Angelo ? demandai-je d'un ton léger.

Il ne répondit pas. Il termina sa bière et contempla sa bouteille vide.

— Tu as quel âge, Ang' ?

Il leva les yeux de surprise.

— Vingt-sept ans.

C'était plus vieux que ce que je croyais. C'était le fait qu'il n'avait pas l'air de devoir se raser qui lui donnait l'air plus jeune. Sept ans de moins que moi quand même. Mes vingt-sept ans me paraissaient bien loin. Il se débrouillait seul depuis plus de dix ans. À son âge, ça faisait à peine deux ans que j'étais sorti de l'université.

— Arrête ça, dit Angelo d'un ton désapprobateur.

— Arrête quoi ?

— De croire que je suis si jeune et toi si vieux.

Je dus rire à la façon dont il semblait comme par magie savoir à quoi je pensais.

— Je me souviens très précisément de toi faisant référence à ma 'lointaine jeunesse' !

Il croisa mon regard, pas du tout amusé.

— Tu n'es pas vieux, Zach. Arrête d'agir comme si ta vie était foutue.

Était-ce comme ça que je me comportais ?

Il jeta un coup d'œil à l'horloge. Il était presque vingt-et-une heures.

— Il faut que j'y aille.

Il voulait partir avant l'arrivée de Tom, je le savais.

— Tu peux rester plus longtemps. Il sera sûrement en retard.

— Oh j'en suis sûr. Le plus con dans l'affaire, c'est que ça ne t'énerve même pas.

— Ang'…

— À demain, Zach.

...ANGELO

TOM VIENT ce soir, ce qui veut dire que je vais vite me tirer. Pas question de croiser ce type dans l'escalier, sachant qu'il va voir Zach. Je sais que ce ne sont pas mes oignons, avec qui Zach couche. Ça me rend quand même dingue de penser à eux. Je ne supporte pas d'imaginer Tom en train de le toucher, de l'embrasser ou de le baiser. Je me dis que c'est seulement parce que Tom est un connard et que Zach est mon ami. Ça ne peut pas être plus que ça.

Je me dirige vers la porte quand je vois les préservatifs. Une boîte complètement neuve sur le comptoir. Je suis content que Zach fasse gaffe, mais en même temps, savoir ce que ça veut dire, ça fait monter une sorte de fureur en moi.

Pourquoi cette putain de boîte me donne envie de hurler, pleurer, d'exploser de rage et de taper des pieds comme un crétin de gosse ? Pourquoi je veux hurler après Zach, verrouiller la porte et prétendre que rien de tout ça n'est vrai ? Sûrement parce que Zach tire un coup et pas moi. La vérité, c'est que ça fait longtemps pour moi. Longtemps que je n'ai pas laissé quelqu'un me toucher. Avant d'avoir eu le temps de réfléchir trop, j'ouvre la boîte, j'en prends deux et je les fous dans ma poche. Ça fait presque un an que je n'ai pas mis les pieds dans une boîte de nuit, mais je sais que j'y vais ce soir.

Ce n'est pas dur pour moi. J'ai l'air plus jeune que je le suis et je ne suis pas très grand. Ça a l'air de plaire à un paquet de mecs. J'ai toujours eu le choix.

Il y a des années, je le faisais tout le temps. Presque tous les soirs. Si quelqu'un me payait un verre, je le buvais. Un joint, je le fumais. Une pilule, je l'avalais. Je me suis retrouvé dans plein de mauvais plans avec plein de gens différents. Je me suis réveillé dans des endroits inconnus. Et puis un soir, je suis allé chez un mec. Ce n'était pas le genre qui m'attirait d'habitude. Le genre grande brute. Insistant. Je savais instinctivement que c'était une mauvaise idée. Je ne le sentais pas, comme je ne sens pas Tom, mais j'étais bourré et je voulais tirer un coup. Avant de quitter la boîte, on s'était mis d'accord sur une pipe, mais arrivé chez lui, il a voulu autre

238

chose. Et il n'acceptait pas que je refuse, en plus. Ça a été un peu chaud pendant un moment. Au bout du compte, j'ai réussi à me tirer, et je suis à peu près sûr que ce type a fini avec le nez pété et les couilles douloureuses. Il m'a quand même fait grave flipper.

Je ne suis pas retourné en boîte pendant longtemps après ça. J'ai passé des semaines à économiser pour me faire tester à la clinique. J'ai eu du bol qu'ils reviennent négatifs. C'est là que j'ai arrêté d'aller en boîte.

Plus ou moins.

Le truc, c'est que des fois, se masturber ne suffit pas tout à fait.

Depuis cette soirée, j'ai des règles. La première : ne jamais ramener quiconque chez moi. Je ne vais pas chez eux non plus, sauf s'ils vivent dans le quartier. Je ne veux pas devoir compter sur quelqu'un d'autre pour rentrer chez moi. J'accepte la voiture, s'ils en ont une. Le mieux, c'est de draguer ceux qui bossent dans la boîte, parce qu'ils peuvent ouvrir l'une des salles à l'arrière.

Mais pas ce soir. Ce soir, j'en ai déjà choisi un. Il est assis avec des amis, l'air paumé. Cette boîte est presque ouvrière. Ces types ont l'air d'arriver d'un terrain de golf. Ils regardent autour d'eux, les yeux écarquillés et le sourire nerveux. Ils s'encanaillent, quoi. Bande de cons. Mon bonhomme est brun. Comme Zach. Mais je ne vais pas penser à lui. Il porte l'une de ces chemises à la con avec des petits chevaux dessus. Comme Zach. Je ne pense toujours pas à lui.

Je m'appuie au bar et je le mate. Ça a l'air bête mais ça marche toujours. Il ne met pas longtemps à me voir. Et là, sérieusement, il regarde derrière lui pour vérifier que ce n'est pas un autre que je reluque. Je lui souris et lui fais signe de venir. Il doit être sur la fin de sa trentaine, il s'empâte un peu au niveau du ventre. Peu importe. Ce n'est pas comme si j'allais le regarder.

— Salut, dit-il quand il m'a rejoint.

Puis il s'interrompt, parce qu'il ne sait clairement pas quoi sortir d'autre.

— Pas besoin de blabla. Ça te dit de faire un tour dehors avec moi ?

Il ouvre grand les yeux. Marron. Pas comme Zach. C'est bien. Parce que je ne pense pas à lui.

— D'accord.

Il jette un coup d'œil à ses amis qui nous observent comme si c'était du grand spectacle.

— Je vais d'abord dire à mes amis…

239

— Ne t'embête pas. Tu vas revenir très vite.

Je n'arrive pas à dire s'il est déçu ou non. Mais ce n'est pas comme si j'en avais quelque chose à foutre. Il me suit dehors. Je l'entraîne jusqu'à un café plus bas. Il n'y a jamais beaucoup de monde à cette heure de la nuit. Les toilettes sont grandes et propres, pas des pissotières. Dans celles-là on rentre un à la fois et les portes se verrouillent. Contre un bon pourboire, les serveurs regardent ailleurs et vous foutent la paix autant de temps que vous voulez. Ce n'est pas spécialement romantique, des chiottes, mais ce n'est pas ce qu'on recherche. La fille qui est là ce soir a des mèches bleues et un paquet de piercings au visage. Je lui glisse un billet de vingt, elle me fait un clin d'œil.

Mon bonhomme me suit sans un mot. Je verrouille la porte. Il s'appuie contre le mur et me regarde comme s'il avait gagné le gros lot. Peut-être bien que oui. Il attend que je lui dise quoi faire. Ça me plaît. Non pas que je veuille être un de ces connards dominants, mais je ne laisse personne me contrôler quand je couche. C'est moi qui commande.

D'instinct, je sais que Zach me laisserait faire. Mais je ne pense pas à lui.

D'autres règles : je ne les laisse pas m'embrasser. Je ne les laisse pas me baiser. Je ne leur dis jamais mon nom, alors qu'ils demandent toujours. En général ils me donnent le leur mais je n'écoute pas.

Juste à ce moment-là, il dit :

— Tu t'appelles comment ?

— Dave.

Je sors un préservatif de ma poche et le lui tends.

— Il faut que tu le mettes.

— Ouais, d'accord.

Le pauvre mec est si nerveux qu'il commence à suer un peu. Il reste là à regarder le petit paquet comme s'il allait lui exploser entre les doigts.

Je me force à sourire. Je me rapproche de lui et commence à défaire son pantalon.

— Tout va bien, mec. Détends-toi. Je m'occupe de tout.

On ne peut pas dire qu'il se détende, mais il y a de l'excitation dans son regard. Le désir commence à prendre le pas sur sa nervosité. Je me débarrasse de son pantalon. Il est déjà en pleine érection. Je lui fais quelques caresses, jusqu'à ce qu'il arrête de flipper et se laisse aller. Il ferme les yeux, son souffle s'accélère. Je lui mets le préservatif.

— Hé.

J'attends qu'il ouvre les yeux.

240

— Tu me touches la tête, je te laisse là avec ta frustration. Ça marche ?

Il hoche la tête. Ça me suffit.

Je m'agenouille en face de lui et je me lance. Je suis bon à la fellation. Ne me demandez pas pourquoi parce que je n'en sais rien. Je peux prendre une queue assez profondément. Ça doit être pour ça. Ça m'étonnerait que ça soit suffisant, mais comme j'ai dit, je n'en sais rien. En tout cas lui ça lui plaît. J'ai à peine commencé qu'il s'exclame : 'Putain de merde !'. Il fait même mine de m'agripper la tête, mais il se reprend et croise les mains dans son dos.

Je me débrouille pour que ce soit bon pour lui, surtout qu'il n'a pas protesté au sujet du préservatif. Je ne le finis pas tout de suite. Je l'en rapproche deux ou trois fois, puis je calme le jeu. Je passe même un peu les doigts sur son trou. Quand il jouit enfin, il lâche un cri et m'agrippe les épaules si fort que je vais peut-être en avoir des bleus. Ça ne me gêne pas. Il ne m'a pas touché la tête. C'est tout ce qui m'importe.

Je me rince la bouche pendant qu'il reprend encore son souffle. Finalement, il me regarde et s'il croyait avant qu'il avait gagné à la loterie, là on dirait qu'il a découvert que la cagnotte est deux fois plus grosse qu'il croyait.

— De quoi tu as envie ? me demande-t-il.

— La même chose.

Je sors un préservatif et le lui propose.

— C'est toi qui décide si je le porte ou pas.

Il secoue la tête. Il s'agenouille déjà en face moi et défait mon pantalon.

— Tu peux m'agripper autant que tu veux, me dit-il. Ça ne me gêne pas.

Puis il s'y met. Je ferme les yeux et me laisse emporter par la sensation de ses lèvres. Ça fait tellement longtemps, j'ai presque oublié combien c'est bon. Je n'arrive pas à me souvenir pourquoi je ne fais pas ça plus souvent. Il a dit que je pouvais l'agripper, alors je ne m'en prive pas. Je m'accroche fort, je sens ses cheveux bruns entre mes doigts et je me répète que je ne vais pas penser à Zach, je ne vais pas penser à Zach.

Au bout du compte, si.

J'imagine que ce sont ses cheveux sombres entre mes doigts, sa bouche sur moi, ses mains serrant si fort à mes hanches. Je me demande ce que ça ferait de le laisser m'embrasser. Et là, je jouis comme ça ne m'était pas arrivé depuis des années.

— Merde !

Ça sort comme un cri, et je sais que j'ai l'air fou furieux.

— Qu'est-ce qui ne va pas ?

Je regarde le type et je me sens tout de suite coupable. Il a l'air embarrassé et un peu triste. Il croit qu'il m'a déçu.

Je me force encore à sourire. Après tout, ce n'est pas sa faute.

— Tout va bien, mec.

Je remonte mon pantalon en m'assurant que je souris toujours.

— J'en avais juste vraiment besoin.

Ça lui rend son sourire.

On sort du café. J'ai l'impression qu'il faudrait que je parle, alors je dis :

— Passe une bonne soirée.

Avant qu'il réponde, je tourne les talons. Pas vers la boîte de nuit. Je vais dans l'autre sens, vers la station-service où je commence à bosser dans vingt minutes.

Je m'autorise à vraiment réfléchir à Zach. Je ne peux pas laisser les choses continuer comme ça. Je ne vais jamais revenir au vidéo club. Je ne vais jamais le revoir. C'est ce qu'il faut que je fasse. Il faut que j'arrête maintenant, avant d'être tellement dingue de lui que je ne pourrais jamais renoncer à lui.

Je me dis que c'est ce que je vais faire.

Je raconte des conneries. C'est déjà trop tard.

ZACH...

JE ME sentis mal après le départ d'Angelo. Je détestais ce sentiment de l'avoir déçu. Et il fallait l'admettre, je commençais à me demander s'il n'avait pas raison. Pour le meilleur ou pour le pire, j'eus plus de temps que prévu pour réfléchir ce soir-là.

Tom arriva avec trois quarts d'heure de retard.

— Salut, bébé, dit-il dès qu'il passa la porte.

Il m'embrassa puis commença à défaire ma chemise.

— J'ai pensé à toi toute la journée.

— Tu ne veux pas un verre au moins ? demandai-je avec agacement tandis qu'il me retirait ma chemise et commençait à défaire la sienne. J'ai du vin.

Il m'attrapa et m'attira contre lui, les mains sur mes fesses, les empoignant brutalement.

— Non, bébé, j'ai juste envie de toi.

— Il y a quelque chose qui t'intéresse chez moi, à part mon cul ?

— Bien sûr, bébé ! Comment tu peux demander ça ? Je suis dingue de toi !

Il m'embrassa à nouveau.

— Mais ce soir, j'ai trop envie de toi, Je n'en peux plus. Je ne peux pas m'empêcher de te toucher.

Je voulais insister. Je voulais qu'on passe d'abord du temps ensemble hors du lit. Mais comme il m'embrassait encore, je fus incapable de ne pas réagir. Il était si beau, son corps était magnifique. Je le désirais. Même là. Je me détestais un peu, mais mon corps se fichait de ma fierté.

Il m'embrassa encore tout en défaisant son pantalon, puis me prit la main et la posa sur sa verge érigée.

— Je t'en prie, Zach, ne me fais pas attendre ! Je ne le supporterais pas ce soir, il faut que je jouisse.

— Dis-moi ce que tu veux, dis-je avec résignation, sachant que je ne l'entendrais jamais dire la même chose en retour.

— Ta bouche.

Je me mis à genoux en face de lui et descendis son pantalon. Je passai la langue de la base au nœud. Puis je le pris dans la bouche aussi loin que possible. Il allait et venait en moi lorsqu'il prit ma tête entre ses mains.

— Laisse-moi faire, bébé, laisse-moi baiser ta bouche !

Je hochai la tête. Sa prise se raffermit, il se mit à donner des coups de rein. Je gardai une main à la base de son sexe pour l'empêcher de m'étouffer. Je défis mon pantalon, sortit ma verge et commençai à me caresser au rythme de ses va et vient.

— Oh, bébé, bon Dieu que c'est bon ! Tu m'excites tellement !

Bien sûr il parlait, encore un débit de paroles dénuées de sens. Il me serrait la tête fortement, et j'avais beau le retenir, il me pénétrait la bouche brutalement. Mais ça marchait sur moi aussi. Savoir qu'il me désirait autant était un merveilleux aphrodisiaque, alors je resserrai le poing sur ma verge, continuai à me caresser, sentant mon orgasme se rapprocher.

— C'est ça, bébé, c'est ça ! Bon Dieu !

Il haletait bruyamment. Lorsque je levai les yeux vers lui, je vis une couche de sueur sur son visage.

— C'est ça, bébé ! Putain, ta bouche est parfaite, j'adore voir tes yeux bleus quand je te baise !

Son expression était un peu vulgaire, très arrogante, pas du tout plaisante. Je refermai les yeux, l'écartai de mon esprit.

— J'y suis, bébé, je vais bientôt jouir !

Je songeai vindicativement qu'il n'avait jamais tenu aussi longtemps avec moi. Dommage qu'on n'ait pas atteint la chambre.

— Branle-toi plus vite, Zach, plus vite !

J'obéis et il gémit, les doigts crispés dans mes cheveux. Ses va et vient se firent plus brutaux.

— Bon Dieu, tu m'excites, Zach, j'y crois pas, combien tu m'excites ! Je veux te voir jouir. Vas-y, Zach, vas-y maintenant. Jouis pour moi, bébé !

Et sans y réfléchir consciemment, j'obéis. Lorsqu'il le vit, il gémit, puis jouit à son tour. Il avait son sexe aussi profond dans ma bouche que je pouvais le prendre, j'avais l'impression que j'allais m'étrangler sur tout ce liquide salé qui me rentrait dans la gorge. J'essayai de reculer, mais il me tenait trop fort. J'avalai vite, l'impression de ne plus respirer, espérant ne pas vomir. Il ne me lâcha toujours pas, pas avant que je m'appuie brutalement sur ses jambes pour m'écarter en toussant.

— Ça va pas la tête ? haletai-je.

J'avais réussi à tout avaler, mais j'avais la gorge qui me brûlait.

Il me remit debout et m'enlaça.

— Je suis désolé, bébé, je suis vraiment désolé. Je n'ai pas fait exprès. Je n'arrivais pas à m'arrêter.

Je le repoussai.

— C'est ça, réussis-je à dire, mais ma voix était encore un peu rauque.

— Où est ce vin ? Laisse-moi te servir un verre.

Ce n'était pas ça qui calmerait le feu dans ma gorge, mais je ne me plaignis pas. J'avais de toute façon déjà ouvert une bouteille. J'allai changer mon pantalon dans ma chambre, puisque celui que je portais avait une grosse tache humide à l'avant. Lorsque je ressortis, il me tendit un verre et nous nous assîmes sur le canapé.

Je sirotai mon vin et tentai de comprendre ce que je ressentais. Il m'excitait vraiment. C'était comme si je ne pouvais pas empêcher mon corps de réagir à son contact. Toutefois, il fallait admettre que ce n'était pas exactement ce que j'avais espéré quand on avait commencé à sortir ensemble. Malgré ses dénégations, il devenait de plus en plus évident qu'il n'y avait que le sexe qui l'intéressait. Et ce n'était même pas un bon coup. J'avais l'impression d'être insignifiant. Utilisé.

Un idiot.

Je repensai au film et à la raison du choix d'Angelo. Je fus encore plus honteux de ce qui venait de se passer.

— As-tu déjà acheté ton billet pour Folk Fest ? lui demandai-je.

— Pas encore. Je m'en occupe à la première heure demain, promis.

Il indiqua la table où se trouvait le puzzle, sur le côté du salon.

— Qu'est-ce que ça fait là ?

— On l'a déplacé pour regarder la télé en faisant le puzzle.

— Qui ça, 'on' ?

— Ang' et moi.

— Oh.

Il n'aurait pu avoir l'air moins intéressé.

— Qui est Ang' ? Ta sœur ?

Sérieusement ? Je lui avais parlé de ma sœur Lauren, qui vivait à Chicago, et j'avais forcément de nombreuses fois parlé d'Angelo. Ça ne faisait que prouver à quel point il n'écoutait pas. Et à quel point il n'était pas intéressé. Un autre homme que moi l'aurait frappé. Je regrettai un instant de ne pas être Angelo, de ne pas avoir sa vivacité d'esprit et pouvoir ainsi rétorquer. Au lieu de cela, je fermai les yeux, refoulai ma colère.

Je savais soudain ce que j'allais faire.

Je le regardai.

— Oui, c'est ma sœur, dis-je aussi tranquillement que possible. Elle est passée hier soir. Je lui ai parlé du Folk Fest et elle a décidé de venir aussi.

Un mensonge, bien sûr. Mais j'avais une théorie et j'allais la tester.

— Ouais, ouais, bébé, comme tu veux.

— Le problème, c'est qu'elle ne sait pas pour moi.

— Alors on ne peut pas passer le week-end ensemble ?

Il n'avait pas l'air agacé, pas tout à fait, mais il n'avait pas l'air compatissant non plus.

— Bien sûr que si. On a juste à faire semblant d'être hétéros. Ce n'est pas grave, si ? On s'amusera quand même. Et ça nous donnera l'occasion de mieux nous connaître.

— Oh oui.

Mais ça se voyait que ça ne lui plaisait pas. Il contemplait son vin en le tournant entre ses doigts.

— C'est super.

Je me levai et mis de la musique, puis m'assis à la table et commençai le puzzle. Il me regarda faire quelques minutes puis vida son verre et dit :

— Écoute, il faut que j'y aille, mais je t'appelle demain, d'accord ?

De ça, au moins, je n'avais aucun doute. Je ne le raccompagnai pas à la porte.

Je terminai la bouteille de vin, me retrouvant un peu gris au passage, puis allai prendre une douche brûlante. Je me lavai de tout. Les preuves de mes actes avec Tom, séchés dans mon poil pubien. Le goût qu'il m'avait laissé au fond de la gorge. Toute ma colère, mon amertume, ma rancœur. Je me lavai de tout. Je ne le détestais pas. Mais je n'avais vraiment pas besoin de lui non plus. Il ne m'était rien.

Je fus surpris de le découvrir.

Le lendemain matin, le téléphone sonna cinq minutes après mon arrivée au vidéo club.

— Mauvaise nouvelle, Zach. On a une…

Je l'interrompis.

— Tu ne viens pas.

Ce n'était même pas une question.

— Je suis désolé, bébé. Je me ferai par…

— Oui, oui, Tom. À plus tard.

J'aurais peut-être dû être triste, mais je ne l'étais pas. J'étais soulagé. Je savais exactement où j'en étais. Je me sentais très bien. J'avais hâte de dire à Angelo que Tom ne venait pas. J'espérais qu'il accepterait toujours de m'accompagner. Je savais qu'on s'amuserait, tous les deux.

Toutefois, je fus surpris lorsque l'heure à laquelle il aurait dû commencer passa et qu'il n'était toujours pas arrivé. Angelo n'avait encore jamais été en retard. En fait, il était plus souvent en avance qu'autre chose. Je n'étais pas fâché. Il aurait une bonne raison.

Il se présenta avec vingt minutes de retard et me regarda à peine lorsqu'il entra.

— Tu es en retard.

— Ouais. Et alors ?

— Alors rien. Je me demandais juste si tout allait bien.

— Qu'est-ce que t'en as à foutre, Zach ?

Je fus pris de court par la colère dans sa voix. J'avais l'habitude d'avoir du mal à suivre nos conversations, mais ça, ça n'avait rien à voir. Je ne comprenais pas du tout ce qui se passait.

— Qu'est-ce qui ne va pas, Ang' ?

Un instant, il garda le silence. Il resta là, à fixer une étagère du regard. Il était tendu. Il serrait la mâchoire, serrait les poings. Enfin, il dit :

— Ça ne marche pas, Zach.

— Qu'est-ce qui ne marche pas ?

Il me regarda enfin.

— Ça !

Il cracha presque le mot et gesticula en montrant ce qu'il y avait autour de lui.

— Toi. Moi. Ce putain de job. Je ne peux pas continuer.

— Tu démissionnes ?

C'était une question terriblement idiote, mais ce fut tout ce qui me vint. J'avais la tête qui tournait.

Il hésita, comme s'il n'avait pas vraiment voulu dire ça et devait décider s'il se rétractait ou non. Mais il déclara alors :

— Ouais. Je démissionne.

— Très bien.

Ce n'était pas bien du tout, en fait, mais j'étais trop stupéfait pour dire quoi que ce soit d'autre. Je ne voulais pas qu'il démissionne. C'était un excellent employé. Les clients l'adoraient. Et on était amis. L'idée de le perdre était plus douloureuse que je m'y étais attendu.

247

Il resta là un instant, à me regarder. Toute sa colère s'était envolée. Il avait juste l'air triste. Il écarta les cheveux devant son visage, fourra les mains dans ses poches et dit tout bas :

— À plus, Zach.

Il était à la porte lorsque je retrouvai la voix.

— Angelo, attends !

Il s'arrêta, à moitié dehors, mais ne se retourna pas.

— Je ne sais pas ce qui se passe, mais je ne veux vraiment pas que tu t'en ailles. J'ai besoin de toi ici. Et tu…

Et tu vas me manquer horriblement. Mais ça, je ne le dis pas.

— Tu sais que sans toi ce vidéo club est fichu.

Je crus un instant qu'il allait répondre à ça, mais non.

— Si tu as des problèmes et que tu as besoin de vacances, tu les as.

J'aurais fait n'importe quoi pour lui.

— Tout ce que tu veux, Ang'.

Il ne me regardait toujours pas, mais je savais qu'il écoutait. Il regardait le sol.

— Mais reviens quand tu peux. S'il te plaît.

Il resta là un instant, à la porte. J'attendis. Je retenais presque mon souffle.

Puis il partit.

... ANGELO

D'HABITUDE, JE dors cinq heures entre la station-service et le vidéo club. Cette nuit, par contre, Je n'ai pas dormi du tout. J'ai passé ces cinq heures à me torturer pour savoir si j'y allais ou non aujourd'hui. Je ne me souviens même pas de m'être décidé. J'ai dû le faire, puisque je me retrouve à passer la porte. Je n'arrive même pas à regarder Zach. Je ne veux pas qu'il soit fâché. Je ne veux pas non plus qu'il soit sympa et compréhensif. Mais surtout, je ne veux pas qu'il voie dans mes yeux qu'il me fout en l'air au point de m'en faire perdre la tête.

— Tu es en retard.

Il le dit d'un ton léger, comme si c'était une question. Comme s'il n'en est pas sûr. Bien sûr qu'il n'est pas fâché. Je le regrette presque.

— Ouais, et alors ?

— Alors rien. Je me demandais juste si tout allait bien.

Qu'est-ce que je peux répondre ? Non, mec, rien ne va. Rien ne va plus. Plus depuis hier soir. Depuis que j'ai compris ce que je ressens. Il ne m'aimera jamais comme je l'aime.

— Qu'est-ce que t'en as à foutre, Zach ?

Il a l'air perdu et un peu blessé, et j'en suis content.

— Qu'est-ce ce qui ne va pas, Ang' ?

Pourquoi il faut qu'il soit aussi gentil ? Ce serait tellement plus facile s'il était aussi salaud avec moi que je le suis avec lui.

Mais cette partie, j'y ai déjà réfléchi. Je me suis répété les paroles la nuit dernière.

— Ça ne marche pas, Zach.

— Qu'est-ce qui ne marche pas ?

— Ça !

Quand je le regarde alors, son expression blessée est presque plus que je peux supporter.

— Toi. Moi. Ce putain de job. Je ne peux pas continuer.

— Tu démissionnes ?

Ouais, je me suis répété ces paroles toute la nuit. Le truc, c'est que je n'ai jamais vraiment eu l'intention de le dire. Mais je ne peux pas revenir dessus maintenant. Et c'est peut-être pour le mieux. Il me regarde toujours, l'air d'avoir pris un coup de poing dans le ventre, ce qui ne doit pas être très loin de la vérité.

— Ouais, je démissionne.

— Très bien.

Je sais que cette simple réponse ne veut pas dire qu'il s'en fout. Il essaie juste de se reprendre. Il faut que je me tire avant.

— À plus, Zach.

Je suis à moitié dehors quand il m'interpelle :

— Angelo, attends !

Je m'arrête. Je ne devrais pas. Mais je m'arrête.

— Je ne sais pas ce qui se passe, mais je ne veux vraiment pas que tu t'en ailles. J'ai besoin de toi ici. Et tu…

Il s'interrompt, comme s'il allait dire quelque chose, avant d'y renoncer.

— Tu sais que sans toi ce vidéo club est fichu.

Je souris un peu à ces mots. Je ne peux pas m'en empêcher. Je suis dos à lui, alors il ne peut pas le voir.

— Si tu as des problèmes et que tu as besoin de vacances, tu les as.

Il s'arrête un instant, puis dit, tout bas :

— Tout ce que tu veux, Ang'.

Soudain je me bats pour ne pas pleurer.

— Mais, reviens quand tu peux. S'il te plaît.

Je veux le rejoindre. Je veux l'enlacer et le laisser me réconforter comme si j'étais un gosse. J'ai envie de pleurer comme un putain de bébé.

Clairement pas possible.

Au lieu de ça, je m'en vais.

Je rentre à la maison. Je me fous au lit et je passe la journée à dormir. Je me réveille en me sentant carrément mieux, mais je dois me dépêcher pour ne pas être en retard à la station-service. Bosser la nuit, c'est surtout rester assis à regarder par la fenêtre. J'ai le temps de beaucoup penser à Zach.

Ce matin, couper les ponts paraissait une bonne idée. Me tirer et l'oublier, lui et son vidéo club à la con. J'ai été seul toute ma vie. Je n'ai jamais eu l'intention que ça change. Le truc, c'est que maintenant ça ne va plus. J'ai dû m'habituer à lui, après avoir bossé tous les jours avec lui et passé les soirées chez lui. Je me sens bien avec lui, même s'il ne ressent pas la même chose que moi. Zach ne me méprise pas sous prétexte que je n'ai pas fini l'école ou que ma vie est pourrie. Il n'agit jamais comme s'il valait mieux que moi. Il n'est jamais condescendant ou fait jamais comme s'il savait plus de trucs que moi. Il me traite mieux que j'ai jamais été traité.

Et aussi dingue de lui que je sois, je me rends compte que si je le veux à ce point, c'est en partie parce que justement, je ne l'attire pas. J'ai rencontré un paquet de mecs ces dernières années qui voulaient juste me foutre dans leur lit. Des fois, j'ai eu l'impression d'être bon qu'à ça. Zach est la première personne qui m'a traité comme un ami, pas comme un coup potentiel. C'est très important pour moi.

Après mon boulot, je rentre me coucher mais je me réveille plus tôt que d'habitude. Je n'ai pas l'habitude de dormir autant. Je vais presque bosser à De A à Z. Je marche jusqu'au vidéo club, je reste là à regarder la porte un long moment. Finalement, je me dégonfle. Je ne saurais pas quoi dire à Zach.

Je rentre à la maison et je passe la journée assis dans mon appart' à penser à lui. Je ne sais pas pourquoi j'ai rendu tout ça si compliqué. C'est simple, en fait. Aucune raison de s'enfuir. Avoir enfin accepté que je suis amoureux de lui, ça veut pas dire qu'on ne peut pas continuer à être amis. Peut-être qu'un jour il voudra de moi. Peut-être que non. Peut-être que j'arrêterai d'avoir des sentiments pour lui. Peu importe.

Je n'ai jamais vraiment eu d'ami comme lui. Hors de question de renoncer à lui maintenant.

Je vérifie l'heure. Je sais que Zach arrive tout juste chez lui. Je passe par De A à Z sur le chemin, je prends un film.

Je n'arrive pas à croire ma nervosité quand je sonne à sa porte. Il ouvre la porte et je me force à le regarder. Il me sourit comme si j'étais le Père Noël qui lui apporte enfin le poney qu'il a demandé.

— Je t'ai pris du curry, dit-il.

Et pour la première fois depuis que je le connais, je crois que c'est moi qui ai du mal à suivre. Tout ce que je peux dire, c'est :

— Merci, Zach.

Je lui tends le film en le dépassant. Il rigole.

— *The Breakfast Club* ? Tu le détestes.

— Toi non.

C'est une excuse ou un genre d'offrande, et il comprend. Il arrive par derrière, m'attrape la nuque et m'embrasse sur la tempe. Qu'il me touche comme ça, ça me fait battre le cœur à toute vitesse. Je m'écarte de lui. Il rigole et dit :

— Je suis heureux que tu sois là.

251

Il me pousse vers le frigo.

— Prends-toi une bière, je lance le film.

On s'est assis par terre comme d'habitude, en face de la table basse. Il me regarde alors et demande tranquillement :

— Tu veux en parler ?

— Non.

Surtout pas.

Il hausse les épaules. Il me sourit toujours.

— D'accord.

Il ouvre le sac de plats à emporter et me passe la nourriture. Et juste comme ça, tout redevient normal.

Vers la fin du film, il dit :

— Ang', viens avec moi ce week-end.

— Pas question. Pas si…

Il m'interrompt.

— Tom ne sera pas là.

Ça me surprend. Mais le plus surprenant, c'est que ça n'a pas l'air de déranger Zach. En fait, il sourit toujours. Je ne crois pas qu'il ait arrêté depuis que j'ai passé la porte. C'est contagieux.

— Pourquoi ?

Je lutte pour avoir l'air indifférent et pas surexcité, comme je le suis.

— C'est important ?

Je suis curieux, mais à part ça, non, c'est vraiment sans importance.

Je n'aurais jamais cru que j'irais à un truc comme ce festival. Mais depuis qu'il me l'a demandé, j'y pense beaucoup. En fait, je ne fais jamais grand-chose. Je ne vais jamais nulle part. Je n'ai même jamais pris de vacances parce que je n'avais nulle part où aller. J'aime bien l'idée de passer quelques jours à rien faire au soleil. Ça a l'air décontractant. Et je serais avec Zach. Je m'éclate toujours avec lui.

N'empêche, je réponds :

— Ce n'est pas vraiment mon genre de truc, tu sais.

— Je sais. Mais tu viens quand même, hein ?

Il veut vraiment que je l'accompagne. Au bout du compte, c'est ça qui fait pencher la balance. Impossible de lui refuser quoi que ce soit à cet instant.

— Oui, Zach.

Son sourire s'élargit encore plus.

— Je viens quand même.

ZACH…

ANGELO REFUSA de me confier ce qui s'était passé mais finalement, je me disais que ce n'était pas mes affaires. S'il voulait que je le sache, il me le dirait. J'étais simplement heureux qu'il ait tout réglé. Le lendemain il était égal à lui-même, et lorsque nous partîmes pour Folk Fest le vendredi, il était complètement surexcité.

Lyons était une très jolie petite bourgade nichée dans les contreforts boisés des montagnes. On l'appelait parfois la double porte des Rocheuses. À l'origine, sa richesse venait des carrières de grès, mais ces derniers temps, c'était plutôt le tourisme.

Le Planet Bluegrass était un amphithéâtre naturel à l'ouest de la ville, coincé entre la rivière St Vrain et les montagnes. Il était composé de deux scènes, et durant le Folk Festival, on jouait de la musique sur les deux à la fois de dix heures à vingt-deux heures. Le festival pouvait aussi se vanter de servir des bières venues des meilleures microbrasseries du Colorado, ainsi que la meilleure nourriture que j'aie jamais mangée. L'atmosphère était familiale. Les enfants couraient en groupe comme il se devait et construisaient des châteaux de sable au bord de la rivière. Ils pouvaient aussi descendre la rivière sur des bouées et remonter jusqu'au festival grâce à une navette.

Le campement était un arc en ciel de couleurs. Les tentes, les campeurs et les parasols étaient si près les uns des autres qu'il était difficile de se frayer un chemin. Quand on regardait certains, on avait l'impression qu'ils étaient installés pour le mois plutôt que le week-end. Ils avaient planté des drapeaux, des bannières et des cerfs-volants, et même étalé des tapis parfois. Partout dans le campement, des cercles s'étaient formés où l'on chantait, jouait du djembé ou simplement buvait ensemble jusqu'au petit matin.

Angelo n'avait aucun matériel de camping. C'était étrange pour quelqu'un qui vivait dans le Colorado, mais je ne fis pas de commentaire. Il avait apporté un sac de couchage mais décida de partager ma tente. Nous finîmes par trouver une place au milieu du campement bondé et nous nous installâmes.

Je ne savais pas si c'était le genre de musique qui voulait ça ou si c'était juste parce qu'il s'agissait d'un festival, mais j'aurais juré qu'il y avait autant de couples lesbiens que de couples hétéros. Les couples gays masculins étaient plus durs à repérer, mais il y en avait quand même. L'atmosphère était ouverte et bonne enfant. Angelo regarda autour de lui avec stupéfaction. Il observa tous ces couples homosexuels qui se tenaient la main, s'embrassaient et ne faisaient rien pour le cacher. Finalement, il se tourna vers moi et dit :

— À part dans les boîtes de nuit, je ne suis jamais allé nulle part où être homo n'a pas l'air de poser de problèmes.

Je me mis à rire. Il se détendit beaucoup plus après ça.

L'emplacement face à la scène principale était soigneusement divisé. Devant, les gens étalaient des couvertures ou des bâches et seules les chaises à ras du sol étaient autorisées. Un peu plus loin, il y avait encore des couvertures et des bâches, mais les chaises normales étaient aussi autorisées. Et encore derrière se trouvaient les parasols. La foule n'était pas encore arrivée, alors nous pûmes étaler ma couverture près des arbres à l'ouest afin d'être à l'ombre plus tard dans la journée. J'avais apporté ma seule chaise sans pied, achetée des années plus tôt à un marché aux puces, spécifiquement pour ce week-end annuel. Je regrettais de ne pas en avoir une pour Angelo ni d'avoir pensé à lui dire d'en apporter. Il me sourit et dit :

— Je dors mieux par terre de toute façon.

Nous rapportâmes de la bière, puis des beignets – poulet basilic pour moi, curry pour lui. Je crois bien qu'il perdit un instant connaissance lorsqu'il les goûta.

— Qu'est-ce que tu en penses ?

— Ça vaut la peine d'être venu rien que pour ça ! répondit-il.

Il rougit mais me regarda quand même lorsqu'il ajouta :

— Merci de m'avoir invité, Zach.

Tout ce qui me vint à l'esprit, c'était combien cela aurait été différent avec Tom. D'instinct, je savais qu'il se serait plaint de tout, de la chaleur au prix des bières. C'était fantastique d'être plutôt là avec Angelo.

— Je suis content que tu sois venu.

... ANGELO

JE N'AI pas beaucoup dormi la première nuit à Lyons. C'est bizarre d'être couché si près de Zach, de l'entendre respirer à côté de moi. C'est intime comme ça ne l'a jamais été avec personne. J'ai passé la moitié de la nuit à vouloir le toucher et l'autre moitié à flipper de le faire. Il ne s'est rendu compte de rien, comme d'habitude. Il dort comme un gros bébé.

À Folk Fest, la plupart des gens se couchent tard et font la grasse matinée. À mon réveil à six heures, il n'y a pas un rat. Zach est écroulé à mes côtés, les bras et les jambes étalés et prenant la moitié de la tente. Je le laisse dormir et je me dirige vers la douche. C'est un genre de douche de vestiaire, ouverte, avec quatre jets. Zach m'a prévenu qu'il y aurait la queue plus tard dans la matinée. Je veux la prendre avant l'heure de pointe.

Il y a un autre type avec moi. Un grand costaud, au moins une tête de plus que moi. Les cheveux courts et bruns et un corps à pleurer. Beau comme un dieu et sûrement plus hétéro tu meurs. J'essaie de pas le reluquer.

— Sympa de passer avant la foule.

— Ouais.

Pendant qu'on s'habille, je lui demande :

— Vous savez où je pourrais trouver du café ici ?

— Oui. D'ailleurs j'y vais.

Il me tend la main.

— Je m'appelle Matt.

Je ne sais pas trop pourquoi il se présente, mais je lui prends la main et réponds :

— Angelo.

— Suis-moi, Angelo. Je vais te montrer le meilleur café de Lyons.

Je n'avais pas vraiment eu l'intention d'aller où que ce soit avec lui, mais bon. Il fait un peu grosse brute, mais sans me mettre mal à l'aise. Il me guide dans la rue jusqu'à un café, indépendant en plus. Pas une chaîne. On commande notre café avant de s'asseoir dehors.

— C'est la première fois que tu viens ici ? demanda-t-il.

— Ouais.

— Moi aussi. Tu es là tout seul ?

255

— Non. Mon ami dort encore.

— Le mien aussi.

Il plisse les yeux comme s'il voulait rire mais sans savoir comment.

— Qu'est-ce que tu en penses jusqu'ici ?

— La bouffe est bonne.

Cette fois il rigole pour de bon.

— Mais la musique est naze !

Ça me fait sourire.

— Ce n'est pas ce que j'écoute d'habitude.

On bavarde une bonne heure, surtout à comparer les stands de nourriture qu'on a essayés jusqu'ici – il préfère le grec au curry – et quels groupes étaient supportables. Enfin, il déclare :

— Je devrais y aller. Jared est peut-être debout maintenant, et je lui ai promis du café.

C'est assez prévenant comme idée, alors j'en commande pour Zach aussi.

— On devrait s'asseoir ensemble, dit-il sur le chemin du retour.

Je ne trouve pas de raison de dire non. Quand même, ça me rend un peu nerveux. Je m'inquiète toujours de ce qui va se passer quand les gens découvrent que je suis homo. Je ne sais jamais trop s'il faut que je me cache ou si je dois juste agir normalement.

On s'arrête pour récupérer Zach. Il vient de se lever et il est ravi du café. Matt nous guide là où son pote et lui ont une couverture, à mi-chemin de la scène.

Jared a l'âge de Zach. Il fait à peu près un mètre quatre-vingt, il est mince et élancé, mais il a les jambes musclées. Des cheveux bouclés, blond foncé et désordonnés encadrent son visage. Yeux bleus. Taches de rousseur sur le nez. On dirait un surfer. Sauf bien sûr qu'on est vraiment loin des vagues. Mignon comme tout. Et clairement homo.

Matt s'assoit près de lui, lui tend un café. Je sais que je les dévisage. J'essaie de trouver une façon diplomatique de demander s'ils sont ensemble. Je n'aurais jamais imaginé que Matt soit homo, mais maintenant que je fais attention, il est clairement assis plus près de Jared qu'un hétéro le ferait. Ça doit être écrit sur ma figure parce que Jared me sourit soudain et dit :

— Personne ne s'en rend compte, avec lui.

Matt lève les yeux au ciel.

Zach et Jared sont tout de suite les meilleurs copains du monde. Ils bavassent pendant des heures à propos des autres festivals qu'ils ont fait et des groupes qui étaient là l'année dernière. Matt me sourit.

— Tu vois, ce sera très bien. Ils vont écouter la musique, nous on n'aura qu'à boire et dormir.

Ils vivent dans une petite ville de montagne à moins d'une heure d'ici. Matt est flic. Sans blague. Autant qu'il se le fasse tatouer sur le front. C'est tellement évident. Jared est prof. Zach est un peu jaloux de leur relation, ça se voit, parce que c'est clair comme de l'eau de roche qu'ils sont dingues l'un de l'autre. N'empêche, Matt fait vraiment pas le genre. Sérieusement, Jared et lui n'arrêtent pas de se charrier au sujet de foot américain !

— Tu es le plus hétéros des homos que j'aie jamais rencontré, lui dis-je avant de m'en rendre compte.

Il hausse les épaules et Jared se marre.

— C'est vrai qu'il fut un temps où Matt a souffert d'un sérieux cas d'hétérosexualité !

Je ne peux pas m'empêcher de rire aussi.

— Sérieux ? Je ne savais pas que ça se guérissait !

— Je n'en étais pas certain non plus, mais apparemment oui.

Il se retourne vers Matt.

— C'est arrivé comment, au fait ?

— Jalousie.

Jared hausse les sourcils.

— Vraiment ?

Matt lui attrape une poignée de cheveux, puis se penche pour déposer les lèvres dans son cou, juste sous son oreille. C'est la première fois que je le vois toucher Jared, et voilà qu'il lui fait presque un suçon, en plein milieu de tous ces gens.

— Je l'ai vu faire ça, dit-il, et j'ai su alors que je ne voulais plus jamais qu'un autre homme le touche comme ça.

Il l'embrasse et ajoute :

— Personne d'autre que moi.

Jared est rouge d'embarras, mais il a aussi l'air ravi.

— Cole ne m'a jamais tiré les cheveux, dit-il d'un ton taquin.

Matt rigole et le lâche.

— Je savais bien qu'il y avait un truc pas net chez ce type !

Ça se passe comme il l'avait prévu. Zach et Jared passent la journée à décider quels groupes écouter, à aller et venir entre les deux scènes, comparer qui leur a plu ou non. Matt lit beaucoup et je somnole au soleil. Quand l'un de nous deux s'ennuie trop, on va traîner dans le festival ensemble un moment, puis on rapporte de quoi manger et de la bière à Zach et Jared.

Alors qu'on se balade, je finis par lui poser la question qui me brûle les lèvres :

— Tu étais hétéro avant Jared ?

Il rougit mais répond :

— Oui. Ou du moins, j'essayais dur de l'être.

— Tu l'as vraiment choppé avec un autre mec ? Laisse-moi deviner, un ex ?

Il hausse un sourcil et sa bouche tremble presque à en former un sourire.

— Pas vraiment. Cole n'était pas son ex. Plus un ami faisant aussi plan cul. Deux mois plus tôt, le jour de l'anniversaire de Jared, en plus, j'avais un peu trop bu et je lui ai fait des avances. C'était un peu accidentel. Je sais combien ça a l'air idiot, mais…

Il haussa les épaules.

— Bref, après coup j'ai flippé et je suis parti. Je ne l'ai pas vu pendant longtemps. Mais je me suis rendu compte combien il me manquait, alors je suis allé le voir. J'avais l'intention de lui sortir un beau discours du style 'restons amis'.

— Mais ce type, Cole, était là ?

— Oui.

— Alors il s'est passé quoi ?

— Rien en fait. Cole m'a laissé rentrer. Il a même flirté avec moi. Puis Jared est sorti de la salle de bain, tout mouillé de sa douche, dans un pantalon de jogging et rien d'autre. Je n'arrivais à penser à rien d'autre qu'à ce qui s'était passé avant que je frappe à la porte. Et je les aurais tués tous les deux.

Il sourit un peu et me jette un regard embarrassé.

— J'avais envie de casser la gueule à Cole, qui fait à peu près ta taille. Il pèse peut-être soixante kilos avec ses bottes. Des bottes probablement roses.

Ça me fait rigoler, alors il rigole aussi, un peu, avant de reprendre.

— Mais je savais aussi que je n'avais aucun droit d'être fâché, tu sais ? Je me suis rendu compte que Jared et moi, on pouvait être 'que des amis', mais qu'il aurait alors des amants, et je n'aurais pas mon mot à dire. Alors ça, ça m'a fait basculer. La jalousie est une arme puissante, Angelo.

On retourne à la couverture où Zach et Jared sont assis. Zach lève les yeux vers Matt.

— Jared dit que tu détestes le festival.

Matt hausse un sourcil et répond d'un ton léger :

— Pas tout.

— Qu'est-ce qui te plaît ?

— La nourriture est bonne, dit-il avec un coup d'œil à Jared. Et les activités nocturnes.

Comme d'habitude, Zach a un train de retard.

— Tu veux dire les têtes d'affiche ?

Les yeux plissés comme s'il allait rigoler, Matt se tourne vers lui.

— Non, ce n'est pas de ça que je parle.

Je suis mort de rire, je ne sais pas qui rougit le plus, Jared ou Zach.

Ce soir-là, Matt et moi laissons Jared et Zach au concert pendant qu'on va manger en ville. La nourriture du festival est bonne, mais on se lasse d'être tout le temps assis par terre. On se retrouve à discuter de plein de trucs pendant qu'on mange, et avant de comprendre, je lui parle de mes parents. Un sujet que je déteste, et voilà qu'en un été, je l'ai abordé avec deux personnes.

Matt me surprend, ceci dit. Il ne me donne pas ce regard que je déteste. Il secoue la tête et déclare :

— Il y a des gens qui ne devraient pas être parents.

Vue la façon dont il le dit, il ne parle pas que des miens. Bizarrement, après ça, je sais qu'on va être amis. Pas juste des potes qui traînent ensemble, mais de ceux qui se comprennent vraiment, vraiment. C'est nouveau pour moi. Même Zach ne pige pas complètement, pas comme ça.

On passe aussi le dimanche avec eux. Dans l'après-midi, Matt et Zach discutent de De A à Z.

— Il est condamné, pour dire vrai, déclare Zach. Les petites boutiques comme la mienne sont coulées par les grandes corporations. Il y en a une à tous les coins de rue.

— Pas au coin de la nôtre, répond Matt. On n'a pas de vidéo club à Coda.

— Vraiment ?

— Vraiment. C'est dommage, d'ailleurs.

— Je devrais peut-être déménager là-bas ! plaisante Zach.

— Peut-être que oui, rétorque Matt, sans vraiment plaisanter. On a même un emplacement à te proposer.

Il se tourne vers Jared qui hoche la tête.

259

— C'est vrai. Ma famille tenait une quincaillerie. Elle est fermée maintenant. Mais on a toujours le bâtiment. Il est vide.

Zach rit.

— J'y réfléchirai !

ZACH...

PASSER LE week-end avec Jared et Matt fut fantastique. Jared et moi avions beaucoup en commun. Nous avions à peu près le même âge et grandi tous les deux dans le Colorado. Nous avions tous les deux fait notre coming out à l'université et avions eu la chance d'avoir des familles qui l'avaient bien pris. Nous avions aussi été surpris de la rapidité et la facilité avec laquelle Matt et Angelo s'étaient liés d'amitié. C'était comme si Matt avait attendu un petit frère à adopter et qu'Ang' avait été l'heureux gagnant. Je ne me serais pas attendu à ce qu'Angelo accepte le rôle aussi volontiers. Toutefois, ça avait l'air de leur convenir. Ils s'étaient beaucoup plus amusés au festival que s'ils ne s'étaient pas rencontrés.

Nous restâmes tous assez longtemps pour voir Ellis jouer le dimanche, puis il fut temps de rentrer à la maison. Angelo et Matt échangèrent leur numéro de téléphone, se promirent de s'appeler si l'un ou l'autre se trouvait 'dans le coin', puis ce fut terminé. Angelo et moi montâmes dans la voiture puis rentrâmes à Denver. Angelo bavardait comme une pie. Ça se voyait qu'il était heureux d'être venu.

Nous étions à mi-chemin lorsqu'il me posa la question que j'avais attendu tout le week-end.

— Qu'est-ce qui s'est passé, avec Tom ? Il s'est dégonflé, ou quoi ?

— Je lui ai dit que ma sœur venait.

Bien sûr, il en fut surpris.

— Lauren ? Je croyais qu'elle habitait à Chicago.

— Effectivement.

Je m'interrompis une minute. Je savais qu'on en viendrait à cette conversation, mais je ne m'étais jamais décidé sur ce que j'allais dire à Angelo. Maintenant que le moment était arrivé, je me résolus à tout lui raconter.

— J'ai réfléchi à ce que tu m'as dit, Ang'. Je me suis demandé si tu n'avais pas raison. Alors j'ai voulu savoir s'il venait pour passer du temps avec moi ou juste tirer un coup.

— Alors ?

261

— Alors il n'avait clairement pas envie de venir s'il n'avait rien en retour. Ça a répondu à ma question.

— Merde, Zach, je suis désolé.

Il avait beau détester Tom, il se sentait mal pour moi.

— Ce n'est rien.

Ce que je ne comprenais pas dans l'histoire, c'était pourquoi il avait prétendu qu'on était un couple. Il aurait pu franchement dire qu'il cherchait un plan cul régulier, j'aurais probablement accepté. Cela dit, il n'avait jamais été fantastique au lit non plus. Oui, il m'excitait, mais comme amant il n'était pas vraiment généreux. C'était toujours à moi de le satisfaire, éventuellement de me satisfaire au passage. Au bout du compte, coucher avec lui ne valait pas le sacrifice de ma fierté.

— Il s'est passé quoi, alors ? Tu lui as dit d'aller se faire foutre ?

— Pas tout à fait.

Son expression désapprobatrice ne m'échappa pas.

— Je n'en ai juste pas eu l'occasion, me défendis-je, c'est tout. Il a appelé pour annuler, comme je m'en doutais. Ça s'est arrêté là.

— Alors tu vas continuer à le voir ? demanda-t-il, incrédule.

— Non.

Il se détourna pour regarder par la fenêtre, mais je vis bien qu'il souriait.

Le lundi matin, Ruby débarqua à la première heure. Elle avait l'air troublé.

— Zach, j'ai eu une vision ! lança-t-elle immédiatement.

— Est-ce que c'était un rêve, commença soudain Angelo avec un sourire malicieux, où tu t'es vue dans une sorte de tunique de dieu du soleil, sur une pyramide où des centaines de femmes nues hurlaient en te lançant des petits cornichons ?

Ruby et moi le regardâmes bouche bée.

— Bien sûr que non ! répondit Ruby, dédaigneuse. Pourquoi poses-tu une telle question ?

— Je me demandais, c'est tout.

Il la regardait, mais il avait tourné un DVD vers moi. *Profession : Génie*. Je n'avais aucune idée de ce que cela voulait dire.

Ruby secoua la tête puis s'adressa à moi.

— Il y avait un oiseau. Il a essayé d'atterrir sur ta main mais un cheval géant l'a effarouché.

Comme d'habitude lorsqu'elle exposait ses visions, je ne savais pas quoi répondre. Je me contentai de sourire.

— C'est fascinant.

Elle hocha la tête sagement.

— J'espère que tu n'as pas l'intention de faire d'équitation ce week-end.

Avant de que je réponde, Nero Sensei surgit, essoufflé.

— La décapotable bleue garée devant chez Jeremy appartient-elle à l'un d'entre vous ?

Ce qui signifiait qu'un des gamins avait encore vomi du balcon.

— J'espère que la capote était mise, dit tranquillement Angelo.

Sensei secoua la tête tandis qu'il ressortait.

— Oui mais elle est souple, Tim a bu du jus de canneberge avant le cours. Il va y avoir une tache.

Ruby suivit Nero. Angelo se tourna vers moi. Il avait les yeux pétillants et souriait d'une oreille à l'autre.

— Meilleur job que j'aie jamais eu !

Je fus forcé de lui rendre son sourire.

Trois jours plus tard, Tom passa au vidéo club.

— Salut, bébé. Tu m'as manqué, ce week-end.

— Oh, je n'en doute pas.

Il n'eut pas l'air de remarquer mon sarcasme. Il se rapprocha et fit mine de passer un bras autour de ma taille. Je reculai d'un pas, hors de sa portée. Ça ne me semblait pas correct d'avoir cette conversation devant Angelo.

— On devrait peut-être discuter dans le bureau.

— *Non !* s'exclama Angelo, quelque chose comme de la panique dans la voix.

Un éclair de colère traversa le visage de Tom, puis il sourit à nouveau.

— Bien sûr, bébé. Ça me paraît une très bonne idée.

— Non.

Cette fois Angelo semblait plus calme. Tom lui tournait le dos, il prononça en silence :

— Ne lui fais pas confiance.

Puis tout haut :

— C'est moi qui vais dans le bureau.

263

Une fois la porte fermée derrière lui, Tom fit à nouveau mine de m'enlacer. Je l'évitai.

— Tom, nous devrions cesser de nous voir.

Il se figea sans perdre son sourire.

— Qu'est-ce que tu veux dire ?

— Je ne crois pas qu'on aille quelque part. On n'a rien en commun. On ne passe jamais de temps ensemble. De toute évidence, toi et moi voulons des choses différentes.

Son sourire avait disparu. Il n'était plus beau du tout. Il avait l'air furieux.

— C'est à cause de lui, c'est ça ?

— Qui ? demandai-je, stupéfait.

Il me montra le bureau.

— Lui ! Ton petit chien ! Qu'est-ce qu'il t'a dit sur moi ?

— Angelo n'a rien à voir là-dedans, répondis-je, troublé.

— Conneries !

Il me cracha presque le mot à la figure.

— Quoi qu'il ait dit, il ment !

— Il n'a jamais rien dit sur toi.

Ce n'était pas tout à fait vrai, mais j'étais certain qu'il ne parlait du fait qu'Angelo l'avait traité de connard.

— C'est lui ! C'est lui qui m'a fait des avances !

Rien n'aurait pu me surprendre plus. Angelo n'aurait jamais rien fait de la sorte, je n'en doutais pas.

— Angelo t'a fait des avances ? demandai-je, sceptique.

Il prit l'air triomphant.

— Oui !

Il mentait. Pourtant, vue toute cette fumée, il devait y avoir un feu quelque part. Mais je ne pouvais clairement pas croire en sa version des événements.

— Hé, Ang' ! Je peux te parler un instant ?

La porte s'ouvrit et il sortit, visiblement surpris que Tom soit encore là.

— Qu'est-ce qu'il y a ?

— Tom a dans l'idée que tu m'as dit quelque chose sur lui.

— Tu veux dire, cingla-t-il, en dehors du fait que c'est un connard ?

Je n'arrivais pas à croire qu'il ait sorti ça, je ne pus retenir un sourire. Tom passa par dix nuances de rouge au moins, l'air prêt à tout casser.

— Oui, plus que ça apparemment. Comme quoi tu lui aurais fait des avances.

Le regard d'Angelo brilla de colère. Mais pas de culpabilité, comme dans le cas où Tom aurait dit la vérité.

— Tu crois que j'aurais fait un truc pareil ?

— Non.

— Putain de sale menteur ! hurla Tom.

— Ang' ?

Il me regarda droit dans les yeux.

— Je sais de quoi il parle. Je ne te l'ai pas dit parce que je ne voulais pas te blesser.

Je n'eus pas le temps de réfléchir à ce qui avait pu se passer. Tom m'attrapa le bras. Je me retournai vers lui. Il souriait, mais d'un air mauvais, il avait seulement l'art diabolique. Le ton de sa voix fut méchant lorsqu'il dit :

— Tu te trompes, Zach. Tu as dit qu'on ne veut pas la même chose. Mais tu te trompes. On veut la même chose. On veut tous les deux que tu gardes ton vidéo club.

— Sale enfoiré de connard de mer…

J'interrompis Angelo qui, derrière moi, démontrait un talent impressionnant pour enchaîner tous les gros mots de son vocabulaire en une seule phrase, et demandai à Tom :

— Tu es sérieux ?

— Absolument.

— Je n'y crois pas.

— On en a parlé le premier soir, tu ne t'en souviens pas ?

Je repensai à notre premier rendez-vous. Je tentai de me rappeler exactement ce qu'il m'avait dit, mais impossible. Tout ce dont je me souvenais, c'était combien il m'attirait.

Je finis par retrouver ma voix.

— Tu es en train de dire que je peux rester tant que je te laisse me baiser.

Il sourit et posa la main sur ma joue, effleura mes lèvres du pouce et murmura à mon oreille :

— On n'a pas à baiser. Je me contenterai très bien de ta si jolie bouche.

Je le repoussai et me détournai. Je dus réprimer mon envie de vomir. Je songeais à moitié à me soulager sur ses chaussures.

Quelque chose me dépassa soudain. Lorsque je levai les yeux, Angelo poussait Tom brutalement vers la porte.

— Casse-toi, connard !

— Fais gaffe, petite merde !

265

Angelo marcha vers lui, jusqu'à ce que leur torse se touche et qu'ils soient nez à nez. En tous cas ils l'auraient été si Angelo avait été plus grand. Là, c'était plus nez à menton. Ça restait impressionnant. Tom recula même d'un pas et se cogna contre le mur derrière lui.

— Répète un peu ça, connard.

— Je n'ai pas peur de toi, répondit Tom mais le léger tremblement dans sa voix suggérait le contraire.

Angelo lui sourit, du genre sourire mauvais.

— Ah ouais ? Peut-être que tu devrais, petit blanc.

— Tu me menaces ?

— Pas si con, hein, finalement ? Laisse-moi te donner un conseil, trou du cul. Casse-toi de là. Tu reviens, ma clique et moi on va te trouver et tu vas le regretter.

— Je pourrais prévenir la police !

— Et leur dire quoi ? Que tu fais chanter sexuellement tes locataires homos ?

— Ils ne te croiront pas.

Tom avait sans doute raison.

Le sourire d'Angelo se fit encore plus mauvais.

— J'ai des preuves.

Sans se détourner de Tom, il indiqua la caméra de surveillance dans un coin. Celle qui n'avait jamais été rallumée après le départ de M. Murray, à l'époque des cassettes vidéo. Mais ça fonctionna. Tom devint pâle comme un linge. Angelo continua :

— On a tout enregistré, mec. Alors vas-y, envoie les flics, qu'on discute un peu.

— Écoute, commença Tom, une note de panique dans la voix. Je crois qu'il y a un malentendu. Tout ce que je voulais…

— On sait exactement ce que tu voulais. Je ne vais pas le répéter : casse-toi.

— D'accord.

Tom leva les paumes en signe de reddition.

— Très bien. Je m'en vais.

Angelo recula d'un pas et montra la porte. Tom alla l'ouvrir, puis se tourna vers moi.

— Tu auras de mes nouvelles.

Puis il partit.

... Angelo

Tom s'est enfin tiré. Je me tourne vers Zach, qui me regarde comme si j'étais son héros. Et de voir son expression, ça me donne l'impression de pouvoir soulever des montagnes. D'accord, je suis aussi au septième ciel rien que de savoir qu'il a enfin foutu ce trou du cul dehors. Mais j'essaie de prendre l'air dégagé.

— Quoi ?

J'ai eu un peu peur qu'il soit déprimé d'avoir perdu Tom, mais il me sourit.

— 'Petit blanc' ?

Je hausse les épaules.

— Ça sonnait bien sur le coup.

— Ta 'clique' ?

— Non, je déconnais. Je n'ai jamais fait partie d'un gang.

Il secoue la tête. Il me regarde toujours avec quelque chose comme de l'émerveillement sur son visage. Je me sens rougir.

— Je me suis battu plein de fois, et encore plus presque battu. Tout est dans l'attitude. Faut juste jouer les durs.

— Et si ça n'avait pas marché ? S'il t'avait frappé ?

Je lui fais un grand sourire.

— Sensei a dit : 'Grand comme une porte, vif comme un glacier'.

Il penche la tête d'incompréhension, sérieusement.

— Quoi ?

Je secoue la tête.

— Laisse tomber, va. C'était une blague. Qui n'a servi à rien, apparemment.

Ça me fait toujours autant marrer que Zach soit toujours à la traîne. Par contre, on ne s'est probablement pas débarrassés de Tom pour de bon.

— Il va te causer des emmerdes. Tu le sais, hein ? Il ne va pas mettre longtemps à piger que même si la caméra était allumée, il n'y aurait pas eu le son.

— Oui, je sais.

Il n'a pas l'air de vouloir y penser pour le moment.

267

— De quoi parlait-il, Ang' ?

— De rien.

Mais vu son expression, il ne va pas lâcher l'affaire. Je ne veux pas lui dire que Tom croyait qu'on couchait ensemble. J'ai peur qu'il voie que je voudrais que ce soit vrai.

— Ce jour où tu es arrivé en retard, il faisait son connard, c'est tout. Il a dit que si je lui disais non, il te raconterait que j'avais proposé de le faire contre de l'argent.

Zach eut l'air horrifié.

— Je ne l'aurais pas cru !

— Je sais, Zach.

Je veux plus en parler. Je sors une boîte pleine de films de sous le comptoir.

— Mate-moi ça. J'ai oublié de te les montrer tout à l'heure. Je les ai achetés à un gosse qui habite sur le même palier que moi. Il a dit que ça venait de son oncle. C'est un tas de films de pirates. Gregory Peck. Burt Lancaster. Un tas d'Errol Flynn. Je n'en ai même pas vu la moitié. Il faut que je fasse de la place sur les rayonnages.

— Tu les as achetés pour le vidéo club ?

Je ne comprends pas pourquoi ça le surprend.

— Bien sûr, pourquoi sinon ?

— Tu en as eu pour combien ? Il faut que je te rembourse.

— Ne t'inquiète pas pour ça.

En vérité, le gamin n'avait aucune idée de son trésor. Il m'a vendu toute la boîte pour vingt dollars.

— Merci, Ang'.

Le ton de sa voix me prend de court. Comme s'il était vraiment touché. Et quand je lève les yeux, on dirait qu'il veut me serrer dans ses bras. J'ai l'impression que je vais fondre, et de bonheur en plus, juste parce qu'il a ressenti un truc pour moi à cet instant. Je sais que ça n'a rien à voir avec mes sentiments pour lui. Ça me tue d'être aussi dingue de lui. Ce serait plus facile si je pouvais appuyer sur un bouton en moi pour les couper. Je déteste guetter ces instants où un truc que je fais le rend heureux.

— Est-ce qu'on va en regarder un ce soir ?

— Tu as décidé comme ça que je venais ?

J'essaie juste de retrouver l'équilibre.

— Seulement si tu veux.

— Non.

— Non, tu ne veux pas venir ?

J'ai dit ça ?

— Non, j'ai choisi un autre film pour ce soir.

— Alors tu viens ?

Putain des fois, c'est comme si on ne parlait pas la même langue.

— Ce n'est pas ce que je viens de dire ?

Alors après avoir fermé De A à Z, on va chez lui. On s'arrête en chemin prendre la bouffe Thaï. C'est une mauviette alors il ne commande rien de pimenté. D'après lui, ce que je mange est tellement fort que ça devrait avoir une clause exonératoire de responsabilité. Il l'a dit une fois, mais il rigolait. Rien que l'odeur le fait flipper. Ça me fait marrer.

Une fois qu'on est assis par terre autour de la table basse, moi avec une bière, lui avec un verre de vin, je lance le film.

— C'est un autre film classique culte ?

Il me pose toujours cette question. Depuis que lui ai fait voir *THX 1138*. Il n'a rien pigé à celui-là. Depuis, j'essaie d'être un peu moins original.

— Non, celui-là est moderne. *V pour Vendetta*. Tu l'as vu ?

Il me regarde droit dans les yeux et sourit. Mon cœur s'arrête de battre un instant, juré.

— Bien sûr que non.

Je ne peux pas m'empêcher de lui rendre son sourire.

— Il devrait te plaire.

J'ai raison, bien sûr. À la fin, il se tourne vers moi.

— J'ai adoré celui-là.

Il a l'air stupéfait.

— Je l'ai choisi pour toi. Le sujet, c'est de se défendre tout seul. Pas que ça bien sûr. Ça parle de tyrannie et de ce qui se passe quand les gens échangent leur liberté contre leur sécurité. Mais c'est aussi sur la décision de se battre pour ce qu'on veut.

Je le regarde. Droit dans ses magnifiques yeux bleus.

— Il faut que tu décides pour quoi tu veux te battre, Zach.

269

ZACH...

LA VIE reprit son cours, du moins pour quelque temps. La clientèle du vidéo club avait augmenté ces dernières semaines. Je savais que c'était à Angelo que je le devais. Il connaissait le nom de chacun et quels films ils aimaient. Ils demandaient toujours des conseils, il les leur donnait toujours. Le fait que les gens arrivaient désormais à trouver ce qu'ils cherchaient n'y était pas non plus pour rien.

Tom appela une fois. Je vis son nom s'afficher et ne répondit pas. Il laissa un message.

— Salut, bébé. Je prépare les contrats de location cette semaine. Je veux te donner une dernière chance. Appelle-moi et tout peut s'arranger. C'est promis.

Je ne le rappelai pas.

Deux semaines plus tard, je reçus le nouveau contrat par courrier. Mon loyer avait presque doublé. Si je ne signais pas, je devais quitter les lieux avant la fin du mois. Ce qui me donnait à peu près deux semaines. Il y avait une petite note dessus où était écrit : *On peut encore s'arranger. Appelle-moi, T.*

— Qu'est-ce qu'on fait, maintenant ? demanda Angelo lorsque je lui montrai le bail.

— Je n'en ai aucune idée.

Ruby et Jeremy entrèrent en même temps.

— Qu'est-ce qui ne va pas ? demanda Jeremy.

— Je me fais expulser.

Il eut l'air choqué, mais Ruby hocha la tête.

— Moi aussi.

— Pas toi, Jeremy ?

Il secoua la tête.

— Non. Tom a dit que le loyer allait peut-être augmenter. Mais le contrat est arrivé aujourd'hui avec le montant habituel. Sensei a dit que le sien a augmenté, mais pas de beaucoup.

Je me demandais malgré moi si c'était une coïncidence que les deux hommes hétéros soient les seuls à ne pas être expulsés. Ou peut-être était-ce plus à cause de la ceinture noire de Sensei et du fait que Jeremy soit conseiller municipal.

— Tu vas te battre contre ce connard ? demanda Angelo à Ruby.

Elle lui sourit.

— Je n'ai pas de raison de le faire, mon petit. J'avais l'intention de prendre ma retraite à Noël et de déménager en Floride avec ma sœur. Ça veut simplement dire que je m'en irai un peu plus tôt.

Le reste de la journée, nous fûmes très peu bavards. C'était comme si nous étions suivi par une créature sombre et menaçante qui attendait le moment où nous baisserions la garde. À la fin de la journée, Angelo frappa à ma porte. Il venait maintenant presque tous les soirs. Je ne prenais même plus la peine de l'inviter. Ça paraissait évident qu'il serait là.

— Je me suis dit que tu aurais envie de compagnie.

— Tu as eu raison.

Il rougit et se détourna.

— Qu'est-ce qu'on regarde, ce soir ?

— *Vol au-dessus d'un nid de coucou*. Je voulais un truc joyeux, mais…

Il haussa les épaules.

— Celui-là m'a paru plus adapté.

Je me souvenais vaguement d'avoir lu le livre au lycée, mais tout ce dont je me rappelais, c'était d'une infirmière blonde à gros seins.

— De quoi ça parle ?

— De gens qui font des trucs dégueulasses pour te contrôler. Mais je crois que ça parle aussi d'espoir.

— Ce sera parfait, Ang'.

J'avais envie de l'étreindre, mais savais qu'il ne le supporterait pas. Alors j'attrapai sa nuque et déposai un baiser sur sa tempe. Il devint écarlate et me repoussa, ce qui me fit rire.

— Je vais commander une pizza.

— Avec des piments.

— Seulement sur ta moitié !

Il était d'une humeur inhabituellement sombre. Il ne rit pas du tout ni ne plaisanta de tout le film. Je ne savais pas si je devais lui parler ou le laisser tranquille. En fin de compte, il se tourna vers moi.

— Qu'est-ce que tu vas faire, Zach ?

— Aucune idée. J'imagine que je vais devoir fermer boutique.

— Tu ne peux pas déménager ?

271

— Je pourrais. Mais je ne vais jamais trouver un emplacement aussi bon marché que celui-ci. Ma marge n'est pas grande. Je ne sais pas si ça en vaut la peine.

Il avait l'air plus bouleversé que moi.

— C'est vrai, ce que j'ai dit à Matt. C'est incroyable que je n'aie pas mis la clef sous la porte ces…

— Matt ! s'exclama-t-il soudain.

De la façon dont il l'avait dit, je crus une demi-seconde que Matt venait d'entrer dans la pièce. Je faillis me retourner pour vérifier qu'il n'était pas derrière moi.

— Quoi ?

Il devint carrément agité.

— Matt ! Et Jared ! Ils ont un emplacement ! Tu te rappelles ? On devrait les appeler ! Tu devrais aller voir. Jared a dit qu'il était vide. Il appartient à sa famille. Ils te feront peut-être un bon prix. En plus ils ont dit qu'il n'y a pas de vidéo club à Cobra. Ou Cola. Ou j'en sais rien, là où ils vivent !

— Coda ?

— Ouais !

Son excitation était communicative. Je ne pus m'empêcher de sourire.

— Tu es sérieux ?

— Pourquoi pas ?

Il sortit son portefeuille, fouilla dedans et finit pas en sortir un ticket de caisse avec le numéro de Matt.

— Je vais l'appeler tout de suite !

Il disparut un instant dans la cuisine. À son retour, il souriait.

— J'espère que t'as rien de prévu ce week-end.

DEUX JOURS plus tard, nous baissâmes la capote de ma vieille Mustang et prirent la route de montagne en lacets direction Coda. Nous partîmes tôt. La journée était magnifique ; le soleil brillait, le ciel était d'un bleu lumineux. Au fur et à mesure que nous prenions de l'altitude dans les Rocheuses, nous apercevions des bosquets de trembles dont les feuilles changeaient tout juste de couleur.

Angelo affichait sa joie. Je me disais que c'était parce qu'il allait revoir Matt, mais il avait aussi l'air ravi de quitter Arvada. Nous étions presque arrivé à Coda quand il demanda soudain :

— Le parc national des Rocheuses est loin d'ici ?

— Peut-être une demi-heure, lui dis-je. Pourquoi ?

Un sourire aux lèvres, il haussa les épaules.

— Je n'y suis jamais allé.

J'étais sidéré.

— Tu as vécu toute ta vie à Denver et tu n'y es jamais allé ? demandai-je d'un air stupéfait.

Je le regrettai tout de suite. Son sourire disparut. Il eut beau détourner la tête, je vis quand même le rouge lui monter aux joues.

La vérité, c'était que les autochtones allaient rarement jusqu'au parc national. Nous y emmenions les touristes, mais sinon, nous avions tendance à l'oublier. Même moi je n'y étais pas allé depuis plus de dix ans. Lorsque je songeai à son enfance, passée dans des foyers d'accueil, ce n'était pas étonnant que personne n'ait pensé à l'y emmener.

— Tu as du réseau ?

Il me regarda avec surprise.

— Je crois, oui. Pourquoi ?

— Appelle Matt et dis-lui qu'on va être en retard.

Son sourire illumina un peu plus la journée.

Nous n'eûmes pas le temps de faire tout le tour du parc, mais nous parcourûmes la partie basse. J'essayai de ne pas rire à l'expression d'Angelo lorsqu'il vit une horde de wapitis.

— Je ne savais pas que c'était si grand, dit-il avec fascination.

Puis nous fîmes le tour de Bear Lake. Il s'émerveilla de la fraîcheur de l'eau.

— C'était de la neige il n'y a pas si longtemps, lui rappelai-je.

Il se mit à rire. Il s'amusait tellement, comme un enfant, que je regrettais de devoir briser l'enchantement.

— Il faut qu'on y aille, dis-je enfin.

Il hocha la tête sans me regarder.

— J'aimerais revenir un jour et voir le reste, déclara-t-il doucement.

— On reviendra, lui répondis-je.

Il me sourit.

— Merci de m'avoir amené ici, Zach.

Nous reprîmes la route sinueuse de Coda. C'était une jolie petite ville, à un peu moins de deux kilomètres de l'autoroute, nichée entre deux collines couvertes de pins. Nous prîmes une chambre dans un motel – la même, avec deux lits – puis j'appelai Jared.

273

— Excellent timing ! s'exclama-t-il. Le match commence dans vingt minutes. Allez, venez !

— Quel match? me demanda Angelo quand je lui relayai l'invitation.

Je haussai les épaules.

— Je ne sais pas.

Le sport ne m'intéressait pas beaucoup.

— Du baseball peut-être ?

— C'est la saison ?

— Je crois. La coupe du monde n'est pas aux alentours d'Halloween ?

Il haussa à son tour les épaules.

— C'est aussi la saison du hockey, non ?

Je n'en avais aucune idée.

Jared était sous la douche quand nous arrivâmes. Matt nous ouvrit. Il était couvert de sueur et de poussière. Il me flanqua une tape dans le dos à m'en couper le souffle et étreignit Angelo qui disparut presque dans ses énormes bras.

— Qu'est-ce que t'as foutu à ta jambe ? lui demanda Ang'.

Matt baissa les yeux vers son tibia, qui était tout écorché et où on aurait dit qu'il avait appliqué de la boue.

— Accident.

— Un accident de quoi ?

— De VTT. On revient tout juste.

— Tu t'es cassé la gueule, et après quoi ? Tu t'es roulé dans la boue ?

Il éclata de rire.

— Ce n'est pas loin de la vérité, en fait. Ce n'est pas une balade réussie si tu ne saignes pas.

Il ne dut pas remarquer mon expression horrifiée, parce qu'il demanda soudain avec enthousiasme :

— Vous faites du VTT ?

Angelo et moi nous regardâmes. Il sembla comprendre que ça voulait dire non.

— Dommage. Allez, faites comme chez vous. La bière est au frigo. Il faut que je me lave, le coup d'envoi est dans dix minutes.

— Foot américain ? demanda Angelo.

Matt le regarda comme s'il lui avait en fait demandé si le ciel était vraiment bleu.

— Ouais ! Le premier match de la saison régulière !

274

Nous le regardâmes sans réagir. Il éclata de rire et disparut dans le couloir.

Angelo se tourna vers moi avec un sourire.

— Quatre homos qui regardent du foot. Quelque part, il y a des poules qui se brossent les dents.

... Angelo

Matt et Jared s'assoient sur le canapé en face de la télé. Il y en a un autre, mais Zach et moi on fait comme d'habitude, on s'assoit par terre. Matt et Jared sont complètement passionnés par le match. Les Broncos contre les Chargers. J'ai passé ma vie à Denver, alors j'ai forcément entendu parler des Broncos, mais je ne me suis jamais intéressé à eux. Je ne sais pas du tout qui sont les Chargers. Jared est un grand fan des Broncos. Matt prétend qu'il déteste les deux équipes parce qu'elles font partie de l'AFC Ouest. Je ne m'emmerde pas à leur demander ce que ça signifie ni pourquoi ça veut dire qu'il les déteste. Malgré tout, il encourage les Chargers parce que Jared et lui ont parié la vaisselle de la semaine sur le résultat du match. Ils se charrient et se balancent des trucs à la figure. Je suis à peu près certain qu'ils ont complètement oublié qu'on est là.

Zach et moi commençons à un bout du canapé chacun, mais on se rend vite compte que notre bavardage dérange Matt et Jared, alors je vais m'asseoir près de lui. Plus le match avance, plus on se rapproche. Je ne sais pas si c'est moi ou lui qui bouge. Nos jambes se touchent. Son bras est sur le canapé derrière moi. Il se penche pour me souffler un truc à l'oreille. Je sens sa main sur mon épaule qui me tire vers lui.

J'ai tellement envie de lui. Il parle, mais je ne l'entends même pas. Je ne pense qu'à sa main sur mon épaule, sa cuisse contre la mienne, ses lèvres qui touchent presque mon oreille. Il sent si bon. Je veux l'embrasser. Ce serait facile de tourner la tête et de presser ma bouche contre la sienne. Ma main est sur son genou. Je la remonte d'un ou deux centimètres, sur sa cuisse. Il n'a pas l'air de s'en rendre compte. Est-ce que je peux la monter plus haut ? Va-t-il s'en rendre compte cette fois ? Va-t-il me dire d'arrêter ?

— *Touchdown !* hurle soudain Jared, puis il se retourne et saute sur Matt. Zach et moi, on n'a pas regardé le match, alors on sursaute.

Et voilà, le moment est passé. Zach se moque de Matt et Jared, je retire ma main. Je m'écarte de quelques centimètres. J'essaie de calmer les battements de mon cœur. De cacher mon érection. D'arrêter de l'aimer.

Deux sur trois, c'est pas mal, non ?

On retourne à l'hôtel, on grimpe dans nos lits séparés. Il s'endort presque tout de suite, le souffle lent et régulier. Je reste longtemps réveillé. Je n'arrive pas à ne pas penser à lui. Je voudrais lui montrer combien ça compte pour moi, de m'emmener au parc national. Je sais que pour lui ce n'était rien. Mais personne n'a jamais fait un truc pareil pour moi. Ça me donne juste encore plus envie de lui.

Je pourrais me lancer. Sortir de mon lit. En deux pas être dans le sien. L'embrasser, presser mon corps contre le sien, passer la main sur son ventre nu. Je sais qu'il réagira. Je sais qu'il ne refusera pas. Deux petits pas et il est à moi.

Pour ce soir, en tout cas.

La question étant : et demain ? Est-ce qu'il va en faire un coup d'un soir en riant ? Est-ce qu'il va me donner du 'restons amis' ? Est-ce qu'il va faire comme si rien n'était arrivé et passer le reste du séjour à éviter mon regard ? Tout paraît tout aussi possible. Et insupportable. Ce serait tellement plus simple si je ne l'aimais pas. Quelques nuits ensemble, dans cette chambre, à partager un lit, puis je reprendrai ma vie. Il déménagerait à Coda. Je rentrerais chez moi…

Et soudain je comprends.

On est à Coda pour que Zach décide s'il veut déménager ici ou pas. Et si ça arrive, je ne le reverrai probablement jamais.

Je dois me forcer à respirer. Forcer mon cœur à battre. Comment je vais vivre sans lui ?

Il y a toujours une chance qu'il décide finalement de ne pas déménager. Je m'accroche à cette idée. Mais s'il décide que oui ? On pourrait passer nos dernières nuits à Coda en tant qu'amants. Mais est-ce que ça va rendre les choses encore plus difficiles quand il faudra que je renonce à lui ?

J'y réfléchis longtemps, mais finalement, je reste dans mon lit. S'il ne me reste que deux semaines avec lui, je ne veux pas les gâcher en instaurant un malaise entre nous. Mais je ne vais pas le laisser sortir de ma vie sans le toucher, l'embrasser, coucher avec lui. Si je dois renoncer à lui pour toujours, très bien. Mais je vais m'assurer que notre dernière nuit soit mémorable.

Je me réveille tard le lendemain matin. Quand j'émerge, Zach revient tout juste avec des donuts et du café. La famille de Jared ne peut pas le voir tout de suite alors on passe la plupart de la matinée à flemmarder dans la chambre, en regardant *Les Dents de la mer* à la télé, puis on retrouve Matt et Jared pour déjeuner.

— Tes collègues sont au courant ? demande Zach à Matt.

— Oui.

— Ils ne te posent pas de problèmes ?

Il hausse les épaules.

— Un peu, au début, mais maintenant ça va. L'un des policiers plus âgé refuse toujours de m'adresser la parole, mais ce n'est pas grave. Tous les autres s'en fichent.

— Et ailleurs ? J'imagine que c'est difficile, d'être gay dans une si petite ville.

Jared secoue la tête.

— Ça ne gêne pas la plupart des gens. J'ai vécu ici toute ma vie, sauf durant mes années d'université. À mon avis, ils ont l'habitude maintenant. Ne te méprends pas, ça jasera pendant une semaine ou deux. Mais ils s'en remettront.

On finit de manger, puis Matt annonce qu'il doit aller travailler.

— À demain, dit-il à Zach et moi.

Puis il se tourne vers Jared. Il ne l'embrasse pas avant de partir. Il attrape une poignée de ses cheveux, la tire un peu tandis qu'ils se sourient, les yeux dans les yeux. Le contact ne dure qu'une seconde. Pourtant je vois beaucoup dans ce petit geste : de la possessivité, du désir, de la tendresse et de l'amour. C'est d'une incroyable intimité. Je détourne la tête.

À cet instant, je les déteste tous les deux tellement.

ZACH...

APRÈS LE déjeuner, nous allâmes voir la boutique. Jared était bien sûr présent, accompagné de son frère Brian et son épouse Lizzy. Brian ressemblait comme deux gouttes d'eau à Jared, sauf qu'il avait les cheveux plus foncé et qu'il ne se les était clairement pas coupés durant ces trois dernières années. Lizzy était tout sourire, elle avait les yeux bleus et pétillants, les cheveux blonds et frisés. Je ne pus que l'aimer tout de suite. Il fut aussi immédiatement évident que c'était elle qui commandait. Brian et Jared s'en remettaient à elle pour tout.

La boutique était immense. La salle principale faisait le double de la mienne à Denver, avec des fenêtres tout le long des murs. Il y avait à l'arrière une autre pièce moitié aussi grande, un bureau, deux toilettes et un débarras.

— C'est parfait, commenta Angelo.

Mais il y avait quelque chose dans sa voix, comme s'il était déçu. Il refusa de croiser mon regard quand je l'interrogeai des yeux.

— Nous avons essayé de la louer ou de la vendre, mais personne n'en a encore eu besoin, me confia Lizzy. Elle nous appartient, alors ce n'est pas comme si ça nous coûtait quoi que ce soit de ne pas l'utiliser. Toutefois, nous serions ravis que tu t'installes, Zach. Pourquoi Angelo et toi ne viendriez pas dîner ce soir ? On en discutera.

Je me tournai vers Angelo pour savoir ce qu'il en pensait, mais il ne me regardait toujours pas.

— C'est une très bonne idée, répondis-je donc à Lizzy.

Brian et elle nous quittèrent. Jared insista pour nous emmener. Je tentai de parler à Angelo le temps de rejoindre la voiture.

— Qu'est-ce qui ne va pas ?

— Rien.

Mais il mentait.

— Ce n'est pas vraiment ma décision.

— Ça ne veut pas dire que je me fiche de ton opinion.

Il ne répondit pas et je n'avais plus le temps de lui parler sans que Jared entende.

Il fit un détour sur le chemin pour nous montrer la ville. Nous arrivâmes enfin chez Lizzy et Brian. Lizzy nous accueillit à la porte avec leur fils James, qui n'avait pas un an, dans les bras. Nous fûmes ensuite présentés à la mère de Jared, Susan, et celle de Matt, Lucy. De mes conversations avec Jared au Folk Fest, j'avais retenu que son père était décédé des années plus tôt. Je fus surpris d'apprendre que Lucy vivait avec Lizzy et Brian. Personne ne parla du père de Matt. Je me demandai si elle aussi était veuve.

Angelo était visiblement dépassé par la famille de Jared. Je voyais bien qu'il n'osait pas parler. Il lâcha à peine quelques mots. Il se méfiait de Lizzy, et Lucy et Susan semblaient le terrifier. Cela me rappela sa première rencontre avec Ruby, lorsqu'il avait manqué renverser une étagère pour lui échapper. Cela me parut bizarre jusqu'à ce que je réfléchisse à ce qu'il avait vécu. Passé de famille d'accueil en famille d'accueil... Il ne savait clairement pas comment réagir face à une femme. Je ne voyais pas comment le détendre, surtout qu'il m'évitait moi aussi.

Je regrettai l'absence de Matt. Il aurait su quoi faire.

Enfin, après le dîner, nous nous mîmes au travail. Nous commençâmes par le loyer.

— Il va peut-être falloir que je fasse un emprunt, dis-je à Lizzy. J'ai assez pour la caution, mais entre le coût du déménagement, la caution et le premier mois de loyer de l'endroit où je vais vivre, je vais être ric-rac.

— Tu nous donnes la caution et on te fait les trois premiers mois gratuits.

J'en fus stupéfait.

— Lizzy, je ne peux pas vous demander de faire ça.

— Tu ne l'as pas demandé.

Elle sourit.

— On est donc d'accord.

Elle se leva et quitta la table pour aller dans la cuisine. J'essayais encore de comprendre ce qui s'était passé. Jared me sourit.

— Il va falloir t'y habituer, Lizzy obtient toujours gain de cause.

Après le dessert, Angelo, Lizzy et moi nous serrâmes dans la voiture de Jared pour retourner à la boutique, où était garée la mienne. Maintenant que je m'étais décidé, je voulais revoir l'intérieur, alors nous y retournâmes. Tout se passait si vite, pourtant je ne voyais pas l'intérêt de ralentir. Il ne restait que deux semaines avant que je doive quitter les lieux à Denver.

Dedans, tout devait être repeint. Nous prîmes la décision de commencer dès le lendemain. Je me disais qu'on pouvait préparer la boutique, trouver un endroit où vivre, puis rentrer à Denver assez longtemps pour finir ce qu'il restait à y faire. Plus nous en parlions, plus je m'enthousiasmais. Par contre, Angelo ne disait pas un mot.

— Qu'est-ce que tu vas faire de tout cet espace en plus, Ang' ? lui demandai-je enfin en regardant autour de moi. Tu vas pouvoir doubler notre collection.

Il resta trop longtemps silencieux. Je me tournai vers lui et son expression me surprit. Je ne l'avais jamais vu avec un air si vulnérable.

— Tu crois quoi, que je vais prendre les transports en commun pour venir ?

Ce n'était pas son insolence habituelle. Il semblait blessé. Et furieux.

Je ne savais pas pourquoi il ne m'était jamais venu à l'esprit qu'Angelo ne viendrait pas avec moi. Tout ça, c'était son idée.

Il ne serait pas là ?

Je dus repeindre les images dans ma tête, cette fois sans lui. Ce n'était pas comme si je ne trouverais pas un autre employé. Peut-être même un que j'apprécierais autant que lui. Qui savait tout ce que j'ignorais sur les films. Qui traînerait avec moi après le travail et m'entraînerait dans une conversation où j'aurais inévitablement deux trains de retard, et mangerait son thaïlandais tellement pimenté que ça m'en effrayait.

Soudain, je n'étais plus si excité. Ce qui avait semblé une si bonne idée quelques minutes plus tôt paraissait désormais complètement fou et insensé. Et solitaire. Je ne voulais pas le faire sans lui.

Qu'est-ce qui le retenait à Denver ? Il n'y avait pas de famille, il ne tenait pas du tout à son travail à la station-service.

— Ang', commençai-je.

Les mots sortirent de ma bouche avant que je ne puisse les retenir.

— Je croyais que tu venais avec moi.

Quelque chose s'alluma dans son regard. De la fureur. Ou de la douleur. Ou… quelque chose que je ne pouvais identifier. Quoique ce soit, c'était à mon intention.

— Et pourquoi tu croyais ça, Zach ?

Lizzy se réfugia soudain dans la réserve. Jared resta là.

— Je ne sais pas. Juste, j'ai cru…

— Tu as cru que je viendrais avec toi ?

Le ton de sa voix monta. Il criait presque.

— Tu ne me poses même pas la question ? Tu assumes que j'allais juste lâcher mon job et mon appart'. Tu crois que j'allais juste te suivre ici comme un clébard abandonné ? Comme si j'avais besoin de ta charité ?

281

— Charité ? Ang', de quoi tu parles ?

— Tu crois qu'il n'y a que toi dans ma vie, Zach ? Tu crois que je n'ai rien d'autre ?

— Ang', je n'ai jamais dit ça. C'est juste que… c'était ton idée, alors…

— Je sais que c'était mon idée, putain !

Et si plus tôt je m'étais dit qu'il criait, là il hurlait carrément.

— Tu crois que je suis trop con pour m'en souvenir ? Que je ne sais pas que c'est moi qui ai suggéré que tu partes ? Tu crois que je ne peux pas faire deux plus deux, Zach ? C'est ça, que tu crois ?

— Non ! Ang' ! Attends !

Mes pensées filaient à toute allure. Je ne comprenais rien de ce qui se passait.

— Des fois, je te déteste, Zach. Je déteste la façon dont tu pars du principe que je vais venir chez toi et que je vais aller quelque part avec toi et que je vais déménager dans cette ville de merde avec toi ! Tu crois que je vais passer ma vie entière le cul par terre à attendre que tu me dises quoi faire ? Eh bah non ! J'en peux plus !

— Angelo, arrête !

Il obéit. Il arrêta de me crier dessus et se prit la tête dans les mains. Je repris avant qu'il ne recommence à me hurler dessus.

— Je suis désolé ! Quoi que j'aie fait, Ang'. Je ne sais pas pourquoi tu es si furieux. Je…

Je réfléchissais à toute vitesse. J'avais toujours un train de retard, avec lui.

— J'aurais dû poser la question, Ang'. J'aurais dû le savoir. C'est juste que, je croyais que c'était ce que tu voulais. Bien sûr que tu n'as pas à déménager. Bien sûr que…

Mais avant que je termine, il se détourna de moi et sortit.

Je restai les bras ballants, à regarder l'endroit où il s'était tenu. Je ne savais pas s'il fallait que je lui coure après. Je ne savais rien. Je me tournai enfin vers Jared.

— Qu'est-ce qui vient de se passer ?

Il secoua la tête.

— Zach, je n'arrive pas à savoir si tu es un connard et un égoïste ou si tu es juste aveugle.

Puis il partit à son tour.

... ANGELO

Je pars. Je décide de marcher jusqu'au motel. De me laisser le temps de réfléchir. Je sais que je n'aurais pas dû m'en prendre à Zach comme ça. Ce n'est pas sa faute. C'est la mienne. Tout ça, c'est ma faute. C'est moi qu'ai pensé à appeler Matt. Moi qu'ai suggéré que Zach déménage ici.

La nuit dernière, j'étais tellement certain de pouvoir le laisser partir. Mais aujourd'hui, pendant qu'on en parlait, ça m'a bouffé de plus en plus. Je ne veux pas le perdre. Je veux plus qu'une seule nuit avec lui. Toutes ces conneries que je lui ai sorties, j'étais fou furieux parce que tout ça c'est vrai. Il n'y a vraiment que lui dans ma vie. Je n'ai rien d'autre. Je lui ai confié tout mon bonheur, et maintenant il va me quitter.

Je pourrais déménager aussi. Je peux le suivre. Je ne sais juste pas si je devrais. Est-ce qu'il vaut mieux être ici avec lui, le voir sans jamais l'avoir ? Ou est-ce qu'il vaut mieux être tout seul ?

Une voiture s'arrête près de moi. Lizzy.

— Allez, Angelo. Je te ramène.

Je n'ai pas envie, mais je ne veux pas non plus être impoli. Et c'est clair que Lizzy n'est pas du genre à lâcher un morceau. Je monte. Elle ne dit rien de tout le trajet vers le motel, mais au moment où je sors, elle déclare :

— Il finira par comprendre.

— Je ne vois pas de quoi tu parles.

Je mens, bien sûr, mais je ne vais quand même pas en discuter avec elle. Elle fait comme si elle ne m'avait pas entendu.

— Tu sais ce qui est rigolo, Angelo ? J'ai eu exactement la même conversation avec Jared, un jour, au sujet de Matt. Je lui ai dit que Matt finirait par comprendre. Il ne m'a pas cru non plus, mais il aurait dû.

Elle se tourna vers moi et sourit comme une sorte d'oracle à la con qui me donnait sa bénédiction.

— Cette fois aussi, c'est moi qui ai raison.

Je secoue la tête. Je sors de sa voiture. Je rentre dans notre chambre. Je prends une douche brûlante. Je laisse la colère me quitter. Ce qui reste, c'est un trou douloureux en moi, pire que ma fureur. Je me mets au lit et je m'enfouis au fin fond des draps. Quand Zach entre, je garde le silence.

283

ZACH...

ANGELO DORMAIT lorsque je revins à notre chambre. Ou il faisait semblant. Dans tous les cas, il ne voulait clairement pas me parler.

J'avais beaucoup réfléchi aux paroles de Jared. Je ne pensais pas être un connard, alors je devais être aveugle. Il fallait juste que je comprenne ce que j'étais censé voir.

Je n'avais jamais vu Angelo aussi furieux que ce soir-là. Ce qui s'en rapprochait le plus, c'était ce jour avec Tom, quand ce dernier avait lancé son petit ultimatum. Et puis celui où il avait essayé de démissionner de De A à Z. Je n'avais jamais compris ce qui était arrivé. Je luttai pour me souvenir. Que s'était-il passé le jour d'avant ? Je lui avais demandé de venir au Folk Fest avec moi et il avait dit oui. Sauf que Tom avait décidé de venir. Lorsqu'Angelo était parti de chez moi ce soir-là, on croyait que Tom viendrait avec moi et qu'Angelo restait là.

Mais cela expliquait-il sa presque démission ?

Je songeai à certaines des choses qu'il avait dites quand il me criait dessus. 'Tu crois qu'il n'y a que toi dans ma vie, Zach ?'. Bien sûr que non. Pensait-il vraiment que c'était ce que je ressentais ? Pourquoi donc ? Clairement parce que j'avais cru qu'il m'accompagnerait. Je n'aurais pas dû. Pourtant, venir ici était son idée. Il avait dit : 'Tu crois que je ne sais pas que c'est moi qui ai suggéré que tu partes ?' C'était lui qui l'avait suggéré. Mais maintenant que ça se faisait, il était furieux. Contre moi. Parce que je partais.

J'étais vraiment aveugle.

Angelo était amoureux de moi.

Cela semblait impossible. Pourtant c'était logique. Tout ce temps passé avec moi. Sa haine pour Tom. Plus j'y réfléchissais, plus je me rendais compte que c'était ça. Je repensai à la soirée de la veille, lorsque j'avais senti sa main sur ma cuisse. Je n'y avais pas prêté attention sur le moment. Je m'étais dit qu'il ne s'était même pas rendu compte qu'elle y était. Maintenant, je m'interrogeais.

Je fus soudain conscient d'une façon ridicule de sa présence dans la chambre avec moi, dans le lit près du mien. Je sentais l'odeur du shampooing dont il s'était servi sous la douche. Il fallait d'un coup que je sache ce qu'il portait, sous les draps. Je me demandais ce qui se passerait si je me glissais à ses côtés dans le lit et que je le touchais. Je voulais plus que tout l'embrasser. Ma verge se durcit rien qu'à cette pensée.

— Zach ?

Je fis un bond spectaculaire. Je me sentais coupable, comme s'il venait de me surprendre en train de me masturber.

— Oui ?

— Je suis désolé.

— Ang', je ne savais pas…

Qu'est-ce que j'ignorais ? La liste de ce que je ne savais pas une heure plus tôt semblait bien longue.

— Je t'aiderai quand même à peindre, Zach. Et à déménager.

— Ang'…

— Je ne peux pas, Zach. Je ne peux pas.

Je ne savais même plus de quoi on parlait, mais il avait l'air si triste, si découragé. J'aurais voulu être plus intelligent ou plus courageux. J'aurais voulu le rejoindre. Au lieu de ça, je dis simplement :

— Tout ce que tu veux, Ang'.

Une minute plus tard, il dormait vraiment.

LE LENDEMAIN, un malaise planait. Il essayait de faire comme si de rien n'était. Ou peut-être que ça venait de moi. J'étais hyper conscient de tout ce qu'il faisait. De chacun de ses gestes. J'avais un mal fou à ne pas le toucher. Je voulais l'enlacer. J'avais peur de l'enlacer.

Une fois à la boutique, cela empira. Jared rapporta un pack de Dr Pepper et quelques ventilateurs et nous commençâmes à peindre. Même avec les portes ouvertes et les ventilateurs, il faisait chaud. Angelo avait retiré son tee-shirt et je fus surpris de combien ça me distrayait. Au fur et à mesure des heures qui s'écoulaient, il attirait encore et encore mon regard. À notre première rencontre, je l'avais simplement pris pour un petit voyou. Cela avait changé avec notre amitié. Quand même, je me demandais pourquoi il ne m'était jamais venu à l'idée de vraiment le regarder.

Il était mince, mais il avait les bras tendus par des muscles fins. Il avait la peau brune et était très peu poilu. Il avait des éclats d'étoiles tatoués autour du nombril, ainsi qu'entre ses omoplates. Son pantalon tombait sur ses hanches. S'il avait été un centimètre plus bas, j'étais certain que j'aurais

285

pu voir ses poils pubiens. Il peignait le haut d'un encadrement de porte, la tête renversée, car il riait à un commentaire de Jared.

Il était magnifique.

Une goutte de peinture atterrit sur sa poitrine. Je la regardai glisser le long de son torse, sur ses côtes et le plat de son ventre. Cette peinture blanche sur son doux duvet me donna l'envie soudaine et ridicule de la lécher. J'étais certain qu'elle aurait le goût de glace à la vanille. Sa peau serait douce sous ma langue, délicieusement salée. J'imaginais m'agenouiller devant lui, passer la langue sur ses côtes, monter les mains le long de ses cuisses et empoigner ses fesses. Je l'imaginais avec la tête renversée de passion. Je durcis à cette pensée.

— Zach ? appela-t-il soudain.

J'arrachai mon regard à la goutte de peinture, levai les yeux vers son visage. Bon Dieu, voyait-il mon érection ? Il me regardait avec son sourire en coin, l'air incroyablement amusé, mais ça ne devait pas être à cause de l'embarrassant renflement dans mon pantalon. Par contre, Jared, lui, me souriait largement comme s'il savait exactement ce qui se passait.

— Quoi ?

J'avais l'air sur la défensive, alors que ce n'était pas mon intention.

— Tu ne m'as pas écouté ou quoi ?

L'avais-je écouté ? Il avait parlé ? Tout ce dont je me souvenais, c'était de la façon dont la peinture avait glissé sur son ventre. Je dus résister à l'impulsion de baisser les yeux à nouveau.

— Zach, où tu as la tête ? demanda Angelo sur le ton de la plaisanterie.

Jared émit un bruit étranglé. Il essayait de ne pas se moquer de moi. Il fallait qu'Angelo remette son tee-shirt.

— Tu n'as pas froid ? lui demandai-je.

— Non.

Il avait vu la peinture et essayait de l'essuyer. Il avait désormais du blanc étalé sur le ventre. Au moins ça ne ressemblait plus à de la glace.

— Pourquoi ?

— Il fait froid ici.

Pour ma défense, on était enfin tombé en-dessous de 30°.

Angelo me regarda comme si j'étais fou.

— Alors pourquoi tu es en sueur ?

Là, Jared éclata vraiment de rire. Angelo se retourna vers lui sans comprendre. Je fis de mon mieux pour le foudroyer du regard. Il pressa les lèvres et commença à ranger son pinceau.

286

— Qu'est-ce qui te fait marrer ? lui demanda Angelo.

— Rien, rien.

Mais il luttait clairement pour reprendre son sang-froid.

— Écoutez, il fait vraiment chaud ici. Beaucoup trop chaud pour nous trois. Je ferais mieux d'y aller.

— Déjà ? demanda Angelo. Pourquoi ?

Jared rit à nouveau.

— Je dois aller dire à Matt qu'il a gagné notre pari.

Il se tourna vers Angelo.

— Ang', contrairement à Zach, moi j'écoutais et c'est une super idée.

Angelo eut l'air extrêmement content. Je fus irrationnellement agacé que Jared en soit la cause.

— Cool, lui répondit Angelo. C'est toujours bon pour le dîner ?

— Bien sûr. Vous n'avez qu'à débarquer quand vous êtes prêts.

Il souriait toujours. Il dut me passer devant pour atteindre la porte et à cet instant, dit tout bas :

— Plus si aveugle, hein ?

Je me sentis devenir écarlate.

— À plus tard !

Après le départ de Jared, je me tournai vers Angelo. Il avait recommencé à peindre le haut de la porte. Sa peau s'étirait par-dessus les muscles fins et tendus de ses bras. Il avait redressé la tête. Il y avait une goutte de sueur au creux de sa gorge.

J'étais à nouveau dur.

Il fallait vraiment qu'il remette son tee-shirt.

— Hé, c'est presque l'heure de dîner de toute façon, lui dis-je. Retournons à l'hôtel nous préparer. Je prendrais bien une douche.

Une douche très, très froide.

Il haussa les épaules.

— D'accord.

Il fallut d'abord nettoyer les pinceaux, ou ils seraient fichus à notre retour. Nous nous engouffrâmes dans le débarras et restâmes l'un à côté de l'autre au-dessus de l'évier, pour rincer les pinceaux, les récipients et les rouleaux. Il n'y avait pas beaucoup de place. Son bras ne cessait de frôler le mien. Au moins il avait remis son tee-shirt. Il restait quand même son odeur. Il sentait la sueur, le shampoing et la peinture. C'était incroyablement sexy. Le seul fait d'être à côté de lui m'excitait encore. Il s'était roulé dans des phéromones ce matin-là ou quoi ?

Il parlait encore et j'avais du mal à lui accorder mon attention.

— Ce que je n'ai jamais compris à propos d'*Autant en emporte le vent*, c'est pourquoi Scarlett était aussi dingue d'Ashley, tu sais ? Elle a Rhett dans la poche, et elle pense qu'à Ashley, qui n'est vraiment une putain de mauviette.

— Je ne l'ai jamais vu.

Je regardais ses mains. Il lavait son pinceau, ses longs doigts fins passant entre les poils. Je me demandais ce que cela ferait de les avoir dans mes cheveux. Pendant que je léchais la peinture sur son ventre.

Sérieusement, ça devenait tordu.

Il se retourna et me regarda avec les sourcils haussés de surprise.

— Tu n'as jamais vu *Autant en emporte le vent* ?

Je me forçai à détourner les yeux de ses mains et les levai vers son visage.

— Ça avait l'air d'une bête comédie romantique.

J'essayais d'avoir l'air détendu, parce que bizarrement, je ne l'étais pas du tout.

Il me fit son sourire en coin. Quelque chose se retourna dans ma poitrine.

— C'est un classique. Je n'arrive toujours pas à croire que tu possèdes un putain de vidéo club et que tu n'en as jamais vu un.

De quoi parlait-on, déjà ? Quand est-ce que j'avais cessé de pouvoir avoir une simple conversation avec Angelo ? Il mit ses cheveux derrière l'oreille. Je vis la peau douce sur le côté de sa gorge. J'avais envie d'y poser les lèvres.

— C'est sur la guerre de Sécession, non ? Mais j'ai lu un jour qu'il n'y avait pas une seule scène de bataille, alors je ne l'ai jamais regardé.

— Ça se passe *pendant* la guerre de Sécession, mais ce n'est pas *sur* la guerre de Sécession. C'est sur l'amour.

Il secoua la tête.

— Tu n'as aucun romantisme.

Je ne savais pas pour le romantisme, mais il y avait clairement quelque chose qui grandissait en moi. On aurait dit une révélation. Tout s'éclaircissait. Tout devenait plus net.

Tout ce temps j'avais été aveugle à ses sentiments pour moi. Mais désormais il semblait que j'avais été encore plus aveugle à mes sentiments à moi pour lui. N'était-ce pas moi qui l'invitais à dîner tous les soirs ? Qui l'avait pratiquement supplié de venir avec moi au Folk Fest ? Qui partait

288

du principe qu'où que j'aille, il serait avec moi ? N'était-ce pas moi qui n'imaginais pas déménager à Coda sans lui ? Et même si ça semblait mélodramatique de dire que je ne pouvais pas vivre sans lui, je sus à cet instant que je n'avais pas envie d'essayer.

Je le regardais toujours. Il avait l'air jeune, sauvage et beau, étranger à ce monde. Comment pouvait-il désirer quelqu'un comme moi ?

— Alors, Scarlett n'aime pas Rhett ? demandai-je.

Je m'en fichais, en fait. Je voulais juste qu'il continuer à parler pour que moi je continue à le regarder.

— Pas au début. Même après leur mariage, elle veut toujours Ashley. En fait, elle n'aime pas Rhett avant la fin, mais, dit-il en me jetant un coup d'œil et en rougissant, à ce moment-là il est trop tard.

Était-il trop tard ? Cette pensée fut suffisante à arrêter mon cœur de battre.

— Ang' ?

Il me regarda par-dessous ses mèches. Il fallait que je le touche. J'écartai les cheveux devant ses yeux. Il avait les cils les plus longs que j'avais jamais vus chez un homme. Il ne bougea pas, ne cilla pas. Me regarda simplement.

— Angelo, je sais que j'aurais dû te le demander. Je sais que je me suis comporté comme un idiot. J'aurais dû m'en rendre compte plus vite.

— Je ne suis pas sûr de savoir de quoi tu parles, Zach.

— Je ne sais pas ce qui ne va pas chez moi. Je suis aveugle. Ou stupide. Voire les deux. Forcément. Je ne sais vraiment pas.

— Toujours pas sûr de savoir de quoi tu parles, Zach

Mais sa voix tremblait légèrement.

— Je ne supporte pas l'idée que tu partes, Ang'. Je ne supporte pas l'idée de m'installer ici sans toi.

Il resta un instant silencieux, puis, dans à peine un murmure, demanda :

— Pourquoi, Zach ?

— Parce que.

C'était si clair maintenant. Je savais exactement quoi dire.

— Parce que je suis fou de toi, Ang'.

On aurait dit que je lui avais donné un coup de poing. Il inspira brutalement et ferma les yeux. Je le vis même trembler.

— Je veux que tu emménages ici avec moi. Plus que tout. Et je suis désolé d'avoir pris tant de temps à le comprendre. Mais je le sais maintenant, je veux qu'on soit ensemble.

Je passai un doigt dans son ceinturon. Il me laissa le rapprocher de moi.

— Dis-moi que tu vas rester, je t'en prie, Angelo. Tu es tout ce que je veux. Je n'ai jamais rien désiré aussi fort que toi.

Il ouvrit les yeux, il y avait tant d'espoir dans son regard que j'en eus le souffle coupé.

— Tu crois que j'attends juste que tu te décides, Zach ?

— Non.

Et soudain, il sourit.

— Oui.

Avant que je puisse ajouter quoi que ce soit d'autre, il m'embrassa.

Il avait les lèvres douces et chaudes. Il sentait le Dr Pepper. Il me serrait les épaules. Je passai les bras autour de lui et sentit son corps mince trembler, ses côtes au travers de son tee-shirt élimé.

C'était incroyable de simplement le sentir comme ça, comme si on était destinés l'un à l'autre. Comme si c'était écrit.

Je mourrais d'envie de le toucher encore plus. De nous débarrasser de nos vêtements, de toucher sa peau et de l'embrasser partout. Je remontai son tee-shirt, passai une main dans son dos nu et le sentis frissonner. J'avais tellement envie de lui à cet instant, je ne savais même pas si j'aurais la force d'attendre d'être au motel.

Soudain, il s'écarta et rompit notre baiser. Il avait les yeux brillants, ses lèvres étaient humides. Il sourit.

— Ça fait longtemps que j'ai envie de faire ça.

— Je suis heureux que tu l'aies enfin fait.

J'essayai de le rapprocher à nouveau, mais il s'écarta de moi.

Il secoua la tête, sans cesser de sourire, sans cesser de trembler un peu.

— On nous attend.

Je gémis.

— Tu veux me tuer. Tu n'as aucune idée de ce que tu m'as fait subir aujourd'hui !

Son sourire se fit encore plus lumineux.

— On dirait que non.

Il se retourna et se dirigea vers la porte.

— Allez viens.

Nous retournâmes au motel pour nous doucher. Séparément, à mon grand chagrin. Je ne voulais pas sortir dîner. Tout ce que je voulais, c'était le toucher, le goûter, lui faire l'amour. Il n'avait pas l'air de le remarquer. Il faisait comme si rien n'avait changé. Je commençais presque à me demander si je n'avais pas rêvé.

Nous prîmes la voiture pour aller chez Matt et Jared. Matt était sous la douche. Jared nous fit entrer.

— Vous voulez boire quelque chose ? demanda-t-il tandis que je m'asseyais sur le canapé.

— Du vin, ce serait parfait.

Il se mit à rire.

— J'aurais dû être plus spécifique. Vous voulez une bière ou un Dr Pepper ? Parce que c'est tout ce qu'on a.

Je secouai la tête, mais Angelo répondit :

— Je prends une bière.

Il suivit Jared dans la cuisine. L'architecture de leur maison était de ce style où toutes les pièces sont ouvertes, alors atteindre le frigo ne demandait qu'à faire le tour du comptoir. Mais une fois arrivé là, Angelo passa un bras autour des épaules de Jared, ils baissèrent la tête l'un vers l'autre un instant. Puis Jared éclata de rire, lui tendit une bière et ils partirent ensemble vers le couloir. Matt sortit alors de la salle de bain, une simple serviette attachée autour des hanches, l'air magnifique. Il les regarda lui passer devant et entrer dans la chambre. Il se tourna vers moi avec les sourcils levés. Je haussai les épaules. Ils revinrent quelques secondes plus tard à peine. Angelo avala sa bière tandis que Matt s'habillait, puis nous sortîmes dîner.

Ils nous emmenèrent à une pizzéria. On s'asseyait à peine lorsqu'un homme nous dépassa en murmurant 'sales pédés' juste assez fort pour qu'on l'entende tous.

— Ne vous préoccupez pas de lui, déclara Jared. La plupart des habitants sont sympas. Gerri n'est qu'un trou du cul.

— Dis donc, je croyais que c'était interdit aux pédés, la cantine, lança soudain Angelo.

À ma grande surprise, Matt répondit :

— Possible, mais j'ai l'impression que c'est opération portes ouvertes pour les trous du cul en tout cas.

Ils se sourirent comme des idiots. Jared avait l'air perplexe. Je fus soulagé de voir que pour une fois il y avait quelqu'un de plus paumé que moi.

— Tu lui as dit ? demanda Jared à Angelo lorsque nos pizzas arrivèrent.

Angelo secoua la tête.

— Quoi ? fis-je.

Angelo devint écarlate mais Jared insista :

— Dis-lui ! C'est une bonne idée.

Il se tourna vers moi, prit une profonde inspiration puis se lança :

— Je me disais, il n'y a pas qu'un vidéo club qui manque ici. Il n'y a pas de ciné non plus. Et il y a plein de place. Tu pourrais louer les films devant, et tu pourrais installer un ciné à l'arrière. Pas un vrai, mais de ces nouveaux, là, où les gens s'assoient à des tables et tu leur sers du vin et tout. Tu pourrais projeter des vieux films. Genre, parfois tu pourrais faire des soirées romantiques et passer ces films de John Hugues à la con que tu aimes tant. Tu pourrais trouver un traiteur avec qui bosser et servir à dîner. Et d'autres fois tu pourrais viser les ados et projeter des vieux films d'horreur comme *Les Griffes de la nuit*. Tu pourrais organiser une fête d'après bal de promo et passer *Carrie*. Jared m'a dit aussi que le prof de littérature donne parfois une liste de films et les gosses ont des points en plus s'ils les regardent et font un exposé dessus ou un truc dans le genre. Alors tu pourrais récupérer cette liste et les projeter aussi. Il y a probablement besoin d'une autorisation pour passer des films comme ça, tu aurais aussi besoin d'autorisation pour la bouffe et l'alcool. Mais je te parie que tu pourrais te faire plus de fric avec ça tout en louant les vidéos. Les ados n'ont pas beaucoup de distractions ici. Je suis sûr qu'ils kifferaient.

Il s'interrompit. Je ne l'avais jamais entendu autant parler en une fois. Il rougissait mais il me regardait droit dans les yeux.

— Tu en penses quoi ?

Je voyais exactement de quoi il parlait. Je l'imaginais parfaitement.

— Tu plaisantes ? C'est génial ! Pourquoi tu n'as rien dit ?

— Mais je l'ai dit !

— Même moi j'en ai déjà entendu parler, commenta Matt. Tu étais où ?

Je me rappelai une goutte de peinture blanche coulant sur le ventre d'Angelo.

— Je devais avoir la tête ailleurs.

Matt et Jared nous proposèrent de retourner chez eux après le dîner, je fus alors ravi qu'Angelo refuse immédiatement l'invitation. Il passa tout le trajet du retour au motel à parler de son idée de cinéma.

— Tu pourrais faire aussi une soirée famille, disait-il tandis que je déverrouillais notre chambre. Il y a de la place derrière. Tu l'as vue ? Tu pourrais installer un espace de jeu et engager quelqu'un pour les surveiller pour que les adultes puissent regarder un film pendant que leurs mômes jouent.

Il s'assit sur le lit et se mit à retirer ses bottes et ses chaussettes.

— C'est un risque de procès, par contre. Il faudrait que tu te protèges à cause de, tu sais… c'est quoi le mot légal ?

— La responsabilité civile.

— C'est ça, la responsabilité civile. Tu aurais peut-être besoin d'une dispense ou un truc du genre.

Il se leva et retira son tee-shirt.

— Ce serait naze. En plus il y aurait forcément un gamin qui se ferait mal. Laisse tomber, va. C'était une mauvaise idée.

Il riait.

J'étais toujours appuyé contre la porte, à l'observer. Il s'approcha de moi et me regarda entre ses mèches. Je dégageai son visage, passai le doigt sur ses lèvres.

— J'espère que tu n'es plus fâché contre moi.

Il me sourit.

— Je m'en suis remis.

Il sortit quelque chose de la poche arrière de son pantalon qu'il pressa contre ma main. C'était un flacon de voyage d'huile de massage.

Je lui jetai un regard surpris.

— Tu avais ça sur toi tout le week-end ?

— Je l'ai récupéré ce soir.

— Comment ?

—Jared.

Je me rappelai soudain le moment où ils étaient allés ensemble dans la chambre et gémit d'embarras.

— Oh mon Dieu ! Tu as demandé du lubrifiant à Jared ?

— Ouais. Pourquoi pas ?

— Ça fait bizarre.

Il secoua la tête et me sourit.

— Quand on s'est rencontrés, j'ai cru que tu étais un bourge coincé.

— Et maintenant ?

— Maintenant je sais que tu en es un !

Il se pressa un peu plus contre moi.

— Mais mignon.

— Je te prenais pour un voyou.

— Et maintenant ?

— Je te trouve fantastique.

— Zach ?

— Oui ?

— La ferme et embrasse-moi.

Le sentiment d'urgence que j'avais eu plus tôt dans la journée avait disparu, remplacé par quelque chose de bien plus tendre. J'étais heureux qu'il m'ait fait attendre. Je l'embrassai, enchanté par la façon dont sa bouche s'ouvrit avec empressement sous la mienne.

Nous nous déshabillâmes lentement, sans cesser de nous embrasser et de nous explorer, puis il m'entraîna vers le lit. J'essayais de le toucher partout à la fois. Accroché à moi, il m'attira au-dessus de lui puis en lui. Je n'avais jamais ressenti pour personne ce que je ressentais pour lui à cet instant, quelque chose d'étrangement impatient et de passionné, mais de tendre en même temps.

Il était si mince, j'avais l'impression de pouvoir le briser. Pourtant, il était si fort. Ses jambes m'enserraient la taille, puissantes, et ses bras minces étaient tels des cordes qui m'enserraient. Il avait la tête renversée, son cou long et magnifique invitait les baisers. Quand je baissais les yeux vers lui, je voyais ses côtes, ses hanches et son ventre parfaitement plat. Il ne me paraissait ni trop dur, ni trop osseux. Il me semblait souple, élancé et puissant.

Il était sauvage, passionné, presque violent. J'eus parfois l'impression de pouvoir à peine le retenir, comme si j'essayais de saisir de l'énergie pure. Mais en même temps, il était presque complètement silencieux, même lorsque je donnais des coups de rein. Je pensai involontairement à Tom qui avait toujours l'air de tourner un porno. Angelo n'aurait pu être plus différent. Sans compter sa respiration, il faisait à peine un bruit. Peut-être un cri étranglé ou un doux gémissement, rien de plus. Pourtant, à la façon dont il m'agrippait et s'arquait sous moi, je savais que son silence n'était pas dû au manque de plaisir.

Je n'arrivais pas à me retenir de le toucher. J'adorais la sensation de ses côtes sous mes doigts, de ses omoplates sous mes bras lorsque je l'enlaçais, de son pouls dans sa gorge qui battait contre ma langue. Il était une créature rare, exotique, qui avait atterri dans ma vie comme par magie. J'espérais de tout mon cœur qu'il ne déciderait pas d'en repartir à tire d'ailes.

Après, il resta vidé et somnolant dans mes bras. Il avait les paupières mi-closes et les joues empourprées, les lèvres rouges et gonflées. Il était magnifique ; je crus que mon cœur allait se brisait rien qu'à le regarder.

— Ang', dis-moi que tu ne t'en vas pas.

— Tu crois que je vais aller où ? C'est le milieu de la nuit.

— Tu sais que ce n'est pas ce que je veux dire.

— Non.

— Non, tu ne sais pas ce que je veux dire ?

— Non.

Il me sourit.

— Je ne m'en vais pas.

Je l'étreignis jusqu'à ce qu'il s'endorme en travers de mon torse. Je me demandais si c'était ça, l'amour.

... ANGELO

JE ME réveille tôt. On s'est écartés l'un de l'autre pendant la nuit, aussi loin que possible sans se casser la figure. Ni lui ni moi avons l'habitude de partager un lit, faut dire.

Ça fait plus de quatre ans que je ne me suis pas réveillé avec quelqu'un dans mon lit. Et même la dernière fois, la seule raison pour laquelle je m'étais pas enfui avant le matin, c'était que j'étais trop bourré pour rentrer. C'est la première que je reste volontairement pour voir ce qui se passe au matin. J'essaie de ne pas être nerveux.

J'ai un peu mal à cause d'hier soir. Ça fait aussi plus de quatre ans que je n'ai pas laissé un mec me prendre. J'avais oublié cette sensation le lendemain, cette petite douleur sourde qui te rappelle toute la journée ce qui s'est passé. Mais je ne le regrette pas.

Je n'ai jamais rien vécu de pareil à la nuit derrière. Même quand je laissais des mecs me prendre de façon régulière, je n'ai jamais rien ressenti de comparable à ce que j'ai ressenti avec Zach. Comme si nos âmes se touchaient. C'était beau et fantastique et terrifiant. Je me demande si ce sera comme ça à chaque fois.

Je sais que Zach croit qu'il m'aime. Je sais qu'il va le dire. Ce serait trop demander que de réussir à lui répondre. J'espère juste réussir à la jouer cool et pas flipper comme un con.

Personne ne m'a jamais aimé avant. Enfin, j'aime bien me dire que ma mère m'a aimé à un moment. Mais clairement pas assez pour rester. Et quelques-unes de mes mères d'accueil m'ont dit qu'elles m'aimaient, mais jamais assez pour me garder ou rester en contact quand on me bougeait ailleurs. J'ai couché avec d'autres potes. Jamais des amis comme Zach, quand même. Je me tirais toujours avant qu'ils se disent que ça pourrait devenir sérieux. Je n'ai jamais tenu à personne comme je tiens à lui.

Mais même maintenant, il y a une petite voix dans ma tête qui me dit de me tirer avant qu'il se réveille. Cette voix me dit que plus on se rapproche, plus ça va faire mal à la fin. J'essaie de ne pas l'écouter. Je le veux depuis tellement longtemps. C'est du sérieux. Si je ne tiens pas le coup, je vais le regretter. Mais je ne peux pas la faire complètement taire quand même.

Je l'entends bouger. Je n'arrive même pas à me retourner pour affronter son regard. Il m'embrasse la nuque.

— Tout va bien ? demande-t-il tout bas.

Le son de sa voix suffit à me faire sourire. À me faire oublier ce qui m'inquiétait autant quelques minutes plus tôt.

— Oui.

— Super.

Je sais qu'il sourit aussi. Il passe la main sur mon côté, sur mon ventre. Je le sens durcir, et puis moi aussi.

— On peut rester ici toute la journée ?

Je me mets à rire.

— C'est à toi de me le dire.

Il gémit un peu.

— Probablement pas.

— Tu ferais mieux de t'arrêter maintenant, alors !

Je le taquine.

Il se marre.

— Tu as raison.

Il m'embrasse une dernière fois la nuque puis se lève.

— Je vais prendre une douche…

Il laisse sa phrase en suspens. Je sais que c'est une invitation.

— Vas-y.

— D'accord.

S'il est déçu, il ne le montre pas.

Il entre dans la salle de bain et je m'étire sur le dos, en prenant autant de place que je peux. Je me rendors.

Des mains sur mes hanches et des lèvres sur mon ventre me réveillent. Les cheveux de Zach sont encore humides, des gouttes froides tombent sur ma peau. Il est allongé entre mes jambes, sa langue passe sur le tatouage de mon ventre. Je suis tout de suite douloureusement dur.

— Tu es réveillé, dit-il tout bas.

Il descend plus bas. Je retiens mon souffle. Mes hanches s'arquent vers lui. Il s'y attendait, et avant de comprendre, je passe ses lèvres, je sens sa langue autour de mon gland.

297

Je m'agrippe à ses cheveux avant de réaliser ce que je fais. Je me sens tout de suite coupable, parce que je sais combien je déteste qu'on me le fasse.

— Je peux ?

J'arrive tout juste à le demander.

Il s'arrête et lève les yeux de surprise. Je regrette de pas l'avoir bouclée. Il sourit.

— Bien sûr.

Il met la langue en bas de ma verge, lèche de haut en bas.

— Je peux ?

Je n'y crois pas, il me provoque. Je referme les doigts dans ses cheveux.

— Zach, s'il te plaît…

— Quoi ?

Je pousse sa tête vers le bas. Pas trop brutalement. Pas pour être méchant. Juste un peu et je dis :

— Plus, Zach.

Il me sourit.

— Tout ce que tu veux.

Ses lèvres se referment encore sur moi.

C'est comme si tout était plus intense avec lui. L'eau qui goutte sur mon ventre est assez froide pour me flanquer la chair de poule, mais sa bouche est si chaude. Il passe beaucoup de temps à faire le tour de ma couronne avec la langue, à exciter cette peau tendre sous ma fente. J'ai besoin d'aller plus profond, mais quand j'essaie, il retient mes hanches. J'essaie d'appuyer sur sa tête, mais il ne me laisse pas faire. Il continue à m'exciter le gland, encore et encore, jusqu'à ce que je crie : 'Zach !'. Là je le sens sourire, et la pression sur mes hanches disparaît soudain. Je donne un coup de rein. J'appuie sur sa tête. La soudaine chaleur qui entoure ma hampe est irrésistible. Comme un barrage qui craque. L'orgasme est si violent que je lâche presque un cri. Je me mors la lèvre jusqu'au sang. Je tire si fort sur ses cheveux que j'ai l'impression que je vais les arracher. Il me prend juste plus profond, me tient les hanches pour que je m'écarte pas. Cette délicieuse souffrance me déchire, sort de moi et en lui et il continue à me maintenir, jusqu'à ce qu'il ne reste plus que mes tremblements, et j'essaie de reprendre mon souffle.

Quand je rouvre les yeux, il me sourit. Il m'embrasse, lèche ma lèvre gonflée.

— Tu peux me tirer les cheveux quand tu veux, Ang'.

Il fait mine de se lever, alors je lui attrape le bras.

— Zach, je devrais…

— Il n'y a pas de devoir qui tienne, Ang'.

Il me sourit, mais s'écarte et va chercher des vêtements dans son sac.

— On aura le temps plus tard. Il faut qu'on y aille. On est déjà en retard.

Je n'ai jamais fréquenté quelqu'un qui donne sans vouloir en retour. Ça me donne encore plus envie de faire quelque chose pour lui. Mais il a raison. Matt nous attend. Je m'assoie et je le regarde s'habiller.

— C'est quoi, le plan pour aujourd'hui ?

— On peut finir de peindre, et puis chercher un endroit où vivre.

Je sens de la panique pulser dans ma poitrine, comme un oiseau qui se débat.

— Un endroit où vivre ? je demande bêtement.

— On ne peut pas rester dans ce motel éternellement. Il y a une maison à louer près de chez Matt et Jared, et j'en ai vu une autre dans le quartier de Lizzy, mais on peut probablement pas se la permettre. Ou bien il y a des appartements sur la colline, m'a dit Jared. Ou ceux de l'autre côté de la rue, mais ils ont l'air petit.

Il a l'intention de vivre avec moi ? Cette voix dans ma tête me hurle soudain de m'enfuir à toute vitesse. L'oiseau dans ma poitrine se débat comme un malade. La panique monte si vite que j'ai l'impression qu'elle va m'étouffer. J'ai du mal à respirer.

— Ang' ?

J'ouvre les yeux, il me regarde.

— Tu viens ? On doit y aller.

— Ouais.

Je prends une grande inspiration, je lutte contre la panique. Le temps que je m'habille, j'ai presque oublié l'incident.

Presque. Mais pas tout à fait.

ZACH...

JE VOYAIS bien que quelque chose tourmentait Angelo à notre départ du motel. On était dans ma voiture en route pour la boutique quand je finis par demander :

— Qu'est-ce qui ne va pas, Ang' ?

— Rien.

Mais il ne me regardait pas.

— Tu peux m'en parler, tu sais.

— Je ne vois pas de quoi tu parles.

— D'accord.

Je ne le croyais pas. Je voyais bien à la tension dans ses épaules et à son refus de croiser mon regard que quelque chose n'allait pas. J'avais peur qu'il regrette déjà notre nuit.

Une fois à la boutique à peindre, il se détendit à nouveau, mais seulement parce que Matt était là. Il me parlait à peine. J'étais de plus en plus inquiet. Deux heures plus tard, je venais de finir de peindre le petit bureau à l'arrière lorsqu'il entra.

— Je crois qu'on a fini. J'ai dit à Matt qu'il pouvait y aller.

— Très bien. On peut avaler un morceau et puis commencer à chercher une maison.

Il m'évitait toujours des yeux. Nous restâmes là un instant, moi à le regarder et lui à regarder partout sauf vers moi. Je fis un pas vers lui.

— Ang' ?

— Ouais ?

— Dis-moi ce qui ne va pas, s'il te plaît...

— Il n'y a rien.

— Je sais que tu mens.

Il haussa les épaules. Je soupirai.

— Angelo, regarde-moi !

Il s'exécuta et il y avait de la méfiance dans ses yeux.

— Parle-moi.

Il se ratatina un peu.

— Ce n'est pas toi, Zach.

— On dirait quand même un peu.

— Non !

Il s'exclama avec une telle férocité que je me sentis un peu mieux.

Je me rapprochai de lui. Je glissai un doigt dans le passant de son pantalon. Il ne résista pas lorsque je l'attirai vers moi. Je pris son visage entre les mains, écartai les cheveux devant ses yeux pour plonger mon regard dans le sien.

— Est-ce que tu regrettes ce qu'on a fait hier soir ?

— Non !

Il m'attrapa et me força à baisser la tête pour m'embrasser avec insistance. Lorsqu'il s'écarta, il croisa mon regard sans hésitation.

— Je ne regrette rien du tout.

— Tu en es certain ?

Il sourit alors, de son sourire en coin.

— Ramène-moi à l'hôtel. Je vais te montrer à quel point je ne le regrette pas.

Qui suis-je pour dire non à une telle requête ? Je lui rendis son sourire.

— D'accord.

... Angelo

ON REVIENT à la chambre. On arrache nos vêtements et on se jette sur le lit en rigolant comme des gosses. Zach fait comme si on avait tout le temps du monde.

Il n'a peut-être pas tort.

Je me suis tapé pas mal de mecs, mais jamais comme ça. Toujours des types que j'avais choppé. C'était rapide et impersonnel, c'était comme ça que j'aimais. Avec Zach c'est complètement différent. Il ne se grouille pas. Il ne fonce pas vers l'arrivée. Cette fois on a l'impression qu'il veut juste me toucher et m'embrasser, sentir nos sexe se frotter entre nous, jusqu'à la fin. Je m'attends toujours à ce qu'il en veuille plus, mais non. Je commence à m'inquiéter qu'il ne soit pas dedans.

— Tu n'as pas envie de moi ? je finis par demander.

Il rigole un peu, m'étreint de toute ses forces et se frotte encore plus contre moi.

— Bon Dieu, Ang', murmure-t-il. Comment tu peux croire que je n'aie pas envie de toi, là ?

C'est vrai qu'il est dur depuis le début et à l'entendre on dirait qu'il s'amuse bien.

— C'est tout ce que tu veux ?

— Oui.

Il m'embrasse dans le cou, ses mains sont partout à la fois. Putain, c'est trop bon. Comment j'ai pu passer ma vie sans que personne ne me touche comme ça ?

— Je ferai tout ce que tu veux, Ang'. Dis-moi juste, et tu l'as. Mais moi, dit-il tous bas, resserrant les bras autour de moi, oui. Je ne veux que ça. Je ne veux que toi.

Je voudrais lui dire combien je l'aime. Je voudrais lui ouvrir mon cœur et lui montrer. Mais je ne sais pas comment. Alors je l'enlace et me donne complètement à lui. Je veux qu'il possède chaque centimètre de mon corps. Je suis stupéfait de la facilité avec laquelle je me laisse aller et je le laisse prendre les rênes. Avec les autres, il fallait toujours que je mène la danse. Mais pas avec lui. Je lui fais tellement confiance. C'est nouveau pour moi. Je crois que ça me plaît.

Il m'embrasse partout, passe sur tout mon corps. Il me retourne sur le ventre. Il m'embrasse les épaules, le dos, tout le long de ma colonne vertébrale. Il embrasse même l'arrière de mes genoux. Puis il me retourne encore et remonte lentement. Il m'embrasse les cuisses, les hanches et tout autour des poils pubiens. C'est incroyable ce que ça me fait, la façon dont la passion en moi monte encore et encore.

— J'adore ta peau, murmure-t-il en m'embrassant l'estomac.

Je me mets à rire.

— Je crois que personne ne m'avait encore dit ça.

— C'est vrai ! J'adore sa couleur. Sa douceur. J'adore même son goût.

— Salé ?

Je rigole encore un peu.

— Non.

Il me sourit.

— Plus doux.

Il arrive enfin en haut et me prend dans ses bras. Il embrasse le revers de mes poignets, mes paumes. Il me suce un peu les doigts. J'ai l'impression que je vais exploser. Comment un truc aussi bête peut être aussi bon ? Je ne comprends pas. C'est comme s'il trouvait des endroits secrets sur mon corps dont je ne soupçonnais pas l'existence. Des endroits qui n'appartiennent qu'à lui. Je ferme les yeux et je me laisse emporter par la sensation de sa peau contre la mienne. Sa bouche et ses mains qui me donnent encore et encore du plaisir. Nos jambes s'entremêlent, on se frotte l'un contre l'autre. Le rythme se fait précipité, impatient. La délivrance, quand elle arrive, est lente, langoureuse, et carrément intense.

— Tu as l'air tellement surpris, me dit Zach après.

Je le suis, en fait.

— Je n'avais jamais fait ça.

Son expression alors, je ne peux pas la décrire. C'est presque la même que celle des gens qui apprennent pour mes parents. Du choc et de la tristesse. Mais cette fois, il y a aussi de la tendresse, alors ça me dérange pas autant. Il m'enlace et m'étreint.

BIEN SÛR, ça ne peut pas durer. Bien trop vite, il se rhabille, parle de rencontrer l'agent immobilier pour les visites. J'essaie de me convaincre que vivre ensemble ne sera pas un problème. Je me sens tellement bien

303

avec lui. Pourquoi on ne devrait pas vivre ensemble ? Ça nous ferait des économies à tous les deux. C'est logique, non ?

Mais je n'arrive pas à m'imaginer visiter des baraques avec lui, comme si on était mariés. Qu'une bonne femme que je ne connais pas nous reluque en essayant de cacher son dégoût. Je le convaincs de faire les visites tout seul. Mieux vaut que je n'y aille pas. J'ai juste à lui faire confiance.

Je fais les cents pas dans la chambre pendant un moment. Et puis je décide que c'est stupide. Je sors m'acheter un pack de bière. Une bouteille de vin pour lui. Je sais qu'il aime le rouge, mais sinon je n'y connais rien alors je ne sais pas du tout ce que j'achète. Je reviens à la chambre et je commande une pizza. Je finis tout juste de la payer quand je l'entends remonter l'escalier. Quand il entre, je suis appuyé contre le mur, à regarder par la fenêtre et me dire pour la millième fois que je peux vivre avec lui.

— Je suis trop content que tu aies commandé à dîner ! Je meurs de faim !

— Je t'ai aussi pris du vin. J'espère qu'il sera bon.

— Merci, Ang'. As-tu pensé au tire-bouchon ?

Merde. Bien sûr que non. Il le voit sur mon visage et il se marre.

— C'est rien. Je vais demander à l'accueil. Ils en auront peut-être un.

Je prends une grande inspiration et je me force à poser la question.

— Tu as trouvé ?

— J'en ai retenu deux. Je veux que tu décides.

— Ça m'est égal.

— Eh bien, ça ne devrait pas. Il y a une maison avec une seule chambre, qui n'est pas chère. Mais la maison à deux chambres est plus sympa.

— D'accord.

L'oiseau dans ma poitrine s'affole. J'essaie de l'ignorer.

— Ça dépend si tu veux ta propre chambre ou non.

Ma propre chambre ? Je l'entends, mais je n'arrive pas à lui répondre. Ce con d'oiseau est en train de se libérer. J'essaie de continuer à respirer ; inspire, expire. Je n'arrive qu'à hocher la tête.

— Tu veux des chambres séparées ? C'est toi qui vois. Les deux me vont.

Inspire, expire. C'est tout ce que j'ai à faire. Super facile. Les gens font ça toute la journée, tous les jours, sans même y réfléchir. Mais soudain je n'y arrive plus.

Il ne me regarde pas. Il fouille dans un sac de sport.

— Celle à deux chambres est plus sympa de toute façon. Elle a une grande cuisine. Ça m'a redonné envie de cuisiner.

Il se retourne enfin vers moi.

— Tu cuisines ?

L'oiseau dans ma poitrine est en pleine panique. Il va sortir de mon corps comme un de ces extra-terrestres dans les films. Des points noirs apparaissent devant mes yeux.

— Ang' ?

Je n'arrive pas à dire s'il s'inquiète. Il faut juste que je me calme. Ça fait longtemps que ça ne m'est pas arrivé, mais je me souviens de ce qu'il faut faire. Juste respirer. Inspire, expire. Putain, pourquoi c'est si difficile ?

Zach m'attrape et me pousse pour que je m'assoie sur le lit. Puis il met la main sur ma nuque et m'abaisse la tête entre les genoux. Ah oui. J'aurais dû m'en souvenir. Sa main va et vient dans mon dos, je me concentre dessus. J'inspire quand elle descend, j'expire quand elle remonte. Inspire, expire. Pas si dur finalement.

Une fois que j'ai repris le contrôle, je lui dis :

— Ça va.

Il arrête de me caresser le dos et il se laisse tomber par terre devant moi. Il prend mon visage entre ses mains et me force à le regarder.

— Parle-moi, Ang' !

Je ferme les yeux, commence à secouer la tête mais il tient bon.

— Bon Dieu, Ang', arrête ça ! Arrête de faire semblant que tout va bien !

Je rouvre les yeux. Je déteste son air déchiré à cause de moi.

— Parle-moi. Je t'en supplie.

Je prends une grande inspiration, en essayant de garder prisonnier l'oiseau dans ma poitrine.

— Je ne peux pas, Zach.

Il a soudain l'air terrifié.

— Tu ne peux pas quoi, Zach ? Ça ? Nous ? C'est ça que tu ne peux pas ?

— Non !

Je le repousse. Je me frotte les mains sur le visage. Je dois prendre une grande inspiration avant de dire enfin :

— Je ne peux pas vivre avec toi, Zach.

Je croyais que je verrais de la colère. Ou de la déception. Ce que je vois, c'est du soulagement. Il m'attrape et m'étreint. Me serre contre lui si fort que j'entends son cœur battre.

— Bon sang, Ang', c'est tout ? Pourquoi tu ne l'as pas dit ?

Il faut admettre que je ne m'attendais pas à cette réaction. Tout ce temps où je me suis stressé…

— Je ne voulais pas te décevoir.

305

Il rigole un peu, mais c'est un genre de rire flippé.

— Inquiète-toi moins de me décevoir et plus de me flanquer la frousse de ma vie. J'ai cru qu'il faudrait que je t'emmène à l'hôpital et je ne sais même pas encore où il est !

Je n'arrive pas à croire combien j'ai été con de penser qu'il ne comprendrait pas. Je passe les bras autour de lui.

— Je suis désolé.

— Chut.

Il m'étreint toujours, se balançant un peu comme s'il essaie de me réconforter, mais je me demande si c'est vraiment moi qui en a besoin.

— C'est moi qui suis désolé, Ang'. J'aurais dû m'en rendre compte. J'aurais dû demander.

Maintenant il va s'en vouloir à mort, et ce n'est pas ce que je veux. Je m'écarte de lui, mais seulement pour le regarder dans ses yeux bleus.

— Je ne crois pas qu'on se débrouille encore bien, ni toi ni moi.

— On dirait que non.

— Tu es fâché ?

— Je regrette juste que tu ne me l'aies pas dit.

— Je pensais que je m'y ferais.

Il secoue la tête, alors je sais que ce n'est pas la bonne réponse.

— Ang', je veux que tu sois sincère avec moi. Même si c'est pour me dire que je me comporte comme un connard. Je préférerais que tu me dises que tu n'es pas certain pour qu'on en parle, plutôt que tu aies une autre attaque de panique parce que je n'ai pas deviné ce qui ne va pas.

Présenté comme ça, bien sûr, je me sens comme un vrai connard.

— Je suis désolé.

Il appuie la main sur ma nuque et m'attire à lui pour m'embrasser.

— Plus d'excuses, d'accord ?

— D'accord.

Il passe la langue sur ma lèvre inférieure et m'étreint encore.

— Je prends la maison à deux chambres. Fais ce qu'il faut pour toi.

— D'accord.

Il passe la main sous mon tee-shirt. Je ne me remets pas de combien c'est bon quand il me touche. Mon cœur bat à toute vitesse, je suis déjà dur. Je me bats avec les boutons de son pantalon.

— Je te veux à mes côtés, Ang'. Quand tu seras prêt.

Avant que je réponde, sa bouche est sur la mienne, il me pousse sur le lit et on ne parle pas pendant longtemps après ça.

306

ZACH...

Je SIGNAI un bail d'un an pour la maison à deux chambres. Je me disais qu'Angelo emménagerait plus facilement un jour s'il avait sa propre chambre. Il loua un petit appartement en face du motel qui se révéla être le même que celui de Matt avant qu'il emménage avec Jared.

Nous retournâmes à Arvada. Ruby avait déjà vidé sa boutique. Je me sentis coupable de l'avoir manquée. Elle avait collé une note à ma porte qui disait : 'J'ai eu une vision. Sème des miettes.'

— Ça veut dire quoi, ces conneries ? demanda Angelo.

Je ne pouvais que hausser les épaules.

Le dernier jour, tous les habitués passèrent. Monsieur D. donna son email à Angelo et lui demanda de continuer à lui recommander des films. Justin le remercia chaudement lorsqu'il insista pour lui offrir notre copie de *Heavy Metal*. Quant à Carrie, elle réussit à l'étreindre pour dire au revoir, malgré ses efforts pour l'éviter.

Fermer la boutique pour la dernière fois fut étrange. Dix ans de ma vie, bouclés en un tour de clef.

La première fois où j'avais mis les pieds à De A à Z, Jonathan avait été avec moi. C'était un samedi soir, il avait envie de voir un film. Il y avait une affiche de recherche d'employé collée à la vitrine. J'avais rempli le formulaire de demande d'emploi, en me disant que ce ne serait qu'une façon d'arrondir les fins de mois en attendant qu'un vrai travail me tombe dessus. Jonathan s'en était offusqué. Il répétait à longueur de temps qu'un 'vrai travail' ne vous 'tombait' pas dessus comme ça. Je devais en chercher un. Qu'il ait probablement raison ne m'importait pas beaucoup à l'époque. On avait fini par se disputer là-dessus toute la soirée. Au bout du compte, j'étais sorti me saouler. Il était resté à la maison à regarder le film seul.

Ç'avait été si facile de tout laisser s'effondrer. Facile de faire ce job même si j'étais bourré ou défoncé. Facile de s'installer dans cette routine et d'arrêter complètement de chercher ce 'vrai travail'. Ça rendait Jonathan dingue. À la fin, je faisais ma tête de mule et je refusais de démissionner par pure contradiction. On allait se coucher fâché plus souvent qu'à notre tour. Puis un soir, je n'étais pas rentré du tout. Ç'avait été le premier de beaucoup d'autres.

307

Autant dire que ç'avait été le début de la fin.

Quand j'y réfléchissais, cette proposition d'emploi avait été le premier domino d'une réaction en chaîne : l'obtention du job, le départ de Jonathan, l'achat du vidéo club puis une suite de journées sans intérêt jusqu'à ma rencontre avec Tom. Puis telle une lumière à la fin d'un sombre tunnel, Angelo.

Soudain il se mit devant moi, s'appuya contre la porte et me fit son sourire en coin.

— Tu fais le bon choix, Zach.

En le regardant, je sus au fond de moi que c'était vrai.

— Je sais.

Nous laissâmes la clef à Jeremy, lui dîmes au revoir ainsi qu'à Sensei. Angelo lui promit même de s'inscrire comme Libertarien.

— Quand est-ce que tu veux que je vienne chez toi ? lui demandai-je quand nous quittâmes la boutique de Jeremy.

— Comment ça ? fit-il d'un ton perdu qui ne lui ressemblait pas du tout.

— Ton appartement, lui répondis-je en me tournant vers lui.

Son expression me surprit. Il avait les yeux complètement écarquillés, l'air à deux doigts de s'enfuir s'il trouvait seulement un moyen de s'échapper.

— Quand veux-tu faire tes cartons ?

— Oh.

Son regard se détacha du mien.

— Je m'en occuperai.

— Tout seul ? demandai-je avec scepticisme.

— Ouais.

J'attendis, mais il n'ajouta rien. Il ne me regardait toujours pas. Finalement, je dis :

— Angelo, est-ce que tu es en train de me dire que tu vas sortir tous tes meubles de ton appartement et les mettre dans le camion, tout ça tout seul ?

J'essayai de ne pas avoir l'air trop sarcastique, mais n'y arrivai pas complètement.

Il rougit et baissa les yeux. Puis il me jeta un regard circonspect.

— Peut-être pas.

— Quelque chose ne va pas, Ang' ? lui demandai-je d'un ton léger. Tu as un autre petit ami caché chez toi ?

Il esquissa un sourire et ses épaules perdirent un peu de leur tension.

— Non, ce n'est pas ça.

— Alors quoi ? demandai-je encore avec douceur.

Il haussa les épaules et détourna à nouveau les yeux, comme s'il cherchait la réponse à ma question. Il croisa enfin mon regard puis dit :

— Normalement je ne ramène pas de mecs chez moi.

— D'accord…

J'eus besoin d'y réfléchir un instant, de réfléchir à ce qu'il essayait de me dire exactement. Il ne ramenait jamais personne ?

— Jamais ? répétai-je, sceptique.

— Non, jamais, répondit-il avec une telle conviction que je ne pus que le croire.

— D'accord, acquiesçai-je doucement en essayant de ne pas montrer mon agacement. Je n'essaie pas de te forcer, Ang', mais tu vas peut-être devoir faire une exception, juste cette fois.

Il m'examinait avec méfiance.

— Je n'essaie pas d'emménager. J'essaie de t'aider à déménager.

Il soupira. Il écarta les cheveux devant son visage et détourna les yeux. Ses épaules s'affaissèrent un peu, puis il dit :

— Je sais, Zach.

— Et quand on sera à Coda ?

Il se tourna à nouveau vers moi et ses joues rosirent lentement.

— Ouais, quoi ?

Quelque chose me disait qu'il savait exactement de quoi je parlais, je développai quand même :

— Il faudra que je t'aide avec tes affaires aussi.

Il devint encore plus écarlate, mais ne détourna pas le regard.

— Non, dit-il fermement. Matt me file un coup de main.

— Tu lui en as déjà parlé ? demandai-je avec surprise.

— Oui.

— Pourquoi ?

— Je ne veux pas de toi là.

Je ne savais pas quoi répondre. Tout ce que je réussis à sortir fut :

— Oh.

Il aurait pu me donner un coup de poing, ç'aurait été moins douloureux. Je tentai de ne pas lui montrer à quel point j'étais blessé.

— Si c'est ce que tu veux.

— Oui.

Il déménageait jusqu'à Coda pour rester avec moi, mais en même temps il construisait un mur entre nous, m'excluant de sa vie. Comment réagir à ça ? Je hochai simplement la tête et tournai les talons vers ma voiture.

— Zach, appela-t-il.

Il m'attrapa le bras, attendit que je sois face à lui. Il leva les yeux vers moi, je voyais bien qu'il souhaitait désespérément que je comprenne.

— Il faut que chez moi, ce soit seulement chez moi, Zach. C'est tout. Ce n'est pas à cause de toi.

Il fit un pas vers moi, s'appuya contre moi et me scruta au travers de ses mèches.

— Ne sois pas fâché.

— Je ne le suis pas.

C'était vrai. Blessé, oui. Mais pas fâché.

— Tu veux que je t'aide à déménager ou pas ?

Il hésita, puis hocha la tête.

— Oui.

— Quand ?

Il me sourit.

— Maintenant, qu'est-ce que tu en dis ?

J'avais l'impression que la seule raison pour laquelle il le proposait était pour ne pas risquer de revenir sur sa décision. Je n'insistai pas.

— D'accord, répondis-je en lui tendant les clefs de la camionnette. C'est toi qui conduis. Je ne sais même pas où tu vis.

Son appartement était à l'étage d'un immeuble à entrées individuelles. Nous sortîmes chacun du camion une pile de cartons vides. Au moment où nous atteignîmes l'escalier, l'une des portes du rez-de-chaussée s'ouvrit et un garçon en sortit. Il devait avoir environ treize ans. Il avait de l'acné et une touffe de cheveux blonds qu'il avait pris soin de coiffer pour leur donner un côté désordonné.

— Salut, Angelo.

— Salut, Josh.

— Dis, y'a une bonne femme qui te cherche. Elle est venue, genre, au moins cent fois depuis ton départ ! Elle a vraiment envie de te voir.

— Tu es sûr que c'est moi qu'elle cherche ? Pas Fred ?

Fred devait être l'un des autres locataires.

Josh hocha la tête.

— Ouais. Elle a demandé Angelo Green.

Il sourit de toutes ses dents.

— C'est toi, non ?

Angelo prit l'air intrigué.

— Ouais, mais… une nana ?

Josh haussa les épaules.

— Ouais, on dirait bien. Enfin, je l'appellerais pas comme ça. Elle était, genre, vieille, tu vois ? Elle a demandé quand tu revenais. Je lui ai dit de venir voir aujourd'hui.

Angelo avait toujours l'air perplexe mais répondit :

— Merci, Josh.

Josh rentra chez lui.

— Une femme te cherche ? le taquinai-je en le suivant dans l'escalier qui menait à son appartement. Il y a quelque chose que tu ne me dis pas ?

— Je croyais que tu le savais, Zach, me lança-t-il par-dessus son épaule. Les filles m'adorent.

— C'est ça, répondis-je en riant. Mais c'est une vieille !

— Pour Josh, tous ceux qu'ont plus de vingt ans sont vieux. L'autre jour il m'a demandé si j'avais la télé quand j'étais petit.

Nous arrivâmes à son appartement. Il posa ses cartons, déverrouilla, mais avant de l'ouvrir il se tourna vers moi avec appréhension.

— Pas de câlins crapuleux ici, d'accord ?

— D'accord.

Il était tellement sérieux, alors que moi je me retenais de sourire. Je ne pus m'empêcher d'ajouter :

— Pas même un petit ?

Je le dis en plaisantant, mais il ne rit pas. Il fronça un peu les sourcils, il avait cet air entêté que je commençais à bien connaître.

— Ce n'est pas une blague, Zach. C'est mon espace. Il faut qu'il le reste, même si c'est pour seulement quelques jours encore.

— D'accord, d'accord, pas de câlins !

Il m'observa un instant, comme s'il n'était pas certain de me croire. Finalement, il soupira, écarta les cheveux devant son visage puis ouvrit la porte.

Son appartement n'était pas très fourni : un canapé tout droit sorti des années 70 et accusant le coup de son grand âge, une table de salle à manger recouverte de prospectus, une cuisine qui avait l'air de n'avoir jamais servi.

— Je n'ai jamais vu un canapé aussi moche, déclarai-je.

Il se mit à rire.

— Pas vrai ? Il était dans l'appart'. La table aussi.

— Alors qu'est-ce qu'on met dans la camionnette ?

— Mon lit. Une armoire. Et ça.

Il indiqua le mur derrière moi.

311

Je me retournai pour voir de quoi il parlait et ma mâchoire se décrocha. Accrochée au mur se trouvait une télé à écran plasma géant. Puis je remarquai les enceintes.

— Tu as le son en surround ?

— Bien sûr. Tu es le seul mec au monde qui ne l'a toujours pas.

Sur une table basse sous la télé se trouvait un lecteur VHS, un lecteur DVD et un Blu-ray.

— Même le Blu-ray ?

— Ouais. Va falloir qu'on se mette à en commander pour le vidéo club aussi, tu sais ? Il y a pas mal de gens qu'en ont maintenant.

— Les nouvelles technologies vont me tuer.

Je ne plaisantais pas mais il rit quand même.

— Tu as toute cette installation, mais où sont les films ?

Il me fit son sourire en coin.

— Je les loue, tu te souviens ?

Là, je dus rire.

— C'est vrai. Est-ce que tu as un mur assez grand pour tout ça dans ton nouvel appartement ?

— Non, répondit-il, l'air soudain incertain. Je voulais l'installer chez toi.

C'était ridicule, combien ces mots me firent plaisir. Pas parce que je mourrais d'envie d'un écran plasma, mais parce que ça voulait dire qu'il avait l'intention de passer du temps là-bas avec moi, au moins un peu.

— Ça me ferait plaisir.

— Tu pourrais peut-être me filer ta petite télé en échange ?

— Tout ce que tu veux, Ang'.

Et quels que soient les doutes que j'aie pu formuler cette dernière heure, ils furent balayés par son sourire. Il vint m'embrasser, une fois, vite.

— Merci, Zach.

Il ramassa un carton vide et se dirigea vers ce que j'imaginais être la chambre.

— Je serai là, dit-il.

Il me regarda.

— Tu n'as pas le droit d'entrer.

— D'accord.

— Je suis sérieux.

— Très bien ! répondis-je en levant les mains en signe de défaite. Je te le promets.

Il m'observa encore un instant puis soupira.

312

— Je ne veux pas jouer les connards, Zach. C'est juste que…

— Angelo, l'interrompis-je, c'est bon. Vraiment.

Je lui souris et fut soulagé lorsqu'il me sourit immédiatement en retour.

— Va ranger tes affaires. Je reste là.

— D'accord.

Je mis moins de vingt minutes à empaqueter sa cuisine. Je jetai un coup d'œil à la table, essayant de décider si je devais trier le courrier pour lui ou pas. C'était surtout de la pub, des prospectus, des bons de réduction pour une pizzéria, des propositions de crédit à la consommation. Un magazine porno. Je le parcourus quelques instant avant de comprendre qu'il valait mieux que j'arrête. Il avait l'effet recherché, et quelque chose me disait qu'Angelo était mortellement sérieux au sujet de la règle de 'pas de câlins crapuleux'. Je ne voulais pas tirer sur la corde. Je reposai le magazine et décidai de commencer à désinstaller le home cinéma. Je débranchais les enceintes lorsqu'on frappa à la porte.

— Zach ? cria Angelo de sa chambre.

— Oui, je m'en occupe !

J'ouvris la porte et me retrouvais face à une femme. Elle était petite, peut-être un mètre soixante. Elle avait la peau sombre et d'épais cheveux noirs. C'était dur de déterminer son âge. Elle aurait pu avoir trente-cinq ans comme cinquante. Elle avait des yeux d'un brun profond. Elle avait l'air terrifié.

— Je cherche Angelo Green, dit-elle d'une voix tremblante.

Je sus immédiatement que ça allait mal se finir. J'envisageais sérieusement de lui dire qu'il n'était pas là, mais ne fut pas assez rapide.

— C'est qui ? lança Angelo en sortant de sa chambre.

Puis son regard se posa sur elle.

Il se figea. Une seconde, il fut complètement immobile. La tension faisait presque vibrer la pièce, comme le calme avant la tempête, quand on voit les éclairs et qu'on sait que le tonnerre n'est plus très loin.

Puis sans un mot, il alla lui claquer la porte au nez.

— Angelo, est-ce que c'était…

— Angelo ! appela-t-elle en m'interrompant. Je t'en prie, laisse-moi entrer !

Il se retourna et s'appuya contre le battant, comme s'il avait peur qu'elle le casse.

— Va te faire foutre ! hurla-t-il en retour.

— Je sais que ça fait longtemps, mais…

— Longtemps ? cingla-t-il. C'est ça qui te vient ? *Longtemps* ? Tu me fous chez le voisin sans jamais revenir, et vingt ans plus tard, le seul truc que tu as à dire, c'est que ça fait *longtemps* ?

Le silence dura quelques secondes. Je me demandais presque si elle n'était pas repartie. Puis elle dit, plus bas :

— Angelo, je t'en prie. Laisse-moi entrer. Je veux juste te voir.

Il mit la tête entre les mains sans pour autant agir.

Rien ne se passa pendant ce qui me sembla une éternité, mais qui n'avait dû être que quelques instants. J'attendis un signe pour savoir ce dont il avait besoin. Je n'avais aucune idée quoi faire. Finalement, je demandai :

— Angelo ?

Il leva les yeux vers moi. Ils étaient emplis de tant de douleur, de colère et de désarroi que ça m'en brisa le cœur. Je franchis la distance qui nous séparait et l'enlaçai. J'aurais cru qu'il me résisterait, mais non. Il s'appuya contre moi, comme s'il n'arrivait pas à rester debout tout seul. Il tremblait. Je l'étreignis plus fort.

— Zach, souffla-t-il, dis-moi quoi faire.

— Angelo ? appela-t-elle d'un ton incertain.

— Un instant ! criai-je vers la porte.

Puis à lui, doucement :

— Prends ton temps. Elle peut attendre.

— Pourquoi, Zach ? murmura-t-il. Pourquoi faut-il qu'elle revienne maintenant ?

Je n'avais pas de réponse. J'étais certain qu'il n'en attendait pas.

Il reprenait son sang-froid. Sa respiration se calma. Il arrêta de trembler. Il se fit plus raide entre mes bras.

— Qu'est-ce que je dois faire ? demanda-t-il encore, plus fermement.

— C'est à toi de voir, Ang'. Mais tu devrais écouter ce qu'elle a à dire.

Il acquiesça contre mon torse, prit une grande inspiration, puis me repoussa doucement.

— Veux-tu que je reste ?

Il m'examina, je vis bien qu'il envisageait sérieusement de me demander de partir, mais il déclara alors fermement :

— Oui.

— D'accord.

Il repoussa les cheveux devant son visage, se redressa. Il passa aussi de l'autre côté du canapé afin qu'il les sépare une fois qu'elle serait entrée. Puis il se tourna vers moi.

— Je crois que je serai jamais plus prêt que je le suis maintenant.

J'ouvris la porte. Elle me regarda avec désarroi. Il y avait des larmes sur ses joues.

— Entrez.

Je m'écartai pour la laisser passer.

Elle passa le seuil et s'arrêta. Pendant que je fermais la porte, elle resta là, à regarder nerveusement autour d'elle, tout sauf Angelo. Il devint immédiatement évident que ni l'un ni l'autre ne savait quoi dire, alors je lui tendis la main.

— J'imagine que vous êtes la mère d'Angelo ?

— Oui, répondit-elle en me la serrant.

Sa main était toute petite et sa poignée molle.

— Nita.

— Nita, je suis Zach. Je suis un ami d'Angelo.

— Plus que mon ami, c'est mon...

Angelo s'interrompit. Lorsque je me tournai vers lui, il avait l'air alarmé, comme s'il n'avait pas eu l'intention de parler. Il ne savait clairement pas comment finir sa phrase. Je me demandai s'il allait lui dire, mais il ajouta alors doucement :

— C'est mon patron.

— Ah, dit-elle, mal à l'aise. Enchantée, Zach.

— Enchanté aussi.

Je regardai à nouveau Angelo. Il y avait une demande de pardon muette dans ses yeux. Je lui fis un sourire encourageant. Cela le réconforta visiblement, il se détendit un peu.

— Et si on s'asseyait ? proposai-je.

Bien sûr, dans le salon il n'y avait que le canapé. Angelo et Nita le lorgnèrent avec une appréhension évidente.

— Par-là, dis-je en indiquant la table.

Ils se détendirent tous les deux et acquiescèrent.

Je passai devant. Je poussai la pile de courrier, en-dessous de laquelle je cachai le magasine porno. S'il ne voulait pas lui dire que j'étais plus qu'un ami, il ne voudrait certainement pas non plus qu'elle voie clairement ce qu'il y avait en couverture.

— Merci, Zach, dit-il tout bas.

315

Lorsque je me tournai vers lui, je fus soulagé de le voir me sourire, de son éternel sourire en coin. J'étais heureux qu'il ait repris si vite son sang-froid.

Nous nous assîmes, Angelo et moi d'un côté de la petite table, Nita de l'autre.

— Alors, tu vis toujours à Denver ? demanda-t-elle.

— Sans blague, répondit-il sèchement.

Elle passa la langue sur les lèvres, se racla la gorge et réessaya.

— Tu travailles dans le quartier ?

— Pour Zach.

Elle attendit, mais il n'ajouta rien. Elle se ratatina un peu lorsqu'elle comprit que c'était tout ce qu'il lui dirait.

— Tu es beau. Tu ressembles à ton père.

— Si tu le dis.

Elle hocha la tête d'un air absent. Elle regarda un instant autour d'elle, comme si un sujet de conversation allait se présenter à elle, mais non. Elle finit par revenir à Angelo.

— Accepterais-tu de me dire, commença-t-elle avec précaution, ce qui s'est passé après… ?

Elle laissa sa question en suspens.

— Après que tu m'aies largué avec le voisin ? compléta-t-il d'un ton furieux.

Je mis la main sur son genou, sous la table, mais il la repoussa.

— Tu crois quoi ? Les services sociaux se sont pointés. J'ai fait treize familles d'accueil en dix ans.

Elle ferma les yeux, inspira brutalement, mais il ne s'arrêta pas là.

— Les premières m'ont gardé une ou deux années entières avant de m'envoyer ailleurs. Mais personne ne veut d'ado. Les dernières m'ont foutu dehors avant que je déballe ma valise.

Il s'appuya contre le dossier de sa chaise, croisa les bras sur son torse et la foudroya du regard.

— Je me suis éclaté. Merci de demander.

Elle ne bougea pas pendant un instant, digérant son discours. Puis elle prit une profonde inspiration et leva les yeux vers lui avec appréhension.

— As-tu des questions à me poser ?

— Comme pourquoi tu t'es tirée ? Où tu étais ces putain de vingt dernières années ? Pourquoi tu ne t'es jamais emmerdée à me chercher avant aujourd'hui ?

Il s'interrompit, elle contempla ses mains sur ses genoux. Puis il éclata d'un rire brutal, furieux.

— Oh, non. Je ne veux rien savoir de toi.

Elle hocha simplement la tête. Je vis des larmes lui monter aux yeux. Angelo n'était clairement pas touché par son chagrin. Il la foudroya du regard, sans dire un mot.

— Nita, intervins-je en me penchant vers elle, avez-vous d'autres enfants ? Angelo a-t-il des frères et sœurs ?

Elle secoua la tête.

— J'ai eu une fille, mais…

Les mots moururent sur ses lèvres.

— Elle aussi, tu l'as larguée avec le voisin ?

Elle encaissa le coup.

— Non, répondit-elle tout bas. Elle est morte. Morte subite du nourrisson.

Elle prit une inspiration profonde, tremblante.

— C'était il y a longtemps.

Angelo la foudroyait encore du regard. Ce fut donc à moi de dire :

— Je suis navré de l'apprendre.

Elle leva les yeux vers Angelo, elle avait l'air si désespéré. Je me sentais presque mal pour elle.

— Angelo ?

Elle tendit la main vers lui. Vue comme il la regardait, ç'aurait tout aussi bien pu être un serpent. Il s'écarta d'elle si vite que sa chaise crissa brutalement contre le sol. Elle remit vite sa main sur ses genoux.

— Angelo, je suis désolée. J'étais si…

— Garde tes excuses de merde, l'interrompit-il, et puis tes raisons aussi. Je n'en veux pas.

— D'accord, acquiesça-t-elle. Je l'ai mérité.

Elle s'agita un peu plus.

— Angelo, je sais que je n'ai pas le droit de te le demander…

Il étrangla un rire de dérision, mais elle accéléra, parlant très vite pour tout sortir avant qu'il dise quoi que ce soit d'autre.

— Je voudrais vraiment apprendre à te connaître.

— Ouais, c'est ça.

Elle cligna des yeux, perdue, incertaine de savoir si sa réponse était un oui ou un non. Lorsqu'il ne développa pas, elle retenta sa chance.

— Tu n'as jamais eu de nouvelles de ton père ?

317

— Non.

Elle soupira.

— Moi non plus. Je l'ai cherché, mais…

Elle haussa les épaules.

— Mes parents sont décédés, maintenant, alors s'il t'en reste, c'est de son côté.

Angelo la dévisageait d'un air sans émotion.

Elle sembla décider d'abandonner pour l'instant et se tourna vers moi.

— Angelo travaille pour vous ?

— Oui.

Je souris à Angelo.

— C'est mon meilleur employé.

Cela eut l'effet recherché. Une fissure se fit dans son visage de pierre, une minuscule ombre de sourire dans son regard lorsqu'il me jeta un coup d'œil.

— J'en suis heureuse.

Elle fit le tour de l'appartement du regard et vit le carton sur le comptoir de la cuisine.

— Est-ce que tu déménages ou tu emménages ?

Angelo attendit, l'air d'attendre que je réponde pour lui. Je me contentais de lui sourire, alors il finit par soupirer et dire :

— Je déménage.

— Où ça ?

— À Coda. Dans la montagne.

Elle sourit nerveusement.

— Ça doit être merveilleux.

— On s'en va dans quelques jours.

Je n'étais pas certain qu'il se soit rendu compte de ses mots, mais son regard à elle s'écarquilla un peu, alors je savais ce qui suivrait.

— Tu es marié ? demanda-t-elle pleine d'espoir.

— Autant que je pourrai jamais l'être.

— C'est merveilleux ! s'exclama-t-elle avec un sourire. Tu as des enfants ?

— Oh que non.

Entre la brutalité de cette réponse et le venin dans la voix d'Angelo, elle perdit tout de suite son sourire.

— Je vois, dit-elle tout bas.

318

Elle sembla y réfléchir un instant tout en contemplant ses mains sur ses genoux. Puis elle décida de ne pas insister. Elle leva à nouveau les yeux vers lui avec un sourire tremblant.

— J'aimerais la rencontrer.

Un battement de cœur silencieux, puis il dit d'une voix dure :

— C'est déjà fait.

Elle avait l'air perdu. Ça se voyait qu'Angelo y prenait plaisir.

— Je n'ai rencontré personne.

— Bien sûr que si, rétorqua-t-il d'un ton sûr de lui. C'est Zach.

— Oh.

Elle me regarda, incertaine, puis dit :

— Je sais que c'est ton ami. Mais je ne parlais pas de ça.

— Je sais de quoi tu parlais.

— Mais…

Ses joues s'empourprèrent.

— Je parlais d'une femme. Une petite amie ou une épouse.

— Je sais de quoi tu parlais ! rétorqua-t-il plus fort cette fois.

— Mais…

Elle s'interrompit brusquement. Elle écarquilla les yeux lorsqu'elle commença à comprendre.

Il se pencha vers moi, la regarda droit dans les yeux et déclara :

— C'est Zach !

Elle avait désormais l'air complètement paniqué. Ses yeux étaient grands ouverts, elle avait les joues rouges et elle agitait les mains comme s'il s'agissait d'étranges papillons tenus en laisse.

— Mais non, enfin, ce n'est pas possible…

Angelo se leva brutalement. Il empoigna les cheveux sur ma nuque, tira et m'embrassa avec force. Ce ne fut pas un long baiser, mais certainement plus long qu'elle l'aurait voulu. Il m'avait complètement pris par surprise.

Puis tout aussi vite, il me lâcha, tapa du plat de la main sur la table en se penchant vers elle avec agressivité.

— Ça y est, c'est bien clair maintenant, ou il faut que tu nous regardes baiser ?

Sa mâchoire se décrocha, je me levai et posai doucement la main sur l'épaule d'Angelo.

— Ang'…

— Non, Zach ! Elle veut me connaître ? Elle a intérêt à encaisser.

— Mais Angelo, dit-elle tout bas. C'est un péché. Ce n'est pas naturel.

319

Des larmes coulèrent sur ses joues, elle les essuya rapidement.

— C'est mal ! Dieu a dit…

— Je t'emmerde, et j'emmerde ton Dieu aussi ! cingla-t-il. Ni toi ni lui n'avez jamais rien fait pour moi !

Elle resta là un instant, à contempler la table. Puis elle prit une inspiration tremblante et déclara :

— Je devrais y aller.

Angelo se redressa alors et la toisa.

— Vas-y, dit-il, glacial. Casse-toi. Encore. Tu n'es bonne qu'à ça, hein ?

Elle ferma les yeux, retint son souffle comme si on l'avait giflée. Il s'appuya contre le mur et la fusilla du regard. Elle eut besoin d'un instant pour reprendre ses esprits. Puis elle sortit un stylo de son sac. Elle attrapa une enveloppe sur la table. Elle écrit soigneusement un numéro de téléphone, une adresse à Albuquerque puis se leva en la tendant à Angelo.

— Tiens, dit-elle doucement. Au cas où tu la voudrais un jour.

— Jamais.

— Je t'en prie, Angelo…

Elle était vraiment sur le point de pleurer.

— Prends-la. Juste au cas où.

Il resta là, les bras croisés et de la fureur dans les yeux. Il ne la prit pas. Elle la poussa encore vers lui, mais il ne bougea pas. Elle lâcha un sanglot, lui tendant l'enveloppe. Il ne bougeait toujours bas.

Finalement, je fis un pas en avant et tendis la main. Elle me regarda d'un air soupçonneux, clairement méfiante, mais elle me donna l'enveloppe.

Je la suivis jusqu'à la porte. Elle sortit de l'appartement, s'arrêta sur le palier puis se tourna vers moi.

— Je sais ce que vous pensez, dit-elle tout bas. Mais je l'aime vraiment.

— Moi aussi, répondis-je, puis je fermai la porte.

Lorsque je revins, il était assis à la table, la tête entre les mains.

— Est-ce que ça va ? demandai-je doucement.

Il leva les yeux vers moi, ils brûlaient de colère.

— Ce n'est pas mal, Zach ! lança-t-il avec ferveur. Non ! Ce qu'il y a entre toi et moi, ça n'a rien de mal !

Je lui pris la main, la gardai entre les miennes.

— Je sais, Angelo. On ne fait absolument rien de mal.

Il hocha la tête, scrutant sa main entre les miennes. Il prit une profonde inspiration, puis s'écarta.

— Rentre chez toi, Zach.

Il n'était plus fâché. Il avait l'air abattu.

Je ne voulais pas le laisser seul. Ça ne me semblait pas correct, de l'abandonner maintenant.

— Tu es sûr, Ang' ? Je pourrais...

— J'en suis sûr, m'interrompit-il.

Il avait le regard triste, las.

— Maintenant j'ai besoin d'être seul.

Je retournai à mon appartement vide et commençai à faire mes cartons. Je commandai une pizza. Je demandai même du piment sur l'une des moitiés. J'espérais qu'il viendrait dîner, mais non. Je finis par me mettre au lit et m'endormir. Je laissai la porte déverrouillée, au cas où.

Il était trois heures du matin lorsque je l'entendis entrer. Il pénétra discrètement dans ma chambre. Il ne dit rien, moi non plus. J'avais peur de parler, peur de le faire fuir. J'observai son ombre tandis qu'il se déshabillait. Puis il se glissa dans le lit avec moi et pressa son corps mince, chaud contre moi.

— Aide-moi à me rappeler, Zach, murmura-t-il en s'enroulant autour de moi. Rappelle-moi qu'on ne fait rien de mal.

Cela commença lentement et tendrement. Mais ensuite, son côté violent et passionné prit le dessus, alors je lui laissai les rênes. Il me poussa sur le dos, m'enfourcha et s'enfonça en moi comme s'il avait quelque chose à prouver.

Peut-être que c'était le cas.

Ensuite il se réfugia de l'autre côté du lit, loin de moi, bien qu'il me tienne encore la main.

— Tu as son numéro, Zach ?

— Oui.

— Qu'est-ce que tu vas en faire ?

— Ce que tu veux. Si tu me dis de le jeter, je le ferai.

Il garda un instant le silence. Je n'entendais que sa respiration, alors je me demandai s'il s'était endormi. Mais il dit alors tout bas :

— Garde-le. Je n'en veux pas encore. Pas pour le moment. Peut-être jamais.

Il s'interrompit, prit une profonde inspiration, puis soupira.

— Mais de savoir que tu l'as, bizarrement, je me sens mieux.

321

— Tout ce que tu veux, Ang'.

Il me tint la main jusqu'à ce qu'il s'endorme.

APRÈS, ON aurait dit qu'il ne s'était rien passé. C'était comme s'il avait tout oublié. Bien sûr ce n'était pas possible, mais j'étais heureux qu'il s'en soit remis aussi vite. Il n'en parla jamais, moi non plus.

Notre dernier matin à Denver, je passai trois heures à essayer d'attraper Geisha, mais elle refusait de venir à moi. Je n'allais pas passer ma vie à attendre la chatte ingrate de mon ex-petit ami.

— On a qu'à la laisser ici, dis-je à Angelo.

— *Quoi ?*

Je fus surpris de la force de son indignation.

— Pas question, Zach ! On l'emmène !

Bien sûr il ne lui fallut qu'une dizaine de minutes pour l'attirer. Nous finîmes par la fourrer dans le panier et laissâmes Arvada derrière nous. Je conduisais la camionnette qu'on avait louée, Angelo suivait dans ma Mustang, Geisha miaulant avec fureur sur le siège arrière.

Moins de quatre semaines après notre première nuit à Coda, nous y habitions. Deux semaines plus tard, nous ouvrîmes le côté vidéo club de De A à Z.

— Et la salle derrière ? me demanda Angelo quelques jours après notre grande inauguration. Il faut que tu mettes des tables, des chaises et que tu recherches toutes ces conneries d'autorisation.

— Je ne crois pas pouvoir le faire avant longtemps.

— Je croyais que l'idée te plaisait.

— Oui, je l'adore. Je ne pense juste pas pouvoir me le permettre pour le moment. On a besoin d'un système de projection façon home cinéma, avec un son surround complet. Je n'ai pas l'argent nécessaire.

— Moi oui.

Je le regardai avec surprise.

— Ah bon ? Comment ?

— Ça fait longtemps que j'accumule deux boulots. Je paye mon loyer. J'achète ma bouffe. À part ça, ma seule dépense c'est de louer des films.

Il vint s'appuyer contre moi et me regarda au travers de ses mèches.

— Il y a quelques mois, j'ai rencontré ce mignon petit bourge. Il me fait des réducs sur les films.

Je me mis à rire.

322

— Il doit avoir envie de te mettre dans son lit.

Il sourit.

— C'est possible.

— Si tu investis, tu devrais devenir partenaire.

Son sourire s'évanouit.

— Non, je ne veux surtout pas.

— Pourquoi pas ?

— Je ne veux pas, c'est tout.

Je voyais bien son regard, le même qu'il avait quand on parlait de vivre ensemble. Ce n'était qu'un pas de plus qu'il n'était pas prêt à faire.

— Je te rembourserai.

Il passa les bras autour de ma taille.

— Je voulais qu'on en discute, Zach... Je voudrais une plus grosse paye. Et ce n'est pas un sous-entendu pervers.

— Je vais voir ce que je peux faire.

Il frôla mes lèvres des siennes, puis sourit.

— J'ai menti.

— Tu ne veux pas une plus grosse paye ?

— En fait c'était un sous-entendu.

— Je crois que je t'aime.

Les mots sortirent avant que je sache que j'allais les dire. Je voulus immédiatement les ravaler. Si parler de vivre ensemble lui déclenchait une véritable attaque de panique, qui savait ce que cette révélation allait lui faire ?

Il se figea, à peine une seconde. Je m'attendais au pire, mais il sourit et répondit simplement : 'Je sais.'

UN JOUR de mi-octobre, Matt et Jared passèrent au vidéo club à la fermeture pour nous proposer de sortir dîner avec eux. Angelo installait la vitrine d'Halloween, avec des films d'horreur divisés en quatre catégories : sanglant, flippant, kitsch et carrément traumatisant.

— *L'Exorciste*, vous le mettriez dans flippant ou traumatisant ? nous demanda-t-il.

— Traumatisant ! répondit Jared au moment où Matt lança : Kitsch !

— Sérieusement ? s'exclamèrent en chœur Jared et Angelo, en regardant Matt avec surprise.

Ce dernier haussa les épaules.

— Jamais vu en quoi il faisait si peur.

Angelo se tourna vers moi.

— Tu en penses quoi, Zach ?

— Jamais…

— … vu, termina-t-il pour moi avec un sourire. J'aurais dû le savoir. On va le mettre dans flippant.

— Le film le plus ter-ri-fiant au monde ! déclara fermement Jared.

— N'importe quoi ! fit Matt en riant.

— Zach, c'est quoi le film le plus flippant que t'aies jamais vu ? me demanda Ang'.

Je pouvais compter le nombre de films d'horreur que je me rappelai avoir vus sur les doigts d'une seule main.

— *Shining* ?

Il me sourit.

— D'accord, c'est respectable.

— Et toi ?

— Pas sûr. Peut-être *L'Enfant du Diable*.

— Celui avec Keanu Reeves ? demanda Matt avec scepticisme.

— Non, ça c'est *L'Associé du Diable*. Je parle de celui avec George C. Scott ? Quelqu'un l'a vu ?

Nous secouâmes tous la tête.

— Personne ne l'a vu !

Il se tourna vers Matt.

— Et toi, tu dis quoi ?

— *Jesus Camp*.

Angelo eut pour une fois l'air troublé.

— Je n'en ai jamais entendu parler. C'est un slasher ?

— C'est un documentaire.

Nous éclatâmes tous de rire, mais il n'avait pas l'air de plaisanter.

— Je vous le promets, si ce film ne vous fait pas peur, vous ne craindrez plus rien.

Jared le regardait avec stupéfaction.

— Un documentaire sur la religion ?

— Ce n'est pas sur la religion. C'est sur le fanatisme. Pas la même chose.

Angelo prit l'air pensif, alors je savais qu'on en aurait une copie avant la fin du mois.

Nous dînâmes avec Matt et Jared, puis ils vinrent chez moi regarder un film. En général, Angelo adorait ça, mais je voyais bien qu'il avait la tête ailleurs. Il était assis à côté de moi sur le canapé, et remontait lentement la main le long de ma cuisse. Dès qu'ils fermèrent la porte derrière eux, il m'attrapa la main et m'entraîna dans la chambre.

Je l'observai se déshabiller. J'adorais le regarder, juste le regarder. Il y avait quelque chose de sauvagement exotique en lui, quelque chose de rare, de précieux et de beau mais aussi d'une audace impudente. Quelque chose de divin et de pourtant complètement impertinent. Il irradiait presque de sensualité. Maintenant que je l'avais remarqué, je me demandais comment j'avais pu ne pas le voir avant. J'avais vraiment été aveugle.

— C'est quoi ton problème ? me demanda-t-il soudain avec son éternelle insolence.

— Tu es fantastique.

Il me fit son sourire en coin.

— Si je suis si fantastique, pourquoi tu es toujours habillé ?

Je dus bien rire.

— Aucune idée !

Il ne nous fallut pas longtemps pour remédier à la situation.

Il sortit le lubrifiant du tiroir et m'attira contre lui. J'étais déjà excité, je le caressais tout en l'embrassant. Je sentis sa main sur moi, humide de gel, puis il murmura à mon oreille :

— Je veux que tu me baises, Zach.

Le seul fait d'entendre ces mots aurait pu me faire basculer. Je dus repousser sa main sur ma verge pour ne pas trop vite perdre le contrôle. Je voulais passer plus de temps avec lui, plus de temps à le goûter, le toucher, à devenir une part de lui.

Je le repoussai de façon à ce qu'il s'assoie sur le lit puis m'agenouillai devant lui. Il m'embrassa et passa les doigts dans mes cheveux. Sa main était sur ma tête, on aurait dit une bénédiction.

Je pris son autre main, paume offerte, et embrassai le revers de son poignet. Je suçai tendrement sa peau douce. Je sentais son pouls contre mes lèvres, c'était incroyablement excitant. J'embrassai sa paume, y traçai un petit cercle de la langue. Il retint son souffle. Il était toujours tellement silencieux… Parfois c'était dur de savoir ce qui lui plaisait. J'adorais quand je le faisais enfin réagir, quand ses doigts se refermaient dans mes cheveux ou que son souffle vacillait.

Je l'allongeai sur le lit et suçai l'un de ses tétons. Il avait les mains dans mes cheveux, il renversa la tête en arrière. Je titillai chacun de ses tétons jusqu'à ce qu'il soit tendu et haletant, les hanches arquées vers moi. Je passai la main sur son côté, tournai autour de sa verge le plus près possible sans la toucher.

— Zach...

Il l'avait dit tout bas, mais je sentis son impatience.

— Retourne-toi.

Il s'exécuta et je descendis entre ses jambes. Il était si mince et si beau. Sa peau était sombre partout, mais encore plus en ce lieu tout doux entre ses bourses, qui menait à sa fente. Je passai la langue sur ce chemin obscur, l'entendit retenir à nouveau son souffle un instant, puis il écarta encore plus les jambes pour moi. Je léchai autour de son anus, encore et encore, nous excitant l'un et l'autre. Il cessa de respirer, relâcha un souffle tremblant, comme un sanglot et se tendit vers moi. Je le pénétrai de ma langue et l'entendis pousser un soupir qui manqua me faire craquer. J'écartai ses fesses et le pénétrai plus profondément. Il fit mine de se masturber mais je l'en empêchai. Il tenta de se frotter contre le lit, je retins ses hanches. Je plongeai la langue aussi profond que possible, encore et encore, jusqu'à le sentir tellement tendu qu'il poussa contre le lit, cherchant sa délivrance.

Je ressortis la langue, refermai la bouche sur son trou et suçai. Il lâcha à nouveau ce petit soupir, alors je plongeai encore la langue en lui. Il tenta encore de saisir sa verge, je l'arrêtai mais remontai la main entre ses jambes. Il donna immédiatement un coup de rein, se tendit. Il n'était plus loin.

— Zach, je t'en prie...

Je n'allais pas tenir longtemps non plus. Aussi vite que possible, je le couvris de mon corps et le pénétrai lentement.

J'avais l'impression d'être au paradis. De rentrer chez moi. Jamais je ne pourrais être assez proche de lui, assez profondément en lui. Je voulais me noyer en lui à jamais, me brûler sur sa peau jusqu'à ce que nous ne fassions plus qu'un. Un corps, une âme, mais deux cœurs. J'empoignai sa verge, le pénétrai à nouveau. Il agrippa les draps. Il poussa encore un petit soupir et s'arque-bouta pour me rejoindre. Une pression en moi monta et s'étendit, menaçant de me déchirer. Il retint sa respiration sans la relâcher. Comme toujours avant de jouir. J'enfouis le visage dans ses cheveux, sentis son corps trembler sous moi, se refermer autour de moi. La pression en moi, brûlante, battant, explosa enfin. Elle me déchira et m'effaça entièrement. Je n'existais plus, sinon en ce lieu magnifique, saint, où nous étions unis.

Ma main sur lui était humide de son sperme, il respirait à nouveau. Il haletait comme s'il venait de courir un marathon. Ses doigts trouvèrent ma main libre et il la pressa. Nous restâmes ainsi un long moment, jusqu'à ce que son souffle se calme. Puis il dit, tout bas :

— Tout est toujours mieux avec toi, Zach. Pour toi aussi ?

— Oui.

— Pourquoi ?

Je le savais, mais j'hésitais à le dire. Je passai la main sur son flanc, traçai ses côtes du bout des doigts, embrassai sa nuque et murmurai enfin :

— Parce que nous nous aimons.

Il referma les doigts sur les miens, puis il soupira et déclara d'une voix endormie :

— Ça doit être ça.

Il n'avait jamais été si prêt de le dire. La gorge soudain serrée, je déglutis difficilement et l'étreignit. Nous nous endormîmes entremêlés, mais à mon réveil quelques heures plus tard, il s'habillait.

— Où tu vas ? C'est le milieu de la nuit.

Il se tendit et répondit sans me regarder :

— À la maison.

— J'aimerais que tu restes.

Il ne dit pas un mot. Tourna les talons et partit. J'essayais de me dire que ce n'était pas grave. Mais ce vide de l'autre côté du lit me hanta le reste de la nuit.

... ANGELO

ÇA FAIT deux mois que je suis à Coda. J'essaie encore de m'habituer à être avec Zach. J'essaie encore de calmer l'oiseau dans ma poitrine.

Zach dit qu'il m'aime. Il le dit tout le temps. Je ne peux pas lui répondre, pas parce que je ne ressens pas la même chose, amis parce que je n'arrive pas à faire sortir les mots de ma bouche. Ça n'a pas l'air de le déranger.

Je vais chez lui presque tous les soirs après le boulot. Des fois il cuisine. Parfois on regarde un film, on fait un puzzle ou on voit Matt et Jared. Des fois on parle. Des fois on passe la soirée à se rouler des pelles ou à coucher. J'adore qu'on passe du temps ensemble. Je n'arrive toujours pas à croire combien tout est bien avec lui. Je n'avais jamais imaginé que l'amour pouvait rendre le cul aussi bon.

Mais toutes les nuits, il y a ce moment où je dois décider si je reste ou si je rentre chez moi. Je déteste combien c'est dur pour moi des fois. Il me demande de plus en plus de rester. Ça panique cet oiseau à la con. Plus il demande, plus j'ai envie de me tirer. Peu importe ce que j'arrive à lui offrir, il en veut encore plus. Des fois j'ai l'impression qu'il ne reste plus rien de moi à donner.

Je passe pas mal de temps avec Matt et Jared. Je les regarde. C'est clair qu'ils sont dingues l'un de l'autre. Mais ce qui m'intéresse, c'est qu'ils ne s'aiment pas de la même façon. Il y en a pas une meilleure que l'autre. Juste des types d'amour différents.

L'amour de Jared est du genre satisfait, repus. C'est comme si on lui avait donné tout ce qu'il a jamais voulu, alors maintenant il s'est détendu, il profite juste de la balade. Ce cliché sur les couples qui sont la moitié l'un de l'autre, je croyais que c'était des conneries sentimentales avant de rencontrer Jared. Matt fait vraiment partie de lui. Il sait où il est et ce qu'il fait presque tout le temps. Pas parce qu'il le surveille ; je ne crois pas qu'il se rende compte de ce qu'il fait. On dirait juste qu'il le sent. Je les ai observés, une fois, en train de cuisiner ensemble. Ils étaient chacun à un bout de la cuisine, dos à dos. Mais chaque fois que Matt se retournait pour lui filer un truc, Jared tendait déjà la main vers lui. Je sais qu'ils ne se connaissent que depuis un an et demi, pourtant je n'imagine pas Jared sans Matt. Avant il devait n'être qu'à moitié vivant.

L'amour de Matt pour Jared est complètement différent. Pour lui, ce n'est pas tant un sentiment de bonheur constant qu'une série de prises de conscience soudaines, intenses. Si on le regarde, la plupart du temps on n'imaginerait pas qu'ils sont en couple. Il passe juste du temps avec son meilleur pote. Mais une fois de temps en temps, il se tourne vers Jared et c'est comme si au lieu de son meilleur pote assis à côté de lui, il voit soudain la réponse à toutes les questions qu'il s'est jamais posées. Quand ça arrive, ça se voit sur son visage. C'est de l'émerveillement pur. Alors il ne peut pas s'empêcher de le toucher. Soudain, il faut un contact entre eux. Pour être sûr que Jared existe vraiment, j'imagine.

La façon dont Zach m'aime ressemble plus à cette façon d'aimer là. Pas exactement, quand même. Matt ne s'inquiète pas de perdre Jared. Zach s'inquiète tout le temps de me perdre. C'est qu'il n'est pas con. À mon avis, il sent qu'une part de moi flippe encore à mort. Cette petite voix en moi qui me dit tout le temps de filer à toute vitesse avant qu'il me blesse.

J'essaie de pas l'écouter. Je sais que Zach me vénère presque. L'amour de Zach est adorateur. Il ferait n'importe quoi pour moi. N'empêche, des fois cette voix est sacrément forte.

Il y a deux semaines, j'ai trouvé un second job, de la mise en rayon au supermarché trois soirs par semaines. Je sais que ça ne plaît pas à Zach. Il essaie de pas le montrer. Il essaie de me laisser de l'espace. Mais je sais aussi qu'il a l'impression que j'ai volé trois soirs au temps qu'on passe ensemble.

Il n'a pas tort.

Mais ce boulot calme l'oiseau trois soirs par semaine. Des fois pourtant, il n'y a pas grand-chose à faire. Ce soir ils me disent que je peux renter à une heure du matin. J'arrive à mon appart', j'arrive à mon lit. Il n'y a rien, à part Geisha. Ce n'est pas ici que je veux être. J'arrive chez Zach un peu avant deux heures. Il m'a filé une clef, bien sûr. J'entre, je vais dans la chambre, où il dort.

Je me déshabille et je suis sur le point de le rejoindre dans le lit quand il dit :

— Tu es là.

— Je peux ?

— Bien sûr. Je suis content que tu sois là. Je voudrais que tu sois là toutes les nuits.

Et voilà, il en veut toujours plus. Soudain je suis tellement énervé que je regrette de ne pas être habillé pour pouvoir juste ressortir. Je ne sais pas à qui j'en veux le plus, à lui d'en réclamer plus ou à moi de flipper toujours à mort. Je m'assois sur le rebord du lit, dos à lui, je mets la tête entre les mains, j'essaie de trouver quoi répondre.

— Qu'est-ce qui ne va pas ? demande-t-il tout bas, mais il y a de l'agacement aussi dans sa voix.

Soudain l'oiseau s'affole à nouveau dans ma poitrine. Je dois mettre la tête entre mes genoux, inspirer, expirer.

Il soupire. Je ne sais pas s'il nous en veut à tous les deux aussi ou seulement à moi. Il sort du lit, s'agenouille devant moi. Je me redresse. Il me regarde.

— Je n'ai même pas le droit de dire que je voudrais que tu sois là ?

— Tu n'es jamais content, hein ? je demande avec amertume. Je ne te suffirai jamais.

— Ce n'est pas ce que j'ai dit.

— C'est ce que tu voulais dire.

— Non, ce n'est pas vrai.

Je sens bien qu'il essaie de ne pas perdre patience.

— On dirait bien que je ne peux pas être ce que tu veux.

Il secoue la tête.

— C'est toi que je veux, Ang'.

— Des fois, on ne dirait pas.

— Bon Dieu, Ang' je te dis que… Si ! C'est toi qui es persuadé que je veux quelque chose que tu ne veux pas donner !

Il a l'air furieux, mais il ne crie pas. Il est assis là, à genoux devant moi, en boxer et rien d'autre.

— Il faut que tu arrêtes, Ang'. Arrête de décider que je veux dire plus que ce que je dis. Quand je dis que je voudrais que tu sois là avec moi, ça ne signifie pas que je te reproche ton absence. Je te dis juste ce que je ressens.

Il faut que j'y réfléchisse un instant. Ma colère s'évanouit super vite. Je n'y avais jamais pensé de cette façon. Chaque fois qu'il le dit, je crois qu'il est fâché. Qu'il essaie de me forcer à faire ce qu'il veut. Mais peut-être que ce ne sont que des mots. Comme quand il me dit qu'il m'aime.

— Angelo, avec toi j'ai l'impression de marcher sur des œufs. Je ne peux pas te demander de passer la nuit avec moi. Je ne peux pas venir chez toi. Je ne peux pas te dire que tu me manques. J'essaie de trouver l'équilibre entre tes limites, entre t'avoir et t'étouffer. J'ai l'impression que je n'y arrive jamais.

Je ne voulais pas qu'il le ressente comme ça. Je n'ai jamais pensé à ce que ça pouvait lui faire.

— Je ne sais pas comment tu me supportes, lui dis-je doucement.

— C'est parce que je suis dingue de toi, Ang'. Mais j'ai tellement peur de te perdre que je ne sais pas quoi faire. J'ai l'impression qu'au moindre faux pas tu es prêt à disparaître. Tu es comme un oiseau magnifique, incroyable, et d'un instant à l'autre tu t'envoleras et je ne te verrai plus jamais.

Je ne peux que sourire.

— Tu me vois comme un oiseau ?

C'est comme s'il savait, pour l'oiseau dans ma poitrine. Il le voit depuis le début.

Il répond à mon sourire, mais à peine. C'est un sourire triste. Il prend une de mes mains entre les siennes.

— Ang', si je m'approche tu seras parti avant que je dise ouf, mais si je t'enferme, tu vas te tuer contre les barreaux de la cage.

— Et moi qui ai dit que tu n'as rien d'un romantique.

— Je t'aime à en avoir mal, Ang'. Je sais que tu as horreur de l'entendre, mais…

— Non.

Je presse les doigts contre ses lèvres pour l'interrompre.

— Je n'ai pas horreur de l'entendre.

Je ne mens pas. J'adore quand il le dit. Je voudrais lui répondre sans que ce con de piaf me batte à mort.

— C'est juste que… je ne peux pas…

Je m'arrête. Je ne sais pas comment finir. Mais je n'en ai pas besoin.

Il prend mon visage entre les mains, me regarde dans les yeux.

— Tu n'es pas obligé.

— Je ne supporte pas quand tu m'en veux.

— Mais tu ne comprends pas, Ang' ? C'est ça, le problème. Parce que je ne t'en veux jamais.

— Vraiment ?

— Vraiment. J'essaie de te faire confiance et de te laisser faire les choses à ton rythme. Mais j'aimerais que toi aussi tu me fasses confiance. Je ne supporte pas de ne même pas pouvoir te dire ce que je ressens sans que tu décides que j'essaie de te forcer.

Il a raison. J'ai tout fait comme ça m'arrange et je me tire dès qu'il essaie de se rapprocher.

— Je suis désolé.

— Ce n'est pas la peine, Ang'. Mais n'aies pas si peur de moi non plus, d'accord ?

— J'essaie, Zach. Je fais tout ce que je peux.

Voilà que j'ai des larmes dans les yeux, alors je lutte contre elles. Je ne veux pas pleurer devant lui.

— Je sais.

— Je ne peux pas être encore comme eux.

Il ne demande pas de qui je parle, alors il comprend forcément que c'est de Matt et Jared.

— Je veux, hein, un jour. Je veux vraiment.

— Je comprends.

— Tu peux m'attendre ?

— Autant qu'il le faut.

— Tu m'en voudras ?

— Jamais de la vie.

— Tu peux me le dire là maintenant ?

— Je t'aime comme un fou.

— Zach ?

— Ouais ?

— Tais-toi et embrasse-moi.

Il s'exécute. Il est si tendre et si doux. Il me pousse sur le matelas, continue de m'embrasser, ses mains aimantes qui me caressent partout. Sans rien exiger. Donnant, simplement. Il murmure encore et encore à mon oreille qu'il m'aime. Et soudain un mur en moi s'effondre. Avant de comprendre, je pleure pour de vrai. Je ne veux pas, mais je n'arrive pas à retenir toutes ces larmes. Toute cette émotion que je n'imaginais pas, entassée en moi. J'ai été tellement sûr tout ce temps qu'il ne pouvait pas vraiment m'aimer. Qu'il aimait une idée qu'il se faisait de moi. Désormais toute cette tension, cette peur et cette colère, elles sortent. Je ne peux rien faire d'autre que m'accrocher à lui, et lui il continue à m'embrasser et à m'étreindre jusqu'à ce que mes larmes sèchent enfin. Jusqu'à ce qu'il ne reste que du désir.

Je nous déshabille, puis je me retourne pour être sur lui. Je sors le gel du tiroir et j'en mets sur lui.

— Tu n'es pas du tout un oiseau, dit-il soudain.

Je lui souris.

— Sans blague.

— Tu es un ange. Ta mère devait le savoir, parce que c'est comme ça qu'elle t'a appelé.

— Ça ne fait pas ça, les anges, dis-je en m'empalant sur lui, entièrement, pour le sentir m'emplir.

Je me penche pour l'embrasser, mais il m'arrête.

— Ang', est-ce que tu vas t'envoler ?

Quand on est comme ça, avec lui en moi, c'est comme si l'oiseau dans ma poitrine n'existait pas. Je l'aime tellement.

— Dis-le encore.

— Je t'aime.

— Non.

— Quoi, non ?

— Non. Je ne m'envole nulle part.

ZACH...

APRÈS CETTE nuit-là, notre relation s'améliora beaucoup. Angelo cessa d'être aussi nerveux. Il passait chez moi presque tous les soirs et restait dormir plus souvent qu'à son tour. Geisha finit même à la maison, bien qu'elle ne veuille toujours rien avoir à faire avec moi. Angelo avait toujours besoin d'espace parfois, en général une à deux nuits par semaine seulement, mais parfois plus. Je ne me plaignais jamais, mais quand il revenait enfin, je lui disais toujours combien il m'avait manqué. Il m'embrassait alors et me répondait :

— Je sais.

Le vidéo club marchait bien. Angelo s'était lâché, il avait acheté toutes sortes de films en ligne à ajouter à la collection. Nous mettions lentement en place la partie cinéma. Nous achetâmes l'équipement de projection et le fîmes installer. Nous débâtîmes toute une semaine sur le choix de larges fauteuils confortables ou de tables avec des chaises de restaurant. En fin de compte, nous décidâmes de faire les deux : nous installâmes deux rangées de fauteuils de cinéma, puis fîmes construire une estrade derrière où se trouvaient les tables. Je trouvai un traiteur pour servir le dîner. Nous attendions toujours l'autorisation de servir à manger et à boire pour tout finaliser, mais nous avions l'intention d'ouvrir le week-end de Thanksgiving.

Je m'apprêtais à fermer un mercredi après-midi lorsqu'Angelo appela.

— Tu peux me récupérer chez Matt ?

Nous fermions à tour de rôle du mardi au jeudi, il était parti à quatorze heures ce jour-là.

À mon arrivée, ce fut Jared qui ouvrit la porte.

— Ils sont là-bas, dit-il en m'indiquant le bout du couloir.

Un vrombissement bizarre en provenait. Je me dirigeai dans cette direction.

— Prépare-toi ! plaisanta Jared.

Je me demandai de quoi il parlait, mais n'eus pas à le faire longtemps.

Matt et Angelo étaient dans la salle de bain. La porte était ouverte, Ang' penché sur le lavabo. Le vrombissement provenait d'une tondeuse électrique. Matt terminait de raser les cheveux d'Angelo. Ils avaient rallongé les lames, alors ils n'étaient pas aussi brutalement courts que ceux de Matt, mais ça restait un sacré choc de voir tous ces cheveux dans le lavabo.

— Je vais chercher le balai, déclara Matt.

Il me passa devant, m'abandonnant sur le seuil à dévisager Angelo. Ses cheveux, en brosse, faisaient à peine plus d'un centimètre.

— Salut, Zach ! lança-t-il joyeusement, me souriant. Tu en penses quoi ?

Je ne pus m'empêcher de répondre à son sourire. Je les touchai. Ils semblaient plus épais désormais.

— Qu'est-ce qui t'a pris ?

Sans perdre son sourire, il haussa les épaules.

— Pourquoi pas ? Ça faisait un moment que je ne les avais pas coupés.

Il avait l'air encore plus jeune, sans ses mèches. Ses yeux paraissaient immenses. Ils étaient du brun le plus profond, bordés de longs cils noirs.

— Tu n'aimes pas ?

C'était une question tranquille. Ce n'était pas du tout de la vanité. Il s'en serait fiché si j'avais dit non.

— Si.

Ça me donnait envie de toucher ses pommettes, de l'embrasser et de le regarder dans les yeux jusqu'à la fin des temps. Je regrettais follement qu'on ne soit pas à la maison tous seuls, plutôt que dans la salle de bain de Matt et Jared.

— Ça me plaît. J'arrive à voir ton visage !

Ça le fit rire.

Matt revint avec le balai, alors je dus sortir de la salle de bain pour lui faire de la place. Jared passa derrière moi, ses boucles blondes et désordonnées pendant autour de son visage.

— Ça te va bien ! lança-t-il à Angelo.

Ang' lui tendit la tondeuse.

— À ton tour !

Matt se déplaça si vite que je me demandai presque s'il avait des superpouvoirs. Il arracha la tondeuse des mains d'Angelo et le débrancha tout d'un coup.

— N'y pense même pas ! gronda-t-il.

Jared éclata de rire.

Nous étions tout juste en train de partir lorsque Matt lança soudain :

— Angelo, attends !

Il disparut dans le couloir et revint un instant plus tard avec un livre qu'il lui tendit.

— C'est celui dont je te parlais. Tu vas l'adorer, crois-moi.

Angelo n'avait pas l'air enthousiaste. En fait il était un peu pâle. Matt n'eut pas l'air de remarquer.

— Garde-le autant que tu veux.

— Merci, répondit Angelo, mais le cœur n'y était clairement pas.

Il garda le silence pendant tout le trajet, contemplant ce livre comme s'il s'agissait d'un serpent qui risquait de le mordre.

On entend toujours parler de ces enfants qui sortent du lycée sans savoir lire, pourtant je savais que ce n'était pas son cas. Oui, il avait quitté l'école à seize ans, mais ça ne faisait pas de lui un illettré. Je l'avais vu lire les résumés à l'arrière des DVD, écrire des listes d'inventaire et j'avais lu des mots qu'il m'avait laissés. Son orthographe laissait à désirer et il n'avait pas l'air de savoir ce qu'était une apostrophe. Mais ça ne signifiait qu'il ne savait pas lire.

— Tu veux en parler ?

— De quoi ?

— Du livre.

— Il n'y a rien à en dire.

— D'accord.

Ça le tourmentait, mais il ne dirait rien avant d'être prêt, alors je patientai. Une fois de retour chez moi, j'allai dans la cuisine préparer le dîner – des lasagnes. Quelques soirs par semaine, je cuisinais moi-même. J'étais sidéré du bien que ça faisait d'avoir une vraie maison, avec une vraie cuisine. Et Ang' avec moi, au moins pour ce soir. J'ouvris une bouteille de vin et me versai un verre lorsqu'il me rejoignit.

Il m'observa quelques instants. J'attendis. Je sortis les pâtes de l'eau et grillai la saucisse, sans cesser d'attendre. Enfin, il déclara :

— Je ne peux pas le lire.

— Pourquoi ça ?

Il s'affaissa sur le comptoir. Il avait l'air si jeune et désabusé. Je ne savais pas s'il fallait rire ou l'enlacer.

— Je ne peux pas, c'est tout.

J'attendis encore, mais il semblait qu'il n'avait rien d'autre à ajouter. Je posai le fromage que j'étais en train de râper, me tournai vers lui et m'appuyai contre le plan de travail.

— Si tu n'as pas envie de le lire, ne le lit pas. Mais si tu décides de ne pas le lire parce que tu crois ne pas pouvoir, je ne suis pas certain que ce soit une raison valable.

Il me regardait d'un œil sceptique. Je me creusai la tête, bus un peu de vin et trouvai enfin quelque chose au fin fond de mes souvenirs.

— C'est comme quand Luke Skywalker apprend pour la première fois à se servir de son sabre-laser. Ben lui met un casque avec la visière baissée. Luke dit qu'il ne peut pas. Mais une fois qu'il décide de faire confiance à Ben et qu'il essaie, ça marche.

Triomphant, je lui souris. Il me rendit mon sourire à contrecœur.

— Tu es fier de toi, hein ?

J'éclatai de rire.

— Eh bien oui !

Mais aussi vite qu'il était apparu, son sourire disparut.

— Je ne veux pas que Matt sache que je ne peux pas le lire.

— Je ne comprends toujours pas trop pourquoi tu ne pourrais pas.

Il soupira et vint s'appuyer contre moi, les yeux levés vers moi. C'était étrange de voir son visage, au lieu qu'il soit dissimulé par ses mèches.

— Il faut être intelligent pour lire des livres.

— Tu ne te trouves pas intelligent ?

Il secoua la tête.

— Je n'ai même pas fini le lycée.

Pour la première fois, je n'eus pas à écarter ses cheveux pour le regarder dans les yeux.

— Je ne sais même pas par quel bout commencer, là. Premièrement, tu n'as pas besoin d'être intelligent pour lire des livres. Il y a plein d'idiots qui en lisent. Crois-moi, savoir lire ne veut pas dire savoir réfléchir. Ensuite, avoir ou non terminé le lycée ou même être allé à l'université n'a rien à voir avec l'intelligence. Oui, tu as arrêté tes études, mais Ang', tu n'es pas du tout bête. Et un truc comme ça, c'est exactement ton point fort.

— Lire ? demanda-t-il, dérouté.

— Pas lire, spécifiquement, mais comprendre les choses. Trouver leur sens profond.

Il secoua la tête et répondit avec franchise :

— Je ne vois pas de quoi tu parles.

— D'accord, je vais te le prouver. C'est quoi ce film qu'on a regardé l'autre soir, avec Mel Gibson ?

— *Signs*.

— C'est ça. De quoi ça parlait ?

Parce que sincèrement, je n'avais pas compris. Je l'avais juste trouvé bizarre.

— De la foi.

Il répondit comme si c'était la chose la plus évident au monde.

— Sérieusement ?

— Ben, ouais.

Je voyais bien qu'il ne comprenait pas pourquoi je posais la question, il continua quand même :

— Tu vois, sa femme est morte dans cet accident bizarre. Mais elle a survécu assez longtemps pour lui transmettre un message. Et même s'il a perdu la foi après ça, ce message finit par le sauver lui et sa famille. Alors peut-être que ce n'était pas un accident finalement, non ? Peut-être que c'était écrit. Et cette petite fille était flippante avec son eau, mais c'est aussi en partie ce qui les a sauvés. Des petits trucs qui finissent par les aider. C'est comme ce qu'a dit son frère : tu peux y voir une coïncidence ou tu peux croire que ça a un autre sens. Alors à la fin, il retrouve la foi.

— Ang', tu sais ce que je croyais que c'était ?

— Quoi ?

— Des extra-terrestres.

Il éclata de rire.

— Ouais, d'accord, mais en fait pas vraiment !

— C'est de ça dont je parle, Angelo. J'ai fait spécialité littérature au lycée et j'en ai fait à la fac, mais toutes ces conneries de thèmes et de symbolisme, je n'y ai jamais rien compris. J'ai toujours pensé que c'était n'importe quoi. Mais toi, tu comprends.

Il prit l'air pensif. Je voyais les petits rouages tourner dans son regard sombre.

— Je peux compter sur les doigts de la main le nombre de bouquins que j'ai lu depuis la fac, alors tu ne vas pas baisser dans mon estime si tu ne veux pas le lire. Mais tu devrais essayer. Ça pourrait te plaire. T'ouvrir un tout nouveau monde.

Je l'avais presque convaincu. Ça se voyait. Il avait envie de me croire.

— Lis le premier chapitre pour voir. Si tu n'aimes pas, alors arrête. Qu'est-ce que tu as à perdre, Ang' ?

Soudain il me sourit, un vrai sourire, sans plus aucun doute dans son regard. C'était magnifique à voir.

— Zach…

Il passa les bras autour de mon cou et me regarda droit dans les yeux. Je savais ce qu'il essayait de dire. Il ouvrit même la bouche, mais c'était comme si les mots étaient incapable de sortir de sa gorge.

Je l'enlaçai et l'embrassai.

— Je sais.

Il appuya la tête contre ma poitrine, et nous restâmes un instant là. Puis il me sourit soudain et se mit à déboutonner mon pantalon. J'en durcis immédiatement. J'essayai de l'embrasser, mais il s'écarta et s'agenouilla devant moi. Il baissa mon pantalon juste assez pour qu'il ne gêne pas, puis sa bouche fut sur moi.

J'étais convaincu que personne au monde ne savait faire une fellation comme Angelo. C'était incroyable. Je n'avais jamais su faire de gorge profonde, mais lui oui. Il me suça entièrement, je dus m'agripper au comptoir pour ne pas tomber. Il avait cette façon mystérieuse de donner l'impression que la langue titillait constamment ce point sensible sous ma fente, même quand j'étais si loin dans sa bouche que j'en sentais son nez contre mon pubis. Je lâchai le comptoir d'une main, mais sans savoir quoi en faire. Je voulais le toucher, mais je savais que je ne devais pas lui toucher la tête. Je me contentai d'agripper son tee-shirt. Il passa les mains de mes cuisses à mes hanches, sur mon ventre, puis les redescendit. C'était fabuleux, sa bouche chaude et ce qu'il faisait avec sa langue. Je voulus lui dire avant de jouir, mais je ne réussis qu'à étrangler son nom avant d'être emporté.

Lorsque je repris mes esprits, on aurait dit que des siècles s'étaient écoulés. Il était debout devant moi, me retenant à moitié. Sa chemise était déboutonnée et il embrassait mon torse. Je l'enlaçai et tendis la main vers sa ceinture.

— Dis-moi ce que tu veux, Ang. Je ferais tout ce que tu veux.

Il leva alors les yeux vers moi, et peu importe qu'il puisse ou non prononcer les mots, ils étaient écrits dans son regard. Il repoussa ma main.

— Tu l'as déjà fait, Zach.

Je réussis enfin à préparer les lasagnes et emportai mon verre de vin dans le salon. Il était sur le canapé. Il lisait.

... ANGELO

JE ME réveille dans le lit de Zach, tôt le dimanche matin. On s'est écartés l'un de l'autre pendant la nuit, comme d'habitude.

Je ne passe pas toujours la nuit ici. Des fois, il faut que je rentre à la maison. C'est la nuit que c'est le plus dur, d'empêcher ce con d'oiseau de s'affoler suffisamment longtemps pour m'endormir. Mais le matin, c'est facile. J'adore entendre Zach respirer à côté de moi à mon réveil.

Je le regarde dormir un instant. Il commence à avoir de toutes petites rides au coin des yeux. Il jure qu'il a trouvé un cheveu gris l'autre jour. Il rigolait, mais ça se voyait que ça le perturbait un peu.

J'ai vu des photos de son père. Il a les même cheveux bruns que Zach mais avec du gris sur les côtés. Je sais que Zach sera comme ça aussi. Il sera toujours aussi mignon, mais un peu plus distingué. Ça va être super sexy. J'aime bien me dire que je serai là pour le voir.

Je me rapproche, le secoue un peu. Il se réveille juste assez pour passer un bras autour de moi et m'attirer tout contre lui. Câliner. C'est niais comme expression. Je ne le dirais jamais à voix haute, mais c'est ça le mot, et c'est mon moment préféré du matin. J'adore son corps contre le mien, son petit soupir quand il se relâche et le moment où je sens qu'il se réveille pour de vrai et durcit contre moi.

Il émet ce son que j'adore : mi-soupir, mi-gémissement. Il resserre les bras autour de ma taille, puis il me donne un coup de rein.

— Désolé de te réveiller, je dis en souriant.

Je sais qu'il sourit aussi quand il répond :

— Menteur. Tu adores me réveiller.

Bien sûr, il a raison.

Je me presse à nouveau contre lui, et cette fois il gémit pour de vrai.

— Je peux arrêter et te laisser te rendormir.

Des fois ça arrive. Des fois on se titille seulement un peu avant de se rendormir ensemble. Mais aujourd'hui il rigole et dit :

— Pas question, mon ange.

Des fois il m'appelle comme ça, maintenant. C'est con, mais ça me fait toujours sourire.

On peut passer un temps fou comme ça, juste à se presser l'un contre l'autre. Au bout d'un moment il baisse mon boxer, puis le sien. Il me retourne lentement sur le ventre. Son poids sur mon dos, c'est de la pure perfection.

— Ang', me demanda-t-il tout bas, tu veux bien ?

Il demande toujours. C'est bizarre, quand même, mais c'est mignon.

— Oui.

Il sort le gel du tiroir. Il est toujours sur moi, à m'embrasser la nuque. Puis je sens un doigt glisser en moi. Je retiens un instant ma respiration, il gémit en réponse. Des fois il m'excite comme ça jusqu'à l'orgasme, rien qu'avec ses doigts contre ce point sensible en moi, pendant que je me frotte contre le lit. Mais pas aujourd'hui.

Son doigt disparaît, puis sa verge pousse contre moi. Il est incroyablement, horriblement lent. Pas de coup de rein. Il pousse doucement, un petit mouvement à la fois. Il m'embrasse toujours la nuque et me murmure qu'il m'aime. Bougeant à peine, juste à peine contre moi. C'est la plus douce des tortures. Je résiste à l'envie de me presser contre lui, mais l'attente me fait gémir un peu.

— J'adore quand tu fais ça, dit-il, puis il me pénètre encore un tout petit peu.

Il est à moitié en moi maintenant, et je suis à deux doigts de l'orgasme. Je me sens tellement écarté, tellement étreint que j'arrive à peine à respirer. C'est délicieux et terrifiant à la fois. Je ne sais pas si je dois le supplier de continuer ou de me prendre pour de vrai pour que je jouisse enfin.

— Zach ? je murmure.

— Chhhut.

Un autre petit coup.

— Comme ça, Ang'.

Il glisse la main sous mon ventre, jusqu'à ma verge.

— Est-ce que je peux te faire jouir comme ça ?

Il referme la main sur moi, il me caresse à peine.

— Juste comme ça ?

— Oui !

C'est presque un sanglot.

— Parfait. Je ne suis pas loin non plus, Ang'.

Sa main bouge, me touche, me caresse comme il faut, exactement comme j'aime. Il me connaît si bien. Puis il donne ce dernier petit coup et ça suffit. C'est fantastique, un soulagement aussi, rapide, aussi puissant.

341

Je retiens ma respiration si longtemps que je commence à voir des points noirs. Mon corps se resserre sur lui, et il jouit à son tour.

Je réussis enfin à reprendre mon souffle. Il est toujours sur moi, à couvrir ma nuque et mes épaules de baisers.

— Demain je te laisse dormir, je lui dis.

Il se marre.

— J'espère que non !

Il roule sur le côté et je sors du lit. Mais lui non. Dans une heure ou deux, il ira courir, mais pour l'instant il tire les draps par-dessus sa tête et se rendort tout de suite. Comme toujours. Un truc de plus que j'aime chez lui.

Un peu plus tard dans la matinée, je traîne encore sur le canapé en survêtement quand Matt frappe à la porte. Je sais tout de suite que c'est lui parce que n'importe qui d'autre aurait sonné. Au lieu de ça Matt la cogne, comme si elle l'avait personnellement insultée et qu'il est là pour la remettre à sa place. Sûrement un truc qu'on apprend à l'école des flics.

Et bien sûr, quand j'ouvre la porte, c'est lui, appuyé contre l'encadrement, Jared derrière lui.

— C'est quoi ton problème ? je demande.

Jared a l'air un peu surpris, mais Matt hausse seulement les sourcils. Il ne répond jamais à mes provocations.

— Habille-toi, me dit-il avant de rentrer dans la maison. Mets un truc chaud.

— On va où, putain ?

— À l'église ! s'exclame Jared avec beaucoup trop d'enthousiasme.

Surtout qu'il ne croit pas en Dieu.

— Tiens, tu peux mettre ça.

Et il me tend un tee-shirt des Broncos de Denver.

— Quoi ?

C'est tout ce que j'arrive à dire.

— On a un ticket en plus pour le match, m'annonce Matt. Va t'habiller. Il ne faut pas qu'on manque le coup d'envoi.

Dans la chambre, Zach est à nouveau réveillé. Probablement depuis que brute épaisse a cogné à la porte.

— Qu'est-ce que Matt fait là à cette heure-ci ? me demande-t-il.

Je rampe sur le lit, je m'allonge sur lui pour le regarder dans les yeux.

— Je peux prendre un jour ?

Ça le fait marrer. Il trouve ça toujours drôle quand j'agis comme s'il est mon boss et pas mon mec. Il est les deux, bien sûr, mais je suis content qu'il ne laisse pas l'un influer sur l'autre.

— Sérieusement, Zach. Ils veulent m'emmener au match de foot, mais je suis censé bosser aujourd'hui.

Il m'enlace, me caresse un peu du bout du nez.

— J'imagine que je survivrai une journée sans toi.

Il glisse les mains le long de mon dos, sous mon pantalon. Il n'y a qu'un drap entre nous, il se frotte un peu contre moi. Ça ne fait que deux heures, mais il est déjà prêt à y retourner.

— Tu es sûr que ça ne te gêne pas ?

En fait, il me donne des idées sur tout ce qu'on pourrait faire d'autre ce matin.

— Ça ne me gêne pas, murmure-t-il.

Il me serre plus fort contre lui et se frotte encore contre moi, puis il me fait un sourire malicieux.

— Mais tu devras te faire pardonner plus tard.

— Promis, je lui réponds en lui souriant.

C'est là que Matt hurle depuis le salon :

— Ça suffit, tous les deux ! Ang', on doit y aller !

Zach rigole et me lâche. Je m'habille, l'embrasse une dernière fois avant de partir. Puis on grimpe dans la voiture de Jared, moi à l'arrière, en route pour Denver.

— Désolé de prévenir au dernier moment, me dit Jared. Ça aurait dû être la place de Brian, mais il est malade.

— En plus, ajouta Matt par-dessus son épaule, il veut pouvoir changer de chaîne quand les Colts botteront le cul des Broncos.

Jared le fusille du regard, ça me fait marrer.

On laisse la voiture à un parking en-dehors de la ville et on prend le bus jusqu'au stade, Jared m'assure que c'est beaucoup mieux que de se garer dans le centre. Je suis surpris en arrivant. J'ai déjà vu le stade d'Invesco Field, mais jamais d'aussi près. Bizarrement, il est plus grand que je l'avais jamais imaginé. La fête qui bat son plein tout autour du stade me surprend aussi.

Matt et Jared parlent de Peyton Manning et de rush et d'équipes spéciales et d'un tas de trucs qui pourraient tout aussi bien être du chinois pour moi. Peu importe. Ce n'est pas comme si je les écoutais. Je suis trop occupé à observer tous ces gens. On dirait un cirque de bleu et d'orange. Tout le monde est à fond, on ne peut pas s'empêcher de se sentir un peu entraîné.

Mon enthousiasme redescend quand on rentre et qu'on se met à grimper. Et grimper, grimper, grimper. Il y a un escalator, mais il y a une immense queue de gens qui attendent de le prendre. Matt et Jared ne le regardent même pas. Ils le dépassent complètement et bien sûr je les suis. On monte, on monte, on monte.

— Putain, mais on est assis où ? je finis par demander.

— Cinquième niveau, me répond Jared. Au milieu de l'extrémité nord. C'est là qu'ils filment les coaches, tu sais. Ce sont en fait de très bonnes places.

— En plus, me souffle Matt, elles ne sont pas chères.

Jared se marre.

— Aussi !

On arrive enfin à nos sièges et on fait signe à un vendeur de bière. Le meilleur moment de tout ce truc, c'est avant le match. L'équipe sort, et puis une fille avec une voix de fou chante l'hymne nationale. Ensuite les jets nous survolent. Ils arrivent du sud, alors on les voit bien : droit sur nous et par-dessus nos tête, si près qu'on sent carrément le vent qu'ils dégagent et si bruyants que le stade en tremble. La foule se déchaîne, ça suffit presque à me filer la chair de poule.

Le match commence enfin. Je ne suis pas vraiment un fan de foot, alors des fois j'ai du mal à comprendre ce qu'il se passe. Il y a des moments où je voudrais demander à quelqu'un ce qui vient de se passer. Mais il n'y a personne. Je ne sais pas comment on s'est retrouvé avec Jared au milieu, Matt et moi à l'encadrer. Jared est tellement pris par le match que je n'essaie même pas de lui parler. Je vais certainement pas causer à la bonne femme complètement cinglée qui est de mon autre côté. Elle a de la peinture bleue et orange sur tout le visage et elle n'a pas arrêté de crier. Elle me fait flipper. Je regrette que Matt ne soit pas assis à côté de moi. C'est aussi un grand fan, mais son équipe ne joue pas, alors au moins il m'aiderait à piger ce qui se passe.

La mi-temps arrive enfin.

— Tes boulets sont en train de perdre ! jubile Matt, balançant à Jared ce demi-sourire mal foutu au lieu d'un vrai. C'est toi qui payes, on dirait bien !

Jared râle mais tend ses jumelles à Matt et va acheter de la bière. Après son départ, je vois que Matt se sert des jumelles pour scruter un truc sur le terrain.

— Qu'est-ce que tu regardes ?

— Les pom-pom girls, me répond-il sans quitter le terrain des yeux. Quoi d'autre ?

Et effectivement, quand je fais enfin attention, je les vois danser dans la zone en-dessous de nous.

— Sérieusement ?

Il baisse les jumelles et me regarde comme si je lui avais demandé si le ciel est bleu.

— Ouais, pourquoi ?

— Tu mates vraiment des meufs ?

Il rougit un peu sans répondre. Il m'a dit qu'il était hétéro avant Jared. N'empêche, tout ce temps je pensais qu'une fois qu'il avait décidé d'être avec Jared, il était devenu homo comme nous autres. Je n'aurais jamais imaginé qu'il préfère encore les femmes.

— Tu mates aussi les mecs ?

Il s'appuie au dossier de son siège et secoue la tête.

— Non.

— Et Jared ?

— Quoi Jared ?

— Tu le mates, non ?

Il hausse les épaules.

— Ce n'est pas pareil.

— Comment ça ?

— Ce n'est pas pareil, c'est tout.

Il se met à gratter l'étiquette de sa bouteille de bière, comme il fait toujours quand il est mal à l'aise.

— Parce que je suis avec lui. Et à cause de ce que je ressens pour lui.

— Mais il t'attire, non ?

Il me jette un regard de côté, exaspéré, et recommence à gratter l'étiquette.

— Tu sais bien que oui.

— Tu aimes le mater ?

— Bien sûr.

Il a l'air sur la défensive, maintenant, je me demande s'il vaudrait mieux que je lâche l'affaire. Mais je n'y arrive pas.

— Tu sais qu'il est bandant, non ?

Il tourne la tête vers moi si vite que j'ai cru qu'il allait avoir le vertige.

— Quoi ?

— Jared, il est bandant. Tu le sais, non ? Il a ce côté surfer. Bien foutu grâce à tout ce vélo. Sourire superbe. Toutes ces taches de rousseurs.

Plus je parle, plus il est mal à l'aise. Et plus que ça, je crois qu'il s'énerve. Je n'ai encore jamais vu Matt perdre son sang-froid. Je sais que je ne devrais pas, mais maintenant que j'ai trouvé son point faible je ne peux pas m'empêcher de l'exploiter.

— Il a des taches de rousseurs partout ? Il a un joli petit cul, alors… S'il a des taches de rousseurs dans le dos aussi, j'imagine bien que…

— Non mais ça va pas ? explose Matt, m'interrompant.

Il ne crie pas, mais il est écarlate, et clairement perturbé.

— Arrête de parler de lui comme ça !

— Comment ? je demande, aussi innocemment que possible.

Il bredouille un instant, il essaie de trouver quoi répondre. Finalement il lâche :

— Tu l'as reluqué ?

Là je me marre.

— Bien sûr ! Et alors ?

— Alors, tu n'as pas intérêt à le toucher !

— Je regarde juste.

— Alors arrête de regarder !

— Tu as peur que je te le pique ?

Il se retourne vers le terrain, se ratatine sur son siège et garde le silence. J'ai du mal à ne pas rigoler. Jared revient là-dessus. Il nous regarde à tour de rôle, moi qui lui sourit de toutes mes dents et Matt qui a quasiment de la fumée qui lui sort par les oreilles, et demande :

— Qu'est-ce qui se passe ?

— Je disais juste à Matt que…

— Rien ! m'interrompt sèchement Matt.

Jared se tourne vers moi, je lui souris.

— Ça doit être rien, alors.

Il a l'air amusé, mais il nous tend chacun une bière et fait mine de s'asseoir à sa place entre nous. Matt saute sur ses pieds comme un diable saute de sa boîte.

— Non !

Jared se fige, à moitié assis, et cette fois je rigole vraiment.

— Qu'est-ce qui ne va pas ?

Ça se voit que Matt regrette un peu son exclamation, mais autant dire quelque chose, maintenant.

— Assieds-toi là, dit-il à Jared en montrant sa place à lui. Je veux être à côté d'Angelo.

Jared a l'air un peu paumé, et qui peut le lui reprocher ? Matt est clairement furax contre moi, mais voilà qu'il veut s'asseoir à côté de moi ? Pourtant il ne proteste pas et ils échangent de place.

En s'asseyant, Matt me foudroie du regard. Il fait exprès de ne pas me parler, je n'insiste pas. Je reste là, à boire ma bière, et j'attends.

Pas besoin d'attendre longtemps. Rapidement, je le vois mater Jared. Il le regarde un peu de côté, du coin de l'œil. Jared surveille le terrain où les joueurs sont en train de revenir alors il ne remarque rien. Mais moi je le vois. Matt affiche à nouveau cet air émerveillé, comme à chaque fois qu'il se rappelle combien il l'aime. Enfin, il se penche vers Jared, attrape une de ses mèches et murmure quelque chose à son oreille. Jared sourit et rougit jusqu'à la racine des cheveux, ce qui, pour dire vrai, est carrément trop mignon à voir. Matt le relâche et s'appuie contre son siège à côté de moi.

Il soupire et me jette un regard méfiant.

— Tu es un trou du cul, me dit-il, mais il plaisante à moitié.

Il revient à la normale.

— Je sais.

Je le laisse tranquille quelques minutes. J'attends qu'il se détende encore un peu, puis je dis :

— Tu sais que je déconnais, hein ?

Il soupire et répond avec résignation :

— Je sais.

— Tu t'es complètement fait avoir.

Il lève les yeux au ciel.

— Je sais.

— Tu sais que Jared est tellement dingue de toi qu'il ne regarderait jamais un autre mec, hein ?

Il sourit un tout petit peu.

— Ouais.

— Tu sais que tu fais cent-cinquante kilos de plus que moi et que tu pourrais probablement me rétamer la gueule si je tentais quoi que ce soit, hein ?

Il me regarde enfin et sourit.

— Comment ça, probablement ?

Je me marre.

— On fait la paix ?

347

Parce que même si j'adore le voir perturbé, en vérité je ne veux pas qu'il m'en veuille vraiment.

— Ouais, répond-il en se tournant vers le match. On fait la paix.

Il boit un instant sa bière en silence, puis il me donne un coup de coude.

— Au fait, Angelo ?

— Ouais ?

— Pas beaucoup de taches de rousseur. Mais il a un immense tatouage entre les omoplates. Même plus grand que le tiens.

— *Jared* ? je demande, stupéfait.

— Ouaip.

— De quoi ?

Il me fait un sourire malicieux.

— Ça, je ne te le dirais pas.

Ça me fait rigoler.

— Mais c'est sexy, non ?

Il me fait un clin d'œil.

— Tu n'imagines même pas !

Et la deuxième mi-temps commence. Mais cette fois je peux parler à Matt. Et bien sûr, c'est ce que je voulais depuis le début.

APRÈS LE match, Jared me laisse le siège avant. Il a bu plus que Matt ou moi au match. Il s'allonge autant que possible à l'arrière et s'endort avant même qu'on soit sorti de Denver.

— Est-ce que vous venez chez Lizzy pour Thanksgiving, Zach et toi ?

Lizzy nous invite à dîner au moins une fois par semaine depuis qu'on a emménagé à Coda. Au début j'avais horreur de ça. Être assis là avec la putain de petite famille parfaite de Jared. Lizzy qui sait toujours tout mieux que tout le monde. Les mères de Jared et de Matt qui essaient toujours de me parler. Au début, j'ai refusé d'y aller. Mais après j'ai vu combien Zach détestait s'y rendre sans moi. Il essaie de ne pas me le montrer, mais en vrai il est nul pour cacher ses sentiments. Alors maintenant j'y vais.

Ces derniers temps, ce n'est pas trop mal. J'ai commencé à m'habituer à Lizzy et aux mères. À piger comment faire partie du tout. Plus important, à voir que la famille de Jared est pas aussi parfaite que ça. Je ne peux pas l'expliquer, mais ce simple truc fait toutes la différence pour moi. Des fois ils se chamaillent. Des fois ils se disent des trucs blessants. Une fois la mère de Matt a fait un commentaire à la con, comme quoi elle regrettait quand même de ne pas avoir des petits-enfants à elle. Je ne crois pas qu'elle se rendait compte de combien ça blesserait Jared, d'entendre ça. Comme si elle le lui reprochait. Il a quitté la table, sa mère a rabroué celle de Matt, qui s'est mise à pleurer. Lizzy s'en est mêlée. Assez vite on aurait dit que Zach et moi on était les seuls à ne pas en avoir après quelqu'un.

Bizarrement, tout s'est réglé. Quand Lizzy a apporté le dessert, tout le monde souriait à nouveau.

Juste comme ça.

Quoiqu'il arrive, ils se pardonnent toujours.

Matt attend toujours ma réponse, alors je dis :

— Ouais, a priori on vient.

— Bien.

Il me fait un clin d'œil.

— Je passerai un meilleur moment si tu es là.

Je suis presque sûr qu'il dit ça pour que je vienne, mais je ne commente pas.

— Tu t'entends bien avec ta mère ?

Ma question a l'air de le surprendre. C'est vrai qu'elle sort un peu de nulle part. Mais il enchaîne :

— Ça va, oui. Ça n'a pas toujours été comme ça. Surtout quand elle était toujours mariée à mon père. Mais ça va beaucoup mieux maintenant.

— Tout ce qui s'est passé avant… vous faites comme si ce n'était pas arrivé ?

Il haussa les épaules.

— Autant qu'on peut, en quelque sorte. J'ai passé l'éponge. C'est ma mère, après tout.

— Et ton père ? Tu crois que tu lui reparleras un jour ?

Il me regarde d'un air bizarre, mais répond quand même :

— J'imagine que ça dépend de lui.

— Pourquoi ?

— Pour beaucoup de raisons, vraiment, mais la plus importante, c'est Jared.

— Il n'aime pas Jared ?

— Il n'aime pas le fait que Jared et moi on soit ensemble.

— Alors s'il s'en remettait, tu lui pardonnerais ?

Cette fois il me regarde vraiment bizarrement.

— C'est quoi toutes ces questions, Angelo ?

349

Je hausse les épaules et je me détourne de lui. On est maintenant sortis de Denver, en route pour les montagnes, alors je regarde les arbres défiler par la fenêtre.

— Tu penses à contacter ta mère ?

Je ne réponds pas. Je n'ai plus besoin. Il me connaît trop bien.

— Elle a fait le premier pas, Angelo. Ça demande un sacré courage, si tu veux mon avis.

— Je suis à peu près certain de ne pas te l'avoir demandé.

Bien sûr il ne se laisse pas avoir. Il continue à parler comme si je n'avais rien dit.

— Certaines blessures prennent plus de temps à guérir que d'autres, Angelo. Tu n'as à lui pardonner tout de suite. Mais c'est ta mère.

Je ne lui réponds pas, alors soudain il me donne un coup de poing dans le bras, juste pour avoir mon attention. Il veut être sûr que je l'écoute. C'est censé être un petit coup amical, mais je vais probablement finir avec un bleu. Il attend que je le regarde dans les yeux. Puis il dit :

— Ça ne peut pas faire de mal de lui donner une seconde chance, si ?

C'est la question à un putain de million de dollars, non ? En tout cas, je n'ai pas la réponse.

ZACH…

— TU SAIS que Matt a jamais été avec un autre mec que Jared ? Que des filles avant lui.

Nous étions au lit, il était à moitié allongé sur moi, le menton sur mon torse.

Je repensai à ce qu'Angelo avait dit à Folk Fest, que Matt était l'homo le plus hétéro qu'il avait jamais rencontré. Je ne l'aurais pas dit de cette façon, mais je voyais exactement ce qu'il avait voulu dire.

— Ça explique pas mal de choses.

Angelo prit l'air pensif avant de demander soudain :

— Tu as déjà été avec une fille ?

Cette question me surprit.

— Oui. Ça fait longtemps, mais au lycée et à l'université, j'ai couché avec quelques filles.

— Et tu as joui ?

Il était si sérieux que je m'empêchai de rire.

— Bah, oui. Ce n'était jamais aussi bien qu'avec d'autres hommes, mais ça allait, plus ou moins.

Il eut encore l'air de réfléchir.

— Tu n'as jamais été avec une fille ?

Il secoua la tête.

— Tu as toujours su que tu étais gay ?

Il haussa les épaules.

— Je crois, ouais.

Il garda un instant le silence.

— Je n'y avais jamais vraiment réfléchi avant le premier mec. J'avais d'autres problèmes. Passer d'un foyer à un autre. Changer de bahut tout le temps. Quand je m'habituais à un, ils me bougeaient ailleurs. Jamais eu d'amis. J'ai planté toutes mes classes. Rien que d'être un gosse placé en famille d'accueil, on aurait dit que ça suffisait aux profs pour décider que j'étais un raté, avant même que j'aie l'occasion de ne pas en être un. Dans tous les bahuts, des connards de footeux essayaient de montrer combien ils étaient forts en me cherchant des noises. Je n'avais pas encore appris à me battre. Ou à ne pas me battre. J'étais encore plus petit, à l'époque. Alors j'allais où on me disait d'aller et je ne me faisais pas remarquer. Je ne pensais pas vraiment ni aux mecs ni aux nanas, en fait. Pas que je m'en souvienne.

Il fit une courte pause puis reprit.

— Juste avant d'avoir seize ans, on m'a placé dans une nouvelle famille. Ils avaient un fils. Bobby. Il avait dix-sept ans. On partageait une chambre. Un matin je me suis réveillé et je l'entendais… se masturber, tu sais ? Ça m'a excité alors je me suis retourné pour le regarder. Il a vu que je le matais. Il a dû se rendre compte que ça me plaisait parce qu'il a repoussé les draps pour que je voie tout. Quand il a joui, moi aussi, sans même me toucher. Alors, cette nuit-là, quand on est allés se coucher, il a recommencé, mais il a dit : 'Fais-le aussi'. On s'est masturbés en se regardant. Et le lendemain matin aussi. Le soir d'après, on a recommencé, mais là il s'est mis dans mon lit. Au début on s'enlaçait mais on ne se touchait pas. C'était déjà vachement excitant, mais soudain je l'ai senti me prendre le sexe.

Au fur et à mesure qu'il parlait, Angelo s'empourprait lentement. Je le sentais durcir contre ma jambe.

— Je crois que j'ai tenu deux secondes à peine après ça.

Il cligna des yeux vers moi puis les ferma, comme s'il avait honte et ne pouvait pas me regarder en face.

— Ça fait onze ans et je me souviens quand même exactement de ce que j'ai ressenti la première fois qu'il m'a touché.

— Il n'y a pas de quoi avoir honte, Ang'.

Il rouvrit les yeux.

— Je me sens coupable. Ça m'excite encore d'y penser. J'ai l'impression que ça ne devrait pas, maintenant que je suis avec toi.

Je lui souris.

— Ne sois pas ridicule. Moi aussi ça m'excite et je n'étais même pas là !

Ça sembla le réconforter.

— Tu l'aimais ?

— Oh non. Ce n'est pas comme si on était potes. On se parlait à peine. On se masturbait juste ensemble.

— C'était ton premier ?

— Premier que j'ai baisé ? Non, on ne l'a jamais fait. Tout le reste oui, par contre.

— Qu'est-ce qui s'est passé ensuite ?

352

— Deux semaines après que j'ai eu seize ans, sa mère nous a surpris. Elle a complètement pété un plomb. Elle m'a traité de pervers et de monstre. Elle a dit qu'elle appellerait les services sociaux à la première heure pour qu'ils me foutent ailleurs. Je me suis dit, pas question d'aller encore dans une autre famille d'accueil. Alors j'ai fait mes bagages et me suis tiré. Je ne l'ai jamais revu.

Je me demandais si je m'habituerais jamais à son passé et cette façon pragmatique qu'il avait d'accepter des choses qui semblaient si difficiles. Ça me rendait fou que personne ait été là pour le défendre.

— Je suis désolé, Ang'.

— Ce n'est pas la peine.

Il haussa les épaules et me fit un petit sourire.

— C'est sans importance. En fait c'était plus facile pour moi. Imagine ce que ça a dû être pour Bobby après ça. Devoir affronter sa mère. Je n'ai jamais eu à en parler à ma famille, de tous ces trucs-là. Je n'ai jamais eu de crise d'identité sexuelle comme certains mecs quand ils se rendent compte qu'ils sont homos. J'étais tout seul, je savais ce que j'aimais et c'est tout, tu vois ?

Pendant un instant, il eut l'air perdu dans ses pensées. Puis il m'accorda à nouveau son attention.

— Ça ne te gêne pas, que je parle de Bobby ?

— Non. Si c'était arrivé récemment, ça me gênerait peut-être plus. Mais c'était il y a longtemps. Toi et moi on sait qu'on n'était pas puceaux quand on s'est rencontrés. On a clairement un passé avec d'autres gens.

Son visage s'assombrit. Il monta sur moi, se redressa pour qu'on soit les yeux dans les yeux.

— Ne parle pas des tiens.

— D'accord.

Il m'embrassa brutalement, avec une férocité que je n'avais jamais ressentie en lui avant. Puis il me dit d'une voix rauque :

— Maintenant, tu es à moi.

— Plus que tu le crois, Ang'. Je n'ai jamais aimé quelqu'un comme je t'aime.

Avant qu'il s'inquiète de le dire à son tour ou non, je pressai la main contre son érection.

— Dis-moi ce que tu veux, Ang'. Quoi que ce soit.

Son regard s'enflamma de désir, de quelque chose de plus primitif et de plus possessif que ce que je voyais d'habitude chez lui. Il me regarda droit dans les yeux et me demanda de sa voix rauque :

— Quoi que ce soit ?

Je n'hésitai pas. Il n'y avait rien qu'il puisse me demander que je ne veuille pas lui donner.

— Oui.

C'était comme si quelque chose s'était libéré en lui. Soudain, il me poussa brutalement sur le ventre. Il ne m'avait jamais pris. Je l'aurais laissé faire n'importe quand, mais c'était la première fois qu'il semblait en avoir envie. Je l'entendis fouiller dans le tiroir près du lit, puis un instant après il ouvrit le tube et se prépara. Puis il attrapa mes hanches, me força à me mettre à genoux et sans prévenir il s'enfonça, d'un coup, jusqu'au bout. Il n'était pas large, mais long, je luttai pour me relâcher autour de lui.

Il s'arrêta là, enfoui en moi jusqu'à la garde. Il s'appuya contre mon dos et gronda :

— Tu es à moi, Zach.

Il me mordit l'épaule, à la base du cou et suça brutalement. C'était douloureux, mais en même temps, c'était comme s'il avait allumé une braise en moi. Elle brûlait lentement, enflammant mon corps tout entier. Il était toujours profondément en moi. Je gémis et fis mine d'empoigner ma verge. Il m'arrêta.

— Non.

Je protestai.

— Ang', s'il te plaît…

— Non.

Il traça de sa langue le haut de mon échine. Il passa la main sur mon ventre sans jamais toucher mon sexe gonflé. Puis sa bouche se fixa sur mon autre épaule et cette douleur délicieuse reprit. Je haletais, essayais d'en avoir plus, de pousser contre lui, de faire en sorte que le plaisir à l'intérieur soit égal à la douleur dehors, mais il restait immobile. Il lâcha ma nuque.

— Dis-le, Zach.

— Je suis à toi.

Finalement, son poids disparut de mon dos. Il referma sa main toujours humide de gel autour de ma verge. Je criai. Il m'accorda quelques caresses, puis se retira presque entièrement, avant de donner des coups de rein, lents et délibérés. Je n'arrivais même plus à me tenir. Je dépliai les coudes, appuyai la tête contre le matelas et tentai de tenir le coup. Chaque fois, il se retirait

354

presque entièrement avant de s'enfoncer à nouveau, ce qui poussait mon sexe dans sa main. Après la douleur et l'attente, c'était presque plus que ce que je pouvais supporter. Son poing sur moi était déjà humide, je sentais une pression au plus profond de moi lutter pour se libérer.

— Bon Dieu, Ang'.

— Pas encore, Zach.

J'essayai de m'accrocher, m'entendis gémir. Cela déclencha quelque chose en lui. Ses coups de rein se firent plus brutaux. Je m'agrippai aux draps, tirais, tentai de trouver un appui mais il me mit à plat sur le matelas, allant et venant de plus en plus brusquement, sa main sur moi était vive et impatiente, il me mordit l'épaule à nouveau. J'ai peut-être crié. J'en ai peut-être seulement eu l'impression. Puis il pulsa en moi et je lâchai enfin prise. Je laissai enfin la vague de plaisir me noyer, c'était si intense que je crus voir des étoiles.

J'avais à moitié sorti les draps du lit. J'avais la tête sur le matelas nu. J'étais allongé dans l'humidité collante de mon sperme. C'était sans importance. J'étais incapable de bouger. Encore moins de penser. Le sommeil m'emportait déjà.

Angelo était toujours sur moi. Il reposa la tête contre mon épaule.

— Tu es à moi, murmura-t-il.

— Oui, répondit-je sur le même ton.

Il soupira et je sentis son corps se détendre contre le mien. Il embrassa ma nuque, doucement puis ajouta tout bas :

— Je t'appartiens aussi, Zach.

Tout ce que je réussis à dire avant de m'endormir fut :

— Je sais.

À MON réveil le lendemain matin, il était déjà levé. Il était assis sur le canapé, un livre à la main, et Geisha sur les genoux. Bien sûr, elle en sauta et quitta la pièce dès qu'elle me vit. Je montai sur le canapé et m'étirai, la tête sur ses cuisses. Lorsque je levai les yeux vers son visage, il avait les paupières fermées.

— Il va falloir qu'on lave les draps, aujourd'hui, dis-je d'un ton léger.

Il sourit presque. Il rouvrit les yeux et me regarda d'un air embarrassé.

— Tu es fâché ?

— Tu plaisantes, Ang' ? Même pas en rêve. Ne me dis pas que tu te sens mal à cause de la nuit dernière.

355

— Un peu.

— Tu ne devrais pas. C'est moi qui devrais m'excuser. Je crois que c'est mal vu de s'endormir aussi vite après. Tu es censé exiger un câlin d'abord.

Il me fit son sourire en coin.

— Je ne suis pas une nana.

— À aucun moment la nuit dernière je me suis dit que c'était une fille derrière moi.

À ces mots, il sourit enfin.

— Je suis en train de choisir duquel de mes anciens amants je vais te parler d'abord pour que tu redeviennes aussi jaloux et possessif.

Il secoua la tête.

— Tu t'es regardé dans une glace ?

— Non.

— Heureusement que tes chemise ont un col.

J'éclatai de rire.

— Heureusement que tu n'es pas plus grand !

Il me poussa par terre, mais il riait.

À MON retour le lendemain après-midi, la lumière de mon répondeur clignotait. Je lançai le message et lâchai mes clefs lorsqu'une voix familière, grave et sexy, en sortit.

— Salut, bébé. Comment se passe ta vie chez les bouseux ? Je voulais te dire que j'ai changé d'avis. Je veux que tu reviennes. Je te laisserai le même emplacement pour le loyer que tu payais avant. Appelle-moi seulement. Sans engagement, Zach. C'est promis.

Le répondeur s'arrêta. Je restai là un instant, dans un silence stupéfait, songeant à ce qu'avait dit Tom.

Je pouvais rentrer.

Retourner à mon vidéo club d'avant. Mon appartement d'avant. Ma vie d'avant.

Oui, je pouvais y retourner. Mais pourquoi je le voudrais ?

C'était tellement absurde que j'éclatai de rire. Je me rendais compte combien j'avais été malheureux là-bas. Ma vie stagnait. J'étais complètement seul. Sans aucun objectif. Je savais que le vidéo club allait vers la banqueroute et je m'en fichais. Et pourtant, en même temps, j'avais l'impression de ne pouvoir rien faire d'autre.

Sur certains points, rien n'avait changé. Même alors qu'on venait d'ouvrir le vidéo club, je savais que ça ne durerait pas éternellement. On avait peut-être quelques années ici à Coda, peut-être seulement trois, peut-être dix. Probablement pas plus. La différence, c'était que ça ne me dérangeait pas. Je ne savais pas forcément ce que je ferais après, je n'en avais pas besoin.

Ce que je savais, c'était que j'avais Angelo. On pouvait aller n'importe où. On pouvait faire tout ce qu'on voulait.

Avant j'avais l'impression d'être sur un radeau, d'attendre que la prochaine vague m'achève. Elle n'était jamais arrivée ; au bout du compte, j'avais été sauvé.

Angelo entra à cet instant.

— Hé, Zach. Tu veux…

Je riais encore, alors il s'arrêta net et me fit un large sourire.

— Qu'est-ce qu'il y a ?

Je l'attrapai et l'étreignis de toutes mes forces.

— Je t'aime, déclarai-je, le nez dans ses cheveux courts et en brosse.

Il rit nerveusement, clairement perturbé par mon comportement insensé.

— D'accord…

Je m'écartai et le regardai droit dans les yeux.

— Où est-ce qu'on ira, Ang' ?

Il me souriait toujours en coin.

— De quoi tu parles, Zach ?

— Où est-ce que tu voudrais aller ? N'importe où au monde.

Son sourire resta mais son regard se fit plus pensif.

— Pour vivre ou pour les vacances ?

— Je ne sais pas. L'un ou l'autre, en fait.

Cette fois son sourire s'évanouit.

— Tu es sérieux ?

— Absolument. Donne-moi juste un lieu.

Il hésita un court instant puis dit doucement :

— Je veux voir l'océan.

Sa réponse si simple me surprit. Je m'étais attendu à Paris, New York ou peut-être Rome. Mais ce n'était pas du tout une ville.

— Tu n'as jamais vu l'océan ?

Il secoua la tête.

357

L'océan. Pour quelqu'un qui avait vécu toute sa vie dans les terres, ça peut être fantastique. Je me rappelais encore la première fois que je l'avais vu, quand j'avais douze ans. Je me rappelais cette beauté pure et ma surprise. Cette sensation d'infini. Cet émerveillement à l'idée qu'il s'y trouve de la vie. Cette fascination pour sa puissance. Même aussi jeune, cela avait été un moment essentiel de ma vie.

Je pouvais le lui offrir.

— Je t'y emmène, Ang'. Où veux-tu aller ? En Californie ? En Floride ?

Ses joues s'empourprèrent, mais il ne détourna pas les yeux.

— En Oregon.

— D'accord.

Qu'est-ce qui pouvait bien y avoir là-bas ?

— Pourquoi ?

Il rougit encore plus mais n'hésita pas.

— La mère d'une de mes familles d'accueil, elle parlait d'aller voir sa famille en Oregon. Ils pêchaient le crabe. Elle disait qu'on pouvait les cuire dans des grands pots sur les pontons.

Il me fit un sourire, tout petit.

— J'ai toujours voulu moi aussi m'asseoir sur ces pontons. Avec une bière froide, du crabe tout frais pêché et l'océan.

Il ferma un instant les yeux, d'embarras, je le savais, mais ensuite il me regarda à nouveau.

— C'est bête, non ?

— Non.

Je l'étreignis fort contre moi et il m'enlaça.

— Ce n'est pas bête. On ira au printemps, Ang'. Je te le promets.

— Pourquoi ? demanda-t-il.

J'entendais dans sa voix qu'il souriait à nouveau.

Je haussai simplement les épaules.

— Parce qu'on peut.

LE SOIR de l'inauguration du cinéma arriva enfin. Je laissai bien sûr Angelo choisir les films. Nous ouvrîmes la veille de Thanksgiving. Le mercredi était consacré aux adolescents, puisqu'ils n'avaient pas cours ce jour-là. Ils n'étaient pas nombreux à rester assis tout le long du film, mais nous étions complets et ils achetaient plus de boissons, de popcorn et de bonbons que je l'aurais cru possible. Nous avions une seule séance le soir de Thanksgiving, *L'Étrange Noël de Monsieur Jack*, ce que je trouvais franchement étrange, mais Angelo m'assura que c'était parfait, un film familial qui arrivait bizarrement à être à la fois sur Noël et Halloween. Il le projeta à nouveau à la séance matinale du vendredi. La soirée était consacrée aux filles. Il projeta *Chocolat*. Je fus presque à court de vin, tellement ces femmes buvaient. Puis le samedi, nous organisâmes notre première soirée romantique, qui incluait le dîner.

Nous étions complets pour presque toutes les séances, à l'exception de Thanksgiving. Je me rendis vite compte qu'il me faudrait engager plus de monde.

Je fus soulagé d'arriver enfin à la maison après avoir fermé le dimanche après-midi. J'avais l'impression d'avoir à peine eu le temps de manger ou dormir, ces cinq derniers jours. Angelo serait là d'une minute à l'autre. Matt et Jared venaient aussi, a priori pour regarder un match. Angelo et moi n'étions toujours pas fans de foot américain, mais on s'amusait bien avec eux.

Je composais le numéro de téléphone pour commander la pizza lorsqu'on sonna à la porte. Je me dis que ce devait être Matt et Jared, Ang' n'aurait pas sonné. Mais lorsque j'ouvris la porte, je n'en cru pas mes yeux : c'était Tom. Je n'aurais jamais pensé le revoir. Je me demandai tout d'abord ce qu'il fichait ici. Puis je fus soulagé qu'Angelo ne soit pas là, parce qu'il aurait pété un câble.

— Salut, bébé. Tu m'as manqué.

Son sourire était toujours le même, aguicheur et sexy. Il portait un jean et un tee-shirt moulant qui mettait son corps en valeur. Il était toujours magnifique. Pourtant ma vision de lui avait complètement changé. À le contempler maintenant, je me rendais compte que ses cheveux blonds étaient teint. Il avait un beau corps, certes, mais il semblait disproportionné. Rien à voir avec celui de Matt, qui ne faisait pas que lever des poids mais aussi des pompes tous les jours, qui courait trois fois par semaines et faisait régulièrement du vélo en montagne. J'aurais parié que le corps de Tom était sculpté par de la musculation en salle de sport et des stéroïdes. Son tee-shirt moulant semblait ridiculement ostentatoire, je soupçonnais même que son bronzage soit faux.

— Qu'est-ce que tu fous là ? demandai-je.

Son sourire vacilla un peu mais revint.

— Je suis venu te voir.

— Voilà, tu m'as vu. Maintenant tu peux partir.

Je fis mine de refermer la porte mais il la bloqua.

— Allez, bébé. Tu vas me dire que je ne t'ai pas manqué ?

— Tu m'as pas manqué du tout.

— Je ne te crois pas.

— Pas mon problème.

Je recommençai à fermer la porte. Cette fois il avança, ouvrit la porte de force et me repoussa en entrant.

— J'ai fait tout ce chemin pour te voir. Tu peux au moins m'écouter.

Je soupirai mais refermai la porte. Il me suivit dans le salon. Geisha, qui dormait sur le canapé, bondit. Elle arqua l'échine, les poils dressés. Elle cracha après lui puis fila vers la chatière. C'était la première fois en dix ans que je nous sentais sur la même longueur d'ondes.

Tom me regardait d'un air plein d'attente. Je n'allais certainement pas l'inviter à s'asseoir. Je m'appuyai contre le dossier du canapé et dit :

— Tu as deux minutes.

Je le voyais lutter pour reprendre le contrôle de la situation. Il s'était vraiment attendu à ce que je lui tombe dans les bras sous prétexte qu'il était venu jusqu'ici. Ma colère ne fit que me rendre plus fort.

— Écouté, bébé…

— Je m'appelle Zach. Et je ne suis certainement pas ton 'bébé'.

— D'accord, acquiesça-t-il toute de suite. Zach. Ce qu'il y a, c'est que tu m'as manqué. Je suis navré que les choses se soient terminées comme ça entre nous. J'étais furieux, toi aussi. Mais on pourrait reprendre où on s'est arrêtés. On était bien tous les deux, non ? Tu dois te sentir seul ici, sans personne.

— Il se trouve que je ne suis pas seul. Il y a quelqu'un dans ma vie. J'aimerais que tu partes, maintenant.

— Bébé, sois pas comme ça, allez.

Il m'attrapa, passa les bras autour de moi et tenta de m'attirer contre lui. Je luttais pour le repousser lorsque le pire arriva. La porte s'ouvrit. Jared entra, Angelo juste derrière lui. Ils riaient tous les deux, puis leur regard se posa sur Tom. Ce fut la panique.

L'expression d'Angelo passa du rire à la rage en une fraction de seconde, il se jeta sur Tom. Tom me lâcha alors et se cacha derrière moi, comme si j'allais le protéger. Heureusement Jared était devant Angelo. Il comprit ce qui risquait de se passer et le rattrapa. Toutefois, il fut immédiatement évident qu'il ne pourrait pas le retenir. Avant que je les rejoigne de l'autre côté de la pièce, Matt passa le seuil. La scène dut forcément lui donner l'impression qu'Angelo et Jared s'étaient soudain et de façon inexplicable mis à se battre comme des chiffonniers.

Matt attrapa Angelo par derrière de ses bras solide, de façon à bloquer ceux d'Angelo contre ses côtes. Je m'étais dit qu'Angelo était furieux mais ce n'était rien comparé à la rage qui l'envahit alors. Il hurla à Matt :

— Lâche-moi tout de suite, Matt ! Je vais crever ce connard ! Il n'a pas le droit d'entrer chez moi !

Matt avait clairement sous-estimé la véritable force d'Angelo, parce que ce dernier se défit partiellement de son étreinte. Jared aidait Matt à le maintenir, et un instant j'eus l'impression de ne plus voir que des poings, des coudes et des cheveux. Matt réussit enfin à le bloquer par une sorte de clef autour de son cou. Il se retourna et plaqua Angelo face contre mur. Matt saignait de la lèvre, à côté d'eux Jared était plié en deux, une main sur les genoux et l'autre contre son pelvis, haletant. Tous les hommes sur cette planète savent ce que ça signifie et grimacent de compassion à cette vue.

— Putain, Angelo, arrête ! gronda Matt.

Angelo ne se débattait plus, mais chaque muscle de son corps était tendu. Il était prêt à se libérer dès que Matt se relâcherait.

— Laisse-moi, Matt ! Je vais lui éclater la tronche pour avoir osé entrer chez moi !

Matt soupira d'exaspération et dit d'une voix grave :

— Réfléchis, Angelo ! Je suis flic. Si tu le frappe, je vais devoir t'arrêter, t'emmener au commissariat et remplir sa déposition contre toi. Tu es mon ami, Ang'. S'il te plaît, ne me fais pas ça.

Angelo réfléchit un instant, puis je vis de la tension s'envoler. Il dit calmement :

— Lâche-moi.

— Tu vas être calme ?

— Ouais. Lâche-moi.

Dès que la prise de Matt se relâcha, Angelo se libéra. Il repoussa Matt suffisamment fort pour que ce dernier recule d'un pas. Puis il alla s'enfermer à grand-pas dans la chambre d'ami, claquant la porte derrière lui. Une seconde plus tard, nous entendîmes tous le bruit caractéristique de quelque chose qui se brisait contre le mur.

Heureusement que cette lampe n'était pas trop chère.

... ANGELO

JE NE peux même pas décrire à quel point j'ai eu envie de tuer ce trou du cul, quand je l'ai vu là. C'est comme si Coda était notre sanctuaire. Rien de mal ne pouvait nous toucher ici. Et puis je passe la porte et voilà Tom. Dans ma maison. En train de toucher Zach.

J'ai toujours entendu cette expression, voir rouge. Je n'avais jamais compris avant aujourd'hui. Je ne me souviens pas de grand-chose avant que Matt me foute contre le mur. Juste la rage. Je ne voulais pas non plus vraiment me cacher dans la chambre d'ami, mais je ne pouvais pas rester là. Avec lui. Alors finalement je me suis planqué. Et j'ai cassé la lampe de Zach. J'espère qu'il ne m'en veut pas.

Je n'arrive pas à croire que Tom est venu jusqu'ici chercher Zach. Parce que je sais que c'est pour ça qu'il est là, pour tenter de le récupérer. Il n'a jamais intéressé que par le cul, pourtant il a fait tout ce chemin pour le voir. Perte de temps. J'ai confiance en Zach. Il ne retournerait jamais avec Tom, même si on n'était pas ensemble. Mais Tom n'a pas le droit d'être ici. C'est notre maison. La nôtre. La mienne et celle de Zach.

Sauf...

Sauf que...

Non.

Et cette idée me frappe si fort qu'il faut que je m'assoie. J'en ai même des larmes aux yeux.

Ce n'est pas ma maison.

Putain, c'est con comme ça fait mal. C'est la maison de Zach. Et si Zach voulait que Tom soit là, je n'aurais pas vraiment à ouvrir ma gueule. Bien sûr, je sais que Zach ne veut pas plus de lui que moi. Ce n'est pas le problème. Le problème, c'est que Zach s'est démené pour que je me sente chez moi. Et tout ce temps, j'ai laissé ce con de piaf diriger ma vie. J'ai fait du mal à la seule personne au monde que je ne voudrais jamais blesser, tout ça parce que j'ai la trouille. Je me déteste pour ça.

Zach a été si patient. À essayer de m'attendre. De m'attirer chez lui. Comme un chat errant qui passe, auquel il laisse un bol de lait, dans l'espoir qu'un de ces soirs je décide de rentrer. Ou peut-être que je suis vraiment un oiseau, comme dit toujours Zach. Il balance des miettes de pain, un chemin jusqu'à sa porte. Et j'ai été trop con pour passer le seuil. Tout ce temps j'ai cru que c'était un piège. C'est le cas. Mais ça a un autre nom.

Chez moi.

De toute ma vie, Zach est la seule personne qui m'a vraiment voulu. Je ne parle pas de cul. Plein de gens m'ont voulu pour ça. Mais lui, c'est le premier qui n'a jamais désiré que ma compagnie. Il m'a voulu au vidéo club, il a voulu passer du temps avec moi après le boulot, il a voulu que je vienne à Coda avec lui. Maintenant il veut me donner une vraie maison. Je n'en ai jamais eue avant.

C'est pour ça que je l'aime à ce point.

Tout ce temps, j'ai pensé à toutes les sortes d'amour que je vois, l'amour heureux de Jared, l'amour émerveillé de Matt, l'amour adorateur de Zach. Je croyais que ma façon d'aimer c'était forcément l'un ou l'autre. Maintenant je comprends que j'ai ma façon à moi. Ma façon d'aimer, c'est d'appartenir. Parce qu'avant Zach, je n'appartenais nulle part. Maintenant je le sais. J'appartiens à ses côtés.

C'est aussi simple que ça.

ZACH...

UNE SECONDE après le départ d'Angelo, ce fut le calme plat.

Matt essuya le sang sur son visage avec son tee-shirt.

— Bon Dieu, marmonna-t-il, secouant la tête. Le sale petit fou furieux.

Je n'aurais pas su dire s'il était impressionné ou énervé. Il se tourna vers Jared toujours plié en deux, mais qui au moins respirait à nouveau normalement.

— Ça va ?

Jared hocha la tête mais ne tenta pas de se relever.

Derrière moi, Tom lâcha un rire de dérision. Nous nous tournâmes tous vers lui. Il me regardait.

— Zach, franchement. Je comprends qu'on veuille s'encanailler, mais sérieusement, tu n'as rien trouvé de mieux que lui ?

De la haine monta en moi. Elle se reflétait dans le regard que Matt et Jared lui jetèrent.

— Sors d'ici !

— Allez, bébé. C'est ridicule. Tu veux me dire que tu préfères jouer au papa et à la maman avec ta petite racaille plutôt que...

Je n'attendis pas la fin de la phrase. Je n'en avais pas besoin.

— *Oui !*

Son sourire vacilla vraiment, commença à disparaître.

— Oui, je préfère jouer au papa et à la maman avec Angelo plutôt que d'être ton putain de coup. Il n'y a rien, absolument rien, qui pourrait changer ça ! Je ne sais pas comment j'ai jamais supporté que tu me touches. Maintenant, tire-toi de là !

Je n'attendis pas sa réaction. J'avais besoin de voir Angelo. Je me tournai vers Matt.

— S'il n'est pas parti dans deux minutes, arrête-le.

Matt me sourit. Peu importait le comportement d'Angelo, il l'aimait comme un frère.

— Avec plaisir.

Je passai le seuil de la chambre d'ami. Angelo fut immédiatement dans mes bras. Il me rentra dedans si brutalement que j'aurais basculé en arrière si le mur n'avait pas été là pour me retenir. Il avait le visage enfoui dans mon cou, m'étreignait fort.

— Je suis désolé, murmura-t-il.

— Ce n'est pas à moi qu'il faut le dire. Je ne suis pas du tout en colère. Par contre tu devrais demander pardon à Matt et Jared. Matt saigne et tu as flanqué un coup de pied aux couilles à Jared.

Il émit un son qui aurait pu être un rire ou un sanglot. Puis :

— Cassé ta lampe.

— Je l'ai achetée à une brocante. Ce n'est pas grave.

— Ça m'a tellement mis la rage, de le voir là.

J'éclatai de rire.

— Vraiment ? Je ne l'aurais jamais deviné.

Mais lui ne rit pas.

— Le truc idiot, c'est que je n'arrête pas de penser à combien j'avais envie de le tuer parce qu'il était chez moi. Mais après je me suis rendu compte...

Sa voix mourut. Je le sentis trembler, il pleurait et n'essayait même pas de me le cacher.

— Ce n'est pas ma maison, hein, Zach ? Je suis vraiment trop con, parce qu'on aurait dit que oui. J'ai cru que oui. Mais ce n'est pas ma maison du tout. C'est la tienne.

Rien n'aurait pu me surprendre plus que ça. Ça ne m'était même pas venu à l'esprit. Pour moi Angelo avait de nombreuses raisons d'être furieux de la présence de Tom, que la maison soit techniquement à lui ou non.

Puis dans à peine un murmure, il ajouta :

— J'ai l'impression d'être chez moi.

Tout ce que je pouvais faire, c'était l'étreindre plus fort.

— Ça peut l'être, Ang', dès que tu le veux.

Il s'accrochait toujours à moi. Je savais qu'à cet instant, il se sentait plus en sécurité s'il n'avait pas à me regarder, alors je patientai en le serrant contre moi.

Puis, enfin :

— Je le veux.

Il ne pleurait plus. Il parlait à voix basse, mais ferme et confiante.

Je résistai à l'envie de hurler ma joie. Je me dis de ne pas m'emballer. Ça me mettait mal à l'aise qu'il prenne cette décision à cet instant.

365

— Tu en es certain ? Rien ne me rendrait plus heureux, mais je ne veux pas que tu le fasses si tu n'es pas prêt.

Il prit une profonde inspiration.

— Je suis prêt. Je crois que ma place est ici. Ma place est avec toi.

Il emménagea quelques jours plus tard. Cette fois, il me laissa même l'aider au lieu de Matt.

Il prit possession de la seconde chambre. Je savais sans le demander que je n'avais pas le droit d'y entrer. Ça ne me gênait pas. Plusieurs nuits par semaine, il choisissait même d'y dormir, plutôt qu'avec moi. Mais quand même, au matin, il retrouvait toujours le chemin de mon lit.

Toutefois, je voyais bien que quelque chose le tourmentait. Je l'interrogeai plusieurs fois, mais il m'ignorait à chaque fois. Je savais qu'il valait mieux ne pas insister. Ça n'avait pas l'air d'être à cause de moi, alors j'attendis qu'il soit prêt à m'en parler.

Je n'eus pas à patienter longtemps. Tout s'éclaira le jour où je rentrai à la maison pour le trouver assis sur le canapé, à m'attendre. Il avait l'air terrifié, mais il n'hésita pas. Il me regarda droit dans les yeux et déclara :

— J'ai besoin du numéro de ma mère.

... ANGELO

MÊME APRÈS avoir parlé à Matt, il m'a fallu plusieurs semaines pour me décider. Mais je me suis décidé, alors dès que Zach rentre du boulot, je lui demande le numéro. Sa mâchoire se décroche carrément. Je sais qu'il croit que ça sort de nulle part. Ça doit lui donner cette impression. Mais pas à moi. C'est comme si j'y pensais depuis qu'elle a frappé à ma porte à Denver.

À ce moment-là, je n'étais pas prêt. C'était trop soudain. Ça m'a pris complètement de court. Et quelque part je croyais que lui parler voulait dire que je devais aussi lui pardonner. Ça me gênait. À tort ou à raison, je suis encore loin d'y arriver.

Mais après avoir discuté avec Matt, je me suis rendu compte que ce n'était pas ça du tout. Appeler, ça veut pas dire passer l'éponge. Ça veut juste dire qu'un jour, je le ferai.

Zach sort l'enveloppe de son bureau.

— Tu vas l'appeler ? me demande-t-il en me la tendant.

— Pourquoi je la demanderais, sinon ?

Je me rends compte que je réponds sèchement et il ne le mérite pas, mais tout ça me stresse. Il comprend. Bien sûr. Il me regarde, comme s'il pouvait comprendre ce qui se passe dans ma tête s'il me scrutait suffisamment. Je veux lui dire de ne pas perdre son temps. C'est ma tête et même moi je ne comprends pas. Personne ne s'attendrait à ce que lui, il pige.

— Veux-tu que je reste ? me demande-t-il.

Ça me soulage, parce que j'avais peur de le blesser en lui demandant de partir.

— Non. J'ai besoin d'être seul.

— Comme tu veux, mon ange.

Il m'embrasse sur le front.

— Je vais au supermarché. On est en manque de café, en plus.

Il s'en va. Je reste assis là longtemps, à regarder ce con de numéro. Rien que de penser à appeler me fout dans tous mes états. Il faut que je me mette la tête entre mes genoux et que je me concentre sur ma respiration pendant longtemps.

Je me remets suffisamment pour prendre le téléphone. C'est dément combien ça me rend nerveux de composer le numéro. Deux fois de suite j'arrive à la moitié et je raccroche. La troisième, ça commence à sonner et je suis sur le point de raccrocher encore quand elle répond.

— Allô ?

Je flippais tellement rien que d'appeler, je n'ai jamais vraiment réfléchi à ce que j'allais dire une fois qu'elle aurait répondu. Je sors presque : 'Maman ?'. Presque. Mais il se trouve que je ne peux pas prononcer ce mot, pas plus que je peux dire à Zach que je l'aime. Je ne peux pas l'appeler par son nom non plus. Un instant, je reste là à rien dire du tout.

— Allô ? répète-t-elle.

Un battement de cœur, puis j'arrive à sortir :

— C'est Angelo.

C'est à son tour de ne pas savoir quoi dire. Je l'entends s'exclamer de surprise, puis :

— Angelo ? C'est vraiment toi ?

Ça paraît con comme question. Je ne vois pas qui appellerait en se faisant passer pour moi, mais je réponds :

— Oui, c'est vraiment moi.

— Oh, Angelo, dit-elle, puis elle explose en sanglots.

Elle pleure quelques instants, alors je patiente. Puis elle inspire à grandes goulées et dit :

— Je suis tellement heureuse que tu appelles ! Je dois te dire, je suis désolée de ce qu'il s'est passé à ton appartement. Je ne voulais pas que ça se passe comme ça.

— J'imagine, non.

— J'ai pensé à toi.

— Je ne vois pas pourquoi maintenant, après toutes ces années.

— Angelo, je n'ai jamais cessé de penser à toi ! Je comprends que tu ne me croies pas, mais c'est la vérité. J'ai pensé à toi tous les jours depuis que je t'ai abandonné.

Une autre pause, comme si elle doit se donner du courage, mais elle reprend. Sa voix est très basse, maintenant.

— Tu n'as pas d'enfants alors tu ne sais pas ce que c'est, quand ils sont petits, qu'ils t'appellent dans la nuit. Après mon départ, je me réveillais en croyant que tu m'appelais. Ça a duré des années. Pas toutes les nuits mais souvent. Puis une nuit, c'est arrivé. J'ai cru t'entendre et je me suis rendue compte…

Elle doit s'interrompre un instant. Elle sanglote. J'essaie de ne pas craquer et de faire pareil.

— Je me suis rendue compte que ça faisait six ans. Tu avais douze ans, et ça faisait probablement très longtemps que tu ne t'embêtais plus à m'appeler.

Je commence à perdre mon sang-froid, et je m'étais juré que ça n'arriverait pas.

— Angelo, je pourrais essayer d'expliquer pourquoi je suis partie…

— Non !

— Je sais que j'ai eu tort…

— Mais tu vas la boucler, oui !

Elle étrangle un cri comme si je l'avais giflée. Je m'essuie les yeux et je dois prendre une grande inspiration pour me calmer, puis je dis, plus doucement cette fois :

— Je ne veux pas parler de tout ça.

Parce que à quoi ça sert, franchement ? Je ne vois pas l'intérêt de ressortir des trucs qui ont plus de vingt ans.

— D'accord.

Elle a l'air dérouté, mais un peu soulagée aussi. Je ne peux pas lui en vouloir.

— De quoi veux-tu parler ?

— De Zach et moi.

Parce que si on ne peut pas surmonter ça, autant raccrocher tout de suite.

— D'accord.

Elle a la voix hésitante. Ce seul mot est presque une question.

— Je ne vais pas le quitter.

— Je ne te demanderais jamais une chose pareille, Angelo. Mais…

— Arrête, je l'interromps. Laisse-moi finir.

Ça lui prend une seconde, mais elle dit :

— Je t'écoute.

— Je suis gay et je ne peux pas changer ce que je suis. C'est comme ça. Si tu veux me connaître, c'est le premier truc que tu dois gérer. Ensuite, je suis avec Zach. Et je n'ai pas non plus l'intention de changer ça. Jamais. Et je ne vais pas écouter des sermons sur Dieu ou pourquoi c'est un péché, rien du tout de ce genre. Alors tu dois te décider maintenant et faut que tu sois sûre de toi. Parce que je ne vais plus jamais en parler avec toi. Que ce soit maintenant ou dans un an, l'instant où tu essaies de me dire que c'est mal, je raccroche pour de bon.

Elle garde longtemps le silence. Si longtemps que je me dis qu'elle a peut-être raccroché, et j'ai raté le clic. C'est là qu'elle dit :

— Je peux d'abord te poser une question ?

Ça me surprend, mais je réponds :

— Ouais.

— Est-ce que tu es heureux ?

Ça me surprend encore plus. Je ne sais pas à quoi je m'attendais, mais pas à ça. Ceci dit, ce n'est pas une question difficile.

— Plus heureux que je l'aie jamais été.

— C'est tout ce que je veux vraiment, Angelo, que tu sois heureux. Sur le coup, j'étais surprise et un peu choquée. Mais si tu es vraiment heureux...

— Oui, je te dis.

— ... alors je peux l'accepter.

Je n'y crois presque pas. En vérité, je ne m'attendais pas à ce que ce soit aussi rapide.

— Tu es sûre ?

Mais elle n'a pas d'hésitation :

— Certaine.

Un simple mot, mais le poids dont il soulage mes épaules est énorme.

— Zach et toi vous vivez à Coda, maintenant ? demande-t-elle.

Ça se voit qu'elle essaie très dur de normaliser les choses entre nous. Va savoir ce qui est 'normal' pour une mère et un fils qui ne se connaissent pas du tout.

— Ouais.

— Tu t'y plais ?

— Carrément.

Je suis presque surpris de réaliser à quel point c'est vrai.

— J'ai des bons amis, ici. Matt et Jared. Il y a la famille de Jared aussi. C'est comme si maintenant j'avais aussi une famille. C'est la première fois.

Je l'entends inspirer, alors je m'interromps net, comprenant ce que j'ai dit.

— Je ne l'entendais pas comme ça.

— Ce n'est rien, dit-elle doucement. Je suis heureuse pour toi, Angelo.

370

Après ça, il y a une pause dans la conversation. Ni elle ni moi ne savons trop quoi dire. Enfin, elle prend une profonde inspiration, comme s'il faut encore qu'elle prenne son courage à deux mains, puis elle demande :

— Angelo, j'ai des vacances à Noël. Est-ce que je peux venir te voir ?

— Non !

Je suis plus brutal que je le voudrais. Elle émet un petit hoquet, l'air de pleurer à nouveau alors je dis plus doucement :

— Pas cette année. Ça ne veut pas dire jamais. Mais pas encore.

— D'accord, répond-elle.

Elle renifle encore mais elle a l'air plein d'espoir.

— Peut-être… ?

Elle s'arrête, comme si elle avait peur de le dire, mais finalement :

— L'année prochaine, peut-être ?

— Il vaut mieux gérer une année après l'autre.

— Je peux t'appeler ?

Je commence à me sentir un peu dépassé, là. J'ai l'impression d'avoir déjà fait un grand pas. Je ne suis pas sûr d'être prêt pour plus.

— Je ne sais pas. Il faut que j'y réfléchisse d'abord, d'accord ?

— D'accord.

Mais elle a l'air plus heureux.

— Angelo, j'aimerais tellement qu'on redevienne une famille. Je sais que c'est beaucoup demander après tout ce temps. Mais je prendrai tout ce que tu voudras bien me donner.

— Je ne sais pas ce que je peux gérer pour le moment.

— Je comprends.

— Je ne suis pas très bon à ce genre de trucs. Zach pourrait te le dire.

Je m'arrête net. Je ne sais pas trop pourquoi j'ai dit ça.

— Tu te débrouilles très bien, Angelo.

— Je ne sais pas trop comment t'appeler.

Elle se tait à nouveau, puis dit d'une voix très triste :

— Tu ne peux pas m'appeler 'maman' ?

— Non.

Je sais que ça la blesse mais j'y peux rien.

— Tu peux m'appeler Nita.

— Ça sonne faux aussi.

— Je ne sais pas trop, alors, répond-elle avec incertitude.

— Moi non plus.

— Ce qui te convient, Angelo. Tu n'es pas obligé de décider tout de suite.

— Non, c'est vrai.

Et je ne sais pas pourquoi, à cet instant, je veux lui donner quelque chose. Je ne peux pas l'expliquer, mais c'est ce que je ressens.

— Je peux peut-être appeler à Noël.

Ça sort tout bas. Peut-être qu'elle l'entendra pas. Je l'espère presque. Mais si.

— Ce serait merveilleux !

Elle pleure encore, même plus fort qu'avant, mais j'entends aussi qu'elle sourit. J'entends dans sa voix combien je l'ai rendue heureuse. Je ne sais pas ce que je ressens. Si je suis heureux et soulagé. Ou fâché et rancunier. Trop d'émotions pour toutes les identifier. C'est trop pour moi. J'ai l'impression de me noyer. Il faut que je m'accroche à quelque chose. N'importe quoi !

Non. Pas n'importe quoi. J'ai besoin de Zach.

Soudain plus que tout, je veux qu'il soit là. Je veux l'appeler sur son portable et lui dire de rentrer à la maison. Parce que même s'il a dit qu'il allait juste acheter du café, je sais qu'il voudra me laisser du temps et de l'espace. Si je le laisse faire, il va probablement tourner en rond dans le supermarché toute la nuit. D'y penser, ça me fait un peu sourire.

— Il faut que j'y aille.

— D'accord.

Je sens bien qu'elle est un peu déçue, mais comme Zach, elle essaie de ne pas le montrer.

— Je suis vraiment heureuse que tu aies appelé, Angelo.

Je n'ai même pas à mentir.

— Moi aussi.

— Au revoir.

— Au revoir.

Je suis sur le point de raccrocher quand elle appelle :

— Attends, Angelo ! Tu es toujours là ?

— Je suis là.

— Angelo, je…

Elle s'interrompt, et je sais ce qui va arriver. Plus important que ça, je me rends compte que même si je pouvais, je ne l'empêcherais pas de le dire.

— Je t'aime.

Tout ce que je peux répondre, c'est : 'Je sais'.

ZACH...

ANGELO ME rappela plus tôt que prévu et me dit que je pouvais rentrer à la maison. Je compris à sa voix que le coup de téléphone avait dû bien se passer. À mon arrivée, il était sur le canapé, Geisha sur le torse. Bien sûr, elle fila dès que j'approchai. Il déplaça suffisamment les jambes pour que je m'assoie puis les allongea à nouveau sur mes genoux.

— Tu veux en parler ?

Il y réfléchit un instant, puis répondit :

— Demain peut-être.

— D'accord.

Il se mit à regarder ce qui était à la télé. Je n'y prêtais pas attention. Je contemplais ses pieds nus le petit bout de cheville que je voyais avant que l'ourlet de son jean ne me bouche la vue. Des fois ? cela me stupéfiait encore à quel point chaque centimètre carré de son corps m'excitait.

— Tu as déjà remarqué comment dans les films et les séries télé, tout le monde transporte des gobelets de café vide ? demanda-t-il soudain, la voix très amusée.

— Non.

Je caresse le dessus de ses pieds, puis sa cheville.

— Ça me rend dingue. C'est vraiment con. Comme si ça ne se voyait pas que le gobelet est vide. Ils les agitent dans tous les sens au lieu de les tenir avec précaution comme dans la vraie vie.

— Hum hum.

Je remonte les doigts plus haut sur sa cheville, puis je les referme sur la peau douce et lisse de son mollet.

— Tu ne m'écoutes même pas, dit-il, mais il me souriait.

Je voyais dans son regard qu'il commençait à réagir à mes caresses.

— Si.

Mes doigts étaient derrière son genou. Il ferma les paupières. Heureusement que son jean était aussi large.

— Je suis distrait, c'est tout.

— Tu me distrais aussi.

Je me mis à rire.

— Tant mieux.

Je lui pris alors la main, en baisai la paume, puis le poignet, la peau douce à l'intérieur de son coude. Il trouvait toujours ça bizarre, les endroits où je l'embrassais, mais je ne me lassais jamais de sa peau lisse et mate sous mes lèvres. Je pris mon temps, l'explorant lentement de mes doigts et mes lèvres. Puis je passai à l'autre bras.

Il avait la tête renversée en arrière, les yeux fermés. Il restait bien sûr silencieux, seule l'accélération de son souffle dévoilait son excitation. Mais je le connaissais désormais si bien. Je savais ce qu'il aimait.

Je remontai son tee-shirt, frôlai à peine son ventre de mes lèvres.

— Comment tu fais, Zach ? haleta-t-il.

— Fais quoi ? demandai-je en déboutonnant son jean.

— Pour me mettre dans cet état sans vraiment me toucher.

Je souris et l'embrassai sur le ventre.

— Quel état ?

— Putain, tellement excité que j'ai l'impression que je vais exploser à l'instant où tu vas me toucher pour de vrai.

— Je ne sais pas, répondis-je en descendant les lèvres, mais ça me plaît.

Il rit un peu, mais lorsque je baissai son jean, son rire mourut et se changea en quelque chose qui ressemblait presque à un gémissement. Je baissai aussi son boxer afin de libérer son érection, mais je ne le touchai toujours pas. Je le titillai autant de temps que possible, l'embrassant partout, parfois frôlant à peine son aine de la main, jusqu'à ce qu'il siffle :

— Zach !

Je passai la langue le long de son membre et le sentis frissonner. Mes lèvres frôlèrent à peine son gland. Avant que je fasse quoi que ce soit, il attrapa mes cheveux des deux mains et poussa. Il donna un coup de hanche et cela suffit. Son orgasme le frappa violemment, beaucoup plus vite que d'habitude, alors je le laissai me maintenir là, sa verge aussi profond que possible dans ma gorge, jusqu'à la fin. Lorsqu'il me lâcha enfin, j'embrassai son ventre et plaisantai :

— Je croyais que tu blaguais quand tu as dit que tu exploserais à la minute où je te toucherais pour de vrai.

Il me regarda avec surprise. Une demi-seconde, je crus l'avoir offensé. Puis, sans prévenir, il éclata de rire. Ça me prit complètement de court. Je ne l'avais jamais entendu rire comme ça, de ce rire impossible à contrôler, vraiment. Celui qui vient du plus profond de soi et bizarrement, change tout. Il mit la tête dans ses mains et rit comme un fou, sans explication. Ça

374

dura si longtemps que je commençai à m'inquiéter. On aurait dit qu'il riait parce que c'était la seule chose qu'il se permettait. Lorsqu'il cessa enfin, il y avait des larmes dans ses yeux. Il s'appuya contre le canapé en tentant de retrouver son souffle.

— Tout va bien ? demandai-je d'un ton léger.

Il poussa un soupir et dit :

— Putain, j'en avais besoin.

— De la fellation ou du rire ?

— Les deux.

J'appuyai la tête sur son ventre. Il passa les doigts dans mes cheveux.

— Ni l'un ni l'autre.

— Ça veut dire quoi ?

— J'avais juste besoin de toi, Zach.

Il le dit comme si c'était évident. Je ne pus que resserrer les bras autour de lui et embrasser son ventre doux.

— Je ferais n'importe quoi pour toi, mon ange.

— Je sais.

Nous restâmes un long moment comme ça : moi la tête sur son ventre, lui regardant le plafond en silence. Je m'étais presque endormi lorsqu'il se redressa brusquement, ce qui me força à m'asseoir à mon tour. Il me repoussa sur le canapé, nos positions désormais inversées. C'était moi maintenant sur le dos, et lui à moitié sur moi. Il commença à défaire mon pantalon.

— Tu n'es pas obligé, Ang'.

Il me regarda avec son sourire en coin.

— Je sais, Zach.

Il écarta mon tee-shirt et déposa un baiser sur mon ventre.

— C'est pour ça que j'en ai cnvie.

Traitez-moi d'égoïste, mais je n'allais pas trop protester non plus. J'avais envie de le toucher. J'avais toujours envie de le toucher. J'adorais la sensation de sa peau sous mes mains. Il me laissa retirer son tee-shirt, puis il commença, et je ne pensai plus à rien d'autre. Il n'y avait que la chaleur délicieuse de sa bouche sur moi, la douceur de sa peau sous mes doigts tandis que je lui touchais les épaules et la nuque. Ma main sur sa tête, ses épais cheveux noirs, me picotant la paume, et…

Tout s'arrêta. Nous avions réalisé au même instant ce que j'avais fait. J'écartai la main, demandant déjà pardon.

— Angelo, je suis tellement désolé ! Je ne voulais pas…

375

Mais lorsque je le regardai, je m'interrompis net. Il me contemplait avec les yeux écarquillés. Je m'attendais à de la colère, mais il n'y en avait pas du tout. Seulement de la surprise.

— C'est rien, répondit-il, la voix pleine de stupéfaction.

— Je ne voulais pas, répétai-je, je me suis laissé emporter !

— C'est rien, répéta-t-il plus fermement cette fois, avec le début d'un sourire.

— Ça n'arrivera plus, Ang'.

— Tu n'écoutes jamais, hein ? dit-il en secouant la tête, amusé. C'est rien !

Cette fois, il souriait pour de bon. Il se rapprocha pour que nous soyons à la même hauteur.

— Tout est différent avec toi, Zach. Tout ! J'ai toujours détesté quand les autres types le faisaient. Pour beaucoup de raisons. Mais la plus grande, c'est que j'avais l'impression qu'ils essayaient de prendre le contrôle. Comme s'ils ne faisaient que prendre en fait, sans rien donner en retour.

— Ce n'est pas ce que je voulais…

— Je sais, Zach ! C'est ce que je dis ! C'est pour ça que ce n'est pas grave. Parce que tu ne prends jamais rien que je ne veuille pas te donner.

Il m'embrassa alors, tendrement, ses lèvres touchant toujours les miennes quand il ajouta :

— Tu ne prends jamais rien.

— Je ne suis pas sûr que ce soit vrai.

Il hocha la tête.

— Moi, je suis sûr. Je saurais. Tu me donnes tant, Zach. Je ne crois pas que je te rende quoi que ce soit.

Ça, ce n'était pas vrai. J'avais mon travail grâce à lui. J'avais retrouvé toute ma vie grâce à lui.

— Angelo…

— La ferme, Zach.

Il embrassa la paume de ma main, puis tourna la tête pour que mes doigts soient dans ses cheveux.

— Je veux que tu prennes ce dont tu as besoin, Zach. C'est tout ce que je peux te donner.

Je pensais quand même qu'il avait tort. Je ne comprenais pas qu'il ressente les choses comme ça. Mais son regard me suppliait de ne pas protester, d'accepter ce qu'il tentait de m'offrir. Je l'étreignis et le serrai fort contre moi.

— Je t'aime tant, Angelo.

— Je sais, Zach.

Il posa la tête sur mon torse. À le serrer ainsi contre moi, je sus l'effort qu'il fit pour dire ce qui suivit. Ses bras se refermèrent autour de ma taille, il se tendit tout entier. Sa voix était si douce, juste un murmure, je dus tendre l'oreille pour l'entendre. Il dit simplement :

— Je t'aime aussi.

J'en eus les larmes aux yeux. Je ne l'entendrais probablement plus avant longtemps, mais je m'en fichais. C'était plus que suffisant. Je l'étreignis fort et répondit tout aussi simplement :

— Je sais.

ÉPILOGUE...

À : ZACH et son ange

Alors tu me crois maintenant ?

Ruby

LA LETTRE Z

À Sean, qui m'a emmenée à Las Vegas
sans se plaindre une seule fois
des quatre autres hommes sur nos talons

Prologue…

Tout ça, c'est de la faute de Jared.

Je ne dis pas que je ne l'aime pas, hein. Comment ne pas l'aimer ? Il est super mignon. Il sourit tout le temps, il ne râle jamais. Putain, tout le monde l'adore. C'est le meilleur ami de Zach, probablement, et il est presque marié au mien, de meilleur ami. Alors il vaut mieux que je l'aime aussi, non ? Le truc, c'est qu'il est trop bien. Et je sais, surtout après ce qui s'est passé au Nouvel An, qu'il croit que moi non. Alors, comment ne pas avoir envie de lui foutre mon poing dans la gueule parfois ? Pas que je ne le ferais jamais. Déjà, Zach saurait pas quoi faire, mais Matt, oui. Et aussi con que je sois, je ne veux pas qu'il soit furax contre moi. Je ne suis peut-être pas une mauviette, mais je ne doute pas que Matt pourrait me botter le cul les yeux fermés. Alors quand Jared me sourit, j'y réponds direct et je la boucle.

N'empêche, je sais qu'il a un truc contre moi depuis le Nouvel An.

Je ferais mieux de commencer par ça…

... ANGELO

MATT ET Jared ont organisé une soirée pour le Nouvel An. Ça a commencé quand Matt a dit qu'ils devaient continuer à participer à la vie de la communauté et maintenir une image positive. Mais ouais bien sûr. Jared n'était pas trop motivé, mais c'est là que Lizzy en a entendu parler, alors vous pouvez facilement deviner ce qui s'est passé après ça. Et bien sûr, si Matt et Jared font une soirée, il faut que Zach et moi on soit là aussi.

Il y a quelques flics et leurs femmes, tout un tas de profs, des amis de Lizzy et aussi de Brian. Dès qu'on passe la porte, Zach se met à râler.

— Qu'est-ce qui ne va pas ? je lui demande.

— Je déteste les soirées. Je ne connais personne, ici.

Je ne peux pas m'empêcher de rigoler.

— Qu'est-ce que tu racontes, Zach ? On connaît tout le monde.

— Mais non !

— Ce sont tous des clients.

— Ah bon ?

— Mais ouais.

— Qui c'est, elle ?

Il montre une dame de l'autre côté de la pièce.

— Susan Dahlinger. Elle travaille à la pâtisserie du supermarché. Elle aime les films d'action.

— Et elle ?

— Ann Farraday. Prof au lycée avec Jared. Elle aime les films étrangers. La seule de la ville à en louer, en plus.

— Et lui ?

— Frank Jacobsen. C'est le mécanicien du garage sur Fifth Street. Il aime aussi les films d'action, mais sa femme préfère les drames. La moitié du temps, ils trouvent un compromis en louant des comédies romantiques. Ils doivent se dire que comme ça, personne n'est content.

Quand je me tourne vers Zach, la façon dont il me regarde me fait sérieusement rougir. Comme si je venais d'une autre planète ou, je ne sais pas, comme si j'étais un ange, comme il dit, et qu'il est juste émerveillé.

— Comment tu arrives à faire ça ? me demande-t-il.

Je n'ai pas de réponse. Je fais juste attention, et pas lui.

Jared débarque et m'entraîne avec lui. Il s'est mis dans la tête que maintenant que je lis plus, je devrais participer à un club de lecture. Il me présente à quelques personnes : la prof d'anglais du lycée et une autre qui est infirmière. Je ne suis déjà pas convaincu par ce putain de club et il m'en trouve un où il n'y a que des bonnes femmes ? Parfois je me dis qu'il ne me comprend pas du tout. Et puis il y a des moments comme ça, où il le prouve.

Alors je suis là pendant que ces deux dames me parlent, et c'est là qu'il entre.

Je sais de suite que ce type n'est pas de Coda. Déjà, parce que je ne l'ai jamais vu dans le coin. Ensuite, parce qu'il est homo. Et je ne veux pas dire homo comme moi, Matt, Jared ou même Zach. Je veux dire homo avec H majuscule et rose pétant. Il est plus petit que Jared, mais plus grand que moi. Il est maigre avec des cheveux bruns. Il ne porte pas non plus le genre de fringues qu'on trouve beaucoup à Coda. Il est un peu habillé comme un punk rocker des années 80, sauf que c'est plus élégant. Comme la version friquée de Sid Vicious. Il a clairement de l'argent. Il est un peu efféminé. Et une dernière chose : il est grave sexy. Je le vois, et le premier truc auquel je pense, c'est combien j'ai envie de lui retirer ses fringues de gosse de riche.

Il entre et il parle à Jared, dans le genre il flirte avec lui comme un fou, et Jared n'y fait pas attention. Pas comme s'il le rembarre. Plus comme s'il a l'habitude de se faire draguer par ce type et qu'il ne le prend pas du tout au sérieux. Je me demande ce que Matt va penser de tout ça. Là-dessus, le type se retourne et me regarde.

Alors je ne crois pas du tout au coup de foudre amoureux. Mais au coup de foudre sexuel, ouais. Et c'est exactement ça. Un instant, il me regarde de haut en bas, et puis il sourit. Ce n'est pas n'importe quel sourire : c'est le genre de sourire qui invite. Je ne doute pas un instant qu'on pense tous les deux à la même chose.

Mais je suis avec Zach.

Tout ce truc de 'relation', c'est encore nouveau pour moi.

Ma première fois avec un gars, c'était juste avant que j'aie seize ans. Lui et moi on a passé quelques semaines à se faire jouir à peu près tous les soirs avant que sa mère nous surprenne. Je ne l'ai jamais revu après ça. Onze ans plus tard, j'ai rencontré Zach, et on est ensemble depuis quelques mois maintenant. Mais durant ces onze ans entre Bobby et Zach, je n'ai jamais eu de relations du tout. Tous les coups que j'ai tirés, et je ne vais pas mentir, il y en a eu un paquet, étaient rapides et sans intimité. Surtout des mecs rencontrés dans des boîtes de nuit. Deux fois quand j'étais plus jeune, même pas encore vingt ans, j'ai couché trois fois avec le même type. Mais il y a quelque chose au bout de cette troisième fois qui fait croire aux gens que tu vas commencer à discuter. Dans les deux cas, c'est à ce moment-là qu'ils se sont mis à vouloir savoir comment je m'appelle, d'où je viens. Tous ces trucs que je n'avais pas envie de partager. Alors après ça, j'avais une règle : pas plus de deux fois avec le même. Quelques années plus tard, j'ai décidé que même ça c'était trop.

Jusqu'à Zach, bien sûr.

Je sais qu'il y a le cul et qu'il y a l'amour et que si tu as du bol, il y a les deux. C'est comme ça avec Zach. Et ces derniers mois, j'ai appris combien c'est mieux. Alors jusqu'ici, je n'ai jamais eu de regret. Mais là d'un coup, j'ai envie de tirer un coup rapide et sans intimité, une dernière fois.

Le nouveau venu parle à Lizzy, maintenant, mais il ne me lâche jamais longtemps des yeux. Je le sens qui me regarde. Et à tort ou pas, savoir qu'il me mate cela m'excite. Plus je me dis de ne pas y penser, plus je me retrouve à le regarder.

Finalement, je cherche autour de moi et je tombe sur Zach. Il est dans la cuisine à discuter avec Matt et il ne me lâche pas des yeux. Je traverse le salon bondé vers lui. Matt s'en va avant que j'arrive. Je m'appuie sur le comptoir à côté de Zach, dos au type que j'essaie de ne pas remarquer.

— Tu t'amuses bien ? me demande-t-il.

Il y a quelque chose de bizarre dans la façon dont il le dit. Pas accusateur. Plus comme s'il se moque de moi. Quand je le regarde, il sourit.

— Ouais, je réponds.

— Qui c'est ?

— Qui ça ? je demande alors que je crois savoir.

Toujours avec cette sorte de sourire, il me jette un regard perçant et il dit :

— Le type avec qui tu flirtes.

Je me sens devenir écarlate. Je fixe le sol.

— Je ne sais pas.

— Il te regarde encore.

Il n'a pas l'air fâché ni jaloux. Il a surtout l'air de trouver tout ça marrant.

— Il est mignon.

— Si tu le dis, je réponds.

Mais je n'arrive pas à le regarder en face.

384

— Angelo, dit-il de cette voix signifiant que je fais l'idiot, tu crois que depuis le temps je ne sais pas reconnaître quand tu es excité ?

Là, je ne peux vraiment pas le regarder en face. Je me sens minuscule. Je suis embarrassé et j'ai honte. Je me sens coupable. J'aime Zach tellement fort. La dernière chose au monde que je veux, c'est le blesser.

Je suis sur le point de lui dire que je suis désolé quand d'un coup il déclare :

— Vas-y, Ang.

Quand je relève la tête, ses yeux sont sur moi.

— Quoi ? Je demande bêtement.

D'habitude, ce n'est pas moi qui ai du mal à suivre quand Zach et moi on parle, mais là je me sens carrément à l'ouest.

— Vas-y, répète-t-il en me souriant. Amuse-toi bien. Mais reviens-moi quand tu as fini.

Un instant, je reste là, complètement abasourdi. Est-ce qu'il dit bien ce que je crois ? Il est sérieux ? Ou bien c'est un genre de test ? Ce n'est pas le genre de Zach, mais je me pose quand même la question.

— Je ne peux pas, j'arrive enfin à répondre.

Ça a l'air de le surprendre. Il me regarde, de cette façon bien à lui, comme s'il cherche une réponse et que s'il me scrute assez, elle apparaîtra sur mon front ou je ne sais pas. Et peut-être que cette fois c'est le cas parce que soudain il a l'air de piger un truc.

— On ne peut pas en discuter ici, dit-il tout bas. Viens.

Il me prend la main et me traîne dans la maison jusque dans le jardin. Il fait froid, dehors il n'y a que quelques femmes qui fument sur la terrasse. On les dépasse, jusqu'à la table de pique-nique de Matt et Jared. Il s'assoit dessus pour se mettre à ma hauteur. J'ai du mal à le regarder dans les yeux

— Angelo ?

Il attend que je croise enfin son regard, puis il dit :

— Je sais que tu as envie de lui. Je sais qu'il a envie de toi. Alors, c'est quel est le problème ?

Là, j'ai vraiment l'impression que c'est un piège.

— Je suis avec toi, Zach.

Il m'attrape par un passant de la ceinture. Il m'attire vers lui.

— Ça ne me dérange pas.

J'y réfléchis un instant. On n'a jamais vraiment discuté d'exclusivité. J'ai juste cru qu'on l'était.

385

— T'es en train de me dire que ça ne te dérange pas si je couche avec d'autres types ?

— Non.

Il me regarde avec intensité, alors je sais que ce qu'il va dire ensuite, c'est important.

— Ce que je te dis, c'est qu'ici, ce soir, tu peux coucher avec lui.

— D'accord.

En fait, ça me soulage que ça ne va pas être une relation complètement ouverte. Mais pas à cent pour cent monogame non plus. Une zone floue entre les deux. Et c'est là que je comprends ce que ça peut vouloir dire.

— Je ne peux pas faire la même chose pour toi. Ce n'est peut-être pas juste, Zach, mais je ne te partage pas.

Il me sourit.

— Ça m'étonnerait que tu aies jamais à le faire.

— Tu ne seras pas jaloux ?

Je le vois y réfléchir un instant. Puis, au lieu de me répondre, il me pose une question :

— Est-ce qu'il pourrait se passer quelque chose avec lui qui ferait que tu me quitterais ?

Je n'ai même pas à y réfléchir.

— Non !

Je l'attrape et je l'embrasse violemment. Je passe les bras autour de son cou, je sens les siens autour de ma taille.

— Je ne te quitterais jamais !

— Mais tu as quand même envie de lui ?

Je n'ai pas à lui donner de réponses. Il la voit dans mon regard et la façon dont je rougis encore.

— Ce n'est rien, Ang'. Je ne peux pas t'empêcher de désirer des gens. Et encore moins empêcher les gens de te désirer. Je pourrais te ramener à la maison et canaliser toute cette énergie vers moi. Mais franchement, ajoute-t-il en haussant les épaules, je crois que tu sais comment séparer le sexe, de tes émotions.

Bien sûr que oui. Je l'ai fait pendant onze ans. Il m'enlace et m'embrasse.

— Laisse lui avoir cette petite part de toi, Ang. Tant que le reste m'appartient.

— Je t'appartiens entièrement.

386

C'est la vérité. Parce que même si je baise ce type, je n'ai pas l'intention de lui montrer qui je suis vraiment.

— T'es sûr ? Je demande à Zach.

Il sourit.

— Certain Ang.

Et puis il prend l'air tout sérieux.

— Vas-tu le ramener à la maison ?

— Pas question.

Je n'ai jamais ramené personne chez moi. Je ne vais certainement pas commencer maintenant.

— On reste ici.

— D'accord.

Il m'embrasse sur le front et se lève.

— Amuse-toi bien.

Je reste dans le jardin quelques minutes de plus, à me geler le cul et penser à Zach. J'espère vraiment qu'on le regrettera ni l'un ni l'autre.

Je retourne à l'intérieur et je repère le type tout de suite. C'est aussi assez clair qu'il me cherchait. Il me sourit encore, ce sourire que je sais être une invitation, et il indique le couloir. La chambre.

Cette fois, je réponds à son sourire.

Il m'attend au début du couloir et quand j'arrive, il me prend par la main et m'y entraîne. Jared sort de sa chambre au moment où l'on y arrive et il nous rentre presque dedans.

— Où est-ce que vous allez ? me demande-t-il en nous regardant tour à tour.

— Dans la chambre, répond le type avec qui je suis. Ça ne te gêne pas, n'est-ce pas, mon chou ?

C'est la première fois que je l'entends parler. Sa voix est légère et mélodieuse, un petit peu féminine. Il a le ton moqueur, presque rieur. Comme si le monde entier est une blague et il est le seul à la comprendre.

— Qu'est-ce que vous avez l'intention de faire quand vous y serez ? demande Jared.

Le type rigole.

— Mon chou, tu es tellement adorable quand tu fais l'idiot.

Il me tient toujours la main, mais il passe son bras libre autour de la taille de Jared et se presse contre lui.

— Et si tu venais aussi ?

387

Jared l'ignore, comme il l'a fait des millions de fois. Ses joues s'empourprent et il me regarde dans les yeux.

— Et Zach ?

— Quoi, Zach ? je demande.

Pas parce que je ne sais pas ce qu'il veut dire, mais parce que ça m'énerve qu'il croie qu'il doit s'en mêler.

— As-tu pensé à ce qu'il se passera s'il l'apprend ?

— Il le sait déjà.

— Il le sait.

— Mais ouais. Il est dans la cuisine. Va lui demander si tu ne me crois pas.

— Tu ne devrais pas…

Mais le type le coupe.

— Mon chou, tu sais combien j'adore quand tu fais ton provincial, mais franchement. Nous sommes tous des adultes consentants.

Il dépasse Jared et entre dans la chambre, m'entraînant avec lui. Je ferme la porte, je m'appuie contre le battant et il se rapproche de moi.

— J'ai cru que tu allais me faire attendre toute la nuit, dit-il en me souriant.

Je ne peux pas m'empêcher d'y répondre.

— Moi aussi.

— Je ne veux pas te poser de problème avec ton petit ami. Disais-tu la vérité à Jared ?

— Je ne mens pas. Il a dit d'accord.

Son sourire se fait un peu plus sexy.

— Parfait.

Il s'appuie sur moi et m'embrasse sur la mâchoire. Sa langue passe sur mon oreille. Mon pouls s'accélère et je suis déjà presque complètement dur. Je pense à ce que je veux lui faire. Mais il murmure à mon oreille :

— Est-ce qu'il aimerait nous rejoindre ?

Juste quelques mots, mais, pour moi c'est comme une gifle. Je sais pas trop quoi en penser. Peut-être que ce serait mieux. Mais là, j'imagine Zach toucher un autre homme et je sais que je n'y arriverais pas. Il n'est peut-être pas du genre jaloux, mais moi, oui. Je le repousse juste un peu pour qu'il voie mon visage.

— Tu ne peux pas avoir Zach !

J'ai l'air plus fâché que je le voulais.

Il me fait juste un grand sourire.

388

— Je ne le désire pas, mon chou. Je proposais pour toi.

Il se penche pour m'embrasser. Je m'écarte sans même y penser. C'est exactement comme dans les boîtes de nuit. Mêmes règles. Ne pas les laisser m'embrasser. Ne jamais les laisser me baiser. Il a l'air un peu surpris, mais n'insiste pas. Il me prend la main et m'entraîne jusqu'au lit. Il ouvre le tiroir de la table de chevet. Pas celle du dessus, comme je l'aurais fait si je cherchais du lubrifiant. Il va direct au second et sort un tube, fouille un peu plus au fond et ressort avec quelques préservatifs.

— Tu as couché avec Jared, je dis, surpris.

Il me sourit par-dessus son épaule.

— De nombreuses fois, mon chou.

Là, tout se met en place et je me rends compte à quel point je suis con de ne pas l'avoir compris plus tôt.

— C'est toi, Cole.

— Eh bien ! lance-t-il d'un air séducteur, battant des cils avec un sourire malicieux. Ma réputation me précède.

Il y a quelque chose d'un peu moqueur dans sa flamboyance. Je ne peux m'empêcher de sourire.

— Qu'est-ce que tu fais ici ?

Il pose une main sur ma hanche. Mon cœur s'emballe rien qu'à ce petit contact.

— Je suis dans le Colorado pour le week-end. Je n'avais pas parlé à Jared depuis l'année dernière, alors j'ai décidé d'appeler, au cas où.

— Au cas où Matt et lui auraient rompu ?

— On ne peut pas me reprocher d'avoir essayé, n'est-ce pas, mon chou ? Jared m'a quand même invité à la soirée. Je me suis dit que peut-être son grand flic grognon et lui seraient partants pour un plan à trois.

J'éclate presque de rire à cette idée, celle de Matt laissant quiconque toucher Jared.

— Jamais de la vie.

— Oh, tant pis, dit-il en se rapprochant de moi. Tu es là, moi aussi…

Il passe les bras autour de moi et m'embrasse dans le cou.

— J'espère que Jared ne t'a rien dit qui te ferait changer d'avis maintenant, me murmure-t-il, ses lèvres frôlant mon oreille.

Je secoue la tête.

— Ce n'est pas Jared qui m'a parlé de toi. C'est Matt.

Il s'écarte pour me regarder et ses yeux pétillent un peu.

— Je suis sûr que cela a dû être une conversation intéressante.

389

— Il m'a dit qu'il t'avait choppé avec Jared, avant qu'ils se mettent ensemble.

Il sourit seulement.

— Franchement, dis comme ça, cela fait tellement mauvais genre. Lorsque Matt est arrivé, nous avions remis nos vêtements et tout.

Il retire mon tee-shirt et se presse contre moi.

— Dis-moi, mon chou, est-ce qu'on va discuter toute la nuit ?

— Je n'espère pas.

Il se marre.

Il glisse les mains dans mon dos, puis autour de ma ceinture.

— Je ne fais pas le passif, je dis.

C'est probablement un peu brutal, mais autant le dire maintenant.

— Ce n'est pas un problème, mon chou, répond-il, puis il m'embrasse à nouveau la mâchoire.

Je passe les bras autour de lui, sous son tee-shirt. Il a la peau douce et lisse sous mes doigts. Il déboutonne mon pantalon et une main glisse le long de mon ventre, dans mon boxer. Avec un gémissement, il me mordille le cou tandis que je donne un coup de hanches dans sa main. Il a les doigts tendres, il explore avec douceur, descend le long de ma verge

La conversation est officiellement terminée. À l'exception de Zach, je n'ai jamais autant désiré quelqu'un depuis longtemps. Je retire son tee-shirt et je le pousse brutalement sur le lit. Il lève les yeux avec surprise, je vois bien que ça lui plaît que je sois un peu plus agressif. Je grimpe sur lui. Je n'arrive pas à décider par où commencer. Il est plus maigre que Zach, autant que moi. Nos corps sont presque identiques, en fait. On pourrait être frères. Sa peau est magnifique, juste un peu plus claire que la mienne, et il a le torse complètement imberbe. Je passe les mains sur ses flancs et sur son ventre souple. Il enroule les jambes autour de mes hanches et se presse contre moi. Je referme la bouche autour d'un de ses tétons. Il gémit et plonge les doigts dans mes cheveux. Pour le moment, ça va.

On se frotte l'un contre l'autre tandis que j'excite un premier téton, puis le second. Il fait mine de me toucher à nouveau le sexe, mais j'écarte ses mains et lui plaque les bras au matelas. Clairement, il aime ça. Il ferme les yeux, gémit et se cambre contre moi.

Je descends plus bas et je déboutonne son pantalon, il soulève les hanches afin que je puisse le descendre. Je suis surpris de découvrir qu'il n'a pas de poils pubiens. Il s'est complètement rasé. Je n'ai jamais été avec quelqu'un comme ça avant et c'est grave sexy. Il a même une odeur différente des autres types. Pas musqué. Quelque chose de plus doux et propre. Putain, c'est chaud ! Je passe un long moment à faire courir mes doigts et ma langue sur cette peau lisse. J'aime particulièrement aspirer ses bourses imberbes. Il respire bruyamment, gémit doucement, les doigts dans mes cheveux. J'écarte ses mains.

— Ne me touche pas la tête pendant que je fais ça.

— Très bien, mon chou.

Il met les mains sur mes épaules.

Je fais le tour de son gland de la langue avant de descendre le long de sa queue, jusqu'au bout. Il a le souffle coupé. Il agrippe les draps, il se cambre vers moi. Un instant, j'ai l'impression qu'il va déjà jouir. Mais là il lâche dans un souffle :

— Oh, mon Dieu, tu es doué !

Il ne dit plus rien après ça, mais heureusement qu'il y a de la musique dans l'autre pièce, parce qu'il n'est pas non plus vraiment silencieux.

Je ne vais même pas essayer de deviner combien de pipes j'ai taillées tout ce temps, mais je suis presque sûr que je n'en ai jamais donné une pareille. Je suis partout à la fois. Je lui agrippe les fesses, pour l'aider à s'enfoncer plus profondément dans ma bouche. Je fais aller et venir mes doigts dans sa raie. Je suis tellement excité que je ne suis même pas sûr qu'il aura besoin de me toucher. Je pourrais facilement jouir rien qu'à me frotter contre le lit en le suçant. Et je le ferais, si je n'avais pas encore mon pantalon.

Je sens enfin ses muscles se tendre et il gémit :

— Attention, mon chou !

Ça me fait littéralement rigoler, ce qui n'est pas facile avec la queue d'un type à moitié enfoncée dans ta gorge. Il crie en jouissant et je le laisse bien au fond de ma bouche jusqu'à la fin.

Après, je remonte pour le regarder dans les yeux. Il a les paupières mi-closes et il me sourit paresseusement.

— Et maintenant, je peux t'embrasser ?

— Non.

Il hausse légèrement les épaules. Il passe les doigts le long de mon torse, dans mon pantalon, et enroule les doigts autour de ma verge.

— Tu veux la même chose ? me demande-t-il tout bas.

Sa prise se raffermit.

— Ou préférerais-tu me baiser ?

La seule idée de le mettre à genoux devant moi me coupe le souffle. Mon érection saute un peu dans sa main. Il me sourit.

— J'espérais que tu répondrais ça.

Je me redresse pour qu'il se débarrasse complètement de son pantalon. Je ne retire pas le mien. Je le descends juste assez pour qu'il ne me gêne pas. J'enfile un préservatif et je mets du lubrifiant. Il se met à quatre pattes et me regarde par-dessus son épaule.

Je dois avouer que là, je perds complètement la boule. Je fais que regarder son cul, juste en face de moi, comme une offrande. J'ai peur de le toucher. Je sais que je vais perdre le contrôle.

— Qu'est-ce que tu attends ?

J'ai la bouche sèche et j'essaie de me lécher les lèvres.

— Je ne suis pas sûr de pouvoir être doux.

On ne dirait même pas ma voix. Je n'arrive pas à croire que j'aie à ce point envie de lui.

— Pas besoin, mon chou.

Il y a du rire dans sa voix. Il me fait un clin d'œil.

— Je ne suis pas aussi fragile que j'en ai l'air.

Il agite les fesses d'un air provocateur. J'attrape ses hanches, je pousse contre lui. Ce premier moment où je franchis son entrée me défait presque. Il s'appuie contre moi, s'enfonçant jusqu'au bout. Je m'arrête là, enfoui en lui jusqu'à la garde, savourant simplement la pression autour de ma verge.

— Vas-y ! me siffle-t-il.

Le reste de mon sang-froid s'envole en fumée. Avant de comprendre, je le prends vite et brutalement, et il se donne autant. Il respire vite. Notre peau claque et le lit craque et je m'en fous si le monde entier sait ce qu'il se passe à cet instant. Je sais qu'il aura mal demain et qu'il aura probablement des bleus sur les hanches où je le tiens, mais je ne peux rien faire pour m'arrêter. Il y a quelque chose chez lui qui me rend dingue. Je pense à ce que j'ai ressenti à lui tailler une pipe. Toute cette peau lisse et glabre, et son odeur, c'est bon. Je lâche, je le serre fort contre moi pendant que je jouis.

Quand j'ai fini, il s'écarte. Il se laisse retomber sur le dos et me sourit. Je m'allonge près de lui, sans le toucher et on essaye tous les deux de respirer à nouveau normalement.

Après un instant, il dit :

— Je ne connais toujours pas ton nom.

Bien sûr, l'une de mes règles est de ne jamais le leur donner, mais là bizarrement, c'est différent.

— Angelo.

— Angelo.

Il soupire.

— Je ferais mieux de sortir de là. Le grand méchant petit ami de Jared va m'arracher les jambes s'il me trouve dans son lit. Peu importe avec qui je suis.

J'ai comme l'impression qu'il a raison. Et je ne veux pas penser à ce que Matt me dirait. Je me lève, lui tends la main et l'aide à se relever. On s'habille en silence. Je le suis à la porte. Il commence à l'ouvrir, puis la referme soudain et se tourne vers moi.

— Elle a disparu, non ? dit-il avec surprise.

— De quoi ?

— Toute cette tension. Je n'avais pas désiré quelqu'un comme ça depuis longtemps. Mais maintenant…

Il haussa les épaules.

— C'est fini.

Il a raison. Quoi que j'aie ressenti avec lui, ça disparaît déjà, comme une allumette qui s'enflamme violemment d'abord, mais s'éteint bien trop tôt. Maintenant, on dirait n'importe quel autre type. Comme si l'on pouvait traîner ensemble indéfiniment et plus jamais baiser.

— On dirait bien.

Il sourit un peu.

— Ton petit ami doit être quelqu'un de très intelligent.

Il posa la main sur mon bras.

— Prends soin de toi, Angelo.

Puis il s'en va. Il retourne à la soirée. Je le vois rejoindre Jared, qui regarde vers moi, l'air de vouloir me mettre son poing dans la gueule.

Je m'en fous. Je n'ai pas à m'inquiéter de ce qu'il pense.

Je vois Zach dès que je rentre dans la cuisine. Appuyé contre l'évier, il parle avec Lizzy. Son regard se pose sur moi dès que j'entre. Il est curieux, rien de plus. Pas fâché. Pas jaloux. Pas triste. Tant mieux, parce que je peux plus revenir en arrière et je ne sais pas ce que j'aurais fait s'il avait flippé maintenant.

Je prends un soda dans le frigo et je le bois à moitié d'un coup. Je refuse de le rejoindre avec le goût de Cole sur la langue. Puis je me tourne vers lui et il me sourit.

Je le rejoins et je m'appuie contre lui. Son corps est si sécurisant et familier. Je passe les mains sur son torse, l'embrasse sur la mâchoire. Il tremble un peu, puis se détend et passe les bras autour de moi. Désormais, je ne veux que lui. Je ne sais pas si ça a un sens, mais à cet instant précis, j'ai plus envie de lui que jamais. Si on était seul, je serais déjà en train de le déshabiller.

Je l'enlace à la taille et je dois me mettre sur la pointe des pieds pour murmurer à son oreille :

— Comment es-tu devenu si intelligent ?

Il rit.

— Je ne sais pas si c'est vrai. Jared a passé vingt minutes à me dire combien j'étais bête.

Je le regarde droit dans les yeux.

— Il a tort.

— Tu crois ?

Je hoche la tête.

— Je le sais.

Il me sourit et je commence à promener les mains sur lui. Il y a beaucoup de gens ici qui peut nous voir, mais je m'en fiche. Je mets une main à l'arrière de sa tête et le tire vers moi pour l'embrasser. J'adore la façon dont sa langue passe sur ma lèvre inférieure et la façon dont l'une de ses mains remonte jusqu'à ma nuque. J'adore que ce soit familier. Je sais qu'il va le faire, mais ça m'excite chaque fois. Comme il se doit.

— Zach, je dis tandis que ses lèvres sont toujours contre les miennes. Ramène-moi à la maison.

Il s'écarte juste un peu et maintenant il a l'air inquiet.

— C'est parce que tu te sens coupable ? demande-t-il tout bas.

Je secoue la tête.

— Non.

Et c'est vrai. Peut-être que je devrais, mais ce n'est pas le cas. J'inspire profondément, je me force à le regarder dans les yeux et je le dis. D'habitude, les mots se coincent dans ma gorge, mais ce soir, c'est plus facile que jamais.

— Parce que je t'aime, Zach.

L'éclat et le bonheur dans son regard n'ont pas de prix.

— Je ne peux même pas te dire à quel point.

Je l'embrasse encore.

— Ramène-moi et je vais te le montrer à la place.

Il me sourit.

— D'accord.

J'avais peur que le retour à la maison soit bizarre, mais non. Quand on arrive, je l'entraîne dans la chambre. On se déshabille, je l'enlace et je dis :

— Fais-moi l'amour, Zach.

Il sourit.

— Tout ce que tu veux, mon ange.

Il me repousse sur le lit. On prend notre temps. Il me touche partout, m'embrasse sur le ventre, le torse, dans le cou. Puis il passe la main dans mon dos, sur mes fesses, ses doigts pressent contre mon anneau.

Et soudain, il s'arrête. Il se retire et me regarde avec surprise.

— Tu n'as pas… ?

Il laisse la question en suspens, mais je sais ce qu'il demande. Je suis toujours passif avec Zach, non pas parce qu'il s'y attend, mais parce qu'avec lui c'est ce que je préfère. C'est le truc le plus intime au monde. C'est là que je me sens le plus proche de lui. Ça ne me surprend pas qu'il croie que j'ai fait la même chose avec Cole.

— Tu es le seul depuis longtemps, Zach. Presque cinq ans.

Je lui fais baisser la tête et je l'embrasse, les bras serrés autour de son cou. Je passe la langue sur ses lèvres.

— Ça aussi, Zach, je dis avec les lèvres toujours sur les siennes. Seulement toi.

Et je vois dans ses yeux que ça le touche énormément. Il me prend la main et m'embrasse la paume.

— Je t'aime tellement, Angelo.

— Et ça surtout, Zach. Seulement toi. À jamais.

— Je sais.

— Tout va bien, hein ? Entre nous ?

Il me sourit.

— Angelo, tout est parfait.

Et puis il le prouve.

DEUX MOIS plus tard, Zach et moi nous sommes dans notre séjour, en train de faire un puzzle. C'est ce qu'on fait la plupart des soirs après dîner. Je bois une bière et Zach un verre de vin. On allume de la musique, on a cette playlist complètement ridicule qu'on a faite juste pour ça, une moitié sa musique et l'autre la mienne. Si vous n'aviez jamais cru que Asa et Cocoon ne pourraient pas cohabiter avec Pantera et KoRn sur un lecteur MP3, Zach et moi on doit être là pour prouver le contraire. Et s'il se trouve que je connais absolument toutes les paroles de la moitié des chansons d'Ellis, je ne vais pas plus l'admettre à Zach qu'il ne reconnaît écouter mon CD de Green Day quand il fait le ménage. Ne me demandez pas pourquoi. C'est comme ça, c'est tout.

Alors on est assis là comme toujours à bosser ensemble sur le puzzle quand Matt et Jared se pointent. Ça fait quelques jours qu'on ne les a pas vus, alors je suis content de voir Matt, moins de voir Jared. Ce qu'il s'est passé entre Cole et moi n'a rien changé du tout entre Zach et moi, mais ça a clairement fichu en l'air mon amitié avec Jared. Ce n'est pas comme s'il jouait les connards. Pas vraiment. Mais en quelque sorte, il est un peu plus réservé avec moi et les sourires qu'il me fait ne sont pas complètement sincères. J'essaie de faire comme si rien ne s'était passé, comme si je ne savais pas qu'il était encore un peu fâché. Mais même maintenant, après deux mois, c'est encore bizarre entre nous. Je sais que ça emmerde Zach et que ça perturbe Matt qui ne sait rien de ce qu'il s'est passé, mais je ne sais pas comment faire pour que nos relations reviennent à la normale.

Ils entrent et Zach sort de la cuisine avec des bières pour chacun, on s'assoit tous dans le salon. Je vois que Jared est très excité.

— Quoi de neuf ? Je lui demande.

— La semaine prochaine, ce sont les vacances de printemps, lâche-t-il tout d'un coup.

Bien sûr, ça a du sens que pour lui. Il est prof, alors ça veut dire qu'il ne travaille pas pendant une semaine.

— Et ? je demande, parce qu'il y a forcément autre chose.

— On devrait aller à Las Vegas.

— La semaine prochaine ? Fait Zach.

— Oui ! J'ai trouvé un hôtel vraiment pas cher, et si l'on prend la voiture au lieu de l'avion, ça ne nous coûtera pas grand-chose. Si le temps est beau, ça ne fait que douze heures de route et à nous quatre on peut facilement faire le trajet en une fois.

— Il faudrait que je ferme le vidéo club.

Le sourire de Jared s'agrandit.

— Non, même pas ! On peut partir tôt le lundi matin et rentrer pour jeudi soir.

Ce qui veut dire que Zach et moi on ne ratera aucun soir où l'on diffuse des films à l'arrière du vidéo club.

— Et pendant la semaine, on a réglé le problème. Nous…

Matt lui donne soudain une tape à l'arrière de la tête. Jared prend l'air un peu embarrassé, mais continue :

— J'en ai déjà parlé à Lizzy et aux mamans. Elles ont dit qu'elles s'occuperaient de tout.

Quand on était à Denver, Zach et moi on faisait tout au vidéo club. Mais maintenant qu'on projette aussi des films les soirs de week-ends, ça fait un paquet d'heures pour deux personnes. On a des employés à mi-temps qui aident pendant le week-end, pendant les séances, mais ça fait quand même une longue semaine. Alors il y a quelques mois, Lizzy a proposé d'aider. Elle s'est dit que ça lui plairait de bosser quelques heures par semaine, juste pour faire autre chose que la maman vingt-quatre heures sur vingt-quatre et bien sûr, Zach a accepté. Mais je ne sais pas pourquoi, après ça la mère de Jared, Susan, a décidé qu'elle aimerait bien filer un coup de main aussi. Et puis Lucy, la mère de Matt, a voulu tenir compagnie à Susan.

Aucune d'entre elles n'a des heures régulières, elles se pointent juste quand ça les arrange. À mon avis, elles aiment bien traîner et papoter avec les gens qui viennent au vidéo club. Zach a essayé de les payer, mais il n'y a que Lizzy qui prend le temps de donner ses heures de travail. Franchement, c'est une organisation un peu ridicule et au début je n'aimais pas du tout qu'elles soient là. Lizzy parle trop et je ne suis pas à l'aise avec les deux mères. Mais ça fait économiser de l'argent à Zach et ça nous libère de temps en temps.

Jared est toujours là, à sourire jusqu'aux oreilles, en attendant notre réponse. Matt a l'air clairement plus amusé par son enthousiasme que par l'idée d'aller à Las Vegas, mais au bout du compte il fera ce que veut Jared. Zach y réfléchit, mais je n'arrive pas encore à savoir s'il veut vraiment y aller ou pas.

Et moi ? Je me sens comme un gosse qui a découvert que cette année le père Noël passe deux fois. Je suis tellement excité que je n'arrive pas à tenir en place. Je ne suis jamais allé à Las Vegas. En fait, je ne suis jamais allé nulle part, sauf quand j'étais en CE2 et que ma famille d'accueil m'avait emmené à Yellowstone. En dehors de ça, je ne suis jamais sorti du Colorado. Jared aurait pu dire qu'il voulait aller dans le Kansas s'asseoir au milieu d'un champ de maïs à la con et j'aurais été partant. N'empêche, ça me gonfle d'avoir l'air d'un gamin enthousiaste, alors je fais de mon mieux pour me la jouer cool et faire comme si ce n'était pas grand-chose.

— Oui, peut-être, répond Zach, mais d'un ton sceptique.

397

Puis il se retourne vers moi. Mon air indifférent ne doit pas être aussi bon que je le crois, parce que dès que nos regards se croisent, il sourit, puis il dit à Jared :

— Ça marche.

On part le lundi matin à 5 heures. Zach et Jared sont tous les deux grognons et ils râlent qu'il est trop tôt. Matt et moi on fait la sourde oreille. On les met à l'arrière du Bronco de Jared et avant même qu'on ait fini notre première tasse de café, ils se rendorment.

C'est Matt et moi qui finissons par conduire le plus. Je commence. Puis il me remplace. Zach et Jared se réveillent et l'un d'entre eux sort un jeu de rami de voyage.

— Fais attention, Zach, prévient Matt en jetant un coup d'œil dans le rétroviseur. Jared triche.

Je rigole, parce que Jared a tellement l'air d'un boy scout. Matt plaisante forcément. Mais là, il me regarde et confirme :

— Je suis sérieux. Il triche.

Jared lui balance la capsule de son soda et pour une fois, le touche.

— Hé ! On ne dérange pas le conducteur ! Cingle Matt. Tu veux finir dans le fossé ?

Et en plus, je crois qu'il est à moitié sérieux là aussi, alors cette fois je ris pour de bon.

— Franchement, dit Jared innocemment. Matt m'a surpris une fois à tricher et il n'arrête pas de le rappeler.

— Tu veux dire que tu n'as triché qu'une seule fois ?

— J'ai dit que tu ne m'avais surpris qu'une fois.

— Vous voyez ! s'exclama Matt victorieusement. On ne peut pas lui faire confiance.

— C'est quoi, ça ? Je demande. La leçon du jour ?

— Bien sûr, répond Jared. Accomplie grâce à la lettre T.

— T comme 'tricheur' ? dit Matt.

— T comme 'trop intelligent' !

On finit par échanger et Matt et moi on se retrouve à l'arrière. Il s'appuie contre le siège et s'endort en cinq secondes. Il y arrive toujours. Je crois qu'on l'apprend à l'école des flics. Moi je n'arrive pas à dormir. Pas qu'il y ait grand-chose à voir, mais le moindre truc est nouveau pour moi. J'ai l'impression que si je ferme les yeux, je vais rater quelque chose.

On arrive à Las Vegas, et heureusement que je ne conduis pas, parce qu'on aurait forcément eu un accident. Mes yeux vont me sortir des orbites.

J'essaie de tout regarder à la fois. On trouve notre hôtel et on attend notre tour à la réception.

— J'ai une réservation pour deux chambres, chacune avec un lit king-size. Est-ce que c'est ça ? demande la dame sans même ciller devant le fait que l'on soit quatre hommes.

— Oui, répond Jared.

— Non, répond Zach.

Matt et Jared tournent tous les deux d'un coup la tête vers nous de surprise. Je détourne la tête pour qu'ils ne me voient pas rougir. Mais Zach ne rougit pas, lui.

— Il nous faudrait deux lits dans la nôtre.

Nos chambres sont au même étage, même pas tout à fait proches l'une de l'autre. On prend nos sacs et on se retrouve au rez-de-chaussée.

— Dîner d'abord, déclare Jared. Qu'est-ce qu'on devrait faire après ça ?

— Je n'ai pas de préférence, répond Zach. Quoi que veuille Angelo.

Je peux que hausser les épaules.

— Je ne sais même pas ce qu'il y a à faire.

On se tourne vers Matt. Il hausse aussi les épaules.

— Les fois où je suis venu, mes amis et moi on a passé notre temps à jouer ou à des clubs de strip-tease.

— T'es sérieux ? Je demande.

— Bien sûr. Pourquoi venir à Vegas, sinon ?

Je secoue la tête et je dis en plaisantant :

— Tu m'écœures, Matt !

Il me fait son demi-sourire à la con, un sourcil haussé et réplique :

— Qu'est-ce qu'il y a de mal à jouer ?

Je suis bien obligé de rire.

— Je ne joue jamais quand je viens ici, dit Zach. Je n'ai pas les moyens.

— Je ne joue pas non plus, ajoute Jared.

— Vous savez pourquoi, n'est-ce pas ? Déclare Matt à Zach et moi. C'est parce qu'à Vegas, il ne peut pas tricher.

Jared sourit sans rien répondre.

On sort sur le Strip. Au premier carrefour, il y a un tas de types qui distribuent de petites cartes. L'un d'entre eux m'en met une sous le nez et j'entends Zach dire :

— Tu n'en veux pas.

Mais c'est trop tard. Je l'ai déjà prise, et quand je la retourne, je manque la lâcher à nouveau.

— Non, mais ça ne va pas ? Je m'exclame. On ne peut pas distribuer des photos de nanas à poil !

— Apparemment, me répond Jared, on peut.

Je la tends à Matt.

— Je crois que c'est à toi qu'ils voulaient la donner.

Il rigole.

Ils décident d'aller dîner à New York, New York. Jared veut un hot dog. Zach et Matt se moquent de lui, d'avoir voulu venir jusqu'ici juste pour un hot dog, mais il refuse de changer d'avis. Je me fiche royalement de notre destination et ce qu'on va manger. Tout est nouveau, pour moi. Je suis tellement occupé à regarder autour de moi que je ne fais pas attention où je marche. Je n'arrête pas de rentrer dans les gens et j'ai complètement perdu le fil de la conversation des autres. Je sais qu'ils se moquent un peu de moi. Au point où j'en suis, je m'en fiche complètement. Au bout d'un moment, j'attrape Zach par l'arrière de sa veste et je le suis comme un petit gamin, les yeux écarquillés et incrédules.

— C'est des montagnes russes ? Je demande quand on arrive à New York, New York.

Je n'ai pas l'occasion d'en faire beaucoup, mais j'adore ça.

— On peut faire un tour ?

— Putain ouais ! s'exclame Jared, mais Zach n'a pas l'air convaincu.

— On ferait mieux d'y aller avant de manger.

Il a déjà l'air un peu pâle. Alors on commence par les montagnes russes. Je fais presque une crise cardiaque quand je vois le prix, mais on y va quand même. Deux fois. Puis on va dîner et boire quelques verres.

— Et maintenant ? Demande Jared.

— Le Bellagio, déclare Zach en me regardant. Maintenant qu'il fait nuit, je veux qu'Ang voie les fontaines.

Je ne sais pas de quelles fontaines il parle ou en quoi elles peuvent être à ce point intéressantes, surtout dans le noir. Mais je les suis vers le nord et l'on s'arrête au Bellagio. Il y a un petit lac artificiel devant et tout le monde s'appuie à la balustrade de pierre et fixe ce lac. J'essaie de comprendre pourquoi il est si génial. Enfin, oui, l'hôtel est plutôt cool, mais je me dis que celui derrière nous avec la Tour Eiffel qui a l'air plus intéressant. Et je me demande si la fontaine dont il parle est dedans.

Comme s'il lisait dans mes pensées, Zach dit :

— Attends un peu.

Alors j'attends.

J'aurais dû me douter que Zach savait de quoi il parlait.

Les fontaines commencent et je suis éberlué. C'est cette chanson à la con de Titanic. Je l'ai toujours trouvée gnangnan. Ça me fait mal de l'admettre, mais ces fontaines pourraient me faire changer d'avis. Il y a des jets d'eau avec de la lumière à l'intérieur et l'on dirait qu'ils dansent. Je ne sais pas comment quelque chose d'aussi simple peut être aussi beau, et pourtant si. Même quand ça se termine, je continue à fixer le lac. Je me tourne vers Zach qui me sourit.

— C'est ce que je préfère à Vegas, je déclare.

— Tu n'as vu que ça.

— M'en fiche. C'est quand même ce que je préfère.

On finit par retourner à la chambre. Je me débarrasse de mon boxer et de mon tee-shirt et je m'allonge sur l'un des lits. Les autres ont tous dormi sur la route, mais pas moi. Je suis épuisé.

À la maison, la plupart des nuits je m'endors encore dans mon propre lit. C'est pour ça que Zach en a demandé deux. Il s'assurait que j'ai de l'espace si j'en avais besoin. C'est à l'heure de me coucher que cet oiseau à la con dans ma poitrine fait le plus chier. À un moment dans la nuit, je me réveille toujours et je rejoins Zach dans sa chambre, comme un gamin qui se réfugie dans le lit de ses parents quand il a peur. La moitié du temps, je ne me souviens pas de l'avoir fait. Parfois, je reviens de mon job au supermarché tellement crevé que je ne me déshabille même pas. Je m'effondre sur le lit et je m'endors tout habillé. Puis je me réveille au bout d'un moment et je laisse une piste de vêtements dans le couloir qui mène de mon lit au sien. Il émerge toujours assez pour m'attirer contre lui. Il tient parfaitement contre moi. En général, on se rendort quelque temps. Une heure ou deux plus tard, il m'arrive de le réveiller en me pressant contre son aine ou en lui faisant une pipe. Ou il me réveille en m'allongeant sur le ventre et en s'enfonçant en moi. Peu importe la façon dont ça se passe, c'est mon moment préféré de la journée. On fait l'amour presque tous les matins.

Je suis allongé là, à moitié endormi. Zach allume la télévision, s'assoit sur mon lit et commence à me frotter les pieds. C'est un autre truc que personne n'avait encore jamais fait pour moi avant Zach. Je n'avais aucune idée combien cela pouvait être bon. Si je n'avais pas déjà eu les yeux fermés, ils me remonteraient dans les orbites. Il masse le droit, puis le gauche, tandis qu'il regarde l'écran. Puis il remonte ses doigts de mes orteils à mes genoux. Une seconde plus tard, je sens ses lèvres frôler l'intérieur de ma cheville. Je n'ouvre pas les yeux, mais je souris.

— Qu'est-ce que tu fais ?

— Je crois que j'adore tes pieds, dit-il doucement.

Je ne peux que rire.

— T'es trop bizarre.

— Peut-être, mon ange. Mais pas à ce sujet.

Il m'embrasse à nouveau la cheville et commence à remonter. Il a presque atteint mon genou quand je m'endors.

MATT...

COMME D'HABITUDE, je me réveillai avant Jared. Et comme d'habitude, je me retrouvai accroché au rebord du matelas alors qu'il était étalé sur le ventre en plein milieu, à prendre la majorité de la place.

Pour sa défense, j'avais tous les draps.

Il me tournait la tête. Sa peau était d'un or pâle, ses bras et ses épaules parsemées de légères taches de rousseur. Son corps était fort, mince et absolument fantastique. J'envisageai de le laisser dormir, mais pas plus d'un instant.

Jared et moi allions rarement jusqu'à la pénétration. Cela me rendait encore un peu mal à l'aise, surtout quand c'était moi qui le faisais. En fait, je ne l'avais pas pris depuis cette soirée dans notre salon, juste avant Noël, un peu plus d'un an auparavant. Ce n'était pas que je n'avais pas aimé, bien sûr que si, mais après je ne m'étais pas senti bien. Dans ma tête, cela me semblait mal. Jared était fort, solide et masculin. Il était plus petit que moi, mais il était sacrément vigoureux et il me bottait le cul en VTT sur n'importe quel sentier de montagne. Bizarrement, le prendre me donnait l'impression de l'avoir utilisé et humilié. Je savais qu'il ne comprenait pas, mais il n'insistait pas. On se pelotait beaucoup et quand il le demandait, je le laissais me prendre. Mais en général, on ne s'embêtait pas avec ça. Il y avait beaucoup d'autres manières de jouir.

Je manœuvrai de l'autre côté de son bras et de sa jambe écartée. J'embrassai son épaule et le tatouage entre ses omoplates. Je passai la main dans son dos et entre ses jambes. Il émergea un peu, suffisamment pour se mettre sur le flanc, dos à moi.

— Tu es réveillé ? murmurai-je.

— Mmmmmmmh, fut sa seule réponse.

Il me taquinait toujours en disant que 'Tu es réveillé ? ' Était ma version des préliminaires. Jared n'était pas vraiment du matin, même quand il s'agissait de sexe.

Je l'enlaçai, l'attirant tout contre moi. Je glissai ma verge érigée dans le creux chaud entre ses fesses rondes et ses jambes. J'adorais me frotter entre ses cuisses solides et musclées. Il se lova dans mes bras avec un soupir

403

tandis que je me pressais contre lui. Je glissai une main sur son ventre. Il ne bougea pas, mais gémit doucement lorsque je dénichai son érection matinale. Je commençai à la caresser lentement tout en allant et venant entre ses jambes. Il se pressa contre moi et posa une main par-dessus la mienne pour m'inciter à aller plus vite. J'enfouis le visage dans ses boucles en désordre. Même là, ses cheveux avaient l'odeur du vent du Colorado. Mes lèvres trouvèrent son épaule. Je commençai à l'embrasser, mais il ne fallut pas longtemps pour que cela devienne plus agressif, et je l'entendis gémir à nouveau en réaction. Je continuai à le caresser tandis que mes va-et-vient s'accéléraient.

Il jouit le premier, mais je le suivis de près. Je le gardai dans mes bras un instant, lui embrassant les épaules et la nuque.

— Non, soupira-t-il profondément.

— Non quoi ? demandai-je.

— Non, je ne suis pas réveillé.

J'éclatai de rire et sortis du lit. Il tira les draps par-dessus lui et s'enfouit dedans.

— Tu vas coller aux draps, le taquinai-je.

Il ne répondit pas et avant même que je revienne avec une serviette pour l'essuyer, il s'était rendormi profondément.

Je pris une douche et appelai Angelo. Je savais que Zach ferait la grasse matinée et qu'Ang serait réveillé et rongerait son frein en attendant de sortir de l'hôtel. Nous nous retrouvâmes à l'ascenseur et partîmes chercher du café, je l'emmenai dans l'un des casinos les moins chers. Nous jouâmes un peu au blackjack et je lui appris le craps. Il termina avec trente-cinq dollars de bénéfice et décida que cela suffisait.

Nous finissions à peine de petit-déjeuner lorsque Jared et Zach appelèrent. Nous les retrouvâmes et décidâmes d'aller traîner à l'hôtel-casino Caesar's Palace jusqu'à l'heure du déjeuner. Jared et moi suivîmes Zach et Angelo. Zach avait le bras autour de ses épaules, Ang avait la main dans la poche arrière du pantalon de Zach. Chaque fois que Zach lui disait quelque chose, il se penchait et soufflait dans ses cheveux. Angelo lui souriait et parfois, Zach l'embrassait. C'était un degré d'intimité que Jared et moi affichions rarement en public. Même à Las Vegas, certains se retournaient sur leur passage. La distance entre nous sembla grandir tandis que nous marchions. Sans le vouloir, Jared et moi nous éloignions d'eux. Je ne savais pas trop lequel d'entre nous en était la cause.

— Ils s'en fichent complètement, hein ? dis-je.

— Zach n'y pense même pas, répondit Jared. Tu sais comment il est. Il ne se rend probablement même pas compte que les gens le regardent. Angelo le sait, mais tu as raison, lui, il s'en fiche.

— Ça te dérange ?

— Qu'ils se comportent comme ça ?

— Que moi non.

Il me sourit.

— Non. Pas du tout.

Une fois arrivé dans le centre commercial Forum Shops du Caesar's Palace, nous nous retrouvâmes à changer de place. Je me retrouvai, je ne sais pas comment, à marcher près de Zach. Jared et Angelo étaient à quelques pas devant nous. Je regardai la foule autour de moi, cherchant des hommes accompagnés d'autres hommes.

— Qu'est-ce que tu fais ? me demanda Zach.

— J'essaie de trouver d'autres couples, avouai-je avec un sentiment d'embarras. Je n'y avais jamais pensé, mais maintenant, chaque fois que je vois deux hommes ensemble, je me demande si c'en est un.

Je voyais bien qu'il trouvait ça drôle.

— Pas toi ? lui demandai-je.

Il haussa les épaules.

— Je n'y fais pas attention.

Ce que j'aurais probablement deviné, si j'avais pris le temps d'y réfléchir. Zach ne faisait jamais vraiment attention à ce qu'il se passait autour de lui.

— Quels sont tes critères de jugement ? demanda Jared, clairement amusé.

— Les vêtements.

— Tu crois que ça suffit ? demanda Angelo.

— Eh bien, il est possible que le repère sur lequel je me base ne soit pas neutre. J'ai tendance à croire que tous les types mieux habillés que Jared sont gays.

Angelo me fait son sourire en coin.

— C'est la moitié des types de Vegas, Zach y compris.

— Oui, mais Zach est gay.

— Ouais, mais genre, ces deux types….

Il indiqua deux hommes en costume.

— Ils sont mieux habillés que nous tous et ils sont hétéros.

— Ils portent des badges avec leur nom.

405

— Et alors ?

— Ils sont là pour une conférence. Ils sont obligés de porter ces costumes, alors ça ne compte pas.

— D'accord, petit génie. Alors sur quoi te bases-tu ?

Je haussai les épaules, cherchant du secours auprès de Zach.

— Les chaussures, dit-il.

— Les manteaux, ajoutai-je.

— Les chapeaux, renchérit Zach.

Jared et Angelo se regardèrent d'un air amusé, mais ne dirent rien. Nous continuâmes notre promenade et après un instant, Angelo indiqua du menton un homme qui nous dépassait avec un drôle de chapeau penché sur la tête.

— Tu dois croire que ce type est homo juste à cause de son chapeau ? demanda-t-il.

Zach et moi observâmes le type et nous hochâmes tous les deux la tête.

— Un hétéro ne porterait jamais un chapeau pareil en public, dis-je.

Jared secoua la tête.

— À mon avis, il était juste Européen.

Nous nous regardâmes à nouveau et Zach se mit à rire.

— Alors un beau manteau ou un chapeau bizarre veut dire gay ou Européen ?

— C'est ça, dit Angelo d'un ton sarcastique. Ce qui fait de nous de gros hétéros confirmés ! Qui veut se faire la tournée des clubs de strip-tease avec moi ?

Je n'aurais pas dit non, mais je savais qu'Ang plaisantait et Jared et Zach n'étaient probablement pas intéressés, alors je gardai le silence.

— Et ces deux-là ? demandai-je en indiquant deux hommes ensemble. Gays ou Européens ?

Zach les regarda nous dépasser, puis dit :

— Européen.

— Gay, déclarèrent en chœur Angelo et Jared.

— Comment le savez-vous ?

Angelo et Jared se regardèrent, essayant de décider qui répondrait. Ce fut Jared, finalement.

— Ils portaient tous les deux plus de trois sacs de courses et pas un seul de lingerie Victoria's Secret.

— Peut-être qu'ils achetaient des cadeaux pour leur mère, répondis-je.

Jared se mit à rire.

— Ouais, bien sûr. Ça t'arrive souvent ?

Il marquait un point, alors je ne répliquai pas.

— D'accord, fit Zach une minute plus tard.

Il indiqua deux autres hommes qui nous dépassaient.

— Gays ou Européens ?

— Gay, répondis-je.

— Européen, rétorqua Angelo par-dessus son épaule.

— Comment le sais-tu ?

— Ils parlaient français !

— D'accord, me dit Zach avec un sourire. J'imagine que ça aurait dû nous mettre la puce à l'oreille.

— Tu n'es pas censé avoir un sixième sens là-dessus ? lui demandai-je.

Angelo étrangla un rire.

— Le gaydar de Zach est pourri, déclara-t-il avant que ce dernier puisse répondre. Je travaillais pour lui depuis deux semaines quand il a compris que j'étais homosexuel.

Ça ne me surprenait pas, mais Jared trouvait clairement ça drôle.

— Sérieusement ? demanda-t-il en jetant un coup d'œil à Zach.

— Comment aurais-je pu le savoir ?

— Je ne savais pas non plus, déclarai-je pour sa défense.

Jared et Angelo échangèrent un regard complice sans nous répondre.

— Pas jusqu'à la moitié de cette journée à Folk Fest.

— Ouais, répondit Angelo, ça, c'est différent.

— Alors comment l'as-tu su ? lui demanda Zach.

Angelo le regarda avec surprise.

— Quoi, que tu étais homo ?

— Oui.

Il haussa les sourcils.

— Tu plaisantes, hein ?

Il se tourna à nouveau vers Jared et ils éclatèrent de rire.

Zach ralentit et je ralentis avec lui afin que Jared et Ang nous précèdent un peu.

— J'essaie de décider si je dois m'offenser ou pas, dit Zach suffisamment bas pour que je sois le seul à l'entendre.

Je ne savais pas quoi lui dire. Angelo et Jared continuaient à avancer. Je n'entendais pas ce qu'ils disaient, mais ils riaient et j'étais certain que c'était à nos dépens. Au moins, ils s'étaient trouvé un point commun.

Le regard baissé, Zach m'accompagnait en silence. Angelo et Jared nous devançaient de plus en plus. Angelo était toujours impressionné par tout ce qu'il voyait. Je ne l'entendais pas, mais il parlait à toute vitesse et Jared avait l'air de trouver ça intéressant.

— Et ce type ? demandai-je à Zach pour essayer de lui remonter le moral.

J'indiquai un homme qui marchait dans notre direction. Il avait notre âge et était bien habillé, avec un pantalon à plis, et l'un de ces manteaux en laine à double rangée de boutons dorés.

— Gay ou Européen ? demandai-je.

Zach le regarda au moment où il nous regarda également et à ma grande surprise, ils se figèrent tous les deux d'un coup.

— Jonathan, dit Zach.

Bien sûr, je m'étais attendu à ce qu'il dise gay ou Européen, alors j'étais un peu perdu.

— Quoi ? demandai-je bêtement.

— C'est Jonathan.

— Zach ? fit le type au manteau chic d'un air de bonne surprise. C'est toi ?

Rayonnant, il se dirigea vers nous. Zach avait l'air d'un cerf pris dans les phares d'une voiture ; il ne pouvait évidemment pas s'enfuir, mais il n'avait pas l'air de pouvoir reprendre suffisamment son sang-froid pour répondre non plus. C'était sans importance. Le type – Jonathan, apparemment – parlait encore.

— Oh, mon Dieu, Zach, ça fait des années !

Il tendit la main, comme s'il allait la lui serrer, mais à la dernière seconde il sembla changer d'avis, il l'attrapa et l'étreignit. Zach était raide dans ses bras, l'air toujours assommé.

— Je pensais justement à toi l'autre jour ! C'est si bon de te voir, Zach.

Il recula un peu, sans pour autant le lâcher.

— Tu es superbe, dit-il avec sincérité. Tu n'as pas changé du tout.

— Oui, toi non plus, réussit à lâcher Zach d'une voix étranglée.

Puis, ne sachant clairement pas quoi ajouter, il s'arrêta net.

Jonathan n'était apparemment ni surpris ni offensé par son comportement. Il le lâcha et me tendit la main.

— Bonjour, je suis Jonathan.

— Matt, répondis-je en la serrant.

— Ravi de vous rencontrer.

408

Son regard passa de Zach à moi et je sus ce qui allait arriver.

— Êtes-vous…

— Non, répondîmes Zach et moi en chœur.

Le sourire de Jonathan s'élargit.

— Qu'est-ce que tu fais à Vegas ? demanda-t-il à Zach.

— Hummm… bredouilla ce dernier qui se tourna vers moi à la recherche d'une aide.

— Du tourisme, c'est tout, répondis-je, puisqu'il semblait incapable de formuler une réponse.

— C'est génial ! s'exclama Jonathan avant de se tourner à nouveau vers Zach. On devrait se retrouver quelque part. Je serais ravi qu'on échange des nouvelles.

Cette fois, Zach n'arriva même pas à bredouiller. Il resta les yeux écarquillés, et je pressentis qu'il faudrait que je réponde encore une fois à sa place. Le problème, c'était que je ne savais pas si je devais dire oui ou non. Puis d'un coup, Jared apparut à mes côtés, avec son éternel sourire, et je l'aurais embrassé. Il était tellement meilleur à ces conneries que moi.

— Bonjour, dit-il à Jonathan, lui serrant la main.

Ils se mirent à faire les présentations. Je ne ratai pas la manière dont Jonathan était heureux que Jared soit avec moi et pas Zach. Je commençais à avoir un très mauvais pressentiment. Je cherchais Angelo du regard, mais il n'était nulle part.

— Écoute, me dit Jared une fois terminé, Angelo et moi on va dans la galerie d'art là-bas.

Il sourit et dit tout bas, comme si c'était un secret.

— Il aime beaucoup l'art. Ça m'a surpris.

Moi non, mais je n'eus pas le temps de répondre, car Jonathan se mit à nouveau à parler :

— Dînons tous ensemble ce soir. Je nous fais une réservation. Que dîtes-vous de 18 heures ?

— Ça me paraît très bien, dit Jared avant que Zach et moi puissions répondre.

Jonathan commença à expliquer à Jared où se trouvait le restaurant. Je regardai Zach et vis une pointe de panique dans ses yeux, mais il n'avait clairement aucune idée de comment arrêter cette catastrophe.

Puis Angelo fut là, souriant comme jamais encore, et je me demandai si Jonathan se rendait compte combien Zach eut l'air soulagé lorsqu'il le vit. Angelo n'eut pas l'air de remarquer Jonathan du tout.

409

— Zach, viens vite. Il y a une peinture qu'il faut que tu voies.

— Ang, qu'est-ce que tu penses de sortir dîner ce soir ? demanda Jared, cherchant clairement à l'entraîner dans la conversation, mais Angelo n'était pas intéressé.

— Ouais, comme tu veux, m'en fiche, répondit-il avec une pointe d'impatience.

Il repartait déjà vers la galerie et ça se voyait que Zach n'avait qu'une envie, c'était de le suivre.

— Mais dépêche-toi, OK ?

— Alors, cinq ? demanda Jonathan.

Il était clairement moins enthousiaste maintenant.

— Oui, dis-je fermement. Angelo vient aussi.

Le sourire de Jonathan refit son apparition.

— D'accord. On se voit ce soir, alors.

Il se tourna vers Zach.

— J'ai vraiment hâte qu'on discute, Zach.

— Oui, répondit-il faiblement. Moi aussi.

Jared se dirigea à son tour vers la galerie. Jonathan fit mine de partir, mais s'arrêta soudain et revint vers nous

— Au fait, le restaurant a un code vestimentaire : professionnel décontracté. Ce n'est pas très formel, mais…

Il jeta un coup d'œil vers la galerie où Angelo et Jared avaient disparu.

—… vous devriez demander à votre ami de faire un effort.

Mon cœur se serra dans ma poitrine et Zach réussit à avoir l'air encore plus déstabilisé. Jonathan n'eut pas l'air de le remarquer, ou alors il s'en fichait.

— À ce soir.

Il nous fit un petit signe de la main et s'éloigna, nous laissant dans un silence pesant.

J'observai Zach, j'attendais qu'il se reprenne. Il contemplait le sol, les yeux allant de droite à gauche. J'avais l'impression qu'il se rejouait toute la scène et essayait de lui donner un sens. Il finit par me regarder d'un air effrayé.

— Qu'est-ce qu'il vient de se passer ? demanda-t-il.

— Apparemment, nous allons dîner ce soir avec ton ami.

— Oh mon Dieu ! gémit Zach, la tête entre les mains.

— À ce point ?

Zach secoua la tête.

— C'est mon ex.

Les pièces du puzzle se mirent en place : le comportement stupéfié de Zach et l'intérêt évident de Jonathan. Pas étonnant que Zach ait l'air si inquiet.

— Laisse-moi y voir clair, lui dis-je. On va dîner ce soir avec ton petit ami et ton ex ?

— Je crois bien.

— En même temps ?

— Apparemment, murmura Zach avec une détresse évidente.

— Tu crois que ça va plaire à Angelo ? demandai-je

— Non !

Je savais que ce n'était pas de la faute de Zach. Pas complètement. Mais je ne pus m'empêcher d'être un peu agacé quand même.

— Et tu dois dire à Angelo de 'faire un effort'.

— Oh mon Dieu ! gémit Zach.

— C'est le moins qu'on puisse dire. Je préfère que ce soit toi que moi.

... ANGELO

C'EST AMUSANT que Jared et moi nous nous retrouvions à marcher tous les deux. Je ne sais pas ce qu'il s'est passé, mais il me parle comme avant, et il rit. Quand je pense combien les choses sont bizarres depuis le Nouvel An, c'est plutôt sympa de savoir que l'on peut être à nouveau amis.

On se balade, tout en rigolant de combien Matt et Zach sont à l'ouest, quand on repère la galerie.

Je n'ai jamais vraiment regardé une œuvre d'art avant, mais ça, ça me prend par les tripes. Ce sont des peintures et elles sont fantastiques. Dingues et bizarres, mais aussi vraiment belles. Jared dit qu'on dirait du Salvador Dali. J'avais déjà entendu ce nom, mais je ne sais pas vraiment à quoi ça ressemble, alors je ne sais pas si c'est vrai ou non. Tout ce que je sais, c'est qu'elles sont incroyables. On dirait des rêves pris en photo. Peut-être des coups d'œil dans un autre monde. Ils volent comme des papillons et personne ne les remarque, à part l'artiste. Il les attrape et les mets sur toile aux yeux de tous. Pour la première fois de ma vie, je comprends pourquoi les gens dépensent tout un tas de fric pour une peinture. Pour la première fois de ma vie, je regrette de ne pas pouvoir.

Je veux que Zach la voie. Je sais qu'il ne comprendra pas. Il ne verra pas ce que je vois. Mais je veux quand même. Je ne lui parle pas beaucoup de trucs vrais, comme de mes sentiments pour lui. Mais j'ai l'impression que si je lui montre ça, il aura une part de moi, une part que je n'ai encore jamais pu lui montrer.

Jared a fait demi-tour pour aller les chercher. Je me rapproche de la porte de la galerie et je vois qu'ils discutent avec un type. Souriant comme toujours, Jared lui serre la main. Zach a l'air de vouloir se tirer d'ici et quand je le rejoins, son soulagement est évident.

— Zach, viens vite. Il y a une peinture qu'il faut que tu voies...

— Ang', fait soudain Jared, qu'est-ce que tu penses de sortir dîner ce soir ?

Pourquoi il me parle du dîner ? Il n'est même pas encore 10 heures.

— Ouais, comme tu veux, je réponds en essayant de ne pas me fâcher contre lui.

Il y a une minute, j'avais l'impression qu'on était à nouveau amis et je veux que ça reste comme ça. Je retourne vers la galerie.

— Mais dépêche-toi, OK ? Je fais à Zach.

Il a envie de venir avec moi. Je ne sais pas pourquoi il ne le fait pas.

Jared revient une minute plus tard, puis Zach et Matt nous rejoignent. Ils ont l'air bizarre. Ils se regardent comme s'ils savaient que quelqu'un allait se faire frapper par la foudre et ils attendent de voir qui.

Je continue à regarder les peintures. Elles sont toutes cool, mais il y en a une que j'aime particulièrement. On dirait qu'elle a été peinte juste pour moi. Zach se met derrière moi, alors je peux m'appuyer contre lui. Il passe un bras autour de mon cou. Je sais que Jared et Matt n'aiment pas trop qu'il s'affiche comme ça. Ça ne lui passe jamais par la tête de s'inquiéter de ce que pensent les gens et moi aussi, complètement. Je ne lui dirai jamais d'arrêter.

Ses lèvres sont juste au-dessus de mon oreille.

— C'est celle-là qui te plaît ? me demande-t-il tout bas.

— Oui.

Il reste silencieux quelques secondes, pendant qu'il la regarde.

— Elle est très jolie.

C'est plus que ce à quoi je m'attendais. Je pensais qu'il dirait qu'elle est bizarre.

— Je ne la comprends pas trop, mais elle me plaît.

— Je regrette qu'on ne puisse pas la rapporter.

Il regarde autour de lui.

— Pas de prix sur le mur, ça veut forcément dire qu'elle coûte plus que ce que toi et moi gagnons en un an.

— Je sais. Il y a aussi un bouquin.

— Pourquoi ne l'achètes-tu pas, alors ?

— Il coûte cent dollars.

— Ouah !

Ça a aussi été ma réaction quand la dame me l'a dit.

— Je suis désolé, Ang.

Et le truc, c'est qu'il le pense vraiment. C'est pour ça que je l'aime tant.

On finit par quitter la galerie. C'est étrange à quel point, c'est difficile de partir. Zach me promet qu'on reviendra la voir avant notre départ. On se promène encore un peu, puis on s'arrête déjeuner. Matt et Zach continuent à se comporter bizarrement, à se regarder toutes les minutes.

— Qu'est-ce que vous avez, tous les deux ? je finis par demander.

413

Ils prennent l'air un peu surpris. Clairement, ils ne se rendent pas compte à quel point ils ne sont pas discrets, encore que pour leur défense, même Jared semble surpris. Comme s'il ne s'était pas rendu compte qu'on dirait des gamins qu'on a surpris la main dans la boîte de biscuits.

— Qu'est-ce que tu veux dire ? Demande Matt, et je ne peux pas m'empêcher de lever les yeux au ciel.

— Ne me prends pas pour un abruti. Qu'est-ce qu'il se passe ?

J'essaie de ne pas rire, mais là je regarde Zach. Son expression... je sais que c'est quelque chose qui va pas me plaire.

— Tu te souviens de l'homme à qui nous parlions tout à l'heure, quand tu es sorti de la galerie ?

— Ouais. Pourquoi ?

— On dîne avec lui ce soir.

C'est un peu bizarre qu'ils aient décidé de dîner avec un type qu'ils viennent de rencontrer, mais qu'est-ce que j'en ai à faire ?

— D'accord.

On reste assis là un instant. Jared a l'air aussi perdu que moi. Matt évite mon regard avec insistance. Les yeux de Zach sont tournés vers moi, mais il a l'air terrifié. Et puis je découvre pourquoi. Il prend une grande inspiration et dit :

— C'était Jonathan.

J'ai besoin d'une minute pour intégrer l'info. Zach et moi, nous ne parlons pas beaucoup de son passé, surtout parce que j'en suis incapable. Je ne supporte pas de penser aux types qu'il y a eu avant moi. Je sais que c'est puéril, mais c'est comme ça. Mais je sais quand même qui est Jonathan.

— Tu te fous de ma gueule ?

Ma voix est plus forte qu'elle devrait et ils me font tous signe de baisser un peu le ton.

— On dîne avec lui ce soir ? Le type qui t'a quitté ? Le type qu'a abandonné Geisha ?

Parce que, non seulement j'ai son ex-petit ami, mais j'ai aussi son ex-chat. Ce n'est pas bizarre, ça ?

— C'était un accident... commence à dire Zach, mais Matt l'interrompt.

— Autant lui dire le reste.

Le regard que Zach lui lance est franchement mauvais.

— Tu veux dire qu'il y a plus ?

Zach se tourne à nouveau vers moi et demande :

— Est-ce que tu as apporté des vêtements habillés avec toi ?

Un instant, je peux que le dévisager. Je ne sais même pas quoi dire, et soyons franc, cela ne m'arrive pas souvent. Mais je finis par retrouver ma voix.

— Zach, tu me connais depuis combien de temps ? On vit ensemble, putain. Tu crois que j'ai quoi que ce soit de plus habillé que ça ? Que je planque ce type de fringues dans mon placard, qui attendent juste la bonne occasion ?

— On peut acheter quelque chose... commence Zach.

— Tu déconnes ? T'as vu les prix ici ? Je n'ai pas les moyens d'acheter une chemi...

— À un autre casino, Ang. Ils ne sont pas tout aussi chers qu'ici.

— Pourquoi, Zach ? je demande, plus fort. Juste pour que j'impressionne ton ex ?

— Non...

— J'ai une chemise, interrompt soudain Jared, étouffant ma dispute avec Zach. J'en ai apporté plusieurs au cas où l'on irait à un spectacle ou un truc du genre.

Il me regarde et je sais qu'il essaie de me rendre service.

— Je ne suis pas beaucoup plus grand que toi, Ang. Ça suffira.

— Très bien.

Mais je ne peux même pas regarder Zach. Il y a un nœud dans mon ventre que je déteste. Soudain, même mon déjeuner n'est plus si bon, ce qui est dommage, parce que comme tout ici, il est très cher.

On finit de manger et on quitte le restaurant. Zach et Jared me précèdent et Matt ralentit pour rester à mes côtés.

— Ça va ? demande-t-il.

— J'arrive juste pas à y croire. On vient jusqu'à Las Vegas et on tombe sur l'ex de Zach ? Il y a une chance sur combien ?

Il secoue la tête.

— Si j'étais toi, j'arrêterais de jouer, parce qu'en ce moment, tu es sans doute le mec le plus malchanceux dans cette putain de ville.

Comme si j'avais besoin qu'il me le dise.

AU MOMENT où l'on s'habille quelques heures plus tard, le nœud d'appréhension au creux de mon estomac s'est transformé en montagne. Je sens à nouveau cet affolement dans ma poitrine, ce putain d'oiseau. Je n'ai pas eu à beaucoup le gérer ces derniers temps, mais cette fois il est là, à me dire qu'il est bien vivant.

Après une discussion carrément trop longue, ils décident tous que je peux mettre mon jean, tant que je le rends 'plus chic'. Mais ouais, c'est ça. J'enfile la chemise que m'a donnée Jared. Elle est un peu grande, mais ça pourrait être pire. Les affaires de Zach sont à peu près de la même taille, et je sais qu'il a apporté des vêtements classes. Mais allez comprendre, je porte la chemise de Jared. C'est juste bizarre.

Puis Zach sort une cravate. Parce que bien sûr il n'en a pas apporté une, mais deux.

À Las Vegas.

Parfois je me demande comment on arrive à vivre ensemble.

Il essaie de m'en tendre une et je reste là à la regarder.

— Sérieusement ?

Il me sourit.

— Juste pour dîner.

Je prends la cravate, mais je ne la mets pas. Je ne sais même pas comment nouer ce putain de truc. Et aussi stupide que ce soit, je ne veux pas le dire à Zach. Il me regarde un instant, puis on dirait qu'il comprend. Il me la prend des mains. Il la met autour de mon cou.

— Il faudrait que tu lèves le menton, me dit-il doucement.

Je n'arrive même pas à le regarder. Ne me demandez pas pourquoi. Je ne sais pas. Je fixe un truc au-dessus de son épaule pendant qu'il la noue, puis il me tourne vers le miroir, et il se tient derrière moi, les mains sur mes bras.

— Ça te va très bien.

Je me dis qu'il plaisante, mais quand je croise son regard dans le miroir, je suis surpris. J'étais sûr qu'il se moquait de moi, mais non. J'ai déjà vu cet air, des tas de fois, et ce n'est pas du rire. Ça me fait sourire. Puis je me regarde.

— Bon Dieu. Trouve-moi de l'eye-liner et un peu de gel et je serais déguisé en Adam Lambert.

— Qui ?

— Laisse tomber.

Mais il a l'air intéressé.

— Pourquoi ? Ça t'excite ?

Il m'enlace par-derrière et cache son visage dans mes cheveux. Il a la voix douce et sexy.

416

— Est-ce qu'on parle d'un truc comme Ziggy Stardust ? demande-t-il en se pressant contre moi. Parce qu'alors, oui, ça m'excite.

Je lui souris dans le miroir.

— Pas de sequins ni de paillettes, mais, je peux me maquiller un peu pour toi quand tu veux Zach.

Ça fait un paquet d'années, mais ce n'est pas comme si je n'avais jamais porté d'eye-liner. J'ai déjà joué dans cette cour.

Il m'embrasse dans le cou et je sens son érection se presser contre moi.

— Seulement si tu en as envie, mon ange. Pour l'instant, je ne pense qu'à combien, ça sera amusant de t'enlever cette cravate quand on en aura fini avec tout ça.

— Le plus tôt sera le mieux.

Il rit, mais je ne plaisante pas.

Quand on arrive au restaurant, Jonathan nous attend déjà. Zach a le bras autour de mes épaules. Le regard que me lance Jonathan quand il me serre la main ne m'échappe pas. Il me jauge et je ne suis pas à la hauteur. Pas seulement parce qu'il fait dix centimètres de plus que moi.

Je ne l'avais pas vraiment détaillé plus tôt, mais je me rattrape. Il est à peine plus grand que Zach, avec la même stature, celle d'un coureur. Je me souviens maintenant que Zach m'a dit qu'ils s'étaient rencontrés sur le terrain de course de l'université. Jonathan avant changé son emploi du temps juste pour courir avec lui tous les matins.N'est-ce pas mignon ? Il a les cheveux plus clairs que Zach et les yeux marron. Et je ne connais rien à la mode, mais je suis certain que son costume coûte plus que ce que je me fais en un mois.

— J'ai commandé des calamars et une bouteille de vin, dit Jonathan en regardant Zach dans les yeux. J'espère que tu aimes toujours le rouge espagnol.

Évidemment, content qu'il s'en souvienne, Zach lui sourit.

Là, je décide une bonne fois pour toutes que je déteste ce connard.

On nous place dans une de ces grandes alcôves. Matt se retrouve en face de moi. Il me regarde d'un air 'de ne pas y toucher', celui qu'il a quand il hausse un sourcil, mais il ne sourit pas vraiment.

— Ça te va bien, dit-il.

Il grimace à peine quand je lui donne un coup de pied dans le tibia.

J'ouvre le menu et j'ai beaucoup de mal à ne pas rester bouche bée devant les prix. Ce dîner va coûter plus cher que tous les autres combinés. En plus, je vais avoir besoin d'un traducteur juste pour passer la commande.

417

La moitié est en français et il faut que je lise les descriptions pour savoir ce que c'est. Et même là, je ne suis pas sûr de savoir.

— Qu'est-ce que c'est une réduction balsamique ? Je demande à personne en particulier.

Je me dis que Jonathan va sauter sur l'occasion, mais c'est Jared qui me répond.

— C'est quand tu fais évaporer la majorité du liquide dans le vinaigre. Ça intensifie le goût et fait une sorte de glaçage.

Il ne me regarde pas, alors il ne sait pas à quel point je suis stupéfait qu'il connaisse la réponse. Il lit toujours le menu.

— Où as-tu vu ça ?

— Comment sais-tu ça ?

Jared se contente de hausser les épaules, mais Matt me répond :

— Parce qu'il regarde tout le temps la chaîne 'cuisine'.

— Sérieusement ?

— Tant qu'il n'y a pas de match, ajoute Matt.

À la façon dont il regarde Jared, n'importe qui verrait qu'il est dingue de lui.

— Ce qui est amusant, c'est qu'il est toujours aussi nul en cuisine.

— C'est pas vrai, rétorque Jared, mais je sais qu'il dit ça pour plaisanter.

— Utiliser le grille-pain, ça ne compte pas.

— Je t'ai fait le petit-déjeuner l'autre jour.

— Quand ça ? Demande Matt, sincèrement intrigué.

— Jeudi dernier.

Matt y réfléchit puis s'exclama :

— On a eu des tartines grillées !

— J'ai mis de la cannelle dessus.

— De quel chef tu le tiens ? demanda Matt sur le ton de la plaisanterie. Paula Deen ou Rachael Ray ?

Jared reprit sa consultation du menu, sans un sourire.

— Je crois que c'était Emeril.

Le vin arrive et Jared, Jonathan et Zach en prennent chacun un verre. Matt commande une bière, alors je me dis que je peux faire pareil. Je me demande combien Jonathan a dépensé pour cette bouteille, parce que c'est clair que Zach est impressionné. Il glisse son verre vers moi et hausse les sourcils. Je goûte et manque m'étouffer. Je suis certain d'avoir mangé de la

418

terre quand j'étais petit qui avait le même goût. Il doit deviner à ma tête que je ne suis pas enthousiaste, parce qu'il rit et dit :

— Ça en fait plus pour moi.

Il se penche vers moi pour le dire. Sa voix est douce et calme, alors je suis le seul à l'entendre. Comme s'il me disait un secret. Jonathan nous regarde, alors c'est facile d'embrasser Zach. C'est peut-être puéril, mais j'adore la façon dont Jonathan s'empourpre, puis détourne les yeux.

Bien sûr, Matt et Jared ne valent pas mieux. Ils regardent au plafond comme s'ils allaient y trouver les numéros gagnants du loto. Zach me sourit. Je sais qu'en faisant ça, je l'ai rendu heureux. Et pour moi, c'est plus important que tout le reste.

On commande à dîner, puis il y a moment bizarre où tout le monde attend que quelqu'un d'autre parle. Bien sûr, c'est Jonathan qui se lance le premier. Et bien sûr, c'est à Zach qu'il s'adresse.

— Tu vis toujours à Denver ?

— On a déménagé à Coda il y a peu, à la fin de l'été dernier.

— Coda ? Où est-ce ?

— Dans les montagnes, pas loin du parc national.

— Qu'est-ce qui t'a fait déménager ?

Zach me sourit et répond :

— C'était une décision professionnelle.

— Vraiment ? Que fais-tu, maintenant ? J'imagine que tu ne travailles plus à ce vidéo club.

Un silence et Zach regarde Jonathan d'un air qui veut dire 'je t'emmerde'.

— Ce vidéo club m'appartient, maintenant.

Jonathan affiche sa surprise le temps d'une seconde, mais il se remet vite. Malheureusement, c'est vers moi qu'il se tourne ensuite.

— Et vous Angelo ? Que faites-vous ?

Merde. Si je pouvais me planquer sous la table je le ferais, mais non. Je suis en train de me demander si me bourrer au dîner est une mauvaise idée ou pas. Je dirais non si le verre ne coûtait pas douze dollars. Jonathan me regarde toujours et je me force à répondre :

— Je travaille pour Zach.

— Oh.

Ce n'est même pas un mot, mais la façon dont il le dit me donne l'impression d'être minuscule. Comme si j'avais dit que j'étais un criminel qui a bénéficié d'une réduction de peine pour bon comportement. Il regarde

Zach d'un air significatif et je sais qu'il se dit qu'il a l'avantage. Il n'a peut-être pas tort.

— D'où êtes-vous, Jonathan ? demande Jared.

Je l'embrasserais si je ne savais pas que Matt me défoncerait la tête deux secondes plus tard.

— Techniquement, je vis à Phoenix. Mais je fais l'aller-retour entre là-bas, Vegas et Los Angeles. Nous avons beaucoup de clients ici, j'ai fini par acheter un appartement. Ça marche bien.

Il regarde à la ronde et demande :

— Avez-vous l'intention d'aller voir un spectacle pendant votre séjour ?

— Nous ne sommes pas décidés, lui dit Jared. Y en a-t-il un que vous recommandez ?

— La plupart de ceux du Cirque du Soleil en valent la peine.

Puis il regarde Zach avec un sourire et dit :

— Je ne proposerai pas *Le Fantôme de l'Opéra*.

— Pourquoi pas ? je demande, et puis je regrette de ne pas l'avoir bouclée parce que ça veut dire que Jonathan me regarde.

Il me donne une sorte de faux sourire d'excuse et dit :

— Zach a détesté ce spectacle quand nous l'avons vu. Il ne comprenait pas pourquoi tout le monde riait pendant la chanson 'Notes'.

— Je ne l'ai pas détesté, dit Zach.

— Tu n'y as rien compris ? Je lui demande.

Il me sourit.

— Bien sûr que si, répond-il, mais je sais qu'il ne fait que jouer le jeu pour moi. Il y a un homme masqué qui vit dans un opéra.

— C'est tout ?

— Oui ?

— Non, mec. Le sujet c'est de faire un pacte avec le diable, devoir choisir entre l'amour et son rêve. Le Fantôme aimait Christine et il croyait qu'elle aimait assez sa carrière et que s'il faisait d'elle une star, elle l'aimerait en retour. Mais finalement, non. On dirait que c'est surtout parce qu'il est très laid, ce qui fait d'elle quelqu'un de superficiel, si tu veux mon avis. Mais au bout du compte, le Fantôme l'aime tellement qu'il la laisse partir.

Je me rends soudain compte que tout le monde me regarde. Pas seulement Zach, alors je m'arrête tout net. Je sais que je suis en train de rougir. Zach et Matt me sourient tous les deux et Jared a l'air presque intéressé. Mais Jonathan me regarde aussi et quelque part, son expression

420

suffit à me faire regretter encore une fois de l'avoir ouverte. Je parie que c'est comme ça que les profs regardent leurs élèves quand ils savent qu'ils ont juste lu le résumé au lieu de tout le bouquin.

— J'imagine que vous l'avez vu, me dit-il comme s'il me faisait une faveur.

Et il faut que je réponde :

— Seulement le film.

— Je suis certain qu'il est aussi bon, répond Jonathan d'un ton disant de façon parfaitement claire qu'il ne le pense pas du tout.

— Vas-tu toujours voir beaucoup de comédies musicales ? lui demande Zach.

— Je suis abonné pour la saison.

Il sourit à nouveau à Zach.

— Je pense à toi chaque fois que je vais voir *West Side Story*.

Je vois bien qu'il croit que c'est significatif, mais Zach a juste l'air perdu.

— C'est celle qui commence dans un bordel vietnamien ?

— Non, répond Jonathan, clairement déçu. Ça, c'était *Miss Saigon*.

Ce qui me fait bien sûr rire. Jonathan ne voit clairement pas ce qu'il y a de drôle. Il me regarde comme si j'avais perdu la tête, alors je la boucle et bois une autre gorgée de bière.

— Tu as toujours Geisha ? demande Jonathan.

— Seulement techniquement, répond Zach en se versant un autre verre de vin. Elle appartient à Angelo, maintenant.

Le choc de Jonathan me surprend.

— Tu n'en voulais plus ? interroge-t-il d'un ton accusateur.

— C'est elle qui ne voulait pas de moi.

— Je ne comprends pas.

— Elle le déteste, je réponds.

Et avant que Jonathan puisse répliquer quoi que ce soit, Zach ajoute :

— Exactement. Elle adore Angelo. Elle me déteste. Alors maintenant elle lui appartient.

— C'est une chatte, Zach. Bien sûr qu'elle ne te dé…

— Tu crois que tu en sais plus sur elle que Zach, alors que ça fait dix ans que tu t'es tiré ?

Matt me flanque un coup de pied sous la table et Jared demande :

— Jonathan, êtes-vous fan de foot américain ?

Et c'est la fin de cette conversation.

421

Quand les plats arrivent, ils sont toujours en train de parler. Je me contente de siroter ma bière surtaxée et de manger mon repas surtaxé et je la boucle. J'aimerais que tout le monde mange et arrête de discuter, parce que plus tôt on finit, le plus tôt on peut se tirer d'ici, loin de l'ex de Zach. Je réussis à éviter son attention durant la majorité du dîner, mais il dit alors à Jared :

— Tu as toujours vécu dans le Colorado ?

— Ouaip.

— As-tu fait des études à Colorado University ? On a dû y être en même temps.

Jared lui lance ce regard, comme s'il décidait s'il allait se moquer de lui ou non.

— Il n'y a que les gosses de riches des autres états qui y vont. Les autochtones vont à la faculté communale.

Zach et Jonathan rigolent et ce dernier déclare :

— Les communaux ont toujours été jaloux de nous !

Ça a l'air de sérieusement énerver Jared, j'ai l'impression qu'il va dire un truc insultant, mais Matt met la main sur son poignet et dit à Jonathan :

— Ne le provoque pas ! Pas la peine de nous jouer le duel des Rocheuses à dîner.

Jonathan fait une sorte de hochement de tête à Jared en approbation apparente et dit :

— Tu as raison. Et toi Matt ? Où es-tu allé à la faculté ?

— Oklahoma State University.

Mais vu la façon dont il le dit, n'importe qui peut voir qu'il ne veut pas en parler. Alors bien sûr, Jonathan me regarde.

— Et toi, Angelo ?

Hors de question d'admettre que je n'ai pas fini le lycée. J'ai surtout envie de lui mettre mon poing dans la gueule. Mais au lieu de ça, je souris et je réponds :

— La faculté de droit d'Harvard. Mon boulot au vidéoclub n'est qu'une couverture pour que vous autres les glandus, vous ne vous sentiez pas trop mal.

Je crois qu'ils rient, mais je ne suis pas sûr parce que je suis trop occupé à m'enfiler le reste de ma bière et le reste du vin à la boue de Zach. Je regrette vraiment de ne pas croire en Dieu parce que je prierais pour que cette soirée désastreuse se termine.

Zach me presse le genou, sous la table, et me sourit. Je fais de mon mieux pour y répondre, mais ce n'est pas très convaincant. Il remonte la main le long de ma cuisse. Il essaie de me réconforter. Dommage que ça ne marche pas.

Le dîner se termine enfin et je n'ai jamais été aussi soulagé que personne ne désire de dessert. Mais là, Jonathan regarde à la ronde et dit :

— Il est encore tôt. Qu'est-ce que vous voudriez faire ?

Matt, Jared et Zach échangent des regards interrogateurs, alors Jonathan ajoute :

— Il est trop tard pour un spectacle. Que pensez-vous d'une boîte de nuit ?

— Quel genre de boîte de nuit ? demanda Jared d'un air sceptique.

Jonathan lui sourit.

— Notre genre de boîte. À juste un pâté de maisons du Strip.

Matt hausse les épaules. Zach me regarde.

— Veux-tu sortir ?

Et soudain, oui. J'ai passé tout ce temps assis là à écouter Jonathan et me sentir de plus en plus énervé. Et sortir en boîte c'est exactement ce dont j'ai besoin. Ça fait longtemps que je ne l'ai pas fait. Enfin, ouais, toutes ces années avant Zach, j'y allais pour tirer un coup. Mais même là, je ne dansais pas vraiment. Pas comme avant.

Je repense à ce qu'on ressent dans cette masse de gens. Boire quelques verres. Flirter et peloter un inconnu. C'est une bonne façon de lâcher la pression. Pas sûr de savoir ce que Zach en pense, mais je verrai à ce moment-là.

— Bonne idée, je réponds.

— Je ne suis pas sûr, déclare soudain Jared.

Le regard que je lui lance aurait pu le découper en morceaux.

— Pourquoi ? lui demanda Matt, surpris.

Jared le regarde d'un air significatif.

— Ce n'est pas une bonne idée, répète-t-il lentement, s'attendant clairement à ce que Matt y trouve un sens plus profond la seconde fois, mais évidemment ce n'est pas le cas.

— Moi je veux bien, dit-il.

— C'est d'accord alors, dit Jonathan avec un grand sourire à Zach.

On prend un taxi jusqu'à la boîte. C'est à quelques kilomètres de là où nous avons mangé, mais pas loin du Strip. Une fois à l'intérieur, ils dénichent une table. C'est l'une de ces tables hautes où l'on doit s'asseoir sur des tabourets. Ils regardent à la ronde à la recherche d'un serveur. Bon courage. Je vais au bar, commande deux shots de tequila. Je les bois tous les deux cul sec puis je retourne auprès de Zach. Je me mets de l'autre côté de lui, à l'écart de Jonathan, comme ça lorsqu'il se tourne vers moi, Jonathan ne peut rien entendre.

— J'ai envie de danser, je lui dis.

— D'accord, me répond-il en souriant. Vas-y.

Il fait mine de retourner à la conversation avec les autres, mais je l'arrête.

— Zach.

J'attends qu'il me regarde.

— Regarde la piste de danse, Zach.

Il prend l'air amusé, mais il obéit.

— Tu vois ce qu'il s'y passe.

Il me fait un grand sourire.

— J'ai déjà été en boîte, Ang.

Je ne suis toujours pas certain qu'il pige.

— Je te dis que je veux aller danser, Zach. Je veux juste être sûr que tu piges.

— Tu me dis que tu veux aller peloter quelqu'un d'autre.

Ça me surprend un instant. Et puis je comprends combien c'est stupide. J'aurais dû savoir qu'il n'avait pas besoin que je l'épelle. Il baisse un peu la tête, pour pouvoir me regarder droit dans les yeux.

— As-tu l'intention de partir avec quelqu'un ?

— Seulement toi.

— D'accord.

Il met la main sur ma nuque et me rapproche. Il m'embrasse, puis me murmure à l'oreille :

— Pas de sexe.

— Tu sais que non.

— Je t'aime.

— Je sais.

— Amuse-toi bien.

Je retire ma cravate et je la tends à Zach qui la fourre dans sa poche.

— Où vas-tu ? me demande Matt.

— Danser !

— Tu es sérieux ?

— Ouais, je suis sérieux ! je réponds avec un grand sourire. Tu veux venir ?

— Jamais de la vie ! répond-il, ce qui me fait rire parce que je m'y attendais.

Je m'arrête au bar, je me fais un autre shot et je file sur la piste.

MATT...

J'AVAIS D'ABORD cru qu'Angelo plaisantait lorsqu'il disait qu'il voulait danser. Je n'y aurais vraiment jamais cru. Angelo était résistant, excentrique, intelligent et parfois méchamment drôle. Et même s'il m'avait un peu parlé de son passé, je ne l'avais jamais vraiment visualisé dans la culture boîte de nuit. Il devint vite évident, que non seulement il connaissait cette culture, mais qu'il savait en jouer. Je compris que c'était ça qui avait inquiété Jared.

Il était tel un aimant. Ou une flamme, et tous les autres des insectes. Ils l'encerclaient comme une meute de loups traquant leur proie. Sauf que cette proie les dévorerait vivant.

Un instant, il dansa seul, même si la moitié des hommes autour de lui le surveillaient. J'avais vu la même chose arriver dans les boîtes hétéros, lorsqu'une femme belle à mourir arrivait sur la piste. Il s'écoula une minute pendant laquelle tout le monde observa et attendit – était-il vraiment seul ? se demandaient-ils. Qui serait le premier à se lancer ?

Finalement, l'un d'entre eux se démarqua de la meute. Il était jeune, avec des cheveux blond-platine en pointe, plus grand qu'Angelo et très sûr de lui. Il dansa jusqu'à Angelo qui le laissa s'approcher. Le blond passa les bras autour de lui et l'attira. Angelo se laissa faire avec un rire. Ils dansèrent une minute, se frottant l'un contre l'autre, puis le blond murmura quelque chose à l'oreille d'Angelo. Ang renversa la tête et éclata de rire, puis le repoussa. Le blond eut l'air surpris, agacé, mais fit marche arrière.

Le suivant était plus âgé, mieux habillé et un peu féminin. Il n'était pas aussi arrogant. Il bougeait plus lentement, attendant qu'Angelo le repousse à son tour. Mais Ang ne le fit pas. Il déboutonna la chemise d'Angelo pendant que ce dernier le regardait d'un air séducteur. Le type laissa les derniers boutons, et repoussa la chemise de ses épaules, la retira à moitié puis l'agrippa fort, de façon à ce que les bras d'Ang se retrouvent prisonniers à ses côtés. La tête renversée, Angelo se mit à rire. Le type mit la langue au creux de sa gorge, la main sur ses fesses, puis ils se frottèrent l'un contre l'autre. Ses lèvres bougeaient lentement dans le cou d'Angelo qui le laissa faire. Ils dansèrent un certain temps. Jusqu'à ce que le type essaie de l'embrasser. Là, Angelo se dégagea avec un sourire.

426

Il y en eut d'autres après ça. Angelo les enchaîna comme un artiste qui allumait la foule, souriant, provocant, le regard brillant et malicieux.

Jonathan avait éloigné Zach de notre table pendant que je regardais Angelo, et je savais que c'était pour parler sans que Jared et moi les entendions. Ils étaient appuyés à une barrière non loin de nous, en train de regarder la piste de danse. Jonathan parlait à Zach avec intensité, mais je voyais bien qu'il n'écoutait qu'à moitié. Je me demandais ce qu'il pensait de ce que faisait Ang. Je m'attendais à ce qu'il soit furieux, blessé ou peut-être qu'il ne s'en rend pas compte. Ce que je vis me surprit. Il n'était pas du tout troublé. Il regardait Ang, un petit sourire aux lèvres, trouvant apparemment le spectacle vaguement amusant.

Je me tournai vers Jared. Lui aussi observait Angelo. Il avait les joues rouges. Je devinais qu'il était partagé entre trouver ça sexy et être incroyablement furieux.

— Je n'avais pas compris, dis-je bêtement.

Il me regarda avec agacement.

— Bien sûr que non, cingla-t-il. Tu vas peut-être te coucher avec un homme tous les soirs, mais en tout autre chose, tu es toujours hétéro. Tu ne vois rien du tout. Tu ne vois pas ce qu'est Angelo.

— Et qu'est-ce qu'il est ? demandai-je en essayant de ne pas m'offenser.

— Du sexe, Matt, dit-il dans une exagération évidente. Tout chez lui crie qu'il veut être baisé. Regarde-le, ajouta-t-il en indiquant avec colère la piste de danse. Il ressemble au sexe. Il a l'odeur du sexe. Il marche même comme le sexe !

— Comment marche le sexe ? demandai-je avec un sourire auquel il ne répondit pas.

Puis une autre pensée me frappa.

— Est-ce que tu veux dire que tu veux coucher avec Angelo ?

Je regrettai immédiatement cette question. Je n'étais pas certain de vouloir connaître la réponse.

Heureusement, il fit la sourde oreille.

— Rien de bien ne peut en ressortir, dit-il tout bas, tournant le dos à la piste de danse.

Angelo était maintenant avec un autre type, à peine plus grand que lui. Il avait presque les mêmes cheveux aussi, noirs et hérissés. Il avait retiré sa chemise et son torse était plus couvert de tatouages et de piercings que je pouvais en compter. Il était pressé contre le dos d'Angelo, son aine contre

427

ses fesses. Ang avait la tête renversée sur son épaule, les yeux fermés. Son expression… j'aurais préféré vivre le reste de ma vie sans la voir sur le visage de mon meilleur ami, une expression que j'avais cru uniquement réservée à Zach. L'une des mains du tatoué était profondément enfouie dans le jean large d'Angelo et pas besoin d'être un génie pour savoir ce qu'il se passait.

— Comment Zach peut rester là sans réagir ? demandai-je tout bas.

— Je n'en ai aucune idée.

Zach et Jonathan revenaient vers notre table, et cette fois Zach avait effectivement l'air furieux. Mais à ma surprise, ce n'était pas contre Angelo.

— C'est ce que je veux dire, Zach, disait Jonathan quand ils arrivèrent.

Il indiqua la piste de danse. Un autre type avait rejoint Ang et le tatoué, créant un ménage à trois de frottement et de mains baladeuses.

— Tu ne peux pas t'attendre à ce qu'une relation avec un type comme ça dure !

— Tu ne connais pas Angelo.

— Je n'ai pas besoin de le connaître. J'ai juste à le regarder.

— Il ne fait que s'amuser.

— Et ça ne te dérange pas ?

— Pas que cela te regarde… cingla Zach.

Je fus impressionné de voir qu'il savait se défendre quand il le voulait.

— … mais non, ça ne me dérange pas.

Je jetai un regard à Jared et vis mon incrédulité se refléter sur son visage.

Jonathan prit une profonde inspiration, essayant clairement de changer de tactique. Il se rapprocha de Zach et passa un bras autour de sa taille

— Zach, tout ce que je veux dire, c'est que tu m'as manqué.

— Depuis quand ? Ce soir ?

— Toujours. On était bien, ensemble.

— Si bien que tu es parti.

— Je suis désolé.

— Pas la peine. C'était mieux comme ça.

— Je l'ai regretté cent fois. J'aimerais que tu me laisses une autre chance.

— C'est trop ta… commença Zach.

Il fut interrompu lorsque Jonathan l'attira contre lui et l'embrassa.

— Oh, merde, murmura Jared à côté de moi.

Jonathan passa l'autre bras autour de Zach et approfondit le baiser. À peine une seconde, Zach lui rendit son baiser, que ce soit volontaire ou non, je n'en avais aucune idée, puis l'enfer se déchaîna.

Je ne savais pas quand Angelo avait arrêté de danser et commencé à voir ce qu'il se passait. Peut-être qu'il regardait depuis le début. Zach commençait juste à protester, à repousser Jonathan lorsqu'Ang surgit de nulle part. Il flanqua un grand coup dans la poitrine de Jonathan, presque à le mettre par terre.

— Ne le touche pas !

Jonathan se rattrapa à l'autre table, à quelques pas d'Angelo. Il se remit plus vite que je l'aurais cru, se redressa et fit un pas vers lui.

— Ce n'est vraiment pas tes aff…

— Tu embrasses mon copain et tu crois que ce ne sont pas mes affaires ?

— Je croyais que vous aviez une relation ouverte, dit tranquillement Jonathan, faisant un autre pas vers Angelo. Après t'avoir vu sur la piste de danse…

— Tu ne m'as certainement pas vu embrasser qui que ce soit !

— Oh, fit Jonathan avec pour la première fois quelque chose de mauvais dans la voix. C'est là qu'est ta limite ?

— Va te faire foutre !

Zach s'était enfin suffisamment repris pour intervenir. J'espérais qu'il calmerait la situation. Au lieu de ça, il mit la main sur l'épaule d'Angelo et sortit tout bas la dernière chose à dire :

— Ang, tu en fais trop.

Je l'aurais étranglé. Comment pouvait-il être avec Ang et ne pas savoir qu'il ne fallait pas dire un truc pareil ?

— Je quoi ? lui hurla Angelo. Tu te fous de ma gueule ? Ton ex fourre sa langue dans ta bouche et j'en fais trop ?

Zach avait compris son erreur une demi-seconde après que les mots étaient sortis de sa bouche et il tentait de revenir en arrière.

— Ce n'est pas ce que je vou…

Mais Jonathan l'interrompit.

— Alors un parfait inconnu peut te branler sur la piste de danse, mais Zach ne peut même pas embrasser quelqu'un s'il en a envie ?

— Je n'en avais pas envie, répliqua Zach à voix basse, mais ferme.

Angelo fit la sourde oreille. Le regard sombre et furieux, il se tourna vers Jonathan. Angelo faisait peut-être une tête de moins que moi, mais s'il

429

m'avait dévisagé comme ça, j'aurais reculé d'un pas. N'importe qui l'aurait fait. Mais Jonathan tint bon.

À côté de moi, Jared souffla, 'Fais quelque chose ! ' Et il me poussa vers eux.

— On était bien tous les deux, Zach, dit Jonathan. On pourrait le retrouver. J'en suis sûr.

Zach commença à protester, mais Angelo ne lui en laissa pas l'occasion.

— Il est avec moi !

Jonathan le regarda. Son dédain était douloureux à regarder, la méchanceté dans sa voix encore pire.

— Qu'est-ce que tu as à lui offrir ? Quelqu'un pour lui emballer ses courses ?

Il s'arrêta un instant et je me disais qu'on avait peut-être échappé au pire. Mais c'est alors qu'il sortit ce qu'il avait sans doute pensé toute la nuit. Il fit un geste de la main indifférent à Angelo et dit d'un air mauvais :

— Tu n'es rien d'autre qu'un coup facile.

Personne n'a intérêt à dire qu'Angelo est lent. Je n'étais qu'à quelques pas de lui et il réussit quand même à lui mettre son poing dans la figure avant que je le rattrape. Les videurs arrivaient sur nous de toutes parts et Ang se débattait de toutes ses forces. J'avais un mal de chien à le retenir et le défilé d'insultes qui lui sortait de la bouche auraient suffi à repeindre les murs.

Une serviette en papier contre sa lèvre qui saignait, Jonathan avait l'air triomphant. Zach paraissait stupéfait. Jared avait seulement l'air énervé, tout comme les videurs.

— On s'en va, leur dis-je avant qu'ils puissent nous annoncer qu'ils nous virent.

Angelo avait reporté sa fureur contre moi, je réussis avec difficulté à l'emmener à la porte. Derrière moi, Jared me poussait, Zach et Jonathan sur ses talons, toujours à se disputer. On arriva tous d'un coup sur le trottoir. Dès que je relâchai ma prise sur Angelo, il me repoussa. Mais à ma surprise, il ne tenta pas de me frapper, ni Jonathan. Au lieu de ça, il tourna les talons et s'éloigna sur le trottoir.

— Angelo, attends ! lança Zach.

Il fit mine de lui courir après.

Je le repoussai, un peu plus fort que prévu. J'entendis Jared dire à voix basse :

— Matt, non.

Je fis la sourde oreille.

— Tu en as assez fait, dis-je à Zach.

— Tu ne vois pas, Zach ? dit Jonathan. Tu ne peux quand même pas croire…

Il se tut lorsque je m'avançai vers lui. Je m'approchai intentionnellement de trop près. Il était plus petit que moi, c'était facile de lui rentrer suffisamment dedans pour qu'il recule d'un pas. Je le foudroyai du regard :

— Tu as intérêt à la boucler, ducon, ou je t'obligerai à le faire.

Il n'était peut-être pas aussi stupide que ça, parce qu'il s'exécuta.

— Vous deux…

Je regardais toujours Jonathan, mais Zach et Jared savaient que c'était à eux que je m'adressais.

— … vous rentrez à l'hôtel.

Zach commença à protester, mais je dis simplement :

— Je le retrouverai.

Il soupira, Jared lui attrapa le bras, lui fit faire demi-tour et ils rebroussèrent chemin vers l'hôtel.

— Toi, sifflai-je, tu ferais mieux de ne pas me suivre.

Jonathan hésita une seconde et je savais qu'il débattait pour savoir jusqu' à quel point il pouvait tirer sur la corde. Heureusement pour lui, il décida qu'il était au maximum. Il baissa la tête et recula d'un pas.

— D'accord, dit-il doucement. Je ne voulais pas causer de problèmes.

— Mon oeil, c'est exactement ce que tu voulais faire.

Un instant, il me regarda d'un air inquiet, puis sans ajouter un mot, il tourna les talons et retourna dans la boîte de nuit.

Je n'avais plus qu'à retrouver Angelo.

À Las Vegas.

Super.

J'avais une idée de là où il irait et heureusement pour moi, ce fut la bonne. Il était devant le Bellagio. La fontaine n'était pas allumée et il était appuyé contre la balustrade, à regarder le lac artificiel silencieux. Il ne se tourna même pas vers moi.

— Va-t'en, Matt.

Je m'y étais attendu, mais je ne réagis pas. J'appuyai les coudes à ses côtés et nous contemplâmes tous les deux le lac, aussi concentrés que s'il avait vraiment fonctionné. J'attendis qu'il perde patience, et après quelques minutes, il soupira.

— Tu ne vas pas me foutre la paix, hein ?

— Non.

— Je ne veux pas en parler.

— D'accord.

Je le connaissais bien. Probablement mieux qu'il se connaissait lui-même. J'attendis.

— Je suis sérieux, Matt ! lança-t-il, plus violemment cette fois.

— Je n'ai rien dit.

Essayant de ne pas sourire, j'attendis encore un peu. Il était sur le point de craquer. Enfin il dit :

— Très bien !

— Très bien quoi ? demandai-je innocemment.

— Très bien, je t'écoute. Crache ce que tu es venu dire.

— D'accord. Juste une chose : Zach est dingue de toi.

— C'est ça ! cingla-t-il. C'est pour ça qu'il roulait un patin à son connard d'ex sous mes yeux !

Je ne répondis pas tout de suite. Je laissai sa phrase s'écraser au sol entre nous et agoniser un peu avant de répondre d'un ton sarcastique :

— Oui, parce que c'est exactement ce qui s'est passé.

Ses épaules s'affaissèrent un peu, et juste comme ça, il perdit toute combativité.

— Fous-moi la paix, Matt, dit-il, mais cela manquait de force.

— Allez, Ang, arrête de faire le con et parle-moi.

Je crus que cela le ferait revenir à lui, mais non. Il y réfléchit quelques secondes avant de répondre :

— Jonathan a raison. Je n'ai rien à offrir. Il a un diplôme. Et une carrière. Il a un appartement à Las Vegas, une belle voiture et beaucoup d'argent.

— Comment sais-tu qu'il a une belle voiture ?

Je me demandais si j'avais raté quelque chose.

Il leva les yeux au ciel.

— Un pressentiment. Merde, quoi, il a un abonnement au théâtre !

— Et alors ?

— Alors je ne tiens pas la comparaison. Pourquoi Zach me choisirait-il à sa place ?

Je le regardai avec surprise.

— On parle du même Zach, hein ? Celui qui déteste les comédies musicales, trouve qu'Un Frisson dans la nuit est un film artistique et n'aime que les fins heureuses ?

Il me sourit, juste un peu.

— Tu crois que Zach en a quelque chose à faire, du théâtre ? Ou de l'appartement ? De l'argent ?

Une pause minuscule, puis :

— Non.

— Alors qu'est que c'est ton problème ?

Il soupira, puis dit d'un ton bas et résigné :

— Quand je le vois, je vois celui avec qui Zach est censé être, tu sais ? Je vois le type qu'il mérite.

— Tu crois qu'il mérite Jonathan ?

— Je crois qu'il mérite mieux que moi.

— Tu sais ce que je vois quand je regarde Jonathan ?

— Quelqu'un qui dépense trop d'argent en chaussures ?

Je retins mon rire pour qu'il sache que j'étais sérieux.

— Je vois le type pour lequel Zach ne s'est pas battu.

Il baissa la tête, mais il n'y eut pas d'autre réponse. Je posai la main sur son épaule.

— Allez, viens. Rentrons à l'hôtel.

Il secoua la tête.

— Je ne peux pas encore y aller.

— Tu sais que Zach doit être en train de se faire un sang d'encre.

— Je sais.

— Est-ce que tu essaies de le punir ? Parce que si c'est le cas, c'est vraiment injuste de ta part.

Il secoua la tête.

— Ce n'est pas ça.

— Alors quoi ?

— Je ne peux pas, c'est tout, Matt, dit-il tout bas. Pas encore.

— D'accord.

Je savais bien sûr qu'il avait parfois besoin d'être seul. Il avait suffisamment squatté mon canapé quand il avait besoin de passer du temps sans Zach. Mais je n'oubliais pas la boîte de nuit, tous ces hommes qui le touchaient et son style de vie d'avant.

— Ne fais pas de bêtises.

433

Il ne me regardait pas, mais je savais qu'il comprenait ce que je voulais dire : ne couche pas avec quelqu'un d'autre.

— Promis, répondit-il

Il ne me regardait pas et je ne pouvais dire s'il le pensait ou pas. Mais je ne pouvais rien faire d'autre.

Je rentrai seul à l'hôtel.

Lorsque j'arrivai à notre chambre, Jared avait retiré ses beaux habits. Il ne portait qu'un bas de jogging. Il avait détaché sa queue de cheval et ses cheveux partaient dans tous les sens. Je n'avais qu'une envie, c'était de me débarrasser aussi de mes vêtements, glisser les mains dans ses boucles, mais il ne m'en laissa pas l'occasion.

— Où est-ce que tu étais ? interrogea-t-il dès que je passai la porte.

— J'étais juste...

— Tu ne peux pas m'ordonner d'aller dans ma chambre ! dit-il plus fort en s'approchant.

— Jared, je...

— Tu vas te mettre à me priver de sorties, maintenant ?

— Non...

— Je t'avais dit qu'on n'aurait pas dû aller dans cette boîte !

Il n'était plus qu'à une trentaine de centimètres de moi.

— Je sais...

— Tu ne m'écoutes jamais !

— Je suis dés...

L'instant d'après il passa les bras autour de mes épaules et m'embrassa passionnément. Il défit brutalement ma chemise et au moins un bouton sauta. C'était un changement si rapide, m'engueuler puis me déshabiller, qu'il me fallut une seconde pour réagir. Il déboutonna mon pantalon. Il était plus large que mon jean et tomba facilement par terre.

— Jared... commençai-je à dire, mais il me coupa encore.

— La ferme, Matt.

Il me poussa en arrière sur le lit.

C'était inhabituel chez lui d'être si agressif, mais je n'allais certainement pas protester. Assis sur mes cuisses, il retira son pantalon. Ça faisait longtemps que nous n'utilisions plus de préservatif. Il se mit du lubrifiant dans la paume et pressa le poing contre mon gland. Me souriant, il le baissa juste un peu. Il savait que je ne pouvais m'empêcher de pousser contre sa main.

— Oh mon Dieu ! gémis-je lorsque son poing glissant descendit sur mon sexe.

Son sourire s'agrandit.

— Attends un peu, dit-il.

Il remonta pour être à califourchon sur mon aine.

Jusque-là, je n'avais pas compris ce qu'il planifiait.

— Jared… commençai-je.

— La ferme, Matt, répéta-t-il.

Puis il s'empala sur moi.

Après ça, j'arrêtai de protester. Je n'aurais pas pu même si je l'avais voulu. Pour dire vrai, j'avais oublié combien c'était bon d'être en lui. J'avais oublié combien c'était serré, chaud et intense. Il n'y avait eu que trois autres occasions, toutes dataient de plus d'un an, et cela n'avait jamais été comme ça, lui sur moi. C'était fantastique, presque trop intense, et je sus immédiatement que je n'arriverais jamais à durer très longtemps. J'agrippai ses hanches et sentis les muscles solides, épais, sculptés par des années de vélo, onduler contre mes paumes tandis qu'il montait et descendait sur moi.

Ses mains étaient appuyées sur mon ventre, ses doigts traçaient cette ligne de poils juste sous mon nombril. Il n'ouvrait pas beaucoup les yeux quand on faisait l'amour, mais je savais combien il aimait la sensation de mon torse, mon ventre et ce sentier de poils qui l'avait toujours obsédé. Il bougeait lentement et son expression était pour moi une vision du paradis. Il avait les paupières closes, les lèvres entrouvertes. J'adorais regarder son visage quand il prenait son plaisir.

Le lubrifiant était toujours sur le lit. J'en mis sur ma main et fis comme il m'avait fait : je pressai le poing contre son gland, et lorsqu'il remonta, je laissai sa verge s'enfoncer dans mon poing. Il perdit le rythme. Un instant, il se figea dans sa position surélevée, juste au bout de ma queue, la sienne profondément enfouie dans mon poing, puis il gémit – j'adorais son expression en ces moments-là – puis il recommença à bouger plus vite qu'avant.

À le regarder, je dus me retenir de jouir immédiatement de toutes mes forces. Il accéléra, s'empala plus vite, plus fort, gémit un peu lorsque ma verge toucha ce point au plus profond de lui. Il poussait de petits cris légers, mais moi j'étais bruyant. Le lit grinçait comme un fou, cognait contre le mur. Au moins, à Las Vegas, personne ne se plaindrait. Ses mouvements se firent plus urgents, je savais qu'il n'était plus loin. Je continuai à bouger la main, à suivre son rythme, alors même qu'il devenait plus irrégulier.

435

Je resserrai le poing sur lui et il ouvrit brusquement les yeux. Il croisa mon regard juste un instant avant de le baisser vers mon torse et mon ventre. Il contempla ma main qui pompait sa queue et poussa un gémissement rauque.

C'était un son que je connaissais. Il était sur le point de jouir. Il renversa la tête en arrière, s'appuya sur mes cuisses derrière lui et se cambra. Il jouit tellement fort que le premier jet atterrit sur mon épaule et qu'il cria. Je cessai enfin de lutter contre mon propre orgasme et si les voisins n'avaient pas entendu le lit cogner contre le mur, ils m'avaient forcément entendu quand je me lâchai enfin.

Lorsque je fus à nouveau capable de réfléchir, j'ouvris les yeux pour découvrir Jared me souriant de toutes ses dents.

— On pourra recommencer ? Demanda-t-il sur un ton joueur, ce qui était exactement la toute première chose que j'avais dite après la première fois où je l'avais pris.

Je me mis à rire et suivit le script :

— Quoi, déjà ?

— Mon Dieu, non ! Je veux dire, une fois que je pourrai à nouveau bouger.

Et je me rendis compte alors que, pour la première fois, je ne me sentais pas bizarre après ce qu'il s'était passé. Oui, c'était moi qui l'avais baisé, mais ce qu'il avait fait n'avait rien d'une soumission. Bizarrement, ça faisait toute la différence.

J'attrapai une mèche de ses cheveux et il me laissa l'attirer vers moi. Je m'arrêtai juste avant que nos lèvres se touchent.

— Je t'aime, dis-je.

J'adorai aussi le regarder quand je prononçais ces mots. Chaque fois, il faisait la même chose : il fermait les yeux, penchait la tête sur le côté et esquissait un tout petit sourire. C'était comme s'il avait une petite boîte quelque part dans sa tête où il conservait tous ses trésors. Et chaque fois que je lui disais ce que je ressentais, il fermait les yeux un petit instant, tandis qu'il cachait ce moment dans cet endroit secret.

Il rouvrit les paupières et me sourit.

— Je t'ai aimé le premier.

Je fus forcé de rire.

— Qu'est-ce que ça a à voir ?

Il se contenta de sourire.

— Ça veut dire que j'ai gagné.

436

— D'accord, acquiesçai-je en l'embrassant. Tu as gagné.

Il alla dans la salle de bain et il me rapporta une serviette pour que je puisse essuyer ce qu'il avait fait sur mon ventre et mon torse. J'avais toujours mes chaussures aux pieds et mon pantalon était autour de mes chevilles. Je me mis à rire lorsque je retirai le tout.

— Tu ne pouvais pas me laisser me déshabiller d'abord ?

— Est-ce que tu te plains ?

Je ne voyais pas son visage, mais je savais qu'il souriait.

— Pas le moins du monde.

Une fois que j'eus repoussé ses cheveux afin qu'ils ne me chatouillent pas le nez, je dessinai du bout du doigt les taches de rousseur pâles sur son épaule.

— Vas-tu m'en parler ? demanda-t-il après quelques minutes.

Je ne répondis pas tout de suite. Jared et moi nous entendions sur presque tout, mais s'il y avait une chose sur laquelle ce n'était pas le cas, c'était Zach et Angelo. J'aimais Angelo comme un frère, mais je savais aussi que Jared n'était vraiment pas fan de lui. Depuis notre soirée du Nouvel An, il s'était nettement refroidi envers Angelo. Je n'étais pas sûr de ce qu'il s'était passé, et lorsque j'interrogeais Jared, il refusait de répondre. Il détestait les conflits plus que tout et je savais qu'il ne voulait pas me mettre dans une situation où j'aurais à choisir un camp. D'un commun accord silencieux, nous ne parlions pas d'eux du tout. Mais maintenant qu'il posait la question, il fallait que je réponde.

Je choisis mes mots avec soin, pour ne pas reporter la faute sur quiconque.

— Angelo croit qu'il ne mérite pas Zach.

— Et toi tu crois que c'est Zach qui ne mérite pas Angelo.

Ce n'était pas une question.

— Je crois que parfois Zach ne pense pas à ce dont Angelo a besoin.

Le silence qui suivit était lourd. Il n'était pas d'accord, mais il ne voulait pas le dire parce qu'il n'avait pas envie de se disputer avec moi. Je lui donnai un petit coup de doigt dans les côtes.

— Parle.

Il soupira.

— Je ne sais pas comment tu peux dire que Zach ne pense pas à Angelo. C'est la seule chose à laquelle il pense.

Je comprenais ce qu'il voulait dire et je me demandais s'il se pouvait que nous ayons tous les deux raison.

437

— Quoi que Zach fasse, cela ne suffit jamais. Tu crois qu'Angelo pensait à lui quand il était sur cette piste de danse ?

— Ça n'avait pas l'air de déranger Zach.

— Et c'est juste qu'il puisse agir ainsi et puis péter un câble dès que quelqu'un accorde de l'attention à Zach ?

— Jonathan n'est pas exactement n'importe qui et il ne faisait pas que lui 'accorder de l'attention'. C'est son ex et il l'a embrassé. Alors oui, pour moi Angelo avait le droit d'être furieux.

— Zach aussi.

Que dire ? Je ne pouvais nier que je n'aurais jamais supporté de regarder sans rien faire tandis qu'on touchait Jared comme les hommes de la boîte avaient touché Angelo. Mais Zach avait à peine cillé.

— Ils ne sont pas comme nous, commentai-je pour moi-même autant que pour lui.

— Tu parles d'un euphémisme !

Il commençait à se renfrogner. Je passai la main le long de son bras à la peau pas tout à fait lisse et déposait un baiser sur son épaule.

— Tu avais raison, dis-je doucement, essayant de le détendre à nouveau. Nous n'aurions pas dû aller dans cette boîte de nuit.

— Bien sûr que j'avais raison, déclara-t-il, mais la tension avait disparu dans sa voix.

Il me donna un coup de coude malicieux dans les côtes.

— Répète.

Je ris et glissai la main de son bras sur son ventre.

— Tu avais raison, murmurai-je à son oreille.

Il sourit.

— Tu sais autre chose ?

— Quoi ?

— Si je te voyais danser comme ça avec un autre type, je pèterais un plomb.

— Si tu me voyais danser, tu saurais que je suis bien au-delà de l'ivresse et qu'il est temps de me ramener à la maison.

Pendant quelques minutes, on est restés là, silencieux et heureux. Ma main se promenait sur lui. Je connaissais chaque centimètre carré par cœur : la texture exacte de sa peau, le plateau lisse de son ventre, l'arrondi de sa hanche, les muscles solides de ses cuisses. Mes doigts suivirent le chemin familier de ses taches de rousseur, les contours que j'avais depuis longtemps apprivoisés. Il soupira et se détendit contre moi.

438

— Est-ce qu'ils vont se réconcilier ? demanda-t-il tout bas.
— Ils ont intérêt.
— Pourquoi ?
— Parce que sinon, le retour à la maison va être un enfer.

... ANGELO

JE RESTE dehors encore deux heures. Toutefois, je reste là devant le Bellagio. Je sais à quoi pensait Matt, mais je ne cherche pas à tirer un coup. La dernière chose que je veux, c'est gâcher encore plus les choses.

Malgré ce que Matt a dit, je sais que Jonathan avait raison. Qu'est-ce que j'ai à offrir à Zach ? Tous les autres, ils ont des diplômes. Ils ont tous de vrais boulots. Moi, je n'ai même pas fini le lycée. Je vais passer le reste de ma vie à travailler pour Zach ou à porter des courses. Comme l'a dit Jonathan.

Et que je suis un coup facile, ça aussi c'était vrai avant. Ça fait quelques années, mais je sais ce que je suis. Je sais ce que j'ai été. Les gens m'ont toujours vraiment voulu que pour le cul, avant Zach. J'essaie de me dire que j'ai changé, juste parce que j'ai Zach, Matt et même Jared. Mais est-ce que c'est vrai ? Je n'ai pas la réponse.

Je sais que je devrais rentrer. Que Zach doit fou d'inquiétude. Il faut juste que je reprenne mon sang-froid. Je reste là à regarder les fontaines jusqu'à ce que je sois prêt à lui faire face.

Dès que je passe la porte, je sais que Zach n'a pas arrêté de faire les cent pas. Son soulagement quand il me voit me fait me sentir encore plus mal. Je voudrais qu'il soit furieux contre moi. Ce serait bien plus facile si l'on pouvait hurler et s'engueuler et puis se baiser comme des fous. N'est-ce pas comme ça que c'est censé marcher ?

Il traverse la chambre et m'enlace avant même que j'aie fait deux pas dans la pièce.

— Ang, je suis tellement désolé !

— Moi aussi.

— Je ne voulais pas !

— Je ne supporte pas l'idée qu'il te touche, Zach.

— Ça n'arrivera plus.

— Tu es fâché que j'aie dansé ?

— Pas du tout.

— Ça veut ne rien dire, Zach. Je jouais juste.

— Je sais. C'est de ma faute. Si Jonathan ne m'avait pas embrassé...

440

— Je le tuerai s'il te touche encore.

— Il ne le fera pas.

— Je suis désolé d'être parti si longtemps.

— Je savais que tu avais besoin d'être seul.

— Zach ?

— Oui ?

— Ferme-la et embrasse-moi.

Il hésite une seconde, ce qu'il n'avait encore jamais fait. Je me demande s'il pense qu'on devrait encore en discuter, ou si en fait il est fâché, ou s'il pense à Jonathan. Mais alors il prend mon visage entre ses mains et sa bouche trouve la mienne. Sa langue glisse sur ma lèvre inférieure, comme toujours, et chaque fois ça m'excite autant.

On se déshabille, je le repousse sur le lit et je grimpe sur lui.

— Dis-moi de quoi tu as envie, Zach.

Il me regarde et je vois que ça l'ennuie. D'habitude, c'est lui qui me pose cette question.

— J'ai juste envie de toi, Ang, dit-il, perturbé.

Il ne comprend toujours pas. J'embrasse son torse, passe la langue sur son téton. Il est clairement excité, mais il hésite toujours.

— Je ferais tout ce que tu veux, Zach, je murmure. Dis-moi juste ce que c'est.

Il se raidit, pas de façon agréable, et je sais que j'ai fait une connerie, mais je ne sais toujours pas quoi.

— Pourquoi, Angelo ?

— Parce qu'il a raison. C'est la seule chose que je peux t'offrir. Laisse-moi au moins faire ça bien.

Il y a un éclair de quelque chose sur son visage, de la colère, de la trahison ou de la honte, et puis avant que je comprenne, il me repousse, si fort que je tombe presque du lit. Je ne l'ai jamais vu aussi furieux. Il ne dit pas un mot, il grimpe juste dans l'autre lit. Il me tourne le dos et remonte les draps jusqu'à ses oreilles.

— Zach ? je l'appelle, perdu.

— Tu ne dois pas avoir une grande opinion de moi, Ang, si tu crois que pour moi cette relation se résume au cul.

Il appuie sur l'interrupteur de la lampe de chevet si fort qu'elle cogne le mur. La lumière s'éteint, la chambre est plongée dans l'obscurité.

— Zach…

Il ne me laisse pas finir.

441

— Bonne nuit, Angelo.

Je reste allongé là, seul dans mon lit, à essayer de comprendre comment j'ai réussi à tout fiche en l'air comme ça.

LE LENDEMAIN, je me réveille tôt, comme d'habitude. Normalement, je serais allé dans le lit de Zach. Normalement, il m'attirerait contre lui et on somnolerait encore un peu. Normalement, j'émergerais à nouveau plus tard quand il me renverserait sur le matelas, son poids sur mon dos, ses lèvres sur ma nuque, un doigt ou son sexe entre mes jambes.

Mais pas aujourd'hui.

Je me demande ce qui se passerait si j'allais quand même dans son lit, si je prétendais que tout allait bien. Est-ce qu'il m'enlacerait quand même et me ferait l'amour ? Ou alors me tournerait-il le dos ? J'ai trop peur de savoir. J'ai toujours les pensées en bordel à cause de la nuit dernière. Et pour être franc, j'ai peur de finir par juste empirer les choses.

Il faut que je me tire.

Je m'habille. Dans le tiroir, je trouve un stylo et un bloc-note. Puis je réfléchis à quoi dire.

Au bout du compte, j'écris : 'Passes la journée avec M et J. Ne t'inquiète pas. J'ai juste besoin de temps à moi.' je veux finir en lui disant que je suis désolé ou mieux encore, que je l'aime, mais je n'y arrive pas. Je pose le mot sur mon lit vide et je sors du motel.

J'arrive sur le Strip et je me rends compte que je ne sais pas du tout où aller. Hier, on est parti au sud, alors aujourd'hui je vais au nord. Je ne pense pas encore trop à Zach. Je sais que ça viendra. Pour l'instant, j'essaie juste de retrouver cet état d'esprit qui me ressemble.

Il se trouve que 6 heures du matin, c'est un moment bizarre pour marcher à Las Vegas. Il n'y a presque personne dehors. Et certainement pas ces types qui distribuent des cartes avec des filles à poils dessus. Ce vide absolu amplifie beaucoup trop les sons émis par les enceintes des casinos moins luxueux. Il y a des bouteilles vides et des verres abandonnés partout. La magie perd de sa force et si l'on y regarde de trop près on voit les conneries et les mensonges qui se cachent dessous.

Je continue à marcher et je finis à l'hôtel-casino Venetian. Je m'arrête là parce que même dans la lumière brutale du matin, il a l'air serein. Il est plutôt beau. La magie y est plus forte. Je passe la porte qui mène aux boutiques et je fais quelques pas avant de lever les yeux. Et là, je m'arrête net.

Le plafond est magnifique. Il est recouvert de peintures de toutes sortes, aux cadres dorés et élaborés. Je ne sais pas si c'est supposé représenter quelque chose,comme la chapelle Sixtine par exemple, je n'en sais rien. Quoi que ce soit, c'est magnifique. Je regrette que Zach ne le voie pas avec moi. Je n'ai jamais pensé à aller en Europe, mais d'un coup j'en meurs d'envie. C'est quand même stupide de ressentir ça à Sin City ! Je passe un long, long moment là, à contempler le plafond.

Je reprends enfin ma promenade, juste pour regarder. Les boutiques sont toutes fermées, mais j'observe la vie des autres par la vitrine. Des étoles à cinq cents dollars et des costumes à cinq mille. Des cravates de soie, des jeans déchirés pour l'art dans lesquels je n'aurais pas les moyens de m'asseoir. Rien de tout ça ne me réconforte.

Quelques-uns des restaurants servent le petit-déjeuner et j'envisage de prendre un café quand mon téléphone sonne. C'est Matt, bien sûr. J'aurais dû le savoir. Zach et Jared vont probablement dormir au moins jusqu'à 9 heures. Peut-être 10. J'aurais dû savoir que Matt me chercherait.

— Mais où es-tu ? cingle-t-il.

— Au Venetian.

— Restes-y. Je suis déjà sur le chemin.

— J'ai le choix ?

— Non.

Je savais qu'il dirait ça.

— Je suis allé dans ta chambre…

— Ouais ? je fais quand il ne termine pas.

— Zach est dans un état pas possible.

Je ne peux pas gérer ça maintenant.

— Tu vas me dire ce que je sais déjà ?

Il soupire, puis ajoute d'une voix plus douce.

— Tu veux qu'on mange un bout ?

— Je ne parlerai pas de Zach.

— D'accord.

— Pas un mot sur la nuit dernière du tout.

— D'accord.

— Ouais.

— Ouais quoi ?

— Ouais, je veux bien manger un truc.

— Rien qu'une fois, tu pourrais ne pas rendre les choses plus compliquées qu'elles ne le sont déjà ?

443

— Peut-être, je lui dis, mais ce ne sera pas aujourd'hui.

On se donne un lieu de rendez-vous et on trouve un restaurant qui sert le petit-déjeuner. Matt est doué. Il ne parle pas du tout de Zach avant qu'on ait fini de manger. Puis il dit :

— Jared parlait d'aller voir un spectacle aujourd'hui, Zach l'accompagnera probablement.

— Et toi ?

— Si tu n'y vas pas, alors je ne suis pas obligé non plus.

— Qu'est-ce qu'on va faire, alors ?

— Qu'est-ce que tu as envie de faire ?

— Y'a d'autres montagnes russes ?

Il me fait un grand sourire.

— Au Sratosphere. Les montagnes russes ne sont pas terribles, mais il y a quelques autres attractions.

— Elles sont bien ?

— Tu vas crier comme une fillette.

Je souris presque.

— On va voir, gros dur.

Je voudrais dire qu'on s'est marrés, mais la réalité c'est que je suis de très mauvaise compagnie toute la journée. Je n'arrête pas de m'inquiéter au sujet de Zach, s'il est encore fâché. Je pense à Jonathan et à ce qu'il a dit. Je commence à me demander ce qu'il s'est passé pendant que j'étais parti. Et si Jonathan venait voir Zach ? Et si Zach se rendait compte qu'il avait raison ? Je m'imagine rentrer au motel pour découvrir que Zach est parti et qu'il ne reste qu'une note sur le lit. Je les imagine se réconcilier, s'embrasser, faire l'amour. Je m'imagine rentrer seul à Coda. Une part de moi sait que c'est idiot, mais ça ne m'empêche pas de créer les pires scénarios dont ça pourrait se finir.

Matt est un putain de saint. Même alors que je suis malheureux et grognon toute la journée, il reste égal à lui-même. Parfois, il essaye de me remonter le moral, d'autres fois il me laisse juste me morfondre. Plusieurs heures et quelques cris très virils plus tard, il dit enfin :

— On devrait rentrer. Ils doivent nous attendre.

— Je sais.

On se met en route, et plus on s'approche, moins je parle. Chaque pas resserre un peu plus ce nœud au creux de mon estomac. Matt m'observe du coin de l'œil.

— Tu es sûr de ne pas vouloir en parler ? demande-t-il enfin.

444

— Ouais.

— Tu ne vas même pas me dire ce qui s'est passé hier soir ?

— Non.

— D'accord.

Il garde le silence pendant peut-être une moitié de pâté de maisons puis il dit :

— Vous vous êtes disputés ?

— IL faut croire.

— Vous avez rompu ?

— Non.

Encore quelques minutes, puis :

— Dis-moi que tu n'as pas fait de bêtises hier soir.

Clairement oui, mais pas ce qu'il croit.

— Non.

— Alors qu'est-ce que….

— Je t'ai dit que je ne voulais pas en parler, Matt.

— D'accord.

On marche encore une centaine de mètres avant qu'il recommence à parler.

— Tu veux que je te dise quelque chose ?

— Non, mais je parie que tu vas me le dire quand même.

— Un jour, Jared m'a dit qu'il avait un compas interne, mais qu'au lieu de pointer au nord, il pointait à l'ouest.

— Ça ne m'étonne pas qu'il se perde autant.

— Zach aussi a un compas interne. Sais-tu où il pointe ?

— Vers la bouffe thaï ?

— Vers toi.

— C'est censé vouloir dire quelque chose ?

— Ouais, répond-il en me donnant une taloche à l'arrière de la tête.

Ça fait mal, mais je ne vais pas lui avouer. Il me sourit.

— Quand tu arrêteras de jouer au con, tu comprendras.

Je suis un peu anxieux en rentrant dans la chambre. Il fait toujours jour, mais les rideaux sont fermés et dans la pièce il fait assez sombre. Assis sur le rebord du lit, Zach regarde la télévision, mais je le connais. Je sais qu'il ne la voit pas vraiment.

445

Il m'ignore, alors je ne dis rien non plus. Je retire mon manteau et mes bottes. Je m'assois sur mon lit et je regarde par terre, comme si quelqu'un y avait écrit la démarche à suivre. Pas de bol, il n'y a rien. Zach me regarde du coin de l'œil, comme une souris regarde un chat. Il attend de savoir si je vais lui bondir dessus ou filer ailleurs.

On s'est déjà engueulés, mais ça a toujours été Zach qui a réglé les choses. Il vient toujours où je suis assis et s'agenouille devant moi. Il met la tête sur mes genoux et me dit combien il m'aime. Et en général, on en parle plus. Mais cette fois, c'est carrément clair qu'il n'a pas l'intention de faire le premier pas. Ça doit être moi.

Je prends une grande inspiration. Il lève les yeux vers moi, inquiet, prêt à une autre dispute.

Je n'ai aucune idée quoi dire. Mon instinct me dit d'attaquer : de lui reprocher notre voyage à Vegas et d'avoir accepté ce putain de dîner avec Jonathan. Je pourrais lui dire que c'est ça parce qu'il a embrassé son ex ou parce qu'il n'a pas protesté quand Jonathan m'a traité de coup facile. Je pourrais dire tant de choses qui le blesseraient ou l'énerveraient. C'est ce que je sais faire.

Ce que je ne sais pas faire, c'est des excuses.

Je veux juste le toucher. Je veux être sûr qu'il ne me repoussera pas. Je me force à glisser les doigts dans ses cheveux, la paume contre sa joue. Il se raidit. Il serre la mâchoire et ferme les yeux, comme s'il ne supporte pas d'avoir mes mains sur lui. Et ça fait plus mal que je peux l'exprimer. Ça me déchire tellement la poitrine que je ne sais même pas si je peux respirer.

— Zach ?

J'arrive à peine à être audible. J'arrive à peine à empêcher ma voix de craquer. Je n'arrive pas à l'empêcher de trembler. Je veux tomber à genoux et mettre la tête sur ses genoux comme il le fait avec moi. Mais si je le fais, je ne vais pas pouvoir m'empêcher d'éclater en sanglots et de pleurer comme un gosse.

— Zach, dis-moi quoi faire, parce que je ne sais pas comment réparer les choses.

Un instant, je ne sais pas s'il va répondre. Il reste assis là, les yeux fermés, sans bouger. Et puis il lâche une sorte de soupir et la tension le quitte en partie. J'ai toujours la main sur sa joue, il met la sienne par-dessus. Il se tourne vers elle et m'embrasse les doigts.

— C'est la deuxième fois, dit-il tout bas.

Il a les lèvres contre ma paume. Il ne me regarde pas.

— La deuxième fois que tu sous-entends que la seule chose que tu as à me donner, c'est le sexe.

La première fois, c'était il y a des mois, le jour où j'ai enfin craqué et que j'ai appelé ma mère. Le jour où je lui ai dit que je l'aimais. Je savais que ça l'avait dérangé à l'époque aussi, mais pas comme cette fois-ci.

— Tu me brises le cœur, Angelo. Tu ne sais donc pas combien tu comptes pour moi ? À quel point je t'aime. Parce que sinon…

Il laisse la phrase en suspens et il me regarde enfin. Je vois dans ses yeux qu'il est aussi bouleversé que moi.

— Je ne sais pas quoi faire d'autre. Je ne sais pas comment te convaincre.

À cet instant, je m'en fiche d'y croire ou pas. Tout ce qui m'intéresse, c'est qu'on retourne à ce qu'on était. Je veux me réveiller en pleine nuit et me mettre dans son lit. Je veux faire l'amour le matin comme d'habitude. Je veux savoir que demain il voudra à nouveau que je le touche.

— Je ne supporte pas quand t'es fâché contre moi, je murmure.

— Je ne supporte pas d'être fâché avec toi.

Il se lève et se rapproche de moi. Mais il ne me touche pas.

— Promets-moi que tu ne diras plus jamais ça.

Je crois quand même avoir raison. Je ne sais pas s'il se trompe lui-même ou s'il me ment pour me consoler. Mais ce n'est pas grave. Il ne veut pas que je le dise tout haut, alors je ne le ferai pas.

— C'est promis.

— Bien.

Alors il m'étreint et m'embrasse. Je sais que ça ne fait pas si longtemps, seulement hier, mais j'ai l'impression que ça fait des siècles qu'il ne m'a pas embrassé comme ça.

Il m'attire vers le lit, les bras autour de moi. Il a une main sous ma chemise et la glisse dans mon dos. Je commence à déboutonner son pantalon, mais il m'arrête.

— Pas de sexe, Ang, j'ai juste envie de te toucher.

Je sais que c'est sa façon d'insister, mais je m'en fiche. On se déshabille l'un l'autre. Il dépose un baiser sur mes yeux et mes joues. Il ne descend jamais sous ma ceinture, mais me caresse le ventre, le dos et les bras. Ses doigts sont si doux et il est si tendre. Ça fait un moment que je ne me suis pas rendu compte à quel point c'est bon quand il me touche. Puis il m'attire sur le lit avec lui. Je pose la tête sur son torse et j'essaie de dénouer ma gorge serrée.

447

Il remonte la main dans mon dos, s'arrête sur ma nuque. Il a la voix basse et cajoleuse, comme s'il avait peur de m'effrayer.

— Parle-moi, Angelo. Je ne peux pas changer les choses si tu ne me dis pas ce qui ne va pas.

Je sais exactement quoi dire. J'ai toujours du mal avec les mots, cette fois je me force.

— Je t'aime tant, Zach.

Ça sort tout bas, mais son immobilité me révèle qu'il m'a quand même entendu. Puis j'ajoute autre chose. Quelque chose que je n'avais pas prévu.

— Je t'en prie, ne me quitte pas.

Il y a un instant, alors, un battement de cœur, pendant qu'il digère tout ça. Puis il passe les bras autour de moi, me serre si fort qu'il m'en coupe presque le souffle. Je n'arrive pas à retenir mes larmes. J'ai horreur d'avoir toujours l'air de pleurer devant lui, mais il fait semblant de ne pas le voir. Il m'embrasse sur le front et dit d'une voix tendre :

— Angelo, je ne comprends pas comment tu peux être à la fois si intelligent et pourtant si stupide.

— Qu'est-ce que ça veut dire ?

— Tu devrais le savoir, depuis le temps. Il n'y a rien ni personne au monde qui pourrait me forcer à te quitter. Tu es toute ma vie, mon ange. Et ça me convient parfaitement.

Une partie de l'appréhension qui m'a étouffé toute la journée s'envole quand il le dit, mais le nœud dans ma gorge fait que se resserrer. J'attends que ma voix arrête de trembler pour répondre :

— Il est tout ce que je ne suis pas.

— Mais tu es tout ce que je veux, Angelo. Pas lui.

Je suis tout ce qu'il veut ? Un type qui n'a pas fini le lycée, sans rien à offrir ? J'essaie de le croire. J'essaie de comprendre comment il pourrait me choisir moi.

— Matt et Jared seront là dans moins d'une heure, dit-il doucement.

Il sait que je voudrais avoir repris mon sang-froid avant leur arrivée. Pas question qu'ils me voient dans cet état. Zach me donne un petit coup de coude.

— Allons nous doucher.

Il me connaît si bien.

— D'accord.

C'est tout ce que je peux dire.

Je le laisse me tirer du lit et me guider vers la salle de bain. Il fait couler la douche, me pousse doucement dans la cabine puis rentre derrière moi. Il m'enlace. Je ferme les yeux et je m'appuie contre lui, j'essaie de tout laisser s'envoler. Que ma colère et mes larmes disparaissent sous l'eau brûlante.

Je ne sais pas combien de temps on reste comme ça, avec lui qui m'étreint. Après un moment, ses mains se mettent à bouger sur moi. Il me lave le dos, puis passe lentement sur mon ventre, entre mes jambes. Avant même que je comprenne, il me retourne, me pousse contre le mur. Je garde les yeux fermés et le laisse me guider. Quand je sens ses lèvres sur mon ventre, je réalise qu'il est à genoux devant moi. Puis la langue passe sur ma fente et il faut que je m'agrippe à lui parce que mes jambes me lâchent.

Il a dit 'pas de sexe'. Je me demande s'il faut que je l'arrête. Je ne sais pas trop si c'est bien de le laisser faire. Si c'est juste de ma part de prendre encore. Mais alors sa bouche se referme sur moi et j'arrête de me poser des questions. J'arrête complètement de réfléchir. Pour la première fois depuis que j'ai ouvert les yeux ce matin, mes pensées s'arrêtent. C'est un soulagement fabuleux. Pas de peur, pas d'inquiétude, pas de honte. Pas de scénario ridicule qui joue dans ma tête comme un mauvais film. Tout est perdu dans ce silence, cet oubli sensuel. Il n'y a plus que lui et moi et une sensation purement physique.

Les carreaux sont froids et lisses contre mon dos, l'eau brûlante. Mes mains sont enfouies dans ses épais cheveux bruns. Sa bouche est chaude, douce, généreuse. Toujours généreuse. Parce que c'est tout Zach. Il glisse une main entre mes cuisses puis je sens ses doigts, glissants et savonneux, se presser contre mon anneau.

Je gémis un peu et ça le surprend tellement qu'il arrête de me sucer. Je ne fais pas beaucoup de bruit, pendant le sexe. Je ne sais pas pourquoi. Je n'y ai jamais pensé avant que Zach me le fasse remarquer. Mais je sais combien il aime quand quelque chose m'échappe. Il dit à voix basse et rauque :

— Oh, mon Dieu, Ang recommence !

Je n'ai même pas l'occasion d'y réfléchir. Dès qu'il l'a dit, il baisse à nouveau la bouche sur ma verge et ses doigts me pénètrent, mais juste un petit peu. Il sait que ça ne suffira pas. Il continue à sucer, à faire aller et venir juste le bout de son doigt, m'excitant jusqu'à ce que je referme la main dans ses cheveux et réussisse à murmurer :

— Plus, Zach.

449

— Tout ce que tu veux, dit-il tout bas.

Puis sa bouche est à nouveau sur moi et ses doigts s'enfoncent lentement. C'est si bon. Là, je gémis vraiment, lui aussi. Il me masse des doigts, sa langue encercle mon gland, et passe juste sous ma fente. Je ne peux que l'agripper plus fort et le pousser plus contre ma verge tandis que ses doigts vont plus profond. Il touche alors ce point merveilleusement sensible en moi et ça suffit. Cette fois peut-être même que je crie quand je jouis. Je n'en suis pas certain. Tout ce que je sais, c'est que ses doigts m'emplissent, et cette merveilleuse délivrance, étourdissante. Il me laisse lui tenir la tête sur ma verge aussi bas qu'il peut, jusqu'au bout.

Il n'arrête jamais de donner.

Même alors que je tremble encore, j'y réfléchis. Il donne toujours. Est-ce que je lui rends vraiment quelque chose ? Est-ce que c'est possible que le laisser me donner, ce soit la même chose que lui rendre ? J'aimerais le savoir.

Je le sens se relever, puis mettre ses mains douces de chaque côté de mon visage.

— Ang ?

J'ouvre les yeux et regarde les siens. Ils sont d'un bleu magnifique. Et je vois qu'il est inquiet. Mais aussi combien il tient à moi.

— Ang, je t'en prie, dis-moi que tout va bien entre nous.

Nous nous aimons tellement. Pourquoi ai-je cru que cela ne suffirait pas ? Je passe les bras autour de son cou et je l'embrasse.

— Zach, tout est absolument parfait.

Nous dînons avec Matt et Jared. Au début, il y a un petit malaise. Ils marchent sur des œufs, nous regardent du coin de l'œil, clairement inquiets qu'on se mette soudain à se disputer. Mais il leur faut pas longtemps pour comprendre que ce n'est pas le cas. On serait plutôt parti pour les embarrasser en se sautant dessus dans le restaurant. Finalement, le dîner est sympa.

On retourne à l'hôtel et là, au bar le plus près des ascenseurs, il y a Jonathan.

De toute évidence, il nous attend, et on s'arrête net quand il s'approche. Je ne suis vraiment pas ravi de le voir, mais je suis un peu satisfait quand même du bleu que j'ai fait fleurir sur son visage. Je n'arrive quand même pas à croire qu'il se pointe comme ça, j'espère qu'il ne va pas encore une fois tout foutre en l'air entre Zach et moi.

Comme s'il lisait dans mes pensées, il dit :

— Je ne suis pas là pour causer des problèmes.

Il pourrait en faire qu'il le veuille ou non. Je me bats pour rester calme. Zach se met devant moi – je ne sais pas si c'est pour me protéger moi ou Jonathan.

— J'espérais qu'on pourrait parler un instant, dit-il à Zach.

— Je n'ai rien à te dire, rétorque Zach froidement.

Il fait mine de le dépasser.

Jonathan pose la main sur le torse de Zach pour l'arrêter et ça m'énerve encore plus. Je veux lui dire de ne pas le toucher, mais avant que je puisse, Zach le repousse brutalement.

— Ne me touche plus jamais !

Cela se voit que ce refus rend Jonathan triste, mais il n'est pas surpris. Il lève les paumes en signe de reddition.

— Zach, je te le jure, je suis désolé.

Il lui tend la main.

— Je voulais juste te dire au revoir.

Zach a l'air soupçonneux, mais après un instant, il la lui serre.

— Au revoir, Jonathan.

Puis il s'en va. Il ne se retourne pas une seule fois.

Ça manque d'explosions. Jared, Matt et moi restons là, dans une sorte de silence stupéfait. Jonathan se tourne d'abord vers Jared.

— C'était vraiment un plaisir de vous rencontrer. J'espère que je n'ai pas trop gâché vos vacances.

Il lui tend la main et bien sûr, Jared sourit et la lui serre.

— Tu sais, j'ai un ami à Phoenix…

Matt le fusille du regard, mais Jared fait mine de ne pas le voir.

— Je crois que je vais lui dire de t'appeler.

Jonathan sourit.

— Je suis toujours partant pour de nouvelles rencontres.

Il tend ensuite la main à Matt qui hésite une seconde, mais la lui serre aussi.

Puis Jonathan se tourne vers moi. Je me demande s'il croit que je ne suis pas digne de lui serrer la main, mais quand il croise mon regard, il ne me défie pas comme les fois d'avant. Il a l'air las et prudent. Et je suis sur le cul quand il demande :

451

— Puis-je te parler une minute ?

— Pourquoi j'en aurais envie ?

Il regarde le sol. Il lui faut une minute pour répondre.

— Il n'y a aucune raison, dit-il doucement. Je ne te reproche pas de me détester. À ta place, je ressentirais la même chose. Mais j'apprécierais si tu m'accordais un peu de temps.

Il a l'air sincère et pour dire vrai, il a éveillé ma curiosité, maintenant.

— S'il te plaît, ajoute-t-il.

— C'est parce que tu crois que je suis un coup facile ?

Il devient écarlate.

— Non.

— Tu vas me dire que je ne suis pas assez bien pour Zach ?

— Non.

— Que tu le mérites plus que moi ?

— Non.

— D'accord.

Ça l'air de le paumer.

— D'accord ? Qu'est-ce que tu veux dire ? D'accord quoi ?

— D'accord, je veux bien te parler un instant.

Jared se dirige vers l'ascenseur, mais Matt reste là, à côté de moi. Je le regarde et il dit :

— Je reste.

— Je n'ai pas besoin d'un baby-sitter.

Il me fait son demi-sourire à la con, un sourcil haussé.

— On va voir ça, monsieur soupe au lait.

Il va s'asseoir à l'autre bout du bar, où il n'entendra pas.

— Ok, mec. Je t'écoute. Qu'est-ce que tu veux ?

À ma grande surprise, il regarde par terre d'un air embarrassé. Une seconde plus tard, il relève les yeux et croise mon regard. Je n'y vois ni jugement ni dédain. C'est de la honte.

— Je veux que tu saches à quel point je suis désolé…

Il bredouille un instant puis ajoute plus bas :

— … de ce que j'ai dit.

— Que je ne sois bon qu'à emballer les courses ou de m'avoir traité de coup facile ?

Il grimace. Tant mieux. Je n'ai pas l'intention de lui rendre les choses faciles.

— Les deux, dit-il doucement. Mais surtout la seconde chose. C'était horrible à dire. J'espère que tu pourras me pardonner. C'est la jalousie qui parlait. Je sais que c'est la plus nulle des excuses, mais pour dire vrai, c'est la seule que j'ai.

Pour le coup, je me sens un peu déstabilisé. Une excuse, c'est la dernière chose à laquelle je m'attendais. J'ai un peu envie de lui en vouloir encore, mais c'est un peu plus dur maintenant.

— Vraiment, dit-il, la voix toute basse. D'habitude, je ne suis pas…

Il laisse la phrase en suspens et je complète :

— D'habitude, tu n'es pas un sale connard ?

Il me sourit, juste un peu.

— J'aime à penser que non.

Et ça a beau me faire mal de l'admettre, je sais que c'est probablement vrai. Parce que Zach ne serait jamais resté si longtemps avec lui, sinon.

— Je ne suis pas vraiment ravi que tu m'aies gardé tout ton potentiel salopard.

L'air embarrassé, il sourit un peu plus.

— Je n'en suis pas ravi non plus. Et je suis vraiment désolé, répète-t-il.

— Ouais, d'accord.

Je n'ai pas l'habitude de recevoir des excuses. Je ne sais pas trop quoi faire.

— Lâche l'affaire.

Je me dis que c'est le moment de filer, mais il m'arrête.

— Je peux t'offrir un verre ?

Je ne peux pas m'empêcher d'être méfiant.

— Pourquoi ?

Il hausse les épaules.

— J'aimerais juste te parler un peu.

C'est super bizarre, mais qu'est-ce que j'ai à perdre ?

On s'assoit l'un à côté de l'autre au bar. Il se commande un verre de vin et pour moi une bière. C'est le genre de mec qui fait attention aux détails. C'est la même que j'ai commandé la veille, je n'ai même pas besoin de le lui rappeler. Un instant, on reste assis sans rien dire et je me demande ce que je fiche là. Puis soudain, il fait :

— Je n'ai jamais eu l'intention de le laisser partir, tu sais.

— De ce que j'ai entendu, c'est toi qui t'es tiré.

453

— Tu as bien entendu, répond-il avec un soupir. Je pensais revenir. C'est pour ça que je lui ai laissé Geisha. Je savais qu'elle ne l'aimait pas. Je ne pensais pas partir pour de bon.

Il ne me regarde pas. Il tortille la serviette en papier sous son verre, puis il la replie par-dessus le pied, tourne jusqu'à ce qu'elle l'entoure complètement, puis il la lisse et recommence.

— J'essayais juste de le faire réagir. Je voulais qu'il se reprenne, tu sais ? Qu'il arrête de boire autant, de fumer du shit tous les soirs et de coucher avec n'importe qui. Je voulais qu'il grandisse et qu'il arrête de se laisser porter.

Il s'arrête et boit une gorgée de vin. Il ne me regarde toujours pas, et après un moment il reprend, plus bas :

— Je croyais qu'il appellerait. Je croyais qu'il se rendrait compte qu'on valait la peine de se battre. J'ai attendu et attendu, alors quand je me suis rendu compte qu'il n'appellerait pas, c'était trop tard.

Je ne sais pas trop quoi dire à ça, mais on dirait qu'il ne s'attend pas à ce que je réponde. Comme s'il a juste besoin que quelqu'un l'écoute. Et bizarrement, cette personne c'est moi.

— Pourquoi l'as-tu pas appelé ? Je demande enfin. Il aurait été heureux de te reprendre.

Il hausse un peu les épaules.

— Parce que je ne voulais pas revenir s'il n'avait pas changé. Et j'avais peur de découvrir qu'en fait il était plus heureux sans moi. Aujourd'hui, ça a l'air complètement ridicule, mais…

Il laisse la phrase en suspens.

— Tout ce temps où l'on était ensemble, c'était comme s'il ne savait pas quoi faire de sa vie. Comme s'il n'avait pas d'objectifs. Il n'a jamais eu de motivation. Même au lit, il ne savait pas ce qu'il voulait.

Il s'interrompt brusquement et je sais qu'il regrette d'avoir dit cette dernière phrase.

— La seule chose que Zach veut au lit, c'est faire plaisir au type avec qui il est, dis-je.

Ça a l'air de le surprendre un peu. Il ne me regarde toujours pas, mais je sais qu'il y réfléchit.

— Tu crois qu'il ne savait pas ce qu'il voulait ? Ce que ça veut dire, c'est qu'il n'arrivait pas à savoir ce que toi, tu voulais.

Perdu dans ses pensées, il garde un instant le silence. Puis il ajoute :

— En fait, quand je l'ai revu, je me suis dit : 'voilà le Zach que j'attendais', tu sais ? Je voyais qu'il avait enfin une motivation. Il avait un objectif.

Il s'arrête une seconde puis il ajoute :

— Je ne me suis rendu compte que plus tard que sa motivation, c'est toi.

— Moi ?

Il me regarde d'un air surpris.

— Zach n'a jamais eu envie de se battre pour quoi que ce soit dans sa vie. Pas pour ses études. Pas pour avoir un job. Certainement pas pour moi. Mais je ne doute pas un seul instant qu'il est prêt à se battre pour toi.

Et le truc dingue, c'est que je le crois.

On finit nos verres en silence, puis il se lève et me tend la main. Je la lui serre et il me sourit.

— J'espère que si l'on se revoit, on pourra recommencer à zéro, Angelo. J'aimerais me dire qu'on peut faire mieux.

— En tout cas, on ne peut pas faire pire.

Il sourit vraiment.

— Prends soin de toi, Angelo.

Tout ce temps, Matt est resté assis à l'autre bout du bar. Une fois que Jonathan est parti, il me rejoint et on va vers l'ascenseur.

— Qu'est-ce qu'il voulait ?

Je ne lui réponds pas. J'ai la tête ailleurs. Je repense à ce qu'a dit Jonathan : que je suis la motivation de Zach ! À ce que Zach a dit plus tôt ce jour-là : 'Tu es toute ma vie'. À ce que Matt m'a dit la veille.

— Tu crois vraiment que le compas de Zach pointe vers moi ?

Matt a l'air un instant surpris, puis il dit :

— J'en suis certain. Tu es son nord.

On ne parle pas le reste du chemin. Il me regarde bizarrement, comme s'il essayait de comprendre ce qui me passe par la tête, mais je ne suis pas prêt à lui dire. Je ne suis même pas sûr que je pourrais. Pas sûr de le comprendre moi-même.

C'est possible que je donne quelque chose à Zach rien qu'en étant là ?

Quand j'entre dans la chambre, Zach m'attend assis sur le lit. Je m'arrête net quand je le vois. J'essaie de savoir comment lui poser les questions que j'ai en tête.

Il me rejoint et me relève le menton pour me regarder dans les yeux.

— Tout va bien ? me demande-t-il.

— Oui.

Il me contemple, comme s'il cherchait, qu'il essayait de décider si je lui dis la vérité.

— Que voulait Jonathan ?

— Dans l'ensemble, demander pardon.

Ça a l'air de le soulager.

Il passe un bras autour de ma taille. Il a toujours l'autre main sur ma joue.

— Ce n'est pas quelqu'un de mauvais, me dit-il doucement.

— Je ne t'aurais pas cru hier soir, mais maintenant je crois que oui.

— Il a demandé pardon, et c'est tout ?

— Il a dit qu'il n'avait jamais voulu te quitter vraiment. Il croyait revenir. Que tu l'appellerais. C'est pour ça qu'il a laissé Geisha.

Il ferme les yeux une seconde et prend une inspiration tremblante. Je vois bien que ça le blesse un peu, de se rendre compte qu'ils auraient pu marcher s'il avait seulement essayé. Mais il ouvre alors les paupières et me regarde dans les yeux. Sa voix est ferme quand il dit :

— Je ne l'ai jamais aimé comme je t'aime.

Il me contemple, cherchant quelque chose, mais je ne sais pas quoi. Je me demande si c'est vrai que tout ce temps je lui donnais quelque chose sans même le savoir.

— Zach, est-ce que je suis ton nord ?

Il cligne des yeux, l'air perdu, parce que bien sûr ma question n'a aucun sens. Mais ensuite, il dit avec une sincérité impossible à nier :

— Tu es tout pour moi.

— Zach ?

— Oui ?

— La ferme et embrasse-moi.

Cette fois, il n'hésite pas du tout. Ses lèvres sont si douces contre les miennes. Je suis vraiment à la maison, maintenant. Je sais que tout ira bien.

Après quelques secondes, il s'écarte à nouveau. Il me regarde et je sais qu'il a quelque chose en tête.

— Qu'est-ce qui ne va pas ?

— Rien.

— Alors à quoi penses-tu ?

Il me sourit nerveusement.

— Tu ne veux pas sortir un peu ? Juste toi et moi ?

— Bien sûr.

Zach ne sourit presque jamais, mais là il rougit. Il y a deux taches de couleurs sur ses pommettes. Il hésite juste une seconde, puis il demande à voix basse :

— Tu veux bien faire quelque chose pour moi ?

— Ça dépend de ce que c'est.

Ses pommettes deviennent encore plus rouges, mais il ne va pas reculer maintenant. Il sort quelque chose de sa poche et me le tend, l'air à la fois effrayé et plein d'espoir. Je regarde ce qu'il tient et je me marre.

C'est de l'eye-liner.

— C'est tout ? Je demande.

Il y a du soulagement et de l'excitation dans son regard.

— J'ai aussi acheté le gel, ajoute-t-il avec un sourire.

— Tu y as vraiment réfléchi, hein ?

Il me pousse contre le mur. Il a les lèvres dans mon cou et il presse son aine contre moi. Il a la voix basse et essoufflée.

— Je veux retourner à la boîte de nuit.

— Sérieusement ? Je demande, surpris.

— Je veux te regarder danser. Je veux voir tous ces types essayer de t'attraper. Et puis…

Il se presse encore plus contre moi et il n'y a pas de doute combien ça l'excite rien que d'y penser.

— Je veux te ramener ici et me prouver que tu es à moi.

— En fait, tu es un petit peu libertin, hein, Zach ?

Les mains baladeuses, il continue à se frotter contre moi. Ses lèvres dans mon cou se font plus insistantes.

— Tu as le droit de dire non.

Je le sais bien. Et c'est pour ça que je ne le ferai pas.

Ça fait des années que je ne l'ai pas fait, mais ce n'est pas comme si je ne savais pas comment me préparer. Je lisse mes cheveux sur les côtés, mais je les redresse au-dessus. Du noir tout autour de mes yeux et étalé sur mes paupières. Je dois avouer que je suis content de ne pas avoir à faire face à Matt dans cet état. Il pourrait plus s'arrêter de rire. Mais pour Zach, je peux le faire. Quand je sors de la salle de bain, il écarquille les yeux. C'est clair que ça lui plait.

— Aussi bien que Ziggy Stardust ? Je demande avec un sourire.

— Mieux, répond-il, alors je me marre.

Au moins, à Las Vegas, personne ou presque ne se retourne sur un mec maquillé. On sort de l'hôtel et on attrape un taxi pour nous emmener

457

à la boîte de nuit. Zach déniche un tabouret près de la piste de danse. Je commande deux shots de tequila au bar.

Le barman me regarde d'un air méfiant en me servant.

— Je ne veux pas de problèmes ce soir, dit-il.

— Il n'y en aura pas, je réponds.

Je les bois cul sec, tous les deux.

— Il me faudrait aussi un verre de vin. Vous avez du rouge espagnol ?

Il me regarde comme si j'étais un abruti. C'est possible.

— Mais bien sûr.

Ça valait la peine d'essayer.

— Alors n'importe quel rouge.

Je rapporte le verre à Zach. Le regard qu'il me lance quand je le lui tends vaut bien d'être passé pour un idiot devant le barman. Il m'embrasse, profondément et lentement, puis me murmure à l'oreille :

— Pas de sexe.

— Je sais.

Il me sourit.

— Amuse-toi bien.

La dernière fois qu'on était là, je n'ai pas eu le temps de trouver de bons partenaires, des types qui sont là pour la même chose que moi : pas forcément tirer un coup tout de suite, juste s'échauffer. Ce soir, je les trouve : le tatoué de la dernière fois ainsi que deux autres. On s'échange beaucoup les uns les autres.

Je découvre que danser pour Zach, c'est différent de danser pour moi-même. C'est mieux. J'adore savoir que ses yeux sont sur moi. C'est le meilleur aphrodisiaque au monde.

Je ne les laisse jamais m'embrasser, mais l'un des types me fait un suçon si fort que je sais qu'il me restera une marque. Je glisse une main dans son pantalon. Je passe une main autour de son membre et je frotte le pouce sur son gland humide jusqu'à ce qu'il dise d'une voix rauque, amusée :

— Tu ferais mieux d'arrêter si tu ne veux pas avoir les mains toutes sales.

Je me marre et on change encore de partenaire.

Je garde un œil sur Zach. Il est carrément mignon et il a l'air d'être seul. Plusieurs types lui parlent. L'un d'entre eux lui paye un verre. Il flirte un peu, mais il ne me lâche pas des yeux. Il ne laisse personne trop se rapprocher. Il y en a un qui lui plait. Il flirte avec lui plus qu'avec les autres. Il le laisse même mettre la main au creux de son dos. Le type se rapproche et murmure quelque chose à son oreille. Zach sourit, mais lui dit quelque chose et me montre du doigt. Je ne rate pas le regard que lui lance alors le type, déçu, mais aussi un peu impressionné, et Zach lui décoche un sourire lumineux.

Je me retrouve beaucoup avec le tatoué. À un moment, on va au bar se prendre un verre tous les deux.

— Tu es là avec ce type ? demande-t-il en montrant Zach.

— Ouais. Pourquoi ?

— Juste par curiosité.

— Et toi ?

— Celui qui t'a fait un suçon, dit-il en souriant. Ça fait cinq ans qu'on est ensemble.

Je ne peux pas m'empêcher de lui rendre son sourire.

— C'est génial, mec.

Il me suit sur la piste de danse et m'enlace par-derrière. Il me frotte entre les jambes puis glisse la main dans ma poche. Il me caresse lentement tout en se pressant contre moi. Je presse derrière moi la bosse dans son pantalon. Je ferme les yeux, appuie la tête sur son épaule et je me perds dans toutes ces sensations. Je pense au type avec qui je danse et à son partenaire en train de faire un suçon à quelqu'un d'autre. À ce qu'ils vont faire ce soir une fois qu'ils seront rentrés chez eux. À Zach, à combien je sais que je l'excite. Je ne sais pas combien de temps on danse comme ça, juste à se frotter et à se caresser, mais soudain il me souffle :

— Tout copain te cherche.

Je me tourne vers Zach qui indique le fond de la boîte, là où il y a les toilettes.

— Tu reviens après ? Me crie le tatoué au moment où je pars.

— Aucune idée ! Je réponds sur le même ton, puis je rejoins Zach au bord de la piste.

Rien qu'à le regarder, je peux dire à quel point il est excité. Pas seulement à cause de sa bosse. Tout est dans ses yeux. Il m'enlace, me serre fort contre lui. À mon oreille, il a le souffle court.

— Tu n'imagines pas combien j'ai envie de toi là tout de suite.

— Tu veux retourner à l'hôtel ?

Mais à ma grande surprise, il secoue la tête.

— Non.

Il me fait pivoter et me pousse vers les toilettes. J'y vais. Quand on y arrive, il est pressé derrière moi. Il a un bras autour de ma taille et je sens

459

son érection contre le creux de mon dos. Il y a la queue aux urinoirs et une seule stalle. Elle est occupée et vu les bruits, c'est clair qu'il y a plus d'un mec dedans. Il y a un autre couple avant nous qui attend son tour. Ils se pelotent contre le mur.

La voix de Zach est rauque et désespérée à mon oreille.

— Si tu as un problème avec ça, Ang, il faut que tu le dises maintenant.

Mon cœur bat à cent à l'heure, mais c'est plus de stress que d'excitation. Zach et moi couchons ensemble de toutes les façons possibles. Parfois, c'est doux, parfois c'est brutal. Mais il est toujours en train de penser à ce que je veux. Sa priorité est toujours mon plaisir. C'est la première fois qu'il pense d'abord à lui. Je ne peux pas vraiment dire que ça m'excite, mais hors de question de lui dire non.

— Aucun problème.

Il sort son portefeuille et dit aux types avant nous :

— Je vous donne cinquante dollars pour nous laisser passer.

Ils se regardent puis haussent les épaules.

— Fais-toi plaisir, dit l'un d'entre eux en prenant son argent.

Puis ils recommencent à se peloter.

Zach se frotte à moi et me mord dans le cou, une main entre mes jambes, et j'espère vraiment que la porte va s'ouvrir bientôt ou tous ceux qui sont là vont me voir le branler. On dirait que ça dure une éternité, mais il ne s'écoule probablement qu'une minute ou deux avant notre tour.

Zach me pousse devant. J'imagine qu'il a envie d'une fellation, alors quand il a fermé la porte, je défais son pantalon et je le dégage. Mais alors il m'attrape brutalement et me retourne. Il presse la main contre ma nuque et me penche de façon à ce que j'aie le front contre le haut du réservoir, le haut de la tête contre le mur. Il déboutonne mon pantalon et l'abaisse, j'essaie de me dire que ça va aller. Je ferme les yeux et je me force à respirer profondément pendant qu'il s'agite. J'ai le cœur qui bat plus vite que jamais. Je le sens pousser contre moi. J'ai un moment, juste un éclair, une pure peur primale. Un battement de cœur proche de la panique quand je crois qu'il y va à sec. Je commence presque à me débattre, juste par instinct. Mais alors le bout de sa queue passe aisément mon anneau. Je me rends compte qu'il y a plus réfléchi que je croyais. Il devait avoir un tube dans sa poche. Je prends une profonde inspiration et je me force à me détendre.

Il gémit en me pénétrant. Il y va lentement, jusqu'au bout, puis il s'arrête. Pendant juste une seconde, il reste là, au plus profond de moi, sans bouger. Je commence à me demander s'il a changé d'avis. Il ressort une fois, presque complètement, puis rentre à nouveau un peu plus vite. Puis, comme si quelqu'un avait appuyé sur un bouton, il se lâche. Il laisse son besoin le dominer comme je ne l'avais jamais vu faire. Il se met à me prendre vite et fort. Il me maintient toujours d'une main. Ma tête cogne contre le mur et je cherche un truc où m'agripper, n'importe quoi qui me donne un peu de soutien. Finalement, je m'appuie contre le mur et je tiens bon.

Ce n'est pas mon fantasme, mais ce n'est pas non plus désagréable. Zach est brutal, mais rien que je ne puisse gérer. Je ne ferais ça pour personne d'autre, et il le sait. Je crois que c'est pour ça qu'il en a autant envie.

Je sais que ça ne va pas lui prendre longtemps. Je me cambre, me pousse contre lui et j'obtiens un gémissement rauque en réponse. Il m'attrape par les cheveux et me tourne la tête sur le côté, la joue contre le réservoir. Comme ça il voit en partie mon visage et le trait épais de l'eye-liner autour de mes yeux. Puis il jouit comme il n'a jamais joui avec moi en tout cas, et tout le monde dans ces toilettes doit le savoir.

Les deux types qui attendent leur tour se marrent et l'un d'entre eux dit :

— On dirait que ça valait bien cinquante dollars.

Zach s'appuie contre mon dos. Il a toujours le souffle court. Il m'embrasse sur la joue et murmure à mon oreille :

— J'espère que tu ne regrettes pas ce qu'on vient de faire.

Je n'ai même pas à réfléchir.

— Est-ce que je suis vraiment ton nord ? Je lui demande.

— Tu es tout pour moi.

— Alors de temps en temps, ça veut dire que je suis aussi ton Ziggy Stardust.

MATT...

COMME D'HABITUDE, Angelo et moi étions réveillés avant Jared et Zach.
Je l'appelai et nous nous retrouvâmes à l'ascenseur.

— Qu'est-ce que tu as au cou ? M'exclamai-je lorsqu'il arriva, parce
qu'il était impossible de rater son énorme suçon.

Un léger rouge aux joues, il me regarda de biais.

— Me suis brûlée avec un fer à friser, répondit-il en appuyant sur le
bouton d'appel de l'ascenseur.

Je me mis à rire.

— J'imagine que vous vous êtes réconciliés ?

Et à ma grande surprise, il rougit encore plus.

— Tout va bien, dit-il.

Il ne me regardait pas, mais ce n'était pas sa désinvolture habituelle.
Il parlait doucement, avec un peu d'hésitation. Il était aussi sincère avec
moi qu'il savait l'être.

— Même mieux qu'avant, je crois.

Il me jeta un rapide coup d'œil puis détourna le regard, comme s'il
s'attendait à ce que je rie. Il en était hors de question.

— Je suis content pour vous.

Nous prîmes un café à emporter puis le tramway jusqu'au quartier
de Paris, où nous nous promenâmes sans but un moment, puis vers celui
de New York, New York. Nous repartions vers le nord lorsque Jared nous
appela pour dire que Zach et lui étaient enfin debout. Je lui dis de nous
retrouver en face du Bellagio.

— Je regrette qu'on ne puisse pas voir une dernière fois la fontaine,
déclara Angelo tandis que nous regardions le lac en attendant Zach et Jared.

Le spectacle ne recommencerait pas avant 15 heures et nous avions
prévu de partir à midi.

— On peut partir plus tard, dis-je.

J'y avais déjà réfléchi avant.

— Vers 17 heures. Il faudrait que l'on conduise de nuit, mais à nous
quatre ce ne serait pas si mal. Jared et moi ne travaillons pas demain et Zach
et toi aurez quelques heures avant d'ouvrir le vidéo club.

Il me sourit.

— J'y avais pensé, mais je ne voulais pas être celui qui le dirait. Vous vous êtes déjà bien assez moqués de moi pendant ces vacances.

Zach et Jared se montrèrent à cet instant. Zach se mit derrière Ang, comme d'habitude, un bras autour de son cou et Angelo s'appuya contre lui. Zach lui murmura quelque chose à l'oreille qui le fit sourire. Ils avaient l'air aussi heureux que d'habitude.

— Mon Dieu, Zach ! s'exclama soudain Jared. Qu'est-ce que tu as fait à son cou ?

Angelo rougit à nouveau et Zach dit en plaisantant :

— Qu'est-ce qui te fait croire que c'est moi ?

Je ris, mais pas Jared. Je le regardai et ce que je vis me surprit. Il foudroyait Angelo du regard, l'air plus furieux que je l'avais vu depuis longtemps.

— Alors qui ?

Zach et Angelo se tournèrent vers Jared. Angelo était sur la défensive. Son attitude assurée habituelle avait disparu. Mais Zach avait l'air indigné. J'essayai de raccrocher les wagons. Je n'avais jamais pensé que quelqu'un d'autre que Zach ait laissé ce suçon. Je n'avais pas du tout pris sa réponse au sérieux. Mais je voyais maintenant que j'avais tort.

— Arrête ça, Jared, dit Zach.

Impossible d'ignorer la menace dans sa voix.

Jared fit la sourde oreille.

— Tu as recommencé, c'est ça ? demanda-t-il à Angelo. Tu as voulu tirer un coup, alors tu l'as fait.

— Stop ! fit Zach.

Il avait les deux bras autour d'Angelo et même si ce dernier ne luttait pas contre son étreinte, il avait l'air de s'y préparer. Jared ne l'écouta pas.

— Tu ne penses qu'à toi et ce que tu veux ! Tu ne penses jamais à Zach !

— Jared, dis-je, essayant de l'interrompre.

Je mis la main sur son épaule, mais il m'ignora et continua à s'en prendre à Angelo comme si je n'avais rien dit.

— Tu crois que parce que Zach ne peut pas te dire 'non', ce n'est pas grave ? Tu crois que tu peux faire ce que tu veux et coucher avec qui tu veux et que Zach n'a qu'à le supporter ? Eh bien, tu as tort ! C'est quand même égoïste, un de ces jours il comprendra et te quittera, et tu te demanderas pourquoi tu te retrouves encore tout seul !

463

Angelo avait les yeux fermés, mais s'il luttait contre les larmes ou contre la rage pure, je ne savais pas. Les paroles de Jared le touchaient d'une façon que je n'aurais jamais imaginée. Mais j'étais sûr que quelque part il était aussi furieux, et si cette partie prenait le dessus, ça allait dégénérer. Jared était fort, mais il n'avait aucune expérience en combat et ça me faisait mal de l'admettre, mais je parierais sur Angelo si ça devenait violent. Je savais aussi que Jared méritait peut-être un bon poing dans la gueule pour ce qu'il était en train de dire. Mais logique ou pas, il n'y avait aucune chance que je laisse quelqu'un le toucher, pas même Angelo et pas même si Jared l'avait mérité.

Zach serrait Angelo de toutes ses forces. Il avait la tête baissée et lui murmurait des choses à l'oreille. Je n'entendais rien de ce qu'il disait, mais Angelo l'écoutait. Au bout d'une seconde, il hocha la tête. Zach relâcha sa prise. Ang resta là un instant, puis se dégagea. Je fis mine de me mettre devant Jared, pour le protéger d'Angelo, mais je n'en eus pas besoin. Il ne le regarda même pas. Il s'éloigna juste, la tête baissée.

Du coup, je ne savais vraiment pas quoi faire, suivre Angelo ou rester avec Zach et Jared. Zach résolut le problème pour moi en disant fermement et clairement :

— Non.

Puis il se tourna vers Jared et son regard le fit reculer d'un pas.

— Je ne sais pas ce qui te fait croire que tu as le droit de nous juger, mais je te le dis tout de suite, Jared, il faut que ça s'arrête.

— Je ne vous juge pas ! se défendit-il.

— C'est ça. Parce qu'apparemment, dans ta tête, je ne suis qu'un paillasson sur lequel Angelo s'essuie les pieds. Tu me pardonneras si cette vision des choses ne me flatte pas.

À ces mots, Jared baissa la tête, mais cela ne ralentit pas du tout Zach.

— As-tu aucune idée de ce qui lui est passé par la tête cette semaine ? Je suis sûr que non et il est hors de question que je te le dise. Mais il y a quelque chose que je vais te dire : tu as tort, sur tous les plans !

Il fit un pas vers Jared.

— Et au sujet de la nuit dernière, tu as tort aussi. Si tu avais idée de ce qu'il s'était vraiment passé, ce que, ça lui a coûté de…

Il s'interrompit et ferma un instant les yeux. Il essayait clairement de reprendre son sang-froid. Je ne l'avais jamais vu aussi furieux. Je n'avais même jamais imaginé que Zach puisse se fâcher comme ça. Il rouvrit les yeux et fit un autre pas vers Jared. Ils n'étaient plus séparés que de quelques centimètres.

— C'est ton problème, ce que tu penses de lui. Mais je te préviens : tu n'as pas intérêt à lui redire un truc pareil, Jared. Si tu n'es pas capable de te mêler de tes affaires, la moindre des choses c'est que tu la boucles !

Jared avait la tête baissée et les joues rouges. Il avait déconné et il le savait. Il ne savait pas forcément comment réparer les choses pour l'instant, mais il savait que c'était lui qui avait tort. Zach resta là une minute, à le regarder, attendant de voir s'il allait répliquer.

— Je suis désolé, dit Jared.

— Ça ne suffit pas, répliqua Zach.

Puis il s'en alla aussi.

Après son départ, nous gardâmes le silence. Jared ne me regardait pas. Je m'appuyai contre la balustrade et contemplai le lac silencieux du Bellagio, attendant qu'il se mette à parler.

— J'ai recommencé, hein ? demanda-t-il enfin.

— Si tu veux dire que tu as ouvert la bouche et déblatéré avant de connaître tous les faits, alors oui, tu as recommencé.

L'air méfiant, il me regarda.

— Est-ce que tu sais ce qui s'est passé la nuit dernière ?

— Non. Je n'en ai aucune idée. Angelo et moi ne parlons pas de ce genre de choses. La différence, c'est que j'accepte que leur vie sexuelle ne me concerne pas. Et toi, pour une raison qui m'échappe absolument, tu en es incapable.

Il me tourna le dos, mais pas avant que je voie l'éclat de colère dans ses yeux.

— Raconte-moi ce qui s'est passé, dis-je.

— Eh bien, Matt, fit-il d'un ton sarcastique, je crois que nous venons d'établir que je ne sais…

— Arrête !

Jusqu'ici, je n'étais pas fâché, mais maintenant oui. Je ne criai pas. Je gardai un ton égal, un discours lent et mesuré.

— Je ne parle pas de la nuit dernière et tu le sais.

À ces mots, il affaissa un peu les épaules.

— Je parle du Nouvel An. Quelque chose s'est passé ce soir-là et depuis, il y a une tension entre Angelo et toi. Tu m'as dit que ce n'était rien, mais clairement ce n'est pas vrai. Alors je te le redemande, Jared, j'apprécierais une réponse : que s'est-il passé ?

Il me tourna le dos, mais pas complètement. Je voyais au moins son visage de profil tandis qu'il contemplait le lac.

— Angelo a couché avec Cole.

— Quoi ?

Mes réactions au sujet de l'ancien plan cul de Jared n'étaient pas tout à fait logiques alors mon indignation instinctive était plus contre lui que contre Angelo.

— Tu m'as entendu.

— Et alors quoi ? demandai-je d'un ton glacial. Es-tu jaloux ?

Livide de colère, il me fit face.

— Non ! Cingla-t-il. Ce n'est pas ça.

Il hésita une seconde seulement puis ajouta :

— On sait tous les deux que ce n'est pas moi qui suis jaloux.

Il avait bien sûr raison. Croire qu'il ne voulait Cole que pour lui était un pur produit de mon imagination. Une fois l'émotion éliminée, je savais que Jared ne ressentait rien d'autre pour l'une qu'une affection née d'une longue amitié. Je pris une profonde inspiration et me forçai à me calmer. Je devais cesser de réagir comme son amant et commencer à l'écouter comme son ami. Je m'obligeai à réfléchir à ce qu'il me disait, sans le filtre de mes préjugés.

— Angelo a trompé Zach ? Demandai-je.

J'étais désormais calme, la colère envolée. Ma voix était revenue normale.

— Pas exactement.

Sa voix ne me défiait plus non plus. Il n'y avait plus d'irritation entre nous.

— Est-ce que ça compte si Zach le laisse faire ?

Je dus y réfléchir un peu.

— Tu n'es pas jaloux de Cole, dis-je enfin. Tu es jaloux d'Angelo. Tu voudrais que je t'offre la même liberté que Zach offre à Angelo.

J'essayai d'imaginer ce que cela serait, de savoir que Jared était avec un autre homme. Je me demandai si je supporterais de savoir qu'un autre homme le touchait, l'embrassait, le baisait. Mais à mon grand soulagement, il répliqua :

— Non.

Il avait la voix douce, mais ferme. Lorsque je me tournai vers lui, il me regarda dans les yeux.

— Pas vraiment. Je ne peux pas dire que l'idée de coucher avec un autre ne m'a jamais traversé l'esprit. Nous sommes tous deux des hommes. Je suis sûr que tu y as pensé aussi.

— Pas vraiment avec un autre homme.

Il se mit à rire.

— J'aurais dû m'en douter.

Il regarda à nouveau vers le lac.

— J'aime notre relation, Matt. Je ne veux rien changer.

— En es-tu sûr ?

Il croisa à nouveau mon regard.

— Certain.

— C'est la meilleure nouvelle de la journée, dis-je avec sincérité.

Il sourit. Il s'était fait une queue de cheval. Comme d'habitude, ses cheveux blond foncé ne coopéraient pas. Des boucles en sortaient de partout. Le soleil sur son visage faisait ressortir les légères tâches de rousseur sur son nez. Ses yeux bleus brillaient tandis qu'il regardait ce stupide lac artificiel. Et à cet instant précis, mon cœur grandit dans ma poitrine, au point que je me demandai s'il n'allait pas en sortir. Nous vivions ensemble, jour après jour. J'étais toujours heureux avec lui, mais c'était un bonheur tranquille, confortable, fondé sur une amitié. Et puis sans prévenir, je réalisais parfois dans un éclair de compréhension combien il comptait pour moi. Angelo appelait ça mes 'moments d'émerveillement'. Ils me coupaient toujours le souffle.

Je me rapprochai de lui. Je retirai l'élastique, délivrant toutes ses boucles. J'en attrapai une poignée et lui écartai la tête afin de l'embrasser dans le cou.

À cet instant, je me fichais de qui nous voyait. Je me fichais si le monde entier savait.

— Je t'aime, lui dis-je en déposant un baiser à cet endroit tout doux juste sous son oreille.

Il soupira un peu. Si je voyais son visage, il aurait les yeux fermés tandis qu'il enfermait aussi cet instant dans sa boîte intérieure. Il se détendit contre moi et je l'enlaçai.

— Répète-le, murmura-t-il.

Cette fois, je le regardai dans les yeux.

— Je t'aime.

Il me sourit.

— C'est la meilleure nouvelle de la journée.

467

Je l'embrassai même si nous étions dans la rue et il répondit avec enthousiasme. J'adorais la sensation de ses bras fermes autour de moi et son corps solide, fort pressé contre le mien. Mais il ne s'écoula qu'un instant avant qu'il me repousse gentiment.

— Arrête ça, dit-il d'un ton plaisantin. Je suis censé me sentir coupable.

— C'est vrai, reconnus-je en le lâchant à contrecœur. Alors si tu n'es pas jaloux d'Ang ni de Cole, où est le problème, exactement ?

— En fait, je croyais qu'Angelo faisait ce qu'il voulait sans se soucier de ce qu'en pensait Zach. Et que Zach le laissait seulement faire parce qu'il pensait que c'était le seul moyen de le garder.

— Alors tu croyais qu'Ang était un salaud égoïste et Zach une chiffe molle sans caractère ?

Il me sourit avec embarras.

— Quand tu le dis comme ça, j'ai vraiment l'air d'un connard.

— Est-ce qu'il y a une façon de le dire qui ne te donne pas l'air d'un connard ?

Il lâcha un petit rire.

— Oui, d'accord.

— Tu n'es juste ni envers l'un ni envers l'autre. Notre relation nous convient, mais ce n'est pas la seule manière de faire. Je ne vais pas dire que je comprends leur fonctionnement. Mais…

Je haussai les épaules.

— Nous n'avons pas à le comprendre, Jared. Ils sont heureux ensemble. C'est tout ce qui compte.

Il garda un instant le silence, puis dit tout bas :

— Tu as raison.

— Tu devrais présenter tes excuses à Angelo.

— Je sais.

— Avant qu'on parte.

Il leva les yeux au ciel.

— Je sais. À ton avis, où est-il allé ?

— Il n'y a que deux possibilités et nous sommes déjà à la première. Que reste-t-il ?

— La galerie ?

— Je le parierais.

Je tirai sur l'une de ses boucles.

— Répète.

Un petit sourire aux lèvres, il me regarda du coin de l'œil.

— Tu es un connard manipulateur.

— Ce n'est pas ça.

Il se tourna vers moi et passa un bras autour de ma taille.

— Tu as raison.

Il avait le regard pétillant.

— Tu sais quoi aussi ?

— Quoi ?

— Je triche vraiment.

— À chaque fois ?

— À chaque fois.

... ANGELO

J'AURAIS DÛ le voir venir. Jared m'a dans le collimateur depuis le Nouvel An. Mais pourquoi a-t-il fallu que ce soit maintenant ?

La matinée a été géniale, surtout parce que j'ai passé une nuit fabuleuse. Après la boîte, on est rentrés à l'hôtel, Zach m'a entraîné au lit et m'a soufflé à l'oreille :

— Tout ce que tu veux mon ange.

Et pour la deuxième fois seulement, c'est moi qui l'ai allongé sur le ventre. Après ça, je me suis endormi avec lui, pas dans l'autre lit, et l'oiseau dans ma poitrine n'a pas pipé.

Je ne peux pas vraiment l'expliquer, mais maintenant je sais qu'on va y arriver. Je suis certain qu'on est vraiment fait l'un pour l'autre. Ça a l'air bête, mais c'est vrai. Et je ne me suis jamais senti aussi heureux.

Alors voilà, je passe une très bonne matinée avec Matt, et si je suis un peu embarrassé à cause de cet énorme suçon, ben, ce n'est pas comme si je pouvais y faire quoi que ce soit. Alors je supporte ses taquineries. Et quand Zach et Jared se montrent, Zach passe un bras autour de mon cou et me murmure :

— J'ai pensé à toi toute la matinée.

Et la seule raison pour laquelle je ne me retourne pas immédiatement pour l'embrasser, c'est parce que Matt et Jared en seraient encore gênés.

Et puis de nulle part, Jared ouvre sa grande gueule et m'interroge sur le suçon. Je sais que Zach n'y réfléchit pas quand il répond. Qui aurait cru que Jared l'aurait pris au sérieux, d'abord, même s'il disait la vérité ?

Et avant même de piger, Jared me tombe sur la gueule.

Ses paroles font mal parce qu'il dit exactement ce que j'ai pensé. Mais il y a une part de moi qui est juste furax. Et je ne sais pas comment réagir. Je ne suis pas con. Si je fais un pas vers Jared, je me retrouverai contre Matt. Je ne veux pas tout foutre en l'air avec lui non plus. Alors j'essaie de respirer et de rester calme.

Zach resserre, les bras autour de moi, et sa voix à mon oreille me murmure :

— Je t'interdis de l'écouter, mon ange. Il ne sait rien de nous. Et je vais m'assurer qu'il s'en rende compte. Mais ne fait rien, d'accord ? Fais-moi confiance. Éloigne-toi. Je serai juste derrière toi.

Pour être franc, je n'arrive pas à croire combien je suis soulagé de l'entendre dire ça. Combien c'est bon de savoir que je ne vais pas avoir à gérer Jared. Parce que j'en ai tellement marre de me battre.

— Je peux te lâcher ? me demande-t-il, alors je hoche la tête.

Son étreinte se relâche. Je reste là une seconde. J'ai envie de le remercier, mais ce n'est pas le moment. Je ne regarde pas Jared. Je ne peux pas non plus regarder Matt. Je m'en vais, c'est tout.

Zach m'appelle quelques minutes après seulement, alors je lui dis que je suis en route pour la galerie. J'y arrive qu'une ou deux minutes avant lui. Il y a des petits bancs tout le long de la galerie. Je m'assois là où je peux regarder la peinture que j'aime. Il rentre et s'assoit à mes côtés, à califourchon sur le banc pour que je sois entre ses jambes.

Il se penche pour me parler tout bas, mais que je l'entende quand même.

— Je suis désolé, Ang'.

Ça me prend de court.

— De quoi ?

— C'était ma faute…

— Mais non, Zach. Pas de raison de t'excuser.

— C'est ma faute si nous sommes sortis. Que tu as fini avec ce suçon. J'aurais dû dire que c'était moi qui…

— Arrête.

Je mets les doigts sur ses lèvres pour en être sûr.

— Je ne veux pas que ni toi ni moi nous regrettions la nuit dernière, Zach. Je n'ai pas de problèmes avec ce qu'il s'est passé et je me sens bien avec notre couple. Je ne vais pas le laisser tout gâcher.

Il me prend la main et m'embrasse la paume, comme d'habitude.

— Je t'aime tellement, Ang'.

— Je sais.

— On a vraiment une relation fantastique, n'est-ce pas ?

— Absolument parfaite.

Il m'embrasse alors. Vraiment, un vrai baiser, là dans la galerie. La dame qui bosse là se retourne d'écœurement et je n'en ai rien à faire.

Une minute après, il se lève et commence à regarder les autres peintures. Je vois bien qu'elles ne lui plaisent pas comme à moi, mais ce n'est pas grave. Pas longtemps après, Jared entre. Il se dirige droit sur moi et je sais rien

471

qu'à le regarder qu'il vient demander pardon. Pour dire vrai, je lui en veux même plus. Je veux juste qu'on redevienne tous amis comme avant. Quand même, Zach l'intercepte. Ils discutent tout bas, mais intensément pendant une minute, puis Zach hoche la tête et sort de la galerie.

Jared vient s'asseoir à côté de moi. Au début, il ne dit rien. On reste là longtemps à regarder la peinture sur le mur en face. J'attends et j'attends, il ne dit toujours rien. Je commence à me demander s'il croit que c'est moi qui dois m'excuser. Je finis par le regarder et il a un sourire complètement débile sur les lèvres.

— Qu'est-ce qui te fait rire ? Je demande.

Il sursaute, comme s'il était perdu dans ses pensées.

— Je pensais à Cole.

— Pourquoi ?

Encore que je ne suis pas sûr de vouloir savoir.

— Je le connais depuis plus de dix ans. Tu le savais, ça ?

— Non.

Je me demande où il veut en venir.

— C'est marrant, tu sais ? Après avoir fini la fac, il est retourné à Phoenix. Je le voyais peut-être trois fois par an, jamais plus d'une nuit à la fois. Je ne l'ai vu que deux fois depuis que j'ai rencontré Matt, il y a presque deux ans.

— Ouais ?

Je ne vois toujours pas où il veut en venir.

— Tu as déjà remarqué que je ne peux même pas dire son nom sans que Matt devienne vert de jalousie et qu'il lui sort de la fumée par les oreilles ?

Je suis obligé de sourire.

— Oui.

— Et il a passé quoi ? Vingt minutes ? Une demi-heure avec toi ?

— Je ne regardais pas vraiment l'heure.

— Et ça nous a causé tous ces ennuis.

— On dirait bien.

— C'est comme si, sans même essayer, il était devenu cette force majeure dans nos vies.

Il me regarde alors, avec un sourire bizarre.

— As-tu une idée de combien ça le rendrait heureux ? Il dirait un truc du genre : 'Je fais toujours cet effet, chéri'.

Je suis obligé de me marrer. Je ne le connais pas aussi bien que Jared, mais je le vois très bien dire ça.

On reste assis là une minute, puis il fit enfin :

— Je suis désolé, Angelo. Je regrette qu'il n'y ait pas une meilleure façon de le dire, mais…

— Je suis désolé aussi.

Il a l'air surpris.

— Pourquoi ?

— Je ne suis pas sûr, je réponds parce que c'est vrai. Je crois que je suis désolé d'avoir tout fichu en l'air.

— Tu n'as rien fichu en l'air. J'ai juste agi comme un con.

— La seule personne avec qui j'ai couché la nuit dernière, c'est Zach.

Ça a l'air de le surprendre aussi, mais il dit ensuite :

— Ce ne sont pas mes affaires.

— C'est vrai. Mais j'ai quand même envie que tu le saches.

Il garde encore un instant le silence et je sais qu'il se demande s'il devrait en dire plus ou s'arrêter là. Mais finalement, il prend une profonde inspiration et dit :

— Je ne sais pas comment c'est possible.

Il me regarde précautionneusement.

— Pas pour toi. Pour vous deux. Je crois que c'est à cause de ça. Je n'arrête pas de me demander, dans quelles circonstances je laisserais Matt coucher avec quelqu'un d'autre que moi ? Et tout ce qui me venait c'est : si je n'avais pas le choix.

— On n'est pas comme vous.

Il a un drôle de petit sourire.

— Oui, on dirait que c'est la leçon du jour.

— Grâce à la lettre Z.

Il rigole.

— Z pour Zach ?

— Non, Z pour Ziggy.

Il n'a pas l'air de comprendre et ça ne me dérange pas du tout. Je me retrouve à lui sourire.

— Je crève la dalle. Allons déjeuner.

... ANGELO

Un mois plus tard

C'EST L'ANNIVERSAIRE de Zach et ça le rend dingue. Trente-cinq ans. Apparemment, c'est l'horreur pour lui. On va dîner avec toute la famille de Jared. Il s'est passé un truc tellement adorable entre Matt et Jared que j'en ai eu des caries, mais ça, c'est une autre histoire.

On rentre à la maison et nous faisons comme d'habitude : on allume la musique et on bosse sur un puzzle dans le salon. Zach agit bizarrement, à me jeter des coups d'œil de biais. J'attends qu'il dise un truc, mais il ne le fait pas. Pas avant qu'on se prépare à se coucher. Je viens de finir de me brosser les dents quand il entre dans la salle de bain. Il reste à côté de moi, il baisse les yeux et il a les joues écarlates.

— Qu'est-ce que tu as ? Je demande.

Il me prend la main. Il m'embrasse la paume, puis y met quelque chose, levant des yeux où il y a une question.

Je me marre.

— C'est tout ?

Il m'enlace et me serre contre lui pour que je sente à quel point ça l'excite.

— On va devoir aller loin pour trouver une boîte de nuit, je dis en plaisantant.

Il secoue la tête.

— Pas comme la dernière fois. Juste les yeux. Tu peux dire non.

Mais je ne le fais pas. Je mets du noir tout autour de mes yeux et j'en étale un peu sur mes paupières. Puis je vais au lit avec Zach. Et peut-être que c'est un moment où c'est lui qui donne. Ou peut-être moi qui donne. Je me rends enfin compte que c'est sans importance. Quoi que ce soit, on est tous les deux heureux. C'est la seule chose importante.

Comme je l'ai dit au début, tout ça, c'est la faute de Jared.

Je me dis presque qu'un jour il faut que je le remercie.

Je devrais presque. Mais tout le monde sait que je ne le ferai pas.

Paris de A à Z

PROLOGUE... ZACH...

LA BOÎTE de nuit était glauque et mal éclairée. Au bar, le vinyle des tabourets était déchiré, les tables sales. Malgré toutes les années écoulées depuis que l'interdiction de fumer était entrée en vigueur à Denver, l'air était enfumé. Je me demandai s'il était resté prisonnier tout ce temps, dans la poussière et les phéromones. Cela donnait à ce lieu une atmosphère dangereuse.

Le simple fait de passer la porte suffit à accélérer le battement de mon cœur et à me donner une érection.

Angelo n'aurait pas choisi un tel endroit. Il préférait quand il y avait du bruit et de l'énergie. Des boîtes de nuit où il pouvait danser, flirter, voir ce qui se trouvait dans les yeux d'un homme avant qu'il se rapproche trop. Où l'épais eye-liner noir qu'il portait à ma demande ne le différenciait pas des autres.

Ce bar sortait tout droit de mon passé. Je l'avais choisi, non parce que je m'attendais à y voir quelqu'un que je connaissais, mais parce que je savais qu'ici, la plupart des hommes n'avaient qu'un objectif. Angelo entra avant moi, un agneau s'offrant de sa propre volonté à la boucherie. Je soupçonnais qu'il devait mourir d'envie de faire demi-tour, mais il savait donner le change. Alors qu'une douzaine de regards se braquaient sur nous, j'étais certain que personne n'avait perçu sa demi-seconde d'hésitation. Personne ne se posa de questions lorsqu'il se dirigea directement vers le bar, commanda deux shots de tequila qu'il enchaîna sans respirer. Mais après deux ans avec lui, je le connaissais bien. Il était stressé.

— Je ne t'aurais jamais imaginé dans un endroit pareil, dit-il en se retournant et en observant les autres clients.

— Je venais là avant que Jonathan me quitte.

Jon était parti en grande partie à cause de ce bar et de ce que j'y faisais avec les hommes qui s'y trouvaient. Après coup, je pouvais reconnaître que c'était à moitié ce que je cherchais. J'avais été trop lâche pour rompre moi-même. Cela avait été plus facile d'aligner les dominos et de le laisser les renverser.

Angelo me jeta un regard de côté, sur ses gardes.

— Tu venais avec lui ?

477

Je savais ce qu'il demandait vraiment : est-ce que j'avais le même jeu avec lui ?

— Non.

Je me rapprochai pour l'enlacer. Il ne se tourna pas vers moi, il pencha simplement la tête afin que je presse les lèvres contre son oreille. Je dus d'abord écarter ses épais cheveux noirs. Ils avaient encore poussé, pendant devant ses yeux comme la première fois que je l'avais rencontré.

— Je n'ai jamais rien fait de tel avec lui.

Pour dire vrai, ça ne m'était jamais venu à l'esprit. Je n'avais appris que récemment que j'étais un voyeur.

Au Nouvel An, deux ans plus tôt, j'avais regardé Cole et Angelo flirter à l'autre bout du salon de Jared et Matt. Un autre homme que moi aurait été jaloux, je le savais. Cole n'était pas une menace. Ce qu'il y avait entre Angelo et moi était plus profond que le sexe. C'était un ange qui n'atterrissait qu'à ma demande. Le laisser voler un peu tout seul n'y changeait rien.

Je les imaginai soudain tous les deux. Je me sentis durcir.

Jared croyait que c'était Angelo qui avait demandé à coucher avec Cole et que j'avais cédé, mais non. C'était moi qui l'avais proposé. Dire à Angelo qu'il pouvait avait été facile. C'était l'attendre dans la cuisine qui avait été difficile. Je n'avais pas regretté de l'avoir laissé faire, mais de ne pas avoir demandé à être dans la pièce. Me demander ce qu'ils faisaient ensemble avait été à la fois une torture et très excitant. Lorsque j'avais appris, plus tard dans la soirée, qu'Angelo me réservait encore certaines choses, j'ai su que j'avais eu raison. C'était bien la preuve qu'il était à moi là où ça comptait. Et puis, ce n'était qu'un coup d'un soir. Après ça, je l'avais complètement oublié, et j'étais certain que c'était pareil pour Ang'. Ça n'avait eu aucune conséquence sur notre relation.

Le voyage à Las Vegas avait tout changé. La première soirée en boîte de nuit avait été l'idée d'Angelo. Et quand il avait dit qu'il voulait danser – et j'avais su dès qu'il l'avait dit qu'il parlait de plus que de bouger au rythme de la musique – cela avait éveillé en moi les mêmes émotions que lorsque je les avais regardés, Cole et lui, de l'autre côté de la pièce. Je pouvais le laisser s'envoler. Je savais qu'il me revenait toujours. Alors j'étais resté là, à côté de mon ex, à admirer Angelo danser. Jon parlait, mais j'entendais à peine ce qu'il racontait. Je ne voyais qu'Angelo. Cela avait été une révélation. Il était beau, sauvage et complètement désinhibé. Tant d'hommes le désiraient et même s'il les encourageait en quelque sorte, il gardait toujours le contrôle.

Bien sûr, la soirée s'était mal terminée, mais pas à cause de ça. Je m'étais réveillé seul le lendemain matin, il n'y avait qu'un mot sur le lit me disant qu'il reviendrait. Tout aussi fâché que j'étais à cause de ce qu'il avait dit la veille, j'avais compris de plus en plus que ce que je désirais plus que tout, c'était retourner à la boîte de nuit. Le regarder avec ces hommes.

Ce second soir avait été mon idée, rien que la mienne. Jared et Matt avaient dû croire que c'était celle d'Angelo, mais ils avaient tort.

Ce n'était pas seulement le regarder draguer. C'était plus une question de contrôle. Avant moi, Angelo avait toujours dû prendre le dessus de ses rencontres sexuelles. Qu'il soit avec moi, qu'il me laisse les rênes et suive sans hésiter était ce qui le faisait mien.

Alors je l'avais regardé danser et l'excitation était montée au fur et à mesure de la soirée. Je l'avais regardé contrôler chacune de ses interactions. Puis je l'avais entraîné dans les toilettes et il avait relâché ce contrôle pour moi. Il m'avait laissé faire quelque chose que jamais il n'autoriserait à quelqu'un d'autre.

Et même à cet instant, plus d'un an et demi plus tard, l'idée de cette soirée m'excitait plus que de raison.

Ce voyage avait changé quelque chose. Il me faisait plus confiance. Cet élan de panique que je voyais parfois dans ses yeux disparaissait. Et de plus en plus, il venait dormir dans mon lit plutôt que dans sa propre chambre.

Six mois plus tard, alors que je le regardais s'habiller un matin, j'avais proposé que nous retournions en boîte. J'y pensais beaucoup, et j'avais été surpris de son hésitation.

— C'est ce que tu veux ? avait-il demandé.

— Ça avait eu l'air de te faire du bien.

Il n'avait pas eu besoin de demander ce que je voulais dire par là, ce qui prouvait bien que j'avais raison.

— Si être avec d'autres hommes de temps en temps…

— Non !

Il était remonté sur le lit, s'était assis à califourchon sur moi et m'avait regardé dans les yeux.

— Tu ne comprends pas, Zach. Ce n'était pas danser avec ces mecs qui m'a fait du bien.

— Ah ?

— Non, avait-il dit en secouant la tête. C'était que tu le veuilles. C'était quelque chose que je pouvais faire *pour toi*.

À tort ou à raison, cela ne m'avait donné que plus envie.

— Alors tu ne veux pas recommencer ? avais-je demandé en essayant de ne pas montrer ma déception.

Il m'avait adressé son sourire en coin caractéristique. Il avait dû se dire que j'étais un peu bouché.

— Je ferais tout ce que tu veux, Zack. Mais ne crois pas que *toi,* tu doives le faire pour *moi.* Si tu le demandes, je ne toucherai plus jamais un autre homme de ma vie.

— Et si ce n'est pas du tout ce que je demande ?

Son sourire s'était agrandi, plus malicieux.

— Alors, ça aussi je le ferai.

Et aujourd'hui, un an plus tard, nous étions là parce que j'avais enfin reconnu que je voulais le regarder faire beaucoup plus que danser avec un autre homme.

Angelo commanda une bière. Je m'assis sur le tabouret à côté de lui. Ils venaient toujours à lui. Le premier était grand, du type *bear*, en jean et bottes de motard, portant une veste en cuir sur son torse nu. Angelo jouait les durs, mais je savais que les hommes baraqués le faisaient flipper. Jamais il ne laisserait un type de ce genre le toucher. Le deuxième n'était pas mal – au moins dix ans de plus que moi. Ça aurait pu marcher, mais il voulait qu'on aille à un motel et Angelo refusait. Mais comme on dit, le troisième fut le bon.

Il était jeune. Je n'aurais pas cru qu'il avait vingt et un ans, sauf qu'il n'aurait pas pu rentrer dans le bar sinon. Il avait les cheveux en brosse, blonds, un tatouage qui dépassait du col de son tee-shirt et un jean déchiré avec une chaîne qui pendait à sa taille et disparaissait dans sa poche. Il avait un look punk, ce qui me fit sourire. C'était ce que j'avais pensé d'Angelo autrefois.

Angelo glissa le doigt dans la ceinture du gamin et l'attira vers lui. Ce dernier avait déjà les mains sur Angelo, d'abord sur les hanches, puis sous son tee-shirt. Angelo ne répondit pas à son geste, lui parla à l'oreille, trop bas pour que j'entende. Mais le gamin hocha la tête. Angelo me sourit.

— Où est la porte de derrière ? demanda-t-il.

Il n'était même pas surpris que je connaisse le chemin.

Il faisait chaud pour une fin novembre dans le Colorado, ce qui était une chance. Il y avait déjà deux types dans la ruelle. Elle était plongée dans l'ombre, mais je devinais que l'un d'entre eux était contre le mur, agrippé à la tête de l'autre agenouillé devant lui. Je choisis délibérément un endroit légèrement illuminé par les lampadaires au fond de la ruelle. Je poussai Angelo contre le mur et il m'attira vers lui.

— C'est vraiment ce que tu veux ? demanda-t-il.

— Tu ne veux pas ?

— Je ferai ce que tu veux, Zach, mais je ne peux pas revenir en arrière après. Il faut que tu sois certain.

Ces mots étaient comme un aphrodisiaque pour moi. Je gémis et me pressai contre lui.

— J'en suis certain.

Cet ange m'appartenait. Personne ne le connaîtrait comme moi. Ils le désiraient peut-être tous, mais je m'en fichais. Tout ce qui lui importait, c'était mon plaisir. Et à cet instant, je n'avais qu'une envie, c'était de le voir jouir.

— Je t'aime, lui dis-je.

— Tu as une façon vraiment bizarre de le montrer.

Mais au rire dans sa voix, je savais qu'il me taquinait.

Je me tournai vers le punk. Il n'était pas loin, à nous regarder, le souffle court.

— Je m'occupe de vous deux si vous voulez, dit-il d'une voix rauque d'excitation.

Je l'attrapai par le tee-shirt et le tournai vers Angelo.

— Tu ne touches que lui.

Angelo appuya sur les épaules du gamin qui s'agenouilla bien volontiers, gémissant avec impatience. Je tendis les bras au-dessus de sa tête afin défaire le pantalon d'Angelo. J'entendis une fermeture éclair et un gémissement. Le gamin avait ouvert son pantalon et se masturbait, les yeux écarquillés, en me regardant révéler l'érection d'Angelo. Je me penchai par-dessus le gamin et embrassai Angelo une dernière fois, le masturbant un peu avant de le lâcher.

Je reculai d'un pas afin de donner au gamin la place nécessaire, et pour mieux voir. Il referma sa main libre autour de la verge d'Angelo qui l'empoigna par les cheveux et le poussa vers son érection. Angelo croisa mon regard et me sourit. Puis il haleta et je sus à son expression que le punk avait commencé. Il écarta les lèvres avec sensualité et renversa la tête contre le mur. Je regardai en guettant le bruit de sa respiration. Je la connaissais si bien, désormais, combien elle était forte au début, mais aussi

481

plus lente, comme s'il voulait gémir, mais ne se rappelait pas comment. Puis elle s'accélérait à l'approche de l'orgasme, puis il haletait, gémissait presque, sans pour autant faire de bruit. Et enfin, il inspirait et retenait son souffle en jouissant, jusqu'à parfois oublier de respirer pendant si longtemps que je me demandais comment il restait conscient.

Il était perdu dans son plaisir, là, flottant sur une vague d'énergie sexuelle. J'aimais regarder son visage, la façon dont ses longs doigts s'emmêlaient dans les cheveux blonds du gamin. J'aimais la façon dont le bras du punk accélérait alors qu'il se masturbait au même rythme que le va-et-vient de sa tête près de l'aine d'Angelo. J'étais incroyablement excité, presque douloureusement, et j'essayais de décider si je pouvais attendre notre retour à la voiture, ou si je voulais me toucher en regardant. Angelo me coupa dans mes réflexions.

— Zach, dit-il d'une voix rauque.

Je croisai son regard à moitié caché par ses paupières mi-closes.

— Viens là.

Je me rapprochai. Je me penchai maladroitement par-dessus le gamin aux pieds d'Angelo et l'entendit gémir lorsque je m'appuyai contre son dos. Angelo défaisait déjà mon pantalon. Il passa un bras autour de mon cou et m'embrassa. Il glissa l'autre main dans mon boxer et enroula les doigts autour de ma verge. Il n'eut besoin que d'une caresse...

Le monde cessa d'exister. Je ne remarquai même pas le moment où Angelo retint son souffle. Je ne savais pas du tout si le gamin avait joui lui aussi. La délivrance était presque aussi forte que dans ces toilettes à Las Vegas, si longtemps auparavant. Et ce n'était rien que la main d'Angelo.

Le gamin s'écarta de nous et je serrai Angelo contre moi. Nous tremblions tous les deux, le souffle court.

— Tu es un peu pervers, hein, Zach ? s'amusa-t-il.

— Tu peux toujours dire non.

— Je sais, dit-il. C'est pour ça que je dis oui.

IL DORMIT sur le chemin du retour. Une fois à Coda, il me suivit dans mon lit. Il m'enlaça et me murmura dans le noir :

— À mon tour, Zach.

J'adorais le regarder, mais au bout du compte, pour lui, on en revenait toujours là : pas à un coup excitant, mais à ce que je lui fasse l'amour, lentement et passionnément. C'était ce qu'il n'avait jamais eu avant moi. C'était ce dont il avait le plus besoin. J'étais toujours heureux de le lui accorder.

Je l'embrassai, savourant sa peau contre la mienne, ses bras autour de moi. Je l'aimais tellement et pourtant, j'avais encore souvent l'impression de marcher sur des œufs avec lui. J'avais si peur de le perdre. Ce que je désirais plus que tout, c'était l'épouser, mais je ne lui en avais jamais parlé. J'y avais songé de nombreuses fois, mais chaque fois, je me souvenais de ce jour dans une chambre de motel à Coda, deux ans et demi plus tôt, lorsque le seul fait de lui proposer de vivre ensemble lui avait provoqué une attaque de panique. Je ne voulais pas qu'il revive ça. Alors j'attendais, je l'aimais, en espérant qu'un jour il serait à moi pour de vrai.

Ce soir-là, en tout cas, il l'était. Nous nous prouvâmes encore une fois que nous étions faits l'un pour l'autre.

MATT...

QUAND UN voyage gratuit à Paris n'en vaut-il pas la peine ? Je sais ce que vous pensez : quand c'est une arnaque qui vous vend une propriété à temps partagé. Ce qui aurait été horrible...

Mais ça, c'était pire.

Le téléphone sonna un dimanche matin. Bien sûr, Jared dormait à poings fermés. Je me demandai qui pouvait bien appeler avant sept heures. Il n'y avait qu'Angelo qui se réveillait aussi tôt que moi, mais il aurait utilisé mon portable, pas le fixe. Ça ne pouvait être qu'une mauvaise nouvelle et je fus tenté de ne pas répondre.

J'aurais dû faire confiance à mon instinct.

— Allô ?

— Oh, *allô*, chouchou. Comment vas-tu par cette belle matinée ?

Une voix légère. Féminine. Moqueuse. L'entendre suffit à me hérisser le poil.

Cole, bien sûr.

— Ça va, dis-je, les dents serrées.

— J'en suis ravi, mon chou.

— Je m'appelle Matt.

— Je *sais* ! Jared est là ?

Je luttai contre mon irritation. C'était une réaction instinctive à tout ce qu'il faisait. Et tout ce qu'il disait. Et tout ce qui me le rappelait. C'était complètement injustifié, je le savais. Ce n'était pas de sa faute s'il avait rencontré Jared des années avant moi. Ni qu'il avait partagé son lit plus de fois que je ne voulais y penser.

Ou peut-être que si, ça l'était.

— Il dort encore.

Ce qui était idiot, c'était que Jared aurait voulu lui parler. Il aurait voulu que je le réveille. Mais je détestais rendre service à Cole.

— Dommage. Si tu pouvais lui passer un message, chaton...

— C'est *Matt* !

484

— Cela te concerne aussi, ainsi que Zach et Angelo, alors ce serait très gentil si tu passais le message à tout le monde. Jon et moi allons nous marier.

— Vraiment ?

— Enfin, ce n'est un pas un mariage *légal*, puisque l'État ne le reconnaît pas, mais une petite cérémonie. Symbolique, en fait…

Je l'interrompis pour dire :

— Je suis très heureux pour vous.

Parce que j'aurais dû l'être. Même si ce n'était pas vraiment le cas.

— Je le dirai à Jared…

— Chéri, je n'en suis pas encore au meilleur !

Oh merde. Ce qui plaisait à Cole allait forcément m'énerver.

— J'ai décidé de vous faire venir tous les quatre au mariage…

— Quoi ?

— Parce que nous n'avons pas de famille, tu sais, à part George, et ça paraît idiot, une cérémonie où il serait le seul invité. Alors nous en avons discuté et nous avons décidé qu'il fallait absolument que vous veniez tous les quatre. C'est le premier week-end de février, j'ai déjà réservé les chambres…

— Je ne peux pas tout lâcher comme ça pour aller à Phoenix !

— Oh, chéri, ce n'est pas à Phoenix ! Cela se passe à Paris, bien sûr…

— *Quoi ?*

— Et on pourrait croire que la Ville de l'Amour serait plus ouverte au mariage gay. Mais non ! Nous avons quand même décidé de le faire là-bas. J'allais prendre les billets d'avion…

— Attends une seconde !

— … mais je me suis rendu compte que je ne connais ni ton nom de famille ni celui d'Angelo, alors…

— Arrête !

— Si tu pouvais demander à Jared de m'envoyer ces informations, je t'en serais très reconnaissant, chaton. Je réserverai alors les billets et tout sera parfait. Je sais que Zach pourrait trouver étrange d'aller au mariage de Jonathan, mais dis-lui…

— Rien du tout !

— … que c'est du passé et que nous serions ravis qu'il vienne. Écoute, mon chou…

— Non, toi, tu écoutes…

— Je suis dans l'avion et l'hôtesse me fusille du regard, il faut que j'éteigne mon téléphone.

— Attends !

— J'attends l'email de Jared ! Au revoir !

— Cole ? *Cole* ?

Mais il avait déjà raccroché. Je résistai à l'envie de jeter le téléphone à l'autre bout de la pièce. Je me contentai d'insulter copieusement l'ex-plan cul de Jared – et grâce à Angelo, mon vocabulaire s'était enrichi, ces deux dernières années.

La technologie m'avait trahi. On pouvait envoyer un homme sur la lune et glisser un ordinateur dans sa poche, mais je ne pouvais toujours pas étrangler quelqu'un par téléphone. La vie était pourrie.

— NOUS NE pouvons pas *ne pas* y aller, me dit Jared plus tard, alors qu'il se servait une tasse de café.

Après m'avoir pardonné de ne pas l'avoir réveillé.

— Cole est mon plus vieil ami…

— Je sais !

— Et c'est un voyage gratuit à Paris ! Comment dire non ?

— Je ne lui demande rien !

Il me sourit d'un air indulgent.

— Matt.

C'était le même ton que Lizzy utilisait avec le petit James quand il piquait une crise. Celui qui disait : « Soyons raisonnables. » Merde. Comment Cole arrivait-il à me causer autant de problèmes alors qu'il n'était même pas dans le pays ?

— Ce n'est pas Cole et *moi*. C'est Cole et Jon.

— Je ne l'aime pas plus que Cole ! J'espère qu'ils passeront le reste de leur vie à se rendre malheureux !

— Matt, ne sois pas désagréable…

— Pourquoi faudrait-il que j'y aille ?

Il posa sa tasse et regarda par terre. Je ne savais pas s'il était fâché, agacé ou déçu, toutefois lorsqu'il leva les yeux, il ne souriait pas. Ce qui était significatif. Jared souriait à tout. Il soupira et vint se placer devant moi. Il croisa mon regard.

Je sus alors que j'allais perdre.

— Tu sais que je t'aime, dit-il calmement.

— Oui.

Je n'en avais jamais douté.

— Tu sais que je ne l'ai jamais aimé. Pas comme ça.

Je le savais aussi, du moins quand j'y réfléchissais de façon rationnelle, sans laisser mes émotions prendre le dessus.

— Ça n'a rien à voir, protestai-je.

— Vraiment ?

Merde. Il me connaissait trop bien. Il n'attendit même pas la réponse.

— Cole était heureux pour nous, Matt. C'est trop demander, que tu le sois pour lui aussi ?

Il avait raison. Bien sûr. Je fermai les yeux et tentai de me concentrer sur ma raison. Lui demander de choisir entre Cole et moi était immature, il l'avait déjà fait, des années plus tôt. Je devais arrêter de tout ramener à Cole et plutôt tout ramener à Jared. C'était ce qu'il voulait et comment lui en vouloir ? Un voyage gratuit à Paris pour fêter le mariage de quelqu'un qu'il connaissait depuis quinze ans – seul un imbécile refuserait. Ça aurait été égoïste de ma part de le lui refuser.

Et il fallait aussi que je pense à Zach et Angelo. Jamais ils ne pourraient s'offrir de telles vacances. Ang' serait enthousiaste. Zach probablement moins, ce qui était compréhensible, mais il ferait n'importe quoi pour rendre Angelo heureux.

Ce n'était pas comme si j'étais *forcé* de les accompagner. Ils pouvaient y aller sans moi. Mais voulais-je vraiment rester seul chez moi par pure obstination alors que mon compagnon et mon meilleur ami allaient à *Paris* ?

Absolument pas.

Je me forçai à relâcher la jalousie qui me saisissait chaque fois que je pensais à Cole. Ça ne durerait pas, mais pour l'instant, ça suffirait. Je rouvris les yeux et contemplai l'expression pleine d'espoir de Jared. Je l'aimais tellement. C'était idiot de croire que je pouvais lui refuser quoi que ce soit.

— D'accord, dis-je, et il sourit. J'y vais.

— On va bien s'amuser, Matt, tu vas voir.

J'aurais voulu le croire.

ZACH...

JE FIS la grasse matinée le dimanche matin suivant. Angelo et moi ne travaillions pas le dimanche et je me passais également souvent de mon jogging matinal. Il était presque dix heures lorsque je me traînai hors du lit. Bien sûr, Angelo était debout depuis des heures, mais il n'était pas dans le salon. Notre ordinateur était dans ce qui aurait dû être la salle à manger, alors je devais la traverser pour aller chercher mon café du matin dans la cuisine. Angelo était au bureau. Il ferma le navigateur Internet dès que j'arrivai, levant les yeux vers moi d'un air coupable et embarrassé.

— Qu'est-ce qu'il y a ? ai-je demandé.

— Rien, répondit-il sans me regarder dans les yeux.

— On ne dirait pas.

— Et pourtant, dit-il en se levant et en me dépassant.

Son mensonge évident éveilla ma curiosité. On aurait pu croire qu'il regardait un film porno, mais il n'aurait pas éprouvé le besoin de me le cacher. Et pourtant, rien d'autre ne me venait en tête. Je lui pris la main pour qu'il se retourne vers moi.

— Tout va bien ? demandai-je.

Cette fois, il croisa mon regard en souriant.

— Bien sûr, Zach, dit-il.

Son sourire se fit séducteur. Il tira sur ma main.

— Si tu viens te doucher avec moi, je vais te le prouver.

Qui étais-je pour protester ?

LE LUNDI, Angelo travaillait seul au vidéo club. Le mardi, c'était moi. Cette organisation nous permettait à tous les deux de souffler, séparément, une fois par semaine. Ça maintenait la paix au travail comme à la maison.

Il venait de partir ce lundi-là lorsque Jared m'appela pour me dire que Jon et Cole se mariaient et que nous étions tous invités à Paris. Il expliqua que Cole avait appelé la veille, mais que le message transmis par Matt manquait de détails, alors il avait voulu discuter avec Cole avant de nous appeler.

J'étais partagé. D'un côté, Jonathan faisait partie de mon passé et je détestais penser à lui. Cela m'énervait qu'il s'incruste dans ma nouvelle vie en m'invitant à son mariage avec un autre. Étais-je jaloux que Cole ait ce que j'avais voulu autrefois ? Peut-être un tout petit peu. Mais surtout, j'étais jaloux qu'ils aient ce que je voulais vivre avec Angelo. Nous étions en couple depuis bien plus longtemps qu'eux. Ce n'était pas juste qu'ils franchissent ce pas avant nous. Je me demandais si notre tour arriverait un jour.

— Je ne savais pas que leur relation était sérieuse, dis-je à Jared.

— Ça fait un an et demi.

Certes. Quelques mois après notre retour de Las Vegas, Jared m'avait dit que Jon et Cole se voyaient. Je lui avais rétorqué que je n'en avais rien à foutre et que je ne voulais plus en entendre parler. Apparemment, il m'avait pris au mot.

— Peu importe, de toute façon, dis-je. Nous n'avons pas les moyens d'aller à Paris, même s'il paie le billet d'avion.

— Tu ne comprends pas. Il paie tout : l'avion, l'hôtel, les dépenses externes. La seule chose que nous aurons à débourser, c'est le parking de l'aéroport le temps de notre séjour.

— Tu plaisantes ?

— Il est friqué, dit Jared. Je crois qu'il est plus riche que Crésus.

C'était beaucoup à digérer. Je n'avais jamais parlé à Cole. Je l'avais seulement regardé mener mon petit ami dans la chambre deux ans plus tôt. Quant à Jonathan ? Lorsque nous nous étions croisés à Las Vegas, il avait très clairement dit qu'il voulait que nous nous remettions ensemble. J'avais été surpris qu'il ait gardé un bon souvenir de notre relation. Moi, je me rappelais plus du mauvais que du bon. Ni lui ni moi ne devions être objectifs.

— Je comprends qu'il t'invite Matt et toi, mais pourquoi *nous* ?

— Je le lui ai demandé aussi et je crois que c'est parce qu'ils n'ont personne d'autre. Il a dit qu'un certain George serait là…

— C'est le père de Jon.

Je me demandai pourquoi il n'avait pas parlé de sa mère, Carol. George et moi ne nous appréciions pas du tout. Je n'avais pas plus envie de le revoir que Jon.

— Il n'y aura personne d'autre.

Génial. Ce serait encore pire. Si cela avait été un grand mariage, j'aurais pu éviter Jon et son père. Mais s'il n'y avait que nous six plus George, ce serait impossible.

489

— Zach ?

J'avais gardé le silence trop longtemps.

— Vous venez, hein ?

Refuser un voyage gratuit à Paris semblait aberrant, mais je n'avais aucune envie d'y aller. Revoir Jon à Las Vegas avait déjà été une plaie. Je ne voyais aucune raison de m'infliger ça une deuxième fois. Et là, je devais traverser la moitié de la planète pour aller à son mariage avec un autre homme ? Que j'avais autorisé à coucher avec Angelo ?

Je me demandai si Jon était au courant. Ang' et lui s'étaient séparés sans rancune, mais à mon avis, Jon n'apprécierait pas d'apprendre ce qui s'était passé entre mon petit ami et son futur époux.

Et puis il y avait Matt et Jared. Matt supportait à peine d'être dans la même pièce que Cole et n'avait pas non plus beaucoup d'affection pour Jonathan. Entre sa jalousie et la susceptibilité d'Angelo, nous aurions de la chance que personne ne se prenne un coup de poing de tout le séjour. Sans parler qu'il était plus que probable que ce soit l'un des fiancés. C'était une mauvaise idée sur tous les points. Je m'apprêtai à le lui dire.

Puis je pensai à Angelo.

Angelo, qui avant moi n'était même jamais sorti du Colorado, à l'exception d'une visite à Yellowstone avec sa famille d'accueil, quand il était enfant. Ces deux dernières années, nous étions allés à Las Vegas, dans l'Oregon, et voir ma famille à Chicago – ce qui n'avait pas été aussi agréable pour lui que ça aurait dû l'être parce qu'il était stressé. Avec un peu de chance, nous aurions les moyens de faire un road trip cette année, peut-être au Grand Canyon ou au lac McConaughy. Si nous économisions pendant quelques années, nous pourrions peut-être aller à New York ou en Floride. Mais jamais, jamais nous n'aurions les moyens de voyager à Paris.

Je n'avais même pas besoin de le lui demander. Il voudrait y aller. Et je n'avais jamais rien pu lui refuser.

— Oui, répondis-je. Nous venons.

Mais je ne pouvais chasser l'idée que je le regretterais.

JE N'ÉTAIS peut-être pas ravi à l'idée de revoir Jon, mais une fois la décision prise, j'étais bêtement excité à l'idée d'en parler à Angelo.

Je préparais le dîner lorsqu'il rentra. Il neigeait, alors il chassait encore les flocons dans ses épais cheveux noirs en arrivant dans la cuisine.

— Salut, dis-je tandis qu'il sortait une canette de Dr Pepper du frigo. Tu savais que Jon et Cole étaient ensemble ?

Il referma le frigo et me jeta un regard prudent.

— Matt me l'a dit.

Il croisa les bras sur la poitrine et je jeta un regard noir à travers ses cheveux.

— Et alors ?

— Tu ne trouves pas ça intéressant ?

— Non. Je devrais ?

Je ne le croyais pas une seule seconde. Ce n'était pas tant qu'il s'en fichait, mais que ça l'énervait que moi, ça puisse m'intéresser.

— Nous sommes invités à leur mariage.

Là, il se renfrogna. Je dus me détourner pour qu'il ne voit pas combien j'avais du mal à garder mon sérieux.

— Tu es en train de me dire que tu veux y aller ?

— Pas toi ?

— Non !

— OK. Je dirai à Matt et Jared qu'ils partiront à Paris sans nous.

La seule réponse fut un silence stupéfait. Je me retournai enfin vers lui avec un sourire.

— Tu veux y réfléchir ?

— Le mariage se passe à Paris ?

— Ouaip.

Il écarquilla ses grands yeux noirs. J'y percevais tant d'émotions. Il était excité, presque joyeux. Je les voyais bouillonner en lui, mais il essayait de rester calme, de ne pas avoir trop d'espoir.

— Nous avons les moyens d'aller à Paris ?

— Non, mais ce n'est pas grave. Cole paie tout.

Il attrapa mon tee-shirt et me poussa contre le comptoir, comme s'il allait m'embrasser, mais il s'arrêta net et me regarda dans les yeux.

— Tu es sérieux ?

— Je te mentirais sur un truc pareil ?

— Non.

— Tu crois que j'inventerais une telle histoire ?

— Non.

— Oui.

Il recula d'un pas.

— Oui quoi ?

491

Je me retenais difficilement de rire, j'avais enfin réussi à le troubler avec sa propre technique de communication.

— Oui, je suis sérieux. Cole a proposé de nous faire tous venir.

— Oh, mon Dieu ! s'exclama-t-il.

Puis s'interrompit. Il ferma les yeux et prit une grande inspiration. Lorsqu'il les rouvrit, il avait réprimé son excitation, l'avait enfermée tandis qu'il essayait d'être rationnel. Il se rapprocha à nouveau de moi et me regarda dans les yeux.

— Tu veux revoir Jon ?

— Non.

C'était la réponse à laquelle il s'attendait.

— Tu préférerais ne pas y aller.

— Si ce n'était que moi, non, mais pour toi, oui.

Son enthousiasme commençait à reprendre le dessus, mais il le retint.

— Tout ira bien pour nous ? demanda-t-il. Entre toi et moi ? Le revoir ne changera rien pour nous ?

— Revoir Jon ne peut pas changer ce que je ressens pour toi.

— Tu en es sûr ?

Je lui pris la main et je déposai un baiser sur sa paume.

— J'en suis certain.

Il était si empli d'espoir que j'étais heureux de ne pas avoir refusé. Il mit la main sur ma joue et me regarda dans les yeux.

— Dis-moi ce que tu veux faire.

Je n'avais qu'à lui dire la vérité. J'écartai les cheveux devant ses yeux.

— Je veux te rendre heureux.

Il me sourit, de cet immense sourire d'enfant qui se réveille à Disneyland après sa sieste.

— Je veux aller à Paris.

— OK, dis-je en l'embrassant. Alors tu iras.

LES HUIT semaines précédant le voyage passèrent très vite. Nous dûmes nous dépêcher de faire nos passeports. Lorsqu'ils arrivèrent enfin, Angelo regarda le sien avec un mélange d'émerveillement et d'excitation qui me rendit heureux d'avoir accepté d'y aller. Même si je devais revoir Jon.

La semaine avant Noël, nous allâmes à Boulder parce que je n'avais pas encore acheté un seul cadeau. Angelo avait fait la plupart de ses courses en ligne, alors il passa tout l'après-midi dans une librairie de livres d'occasion. Il en ressortit à la fin de la journée avec un sac plastique bourré à craquer.

— Regarde ce que j'ai acheté, me dit-il sur le chemin du retour.

Il me tendit un livre. Il avait une couverture incroyablement démodée. Le titre, imprimée en lettres arrondies rose vif et orange fluo annonçait *Paris de A à Z*.

— C'est un guide ?

— Oui, je l'ai trouvé dans la partie voyage, dit-il.

Il avait l'air fier de lui, c'était drôle.

— Il date de quand ?

Il regarda la date d'impression et me décocha un grand sourire.

— Il est très vieux, Zach. Il est sorti l'année de ta naissance.

— Petit malin.

— Tu as demandé !

— À quoi va-t-il nous servir ? Tu aurais dû en acheter un neuf, non ?

— Quoi, tu crois qu'ils ont déménagé la tour Eiffel, depuis ? Peut-être que le Louvre a fait faillite !

Je trouvais quand même bête de faire confiance à un livre aussi vieux, mais je ne voulais pas gâcher son enthousiasme.

Durant les semaines qui suivirent, ce vieux guide devint sa Bible. Il l'étudia intensément, marqua des pages et apprit des passages par cœur, comme s'il s'attendait à ce qu'on l'interroge plus tard. Il m'avait lu la description d'une douzaine d'églises au moins.

— Laquelle veux-tu voir le plus ?

Franchement, je m'en fichais complètement.

— Celle que tu veux voir le plus, lui dis-je.

Ce qui était vrai.

L'anniversaire de Matt était en janvier. Il reçut le plus beau des cadeaux – la qualification au Super Bowl de son équipe de football américain préférée, les Chiefs de Kansas City. La seule ombre au tableau, c'était que le mariage de Jon et Cole était le même jour que ledit Super Bowl. Nous partions le mardi précédent et revenions le mercredi de la semaine suivante et la cérémonie se déroulait le dimanche.

— Mon équipe arrive enfin en finale et je vais rater le Super Bowl ? demanda Matt, outré.

Jared n'avait pas beaucoup de compassion. Si cela avait été les Broncos, il aurait été tout aussi malheureux, mais puisqu'il s'agissait de l'équipe de Matt, il retournait constamment le couteau dans la plaie.

493

— Je suis sûr que tu trouveras un endroit où regarder, dit-il.

— À *Paris* ?

— On l'enregistrera et tu le verras au retour.

Jared se mit à rire quand Matt sortit de la pièce à grands pas sans répondre.

Pour moi, ces semaines furent pleines d'incertitudes. J'avais l'impression d'avoir un poids sur la poitrine qui se faisait plus lourd chaque fois que j'imaginais être en face de Jon.

Je ne voulais plus le revoir. C'était tout.

Notre relation avait commencé comme beaucoup, dans le bonheur le plus pur. Nous étions à la fac. Nous nous étions soutenus au moment de faire notre coming out à nos familles. Nous nous adorions. C'était parfait.

Mais après le diplôme, tout avait changé. Nous avions emménagé ensemble à Arvada et adopté Geisha. Nous avions parlé de mariage et d'une lune de miel dans les vignobles de Sonoma. J'avais trouvé un travail à *De A à Z* et je m'étais préparé à une année que je m'attendais agréable pour nous deux.

Je m'étais trompé.

Bien qu'il ne l'ait jamais dit à voix haute, je savais que Jon avait l'impression d'avoir déçu ses parents à cause de son homosexualité. Il avait l'air de croire qu'il se ferait pardonner en se concentrant sur sa carrière. Ce qui n'aurait pas posé de problème, s'il avait accepté que je ne veuille pas l'imiter. Dès le premier jour, j'avais su qu'il détestait que je travaille au vidéo club. Il voulait que je fasse plus. Que je sois plus. Alors que les semaines devenaient des mois, il m'était apparu de plus en plus clair que nos objectifs différaient. Et plus encore, que mon manque de but dans la vie lui faisait honte.

Comprendre que je ne serais jamais assez bien pour lui avait été incroyablement douloureux. J'étais fâché, je lui en voulais, mais j'avais été bêtement passif agressif. Plutôt que de lui en parler, je m'étais embarqué dans une quête destructive pour lui prouver que je ne serais effectivement jamais l'homme qu'il souhaitait. Il m'avait blessé et j'avais voulu lui faire mal aussi. Je l'avais repoussé de façon carrément cruelle.

Le revoir à Las Vegas avait été un choc. Je ne pensais pas qu'Angelo se rendait compte à quel point cela avait été difficile pour moi. Ce qui était remonté à la surface, ce n'était pas seulement la colère d'avoir été blessé, c'était la culpabilité de lui avoir brisé le cœur. Et le pire, c'était que je l'avais fait sciemment.

Je n'avais pas pu l'exprimer à Las Vegas. Angelo avait été mon seul souci. Nous n'étions alors ensemble que depuis quelques mois et il était encore si incertain, si fragile. Un coup d'un soir avec Cole ne nous avait pas menacés, mais affronter mon ex, oui. Angelo était déjà très jaloux de mon passé. Se retrouver face à face avec lui avait été presque trop à gérer. Alors j'avais enfoui ma douleur, ma culpabilité, et je m'étais raccroché à ma colère. La condescendance de Jon envers Angelo, cette idée qu'il valait mieux que lui n'avait fait que nourrir ma fureur. Je m'en étais délecté, je l'avais brandie, je m'en étais servi comme d'un bouclier et d'une épée afin d'empêcher Jonathan de briser la vie fragile que j'essayais de construire avec Angelo. Et ça avait marché.

La question étant, pouvais-je recommencer ? Et en aurais-je besoin ?

Je me serais peut-être senti mieux si je n'étais pas soudain inquiet au sujet de ma relation avec Angelo. Même si en surface, rien n'avait changé, j'avais des doutes. Il avait plusieurs fois fermé précipitamment le navigateur Internet lorsque je l'avais surpris sur l'ordinateur. Chaque fois, il répondait que ce n'était rien, mais il me cachait clairement quelque chose.

— Tu sais que tu peux tout me dire ? lui demandai-je la troisième fois.

— Je sais.

— Mais tu ne le fais pas.

Ce n'était pas une question.

— Non.

— Tu as peur que je sois fâché ?

— Non.

— Faut-il que je m'inquiète ? As-tu rencontré quelqu'un d'autre ?

— Pas du tout.

— Pourtant, tu ne veux pas m'en parler ?

Il ferma les yeux un instant pour y réfléchir, puis il les rouvrit et dit :

— Je vais t'en parler, Zach. C'est promis. Un jour.

— Mais pas tout de suite ?

Il s'empourpra, mais ne détourna pas les yeux.

— Pas encore.

Je laissai tomber, non par indifférence, mais parce que lui forcer la main ne servirait à rien. Je me dis d'être patient, qu'il m'en parlerait lorsqu'il serait prêt.

Pourtant, l'inquiétude grandissait en moi.

Je me mis à réfléchir à tout ce qu'il pouvait faire en ligne. Le plus évident, c'était le porno. Mais encore une fois, il ne me le cacherait pas.

Ensuite, malgré son déni, c'était qu'il ait rencontré quelqu'un sur Internet. C'était peu probable, étant donné qu'Angelo ne faisait pas confiance aux gens en général. Et pourtant, ce n'était pas impossible.

Je me creusais la tête.

Cela faisait trois ans que j'avais engagé Angelo. Si je trouvais qu'il travaillait beaucoup à Arvada, ce n'était rien comparé au nombre d'heures qu'il effectuait ces temps-ci. Peut-être qu'il en avait assez. Peut-être qu'il cherchait un autre travail, mais qu'il avait peur de me le dire.

Je savais que j'étais probablement ridicule, mais je ne pouvais pas m'en empêcher. Si j'avais pu en parler à quelqu'un, cela m'aurait aidé, mais je ne savais pas à qui. Matt ne devait pas en savoir plus que moi et, si c'était le cas, il ne me dirait rien. Je ne pensais pas pouvoir en discuter avec Jared. Angelo et lui s'étaient réconciliés depuis notre voyage à Las Vegas. Mais je savais que Jared trouvait souvent Angelo immature. Il ne comprenait pas que le comportement d'Angelo avec moi n'avait rien à voir avec son âge et tout à voir avec son manque d'expérience en matière de relations amoureuses. Quoi qu'il en soit, je ne voulais pas lui donner l'occasion de mépriser l'homme que j'aimais.

Finalement, ce fut à Lizzy que j'en parlai. Nous n'étions pas vraiment proches, mais elle nous aidait au vidéo club quelques heures par semaine, tout comme les mères de Jared et Matt, et nous discutions de tout et de rien.

— Zach, dit-elle un jour, je peux vérifier mes emails sur l'ordinateur du bureau ?

— Je t'en prie.

— Le nôtre est en panne et ça me rend dingue. D'habitude, je profite de la sieste de James pour passer du temps sur Internet. Je ne sais plus quoi faire de moi depuis ces derniers jours.

Elle jeta son sac sous le comptoir et se dirigea vers l'arrière du vidéo club.

— Lizzy, qu'est-ce que tu fais sur Internet ? À part regarder tes emails ?

Elle s'arrêta sur le seuil du bureau et se retourna vers moi en écartant ses cheveux blonds.

— Beaucoup de choses. Je consulte mon compte en banque, la météo, Twitter, Facebook. Je fais du shopping.

Elle haussa les épaules.

— Pourquoi ?

Je me sentais un peu bête, mais ça me pesait tellement que les mots sortirent tous seuls.

— Dernièrement, Angelo passe beaucoup de temps sur Internet. Je ne crois pas qu'il vérifie seulement ses mails. Je ne crois pas qu'il me trompe, hein ! Mais il ne veut pas m'en parler et je n'arrive pas à savoir ce que c'est.

Je m'interrompis et sentis mes joues s'enflammer. Je ne rougissais pas souvent, mais là, oui.

Elle s'appuya contre le chambranle et me sourit d'un air malicieux.

— Zach, que font tous les hommes sur Internet ?

Elle bougea le poing devant son entrejambe, mimant la masturbation de façon évidente. Je me mis à rire.

— J'y ai pensé, mais je ne crois pas.

— Et Facebook ? C'est facile de se laisser prendre au site. Trouver de vieux amis, jouer à des jeux, répondre à des questionnaires.

J'avais beau passer peu de temps sur l'ordinateur (en dehors de l'activité que Lizzy avait mimée), je savais ce qu'était Facebook.

— Peut-être, dis-je sans y croire.

— Réfléchis, Zach.

L'idée lui plaisait clairement.

— C'est exactement le type de comportement social dont Angelo se moquerait. Il ne le reconnaîtrait jamais, mais il contacte probablement d'anciens camarades.

— Il n'a pas fini sa scolarité.

— Ce n'est pas important. Des gens que je n'ai pas vus depuis le primaire m'ont demandée en ami. Et certains avec qui j'ai travaillé aussi.

Elle haussa les épaules.

— Je parie qu'il reprend contact avec des gens qu'il connaissait à Denver et il ne veut pas que tu te moques de lui.

Elle semblait sûre d'elle. Ça ne servait à rien de protester.

— Tu dois avoir raison, lui dis-je.

Mais je n'en étais pas du tout certain.

LES DERNIERS soirs qui précédèrent notre voyage passèrent à toute vitesse. Nous devions organiser notre remplacement au vidéo club pendant notre absence, faire nos bagages, trouver quelqu'un pour s'occuper de Geisha.

Je faisais des brouillons de listes sur des reçus et des serviettes en papier qu'Angelo jetait inévitablement.

La veille de notre départ, je fis des rêves fiévreux et ridicules : j'avais fermé le vidéo club avec la clé à l'intérieur alors personne n'arrivait à rentrer, je courais dans un hôtel inconnu en France pendant qu'Angelo se plaignait de la facture. À deux heures du matin, je me réveillai en sursaut. Angelo dormait paisiblement à mes côtés.

Je restai éveillé pendant presque deux heures. Lorsque je m'endormis enfin, ce fut pour retrouver ce monde onirique insensé. Le mariage était sur le point de commencer, et comme cela arrive dans les rêves, je ne trouvais pas mon pantalon. Je suppliai Angelo de rester avec moi dans la chambre, il répliqua qu'il fallait que je me dépêche. Tout le monde m'attendait. En plus, j'avais très envie de faire pipi. Toutes les portes des cabinets de toilette – oui, il y en avait plusieurs, ainsi qu'un snack-bar – étaient fermées et je ne pouvais utiliser la plante du coin, car tout le monde le saurait et Angelo me criait dessus…

— Réveille-toi, Zach !

Je n'ouvris pas les yeux, mais je sortis de cette chambre à cabinets où je ne portais pas de pantalon. Je me connectai à mon corps, qui n'avait pas non plus de pantalon et se trouvait dans le lit. Et j'avais vraiment besoin d'aller aux toilettes.

— Va-t'en, dis-je.

Ou essayai-je. Je ne crois pas que c'est ce qui sortit.

— Lève-toi !

Je sentis le matelas se creuser alors qu'Angelo y grimpait. Il me poussa, me secoua, me sauta presque dessus.

— Réveille-toi !

— Non.

Je tentai de l'attraper et de le serrer contre moi. Nous faisions encore souvent l'amour le matin, et j'avais hâte de le sentir sous moi, de ressentir le plaisir de me glisser en lui alors qu'il se cambrait.

— Pas le temps, annonça-t-il comme s'il avait lu dans mes pensées.

À ce stade, c'était probablement le cas. Puis son poids disparut et la fraîcheur matinale me frappa lorsqu'il retira la couette.

— Matt et Jared seront là dans moins de quinze minutes, Zach. À moins que tu veuilles qu'on te traîne à l'aéroport en sous-vêtements, tu as intérêt à t'habiller !

Je me tournai sur le dos et ouvris les yeux. Je consultai le réveil sur la table de chevet, puis je me redressai, soudain très réveillé.

— Il est déjà sept heures ? Pourquoi ne m'as-tu pas secoué plus tôt ?

— J'ai essayé !

— Quand ?

— Deux fois déjà ! Tu m'as dit que tu te levais…

J'étais sorti du lit, à la recherche d'un pantalon propre, et j'essayai de retenir mon irritation.

— Tu aurais pu faire plus d'effort…

— Putain, Zach ! En quoi c'est mon problème, déjà ? Quel âge as-tu ? Tu ne peux pas mettre ton réveil tout seul ? Ne t'en prends pas à moi. Ça fait deux heures que je t'ai dit de te lever…

Il avait raison, mais j'étais quand même agacé. Je n'avais pas assez dormi et j'avais devant moi une journée de voyage d'une longueur ridicule, au bout duquel mon ex m'attendait, telle la Faucheuse. Et je n'avais toujours pas fait pipi.

Le téléphone sonna, probablement Matt ou Jared pour dire qu'ils étaient en chemin. Ce fut un soulagement, parce que cela signifiait qu'Angelo avait arrêté de s'en prendre à moi pour répondre. Et je pus enfin aller aux toilettes.

Quelques minutes plus tard, j'étais habillé et je mettais mes dernières affaires de toilettes dans ma valise. La bonne nouvelle, c'était que nos sacs étaient presque bouclés. En plus de notre valise, nous avions un bagage cabine qui contenait des livres de jeux pour moi, un autre livre et *Paris de A à Z* pour Angelo, ainsi que deux lecteurs MP3. Dont un n'avait plus de batterie.

— Tu as un chargeur ? demandai-je à Angelo qui était encore assez agacé pour ne pas me regarder.

— Non. Je ne savais pas que c'était mon problème aussi.

Merde. Dans dix minutes il aurait tout oublié, mais en attendant, il serait insupportable.

— Tu peux me dire où il est ?

— Dans l'autre chambre.

— Tu peux aller le chercher ?

— Pourquoi tu n'y vas pas toi-même ?

— Parce que je n'ai pas le droit d'aller dans ta chambre, tu te souviens ?

Il releva la tête d'un coup. Il avait l'air troublé. Je m'attendais à ce qu'il réplique. Nous nous disputions rarement, mais lorsque cela se produisait, nous n'étions pas tendres. Cependant cette fois, il me dévisageait sans un mot. Puis il s'approcha de moi. Il me prit la main et m'entraîna jusqu'à la porte fermée de sa chambre. Il l'ouvrit et me fit entrer.

Je n'avais pas franchi le seuil depuis que nous avions mis les meubles deux ans plus tôt. Il n'y avait pas grand-chose dans la chambre. Une commode où se trouvaient tous ses vêtements, le lit double qui était fait, où il n'avait pas dormi depuis des semaines. Des mois. Peut-être, réalisai-je à cet instant, même un an. Il était couvert de livres, de linge et de puzzles sur lesquels nous avions travaillé ces derniers mois.

Il prit le chargeur sur sa commode, me le mit dans ma main et me regarda dans les yeux.

— Ce n'est plus ma chambre depuis un moment, dit-il doucement. Je croyais que tu le savais.

C'était si insignifiant, pourtant je fus touché. Au début, il s'était mis à distance, mais j'avais accepté ses règles même si elles me brisaient le cœur. Pendant presque deux ans et demi, je l'avais aimé et j'avais vécu avec lui. J'avais travaillé avec lui, je lui avais fait la cuisine, je lui avais créé un foyer. Et tout ce temps-là, je n'avais pas vu qu'il baissait ses défenses.

J'écartai les mèches devant ses yeux.

— Merci, dis-je.

— Ne me remercie pas encore, Zach, rétorqua-t-il avec un grand sourire.

Il passa les bras autour de mon cou et me tira vers lui en se dressant sur la pointe des pieds. Ses lèvres étaient douces, mais insistantes. Il pressa son corps mince contre le mien.

— Ça fait six ans que j'ai ce lit, dit-il, et je ne m'en suis jamais servi comme il faut.

Je savais qu'à Arvada, il n'avait jamais laissé personne entrer dans son appartement, encore moins dans son lit. Le seul fait de penser à ce qu'il évoquait me fit gémir. Il rit en se pressant plus fort contre moi.

— Tu crois qu'on a le temps ? demanda-t-il.

Mais avant que je réponde, Matt frappa à la porte. Je savais que c'était lui parce que n'importe qui d'autre aurait sonné. Je soupirai. Matt n'attendit pas qu'on réponde. Nous entendîmes la porte s'ouvrir et il cria :

— Vous êtes prêts ?

— Un peu trop, répondit Angelo, seulement pour moi.

500

L'étincelle dans son regard me dit qu'il ne pensait pas du tout à la même chose que Matt. Mais il m'embrassa sur le menton et me lâcha. Il sortit, me laissant seul dans sa chambre.

Qui n'était plus sa chambre.

IL N'Y AVAIT apparemment pas de vol direct entre Denver et Paris. Entre l'escale, les douze heures de trajet et le décalage horaire, nous arrivâmes à Paris vers neuf heures et demie le lendemain matin. Douze heures en avion auraient dû être un enfer, mais Cole nous avait mis en première classe.

— Je n'y crois pas ! s'exclama Angelo. Ça a dû lui coûter une fortune !

— Il a les moyens, répondit Jared.

Grand comme il était, Matt appréciait tout particulièrement l'espace supplémentaire. Il s'était détendu au sujet du Super Bowl, mais il semblait plein d'appréhension à l'idée de voir l'homme qui avait passé tant de nuits dans le lit de Jared. Je comprenais. L'idée de revoir Jon me tordait le ventre. Seul, j'aurais pu l'affronter, mais avec Angelo, ça me donnait la nausée. Ces dernières semaines, j'avais l'impression d'avoir mangé du bout des lèvres.

Je me tournai vers Angelo, assis à côté de moi en train de lire. Ses longs cheveux noirs me cachaient son visage. Je résistai à l'envie de les écarter. Il ne me regarda pas, mais il sembla percevoir mon attention. Il mit la main sur la mienne, me pressa les doigts, puis me lâcha pour tourner la page.

Les deux années qui s'étaient écoulées depuis Las Vegas nous avaient changés. Surtout, lui avait changé. Il était plus fort, bien plus confiant dans notre relation. Toutefois, je ne savais pas à quoi m'attendre une fois à Paris. À Las Vegas, nous n'avions vu Jon qu'une fois, au dîner, puis durant les quelques minutes où il s'était excusé le lendemain. À Paris, nous passerions une semaine avec lui. J'espérais qu'Angelo le supporterait mieux que la dernière fois.

Et moi aussi.

— Matt, regarde ! dit soudain Angelo en tendant son livre à Matt. C'est sur tes moments exceptionnels ! Ce type aussi en a eu !

Matt écarquilla les yeux de surprise en lisant la page. Il retourna le livre pour regarder la couverture, puis haussa un sourcil.

— Tu lis de la *poésie* ?

— Et alors ? demanda Angelo, même s'il ne semblait pas aussi sûr de lui qu'il le laissait paraître.

— C'est de la *poésie* !

501

Angelo soupira.

— Je sais, mais il y a quelques semaines, j'étais dans cette librairie d'occasion à Boulder et le type avait plein de recueils à un dollar, parce que personne ne les achète...

— Pour une bonne raison.

Ang' ne releva pas.

— Je n'avais encore jamais lu de poésie, alors je me suis dit, pourquoi pas ? J'ai demandé au type lequel acheter, parce que je ne voulais pas que ce soit dur à comprendre, et il m'a conseillé celui-là.

Il parlait plus vite maintenant et ses joues devenaient écarlates. Matt et lui étaient comme des frères, ils adoraient se charrier plus que tout. Mais quelque part, Angelo rêvait de l'approbation de Matt :

— Contente-toi de lire le poème, Matt.

L'air sceptique, Matt ouvrit le livre à la page où il avait laissé son doigt. Il ne devait pas être très long, car il le lut en une minute. Il regarda Angelo d'un air perdu.

— Tu veux dire que Jared est une rose sauvage ?

— Je dis que c'est *ta* rose sauvage.

Matt secoua la tête.

— Angelo, déclara-t-il en lui rendant le recueil, dès que nous arrivons à Paris, je t'achète un bouquin porno.

Angelo rit.

— Tant qu'il n'y a pas de nana dedans, cette fois.

— Amen, dit Jared à côté de Matt.

J'étais aussi surpris que lui d'apprendre ce que lisait Angelo. Et pourtant, cela ne me surprit pas du tout qu'il ait décidé d'essayer quelque chose qu'il n'avait pas encore fait.

— Ça te plaît ? lui demandai-je.

Il haussa les épaules.

— En partie. Il y a quand même des trucs que je ne comprends pas et ce type parle beaucoup de Dieu, alors je n'aime pas trop ceux-là. Il y a des trucs sur les fermiers qui sont un peu nazes. Mais je commence à comprendre pourquoi il y a des gens qui aiment ça, parce que des fois, il y a des poèmes qui disent des trucs que t'aimerais dire sans pouvoir, tu sais ? Ils disent ce qu'il y a dans ton cœur.

— Comme celui sur les moments merveilleux de Matt ?

Il hocha la tête.

— J'ai aussi trouvé notre poème, Zach.

Il rougissait encore. Son regard me demandait de ne pas me moquer de lui.

— Tu veux le lire ?

— Bien sûr.

Il ouvrit une page qu'il avait cornée. Le poème s'appelait *Le Pays du mariage*. J'essayai de retenir ma consternation à sa longueur et, comme s'il lisait dans mes pensées, Angelo dit :

— Pas tout, juste ce que j'ai surligné.

Il me montra la cinquième strophe.

— C'est ce que je te dirais, ajouta-t-il tout bas, si je savais comment.

Les premiers vers n'avaient aucun sens – quelque chose des fonds et être dans le noir – mais la partie du milieu était claire :

— *Tu es l'endroit connu auquel me ramène toujours l'inconnu*, lis-je en le regardant.

Elle était son nord, elle aussi.

Il eut l'air soulagé que je n'aie pas ri et que j'aie compris.

— Ce passage, c'est toi, dit-il. Là, à la fin, c'est moi, tu vois ? *Je n'ai rien de valeur à t'offrir*.

Il haussa les épaules.

— *Il n'y a que moi*.

Il le dit comme si cela ne suffisait pas. Je n'étais pas du tout d'accord. Je posai le livre et lui pris la main pour en embrasser la paume.

— Mon ange, lui dis-je, tu es tout ce que j'ai toujours voulu de toute façon.

Si Paris avait quelque chose de magique, ce n'était pas du tout évident à l'aéroport. Sous l'arôme de pain fraîchement cuit se trouvaient les odeurs reconnaissables entre toutes d'urine et de tabac froid. Après l'air pressurisé de l'avion, c'était un peu écœurant. Je perdis tout appétit.

Cole avait envoyé un chauffeur. Angelo ne fut pas le seul à regarder par la vitre avec de grands yeux tandis que nous rejoignions notre hôtel, situé près d'une grande place qu'il me dit s'appeler la place Vendôme.

Le hall de l'hôtel était grand, avec des comptoirs de bois sombre et des fauteuils tapissés de velours d'un vert profond. Il y avait du marbre partout, de toutes les couleurs imaginables : blanc, vert, or, brun, gris, ainsi qu'une mosaïque immense au sol. Je sus dès que nous entrâmes que ce devait être incroyablement cher.

Matt, Jared et Angelo étaient encore dehors avec nos bagages et des grooms. J'étais à l'accueil. Je n'eus besoin que de donner mon nom et récupérer la clé.

— M. Davenport vient à votre rencontre, me dit la femme derrière le comptoir.

Effectivement, Cole arriva un instant plus tard.

Il me rappelait un peu Angelo. Il était plus grand, mais il avait la même silhouette fine. Sa peau était légèrement plus claire. Et comme Ang', il avait les cheveux devant les yeux la moitié du temps, encore que dans son cas, la coupe semblait volontaire.

— Bonjour, Zach, dit-il en prenant ma main dans les siennes. Nous ne nous sommes jamais vraiment rencontrés, n'est-ce pas ?

— Pas vraiment, non.

— Je suis ravi que vous soyez venus.

— Merci de nous avoir invités, répondis-je, ce qui semblait très léger par rapport à ce qu'il avait fait pour nous.

Nous faire venir à Paris et nous offrir l'hôtel était bien sûr une dépense démesurée.

Il ne me lâcha pas la main et son regard était réservé, mais amical.

— J'espère qu'il n'y aura pas de malaise entre nous.

— Pourquoi y en aurait-il ? demandai-je.

Je l'avais pris de court, je le voyais bien. Il haussa les sourcils de surprise.

— Dieu du Ciel, mon chat, je ne sais pas si tu es sarcastique ou parfaitement sincère.

Je ne lui en voulais pas. Après tout, il épousait mon ex et avait couché avec mon petit ami actuel.

— Ce n'était pas du sarcasme, lui promis-je. Je ne t'en veux ni pour Jon ni pour Angelo.

Il pencha un peu la tête, de façon à ce que ses cheveux lui cachent les yeux. Cela me rappela Angelo, toutefois lorsqu'il le faisait, c'était accidentel. Chez Cole, c'était calculé.

— Tu ne crains pas que cela recommence, j'espère ?

Je ne pus retenir un sourire.

— Tu franchiras la ligne de Jon bien avant qu'Angelo ne franchisse la mienne.

— Tu en as l'air bien certain.

— Je le suis.

Il dégagea ses cheveux et me jaugea du regard.

— Tu n'es pas comme je m'y attendais. Jonny a dit que tu es était plutôt détendu, mais coincé comme il est, cela pouvait simplement dire que tu sais à quoi sert le bouton Snooze.

J'aurais dû rire, mais je n'y arrivai pas tout à fait.

— J'ai peur de ce que Jon t'a dit.

Il secoua la tête.

— Il n'a pas dit grand-chose. Enfin, il a signalé que tu préférerais te crever les yeux plutôt que le revoir.

— Il ne se trompait pas vraiment.

— Vous étiez si mal, ensemble ?

— Non, dis-je en secouant la tête.

En réalité, nous avions passé beaucoup de bons moments. Mais lorsque j'y repensais, j'avais du mal à me les rappeler, cachés derrière les mensonges et les disputes de nos derniers mois.

— Ça ne s'est pas bien fini, c'est tout.

— Au point que tu aurais préféré ne pas venir ?

— Oui.

— Alors pourquoi es-tu là ?

Sa question n'était pas malveillante. Il voulait vraiment savoir.

— Pour Angelo.

C'était le bon moment pour lui faire part de ma gratitude.

— Je veux te remercier de lui offrir cette chance. Je veux que tu saches ce que cela signifie pour lui. Il ne se sera jamais capable de te le dire en personne. Le nombre de fois où il a quitté le Colorado se compte sur les doigts d'une main, et maintenant, pouvoir venir ici signifie plus pour lui que je peux l'exprimer.

— Tu l'aimes énormément.

Cette affirmation me prit de court, mais je répondis :

— Bien sûr.

— Jonny a dit que tu ne viendrais que pour Angelo.

Il me sourit d'un air complice.

— Je ne le lui dirai peut-être pas, toutefois. J'ai horreur qu'il ait raison.

— Je ne t'en veux pas. Il est insupportable, quand il jubile, dis-je et il se mit à rire. Il a dû bien changer. Il avait horreur qu'on l'appelle Jonny.

— Chéri, dit-il avec un clin d'œil. Je t'assure qu'il déteste toujours autant !

Cette fois, je ris. Toute tension due à cette rencontre s'envola. Je vis soudain en quoi il était parfait pour Jon. Contrairement à moi, il était assez fort pour rester lui-même, quoi qu'il arrive. Il me sourit et j'eus l'impression étrange que vous avions conclu un pacte. Il me pressa la main.

— Tu me plais, Zach, dit-il en me lâchant enfin. Ce qui pourrait agacer Jonny suffisamment pour nous amuser tous les deux.

Il regarda par-dessus mon épaule et son sourire passa de sincère à quelque chose de trop lumineux.

— Oh, *hello*, mon bouton d'or ! dit-il, et je me retourner pour trouver Matt se tenant derrière moi, l'air un peu amusé.

Et un peu agacé.

— Écoute, Vanderbilt…

— Je croyais que c'était Davenport, dis-je.

— Je préfère Fenton, en fait, déclara Cole.

Matt lui adressa un sourire carnassier.

— Peu importe.

— Oh, chéri, appelle-moi simplement Cole.

— Tant que tu m'appelles « Matt ».

Cole mit la main sur la hanche. Il dégagea les cheveux de ses yeux et ramena la tête en arrière. Matt faisait au moins dix centimètres de plus que lui, mais Cole arrivait à donner l'impression qu'il le regardait de haut.

— À ta guise, bouton d'or.

Matt leva les yeux au ciel, mais ne réagit pas plus. Il se retourna vers la femme derrière l'accueil afin de récupérer sa clé.

Jared et Angelo entrèrent, alors Cole se précipita vers Jared qu'il étreignit de toutes ses forces. Jared l'enlaça à son tour en riant. Ils restèrent comme ça une seconde, puis Cole s'écarta suffisamment pour regarder Jared dans les yeux. Il avait les mains sur ses joues et lui parlait très sérieusement. Puis il l'embrassa. Au coin de la bouche, comme s'il était incapable de choisir entre ses lèvres et sa joue et qu'il avait coupé la poire en deux. C'était un baiser doux et amical et même si Cole s'éternisa plus que je ne m'y attendais, ce n'était pas du tout sexuel. Néanmoins, j'entendis Matt, à côté de moi, émettre ce qui ressemblait furieusement à un grondement.

— Couché, Brutus, dis-je.

Cela ne le fit pas rire.

— J'aurais beaucoup moins de mal s'il arrêtait de le toucher tout le temps comme ça !

Cole agissait de façon très familière avec Jared, mais je savais aussi que ce dernier était entièrement dévoué à Matt.

— Qu'est-ce qui t'inquiète ? Tu ne crois quand même pas que Jared te tromperait.

Il détourna difficilement les yeux de son partenaire et soupira. Il me regarda d'un air embarrassé.

— Bien sûr que non, reconnut-il à contrecœur. Mais ça me rend dingue qu'ils aient été ensemble.

— Parfois, coucher ne veut rien dire de plus.

Je regrettai tout de suite mes paroles. Cela l'agaçait visiblement. Il était peut-être même fâché.

— Et savoir que je suis le seul à ne pas voir les choses comme ça, ça doit me réconforter ?

Angelo regarda dans notre direction. À l'expression de Matt, il dut comprendre ce qui se passait, parce qu'il se mit à rire et s'interposa entre Jared et Cole.

Cole ne fut pas aussi familier avec Ang' qu'il l'avait avec Jared – il ne l'embrassa pas, du moins. Mais il se tint très près de lui. Il passa un bras autour de la taille d'Angelo et lui murmura à l'oreille quelque chose qui le fit rire.

— Comment cela ne te rend-il pas fou ? me demanda Matt, les dents serrées.

Mais cela n'avait rien à voir avec la première fois que Cole et Angelo s'étaient rencontrés chez Matt et Jared, plus de deux ans auparavant. À l'époque, la tension sexuelle entre eux avait été forte. J'avais presque eu l'impression de la voir crépiter entre eux. Toute la pièce en était chargée et tout le monde autour d'eux avait semblé tendu, même si personne ne comprenait pourquoi.

Mais aujourd'hui, cela avait complètement disparu. Oui, Cole flirtait avec Angelo qui ne l'en dissuadait pas. Mais je voyais bien qu'il ne ressentait rien d'autre pour Cole qu'une curiosité amicale. À son regard et la façon dont il touchait Cole sans se pencher vers lui, je savais qu'il ne le désirait plus.

— Allez viens, dis-je en prenant Matt par le bras. Allons nous installer.

Nous récupérâmes Jared et Ang' et nous nous dirigeâmes vers nos chambres, tandis que Cole nous lançait que nous mourions probablement de faim (et il avait raison) et de redescendre dans une heure, afin qu'il nous emmène tous déjeuner.

Il régnait un silence de mort dans l'ascenseur. Matt foudroyait Jared du regard sans un mot et Jared lui souriait malicieusement. Je ne doutais pas un instant qu'ils se disputeraient ou baiseraient dans les cinq minutes. J'espérais pour eux que ce serait le deuxième choix.

MATT...

J'ESSAYAIS DE retenir ma colère en vain.

J'avais fait l'effort, ces dernières semaines, de surmonter mes doutes au sujet de ce voyage. Oui, je raterais le Super Bowl. Oui, j'assisterais au mariage de deux personnes que je supportais à peine. Mais c'était un séjour gratuit à Paris avec mon partenaire et mon meilleur ami. Cole ne me menaçait en rien. Je n'avais pas cessé de me le répéter. J'avais essayé d'être raisonnable au lieu de succomber à mes émotions.

Mais voir Cole et Jared dans le hall avait détruit toutes mes bonnes résolutions. J'étais fou furieux. Jared souriait comme si c'était un jeu, ce qui n'aidait pas. Sans oublier que de l'autre côté de l'ascenseur, Zach et Angelo faisaient comme s'ils ne savaient pas ce qui se passait.

Ils me prenaient tous pour un idiot et, quelque part, je savais qu'ils avaient raison. Mais ça ne changeait pas le fait que je ne supportais pas de voir Cole avec Jared. Je détestais penser à toutes les fois où ils avaient été ensemble. Et j'avais horreur qu'ils se touchent.

La chambre de Zach et Angelo était à l'opposé de la nôtre, alors nous nous séparâmes à la sortie de l'ascenseur. J'ai suivi Jared jusqu'à notre suite. Elle était bien trop décorée et sophistiquée, ce qui ne faisait que souligner mon sentiment de ne pas être à ma place.

Le groom avait déjà monté les bagages. J'avais l'impression de porter les mêmes vêtements depuis la nuit des temps et je mourrais d'envie de me doucher. D'un autre côté, Jared devait penser la même chose. Je me dis que je le laisserais y aller en premier, car je n'avais pas du tout envie de partager.

— Tu sais, me dit-il par-dessus son épaule en se déshabillant, si tu fais la tête comme ça toute la semaine, tu vas te donner la migraine.

— Je suis ravi que tu trouves ça drôle.

— Allez, Matt. Nous sommes censés passer un bon moment.

— Regarder Cole te peloter ne m'amuse pas vraiment.

En boxer, il se rapprocha de moi et se mit à déboutonner mon pantalon avec un grand sourire.

— Tu vas être jaloux comme ça toute la semaine ?

— Peut-être.

Il glissa la main dans mon pantalon. Je fis de mon mieux pour ne pas réagir. Je n'y réussis pas complètement, mais j'étais encore furieux et j'étais déterminé à ne pas me laisser distraire.

— Je connais Cole depuis longtemps…

— Je sais !

— Alors qu'est-ce qui te fait croire que maintenant, après toutes ses années, nous allons devenir plus que des amis ? Il se marie, Matt.

Il continuait à me caresser et j'avais beau vouloir m'accrocher à ma colère, certaines parties de moi n'avaient pas ma volonté.

— C'est toi que j'aime. Pas lui. Tu crois vraiment que ça va changer d'un coup ?

Non, pas vraiment. Ce n'était pas l'idée que Jared me préfère Cole. C'était que Cole avait déjà eu Jared. C'était leur passé qui me rendait dingue. Les dents serrées, je dus me forcer à dire :

— Je ne peux rien te donner que tu n'aies déjà vécu avec lui.

Cela le surprit tellement qu'il cessa de bouger les mains. Il me regarda d'un air étonné.

— C'est ce qui te trotte dans la tête ?

— C'est toi qui n'arrêtes pas de dire que vous vous connaissez depuis longtemps ! Ça me rend dingue de me dire que tout ce que nous faisons, tu l'as déjà fait avec lui !

Il garda un silence contemplatif. Puis je vis une étincelle de malice illuminer son regard. Un sourire joueur naquit sur ses lèvres.

— Pas tout, dit-il en m'embrassant.

Il retira mon tee-shirt et descendit mon pantalon.

— Il y a beaucoup de choses que je n'ai pas faites avec lui. Laisse-moi te faire la liste. Je n'ai jamais fait de randonnée en montagne avec lui. Nous n'avons jamais partagé de sac de couchage.

Tout en parlant, il continuait à me déshabiller, ses mains étant partout, ses lèvres me trouvant entre deux phrases.

— Je n'ai jamais campé avec lui. Je n'ai jamais fait de géocaching.

Il me mordilla le lobe de l'oreille et ramena les mains vers mon aine.

— Nous n'avons jamais vécu ensemble. Nous avons peut-être couché ensemble, mais nous n'étions pas amants. Je ne me suis jamais endormi dans ses bras. Il ne m'a jamais réveillé d'un baiser sur la nuque ou en me tirant les cheveux.

Ma détermination à rester fâché s'envolait. C'était en partie à cause de lui, de son corps mince et dur contre le mien, de ses mains qui bougeaient

510

exactement comme il fallait. C'était ses lèvres sur les miennes, sa façon de me mordiller quand il devenait agressif. C'était l'odeur de ses boucles et le bruit sourd qu'il émit lorsque je me mis enfin à le toucher en retour.

Mais plus que ça, c'était ses paroles. Il me rappelait en quoi nous formions un bon couple, toutes ces raisons pour lesquels nous avions été amis avant d'être amants, toutes les raisons pour lesquelles son amitié avec Cole n'avait jamais évolué comme la nôtre.

— Je ne suis jamais allé à un match de foot américain avec lui… dit-il en m'entraînant vers le lit.

Il se mit à rire en songeant à ce qu'il venait de dire.

— En fait, je n'ai même jamais regardé de match avec lui. Il trouve ça « vulgaire, brutal et terriblement ennuyeux, chéri ».

Même moi, ça me fit rire. Il me poussa sur le lit et sortit du lubrifiant de la valise. Il retira son boxer et grimpa sur moi. Il passa la main sur mon membre, me couvrant de gel. Depuis notre voyage à Las Vegas, nous avions un peu plus de relations sexuelles anales, mais je ne le prenais que comme ça, sur le dos, lui à califourchon sur moi. Il appelait ça « l'actif passif » et ça l'amusait.

Il plongea son regard bleu vif dans le mien.

— Tu sais ce que je n'ai pas fait d'autre ?

— Quoi ?

— Ça.

Il s'empala sur moi. Il était étroit, chaud, je gémis lorsqu'il commença à bouger. Il se pencha et me murmura à l'oreille :

— Il ne m'a jamais pris. Pas une seule fois.

Sa voix était taquine, mais essoufflée aussi.

— Ça compte, que j'aie toujours été au-dessus ?

Que cet argument soit rationnel ou pas, je ne pouvais pas en juger à cet instant. Mais ses paroles me touchèrent. Oui, ça comptait.

— Il ne prend jamais, dit-il. Réfléchis, Matt. Il est plus petit que moi. Il ne m'a jamais jeté sur le lit, ne m'a jamais vraiment baisé.

Il me mordilla le cou. Ses mains me parcouraient de partout. Sa voix essoufflée était à mon oreille, son corps bougeait au-dessus de moi.

— Est-ce que ça change quelque chose ? Est-ce que ça t'aide, de savoir qu'il ne m'a jamais baisé comme ça ? Qu'il ne m'a jamais baisé tout court ?

— Oui, reconnus-je, aussi essoufflé que lui.

— Tu veux me faire quelque chose qu'il ne m'a jamais fait ?

511

— Oui.

— Alors, sois agressif.

Cette seule idée me fit gémir.

— Prends le contrôle.

— Oh mon Di…

— Fais ce qu'il ne fait pas.

J'en avais envie. J'en avais très envie.

— Baise-moi !

Il enfonça les doigts dans mes épaules.

— Jared…

— *Baise-moi* !

Ces mots déclenchèrent quelque chose en moi. Il avait raison. Je ne voulais pas rester là, sous lui, à lui laisser les rênes. Pas cette fois.

Je l'attrapai et le renversai sous moi. Il gémit. Il ferma les yeux et se cambra lorsque je le pénétrai. J'avais oublié tous les avantages de cette position. Je voyais son visage. Je pouvais le caresser d'une main tout en le baisant. Et comme il l'avait dit, je pouvais être vraiment agressif. Pourquoi j'étais d'habitude si réticent à le laisser se soumettre m'échappait toujours un peu, mais soudain, ici et maintenant, cela n'avait pas d'importance. C'était un soulagement de me lâcher. De m'enfoncer en lui plus vite, plus fort qu'auparavant.

Il repoussa ma main pour se masturber lui-même et je ne protestai pas. Je l'empalai sur moi. J'attrapai une poignée de ses cheveux et tirai plus fort que d'habitude, assez fort pour que son gémissement soit partiellement de douleur. J'attaquai sa gorge en le baisant encore plus violemment. Je ne savais pas si me servir de ma colère et de ma jalousie était acceptable, mais je le fis quand même. Il avait dit qu'il m'appartenait et, dans la partie rationnelle de mon cerveau, je savais que c'était vrai. Mais je voulais le prouver. Je voulais le marquer. Je voulais le posséder d'une façon complètement primaire.

Il enfonça ses doigts dans mon dos, ses dents dans mon épaule. Il lâcha un cri rauque à mon oreille et je le sentis jouir sous moi, ce qui me fit succomber. L'étreignant, je me libérai en lui aussi profondément que possible et je ne songeai qu'à une chose : il m'appartenait et personne ne me le prendrait.

Après, alors que je le serrai contre moi et que nous reprenions notre souffle, il me dit :

— Matt, c'est de ça dont tu dois te souvenir. Chaque fois que tu es jaloux, chaque quoi que tu veux lui mettre ton poing dans la figure, je veux que tu repenses à ça. Et lorsque nous reviendrons dans la chambre, tu peux me jeter sur le lit et tout recommencer si tu veux. Tant que ça t'aide à te rappeler que c'est toi que j'aime.

Je soupirai et l'étreignis plus fort. Je ne voulais pas reconnaître que ma colère s'était envolée, et pourtant. Ma jalousie perdait toute force face à la satisfaction de notre plaisir. Je l'embrassai dans le cou.

— Tu n'es qu'un sale manipulateur, dis-je.

Il se mit à rire.

— J'ai eu un bon professeur.

Il se retourna et s'assit sur moi à califourchon, tout sourire.

— Tu es toujours fâché ?

— Non.

— Tant mieux. Parce que c'était bien.

— Je t'ai fait mal ?

— Oui, répondit-il, mais comme il souriait d'une oreille à l'autre, je savais que ce n'était pas un reproche.

J'attrapai ses cheveux et il me laissa le tirer vers moi pour l'embrasser.

— J'espère soudain que tu me rendras très jaloux, pendant ce voyage.

Je n'avais jamais rien vu de plus sexy que son sourire à cet instant.

— Tu lis dans mes pensées.

ZACH...

ANGELO EST complètement dingue de notre suite. Il n'avait jamais été dans un lieu aussi luxueux. Il semblait craindre à moitié de toucher quoi que ce soit de peur de le casser. Dans le salon, il y avait un canapé, plusieurs fauteuils et un bureau. Le plafond était haut. On avait l'impression qu'il y avait des rideaux partout, du velours d'un rouge profond qui ne couvrait pas que les fenêtres, mais séparaient les pièces et se drapaient sur le lit. Dans la chambre, ledit lit était de taille king size, surmonté d'un chandelier doré. Bizarrement c'était ça plus que tout qui semblait absurde : un chandelier dans notre chambre. L'écran plasma au mur faisait complètement décalé.

Angelo regardait à la fenêtre.

— Je n'arrive pas à croire qu'on soit là, dit-il avec émerveillement.

Il montra l'extérieur.

— Si on descend cette rue, on arrive aux jardins des Tuileries. Ils disent dans *De A à Z* qu'ils sont l'essence de la ville. « *Grands, osés, précis et d'une élégante beauté.* »

Il me regarda avec de grands yeux fascinés.

— C'est ce qu'ils disent.

— C'est l'hiver.

Ce simple fait ne calma pas son enthousiasme.

— J'ai hâte de les voir, dit-il en regardant à nouveau par la fenêtre.

Je me fichais de ces jardins, mais j'étais ravi qu'il soit si heureux. Je me plaçai derrière lui et il s'appuya contre moi. Nous voyions une grande partie de la place, entièrement pavée. Les bâtiments étaient uniformes, à la façade plate et grise, aux fenêtres placées de façon régulière. La plupart possédaient un balcon, mais en cette période de l'année, il n'y avait aucune vie. Au milieu de la place s'élevait une haute colonne surmontée d'une statue.

Durant mes voyages aux États-Unis, j'avais trouvé que toutes les villes se ressemblaient. Mais nous n'étions vraiment pas dans l'ouest des USA.

— Qu'est-ce que c'est, cette colonne ? demandai-je.

— Napoléon l'a installée après la bataille d'Austerlitz. Afin de commémorer sa victoire. Ils ont fait fondre les canons de l'armée adverse pour faire les plaques de bronze.

— Alors c'est Napoléon, là-haut ?

— Oui. Mais ce n'est pas la statue d'origine. Ils l'ont retiré, je crois. Je ne sais pas pourquoi. Mais ils l'ont replacé ensuite.

Il me sourit.

— Sauf si quelque chose a changé depuis la publication de mon guide.

— Très drôle. Je ne poserai plus mes questions qu'à Cole, répondis-je.

Il se mit à rire.

— Qu'est-ce qu'il t'a dit ? demandai-je.

— Quand ?

— Dans le hall.

Je l'embrassai dans le cou et il frissonna.

— Il t'a murmuré quelque chose.

Je tirai sur son tee-shirt, étirant le col pour dégager son épaule. J'adorai cet endroit si doux où elle devenait le cou. J'y donnai un coup de langue. Il retint son souffle avant de me répondre.

— Il a dit qu'il était heureux que tu ne flippes pas, parce qu'il ne peut gérer qu'un petit ami jaloux à la fois.

Je ris et l'embrassai encore en glissant la main sur son ventre. Je commençai à déboutonner son pantalon.

— Tu ne le désires plus.

Il secoua la tête.

— Non.

Le rythme de sa respiration changeait. Je pris mon temps, laissai le désir monter. Je glissai la main dans son jean et le frottai à travers son boxer. Lorsqu'il fut dur, je dégageai le tissu pour révéler sa verge, sans la toucher. Je descendis la main entre ses jambes, serrant la chair où sa jambe croisait son pelvis.

— Zach, souffla-t-il. La fenêtre !

— Oui ?

Je lui mordis le cou plus fort. Je frottai les doigts sur la peau douce derrière ses bourses, reculant vers son entrée. Je ne pouvais pas l'atteindre de cet angle, mais j'allai aussi loin que possible et je le sentit retenir son souffle. J'étais dur, alors je me frottai contre lui de derrière.

— Quelqu'un pourrait nous voir, haleta-t-il.

— Peut-être.

515

Je remontai la main et empoignai ses bourses, les pressant doucement.

— J'espère que oui.

Sa respiration était plus rapide, la pression montait.

— J'espère qu'ils regardent bien.

Je remontai encore la main, sans le saisir, mais frôlant son membre jusqu'en haut. Il retint encore son souffle et lâcha un bruit qui aurait pu être un gémissement s'il avait été plus fort.

— J'espère que ça leur plaît.

— Zach, s'il te plaît, murmura-t-il.

Je mis les doigts sur le bout de sa verge et massai les petites gouttes autour de son gland.

— Ce soir, chuchotai-je. Après la douche, je vais t'allonger sur le lit.

Je glissai les doigts le long de son membre.

— Je vais t'écarter les jambes.

Je descendis à nouveau la main, aussi bas que possible, la malaxant, cherchant son intimité.

— Je vais te lécher jusqu'à l'anus et te sucer jusqu'à ce que tu me supplies d'arrêter.

Je remontai la main. La paume à plat contre sa verge, je me frottai contre ses fesses.

Quand il était excité à ce point, il avait du mal à parler, mais il haleta :

— C'est tout ?

— Non.

J'enroulai enfin la main autour de son sexe et le caressai.

— Ensuite, je vais te baiser à t'en faire perdre la raison.

Il rit, le souffle court, et s'appuya contre moi, la tête sur mon épaule. Je savais qu'il avait les yeux fermés, les lèvres entrouvertes. Je baissai les yeux, par-dessus son épaule, vers ma main sur lui. Il bougeait un peu les hanches pour s'enfoncer dans mon poing. Je me demandai ce que ce serait de baisser les yeux et de voir un autre homme à genoux devant nous. J'imaginai le membre d'Angelo disparaissant dans la bouche de cet homme. J'imaginai lui attraper la tête, presser Angelo plus profondément dans sa gorge alors que je pénétrai Angelo. Je gémis.

Un jour, peut-être, mais pas ici. Ce voyage n'était qu'à nous.

— Encore, Zach…

— Tout ce que tu veux.

Je me mis à genoux devant lui. Je le pris en bouche et commençai un va-et-vient, intentionnellement plus rapide que ce qu'il aimait. Au bout d'un

516

moment, il referma les doigts dans mes cheveux pour m'arrêter, comme je m'y attendais. Puis, lentement, il se mit à bouger.

C'était comme ça qu'il aimait ses fellations, du moins la plupart du temps : lentes à mourir. Il guida ma tête d'avant en arrière, à l'opposé du mouvement de ses hanches. D'habitude, j'avais du mal à le prendre très loin – surtout qu'il était plus long que la moyenne –, mais c'était plus facile quand c'était lent. Je n'avais même pas à enrouler le poing autour de son membre pour l'empêcher d'aller trop loin, sauf au moment de jouir. Ainsi, il pouvait s'enfoncer plus loin qu'avec des mouvements plus rapides. Un jour, je lui avais demandé comment il le savait, si je me tendais ou s'il le sentait dans sa verge, mais il avait été surpris. Il ne s'en était pas rendu compte. Je ne savais pas comment ça marchait, mais c'était toujours pareil. Il allait aussi profondément que possible, puis ressortait presque entièrement, jusqu'à ce que le bas du gland soit contre mes lèvres. Je serrais alors mes lèvres autour de lui et suçais fort pour l'empêcher de s'échapper. C'était ce qu'il préférait.

Je déboutonnai mon pantalon, libérant mon érection douloureuse, et je me masturbai. Je n'allai pas au même rythme que lui. J'allai à la vitesse de sa respiration, à laquelle j'étais toujours sensible. Elle était rapide, mais pas trop. Il ne haletait pas encore. Parfois, il aimait finir vite, mais pas aujourd'hui. Du moins pas encore. Pour l'instant, il semblait vouloir prendre son temps.

Il continuait ses lents va-et-vient, et moi à me caresser. J'ouvris les yeux. Il était appuyé d'une main contre la fenêtre. Il avait la tête renversée, alors je ne voyais pas son visage, mais je savais qu'il avait les yeux fermés. Sinon, il me regarderait.

Il était si beau. Il aurait trente ans dans quelques mois, pourtant il faisait plus jeune. Il devait montrer sa carte d'identité pour acheter de l'alcool plus souvent qu'à son tour. La lumière de la fenêtre l'illuminait et l'ombre du cadre dessinait une croix sur son torse. Je regrettai de ne pas avoir retiré son tee-shirt, pour que la lumière éclaire sa peau magnifique. Je voulais voir le tatouage sur son ventre et son duvet pâle.

Il baissa soudain la tête. Je me demandai, pas pour la première fois, s'il sentait quand je le regardais. Il se figea, à moitié hors de ma bouche. Il sourit, puis sortit complètement. Il m'attrapa la main et m'entraîna vers le lit.

— Il nous reste quarante minutes avant de retrouver les autres dans le hall, lui dis-je.

Il m'adressa un sourire en coin.

— Tu as des super pouvoirs, à Paris ? Parce que dans le Colorado, quarante minutes, ça suffit largement.

Je me mis à rire et il se jeta sur moi. Nous nous embrassâmes en riant, en retirant avec empressement nos vêtements. Nous fûmes ralentis comme d'habitude par ses bottes, mais j'étais devenu doué pour les défaire d'une main en le suçant. Mon haut fut le dernier à partir, il me le retira d'un coup avant de me pousser vivement sur le lit.

Je remontai vers la tête de lit qui était bien commodément rembourrée, recouverte de velours rouge. Je m'y appuyai et il me poursuivit à quatre pattes, sans lâcher mon tee-shirt. Il m'embrassa d'abord, caressant doucement mon membre, mais lorsque je fis mine de le toucher, il s'écarta avec un sourire taquin. Il s'allongea sur le ventre entre mes jambes, coinçant mon tee-shirt sous son aine.

— Tu ne veux pas jouir sur le couvre-lit, mais sur mon tee-shirt, oui ? demandai-je.

Il me fit un grand sourire.

— Tu as plein de tee-shirts, mais je me sentirais mal de demander un nouveau couvre-lit.

— Il nous reste une demi-heure.

— Tu déconnes ? J'aurai encore le temps de me doucher.

— Tu dis que je n'ai pas d'endurance ?

Il rit.

— Je dis qu'on est efficaces.

Puis il referma les lèvres sur moi. Lui n'avait aucun problème pour me prendre en entier. Il me suça jusqu'à ce que son nez soit enfoui dans mes poils.

Je sus tout de suite qu'il avait raison, pour les trente minutes. Si je l'avais sucé en me masturbant, cela aurait duré beaucoup plus longtemps. Mais maintenant que nos positions étaient inversées, il me restait quatre minutes, grand maximum. Un instant, je fermai les yeux et savourai simplement la sensation de sa bouche chaude. J'écoutai sa respiration, qui accélérait. Je résistai à l'envie de mettre les mains sur sa tête. Cela m'arrivait, et il disait que ça ne le gênait pas, mais je craignais toujours de perdre le contrôle et de le tenir plus longtemps que je le devrais. Cela pouvait arriver. Si quelqu'un faisait une meilleure fellation que lui, je n'avais jamais eu le plaisir de le rencontrer.

J'ouvris les yeux et le regardai, allongé sur le ventre devant moi. Il aimait jouir dans cette position. Je ne me plaignais pas. Il avait une main sur mon ventre, l'autre sous lui, probablement sur son sexe. Il était magnifique, érotique et tellement sexy. Le tatouage en étoile entre ses omoplates ressemblait à une marque, comme si le Ciel lui-même l'avait déclaré comme sien avant de l'envoyer sur Terre. Sa peau sombre avait quelque chose d'exotique contre le rouge profond du couvre-lit. Ses fesses étroites montaient et descendaient tandis qu'il se masturbait en se frottant contre le lit. C'était l'un de mes spectacles préférés, cette façon qu'il avait de prendre son plaisir sur le lit. J'imaginais toujours ce que ce serait de le regarder baiser un autre homme comme ça.

J'ai écarté les cheveux me cachant son visage. Il allait plus vite désormais, sa bouche sur ma verge et ses coups de reins. Je regardai mon membre disparaître entre ses lèvres magnifiques. Je vis ses hanches s'enfoncer plus profondément dans le lit. J'entendis l'empressement de son souffle. Puis…

Il émit un son.

C'était encore si rare que j'en fus surpris. C'était tout doux, tout bas, guttural. Peut-être un gémissement. Je ne l'entendis pas tant que je le sentis vibrer contre ma verge. Et à cet instant, sans trop m'en rendre compte, je jouis.

Angelo s'écarta tout de suite. Ce n'était pas qu'il refusait que je jouisse dans sa bouche, c'était qu'il ne pouvait avaler en retenant son souffle. Le visage contre mon aine, il se tendit, sans respirer, et je me masturbai le temps de finir pendant qu'il tremblait entre mes jambes.

Nous restâmes comme ça un moment, reprenant notre souffle. Enfin, il leva la tête vers moi avec un sourire. Sa respiration était presque normale.

— J'ai mis du sperme dans tes cheveux, dis-je.

— Pas de problème. Je t'avais dit qu'on aurait le temps de se doucher.

LORSQUE J'ARRIVAI dans le hall avec Angelo, Matt et Jared, seul Jon était là à nous attendre. Je détestai la façon dont ma gorge se serra à sa vue. Je ne voulais pas lui parler. Je ne voulais pas sourire et le féliciter. Tout ce que je voulais, c'était faire demi-tour et retourner dans notre chambre. Mais les autres le rejoignirent, lui serrèrent la main, lui dirent bonjour. Je ne pouvais pas l'éviter éternellement.

Matt et Jared furent les premiers à le saluer. Matt était à peine amical, mais Jared était sincèrement heureux. Angelo fut le suivant.

— Félicitations !

519

Je vis que Jon avait besoin de faire quelques efforts pour agir de façon normale avec Ang'. Je le connaissais encore assez bien pour détecter la raideur dans ses épaules et son sourire figé. Mais il le remercia. Puis ce fut mon tour. J'aurais voulu espérer qu'il n'y aurait pas de malaise entre nous, mais comment en aurait-il pu être autrement après ce que j'avais fait ?

— Zach, dit-il.

Il me regardait avec une question dans le regard, essayant de déterminer comment je me comporterais auprès de lui. Notre dernière rencontre n'avait pas été très tendre, du moins de ma part. Parler me demanda un peu d'effort, mais je réussis à dire :

— Bonjour, Jon.

Il sourit alors et s'avança vers moi, un bras tendu. Il allait m'étreindre. Ce n'était pas tant que j'y voyais une objection, mais je pensais à la jalousie qu'Angelo avait montrée deux ans plus tôt à Las Vegas. Je ne voulais pas qu'il revive ça. Alors je tendis la main à Jon, le coupant dans son élan.

Il soupira, recula et me serra la main.

— Je suis heureux que tu sois venu, dit-il.

Mais je savais, à son regard, que je l'avais blessé. Encore. Je n'aimais pas me rappeler combien de fois j'avais vu ce regard lors de notre dernière année ensemble, toujours à cause de moi. Je fis ce que j'avais toujours fait : semblant d'y être indifférent.

Cole arriva une minute plus tard et nous le suivîmes sur le trottoir. Nous nous éloignâmes de la place Vendôme. Tous les bâtiments se ressemblaient : environ quatre étages, la façade plate, de la pierre grise, blanche ou couleur crème. Il y avait des arches uniformes au rez-de-chaussée et à chaque étage, de grandes fenêtres rectangulaires séparées de quelques dizaines de centimètres, les unes au-dessus des autres. Les rues semblaient incroyablement étroites et pleines de petites voitures. Après le Colorado où tout le monde conduisait des 4x4, j'avais l'impression d'être chez les lilliputiens.

Que ce soit à cause de notre conversation, ou simplement dû à l'enthousiasme d'Angelo, Cole semblait déterminé à lui faire visiter Paris dans ses moindres détails. Ils nous précédaient. Parfois Cole passait le bras dans celui d'Angelo, ou lui prenait même la main, en l'entraînant d'un lieu à l'autre. Ils allaient vite, ils rentraient et sortaient des boutiques, regardaient par les vitrines, tandis que nous traînions derrière. On aurait dit des colibris, nous des pigeons maladroits.

— Il est toujours comme ça ? demandai-je à Jon.

Je le regrettai immédiatement. Je ne voulais pas avoir l'air d'insulter l'homme qu'il aimait.

Jon ne s'en formalisa pas. Il était entre Jared et moi, Matt derrière nous. Il regardait vers l'avant, ou Cole essayait de donner une écharpe à Angelo qui la repoussait en riant. Jon sourit d'un air attendri.

— Oui, répondit-il. Il est toujours comme ça. Il est ravi que vous soyez venus. Je devrais vous le dire maintenant, il va essayer de payer pour tout. Et vraiment tout. Nous avons ouvert des comptes à l'hôtel et dans plusieurs restaurants et boutiques du quartier. Je vous ferai la liste. Si vous y allez, vous n'aurez qu'à leur dire que c'est le compte Davenport.

— Je croyais qu'il préférait Fenton, dit Jared.

Jon lui sourit.

— C'est vrai.

C'était comme ce que Cole m'avait dit à propos d'appeler Jonathan « Jonny ». Je me demandai quelle était cette relation, où ils se provoquaient intentionnellement.

— Il va vous jeter de l'argent à la figure tout le week-end, continua Jon. Il paiera pour tout ce que vous voulez faire : le Louvre, la tour Eiffel, le tour des vignobles.

Sur ces derniers mots, il me regarda, un douloureux rappel à la lune de miel que nous avions prévue.

— Ça ne me rend pas très à l'aise, commenta Matt.

— Je sais, dit Jon. Je l'ai prévenu, mais…

— Tu ne peux pas l'en empêcher ?

Jon et Jared éclatèrent de rire et Jon secoua la tête.

— Matt, si tu découvres comment lui faire changer d'avis, dis-le-moi.

— Ouais, ajouta Jared. Bon courage.

— Sérieusement, continua Jon. Il est très riche. Et je ne dis pas ça pour me vanter. Pour lui, ce voyage est une goutte d'eau dans l'océan. Il ne sait même pas combien ça coûte et il s'en fiche de toute façon. Il aime dépenser son argent pour les gens qu'il aime.

— Il nous connaît à peine, dis-je.

Jon haussa les épaules.

— Tu es quand même sur la liste. Je sais que c'est bizarre, pour nous qui avons un compte en banque normal, mais franchement, mon conseil, c'est de simplement vous amuser tant que vous êtes là et de le laisser payer.

Ça faisait peut-être de moi un sale égoïste, mais je n'avais pas envie de protester.

Cole nous amena enfin à un restaurant où nous nous assîmes à une table ronde. Il commanda pour toute la table, en français, suite à quoi Jon et lui se disputèrent gentiment sur le vin, mais je n'entendis pas tout. Au bout du compte, ce n'était pas tant que Jon avait gagné que Cole avait simplement décidé que ça ne valait pas la peine de se battre, alors Jon commanda une bouteille de Pinot Grigio.

— Il manque encore quelqu'un ? demanda Jared.

— Oui, mais il ne sera pas là ce soir, répondit Cole. George arrive demain matin. Il est encore fâché à l'idée de rater le Super Bowl.

— Tu m'étonnes, dit Matt.

Cole sembla ne pas l'entendre.

— Zach, mon chou, tu connais George, n'est-ce pas ? Je suis certain qu'il sera ravi de connaître quelqu'un ici !

— Eh bien, dis-je en regardant Jon. Je n'étais pas vraiment dans ses petits papiers.

Parce que Jon sortait avec moi lorsqu'il a fait son coming out, j'avais toujours eu l'impression de tenir le rôle du diabolique tentateur. Carol avait été gentille, mais au bord des larmes chaque fois qu'elle me voyait et George tolérait ma présence avec une froideur polie.

— Tu n'as qu'à parler football américain avec lui et tu seras son nouveau meilleur ami, dit Cole.

Matt dressa l'oreille.

— Il a changé, me dit Jon doucement. Depuis la mort de maman.

Je m'étais demandé pourquoi personne n'avait parlé de Carol.

— Je ne savais pas.

— Elle avait un cancer. Ils ne l'ont pas détecté avant qu'il soit trop tard.

— Quand ?

— Un an après que nous...

Il se tut.

— Je suis désolé, dis-je.

Je ne savais pas si je parlais de sa mère ou de ne pas avoir été là quand il avait eu besoin de moi.

Il se remit vite, haussant les épaules.

— Tu serais surpris, Zach. Il est beaucoup plus tolérant qu'à l'époque.

À l'époque. Lorsque Jon et moi, main dans la main, avions dit à ses parents que nous nous aimions. À ce souvenir, mon cœur se serra encore plus. Je regardai de l'autre côté de moi, où se trouvait Angelo. Il nous observait, Jon et moi, d'un air réservé. Avait-il l'air accusateur ou n'était-ce que le reflet de mon sentiment de culpabilité ? Je n'en étais pas certain.

Je bus une gorgée de vin en essayant de ne pas penser à la douleur que j'avais causée à l'homme que j'aimais autrefois et à la douleur que je causais peut-être à l'homme que j'aimais aujourd'hui. Je me demandai ce qu'il fallait que je boive pour oublier.

— Vous êtes aussi à l'hôtel ? demanda Jared à Cole. Tu n'as pas un appartement ici ?

— Bien sûr que si, mon chou, mais c'est bien plus facile si nous sommes tous au même endroit. Et laissez-moi vous dire qu'il a été presque impossible de trouver un bon hôtel…

— C'est parce que tu es trop difficile, dit Jon.

Cole battit vite des cils dans sa direction, comme pour dire : « C'est vrai, mais tu m'aimes quand même ». C'était horriblement mignon et cela fit rire Jon. Cela ne dura qu'une seconde puis Cole reporta son attention sur Jared.

— Je ne voulais pas n'importe quel motel, dit-il. Je voulais que l'ambiance soit française. Cela aurait été tellement décevant que vous veniez jusqu'ici pour vous retrouver à un Holiday Inn. Et je voulais que la cérémonie se passe ici. Nous avons visité des hôtels plus anciens, mais les chambres étaient si horriblement étroites ! Je ne supporte pas d'être enfermé dans un si petit espace.

Il frissonna de façon théâtrale.

— Bien sûr, nous avons envisagé le Quatre-Saisons, mais il est tellement ostentatoire…

— Et si lui le pense, tu imagines l'horreur, dit Jon à Jared.

Jared se mit à rire.

— Si on laissait faire Jonny, nous serions dans un motel de route à Phœnix.

— J'ai proposé le Mariott, dit Jon, ce n'est pas vraiment un motel.

On sentait que ce n'était pas la première fois qu'ils avaient cette conversation et pourtant ils n'étaient pas irrités. Ils semblaient beaucoup s'amuser.

Cole jeta à Jon un regard qui semblait aussi innocent que moqueur.

— Je te crois sur parole, mon cœur.

Toute son attitude était désinvolte, son comportement était autant pour nous amuser qu'autre chose. Il était drôle et je comprenais comment

523

Jon, qui semblait à peine en connaître la définition, avait été attiré par lui. Cole se tourna soudain vers Jared.

— Tu te souviens de cette chambre à Mazatlán ?

— Comment l'oublier ? demanda Jared avec un grand sourire.

— Mon chou, je suis certain que les réparations au Vendôme coûteraient beaucoup plus cher qu'au Mexique, alors ne casse pas de comptoir, s'il te plaît.

— Je ferai de mon mieux, répondit Jared.

Il jeta un coup d'œil à Matt et ses joues s'empourprèrent lentement. Angelo ne le remarqua pas ou s'en fichait, car il demanda :

— Qu'est-ce que tu as fait ?

À l'expression de Jared, je savais qu'il n'avait aucune envie de continuer la conversation. Ce fut Cole qui répondit.

— Et bien, ce n'était pas vraiment sa faute, dit-il avec un sourire coquin. Ou plutôt, pas seulement sa faute, mais c'était un peu embarrassant à expliquer aux gens de l'hôtel. Il faut croire que ces meubles de salle de bains ne sont pas faits pour supporter le poids d'une personne. Encore moins deux. Mais je suis certain qu'ils n'étaient déjà pas très stables avant même que nous…

Il fut interrompu par le bruit violent de Matt qui repoussait sa chaise.

— Mais c'est pas vrai !

Il regarda Jared.

— Je ne sais pas comment gérer ça.

— Gérer quoi ? demanda Cole d'un ton innocent.

— Toi ! s'exclama Matt, exaspéré.

Cole se tourna vers Jared d'un air sincèrement perdu. Jared avait l'air légèrement amusé. Il mit la main sur le bras de Matt. Il le regarda dans les yeux et je ne sais pas ce qu'il avait dans son regard, mais Matt se détendit. Il rougit même un peu et décocha un sourire provocant à Jared.

Non, ils ne s'étaient vraiment pas disputés, dans leur chambre.

— Mon chou, dit Cole à Jared, devons-nous prétendre que nous ne nous connaissons pas depuis presque quinze ans ?

— Non, répondit Jared en se tournant vers lui. Mais il vaut mieux ne pas parler de Mazatlán.

— Ce n'est pas comme si c'était la seule fois que…

Jon bougea soudain dans sa chaise et Cole sursauta.

Il se tourna vers Jon qui avait dû lui donner un coup de pied, mais cessa de parler. Il foudroya Jon du regard pendant une seconde, mais lorsqu'il se retourna vers Matt, son visage passa instantanément de l'agacement à l'inquiétude.

— Mon bouton d'or, dis-moi comment je dois agir.

Matt ramena sa chaise devant la table. Ce qui s'était passé entre Jared et lui avait changé les choses. Il n'était plus fâché. Agacé, peut-être, et embarrassée. Mais pas fâché.

— Je ne sais pas, dit-il. Vraiment pas. Tout le monde a couché avec bien trop de personnes à cette table, et pourtant, apparemment je suis le seul que ça dérange.

— Tu trouves étrange qu'on puisse coucher et rester ami ?

— Oui. D'après mon expérience, lorsqu'on arrête de coucher avec quelqu'un, on arrête de le voir. On ne…

Il indiqua à la table, comme si les mots lui échappaient.

— … fait pas ça !

Angelo avait l'air perdu. Jared amusé. Jon satisfait. J'avais le sentiment qu'il avait prévenu Cole que cela pourrait arriver.

— Tu dis ça comme si on avait tous couché les uns avec les autres, dit Angelo.

— Ou presque, déclara Matt, un sourcil haussé à l'adresse de Jared.

— Tu exagères, protesta Jared. Je n'ai couché qu'avec deux personnes : toi et Cole.

— Oui, ajouta Angelo. Deux pour moi aussi.

Il me regarda.

— Et deux pour Zach.

— Et deux pour moi, renchérit Jon.

Il se tourna vers Cole.

— Et deux pour toi ?

Jared toussota. Cole fit retomber ses cheveux devant ses yeux et battit des cils à l'intention de Jon.

— Deux. Trois. Quelle différence ? La bonne nouvelle, c'est que comme Matt n'est qu'à un, la moyenne reste de deux par personne. N'est-ce pas parfait ?

Jon eut l'air stupéfait. Il jeta un regard à Jared, puis moi, puis Angelo qui le croisa sans hésiter. Jon soupira, baissa les yeux vers la table et secoua la tête.

— J'aurais dû m'en douter.

— Oh, Jonny, c'était avant notre rencontre !

Cole agita la main vers Jon.

— Maintenant tu sais ce que je ressens, dit Matt à Jon.

Jon hocha la tête. Je soupçonnais qu'il éprouvait désormais vraiment plus de sympathie pour Matt.

— Pas de quoi en faire un plat, dit Angelo à Jon.

— Exactement ! s'exclama Cole. Qu'est-ce qu'une petite coucherie entre amis, n'est-ce pas, mon amour ?

— Coucherie entre amis ? demanda Matt. Tu as couché avec plus de la moitié des gens à cette table !

Cole cligna des yeux, l'air d'y réfléchir, puis cédant soudain, il soupira et leva les mains.

— Tu as absolument raison, mon bouton d'or, dit-il. C'est terriblement indécent. D'ailleurs, il vaudrait mieux que nous passions le reste de la semaine qu'avec les gens avec qui nous n'avons pas couché. Angelo, tu es avec Jon et Jared.

Il sourit d'un air malicieux.

— Ne fais rien que je ne ferais pas, mon beau.

Angelo se mit à rire et Jared demanda :

— Il y a quelque chose que tu ne ferais pas ?

— Allons, mon chou, tu sais bien qu'il y a au moins une chose.

Il se tourna vers Matt.

— Et donc, mon bouton d'or, tu te retrouves avec Zach et moi. Nous apprendrons à mieux nous connaître. Ce sera bien, non ?

Il battit des cils d'un air innocent.

Partagé entre l'amusement et l'embarras, Matt secoua la tête. Il rit à contrecœur.

Angelo lui donna un coup de coude moqueur.

— Peut-être que le problème, ce n'est pas que Cole a eu trop de partenaires, mais que toi tu n'en as pas eu assez !

— C'est bien vu, dis-je. Après tout, si nous avons chacun une moyenne de deux…

— Excellente remarque, commenta Cole. Il n'y a qu'une solution. Il faut que quelqu'un ici couche avec Matt.

Jared éclata de rire. Les clients des tables alentour se tournèrent vers nous.

Angelo hocha la tête et sourit d'un air taquin à Matt.

— C'est logique.

— Jared, continua Cole, tu es bien sûr disqualifié. Et j'imagine que moi aussi, puisque c'est ma promiscuité qui nous a mis dans un tel embarras.

Avec une solennité théâtrale qui manqua me faire perdre mon sérieux, il déclara :

— Je propose que vous tiriez à la courte paille.

Matt avait l'air déconcerté, ne comprenant pas comment il était soudain devenu le prix à gagner. Il rougissait lentement. Jared fit de son mieux pour retenir son rire. Jon regarda Cole en haussant les sourcils.

Angelo leva les mains en riant.

— Je déclare forfait. Ne m'en veux pas, dit-il à Matt, mais tu n'es pas mon genre.

Matt s'empourpra encore plus. Cole se tourna vers Angelo d'un air très sérieux.

— Et si c'est Zach qui gagne ?

Angelo sourit d'un air malicieux.

— Jared et moi on peut trouver de quoi s'occuper.

— Attends un peu ! gronda Matt.

— Ce n'est que justice, commenta Cole.

— Après tout, déclara Angelo à Matt, c'est pour toi qu'on le fait. Tu devrais me remercier. Pas vrai, Jared ?

— Absolument !

Matt se tourna vers Jared avec un regard qui aurait pu le désintégrer, mais il ne fit qu'en rire.

Angelo se tourna vers Cole.

— Il y a un problème dans ton plan, si ton objectif c'est que nous soyons tous égaux.

L'espièglerie grandissante dans les yeux d'Angelo se reflétait dans ceux de Cole. Ils s'amusaient bien trop.

— Tu as raison, mon beau ! Jonny, il va falloir que tu couches aussi avec Matt.

— Exactement, renchérit Angelo.

— Et pourquoi ça ? demanda Jon.

La conversation ne l'amusait pas autant que Jared, Cole et Angelo, mais elle ne le dérangeait pas non plus.

— C'est la seule solution, mon cœur.

— Tout à fait, ajouta Angelo. On sera alors tous à trois.

Il se tourna vers Matt, écarlate et silencieux à ses côtés.

— Tu te sentiras mieux une fois que nous serons tous égaux ?

Nous avions complètement perdu Jared, qui se tenait le ventre en riant aux larmes. Matt se tourna vers lui et cingla :

— Ce n'est pas drôle !

Jared ne fit que rire encore plus.

— Est-ce que vous êtes flexibles ? demanda Angelo. Parce que sinon vous allez tout foutre en l'air.

— Littéralement, ajouta Cole.

— Et il faudra tout recommencer.

Angelo se tourna vers Matt.

— Si tu as une préférence entre actif ou passif, il faut le dire maintenant.

— Tout mettre à plat, continua Cole.

— Sur la table, ajouta Angelo.

— Devant tout le monde.

— C'est vrai que Zach aime regarder, commenta Angelo avec un clin d'œil.

Je fus soulagé que vu le ton la conversation, personne ne le prit au sérieux.

— Alors c'est décidé ! s'exclama Cole. Qui commence ? Zach, au garde-à-vous !

Il me fit un clin d'œil.

— Je savais que je n'aurais pas dû venir, gémit Matt, la tête baissée.

— Ne t'inquiète donc pas, dit Cole. Zach pourra sûrement te faire venir une deuxième fois.

Jared rit si fort que je fus surpris qu'il ne tombe pas de sa chaise.

LE DÉJEUNER dura à peu près trois heures, ce qui d'après Jon était normal à Paris. Lorsque nous sortîmes dans la rue, il faisait plus froid que plus tôt. Notre haleine se changeait en nuage. Le ciel était bas et blanc et l'air semblait presque scintiller d'une façon que je reconnaissais : la neige menaçait.

Cole nous emmena jusqu'à une station de métro.

— Nous pourrions aller à l'Arc de Triomphe aujourd'hui, dit-il. Ce ne sera pas aussi long que la tour Eiffel et j'imagine que vous êtes tous épuisés après ce voyage. À l'heure du dîner, vous aurez certainement envie de dormir.

Après notre énorme déjeuner et un peu trop de vin – j'avais perdu le compte du nombre de fois où Jon avait rempli mon verre – j'aurais été heureux de rentrer à l'hôtel et d'aller directement au lit, mais Cole nous promit que le mieux à faire était de tenir tout l'après-midi, de dîner tôt –

c'est-à-dire à l'heure américaine normale et non à vingt ou vingt et une heures comme les Français – puis de se coucher tôt.

J'étais reconnaissant que Cole sache où aller et quoi faire. La carte du métro m'aurait déconcerté même sans la fatigue et le vin. Angelo ouvrait grand les yeux, comme à Las Vegas, pour tout voir à la fois. Il arrêta tout notre groupe dans la station de métro pour écouter une chanteuse des rues jouer de la guitare. Ses vêtements étaient sales et ses yeux cernés, mais elle avait la voix rauque, sexy, inquiétante. Angelo était fasciné.

— Qu'est-ce qu'elle chante ? demanda-t-il à Cole.

Cole écouta un instant.

— On dirait que ça parle d'une cage vide, dit-il d'une voix intriguée. Un oiseau qui s'est envolé.

Cela eut l'air de faire bizarrement peur à Angelo.

— Elle est triste ?

Cole écouta un peu plus longtemps avant de répondre :

— Pas tout à fait. C'est plus une histoire de liberté.

Angelo se tourna vers moi, comme si ça pouvait me parler, mais non. Je haussai les épaules. Il se détourna à nouveau et sortit de sa poche quelques billets français. Il en jeta un dans l'étui de la guitare.

— Ne le laisse pas utiliser son argent, chuchota que Cole a Jon.

Il fit mine de sortir son portefeuille, mais Jon l'arrêta en secouant la tête. Cole ne comprit pas, mais j'étais heureux que Jon oui. Cela n'aurait pas eu de sens pour Angelo si cela n'avait pas été son propre argent. Les autres avancèrent alors, mais Angelo continua à écouter cette chanson qu'il ne comprenait pas jusqu'à ce que le métro arrive et que je doive lui tirer la main afin qu'il nous suive.

Arrivés à l'Arc de Triomphe, nous restâmes un peu en bas, à admirer les gravures, puis nous traînâmes dans le hall des visiteurs. Enfin, nous commençâmes la montée. L'escalier en colimaçon était étroit et raide, mais la vue en valait la peine.

La nuit tombait et les lampadaires s'allumaient. Une douzaine de rues partait de l'Arc comme les barreaux d'une roue. Elles menaient toutes à un rond-point dont l'Arc de Triomphe était le centre.

— Les bouchons sont dingues, dis-je. Pas étonnant qu'ils prennent le métro.

Angelo me regarda d'un air incrédule.

— Nous sommes à Paris et toi tu regardes la circulation ?

Il secoua la tête.

— Tu es trop bizarre.

— Qu'est-ce que je devrais regarder ?

— Tout !

Il indiqua le paysage.

— D'après *De À à Z*, la vue d'ici est encore plus belle que celle de la Tour Eiffel.

— Ah bon ?

— Peut-être parce que tu la vois, dit-il en montrant la tour Eiffel au sud-est.

Elle était allumée, brillante et majestueuse au-dessus de la ville.

Debout derrière lui, je passai le bras autour de son cou.

— C'est plutôt joli, dis-je.

Il rit à ce qu'il prenait certainement pour un gros euphémisme. Il s'appuya contre moi. Son poids était confortable et familier.

— Merci, Zach.

— Je ne vois pas pourquoi tu me remercies. C'est Cole qui nous a amenés ici.

— Je sais, dit-il. Mais je sais aussi que tu ne serais pas venu si ce n'était pas pour moi.

Je l'embrassai sur la tête.

— Il n'y a rien que je ne ferais pas pour toi, mon ange.

Et à part le fait de devoir affronter mon ex, une semaine à Paris n'était pas vraiment un sacrifice.

— C'est dommage que tout soit mort, dit Cole, coupant court à notre moment de calme.

Jon et lui se tenaient à quelques pas, dans la même position qu'Angelo et moi, Cole devant Jon, bien qu'ils ne se touchent pas.

— C'est bien plus joli au printemps.

— Pourquoi tu as choisi février ? demanda Jared.

Cole regarda Jon par-dessus son épaule, puis détourna les yeux de nous, comme s'il était embarrassé.

Jon sourit. Il l'enlaça et déposa un baiser sur sa nuque.

— Nous étions trop impatients, dit-il.

Il se mit à rire lorsque Cole le repoussa d'un geste joueur.

Après être partis de l'Arc de Triomphe, nous nous promenâmes le long de l'avenue des Champs Élysées, nous arrêtant parfois pour visiter les boutiques et les galeries. Cole et Angelo ne semblaient jamais prendre le temps de souffler, alors que Jared, Matt et moi oui. Jon finit par le remarquer et murmura quelque chose à l'oreille de Cole. Celui-ci regarda en arrière avec surprise, comme s'il avait oublié que nous étions là. Ensuite, nous retournâmes au métro. Nous fîmes un dernier arrêt pour dîner rapidement dans un café avant de retourner au confort de notre chambre.

Angelo s'était douché ce matin-là, mais moi non. Je restai longtemps sous l'eau chaude, m'endormant presque, avant de me traîner jusqu'au lit.

— Désolé, je ne te baiserai pas comme un fou ce soir, dis-je à Angelo. Il ne m'entendit même pas. Il était déjà profondément endormi.

IL SE réveilla tôt le lendemain matin et nous fîmes l'amour comme souvent. À d'autres moments, nous étions brutaux ou rapides, sans finesse. Mais le matin, c'était toujours lent et tendre. Je l'embrassai dans le cou, sur les épaules, sur ses poignets et ses paumes. Sa peau douce et sombre me fascinait toujours. Même après deux ans et demi, il inspirait en moi une adoration qui me coupait le souffle. J'espérai que ça ne changerait jamais.

D'habitude, après avoir fait l'amour, il sortait du lit et moi je dormais une heure ou deux. Mais le voyage nous avait tous les deux suffisamment déréglés pour que nous nous réveillions à la même heure. Nous nous habillâmes et nous descendîmes retrouver le reste du groupe dans le restaurant.

— Tu te réveilles tard, dit Matt à Angelo.

Angelo lui fit un grand sourire.

— C'est ce que tu crois.

Matt eut besoin d'une seconde pour comprendre, puis il me jeta un regard furtif avant de détourner rapidement les yeux en rougissant. Jared et Cole se mirent à rire, mais je remarquai que Jon avait l'air très mal à l'aise. Au moins je n'étais pas le seul.

Angelo s'assit à côté de Matt et je me retrouvai à nouveau à côté de Jon.

— Tu cours toujours le matin ? me demanda-t-il en me servant du café.

— En général.

— Moi aussi. Tu devrais m'accompagner.

Je ne savais pas que penser. Autrefois, courir ensemble avait été la routine, pour nous.

Après Jon, je n'avais plus couru avec personne avant Coda, où Matt me rejoignait une à deux fois par semaine. Toutefois, je courais seul la plupart du temps. Je regardai Angelo qui observait Jon d'un air méfiant. J'étais sûr qu'il voulait que je dise non.

— Oh, mon chou, Zach n'a pas envie de courir alors qu'il est en vacances ! dit Cole en venant à ma rescousse. Et si l'on en croit aujourd'hui, Angelo l'occupera un peu trop le matin de toute façon.

Il adressa un sourire à Angelo, qui le lui rendit. Ils se ressemblaient vraiment trop.

— Je vais avec toi, dit Matt à Jon.

Ma surprise se refléta sur le visage de Jon. Mais il avait aussi l'air heureux.

— Parfait ! C'est moins pénible quand j'ai de la compagnie.

Nous avions à moitié fini de manger lorsque George arriva. J'étais presque aussi nerveux à l'idée de le voir qu'à l'idée de voir Jon. Il s'assit entre Matt et Angelo tandis que Cole appelait le serveur. Je le reconnu à peine et pourtant, à première vue, il n'avait pas tant changé. Il avait un peu grossi et ses cheveux étaient un peu plus gris. Mais c'était superficiel. Il y avait quelque chose d'autre de très différent que je n'arrivais pas à identifier. Puis il se tourna vers moi.

— Zach ! s'exclama-t-il, avec un sourire. Qu'est-ce que tu fais ici ?

C'est là que je compris. Il souriait. C'était peut-être la première fois que je le voyais sourire.

— Je ne sais pas trop, pour être franc, répondis-je.

Il rit.

— Zach et Jared sont amis, expliqua Jon. Et Cole et Jared se connaissent depuis l'université, c'est comme ça que j'ai rencontré Cole.

George avait l'air d'essayer de comprendre tout ça lorsque Matt dit :

— George, vous êtes fans des Cardinals ?

George se tourna vers lui avec surprise. Je me demandai comment Matt le savait. Je mis une seconde à comprendre que le petit logo sur le polo de George était une tête d'oiseau rouge.

— Mais oui !

— Vous n'avez pas eu de bol avec le tirage au sort.

— Tout le monde sait que les Rams trichent, déclara George, apparemment ravi de pouvoir se plaindre à quelqu'un. Et maintenant ils sont au Super Bowl.

Il haussa les sourcils.

— Vous n'êtes pas fans des Rams, n'est-ce pas ?

— Non, Monsieur. Je suis fan des Chiefs.

— Moi aussi, cette semaine, dit George en souriant.

Jared intervint alors, avec un commentaire sur une histoire de passe qui me passa justement au-dessus de la tête et tous les trois se mirent très vite à ne parler que football américain.

— Moi qui m'inquiétais qu'il ne puisse parler à personne, marmonna Jon.

Ce jour-là, nous visitâmes le Sacré-Cœur. Il se trouvait sur Montmartre, le point le plus haut de la ville. C'était un gros bâtiment blanc, monstrueusement élaboré. Il y avait un dôme géant, trop long pour être de la forme d'un oignon, mais trop arrondi pour dire qu'il était conique, et de plus petits dômes de chaque côté. Il y en avait encore d'autres au sommet de flèches qui l'entouraient et des fenêtres en arche absolument partout. À l'intérieur se trouvaient encore plus d'arches que je ne pouvais les compter et une peinture au plafond très élaboré qui montrait le Christ entouré d'une véritable armée d'anges.

— Le type qui a écrit *De A à Z* n'aimait pas cet endroit, dit Angelo. La seule chose qui lui plaît, c'est la vue.

— Et toi, tu en penses quoi ? lui demandai-je.

Empli d'excitation, il se tourna vers moi.

— Je le trouve extraordinaire.

— Moi, je le trouve vulgaire, lui dit Cole. Demain, je t'emmène à la Sainte-Chapelle.

— C'est vrai ? demanda Angelo avec son enthousiasme habituel. C'est un des endroits que j'ai repérés dans le guide. Ils disent que la Sainte-Chapelle a les plus beaux vitraux de Paris. Peut-être de toute l'Europe.

— C'est vrai, mon tout beau. Une fois à l'intérieur, tu te demandes comment elle tient seulement debout.

Ensuite, nous déambulâmes dans les rues de Montmartre. Nous vîmes le Moulin Rouge et le Chat Noir et visitâmes les vignes de la rue Saint-Vincent. Angelo s'émerveillait de tout, mais pour moi, tout avait l'air pareil. Des immeubles blancs, des trottoirs gris et des rues étroites. C'était comme un labyrinthe. Je ne savais jamais dans quel sens aller et je trouvais cela terriblement déconcertant.

Cole nous emmena dans un autre restaurant fabuleux pour le déjeuner, qui dura encore une fois trois heures et me laissa bien pompette.

— Cole, dit Matt alors que nous terminions de manger, tu crois qu'on pourrait trouver un endroit où regarder le Super Bowl dimanche soir ?

Jared, George et lui en avaient de toute évidence discuté toute la matinée parce qu'ils se penchèrent au-dessus de la table et regardèrent Cole d'un air attentif.

— Je n'en sais rien, mon bouton d'or.

Le sourire de Matt était un peu trop figé pour être sincère.

— Tu sais peut-être quand même où le tenter, ce qui est déjà plus que nous. *Vanderbilt.*

— Ce n'est pas mon nom.

Le sourire de Matt se fit un peu plus malicieux.

— Je sais. Mais puisque tu n'appelles personne par son nom…

— Ce n'est pas vrai, j'appelle George par son nom.

— Et Zach, intervint Angelo.

Tout le monde se tourna vers lui. Angelo sembla un peu mal à l'aise sous tous ces regards.

— Quoi ? C'est vrai.

Désormais, c'était Cole que tout le monde regardait. Celui-ci souriait à Angelo comme s'il venait de découvrir un sombre secret. Je ne m'étais pas rendu compte que Cole m'appelait par mon nom, alors que tous les autres avaient des surnoms. Apparemment, Jon non plus.

— Angelo a raison. Même moi, tu ne m'appelles pas par mon nom la moitié du temps. Pourquoi Zach a droit à un traitement de faveur ?

Cole se tourna vers Jon avec de grands yeux innocents.

— Je ne sais pas, mon cœur, dit-il. Ça te dérange ?

Jon accusa le coup. Je crus qu'il allait se mettre en colère, mais il soupira et secoua la tête, exaspéré. Jared le regardait avec compassion.

— Tu es un saint ou un masochiste, dit-il.

Jon se mit à rire.

— La différence est parfois subtile.

Cole ne réagit pas du tout, mais lorsque tout le monde retourna à son repas et sa conversation, je le vis se tourner vers Jon. Il mit la main sur sa cuisse. Il lui jeta un coup d'œil entre ses mèches et sourit. Jon fondit complètement. Il posa la main sur celle de Cole. Il se pencha pour l'embrasser. Cole détourna la tête dernier moment et son baiser atterrit sur sa tempe. Jon n'avait pas l'air dérangé. Je me dis que ce pincement au cœur n'était pas de la jalousie.

Lorsque nous eûmes terminé de manger, Cole nous emmena à la Tour Eiffel. Nous déambulâmes longtemps devant l'exposition et dans les boutiques du premier étage avant de monter au sommet. C'était facile de se souvenir où nous étions, surtout que c'était un vieux quartier de la ville, mais du haut de la tour, la magie disparaissait. Surtout lorsque nous regardions au sud, où le brouillard de la pollution flottait et où des gratte-ciel modernes s'élevaient.

— C'est incroyable, non ? dit Angelo.

— Je trouve que ça ressemble à n'importe quelle autre ville, répondis-je.

— Zach ! Tu plaisantes ? Tu te rends compte de l'âge de certains de ces bâtiments ? Plus vieux que tout ce qu'il y a aux États-Unis. Pense à où nous sommes à cet instant. Cette tour a été construite il y a plus de 100 ans. Pense à tous les gens qui sont venus ici. Les parents et leurs enfants, d'autres couples d'amoureux.

Il me prit la main et leva vers moi un regard excité.

— Tu n'as pas l'impression d'appartenir à quelque chose de grand, de magique qui remonte dans le temps ? De faire partie de l'histoire ?

— J'ai juste l'impression d'être un touriste.

C'était vrai, mais je regrettai tout de suite mes paroles, car son sourire se fit moins lumineux. Il secoua la tête.

— Tu n'as aucun romantisme.

Après avoir passé presque une heure au sommet, nous redescendîmes sur le Champ de Mars pour voir la tour s'illuminer. C'était joli. Mais pour moi, même la tour Eiffel ne tenait pas la comparaison face à la beauté et l'émerveillement du visage d'Angelo.

LE LENDEMAIN matin, Cole arriva dans notre chambre tôt afin d'emmener Angelo à la Sainte-Chapelle, après quoi ils avaient prévu de visiter plusieurs des petits musées d'art – petits dans le sens où ce n'était pas le Louvre. J'étais invité aussi bien sûr, mais j'avais décidé de faire la grasse matinée.

En bas, je retrouvai George assis dans le restaurant.

— Zach ! s'exclama-t-il en me faisant signe. Assieds-toi à côté de moi. Ne me laisse pas manger seul.

Alors que j'avais été stressé à l'idée de le revoir, j'avais découvert la veille combien il était facile de s'entendre avec lui. J'étais heureux de m'asseoir à côté de quelqu'un.

— Je ne savais pas que Jon et toi vous étiez restés en contact toutes ces années, dit-il une fois notre commande passée.

535

— Ce n'est pas le cas. Mais il y a deux ans, Angelo et moi étions à Las Vegas avec Matt et Jared et nous nous sommes croisés. C'est là qu'il a rencontré Jared qui lui a donné le numéro de Cole.

Peut-être qu'il avait donné le numéro de Jon à Cole. C'était sans importance.

George réfléchit une seconde, les yeux dans le vague, puis un lent sourire naquit sur ses lèvres.

— Je me souviens de ce voyage. Qui l'a frappé ?

— Angelo.

Il hocha la tête avec un petit rire.

— J'aurais dû m'en douter.

— Pourquoi ?

— Je parie que Jon a essayé de te récupérer.

Cela ne semblait pas appeler de réponse. Je n'avais aucune envie d'en parler. Je demandai plutôt :

— Vous êtes content qu'il se marie ?

— Absolument. Je suis heureux pour Jon.

— Cole vous plaît ?

— Je suis heureux que Jon l'ait trouvé, dit-il. Ne te méprends pas, c'est une vraie grande folle, mais en fait je l'aime beaucoup.

Il me sourit.

— Mais ne lui rapporte pas que j'ai dit ça. Je le nierais.

— Promis, dis-je en riant. Votre secret est bien gardé.

— En fait, il fait du bien à Jonny. Et il le rend heureux.

Je trouvais amusant que George l'appelle Jonny aussi.

— S'il est heureux, moi aussi.

Il me jeta un regard réservé.

— Je suis désolé de ne pas en avoir pensé autant lorsque c'était toi.

Je haussai les épaules, essayant de chasser ce poids sur ma poitrine, de ne pas penser au fait que si son père avait été plus tolérant à l'époque, peut-être que Jon n'aurait pas ressenti le besoin de prouver sa valeur. De me pousser à être plus ambitieux. Nous serions peut-être restés heureux à tout jamais.

— Ça n'a plus d'importance maintenant, dis-je autant pour moi que pour George.

Heureusement, nos plats arrivèrent alors, ce qui me permit de me taire.

— Tu sais, Zach, Jon a eu quelques relations sérieuses entre Cole et toi.

Qu'étais-je censé dire ?

— Je ne savais pas, répondis-je, bien que je m'en étais douté.

Après tout, il s'était écoulé dix ans.

— Personne n'a tenu la comparaison avec toi.

Alors ça, je ne m'y attendais vraiment pas.

— Comment est-ce possible ? Moi, je n'étais déjà pas assez bien. C'est pour ça qu'il m'a quitté.

— Mais c'est bien ça, Zach. Tu n'étais pas assez bien et pourtant, c'est à toi qu'il comparait tous les autres hommes. Et personne ne t'arrivait à la cheville.

— Ça n'a pas de sens.

— Si, quand on y réfléchit. Jusqu'à Cole, ses relations se sont toujours terminées pour la même raison : parce qu'il ne les voulait pas vraiment pour eux-mêmes. Il les voulait pour ce qu'il croyait qu'ils pouvaient être.

Je ne savais pas pour les autres, mais dans mon cas, oui.

— Et Cole ? demandai-je.

— Cole était différent. Il était si frivole que Jon ne le prenait pas du tout au sérieux. Il ne considérait pas leur relation comme réelle. Mais Cole l'a pris par surprise et quand les choses sont devenues sérieuses, Jon a fait ce qu'il fait toujours et s'est attendu à ce que Cole change. Alors Cole lui a dit très clairement où il pouvait se mettre ses attentes.

Je ne pus retenir un rire.

— J'imagine.

— Pour la première fois, Jon a cessé de vouloir faire de son partenaire un homme meilleur et s'est regardé en face. Il s'est rendu compte alors que le meilleur moyen de se rendre heureux, c'était de rendre Cole heureux d'abord. C'est pour ça que Cole lui convient si bien.

Il me regarda avec une question dans les yeux.

— Je crois que c'est aussi pour ça que ton Angelo te convient si bien.

J'étais surpris qu'il en sache déjà tant.

— Vous avez sûrement raison.

— C'est ce que j'ai dit à Jonny aussi, mais il n'a pas compris. Il n'a jamais eu autant de respect pour mon génie qu'il le devrait.

Il leva les yeux vers la porte et sourit.

— Quand on parle du loup.

— On discute de moi, papa ? demanda Jon en s'asseyant.

Il parlait d'un ton à moitié plaisantin, mais son regard était sérieux.

— Effectivement, mais maintenant que tu es là, nous allons arrêter, dit George sans aucun embarras. Où sont-ils tous aujourd'hui ?

— Cole et Angelo sont déjà partis, dis-je.

— Matt et Jared aussi, ajouta Jon.

— C'est vrai ?

J'étais surpris et un peu déçu. Cela m'apprendrait à faire la grasse matinée.

— Matt et moi sommes allés courir ce matin tôt, il a dit qu'ils allaient passer la journée à Versailles.

— Oh.

J'espérais que mon malaise à l'idée d'être seul avec Jon n'était pas trop évident.

— Qu'allez-vous faire, George ?

— Je ne sais pas encore, mais je suis là pour trois semaines, alors ne t'inquiète pas pour moi. Je vais peut-être passer la journée à rattraper ma nuit.

Je réfléchis aux différentes possibilités : essayer de ne pas me perdre dans Paris, rester assis tout seul dans ma chambre toute la journée ou la passer avec Jon. Peut-être pouvais-je aller dans un bar et me soûler. Mais en fait, la décision avait été prise pour moi.

— Zach, je nous ai inscrits à une visite de vignobles, dit Jon.

Je me demandai si ce sentiment dans ma poitrine était de la joie ou de la peur.

— Je sais que c'était un peu présomptueux, mais tu dormais, il n'y avait pas beaucoup de temps. C'est une visite privée de trois vignobles bourguignons. Il part dans environ une heure, nous serons de retour juste avant dîner.

J'avais soudain un peu de mal à digérer mon petit-déjeuner, mais je fis de mon mieux pour sourire.

— C'est une bonne idée.

Au moins, j'aurais une très bonne excuse pour me saouler.

LA VISITE fut à la fois meilleure et pire que je m'y j'attendais.

Jon et moi avions toujours eu la conversation facile. Alors lorsque je réussis à me détendre un peu, nous parlâmes sans difficulté. Il me posa des questions sur ma famille et sur Coda. Il me parla de la mort de sa mère et de sa relation avec George qui s'était améliorée. Nous ne parlâmes pas d'Angelo. Ni de Cole.

538

À la moitié de la visite du premier vignoble, j'avais l'impression que nous étions presque de retour à la normale. Quoi que cela veuille dire. C'était étrangement facile de retrouver nos habitudes et, pourtant, il y avait des changements subtils qui soulignaient bien que les choses étaient différentes. Il m'ouvrait toujours la porte, mais je ne sentais plus sa main dans le creux de mon dos lorsqu'il entrait derrière moi. Il se penchait toujours vers moi lorsque nous parlions et pourtant il restait un peu trop loin. Et lorsqu'il voulait obtenir mon attention, il semblait toujours tendre la main vers moi, mais il s'arrêtait toujours avant de me toucher. Le pire, c'était que cela me manquait. J'avais toujours aimé qu'il me touche en public, tant que c'était de façon naturelle. J'avais toujours aimé la façon dont il se penchait vers moi, ce qui rendait chaque conversation plus intime.

Au deuxième vignoble, on nous servit un déjeuner léger, mais qui ne suffit pas à contrer tous les vins que nous avions goûtés. L'alcool faisait disparaître les frontières. Il floutait le présent et le passé. J'avais envie de franchir ce gouffre qui s'était ouvert entre nous. Je voulais me rapprocher. Je me surpris à vouloir le toucher. Je dus lutter contre ce que je faisais à l'époque, comme mettre la main sur son poignet posé sur la table entre nous, ou toucher son genou avec le mien lorsqu'il s'asseyait à côté de moi au bar. Et parfois je perdais.

Au troisième vignoble, j'avais l'impression d'être au bord du désastre. Nous étions assis au bar où l'on goûtait les vins. Nous étions seuls, sans compter la jeune femme qui nous servait. Dehors, il faisait froid, gris et pluvieux, mais à l'intérieur, il faisait chaud et agréable. La pièce était petite et intime. Il y avait une cheminée dans un coin, où le feu crépitait, et nous avions retiré nos manteaux et nos écharpes.

Jon s'appuya au comptoir à côté de moi.

— Le Chardonnay est surfait, dit-il. Qu'est-ce que tu en penses ?

Je savais que j'étais trop près. Que je le regardais un peu trop. Je savais quelque part que c'était mal, mais j'aimais son air appréciateur. Même après toutes ces années, je cherchais son approbation. Je voulais le rendre heureux.

— Je crois que je suis tellement soûl que je ne vois pas la différence.

Il rit. Lorsque je levai les yeux, il me regardait d'un air attentif. Cette fois, il se rapprocha. Il mit la main dans le creux de mon dos et se pencha bien trop près.

— Merci d'être venu ici avec moi, Zach.

Mon cœur battait soudain la chamade. Je me sentais étourdi.

— C'était une bonne idée.

— C'est quelque chose que nous étions destinés à faire.

Sa main remonta plus haut dans mon dos. M'étais-je penché plus près de lui où était-ce seulement le vin ?

— Nous parlions beaucoup de faire le tour des vignobles de Californie, dit-il.

— Je regrette que nous ne l'ayons pas fait.

Et à cet instant, j'étais sincère. Je ne souhaitais pas que nous soyons encore ensemble. Je regrettais simplement de ne pas avoir plus de bons souvenirs que mauvais. Il me regardait dans les yeux. Cela aurait été si facile de l'embrasser. Cela aurait été facile de me perdre en lui à nouveau. Pas parce que je l'aimais encore, mais parce que soudain je me rappelais clairement combien c'était bon, alors.

Puis je songeai à Angelo. Je me sentis tout de suite coupable. J'aimais Angelo plus que tout. La dernière chose que je voulais, c'était le blesser. Et lorsque je regardai Jon, j'y vis le reflet de mon propre sentiment de culpabilité. Je ne doutai pas un seul instant qu'il pensait à Cole. Nous baissâmes tous les deux les yeux, comme si nous pouvions voir le gouffre des années perdues qui nous séparaient. Puis nous fîmes tous les deux un pas en arrière.

MATT...

JARED ET moi fûmes les premiers à descendre dîner. Angelo arriva quelques minutes plus tard. Il se tortillait comme un enfant sur cette chaise, ça se voyait qu'il mourrait d'envie de parler.

— Qu'est-ce que tu as ? lui demandai-je.

Son immense sourire confirma que j'avais raison. Il y avait quelque chose qu'il mourrait d'envie de dire à quelqu'un, mais il secoua la tête.

— Je t'en parlerai plus tard, dit-il. Je dois d'abord en parler à Zach.

— Où es-tu allé, aujourd'hui ? lui demanda Jared.

Apparemment, ça il pouvait en parler, car il se mit à décrire immédiatement et avec enthousiasme les églises et les musées que Cole et lui avaient visités ce jour-là.

Puis Zach arriva. Même moi je voyais qu'il avait un comportement étrange et pas seulement parce qu'il était à moitié soûl. Il avait l'air nerveux, embarrassé par quelque chose et il n'arrivait pas à croiser le regard d'Angelo, même s'il se pencha pour l'embrasser.

— Tu t'es bien amusé ? lui demanda Zach.

Angelo avait les yeux qui brillaient, mais il répondit seulement :

— Oui. Et toi ? Qu'est-ce que tu as fait ?

Zach s'empourpra légèrement. Il joua avec ses couverts pour ne pas regarder Angelo dans les yeux.

— Jon et moi avons visité des vignobles.

Angelo perdit son sourire. Il fronça un peu les sourcils.

— Juste tous les deux ?

Zach leva enfin les yeux vers lui. Je n'aurais su dire si son expression montrait de la colère ou de la culpabilité, mais il était sur la défensive lorsqu'il répondit :

— Jared et Matt ont passé la journée à Versailles et toi tu es parti avec Cole. Qu'est-ce que j'aurais dû faire ? Rester seul dans ma chambre ?

Angelo détourna les yeux sans répondre. Jared et moi nous concentrâmes sur nos menus, alors qu'ils étaient en français et que ni lui ni moi ne savions ce qu'il y avait écrit. J'aurais voulu que George ou Cole

541

arrive pour alléger l'atmosphère. Malheureusement, la personne suivante fut Jon. La tension se fit soudain très pesante.

— Cole descend dans une minute, annonça-t-il à la ronde.

Puis il se tourna vers Angelo.

— Je peux te parler en privé ?

Tout le monde fut surpris, Angelo plus que quiconque. Il regarda Zach et je me demandai s'il y avait une accusation dans ses yeux, ou si je l'imaginais. Zach haussa les épaules. Angelo soupira et se tourna vers Jon.

— OK, dit-il.

Il suivit Jon à l'autre bout de la pièce. Tous curieux, nous les regardâmes comme s'ils étaient le spectacle de la soirée. Ce fut surtout Jon qui parla. Angelo fut d'abord stupéfait, puis fâché, puis embarrassé. J'étais terriblement intrigué. Enfin, il croisa les bras sur sa poitrine et secoua la tête avec emphase. Jon soupira. Il dit autre chose et donna quelque chose à Angelo – une carte de visite ? – puis ils revinrent s'asseoir à table. Aucun d'eux ne parla. Ils ne nous regardaient même pas. Malaise.

— Ton père descend dîner ? demandai-je enfin à Jon, ne serait-ce que pour briser le silence tendu.

— Pas ce soir, dit Jon. Le voyage l'a épuisé.

— C'est dommage.

J'étais sincère, car à cet instant, j'aurais préféré parler à George plutôt qu'à Cole, Jon ou Zach.

Cole arriva, joyeux et volubile, aussi agaçant que d'habitude. Il me posait toujours un sacré problème, mais même moi je devais admettre que toute la table sembla lâcher un soupir de soulagement lorsqu'il s'assit. Il allégeait l'ambiance.

Il appela le serveur et commanda pour nous ce qui devait être la moitié du menu, à la suite de quoi Jared et lui se mirent à discuter de ce qu'il était advenu de leurs connaissances de fac. J'essayai d'engager la conversation avec Angelo, mais ne reçut que des réponses monosyllabiques. Il avait l'air perdu dans ses pensées. Je finis par le laisser tranquille. Je me retrouvai alors à observer Jon et Zach.

Je m'étais déjà fait la réflexion qu'ils me rappelaient des aimants. Un instant, on les voyait s'attirer et juste après, ils se repoussaient, comme s'ils n'auraient jamais pu faire un pas de plus l'un vers l'autre même en essayant. À les regarder ce soir, cela semblait encore plus vrai. Parfois, j'aurais juré qu'ils étaient à nouveau amants. À d'autres moments, on aurait dit qu'ils

542

supportaient à peine de se regarder. Mais dans tous les cas, il y avait une chose qu'on ne pouvait pas nier : il y avait une énergie entre eux.

Je les regardai se pencher l'un vers l'autre, puis s'écarter. Presque se toucher, puis se tourner vers leurs partenaires, comme s'ils espéraient être sauvés. Je me demandais si Cole était aussi aveugle qu'il le semblait, ou s'il faisait juste bonne figure. Angelo contemplait son assiette. J'avais presque envie de lui donner un coup de pied. Je voulais lui dire de se réveiller. Normalement, il aurait remarqué. Normalement, il aurait été aussi soupçonneux que moi. Mais apparemment, il était trop excité pour se rendre compte que Zach n'était pas lui-même. Je ne pus m'empêcher de penser que ce dernier s'en sortait bien facilement, mais je le vis alors regarder Angelo comme s'il voulait plus que tout monter avec lui dans leur chambre, loin de Jon.

Un rire éclata à côté de moi. Cole et Jared étaient toujours en pleine conversation.

— Oh, mon chou, comment aurais-tu pu savoir qu'il était allergique aux cacahouètes ? De toute façon, après ce qu'il a fait à Terry, il l'a bien mérité.

— Terry ? répéta Jared en riant. Non, c'est Terry qui a eu exactement ce qu'il méritait.

— Mon doux, tu dis ça à cause du coup de la sauce barbecue.

— Non, ça, j'aurais pu le pardonner, mais le ballon à eau, c'était trop.

Cole se mit à rire. Il prit le bras de Jared, le tirant vers lui. Il lui dit quelque chose à l'oreille. Jared éclata de rire à nouveau. Fasciné sans trop savoir pourquoi, je les observai. Ils se comportaient avec l'assurance d'amis de longue date ou de deux frères. Oui, Cole touchait beaucoup Jared, mais je commençais à comprendre qu'il ne le faisait pas exprès. C'était tout simplement dans sa nature. Il était suffisamment à l'aise avec Jared pour agir sans aucune affectation. Jared était très animé quand il était avec Cole. Ils riaient beaucoup lorsqu'ils parlaient, mais Jared ne le touchait jamais en retour. Ni ne se rendait compte quand Cole le touchait. Ils buvaient, riaient, s'amusaient simplement, en toute insouciance. Je les comparai à Zach et Jon à l'autre bout de la table, qui continuaient leur étrange danse magnétique. À cet instant, la réalité me frappa si fort que j'en fus un peu assommé : Cole n'était vraiment pas une menace.

Bien sûr, je l'avais toujours su dans la part raisonnable de mon cerveau. Mais bizarrement, j'avais quand même été jaloux. J'avais été si certain que chaque fois que Jared était avec Cole, il pensait à toutes les fois où ils avaient été au lit. Je m'étais inquiété que leurs parties de jambes en l'air lui manquent. À les regarder maintenant, je voyais qu'il n'y avait rien d'autre que de l'amitié. Contrairement à Zach et Jon, qui semblaient toujours conscients de l'autre, qui ne cessaient de se tourner autour, de croiser le regard de l'autre avant de détourner les yeux, Jared et Cole agissaient d'une façon qui était, à défaut d'autres mots, complètement informelle. Il n'y avait aucune tension entre eux. Jared se comportait avec Cole comme avec Zach ou moi avec Angelo : complètement à l'aise.

— Jared, dis-je lorsqu'il y eut un silence dans sa conversation avec Cole.

Il se tourna vers moi. Son sourire fut soudain remplacé par la culpabilité. Il avait oublié que j'étais là et maintenant il se sentait mal. Ce n'était pas ce que je voulais.

— Je vais me coucher.

— Je suis désolé... commença-t-il à dire.

Je l'interrompis.

— Ne t'inquiète pas. Je suis fatigué, c'est tout.

Fatigué était un euphémisme, en fait. Épuisé aurait été plus juste.

— En plus, tu t'amuses.

— Je monte dans deux minutes.

— Ne te presse pas, lui dis-je. Tu ne le vois pas très souvent. Tu devrais passer autant de temps que tu peux avec lui.

Il jeta un regard de côté à Cole qui faisait bien attention à ne pas écouter notre conversation, puis revint vers moi. Son expression était un mélange de soulagement et d'incrédulité.

— Tu es fâché ?

— Absolument pas.

Comme il avait encore le regard incertain, je tirai sur l'une de ses boucles, parce que je savais que ça le ferait sourire.

— Tu es sûr ? demanda-t-il.

— Certain.

Je déposai un baiser sur sa joue.

— Tout va bien, lui murmurai-je à l'oreille. C'est promis.

ZACH...

ANGELO RESTA étrangement distant pendant tout le dîner. Je ne réussis pas plus à lui parler que Jon à engager la conversation avec Cole. Jon et moi nous retrouvâmes dans notre petit monde, alors que nous avions hâte tous les deux d'en sortir. Matt ne cessait de nous observer d'un air soupçonneux. J'aurais préféré qu'il recommence à être jaloux de Cole. Ce fut un soulagement lorsqu'il quitta la table. Je suivis Angelo dans le hall et l'ascenseur. Chaque pas qui m'éloignait de Jon était comme un poids en moins sur ma poitrine. J'arrivais enfin à respirer pour la première fois de la journée. Je ne l'aimais pas, ou plus, du moins, et je savais aussi bien qu'il ne m'aimait pas. C'était Cole qu'il aimait. Il le vénérait presque, autant que je vénérais Angelo, et ce qui s'était passé pendant la visite des vignobles n'avait été que les conséquences de l'alcool et de la nostalgie, rien de plus. Je ne voulais pas passer une journée de plus avec lui. Je n'avais qu'une envie, c'était quitter Paris, retourner avec Angelo à notre vie habituelle dans le Colorado.

Angelo et moi étions seuls dans l'ascenseur. Dès que les portes se fermèrent, je l'étreignis. J'enfouis le visage dans ses cheveux. Je soulevai son tee-shirt et passai la main sur la peau lisse de son dos. Je savourai la sensation familière de son corps mince contre le mien.

— Je t'aime tellement, lui dis-je.

Je ressentis cette vérité au fond de moi. J'étais furieux que voir Jon m'avait fait oublier combien j'aimais Angelo, même pour un instant.

— Ça va, Zach ? demanda-t-il, la voix étouffée contre ma poitrine. Tu es bizarre.

Je ris et l'étreignis plus fort.

— Toi aussi.

Avant qu'il réponde, l'ascenseur annonça notre arrivée à l'étage. Je le lâchai alors. Je le suivis jusqu'à notre chambre, en pensant à combien je voulais le serrer dans mes bras, l'embrasser et lui faire l'amour. Je voulais me perdre dans cette vénération que j'éprouvais pour lui et oublier tout ce qui s'était passé ce matin-là. Mais lorsque nous revînmes dans la chambre, il résista à tous mes efforts pour l'enlacer.

545

— Pas encore, Zach, dit-il en faisant un pas de côté.

Il traversa la chambre et se tourna vers moi avec des yeux effrayés.

— Il faut d'abord que je te parle de quelque chose.

Je soupirai et tentai d'être beau joueur et d'attendre avant de lui arracher ses vêtements

— Tu vas me dire pourquoi Jon et toi vous vous disputiez ?

— On ne se disputait pas. Pas vraiment…

Il hésita un instant. Je voyais qu'il choisissait ses mots. Il se décida pour :

— J'ai quelque chose à te dire.

— D'accord.

La phrase d'après sembla lui demander beaucoup d'efforts.

— Il s'est passé quelque chose aujourd'hui. Quelque chose d'important.

— Avec Cole ?

Je me demandai s'ils s'étaient retrouvés au lit tous les deux, mais Jon avait eu l'air simplement décontenancé et surpris lorsque je l'avais vu avec Angelo, et non pas furieux comme si Cole l'avait trompé.

— Non, pas avec Cole. À l'église.

— Tu as trouvé Dieu ? demandai-je en souriant.

Il ne me rendit pas mon sourire.

— Je ne sais pas si c'était Dieu, mais j'ai trouvé quelque chose.

Je ne m'étais pas rendu compte avant cet instant combien il était sérieux. Angelo avait du mal à s'ouvrir aux autres, même à moi. Ces efforts signifiaient que c'était vraiment important. Je cessai de penser à le déshabiller. Je m'assis.

— Je t'écoute.

— La Sainte-Chapelle était fantastique, Zach.

— C'est ce qu'il paraît.

— On l'appelle la boîte à bijoux. Tu le savais ?

— Non.

Le regard dans le vague, perdu dans ses souvenirs, il hocha la tête.

— C'est exactement ça, Zach. C'est comme être dans une boîte à bijoux. Dans un château magique.

S'empourprant, il me jeta un coup d'œil rapide pour voir si je me moquais de lui. Comme ce n'était pas le cas, il continua, l'air plus sûr de lui.

— Ça ne se voit pas de l'extérieur, mais à l'intérieur, c'est incroyable. Comme s'il n'y avait pas de murs. Seulement des vitraux partout. On dirait de la dentelle.

— Cole a dit que quand on la voyait, on se demandait comment elle tient debout.

Il hocha la tête.

— Il a raison. Je n'arrive pas à croire que des gens l'ont construite.

— Alors que s'est-il passé ?

— J'admirais tous ces vitraux. Cole parlait au mec qui nous faisait la visite. Il n'y avait pas beaucoup de monde encore. J'avais l'impression d'être tout seul.

Il s'interrompit et me regarda avec des yeux brillants d'excitation et d'émerveillement.

— Tout seul, Zach.

Ça paraissait important et pourtant, je ne comprenais pas.

— Je ne te suis pas, dis-je.

— Il n'y avait que moi dans la boîte à bijoux.

Je fus surpris d'entendre sa voix trembler. Pas parce qu'il ne pleurait jamais. Au contraire, il pleurait très facilement devant moi et cela l'embarrassait chaque fois. Il voyait ça comme une faiblesse. Il avait passé toute sa vie à retenir ses émotions, à ne jamais laisser personne les voir. Son premier réflexe était d'attaquer, de plaisanter ou simplement de s'en aller. Si quelqu'un d'autre avait été dans la pièce, il n'aurait eu aucun problème à contrôler ses émotions. Mais cela faisait longtemps qu'il avait baissé ses défenses avec moi, sans le vouloir et, à tort ou à raison, il n'avait jamais réussi à les reconstruire. Quand nous n'étions que tous les deux, il ne pouvait pas empêcher ces émotions de s'engouffrer par cette brèche. Cela me permit de comprendre que ce qui s'était passé à la Sainte-Chapelle l'avait touché profondément.

— Continue, dis-je.

— Je sais que je ne t'ai pas rendu la vie facile, Zach.

Ce changement de sujet brusque me prit de court.

— Qu'est-ce que tu veux dire ?

— Je ne suis pas assez bien pour toi. Je ne l'ai jamais été.

— Bien sûr que si.

— Non. Je l'ai toujours su. Depuis le premier jour. Vivre avec moi a été un enfer. Et je t'ai gardé à distance pendant longtemps.

— Ce n'est plus vraiment le cas. Et j'ai toujours compris.

— Ce n'est pas juste pour toi, Zach, dit-il en baissant les yeux. Et il faut que ça s'arrête.

S'arrête ? Mon cœur se mit à battre la chamade.

— Qu'est-ce que tu veux dire ?

— Il faut que j'arrête de faire semblant.

J'étais heureux d'être déjà assis, car mes jambes n'auraient pu me tenir. Tous mes doutes sur ce qu'il faisait sur Internet me revinrent, me noyèrent, m'empêchèrent de respirer.

— Angelo, dis-je d'une voix rauque, tu me fais très peur.

— Je dois arrêter de te faire subir tout ça.

J'avais les mains tremblantes. J'arrivais à peine à parler.

— Tu me quittes ? demandai-je enfin, même terrifié de la réponse.

Il redressa brusquement la tête, les yeux écarquillés et pleins de surprise.

— Non !

En un clin d'œil, la vague de panique recula et je pus à nouveau respirer. Je pris une grande inspiration et tentai de calmer mon cœur battant.

— Pourquoi tu penserais une chose pareille, Zach ?

— Tu as dit qu'il fallait en finir, dis-je en riant presque de soulagement.

— Je ne parlais pas de nous !

— Bon sang, Ang', tu as failli me donner crise cardiaque !

Il me regardait d'un air inquiet. J'agitai la main.

— Vas-y. Je suis certain que la panique redescendra dans une minute.

J'essayais de plaisanter, mais cela tomba à plat. Il avait toujours l'air troublé. Il lui fallut une seconde pour reprendre.

— Et bien, dit-il enfin, ce que je veux dire, c'est que depuis Las Vegas, j'ai peur de ne pas être celui que tu mérites.

— Angelo, bien sûr que…

— Zach ! cingla-t-il. Laisse-moi terminer !

Ne pas protester me demanda un effort phénoménal, mais je pris une profonde inspiration et réussis à dire :

— Pardon. Vas-y.

Son agacement s'envola. Il avait l'air à nouveau intimidé et incertain.

— Ce que je veux te dire, c'est que la seule façon pour moi d'arrêter de me demander quand tu rencontreras le type que tu mérites, c'est de le devenir.

— Tu l'es déjà.

— Non, Zach, déclara-t-il en secouant la tête. Je suis seulement celui que tu aimes.

Je ne comprenais pas vraiment où il voulait en venir, mais cela m'était égal. J'étais toujours si soulagé de savoir qu'il ne me quittait pas que le reste était sans importance. Je me rapprochai de lui et posai les mains sur ses joues. Je dus écarter les cheveux devant ses yeux pour le regarder en face.

— Tu as au moins raison sur ce point : c'est toi que j'aime.

— Quand on rentre, je vais commencer à être les deux.

— J'espère que tu sais que tu n'as besoin de rien changer pour moi.

Je le sentis trembler. Il demanda d'une voix vacillante :

— Et si je voulais changer pour moi ?

— Alors je t'aiderai comme je peux.

— Je sais que tu te demandes ce que je fais en ligne.

Alors que je croyais suivre la conversation, voilà qu'il changeait le sujet. Cela me surprit, comme toujours.

— Je me suis posé la question.

— J'avais peur que tu te moques de moi.

— J'essaierai de ne pas le faire.

Il eut besoin d'une seconde et une profonde inspiration avant d'avoir le courage de dire :

— Je veux reprendre mes études.

Je faillis rire, effectivement, mais pas pour la raison pour laquelle il le croyait. Après tout ce que j'avais imaginé, toutes mes craintes qu'il avait rencontré quelqu'un d'autre ou qu'il cherchait un autre travail, ou un autre endroit où vivre, découvrir que c'était quelque chose d'aussi innocent que de vouloir un diplôme était un énorme soulagement.

— Pourquoi tu ne l'as pas dit, Ang' ?

— Parce qu'une fois que je t'en aurais parlé, il faudrait que je me lance. Et si je ne me lançais jamais, je ne pouvais pas échouer.

C'était si simple. Et pourtant, combien de personnes auraient-elles été capables de se l'avouer et encore plus à quelqu'un d'autre ? C'était d'une impressionnante perspicacité. Je fus à nouveau frappé par son intelligence. Il n'avait pas confiance en lui à cause de son passé et il le cachait sous ses airs bravaches. Mais au-delà de tout ça, il était vraiment intelligent. Probablement plus que nous tous.

— Tu ne vas pas échouer, dis-je. Pas si c'est quelque chose que tu veux.

— Je peux aller à Front Range, à Longmont, où il y a des cours préparatoires pour le diplôme d'équivalence du lycée. C'est là que je devrais passer le test. Mais ensuite, je peux prendre plein de cours en ligne. Et si ça marche, Zach…

Il hésita encore, les joues écarlates.

— Je veux aller à une vraie université.

549

— Comme Colorado University ?

Il se replia un peu sur lui-même.

— Pas si grande. Je pensais plutôt à l'université de Northern Colorado.

— Tu veux qu'on déménage à Greenley ?

Il semblait moins sûr de lui.

— Peut-être.

Je ne savais pas ce que j'en pensais, je n'avais jamais été fan de cette ville, mais cela faisait quinze ans que je n'y avais pas mis les pieds. Comme la plupart des villes de ce coin, elle s'était étendue et elle avait beaucoup changé. En plus, Angelo parlait de quelque chose qui n'arriverait pas avant deux ou trois ans. Ce qui était de toute façon le temps que durerait encore le vidéo club à Coda, à mon avis. Nous avions le temps de trouver une solution.

— Qu'est-ce que tu veux étudier ?

— Je ne sais pas, répondit-il en haussant les épaules. Ce n'est pas comme si je voulais être un comptable comme Jon. Je veux juste…

L'air à nouveau embarrassé, il s'interrompit.

— Je veux juste apprendre.

— Il n'y a pas de mal à ça, lui assurai-je.

Il eut l'air soulagé.

— Tu ne m'as toujours pas dit ce qui s'est passé avec Jon.

— Ça fait un moment que je songe à reprendre mes études. Mais je ne savais pas si j'y arriverai et j'avais peur d'essayer. Alors aujourd'hui, on était à l'église. Cole et moi. Et j'étais dans la boîte à bijoux. Et c'était comme… une révélation, je crois. Parce qu'à cet instant, j'ai su que je pouvais le faire, Zach. Et j'étais si enthousiaste, je voulais te le dire, mais tu n'étais pas là. Alors j'en ai parlé à Cole.

L'air inquiet, il s'interrompit.

— Tu es fâché ?

— Pourquoi ça ?

— Parce que j'en ai parlé à Cole avant toi.

— Mais non.

Ce n'était pas parce qu'il avait plus confiance en Cole. Seulement parce que Cole avait été là avec lui et moi non.

— Mais je ne comprends toujours pas ce que ça a à voir avec Jon.

— Quand on est rentré, Cole a dû lui en parler. Jon est son comptable, tu sais.

Non, je ne savais pas, mais c'était logique.

— Alors Jon est venu me voir. Cole lui a dit qu'il voulait me payer mes études. Me créer un compte.

— Oh putain !

— J'ai refusé.

— *Oh putain* !

— Jon a dit qu'il comprenait pourquoi, même si Cole avait les moyens de m'envoyer à la fac dix fois sans sourciller. Mais il a dit qu'il pouvait me faire un prêt et je le rembourserais. Que si ça pouvait me faire me sentir mieux, il prendrait même des intérêts.

— C'est incroyable !

— Je ne suis toujours pas certain de le vouloir, Zach. Ça me met mal à l'aise, même si c'est un prêt.

Refuser cet argent semblait honorable. Je ne sais pas si je l'aurais été à sa place.

— Jon a dit qu'il y avait d'autres prêts et qu'il pouvait m'aider à les demander. Il m'a dit de réfléchir et de l'appeler quand j'aurais décidé.

— C'est super.

— Je ne sais pas encore si je veux essayer par moi-même ou si c'est juste idiot.

— Une chose après l'autre, lui dis-je. On peut déjà s'occuper de tes équivalences. Ça nous donne deux ou trois ans pour nous décider.

Je l'enlaçai et déposai un baiser sur sa tête.

— On trouvera une solution.

C'était clairement ce qu'il avait besoin d'entendre. Il ouvrit de grands yeux lumineux et me sourit d'un air soulagé.

— Je t'aime, dit-il.

Je le savais, mais il n'arrivait pas toujours à le dire. Et cette fois, il n'avait jamais eu l'air aussi sûr de lui.

— Tu es mon nord, lui dis-je.

Il rit.

— Zach ?

— Oui ?

— Tais-toi et embrasse-moi.

Il n'eut pas besoin de me le répéter.

LE LENDEMAIN, nous allâmes au Louvre. Angelo était incroyablement excité. Il avait une liste de choses à voir. Si j'arrivais à suivre, j'aurais de

551

la chance. Cet endroit était complètement dingue. Il était bien plus grand qu'un musée devrait l'être. La première chose que nous fîmes, ce fut de vérifier que nous avions tous les numéros de téléphone des autres, car nous ne pourrions certainement pas rester ensemble. Puis nous choisîmes un café où nous retrouver. Et c'était parti.

Matt, Jared et George allèrent d'un côté. Cole, bien sûr, traînait Angelo par la main pour lui montrer quelque chose – je ne savais pas quoi. Je découvris, à ma grande consternation, que j'étais seul avec Jonathan.

Nous suivîmes Angelo et Cole dans un silence embarrassé. Ils avançaient vite, ne restaient jamais longtemps devant une œuvre d'art. Ils étaient tous les deux beaux, mais de façon différente, et ils appréciaient la compagnie de l'autre. Angelo me regardait de temps en temps et je vis Jon et Cole échanger des coups d'œil amoureux, mais ils n'avaient pas envie de ralentir. Et de toute façon, ni Jon ni moi n'étions aussi enthousiastes devant les œuvres d'art.

— Ils se ressemblent beaucoup, non ? dit enfin Jon, rompant le silence.

C'était exactement ce que je pensais.

— Oui.

— Et pourtant, ajouta-t-il, déconcerté, ils ne se ressemblent pas du tout.

Et, bien sûr, je comprenais ce qu'il voulait dire. Angelo n'avait pas du tout le côté féminin et extraverti de Cole. Et j'étais certain que Cole n'avait jamais possédé de bottes militaires.

— Jared m'a dit que le père de Cole est mort et qu'il ne s'entend pas avec sa mère ?

— Elle lui parle à peine.

— Parce qu'il est gay ?

Il secoua la tête.

— Non. Parce que c'est une sale égoïste. Il l'a invitée au mariage, bien sûr. Si ça avait été un gros événement, où elle aurait été vue, elle serait sûrement venue. Mais pas à quelque chose de si discret. Elle a prétendu être occupée. Trop occupé pour aller au mariage de son seul fils.

Il me jeta un coup d'œil.

— Je ne l'ai même pas encore rencontrée. Mais je ne sais pas si je pourrais être poli avec elle.

— Angelo n'a jamais connu son père. Il est parti avant sa naissance. Sa mère l'a quitté aussi, quand il était petit. Il a grandi en famille d'accueil.

Je me demandai si j'avais le droit de lui dire ça, mais cela expliquait en partie pourquoi Angelo et Cole s'entendaient si bien. Et cela me changeait les idées.

— Elle a repris contact avec lui il y a deux ans. Il fait des efforts, mais il ne lui a pas encore pardonné.

Lizzie avait invité Neta à Noël l'année précédente sans en parler à Angelo. Elle avait probablement imaginé des réconciliations larmoyantes devant le sapin. Ce n'était pas arrivé. Bien qu'Angelo ait géré l'incident mieux que je ne m'y attendais, il n'était visiblement pas prêt à pardonner vingt ans d'abandon. Et il en voulait aussi à Lizzie.

Jon regarda Cole et Angelo devant nous, côte à côte, tête penchée l'un vers l'autre alors qu'ils discutaient de la peinture devant laquelle ils se trouvaient.

— Tu trouves ça bizarre, que nous nous retrouvions avec des hommes qui se ressemblent tant ? me demanda Jon en se tournant vers moi.

Je m'étais aussi posé la question, mais j'étais surpris qu'il en parle. Le sujet se rapprochait dangereusement de ce vide en nous, ce vide qui avait été nous.

— Je crois, dit-il avec hésitation, que ça explique beaucoup de choses.

Son regard anxieux semblait me supplier de lui donner une explication. Je me détournai sans répondre. Ce n'était pas que je n'avais rien à dire. Simplement que j'étais trop lâche.

AU BOUT de quelques heures, j'étais perdu et complètement submergé. Tous se mélangeaient, les peintures se mélangeaient dans ma tête. Même la Joconde fut un peu décevante. Je fus soulagé à la fin de la journée.

Ce soir-là, le dîner fut très agréable. Contrairement aux restaurants de chez nous, les serveurs ne se précipitaient pas pour nous apporter nos boissons et nos plats. En fait, ils prenaient leur temps pour tout. Ils ne nous mirent pas non plus l'addition sous le nez à l'instant où ils nous apportèrent le dessert. Ils semblaient s'attendre à ce que nous traînions à table pendant des heures, ce que nous fîmes.

Cole trouvait plus facile de commander pour nous. Il y avait des plats plein la table. Nous bûmes du vin rouge et du vin blanc.

— Zach, j'ai choisi pour toi un Gran Reserva espagnol, dit Cole. Je sais que Jonny aime le chianti, mais il fera avec.

553

Je trouvais bizarre qu'il connaisse mon vin préféré. Quand je regardais Jon, je vis que cela l'embarrassait. Mais cela ne m'empêcha pas de boire le vin.

— C'est absolument délicieux, dit Matt.

Tout le monde fut d'accord. Sauf Jon.

— Ce n'est rien du tout, commenta-t-il en souriant à Cole. Un soir, on devrait faire cuisiner Cole. Il fait encore mieux.

Cole lui décocha un grand sourire.

— Tu dis ça chaque fois.

Mais ça se voyait qu'il appréciait le compliment. Matt me surprit en buvant plus que d'habitude. D'ordinaire, il était si réservé, si contrôlé, mais quand il était soûl, il était plus détendu. Il riait plus. Et il touchait Jared plus souvent. Un instant, il parlait football américain avec George, l'autre il empoignait les cheveux de Jared et lui murmurait quelque chose à l'oreille. À côté de lui, George avait l'air stupéfait. Il regarda Jon avec surprise.

— Tu as passé toute la journée avec eux, dit Jon, amusé. Et tu ne t'en es pas rendu compte.

— Je croyais qu'ils étaient amis.

— Nous sommes amis, répondit Jared. Des amis qui passent beaucoup de temps nus ensemble.

Matt se mit à rire. Il avait toujours les lèvres dans le cou de Jared. Il remonta la main sur sa cuisse. Il tira plus fort sur ses cheveux et lui murmura quelque chose. Jared ferma même les yeux et s'empourpra.

— Doux Jésus, mon beau, s'étonna Cole, tu le fais rougir !

Matt s'écarta de Jared. Il rougit un peu, mais il croisa le regard de Cole avec un sourire moqueur.

— C'est à moi que tu parles ? demanda-t-il en imitant parfaitement Robert de Niro.

— À qui d'autre parlerais-je ?

— Angelo.

Angelo leva les yeux de surprise, tout comme Cole.

— Ce n'est pas Angelo qui monte sur les genoux de Jared à la table du dîner.

— Je sais, répondit Matt, mais tu as dit « mon beau », ça, c'est Angelo.

Il sourit à Cole d'un air malicieux.

— Moi, c'est bouton-d'or, tu te souviens ?

Un instant, Cole fut bouche bée, ce qui, je le soupçonnais, n'arrivait pas souvent. Il ne semblait pas savoir quoi répondre. Puis son expression s'éclaira, comme si le masque qu'il portait était tombé et révélait quelque chose de lumineux et de ravi. Puis il rit. C'était un rire léger, mélodieux et féminin, mais tout à fait sincère.

— Mais tu as vraiment le sens de l'humour ! Dire que tout ce temps, je croyais que Jared me mentait !

— Je te l'avais dit, commenta Jared.

Il avait les joues encore un peu rouges. À la façon dont il regardait Matt, je devinais qu'il aurait voulu qu'il continue à lui murmurer des choses à l'oreille.

— Matt est cool, dit Angelo à Cole, tout en faisant un clin d'œil à Matt. C'est juste que tu l'énerves plus que personne d'autre sur la planète.

— Et tout ce temps-là, je croyais que tu étais grognon avec tout le monde. *Bouton d'or.*

— Non, non, répondit Matt. Seulement avec toi.

C'était bizarre de les voir en discuter de façon aussi factuelle. Le sourire carnassier de Matt soulignait encore plus cette étrangeté. Cole sembla y réfléchir un instant. Puis il se leva de table. Il en fit le tour jusqu'à Matt.

— Excuse-moi, mon chou, dit-il en poussant Jared de sa chaise, puis la chaise de son chemin.

Et…

Il s'assit sur les genoux de Matt. Celui-ci fut clairement pris de court, mais il n'allait pas laisser Cole gagner, alors il se figea. Cole passa les bras autour de son cou. Leurs nez se touchaient presque. J'étais certain que Cole allait l'embrasser.

— Oh, mon bouton d'or, tu ne savais donc pas que je te soutenais depuis le début ?

Matt resta complètement immobile, l'air stupéfait, tout comme Cole quelques instants auparavant. Puis soudain, il renversa la tête en arrière et éclata de rire. Contrairement au rire de Cole, le sien était profond et bruyant, quelque chose qui venait du fond de sa poitrine. Tous les autres clients nous regardèrent. Et cela fit sourire Cole. Il murmura quelque chose à l'oreille de Matt et l'embrassa sur la joue. Matt continua à rire. Puis, en un clin d'œil, Cole se leva, tapota le bras de Jared, remit la chaise en place et appela le serveur en français afin de commander quelque chose – encore du vin, soupçonnai-je.

— Tu te rends compte ? me demanda Angelo, assez bas pour que je sois le seul à l'entendre. Je n'aurais jamais cru que Matt pourrait lâcher l'affaire et se lier d'amitié avec Cole.

— C'est vrai que c'est surprenant.

— Surprenant ? C'est dingue ! C'est comme s'il y avait quelque chose à Paris qui donnait envie aux gens de se pardonner. Et d'être amoureux. Et de se marier !

— Tu es soûl.

Il rit.

— Peut-être. Mais toi, tu n'es toujours pas romantique.

Il se détourna alors de moi pour poser une question à George. Tout le monde parlait à nouveau et riait. Moi, j'observais Matt et Jared. Ce dernier agrippa le bras de Matt. Il lui jeta un regard de soulagement et de gratitude. Et d'amour. Celui que Matt lui rendit donnait l'impression qu'il avait beaucoup de mal à ne pas sauter sur Jared. J'étais certain qu'ils ne se disputeraient pas ce soir non plus. Peut-être qu'Angelo avait raison, peut-être qu'il y avait quelque chose.

Je soupçonnais quand même le vin.

LE LENDEMAIN, c'était dimanche. C'était le jour de la cérémonie et du Super Bowl. On frappa à notre porte vers huit heures. Angelo était sous la douche, alors je me tirai du lit pour répondre. C'était Jon, en survêtement.

— Matt a la gueule de bois, dit-il. Ça te dit d'aller courir ?

Et c'est comme ça que je me retrouvai à faire du jogging avec mon ex le long de la Seine le matin de son mariage. C'était vraiment trop bizarre.

Le ciel était bleu et l'air vif. Des arbres longeaient l'étroit chemin de briques d'un côté, de l'autre le fleuve scintillait. Nous passions parfois sous les ponts de pierre. De majestueux bâtiments blancs s'élevaient sur la rive opposée. Je me demandais ce que c'était. Angelo l'aurait su. Jon aussi, mais je n'avais pas envie de lui poser la question.

Même dans un lieu aussi étranger, courir avec lui était familier. Le rythme de nos pieds sur le trottoir, notre souffle visible dans l'air froid, la largeur de ses épaules et de son dos devant moi. Il avait toujours été un ou deux pas avant moi.

— Tu es plus lent, dit-il en plaisantant après le premier kilomètre.

— J'ai toujours été lent, lui rappelai-je. Tu n'as jamais aimé m'attendre.

Je regrettai tout de suite mes paroles. Encore une fois, c'était comme si nous nous étions trop rapprochés de ce morceau de nous que nous ne pouvions affronter. Nous gardâmes le silence pendant plus d'un kilomètre.

Alors que nous étions presque de retour à l'hôtel, il s'arrêta à un café pour acheter une bouteille d'eau. Je ne pus m'empêcher de le regarder la boire. Je le trouvais toujours attirant, mais pas de la façon purement exotique d'Angelo. Jon était plus du genre classique, avec ses cheveux bien coupés et ses vêtements toujours parfaits. Même dans l'air froid du matin, il suait à cause de notre course et ses cheveux bruns collaient à son front. Je repensais à tous ces matins où nous revenions après notre jogging et où nous jetions sur le lit, brûlants, suants, et si fous l'un de l'autre que nous ne nous déshabillions pas assez vite. Nous couchions toujours ensemble après.

De la sueur coula dans son cou pendant qu'il buvait. Je me souvins de la sensation de mes lèvres sur sa gorge, de sa pomme d'Adam sous ma langue. Je me souvins du goût de sa peau et de la façon dont sa main m'agrippait toujours la cuisse lorsqu'il s'enfonçait en moi. Je sentis mon corps s'éveiller à cette pensée et je me sentis tout de suite coupable.

— Zach, dit-il, coupant court à mes pensées.

Il me tendait une bouteille d'eau. Me sentant rougir, je la pris. Son regard était incroyablement intense. J'avais le sentiment désagréable qu'il savait à quoi je pensais. Pire, alors que je buvais, je sentais ses yeux sur moi. Je me demandai quel souvenir l'avait envahi. Était-ce la façon dont je l'avais embrassé ou mes gémissements lorsque nous faisions l'amour ? Ou était-ce la façon dont je me détournais lorsqu'il me demandait avec qui j'avais passé la nuit précédente ?

Je l'avais tellement aimé.

Je m'étranglai et je dus lutter contre ma gorge serrée.

— Tout va bien ? demanda-t-il.

Je fermai les yeux et pris une profonde inspiration. Lorsque je le regardai à nouveau, il n'y avait aucun désir dans ses yeux. Je n'y vis pas de reproche non plus. Seulement de la compassion.

— Zach, dit-il en me prenant la main. Cette situation n'est pas forcée de durer.

Et à cet instant, je mourus d'envie de l'embrasser. Je voulais retourner à l'hôtel, le déshabiller encore une fois et oublier les douze années que nous avions perdues. Mais tout de suite arriva la culpabilité. Je fermai les yeux, reculai et manquai renverser une pauvre vieille dame qui passait.

Je me détestais. Je lui avais déjà fait assez de mal. Comment pouvais-je imaginer revenir en arrière ? Il était sur le point d'épouser Cole. Et j'avais Angelo. Angelo, que j'aimais plus que tout. Qui m'aimait plus que tout. J'aurais fait n'importe quoi pour lui. Et pourtant, un instant, je l'avais complètement oublié. Je l'avais trahi. Et qu'il n'ait jamais à le savoir ne changeait rien.

— Zach ? appela Jon.

Mais je me détournai. Je m'éloignai et le laissai seul. Je fus soulagé qu'il me laisse partir.

JE NE pouvais pas retourner à l'hôtel. Je ne pouvais pas faire face Angelo. J'étais certain qu'un coup d'œil lui suffirait et qu'il saurait ce que j'avais fait. Il me regarderait dans les yeux et verrait le désir que j'avais ressenti pour un autre homme. Et pas n'importe quel homme, mais Jonathan, celui dont il avait toujours été jaloux.

C'était absurde. Je ne voulais pas revenir avec Jon. Pas vraiment. Il était bien trop tard pour rattraper ce que nous aurions pu vivre et rien ne me ferait abandonner Angelo. Mais je ne pouvais pas m'empêcher de me demander combien ma vie aurait été différente si seulement j'avais parlé à Jonathan au lieu de le repousser.

J'errai sans but jusqu'à ce que j'aie trop froid. Je ne portais que mon survêtement et bien qu'il m'ait gardé au chaud pendant la course, maintenant que je marchais, il ne suffisait plus. Et j'avais faim. Je cessai de marcher et regardai autour de moi. J'avais déambulé, perdu dans le passé, et maintenant j'étais perdu.

Les immeubles autour de moi ne furent d'aucune aide. Tous se ressemblaient. J'allai au carrefour suivant, cherchant un repère, quelque chose qui me serait familier. Je voyais les Tuileries un pâté de maisons ou deux devant moi, et le soleil qui se reflétait sur la Seine de l'autre côté. Cela voulait dire que l'hôtel était derrière moi, mais je ne savais pas si je devais aller vers l'est ou l'ouest. Je lus le nom des rues, sans savoir pourquoi. Connaître le nom de la rue où je me trouvais ne m'aidait en rien. Je me maudis de ne jamais avoir fait attention quand nous nous promenions. J'avais suivi Cole aveuglément, sans chercher à me repérer dans la ville.

J'errai pendant encore une heure avant de retrouver l'hôtel, suite à quoi j'étais furieux, amer et frigorifié. Et comme si ça ne suffisait pas, j'étais aussi affamé.

— Où étais-tu ? demanda Angelo lorsque je revins dans la chambre.

Il ne semblait pas tant fâché que troublé, mais cela m'agaça quand même.

— Je me suis perdu, cinglai-je.

— Jon n'était pas avec toi ?

Merde. J'aurais dû savoir que ce serait sa prochaine question. Je ne savais pas quoi répondre. Je ne voulais pas raconter Angelo ce qui s'était passé, mais je ne savais pas mentir comme ça. Je ne trouvais aucune bonne raison à lui donner pour laquelle je me serais promené seul dans Paris. J'essayai de cacher mon malaise en disant :

— J'ai besoin d'une douche.

Je me dirigeai vers la chambre, mais il me suivit.

— Qu'est-ce qui s'est passé, Zach ?

— Rien.

— Je sais que tu mens.

Bien sûr que oui.

— Je ne veux pas en parler.

— Vous êtes disputés ?

— Non.

Si seulement cela avait été aussi simple.

— Alors dis-moi ce qui s'est passé.

Mon comportement évasif éveillait ses soupçons et il était blessé que je ne lui fasse pas confiance et probablement un peu fâché aussi.

— J'ai dit que je ne voulais pas en parler.

— Zach, gronda-t-il d'une voix basse et furieuse.

Je savais qu'il était sur le point de me poser une autre question, mais il fut interrompu lorsqu'on frappa à la porte. J'espérais qu'il ne voyait pas combien j'étais soulagé.

Angelo alla ouvrir. C'était Jonathan. Il avait l'air embarrassé. Il me regarda à peine et Angelo encore moins. Les yeux baissés vers le sol, il dit :

— J'aimerais parler à Zach.

Angelo me foudroya du regard. S'il avait eu des soupçons avant, ils avaient redoublé. Les secondes s'égrainèrent lentement pendant qu'il réfléchissait. Il avait une main sur la poignée et je n'aurais pas été surpris qu'il claque la porte au nez de Jon. Mon cœur battait la chamade. Quelque part, je me demandais ce que Jon voulait. Quelque part, j'avais peur de le savoir.

Angelo me regardait toujours d'un air accusateur.

— Zach ? demanda-t-il, s'attendant certainement à ce que je dise oui ou non.

Je ne supportais pas cette situation. Je n'avais la force d'affronter ni l'un ni l'autre à cet instant et tous les deux me regardaient, tous les deux attendaient que je réponde. L'un était plein d'espoir, l'autre furieux. L'un voulait que je dise oui, l'autre exigeait que je réponde non.

Je ne savais pas du tout quoi faire. Au bout du compte, à la manière d'Angelo, je répondis simplement :

— Rien à foutre.

La colère brilla dans le regard d'Angelo, il serra les dents, mais il ouvrit la porte à Jon. Il alla dans la chambre sans me regarder et je savais qu'il faudrait que je calme le jeu après le départ de Jon. J'espérais que j'en serais capable.

Jon ferma la porte derrière lui, sans vraiment me regarder. Je m'assis sur le dossier du canapé en attendant qu'il parle. Il semblait chercher le courage de dire ce qu'il avait en tête. Cela me donna le temps de me calmer un peu. J'inspirai profondément et me forçai à me détendre. Les battements de mon cœur reprirent un rythme normal et ma colère s'envola. Je me retrouvai légèrement nauséeux. Et épuisé. Et avec un terrible sentiment de culpabilité. Finalement, ce fut moi qui rompis le silence.

— Je suis très heureux pour Cole et toi, dis-je.

Je fus moi-même surpris de ma sincérité. Je remarquai aussi que le simple fait d'entendre le nom de Cole le fit sourire.

— Merci, répondit-il. Je suis heureux pour toi aussi. Pas quand on s'est vu à Las Vegas. Mais aujourd'hui, oui.

— Tu crois que nous sommes enfin arrivés où nous devrions être ?

— Oui. Et nous sommes bien tous les deux.

Il avait raison. J'avais su dès l'instant où j'avais vu Angelo nettoyer les pinceaux dans l'arrière-salle du vidéo club qu'il deviendrait toute ma vie. Et je n'avais aucun regret.

— Je suis heureux que tu sois venu. Je sais que tu n'étais pas enthousiaste. Au sujet de me revoir. Mais je ne veux pas qu'il y ait de malaise entre nous.

— Je sais.

Il me regarda. Il avait l'air blessé et perdu. J'essayai de ne pas penser à toutes les fois où j'avais vu cette expression. Et chaque fois, par ma faute.

— J'espérais qu'on arriverait à oublier le passé, dit-il. Ce n'est pas ce que tu veux ?

— Si.

Je soupirai. Plus que tout, c'était ce que je voulais. Je voulais le regarder sans me sentir coupable.

— Je veux que nous soyons amis.

La tension dans sa voix me surprit. Il luttait contre les larmes. Je le connaissais encore assez bien pour le savoir.

— Je veux qu'on arrive à se voir sans souffrir autant.

— Moi aussi, répondis-je. Mais on dirait que j'ai plus de mal que toi.

Il hocha la tête. Le silence régna un instant. J'hésitai, me demandant quoi révéler. C'était difficile, mais c'était l'occasion de faire amende honorable. Si je laissais s'échapper cette chance, je le regretterais.

— Je ne sais pas comment tu ne me détestes pas, lui dis-je enfin.

— Je ne t'ai jamais détesté, répondit-il en secouant la tête. Ça aurait été plus facile. J'ai longtemps regretté que les choses ne soient pas différentes.

— Je me sens horriblement mal quand je pense à la façon dont ça s'est terminé. Et à tout ce que j'ai fait.

Il agita la main d'un geste indifférent, quoique la douleur dans son regard le trahissait.

— C'était il y a douze ans.

— Ce n'est pas une excuse.

Il soupira profondément.

— Je sais. Ce n'est pas ce que je dis. Mais j'ai passé beaucoup de temps à m'accrocher au passé. Vraiment longtemps.

— J'en suis désolé.

— Ce n'est pas la peine. C'est en partie ce qui m'a amené à mon mariage aujourd'hui.

— Je ne suis pas certain que ce soit une excuse non plus.

Il réfléchit un instant, puis il se rapprocha. Nous faisions presque la même taille, mais comme j'étais assis sur le dossier du canapé, je dus lever les yeux vers lui.

— Tu sais, cette citation de Robert Frost, « *le meilleur moyen de s'en sortir est de toujours avancer* » ? Je comprends enfin ce que ça veut dire, Zach. S'accrocher au passé ne t'amène nulle part. Pour la première fois en douze ans, je regarde vers l'avant. Et j'aime ce que je vois.

— Me pardonneras-tu un jour ?

Il mit la main sur ma nuque, ses doigts dans mes cheveux, son pouce caressant ma joue. Même au bout de douze ans, c'était un geste qui m'était toujours d'une familiarité à m'en briser le cœur.

— C'est déjà fait.

Il s'interrompit, hésita, comme moi auparavant. Comme s'il réfléchissait à quoi dire. Et comme moi, il décida que nous n'aurions pas de meilleure occasion.

— Nous nous sommes beaucoup aimés, Zach, dit-il doucement. Parfois, je ne sais toujours pas comment nous avons pu tout gâcher.

— C'était ma faute…

— Non.

Il secoua la tête.

— Pas seulement la tienne, en tout cas.

— Si seulement je t'avais parlé…

— Si seulement je t'avais laissé vivre ta vie comme tu la voulais, tu n'aurais pas éprouvé le besoin de me repousser.

Je le reçus en plein cœur, le fait qu'il sache ce que j'avais fait. Peut-être qu'à l'époque, il ne s'en était pas rendu compte, mais aujourd'hui oui. Ma gorge se serra. Je dis d'une voix tremblante :

— Je voulais tellement être assez bien pour toi.

— Tu l'étais, répondit-il tout bas. Je suis désolé de ne pas m'en être rendu compte.

— Jonathan…

Les larmes étouffaient ma voix. Je luttai pour les empêcher de couler. J'avais l'impression que si je me laissais pleurer, je n'arrêterais plus jamais.

— Je suis dés…

— Chut, dit-il.

Il passa le pouce sur mes lèvres.

— Plus d'excuses. Ça n'a plus d'importance. J'ai ce que je veux et tu as ce que tu veux. Arrête de regarder ce que nous avons perdu. Je ne m'y accroche enfin plus, Zach, il est temps que toi non plus.

Le nœud dans ma gorge menaçait de m'étrangler. Je n'arrivais pas du tout à parler. Je ne pus que hocher la tête.

— Prend soin d'Angelo, dit-il, et laisse-le prendre soin de toi.

Son regard se posa sur mes lèvres. Je compris ce qu'il allait faire une seconde avant que cela arrive. Je fermai les yeux. Je ne l'en empêchai pas.

Ce ne fut ni érotique ni romantique. Mais ce baiser léger, sa main sur ma nuque, la douceur encore familière de ses lèvres et le tremblement de son souffle sur les miennes, fut l'un des moments les plus marquants de ma vie.

Je tournais enfin la page.

Je ne m'étais pas rendu compte avant cet instant combien j'en avais eu besoin. Il me lâcha et je restai là, les yeux fermés, tremblant, jusqu'à entendre la porte de la suite se fermer. Lorsque je les rouvris, Angelo était là.

Je ne pouvais pas le regarder en face. Je savais qu'il serait blessé ou jaloux. Je savais quelque part que je devais me dépêcher de le rassurer. Mais je n'en avais pas la force. Je mis la tête dans mes mains et demandai :

— Qu'est-ce que tu as vu ?

Je luttais pour ne pas craquer.

— L'essentiel, répondit-il.

Mais il n'y avait pas de colère dans sa voix. Pas d'accusation. Je l'entendis traverser la pièce jusqu'à moi. J'avais peur de le regarder dans les yeux. J'avais peur de ce que j'y verrais. Il mit la main sur mon épaule. Un simple contact, si léger et pourtant si compréhensif. Toujours assis sur le dossier du canapé, je levai lentement les yeux. Je ne vis que de la compassion.

— Je suis vraiment désolé, Ang'. Je ne voulais pas…

— La ferme, Zach.

Ces mots étaient durs, mais sa voix douce. Il m'enlaça, me serra fort et je me sentis perdre tout contrôle. Des émotions contre lesquelles je luttais depuis notre arrivée à Paris, peut-être même plus longtemps, grandirent dans ma poitrine, menacèrent de m'étouffer. La honte de ne pas avoir été assez fort pour rendre Jonathan heureux, la culpabilité de l'avoir tant blessé et la douleur de l'avoir perdu alors que je l'avais tant aimé. La voix d'Angelo ne fut qu'un murmure à mon oreille :

— Ne résiste pas.

Et l'instant d'après, je sanglotai dans ses bras. Je ne pouvais pas m'arrêter. J'agrippai son tee-shirt, cachai mon visage contre son torse et libérai mon chagrin. J'en avais le corps qui tremblait, il ne fit que m'étreindre plus fort. Je l'avais souvent réconforté, désormais c'était l'inverse. Pour la première fois, c'était moi qui étais brisé et lui qui murmurait des mots réconfortants à mon oreille.

— Je sais combien tu l'as aimé, Zach, dit-il tout bas. Je sais combien ça fait mal.

Et mon adorable Angelo, qui jusqu'à il y a deux ans ne pouvait même pas supporter d'entendre le nom de Jon, me consola alors que je faisais enfin le deuil de ce que j'avais perdu douze ans plus tôt

HEUREUSEMENT QU'APRÈS ça, j'avais quelques heures pour reprendre mon sang-froid. Angelo finit par me conduire au lit et au début, je ne pensais

563

pas pouvoir dormir après ce qui s'était passé, et pourtant. Il me réveilla doucement une heure plus tard.

— Va te doucher, Zach. J'ai commandé à déjeuner. Ce sera là dans dix minutes.

La douche et la nourriture m'aidèrent beaucoup. Après avoir mangé, je m'allongeai sur le canapé, la tête sur ses genoux. J'avais toujours du mal à le regarder dans les yeux. Il passa doucement les doigts dans mes cheveux. C'était agréable.

— Dis-moi ce qui s'est passé.

— Rien.

— Ne mens pas !

— Angelo, je ne peux pas…

— Vous êtes vraiment allés courir ?

— Oui.

— Tu es monté dans sa chambre ?

— Non !

— Il t'a embrassé ?

— Non.

J'avais hésité un peu trop longtemps.

— Tu l'as embrassé ?

— Non, répondis-je, mais ce n'était qu'un murmure.

— Zach ? insista-t-il.

Ce fut difficile, mais je le fis. Je pris une profonde inspiration et avouai :

— J'en ai eu envie.

Je me préparai à ce qu'il me repousse. Mais non.

— Tu l'aimes encore ?

— Non.

C'était la vérité.

— Tu veux qu'il te revienne, Zach ? Tu veux aller dans sa chambre et le supplier de quitter Cole pour toi ?

— Non !

— Alors c'était un moment ou deux ? Pas tout le voyage ?

— Pas tout le voyage.

Un second silence, puis d'une voix plus réservée, il demanda :

— Tu m'aimes toujours ?

— Plus que tout.

Il continuait à me caresser les cheveux, doux et rassurant.

— Alors tout va bien, dit-il tout bas. Tout est parfait.

Sa gentillesse me fit monter les larmes aux yeux, encore. Je les essuyai avec rage. Je me forçai à m'asseoir et à lui faire face.

— Pourquoi tu n'es pas furieux ?

Il haussa les épaules.

— Je ne sais pas, Zach. Je n'ai pas d'ex-petit ami, alors je ne sais pas ce qui est normal et ce qui ne l'est pas. Mais j'ai l'impression que jusqu'ici, tu n'avais que de mauvais souvenirs de Jon. Et pourtant, vous avez été ensemble trois ans. Je sais que tu l'aimais. Tu as dû passer de bons moments aussi. C'est différent quand on est à la maison et lui en Arizona. Tu peux faire comme si ce n'est jamais arrivé. Là, ça fait cinq jours que nous sommes avec lui, maintenant. Ça fait beaucoup de temps. Et le fait que, à un moment ou deux, tu te sois enfin rappelé quelque chose de bien ? Ou que, peut-être, tu te sois demandé ce qui aurait pu être ? Ça ne me ravit pas vraiment. Mais je ne peux pas t'en vouloir non plus. Ça fait de toi un être humain.

C'était un tel soulagement. J'avais l'impression que le poids que je portais depuis que nous avions appris pour le voyage s'était enfin envolé. À cet instant, je l'aimais encore plus, alors que je ne l'aurais pas cru possible. Je lui pris la main. Je déposai un baiser sur sa paume.

— Tu m'émerveilles, lui dis-je. Jour après jour.

La main sur ma joue, il me força à le regarder en face et, pour la première fois depuis je ne savais combien de temps, je vis un éclair de peur dans ses yeux. C'était arrivé souvent pendant les premiers mois que nous avions passés ensemble. De moins en moins depuis Las Vegas. Je ne savais pas quand ça s'était arrêté complètement, mais suffisamment longtemps pour que j'en sois surpris. Ce fut furtif, l'ombre de ce que c'était autrefois, mais bien là.

— Dis-le-moi encore, Zach, exigea-t-il d'une voix un peu tremblante. Dis-moi que tu m'aimes. Dis-moi que c'est toujours moi que tu désires.

Je l'enlaçai.

— Mon ange, tu es ma vie, mon nord, mon tout. Je t'aime aujourd'hui plus que jamais.

— Dis-moi que tout va bien entre nous.

— Tout est parfait.

Il passa les bras autour de mon cou. Je le serrai contre moi et l'embrassai. Son corps se moula parfaitement au mien. Sa bouche s'ouvrit sous la mienne exactement de la bonne façon. Je passai la main dans son dos.

J'adorais qu'il frissonne encore quand je le faisais. Que quand j'arrivais à sa nuque, il soupirait et approfondissait le baiser. Et comme je le déshabillais, passant les doigts et les lèvres partout sur sa peau douce et mate, je pensais à combien il me surprenait. À Las Vegas, ce qui venait de se passer avec Jon l'aurait détruit. Mais ici et maintenant, il avait mieux géré que moi. Il était tellement plus fort qu'avant, beaucoup plus fort que je m'en étais rendu compte. C'était mon ange, et alors que moi j'avais les deux pieds sur terre, il me laissait le toucher, l'étreindre et lui faire l'amour. J'en faisais un acte d'adoration, comme si à travers lui je touchais les Cieux. Ça ne m'aurait pas surpris. Ce fut long, lent, complètement divin. Je lui donnai autant de plaisir que je pus et, si même à force de retenir son souffle il ne s'évanouit pas tout à fait, je fus heureux qu'il mette autant de temps à réguler sa respiration.

La cérémonie fut simple. Jon portait un costume simple et sombre, aussi classique aujourd'hui qu'il l'avait toujours été. Seule sa cravate était inattendue. Elle était plus colorée que je l'aurais jamais imaginé de sa part. Le costume de Cole était bien moins traditionnel et beaucoup plus à la mode. On aurait dit qu'il descendait d'un podium de défilé de grands couturiers. Leurs vœux furent intimes et très courts.

Jon dit seulement :

— Je promets de te suivre où que tu me mènes.

La douce réponse de Cole fut :

— Et je promets de t'apprendre à voler.

Jon sourit. Je me demandai ce que ces mots pouvaient bien signifier pour eux. Ils s'embrassèrent, un baiser tendre qui s'éternisa. J'étais mal à l'aise d'y assister, alors je détournai les yeux. Je regardai mes genoux. Je sentis la main d'Angelo sur la mienne. Il entremêla ses longs doigts fins aux miens. J'admirai son visage souriant. Les ombres de mon cœur s'envolèrent face à sa glorieuse lumière.

— Je t'aime, murmurai-je.

— Je sais.

À la place d'une réception, Cole nous emmena tous dîner. La cuisine était délicieuse et le vin très cher, les desserts riches et nappés d'une épaisse sauce chocolat.

Après le dîner, nous prîmes le bus pour aller dans un bar qui n'était qu'à quelques pâtés de maisons de l'hôtel. Je fus surpris lorsque nous rentrâmes : c'était un bar sportif, pas le genre d'endroit où j'imaginais Cole. Il s'était clairement organisé à l'avance, parce qu'on nous attendait.

— Tu avais tout planifié depuis le début ? demanda Matt à Cole, un sourcil haussé.

— Bien sûr que oui. Je ne suis pas complètement égoïste, tu sais.

Matt éclata de rire et frappa Cole dans le dos si fort que j'eus peur qu'il le renverse. Cole grimaça.

— Doux Jésus, dit-il tout bas à Angelo lorsque Matt se détourna. Je ne lui rendrai plus jamais service. Ça fait mal.

— J'en sais quelque chose, rit Angelo.

Alors nous regardâmes le Super Bowl. Matt, George et Angelo soutenaient les Chiefs. Jared hésitait entre être dans le camp de Matt ou contre lui. Son premier réflexe était toujours de le provoquer, mais il voulait que son partenaire soit heureux. Jon, Cole et moi bûmes du vin et nous moquâmes d'eux. Les Chiefs perdirent, de justesse. Matt le prit plutôt bien. Cela aidait qu'il soit complètement soûl.

Il était plus de trois heures du matin lorsque le match se termina et nous avions tous un peu trop bu. Nous décidâmes de rentrer à pied plutôt que de prendre le bus, malgré la température glaciale. L'air était vif, nous soufflions des nuages blancs, alors nous fermâmes bien nos manteaux. La lumière des lampadaires se réfléchissait sur le trottoir humide. Quelques flocons de neige tombaient lentement par terre, ce qui donnait quelque chose de mystique au paysage. Il n'y avait personne et les immeubles semblaient se rapprocher dans la rue étroite. Cela donnait une sensation d'intimité et d'éternité.

Derrière nous, Matt, Jared et George marchaient ensemble, parlaient et riaient comme s'ils se connaissaient depuis toujours. Jon et Cole nous précédaient de quelques mètres. Je ne les entendais pas, et même de loin, je devinai que Cole parlait sans cesse et que Jon riait de lui. Ou plutôt avec lui. Cela semblait toujours la même chose avec eux. Cole cherchait à irriter Jon qui prenait un grand plaisir à le voir échouer. Cole était tel un papillon, qui ne se souciait en rien des choses de la vie ordinaire comme le loyer ou les remboursements d'emprunts, et Jon le ramenait sur terre.

Je fus à nouveau frappé par la façon dont Angelo et moi leur ressemblions. Angelo était mon ange, et j'étais sur terre, les yeux levés vers lui. Ce n'était pas étonnant que Jon et moi n'avions pu fonctionner : nous cherchions tous les deux quelque chose de plus céleste. Ce n'était pas non plus étonnant que Cole et Angelo aient été attirés l'un par l'autre. Pourtant

567

ils n'avaient fait que se frôler des ailes dans la nuit, incapable ni l'un ni l'autre d'interrompre leur vol.

Angelo se rapprocha de moi, passa un bras autour de ma taille et mit la main dans ma poche arrière, comme souvent. Moi je passai un bras par-dessus son épaule. Il s'appuya contre moi.

— Nous aussi, on devrait le faire, Zach, dit-il.

Je me tournai vers lui, les lèvres contre ses épais cheveux noirs.

— Faire quoi ?

Je regrettai qu'il n'ait plus les cheveux courts. Leur piquant contre mon visage me manquait. Je me demandai s'il les couperait si je lui en parlais.

— Nous marier.

Je ne m'étais même pas rendu compte que je m'étais figé alors qu'Angelo continuait à marcher, avant que Matt me rentre dedans par-derrière. Il se mit à rire, dit quelque chose à propos du fait que j'allais me faire renverser, mais je n'entendis pas. Les mots n'atteignirent même pas mon cerveau. Jared, George et lui nous contournèrent et continuèrent leur chemin. Angelo me dévisageait avec son sourire en coin et ses sourcils haussés.

— Ça va, Zach ? Je crois que je t'ai fait flipper.

— Tu es sérieux ?

— À quel sujet ? Que tu as l'air flippé ? Ouais, je suis sérieux.

— Non.

— Non, quoi ?

Il semblait ravi que notre façon de communiquer complètement tordue se fût encore tellement emmêlée que nous n'avancions pas.

— Non, pas ça ! À propos de se marier.

— Oui, dit-il avec un sourire. Pourquoi pas ?

Je repensai à toutes ces fois où je m'étais demandé s'il serait un jour prêt à franchir ce pas avec moi. Je n'aurais jamais rêvé que ce soit si vite.

— Je ne voulais pas te faire peur, avouai-je.

Il se mit à rire. Il me rejoignit et passa les bras autour de ma taille, les yeux levés vers moi.

— L'oiseau s'est envolé depuis longtemps, Zach.

— Que veux-tu dire ?

— Je n'ai plus peur.

Mon cœur semblait immense, il se gonflait comme un ballon fou, à la fois à l'intérieur et à l'extérieur de ma poitrine, il me portait, me faisait tourner la tête de joie.

— Oh, mon Dieu, fut tout ce que j'arrivai à dire.

Je le serrai fort contre moi, l'enlaçai et enfouis le visage dans ses cheveux.

— Je t'aime tellement.

— Je n'ai rien de valeur à t'offrir, dit-il. Il n'y a que moi.

— Je n'ai jamais voulu que toi.

Il se mit à rire, s'écarta suffisamment pour me regarder, mais avant qu'il puisse répondre, nous fûmes interrompus par Cole qui lança :

— Seigneur, il gèle, vous savez ? Allez-vous rentrer, les tourtereaux, ou faut-il que nous vous laissions seuls ici ?

— Laissez-nous seuls, dis-je.

Mais Angelo me coupa.

— On arrive.

Il s'écarta de moi, se tournant de façon à toujours garder un bras autour de ma taille, et m'entraîna à la suite de nos amis.

— Attends que nous rentrions, Zach, expliqua-t-il doucement. Cette semaine leur appartient.

Il avait raison. Mon premier réflexe était de crier ma joie, mais cela aurait égoïste. Il était tellement plus intelligent que moi. Je voulais lui dire à quel point il me rendait heureux, mais les seules paroles qui me venaient paraissaient bien pâles comparées à mes sentiments.

— Tu es mon nord, lui dis-je, avec l'impression que cela ne suffisait pas du tout.

Mais le sourire qu'il m'adressa était telle une étoile dans le ciel qui me ramenait chez moi.

Il ne répondit que :

— Je sais.

MARIE SEXTON vit dans le Colorado. Elle est fan de tout ce qui comporte des jeunes hommes musclés qui se sautent les uns sur les autres. Elle aime particulièrement les Denver Broncos et assister aux matchs avec son mari. Ses amis imaginaires les accompagnent souvent. Marie a une fille, deux chats et un chien ; tous semblent déterminés à vouloir détruire ce qui reste de sa santé mentale. Mais elle les aime quand même.

Vous pouvez trouver Marie sur Twitter, et sur Facebook : http://www.facebook.com/MarieSexton.author

Twitter : http://twitter.com/MarieSexton

Par Marie Sexton

Perdu en chemin

CODA
Je te le jure
De A à Z
La lettre Z
Des fraises en dessert
Paris de A à Z
De l'espoir, de la peur et du pudding
Promesses
Coda : Intégrale, tome 1

LA GUERRE DES MOTEURS
Suffisamment normal
Faire des vagues

Publié par DREAMSPINNER PRESS
www.dreamspinner-fr.com

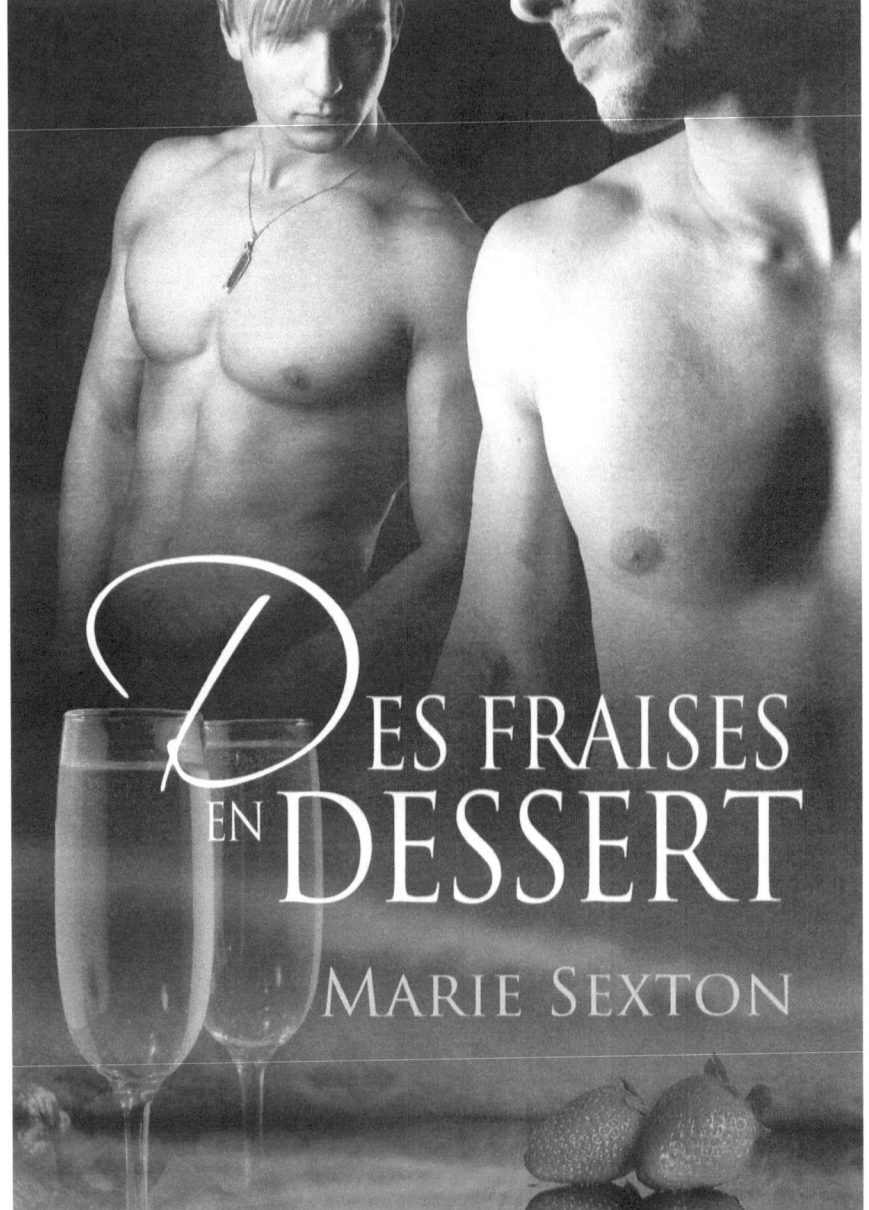

Des Fraises en Dessert

Marie Sexton

Coda, numéro hors série

Lorsque Jonathan Kechter accepte de rencontrer Cole Fenton, il ne s'attend à rien d'autre qu'à un dîner et une nuit sans lendemain… mais il ne s'attendait pas non plus à Cole. Cole est arrogant, extravagant et pas du tout le genre de Jon. Toutefois, lorsque Cole lui propose une relation sexuelle sans aucun engagement lorsqu'ils sont tous les deux en ville, Jon accepte immédiatement.

Cet arrangement est peut-être sans aucun engagement, mais Jonathan apprend vite qu'entre sa peur de toute intimité et sa vie de nomade, avec Cole Fenton, rien n'est facile. Jonathan se demande si leur relation n'est pas vouée à l'échec dès le départ. Mais plus Cole le repousse, plus Jonathan est déterminé à la sauver.

www.dreamspinner-fr.com

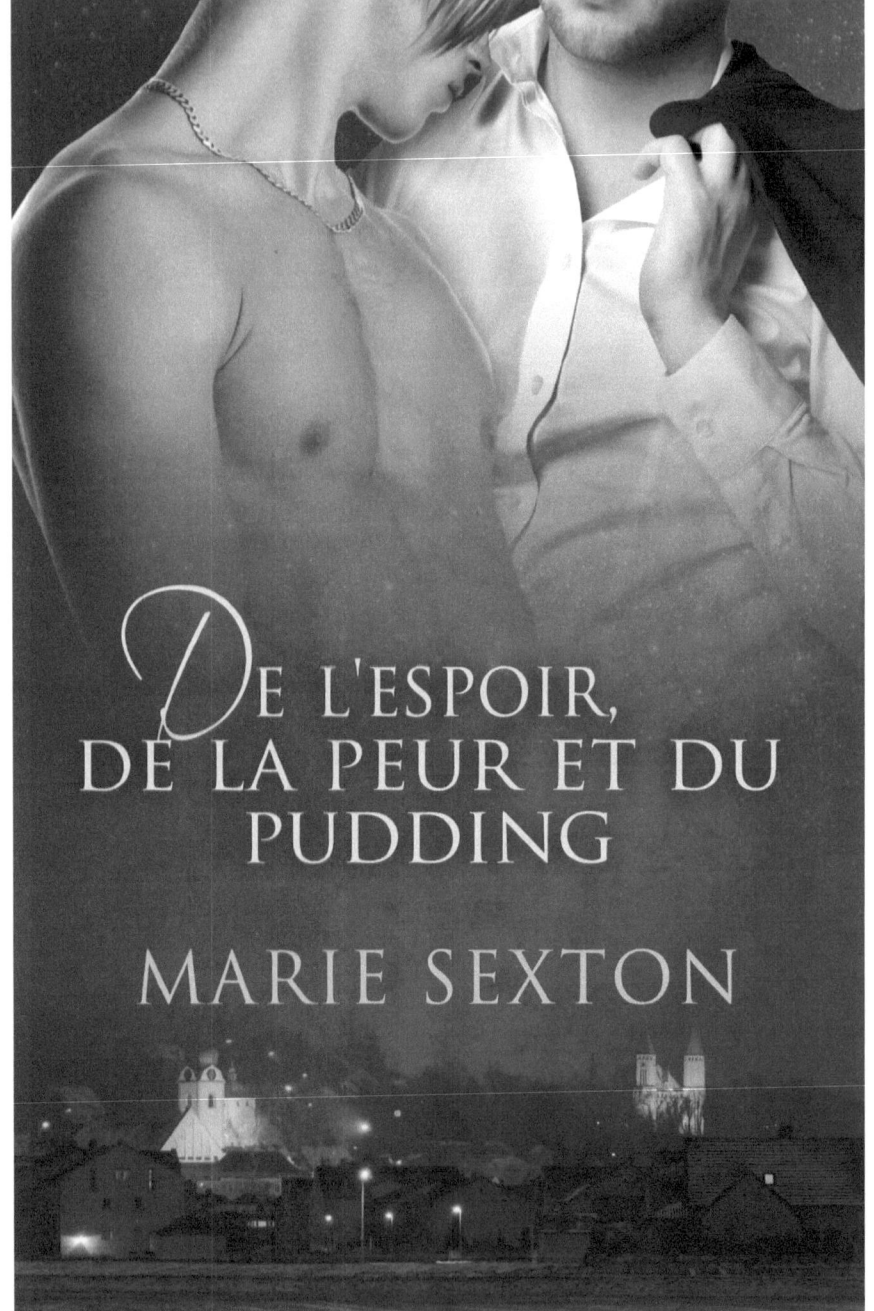

DE L'ESPOIR, DE LA PEUR ET DU PUDDING

MARIE SEXTON

Suite de *Des fraises en dessert*
Coda, numéro hors série

Les familles devraient grandir, pas rétrécir. Jon Kechter y pense depuis qu'il a épousé son amant millionnaire, Cole Fenton. Dans l'espoir d'adopter, Jon et Cole cherchent une future mère qui leur confierait son bébé, mais l'interminable attente leur pèse à tous les deux.

Jon est proche de son père, George, mais avant Cole, il n'avait personne d'autre. Désormais, George pousse Cole à se réconcilier avec sa mère. Lorsque tous les trois passent Noël avec elle à Munich, les conséquences sont désastreuses. Jon et Cole décident de rester optimistes, mais il n'y a pas d'espoir sans un peu de peur. Jon et Cole ne peuvent pas s'empêcher de se demander si leur rêve d'être parents se réalisera un jour.

PROMESSES

MARIE SEXTON

Coda, numéro hors série

Adolescent, Dominic Jacobsen soupçonne déjà qu'il est gay. Il a toute la confirmation nécessaire lorsqu'un garçon de passage grimpe sur le siège arrière de sa GTO. Une soirée avec Lamar Franklin suffit à le convaincre qu'il a trouvé l'homme de sa vie. Malheureusement, une soirée est tout ce qu'il a avant que Lamar retourne à Tucson.

Quinze ans plus tard, après avoir mis fin à la dernière d'une série de relations désastreuses, Lamar revient à Coda dans le Colorado. Il est seul, déprimé et reçoit des coups de téléphone anonymes la nuit. Lamar est prêt à renoncer lorsqu'il se retrouve face à son passé.

Depuis ses dix-sept ans, Dominic rêve de retrouver Lamar, mais ça ne signifie pas qu'il y est prêt. C'est déjà assez difficile d'affronter les rumeurs d'une petite ville et les mélodrames d'une grande famille, Dominic refuse de perdre la garde de sa fille adolescente, Naomi. La seule solution, c'est de s'assurer que Lamar et lui restent amis, rien de plus. Quoi qu'il arrive, ils garderont leurs vêtements.

Rien de plus simple, n'est-ce pas ?

Perdu
EN CHEMIN

MARIE SEXTON

Contes d'un étrange livre de cuisine, numéro hors série

Trois mois après avoir perdu ses parents dans un accident de voiture, Daniel Whitaker, météorologue à Denver, retourne à Laramie dans le Wyoming. Il lui est déjà suffisamment difficile de faire face à la mort de ses parents et à sa relation de quinze ans qui ne cesse de se dégrader, mais lorsqu'il retrouve sa maison d'enfance sens dessus dessous, il se voit complètement désemparé. Il se tourne alors vers Landon, le voisin séduisant de ses parents, et lui demande son aide afin de ranger tout le désordre. Landon Kushner est une contradiction humaine. Il fabrique des sculptures époustouflantes à partir de débris de métal et adore le plein air, mais il conduit également une Vespa vert menthe et possède un faible pour le tricot et le voyeurisme. Il a été l'ami des parents de Daniel durant de nombreuses années et est ravi de pouvoir lui prêter main-forte.

Leur plan est simple : ranger et nettoyer la maison afin que Daniel puisse la vendre et reprendre le cours de sa vie à Denver. Mais lorsqu'un étrange livre de recettes de cuisine atterrit en la possession de Landon, Daniel se met à réaliser que l'univers – et Grand-Mère B – lui a peut-être réservé un autre destin.

SUFFISAMMENT NORMAL

MARIE SEXTON

LA GUERRE DES MOTEURS

La guerre des moteurs, numéro hors série

Qu'est-ce qui est "normal" ?
Quand Brandon Kenner entre dans le garage de Kasey Ralston avec sa Chevelle SS 454 de 1970, Kasey est sous le choc, à la fois à cause de l'homme et de sa voiture. Mais Kasey cache un secret des plus embarrassants : son amour pour les vieilles muscle cars qui va bien au-delà de ce que l'on pourrait considérer comme normal. Cet attrait inhabituel avait conduit Kasey à rester isolé — à l'écart de sa famille, et même à distance de ses collègues de travail.

Mais quand Brandon découvre le secret du mécano, il n'est pas repoussé. En fait, il trouve même Kasey intrigant, et est bien déterminé à l'avoir pour lui tout seul.

Absolument tout chez Brandon fait ronronner le moteur de Kasey, et il est plus que motivé à se salir les mains en compagnie de cet homme des plus charmants. Les inquiétudes de Kasey viennent plus de ce qui pourrait se passer ensuite. Y a-t-il une chance pour qu'ils aient un futur ensemble ? Dans le passé, l'espoir d'une relation à long terme l'avait toujours conduit à de cruelles déceptions. Mais Kasey ne peut s'empêcher d'espérer qu'en dépit de ses penchants, Brandon sera l'exception.